Die adoptierte Sara hat sich immer gefragt, wer wohl ihre richtigen Eltern sind. Als ihre eigene Hochzeit bevorsteht, macht sie sich auf die Suche. Doch ihre leibliche Mutter verweigert schockiert den Kontakt. Verstört forscht Sara weiter und findet etwas Unfassbares heraus: Ihr leiblicher Vater ist ein berüchtigter Serienmörder. Sara versucht, mit ihren Ängsten fertigzuwerden: Hat sie mehr von ihrem Vater geerbt, als sie sich eingestehen will? Bald wird klar, dass es Schlimmeres gibt, als zu erfahren, dass dein Vater ein Killer ist – nämlich, dass er von dir erfährt …

»Chevy Stevens' verstörender Thriller über die Suche einer Frau nach ihrer Herkunft ist genauso intensiv und beeindruckend wie ihr Debüt ›Still Missing – Kein Entkommen‹.« Publishers Weekly

Mit einer exklusiven Kurzgeschichte von Chevy Stevens im Anhang!

Bestseller-Spannung made in Canada:
die Thriller von Chevy Stevens bei FISCHER
»Still Missing – Kein Entkommen«
»Never Knowing – Endlose Angst«
»Blick in die Angst«
»That Night – Schuldig für immer«
»Those Girls – Was dich nicht tötet«
»Ich beobachte dich«
»Tief in den Wäldern«

Chevy Stevens ist die einzige Kanadierin unter den internationalen Top-Thrillerautor:innen. Sie lebt in Nanaimo auf Vancouver Island mit seiner beeindruckenden Natur. Ihre eindrücklichen Thriller um Frauen, die ums Überleben kämpfen, stehen weltweit auf den Bestsellerlisten. Chevy Stevens ist auf einer Ranch aufgewachsen und liebt Wandern, Paddeln und Zelten mit ihrem Mann, ihrer Tochter und ihren Hunden.

CHEVY STEVENS

ENDLOSE ANGST

NEVER KNOWING

THRILLER

Aus dem amerikanischen Englisch
von Maria Poets

FISCHER Taschenbuch

2. Auflage: November 2023
Erschienen bei FISCHER Taschenbuch
Frankfurt am Main, September 2023

Die Originalausgabe erschien 2011 unter dem Titel
»Never knowing« bei St. Martin's Press, New York
© 2011 Chevy Stevens

Die von der Autorin frei aus Sun Tzus ›Kunst des Krieges‹
zitierten Stellen wurden aus dem Amerikanischen
übersetzt von Maria Poets.

Für die deutschsprachige Ausgabe:
© 2011 S. Fischer Verlag GmbH,
Hedderichstr. 114, D-60596 Frankfurt am Main

Satz: Pinkuin Satz und Datentechnik, Berlin
Druck und Bindung: GGP Media GmbH, Pößneck
Printed in Germany
ISBN 978-3-596-70940-3

Für Connel

1. Sitzung

Ich dachte, ich käme damit klar, Nadine. Nachdem ich so viele Jahre bei Ihnen war, nachdem ich so oft darüber nachgedacht habe, ob ich meine leibliche Mutter suchen soll, habe ich es endlich getan. Ich habe diesen Schritt gewagt. Ohne Sie wäre es nicht dazu gekommen – ich wollte Ihnen zeigen, wie sehr Sie mein Leben verändert haben, wie sehr ich gewachsen bin, wie stabil ich jetzt bin, wie ausgeglichen. Das ist es doch, was Sie mir immer erklärt haben: »Ausgeglichenheit ist der Schlüssel.« Aber ich habe eine andere Sache vergessen, die Sie auch immer gesagt haben: »Langsam, Sara.«

Ich habe es vermisst, hier zu sein. Erinnern Sie sich noch, wie unbehaglich ich mich gefühlt habe, als ich zum ersten Mal bei Ihnen war? Besonders, als ich Ihnen sagte, warum ich Hilfe brauchte. Aber Sie waren so normal und witzig – überhaupt nicht so, wie ich mir eine Psychotherapeutin vorgestellt hatte. Diese Praxis war so hell und hübsch, dass ich mich sofort besser fühlte, wenn ich hierherkam, egal, was mich gerade belastete. An manchen Tagen, vor allem am Anfang, wollte ich gar nicht mehr wieder weg.

Einmal sagten Sie, wenn Sie nichts von mir hören würden, dann wüssten Sie, dass es mir gutgeht, und wenn ich überhaupt nicht mehr käme, wäre das ein Zeichen, dass Sie gute Arbeit geleistet hätten. Und das haben Sie. Die letzten zwei Jahre waren die glücklichsten meines Lebens. Deshalb dachte ich, es wäre der richtige Zeitpunkt. Ich dachte, ich könnte allem standhalten, was sich mir in den Weg stellt. Ich war robust und geerdet. Nichts würde mich wieder in das Nervenbündel verwandeln, das ich war, als ich das erste Mal zu Ihnen kam.

Doch dann hat sie mich angelogen, meine leibliche Mutter, als ich sie schließlich zwang, mit mir zu reden. Sie hat mich über meinen Vater belogen. Es fühlte sich an wie damals, als Ally mich gegen die Rippen getreten hat, als ich mit ihr schwanger war – ein plötzlicher Schlag von innen, der mir den Atem raubte. Aber was mich am meisten schockierte, war die Angst meiner leiblichen Mutter. Sie *fürchtete* sich vor mir. Ich bin mir ganz sicher. Auch wenn ich nicht weiß, warum.

Es begann vor etwa sechs Wochen, ungefähr Ende Dezember, mit einem Online-Artikel. An jenem Sonntag war ich unsinnig früh wach – mit einer Sechsjährigen daheim braucht man keinen Hahn – und beantwortete E-Mails, während mir der Duft meines ersten Kaffees in die Nase stieg. Inzwischen bekomme ich von überall auf der Insel Anfragen zur Restauration von Möbeln. An diesem Morgen versuchte ich, mehr über einen Zwanziger-Jahre-Schreibtisch herauszufinden, wenn ich nicht gerade über Ally lachte. Eigentlich sollte sie sich unten Zeichentrickfilme anschauen, doch ich konnte hören, wie sie Elch ausschimpfte, unsere gescheckte Französische Bulldogge, weil er ihr Plüschkaninchen belästigt hatte. Ich sollte vielleicht dazu sagen, dass Elch Probleme mit der Entwöhnung hat. Kein Zipfelchen ist vor ihm sicher.

Dann sprang plötzlich so ein Pop-up-Fenster mit Viagra-Werbung auf, und als ich das endlich wieder zubekommen hatte, klickte ich aus Versehen auf einen anderen Link und sah die Überschrift vor mir:

Adoption – die andere Seite der Geschichte.

Ich scrollte mich durch die Leserbriefe, die Leute zu einem Artikel im *Globe and Mail* geschickt hatten, las Geschichten von leiblichen Eltern, die jahrelang versuchten, ihre Kinder zu finden, und von leiblichen Eltern, die nicht gefunden werden wollten. Von Adoptivkindern, die mit dem Gefühl aufwuchsen, niemals irgendwo dazuzugehören. Tragische Geschichten von Türen, die den Leuten vor der Nase zugeknallt wurden. Erfreuliche Geschichten von Müttern und Töchtern, Brüdern und Schwestern, die sich wiederfanden und bis ans Ende ihrer Tage glücklich miteinander waren.

In meinem Kopf begann es zu pochen. Was wäre, wenn ich meine Mutter fände? Würden wir uns sofort miteinander verbunden fühlen? Was, wenn sie nichts mit mir zu tun haben wollte? Was, wenn ich herausfände, dass sie tot war? Was, wenn ich Geschwister hätte, die nichts von mir wussten?

Ich hatte nicht mitbekommen, dass Evan aufgestanden war, bis er meinen Nacken küsste und leise grunzte – ein Geräusch, das wir uns bei Elch abgelauscht hatten und jetzt für alles Mögliche benutzten, von *Ich bin stinksauer!* bis *Du bist so scharf!*.

Ich schloss das Fenster und drehte mich mit dem Stuhl um. Evan hob die Augenbrauen und lächelte.

»Hast du schon wieder mit deinem Cyberfreund gechattet?«

Ich erwiderte sein Lächeln. »Mit welchem?«

Evan griff sich an die Brust, ließ sich in seinen Schreibtischsessel plumpsen und seufzte. »Wahrscheinlich hoffst du darauf, dass er massenweise Klamotten hat.«

Ich lachte. Ich habe schon immer Evans Hemden gemopst, vor allem, wenn er eine Reisegruppe in seiner Lodge mitten in der Wildnis bei Tofino betreuen muss – drei Stunden von unserem Haus in Nanaimo entfernt und direkt an der Westküste von Vancouver Island gelegen. Dort kann er Kajaktouren und Whale Watching anbieten, nicht nur Angelausflüge. In solchen Wochen trug ich seine Hemden oft rund um die Uhr. Ich stürzte mich in die Arbeit an einem neuen Möbelstück, und wenn er wieder nach Hause kam, war sein Hemd total fleckig, und ich musste ihm alle möglichen Gefallen tun, damit er mir vergab.

»Tut mir leid für dich, Schatz, aber ich muss dir leider sagen, dass du der einzige Mann für mich bist – niemand sonst würde mit meinen Macken klarkommen.« Ich legte meinen Fuß auf seinen Schoß. Mit seinem schwarzen Haar, das in alle Richtungen abstand und dem üblichen Outfit, bestehend aus Cargohose und Polohemd, sah er aus wie ein Collegestudent. Vielen Leuten ist gar nicht klar, dass die Lodge Evan selbst gehört.

Er lächelte. »Oh, ich bin sicher, dass es irgendwo einen Doktor mit einer Zwangsjacke gibt, der dich richtig süß fände.«

Ich tat, als würde ich ihm einen Tritt verpassen. »Ich habe gerade einen Artikel gelesen«, sagte ich und begann, meine schmerzhaft pochende linke Schläfe zu massieren.

»Bekommst du Migräne, Schatz?«

Ich ließ die Hand in den Schoß sinken. »Nur eine kleine, das geht schon wieder vorbei.«

Er musterte mich prüfend.

»Okay, ich hab gestern die Tablette vergessen.« Nachdem ich jahrelang alle möglichen Medikamente ausprobiert habe, bin ich inzwischen bei Betablockern angelangt, mit denen ich meine Migräne endlich im Griff habe. Das Problem ist nur, dass ich auch daran denken muss, sie zu nehmen.

Er schüttelte den Kopf. »Und um was ging es in dem Artikel?«

»In Ontario kann man neuerdings seine Adoptionsunterlagen einsehen, und …« Ich stöhnte, als Evan einen Druckpunkt an meinen Füßen behandelte. »Ich habe Briefe von Leuten gelesen, die adoptiert wurden oder ihre Kinder weggegeben haben.« Von unten war Allys Kichern zu hören.

»Überlegst du, nach deiner leiblichen Mutter zu suchen?«

»Eigentlich nicht. Es war einfach interessant.« Aber ich dachte *doch* daran, sie zu suchen. Ich war mir nur nicht sicher, ob ich schon bereit dazu war. Dass ich adoptiert war, hatte ich immer gewusst, aber ich hatte nie begriffen, dass ich dadurch anders war. Bis Mom sich eines Tages hinsetzte und mir erzählte, wir würden ein Baby bekommen. Ich war damals vier. Als Mom immer runder und Dad immer stolzer wurde, begann ich mir Sorgen zu machen, sie könnten mich zurückgeben. Ich wusste nicht, *wie* anders ich war, bis ich sah, wie mein Vater Lauren anschaute, als sie sie nach Hause brachten, und anschließend mich, als ich bat, sie halten zu dürfen. Zwei Jahre später kam Melanie. Auch bei ihr erlaubte er mir nicht, sie auf den Arm zu nehmen.

Evan, der viel eher als ich bereit ist, ein Thema fallenzulassen, nickte.

»Wann willst du zum Brunch?«

»Viertel nach gar nicht.« Ich seufzte. »Zum Glück kommen Lauren und Greg, Melanie bringt nämlich *Kyle* mit.«

»Mutig von ihr.« Sosehr mein Vater Evan mag – wahrscheinlich werden sie den ganzen Brunch damit verbringen, ihren nächsten Angelausflug zu planen –, so sehr verabscheut er Kyle. Was ich ihm nicht verdenken kann. Kyle ist ein Möchtegernrockstar, allerdings beherrscht er meiner Ansicht nach kein Instrument, sondern nur meine Schwester. Aber Dad hat unsere Freunde schon immer gehasst. Ich bin immer noch ganz baff, dass er Evan mag. Es brauchte nicht mehr als einen Ausflug zur Lodge, und er sprach von ihm wie von dem Sohn, den er nie hatte. Er gibt immer noch mit dem Lachs an, den sie damals gefangen haben.

»Sie scheint zu glauben, dass Dad seine Qualitäten erkennen wird, wenn er ihn nur öfter sieht.« Ich schnaubte.

»Sei nett zu ihm. Melanie liebt ihn.«

Ich tat, als würde ich erschaudern. »Letzte Woche hat sie zu mir gesagt, ich sollte langsam mal anfangen, an meiner Bräune zu arbeiten, wenn meine Haut nicht die gleiche Farbe haben soll wie mein Kleid. Unsere Hochzeit ist erst in neun Monaten!«

»Sie ist nur eifersüchtig – das darfst du nicht persönlich nehmen.«

»Es fühlt sich aber ziemlich persönlich an.«

Ally kam mit Elch im Schlepptau ins Zimmer gestürzt und warf sich in meine Arme.

»Mommy, Elch hat meine ganzen Cornflakes gefressen!«

»Hast du schon wieder die Schüssel auf dem Boden stehen lassen, du Dummerchen?«

Sie kicherte an meinem Hals, und ich sog ihren frischen Duft ein, der mich in der Nase kitzelte. Mit den dunklen Haaren und dem kräftigen Körperbau sieht Ally Evan ähnlicher als mir, obwohl er nicht ihr leiblicher Vater ist. Aber sie hat meine grünen Augen – Katzenaugen, wie Evan sie nennt. Und meine Locken, obwohl sie bei mir mit dreiunddreißig weicher fallen, während Ally immer noch winzige Ringellöckchen hat.

Evan stand auf und klatschte in die Hände.

»Also, Familie, wird Zeit, dass wir uns anziehen.«

Eine Woche später, direkt nach Neujahr, fuhr Evan für ein paar Tage zu seiner Lodge. Ich hatte online noch ein paar Adoptionsgeschichten gelesen, und am Abend vor seiner Abreise erzählte ich ihm, dass ich überlegte, nach meiner leiblichen Mutter zu suchen, während er weg war.

»Bist du sicher, dass das im Moment eine gute Idee ist? Du hast doch schon mit der Hochzeit so viel um die Ohren.«

»Aber das ist es doch gerade – wir werden heiraten, und ich weiß nichts, als dass mich genauso gut irgendwelche Außerirdischen hier abgesetzt haben könnten.«

»Das würde vielleicht das eine oder andere erklären ...«

»Haha, sehr witzig.«

Er grinste, dann sagte er: »Im Ernst, Sara, wie würdest du dich fühlen, wenn du sie nicht finden kannst? Oder wenn sie dich nicht sehen will?«

Wie würde ich mich fühlen? Ich schob den Gedanken beiseite und zuckte die Achseln.

»Ich müsste es akzeptieren. Solche Sachen nehmen mich nicht mehr so mit wie früher. Aber ich habe das Gefühl, dass ich es machen muss – besonders, wenn wir Kinder haben wollen.« Die ganze Zeit, als ich mit Ally schwanger war, hatte ich Angst, was ich ihr womöglich mitgeben würde. Zum Glück ist sie gesund, aber wann immer Evan und ich darüber reden, ein Kind zu bekommen, kriecht die Angst erneut in mir hoch.

Ich sagte: »Ich mache mir eher Sorgen, dass Mom und Dad sich aufregen könnten.«

»Du musst es ihnen ja nicht sagen – es ist dein Leben.

Aber ich denke trotzdem, dass es nicht der beste Zeitpunkt ist.«

Vielleicht hatte er recht. Es war schon stressig genug, sich um Ally und um meine Aufträge zu kümmern, ganz zu schweigen davon, eine Hochzeit zu planen.

»Ich denke darüber nach, es zu verschieben, okay?«

Evan lächelte. »Aber klar doch. Ich kenne dich, Schatz – sobald du dich einmal entschieden hast, kann es dir gar nicht schnell genug gehen.«

Ich lachte. »Ich verspreche es.«

Ich habe tatsächlich daran gedacht zu warten, vor allem, als ich mir Moms Gesicht vorstellte, wenn sie es herausfände. Mom sagte immer, als Adoptivkind sei ich etwas ganz Besonderes, weil sie mich ausgewählt hätten. Als ich zwölf war, erzählte mir Melanie ihre Version. Sie sagte, unsere Eltern hätten mich adoptiert, weil Mom keine Babys bekommen konnte, aber jetzt bräuchten sie mich ja nicht mehr. Mom fand mich in meinem Zimmer, als ich gerade meine Sachen packte. Als ich ihr sagte, dass ich weggehen würde, um meine »richtigen« Eltern zu finden, fing sie an zu weinen und sagte: »Deine leiblichen Eltern konnten sich nicht richtig um dich kümmern, aber sie wollten, dass du das bestmögliche Zuhause bekommst. Also sorgen wir jetzt für dich, und wir lieben dich sehr.« Niemals werde ich den Schmerz vergessen, der in ihrem Blick lag, oder wie mager sie sich anfühlte, als sie mich umarmte.

Als ich das nächste Mal ernsthaft überlegte, meine leiblichen Eltern zu suchen, war ich gerade mit der Schule fertig. Dann wieder, als ich feststellte, dass ich schwanger war, und noch einmal sieben Monate später, als ich Ally zum ersten Mal in den Armen hielt. Doch ich versetzte mich in Moms

Lage und stellte mir vor, wie ich mich fühlen würde, wenn *mein* Kind nach seiner leiblichen Mutter suchen würde, wie verletzt ich wäre und wie viel Angst mir das bereiten würde. Mir wurde klar, dass ich das niemals durchziehen könnte. Womöglich hätte ich es auch dieses Mal nicht geschafft, wenn Dad nicht angerufen hätte, um sich mit Evan zum Angeln zu verabreden.

»Tut mir leid, Dad, er ist gerade gestern aufgebrochen. Kannst du nicht Greg mitnehmen?«

»Greg redet zu viel.«

Laurens Mann tat mir leid. Während Dad Kyle verachtet, kann er mit Greg nichts anfangen. Ich habe erlebt, wie er ihn mitten im Satz stehengelassen hat.

»Seid ihr beide noch eine Weile zu Hause? Ich wollte gerade Ally aus der Schule abholen und kurz bei euch vorbeischauen.«

»Heute nicht. Deine Mom versucht, sich auszuruhen.«

»Flackert ihr Morbus Crohn wieder auf?«

»Sie ist nur müde.«

»Okay, kein Problem. Wenn ihr Hilfe braucht, lasst es mich wissen.«

Mein ganzes Leben lang war es mit Moms Gesundheit immer auf und ab gegangen. Wochenlang ging es ihr gut, sie hat unsere Zimmer gestrichen, Vorhänge genäht und wie eine Wilde gebacken. Selbst Dad war in diesen Phasen fast glücklich. Ich erinnere mich, wie er mich einmal auf die Schultern gehoben hat, und die Aussicht war ebenso berauschend wie die seltene Aufmerksamkeit. Doch am Ende machte Mom immer zu viel, und innerhalb weniger Tage wurde sie erneut krank. Vor unseren Augen wurde sie immer weniger, weil ihr Körper sich weigerte, irgendwelche

Nährstoffe bei sich zu behalten. Selbst wenn sie Babybrei aß, stürzte sie kurz darauf ins Badezimmer.

Wenn sie mal wieder eine schlechte Phase hatte, kam Dad nach Hause und fragte mich, was ich den ganzen Tag getrieben hätte, als versuchte er etwas oder jemanden zu finden, auf den er wütend sein konnte. Als ich neun war, fand er mich vor dem Fernseher, während Mom schlief. Er zerrte mich am Handgelenk in die Küche, deutete auf einen Stapel dreckigen Geschirrs und nannte mich ein faules, undankbares Kind. Am nächsten Tag war es die schmutzige Wäsche, die ihm nicht passte, und am Tag darauf Melanies Spielsachen in der Auffahrt. Sein riesiger, von der Arbeit kräftiger Körper ragte drohend über mir auf, und seine Stimme vibrierte vor Zorn, doch er brüllte nie und tat niemals irgendetwas, das Mom hätte sehen oder hören können. Er ging mit mir in die Garage und listete meine Verfehlungen auf, während ich auf seine Füße starrte, voller Furcht, er könnte sagen, dass er mich nicht mehr haben wollte. Anschließend sprach er eine Woche lang fast kein Wort mit mir.

Ich fing an, die Hausarbeiten zu erledigen, ehe Mom dazu kam, blieb zu Hause, während meine Schwestern mit ihren Freunden spielten, kochte das Abendessen, das niemals die Anerkennung meines Vaters fand – aber zumindest sprach er dann mit mir. Ich hätte alles getan, um seinem Schweigen zu entgehen, alles, um zu verhindern, dass Mom erneut krank wurde. Wenn sie gesund war, war ich in Sicherheit.

Als ich an jenem Abend Lauren anrief, erzählte sie mir, dass sie und die Kinder gerade vom Abendessen bei unseren Eltern zurückgekommen waren. Dad hatte sie eingeladen.

»Also durfte nur mein Kind nicht kommen.«

»Ich bin mir sicher, dass es nicht so war. Ally hat nur so viel Energie, und ...«

»Was soll das heißen?«

»Es heißt gar nichts, sie ist einfach bezaubernd. Aber Dad hat wahrscheinlich gedacht, dass drei Kinder zu viel sind.«

Ich wusste, dass Lauren nur versuchte, mich zu besänftigen, ehe ich mich über Dad ausließ. Sie hasste das, aber es machte mich irre, dass sie niemals sah, wie ungerecht Dad mich behandelte, oder es zumindest niemals eingestand. Nachdem wir aufgelegt hatten, hätte ich beinahe Mom angerufen, um zu sehen, wie es ihr ging, aber dann dachte ich daran, wie Dad mir befohlen hatte, zu Hause zu bleiben. Als wäre ich eine streunende Hündin, die nur auf der Terrasse schlafen durfte, weil sie das Haus schmutzig machen könnte. Ich legte das Telefon zurück in die Ladestation.

Am nächsten Tag füllte ich beim Standesamt das Formular aus, zahlte meine fünfzig Dollar und begann zu warten. Ich würde gern sagen: geduldig, aber nach der ersten Woche fiel ich regelrecht über den Postboten her. Einen Monat später lag meine Original-Geburtsurkunde in der Post. Ich starrte den Umschlag an und stellte fest, dass meine Hand zitterte. Evan war wieder in der Lodge, und ich wünschte, er könnte dabei sein, wenn ich den Umschlag aufmachte, aber bis dahin war es noch eine ganze *Woche*. Ally war in der Schule und das Haus still. Ich holte tief Luft und riss den Umschlag auf.

Der Name meiner richtigen Mutter lautete Julia Laroche, und ich war in Victoria, British Columbia, geboren worden. Mein Vater war mit »unbekannt« angegeben. Auf der Suche nach Antworten las ich die Geburtsurkunde und die Adoptionsbescheinigung immer wieder, doch die ganze Zeit ging mir nur eine einzige Frage durch den Kopf: *Warum hast du mich weggegeben?*

Am nächsten Morgen wachte ich früh auf und war schon im Internet, als Ally noch schlief. Als Erstes probierte ich es beim Adoptions-Suchregister, doch als ich feststellte, dass ich womöglich noch einen weiteren Monat auf eine Antwort warten müsste, beschloss ich, zuerst auf eigene Faust zu suchen. Nachdem ich zwanzig Minuten lang verschiedene Websites durchstöbert hatte, hatte ich drei Julia Laroches in Quebec und vier unten in den Staaten gefunden, die etwa im passenden Alter zu sein schienen. Nur zwei von ihnen lebten auf Vancouver Island, aber als ich sah, dass sie beide in Victoria geboren worden waren, drehte sich mir der Magen um. Wohnte sie nach all der Zeit immer noch dort? Rasch klickte ich auf den ersten Link und atmete langsam aus. Die Frau war zu jung, ihrem Beitrag in einem Forum für junge Mütter nach zu urteilen. Der zweite Link führte zur Website einer Immobilienmaklerin in Victoria. Sie hatte kastanienbraunes Haar, wie ich, und sah aus, als sei sie im richtigen Alter. Mit einer Mischung aus Aufregung und Furcht betrachtete ich ihr Gesicht. Hatte ich meine leibliche Mutter gefunden?

Nachdem ich Ally zur Schule gefahren hatte, saß ich an meinem Schreibtisch und kreiste die Telefonnummer ein, die ich auf ein Stück Papier gekritzelt hatte. *Ich rufe sie in einer Minute an. Nach der nächsten Tasse Kaffee. Wenn ich die Zeitung gelesen habe.* Schließlich zwang ich mich, den Hörer aufzunehmen.

Rrring.

Vielleicht war sie es gar nicht.

Rrring.

Ich sollte einfach auflegen. Das war ein schlechter Weg, um ...

»Julia Laroche am Apparat.«

Ich öffnete den Mund, aber kein Ton kam heraus.

»Hallo?«, sagte sie.

»Hallo, ich rufe an ... ich rufe an, weil ...« *Weil ich blöderweise dachte, wenn ich irgendetwas Geistreiches sage, würdest du es auf der Stelle bedauern, mich weggegeben zu haben.* Aber jetzt konnte ich mich nicht einmal mehr an meinen Namen erinnern.

Ihre Stimme klang ungeduldig. »Möchten Sie ein Haus kaufen oder verkaufen?«

»Nein, ich bin ...« Ich holte tief Luft und sagte hastig: »Ich bin möglicherweise Ihre Tochter.«

»Soll das ein Witz sein? Wer sind Sie?«

»Mein Name ist Sara Gallagher. Ich wurde in Victoria geboren und zur Adoption freigegeben. Sie haben kastanienbraunes Haar, und Sie sind im richtigen Alter, also dachte ich ...«

»Meine Liebe, es ist ganz unmöglich, dass Sie meine Tochter sind. Ich kann keine Kinder bekommen.«

Mein Gesicht brannte. »O Gott, das tut mir leid. Ich dachte nur ... na ja, ich hatte gehofft ...«

Die Stimme wurde weicher. »Das ist schon in Ordnung. Viel Glück bei Ihrer Suche.« Ich wollte gerade auflegen, als sie sagte: »Es gibt eine Julia Laroche, die an der Universität arbeitet. Ich bekomme manchmal Anrufe für sie.«

»Danke, das ist sehr nett von Ihnen.«

Mein Gesicht war immer noch heiß, als ich das Telefon auf den Schreibtisch fallen ließ und in meine Werkstatt ging. Ich säuberte fast all meine Farbpinsel, dann saß ich da, starrte die Wand an und dachte an das, was diese Maklerin gesagt hatte. Ein paar Minuten später hockte ich wieder vor dem Computer. Nach kurzer Suche entdeckte ich den Namen der anderen Julia in einer Liste der Professoren an der Universität von Victoria. Sie unterrichtete Kunstgeschichte – rührte meine Vorliebe für alte Dinge daher? Ich schüttelte den Kopf. Warum ließ ich zu, dass ich so aufgeregt war? Es war nur ein Name. Ich holte tief Luft, rief bei der Universität an und war überrascht, als ich prompt zu Julia Laroche durchgestellt wurde.

Dieses Mal war ich vorbereitet und hatte mir ein paar Sätze zurechtgelegt. »Guten Tag, mein Name ist Sara Gallagher, und ich versuche, meine leibliche Mutter zu finden. Haben Sie vor ungefähr dreiunddreißig Jahren ein Kind zur Adoption freigegeben?«

Ein scharfes Einatmen. Dann Schweigen.

»Hallo?«

»Rufen Sie nie wieder hier an.« Sie legte auf.

Ich weinte. Stundenlang. Davon bekam ich Migräne, so heftig, dass Lauren Ally und Elch abholen musste. Zum Glück sind Laurens Jungs in Allys Alter, und sie ist gerne bei ihnen zu Besuch. Ich war ungern auch nur für eine Nacht von meiner Tochter getrennt, aber ich konnte nichts anderes tun, als in einem dunklen Raum zu liegen, mit einer kalten Kompresse auf der Stirn, und darauf zu warten, dass es vorbeiging. Evan rief an, und ich erzählte ihm, was passiert war. Ich konnte nur langsam sprechen, so weh tat mein Kopf. Am nächsten Nachmittag hörte ich auf, Auren um alles herum zu sehen, so dass Ally und Elch nach Hause kommen konnten. Am Abend rief Evan wieder an.

»Geht's dir besser, Schatz?«

»Die Migräne ist weg – selber schuld, wenn ich so blöd

bin, schon wieder meine Tabletten zu vergessen. Jetzt bin ich mit diesem Tisch im Verzug, und außerdem wollte ich diese Woche doch ein paar Fotografen anrufen und …«

»Sara, du musst nicht alles sofort erledigen. Spar dir das mit den Fotografen auf, bis ich wieder da bin.«

»Ist schon okay, ich kümmere mich darum.«

In vielerlei Hinsicht bewunderte ich Evan, weil er immer so locker war, aber in den zwei Jahren, die wir jetzt zusammen waren, hatte ich gelernt, dass »das erledigen wir später« in der Regel bedeutete, dass ich mich irgendwann wie eine Irre abhetzte, um mal wieder etwas auf den letzten Drücker zu organisieren.

Ich sagte: »Ich habe über die Sache mit meiner leiblichen Mutter nachgedacht.«

»Und?«

»Ich überlege, ihr einen Brief zu schreiben. Ihre Adresse ist nirgendwo aufgeführt, aber ich könnte ihn an die Universität schicken.«

Evan schwieg einen Augenblick. »Sara … ich bin nicht sicher, ob das eine gute Idee ist.«

»Sie will mich nicht kennenlernen, auch gut, aber sie könnte mir zumindest Infos zur medizinischen Familiengeschichte geben. Was ist mit Ally? Hat sie kein Recht, es zu wissen? Es könnte gesundheitliche Probleme geben, wie … wie eine Neigung zu Bluthochdruck oder Diabetes oder *Krebs* …«

»Schatz.« Evans Stimme klang sanft, aber fest. »Immer mit der Ruhe. Warum lässt du dich davon so fertigmachen?«

»Ich bin nicht so wie du. Ich kann solche Dinge nicht so einfach wegstecken.«

»Hör zu, du verrücktes Huhn, ich bin in dieser Sache auf deiner Seite.«

Ich schwieg, schloss die Augen und versuchte zu atmen. Ich rief mir in Erinnerung, dass Evan die falsche Zielscheibe für meinen Zorn war.

»Sara, tu, was du tun musst. Du weißt, dass ich dich unterstütze, egal, was passiert. Aber ich denke, du solltest die Finger davon lassen.«

Auf der anderthalbstündigen Fahrt die Insel hinunter am nächsten Tag fühlte ich mich die ganze Zeit ruhig und zentriert und war zuversichtlich, das Richtige zu tun. Der Island Highway hatte für mich schon immer etwas Tröstliches: die anheimelnden Städtchen und Täler, das Ackerland, die flüchtigen Blicke auf den Ozean und die Bergketten an der Küste. Als ich mich Victoria näherte und durch den uralten Wald im Goldstream Park fuhr, dachte ich daran, wie Dad mit uns hierhergefahren war, damit wir die Lachse beim Laichen im Fluss sehen konnten. Lauren war entsetzt über die ganzen Möwen, die sich über die toten Lachse hermachten. Ich hasste den Geruch des Todes in der Luft, wie er sich in den Kleidern und der Nase festsetzte. Ich hasste es, wie Dad meinen Schwestern alles erklärte, meine Fragen jedoch ignorierte – *mich* ignorierte.

Evan und ich haben überlegt, eines Tages in Victoria eine zweite Whale-Watching-Station zu eröffnen. Ally liebt das Museum und die Straßenkünstler am Inneren Hafen, und ich liebe all die alten Gebäude. Aber im Moment ist uns Nanaimo ganz recht. Obwohl es die zweitgrößte Stadt auf der Insel ist, hat man das Gefühl, in einer Kleinstadt zu leben. Man kann an der Strandpromenade am Hafen spazieren gehen, in der Altstadt shoppen und oben in den Bergen wandern, mit einem überwältigenden Blick über die Golfinseln – und das alles an einem Tag. Wenn wir mal wegwollen, nehmen wir einfach die Fähre zum Festland oder fahren zum Einkaufen nach Victoria.

Wenn dieser Trip nach Victoria allerdings nicht gut ausging, würde es eine lange Heimfahrt werden.

Mein Plan war es, den Brief mit der Bitte um Informationen in Julias Büro abzugeben. Doch als die Frau am Empfangstresen mir sagte, dass Professor Laroche gerade im Nachbargebäude eine Vorlesung hielt, war ich neugierig, wie sie wohl aussah. Sie würde nicht einmal wissen, dass ich da war. Anschließend könnte ich den Brief für sie am Empfang abgeben.

Langsam öffnete ich die Tür zum Hörsaal und schlich hinein, das Gesicht vom Podium abgewandt. Ich fand einen Platz ganz hinten, kauerte mich hin und warf einen Blick auf meine Mutter. Ich kam mir vor wie ein Stalker.

»Wie Sie sehen, variiert die Architektur der Islamischen Welt ...«

In meinen Tagträumen war sie stets eine ältere Version meiner selbst gewesen, doch während mir mein kastanienbraunes Haar in unbändigen Locken über den Rücken fiel, hatte sie ihre schwarzen Haare zu einem glatten Bob geschnitten. Die Augenfarbe konnte ich nicht erkennen, aber ihr Gesicht war rund, mit einer feinen Knochenstruktur. Ich hatte hohe Wangenknochen und nordische Gesichtszüge. Unter ihrem schwarzen Wickelkleid zeichnete sich eine leicht jungenhafte Gestalt ab, und sie hatte schmale Handgelenke. Ich war eher von sportlicher Statur. Sie war vermutlich knapp einen Meter sechzig groß, ich dagegen eins fünfundsiebzig. Mit eleganten, ruhigen Bewegungen deutete sie auf die Bilder auf der Leinwand. Ich dagegen rede so heftig mit den Händen, dass ich ständig irgendetwas umwerfe.

Wenn mir ihre Reaktion am Telefon nicht immer noch im Kopf herumgespukt hätte, hätte ich gedacht, es sei die falsche Frau.

Während ich mit halbem Ohr ihrem Vortrag lauschte, malte ich mir aus, wie meine Kindheit mit ihr als Mutter verlaufen wäre. Wir hätten beim Abendessen über Kunst diskutiert, hätten von wunderschönen Tellern gegessen und manchmal die Kerzen in den silbernen Kerzenhaltern angesteckt. In den Sommerferien hätten wir im Ausland Museen besucht und in italienischen Cafés beim Cappuccino tiefsinnige Unterhaltungen geführt. An den Wochenenden hätten wir zusammen in Buchläden gestöbert ...

Eine Woge aus Schuldgefühlen übermannte mich. *Ich habe eine Mutter.* Ich dachte an die liebenswerte Frau, die mich großgezogen hatte, die Frau, die mir Kohlkompressen gegen meine Kopfschmerzen gemacht hat, obwohl es ihr selbst nicht gutging, die Frau, die nicht wusste, dass ich meine leibliche Mutter gefunden hatte.

Als die Vorlesung zu Ende war, ging ich die Treppen hinunter zur Seitentür. Als ich an Julia vorbeikam, lächelte sie mir zu, allerdings mit fragendem Blick, als versuchte sie, mich einzuordnen. Ein Student blieb stehen, um sie etwas zu fragen, und ich stürzte zur Tür. In der letzten Sekunde blickte ich über die Schulter zurück. Ihre Augen waren braun.

Ich ging direkt zurück zu meinem Auto. Ich saß immer noch da, mein Herz schlug wie rasend in meiner Brust, als ich sie aus dem Gebäude treten sah. Sie ging auf den Parkplatz der Fakultät zu. Vorsichtig lenkte ich den Wagen in ihre Richtung und beobachtete, wie sie in einen edlen weißen Jaguar stieg. Als sie losfuhr, folgte ich ihr.

Stopp. Denk darüber nach, was du tust. Halt an.

Als ob ich das schaffen würde.

Als wir die Dallas Road entlangfuhren, eine gehobene Wohngegend direkt am Wasser, ließ ich mich zurückfallen. Nach etwa zehn Minuten bog Julia auf die runde Auffahrt eines riesigen Hauses im Tudorstil direkt am Ozean ein. Ich hielt an und holte den Stadtplan heraus. Sie parkte vor der Marmortreppe, nahm den Weg um das Haus herum und verschwand durch eine Seitentür.

Sie hatte nicht angeklopft. Sie lebte hier.

Und was sollte ich jetzt machen? Wegfahren und die ganze Sache vergessen? Den Brief in ihren Briefkasten am Ende der Auffahrt werfen und riskieren, dass jemand anders ihn fand? Ihn ihr persönlich überreichen?

Doch sobald ich die Eingangstür aus Mahagoni erreicht hatte, stand ich da wie eine Idiotin, erstarrt und zugleich hin- und hergerissen zwischen der Möglichkeit, den Brief in die Tür zu klemmen oder einfach die Auffahrt zurückzusprinten. Ich klopfte nicht, ich klingelte nicht, trotzdem wurde die Tür geöffnet. Ich blickte meiner Mutter direkt ins Gesicht. Und sie sah nicht glücklich aus, mich zu sehen.

»Ja, bitte?«

Mein Gesicht brannte.

»Hi ... ich ... ich habe Ihre Vorlesung gehört.«

Ihre Augen wurden schmal. Sie schaute auf den Umschlag, den ich umklammert hielt.

»Ich habe Ihnen einen Brief geschrieben.« Meine Stimme klang atemlos. »Ich wollte Sie ein paar Dinge fragen ... wir haben gestern miteinander geredet.«

Sie starrte mich an.

»Ich bin Ihre Tochter.«

Sie riss die Augen auf. »Gehen Sie!« Sie machte Anstalten, die Tür zu schließen. Ich stellte meinen Fuß in den Spalt.

»*Warten* Sie. Ich wollte Sie nicht aufregen ... ich habe nur ein paar Fragen, es ist wegen meiner Tochter.« Ich wühlte in meiner Brieftasche und zog ein Foto heraus. »Ihr Name ist Ally – sie ist erst sechs.«

Julia sah sich das Foto nicht an. Als sie sprach, war ihre Stimme schrill und angespannt.

»Es ist kein guter Zeitpunkt. Ich kann nicht ... ich *kann* einfach nicht.«

»Fünf Minuten. Mehr brauche ich nicht, danach lasse ich Sie in Ruhe.«

Sie blickte über ihre Schulter zum Telefon auf dem Tisch in der Halle.

»Bitte. Ich verspreche, dass ich nicht wiederkommen werde.«

Sie führte mich in ein Nebenzimmer mit einem Mahagonischreibtisch und Bücherregalen, die bis zur Decke reichten. Scheuchte eine Katze von einem antiken Lehnstuhl mit braunem Lederbezug.

Ich setzte mich und versuchte zu lächeln. »Perserkatzen sind wunderschön.«

Sie erwiderte mein Lächeln nicht. Sie hockte auf der Kante von ihrem Sessel. Die Hände umklammerten einander in ihrem Schoß, die Knöchel waren weiß.

Ich sagte: »Dieser Sessel ist großartig ... ich restauriere alte Möbel, und dieser hier ist makellos. Ich liebe Antiquitäten. Alles, was alt ist, um genau zu sein, Autos, Kleider ...« Meine Hand strich über die enganliegende schwarze Samtjacke, die ich mit Jeans kombiniert hatte.

Sie starrte auf den Boden. Ihre Hände begannen zu zittern.

Ich holte tief Luft und kam auf den Punkt.

»Es ist nur so, dass ich wissen will, warum Sie mich weggegeben haben. Ich bin Ihnen nicht böse, ich habe ein gutes Leben. Es ist nur ... ich will es einfach wissen. Ich *muss* es wissen.«

»Ich war jung.« Ihre Stimme klang jetzt näselnd und tonlos. »Es war ein Unfall. Ich wollte keine Kinder.«

»Warum haben Sie mich dann zur Welt gebracht?«

»Ich war katholisch.«

War?

»Was ist mit Ihrer Familie, ist sie ...«

»Meine Eltern sind bei einem Unfall ums Leben gekommen – *nach* Ihrer Geburt.« Mit dem letzten Teil platzte sie geradezu heraus.

Ich wartete, dass sie mehr sagen würde. Die Katze strich um ihre Beine, aber sie streichelte sie nicht. Ich sah, wie ihre Halsschlagader hektisch pulsierte.

»Das tut mir sehr leid. War der Unfall auf der Insel?«

»Wir ... sie ... lebten in Williams Lake.« Sie wurde rot.

»Ihr Name, Laroche. Was bedeutet das? Das ist Französisch, oder nicht? Wissen Sie, aus welchem Teil von ...«

»Ich habe nie nachgeforscht.«

»Und mein Vater?«

»Es geschah auf einer Party, und ich erinnere mich an gar nichts. Ich weiß nicht, wo er jetzt ist.«

Ich starrte die elegante Frau vor mir an. Nichts an ihr passte zu einem betrunkenen One-Night-Stand. Sie log. Ich war mir ganz sicher. Ich wollte sie zwingen, mich anzusehen. Sie starrte die Katze an. Ich verspürte den irrsinnigen Drang, das Tier aufzuheben und auf sie zu schleudern.

»War er groß? Sehe ich ihm ähnlich oder ...«

Sie stand auf. »Ich sagte Ihnen, dass ich mich nicht erinnere. Sie sollten jetzt besser gehen.«

»Aber ...« Hinten im Haus ging eine Tür.

Julias Hand flog hoch, um ihren Mund zu bedecken. Eine ältere Frau mit lockigem blonden Haar und einem pinkfarbenen Schal um ihre schmalen Schultern drapiert kam um die Ecke.

»Julia! Gut, dass du zu Hause bist, wir sollten …« Als sie mich sah, blieb sie stehen, ein Lächeln breitete sich auf ihrem Gesicht aus. »Oh, hallo. Ich wusste nicht, dass Julia eine Studentin hier hat.«

Ich stand auf und streckte die Hand aus. »Ich bin Sara. Professor Laroche war so freundlich, meine Arbeit mit mir durchzugehen, aber jetzt muss ich los.«

Sie ergriff meine Hand. »Katharine. Ich bin Julias …« Ihre Stimme verlor sich, als sie Julias Blick suchte.

Ich unterbrach das peinliche Schweigen. »Es war nett, Sie kennenzulernen.« Ich wandte mich an Julia. »Noch einmal vielen Dank für Ihre Hilfe.«

Sie rang sich ein Lächeln ab und nickte.

Beim Auto blickte ich über die Schulter zurück. Sie standen immer noch in der offenen Tür. Katharine lächelte und winkte, doch Julia starrte mich nur an.

Sie verstehen also, warum ich Sie sprechen musste. Ich habe das Gefühl, auf einer Eisfläche zu stehen. Überall um mich herum knackt es, aber ich weiß nicht, in welche Richtung ich mich wenden soll. Soll ich versuchen herauszufinden, warum meine leibliche Mutter gelogen hat? Oder soll ich Evans Rat beherzigen und es einfach auf sich beruhen lassen? Ich weiß, Sie werden mir sagen, dass ich die Einzige bin, die das entscheiden kann, aber ich brauche Ihre Hilfe.

Ich muss ständig an Elch denken. Als Welpen hatten wir ihn einmal in der Waschküche gelassen, als wir an einem kalten Samstag ausgegangen sind, weil er noch nicht stubenrein war – der kleine Racker pinkelte überall hin, so dass Ally versuchte, ihn mit ihren Puppenwindeln zu wickeln. Wir hatten einen wunderschönen hellen Sisalteppich, den wir von einem Ausflug nach Saltspring Island mitgebracht hatten, und er musste angefangen haben, an einer Ecke zu knabbern, und hat dann einfach immer weiter daran gezogen. Als wir nach Hause kamen, war der Teppich völlig ruiniert. Mein Leben ist wie dieser wunderschöne bunte Teppich – es hat Jahre gedauert, es zusammenzunähen. Jetzt befürchte ich, dass es, wenn ich an dieser einen Ecke weiter daran ziehe, irgendwann ganz aufgeribbelt ist.

Aber ich weiß nicht, ob ich damit aufhören kann.

2. Sitzung

Ich habe über alles nachgedacht, was Sie gesagt haben – dass ich nicht alles sofort entscheiden muss, dass ich mir über meine Erwartungen klarwerden muss ebenso wie über meine Gründe, warum ich mehr über meine Vergangenheit erfahren will. Ich habe sogar eine Tabelle mit den Pros und Kontras aufgestellt, so wie wir das früher zusammen gemacht haben. Ich habe alles ordentlich in Spalten sortiert, aber ich bin immer noch nicht schlauer. Also bin ich in meine Werkstatt gestapft, habe Sara McLachlan angemacht und mir die Seele aus dem Leib geheult, während ich mich über einen Eichenschrank hermachte. Mit jeder Farbschicht, die ich runterbekam, wurde ich ruhiger. Es war egal, ob sie gelogen hatte oder wo ich herkam. Was zählte, war mein Leben jetzt.

Kaum war ich von der Wiedervereinigung mit meiner Mutter geflohen, hatte ich Evan angerufen. Als er am Wochenende nach Hause kam, brachte er mir Schokolade und Rotwein mit, als verfrühte Valentinsüberraschung – der Mann ist kein Dummkopf. Aber am klügsten war es, dass er mir keinen Vortrag gehalten, sondern mich einfach in den Arm genommen hat und mich schimpfen und toben ließ, bis mir die Puste ausging. Und natürlich ging mir irgendwann die Puste aus – und die Depression kam. Es war schon so lange her, seit ich die letzte hatte, dass ich es zuerst gar nicht merkte. Wie ein Exfreund, dem man zufällig über den

Weg läuft und bei dem man sich nicht mehr erinnern kann, warum man sich seinetwegen so mies gefühlt hat, so wütend und alles. Erst zwei Wochen später begann ich, mich fast wieder normal zu fühlen. An diesem Punkt hätte ich aufhören sollen.

Evan war wieder in der Lodge, und Laurens Mann Greg, der für Dads Holzfällerunternehmen arbeitet, war gerade ins Camp aufgebrochen, also rauschten Ally und ich zum Abendessen rüber zu Lauren. Was das Kochen angeht, klappt es bei mir ganz gut, solange ich nicht von einem aktuellen Projekt besessen bin, aber gegen Laurens Roastbeef und Yorkshire Pudding sieht mein Pfannengemüse alt aus.

Während Laurens zwei Jungs, genau wie sie flachsblond und mit großen, blauen Augen, mit Ally und Elch durch den Garten jagten, nahmen Lauren und ich unseren Kaffee und den Nachtisch mit ins Wohnzimmer. Ich war froh, dass wir dieses Jahr einen milden Winter hatten, obwohl es auf der Insel ja niemals richtig kalt wird, aber es war nett, sich vor ihrem Kamin zusammenzukuscheln und uns von den letzten Katastrophen unserer Kinder zu erzählen. Ihre zwei haben normalerweise nur etwas kaputtgemacht, während meine ständig Ärger in der Schule hat, weil sie andere Kinder herumkommandiert oder redet, wenn sie still sein soll. Evan lacht dann immer und sagt: »Wo sie das wohl herhat«, sobald ich mich darüber beklage.

Nachdem wir den letzten Rest Schokolade von unseren Tellern gekratzt hatten, sagte Lauren: »Wie kommst du mit den Hochzeitsvorbereitungen voran?«

»O Gott, erinner mich bloß nicht daran. Meine Liste ist ellenlang.«

Lauren lachte und legte den Kopf zurück, so dass die

Narbe an ihrem Kinn zu sehen war. Vor vielen Jahren war sie einmal vom Rad gefallen. Natürlich hatte Dad mir die Hölle heißgemacht, weil ich nicht genügend auf sie aufgepasst hatte, aber ihrer natürlichen Schönheit tat das keinen Abbruch. Sie schminkt sich nur selten, doch mit dem herzförmigen Gesicht, dem honigfarbenen Teint und der leicht sommersprossigen Nase hat sie das auch nicht nötig. Außerdem gehört Lauren zu den wenigen Menschen, die genauso nett sind, wie sie aussehen – die Sorte, die sich merkt, welche Shampoosorte man benutzt und dann die Gutscheine für einen aufhebt.

»Ich habe dir doch gesagt, dass eine Hochzeit mehr Arbeit macht, als man denkt. Und du hast gedacht, es würde leicht werden.«

»Und das von einer Frau, die bei ihrer eigenen Hochzeit kein bisschen gestresst war.«

Sie zuckte die Achseln. »Ich war zwanzig. Ich war einfach nur glücklich zu heiraten. Moms und Dads Garten war alles, was wir brauchten. Aber in der Lodge wird es wunderschön werden.«

»Ja, das wird es. Aber da gibt es etwas, das ich dir erzählen muss …«

Lauren sah mich an. »Du bekommst doch wohl nicht etwa kalte Füße?«

»Was? Natürlich nicht!«

Sie atmete wieder aus. »Gott sei Dank. Evan tut dir so gut.«

»Warum erzählt mir das jeder?«

Sie lächelte. »Weil es stimmt.«

Da konnte ich ihr kaum widersprechen. Ich hatte Evan in einer Autowerkstatt kennengelernt, als wir beide auf unsere Fahrzeuge warteten – seines sollte frisiert werden, meines pfiff aus dem letzten Loch. Ich machte mir Sorgen, dass sie meinen Wagen nicht wieder hinkriegen würden, und hatte keine Ahnung, wie ich dann Ally abholen sollte, doch Evan beruhigte mich, dass schon alles gutgehen würde. Ich weiß noch, wie er die Papphülse über meinen heißen Becher schob, ehe er ihn mir reichte, wie entspannt und sicher seine Bewegungen waren. Wie ruhig ich mich in seiner Gegenwart fühlte.

Lauren sagte: »Also, was willst du mir erzählen?«

»Erinnerst du dich noch, wie ich immer davon gesprochen habe, meine Herkunftsfamilie zu suchen?«

»Natürlich, du warst ganz besessen davon, als wir klein waren. Weißt du noch, wie du einen Sommer lang überzeugt warst, du wärst eine indianische Prinzessin, und versucht hast, im Garten ein Kanu zu bauen?« Sie fing an zu lachen, dann sah sie mein Gesicht und sagte: »Warte, hast du sie tatsächlich gesucht?«

»Vor ein paar Wochen habe ich meine leibliche Mutter gefunden.«

»Wow. Das ist ... heftig.« Laurens Gesichtsausdruck wechselte von Überraschung über Verwirrung zu Schmerz. »Warum hast du mir nichts davon gesagt?«

Das war eine gute Frage, die ich nicht beantworten konnte. Lauren hat ihren Freund von der Highschool geheiratet und ist noch mit denselben Leuten befreundet, mit denen sie schon in der Grundschule gespielt hat. Sie hat keine Ahnung, wie es sich anfühlt, zurückgewiesen zu werden oder allein zu sein. Der andere Grund war ihr Mann. Es war unmöglich zu reden, solange Greg dabei war.

»Ich musste das erst alles verarbeiten«, erklärte ich. »Es ist nicht besonders gut gelaufen.«

»Nicht? Was ist passiert? Lebt sie auf der Insel?«

Ich erzählte Lauren den ganzen Schlamassel.

Sie verzog das Gesicht. »Das muss ja furchtbar gewesen sein. Wie geht's dir jetzt damit?«

»Ich bin enttäuscht. Vor allem, weil sie mir nichts über meinen leiblichen Vater erzählt hat – sie war meine einzige Chance, ihn zu finden.«

Die meisten meiner Tagträume liefen darauf hinaus, dass mein leiblicher Vater mich umgehend in seine Villa mitnahm und mich allen als seine langverlorene Tochter vorstellte, während seine Hand warm auf meinem Rücken ruhte.

»Mom und Dad hast du aber nichts erzählt, oder?«

Ich schüttelte den Kopf.

Lauren wirkte erleichtert und starrte auf meinen Teller. Die Schokolade in meinem Mund schmeckte bitter. Ich hasste die Woge aus Schuldgefühlen und Angst, die mich überrollte, wann immer ich befürchtete, Mom und Dad könnten es herausfinden, und ich hasste mich dafür, dass ich es mir übelnahm.

Ich bat: »Erzähl Melanie oder Greg nichts davon, okay?«

»Natürlich nicht.«

Ich betrachtete ihr Gesicht. Was mochte sie jetzt denken? Nach einer Weile sagte sie: »Vielleicht war dein Vater verheiratet, und sie hat Angst, dass es nach all den Jahren rauskommt?«

»Vielleicht … Aber ich glaube, sie hat sogar wegen ihres Namens gelogen.«

»Willst du noch einmal mit ihr reden?«

»Zum Teufel, nein! Wahrscheinlich würde sie die Polizei rufen. Ich werde die Sache einfach fallenlassen.«

»Das ist wahrscheinlich das Beste.« Wieder sah sie erleichtert aus. Ich wollte sie fragen, was sie meinte, für wen es »das Beste« sei, aber sie hatte bereits unsere Teller eingesammelt und ging in die Küche. Ich blieb allein und fröstelnd vor dem Feuer zurück.

Sobald wir zu Hause waren, fielen Ally und Elch ins Bett, und ich räumte das Haus auf – ich neige dazu, die Dinge etwas schleifen zu lassen, wenn Evan nicht da ist. Nachdem alles erledigt war, war ich nicht in der Stimmung, in die Werkstatt zu gehen, so wie ich es normalerweise tue, wenn ich von Kaffee und Schokolade aufgekratzt bin, also schaltete ich den Computer ein. Ich hatte vor, nur mal kurz nach den E-Mails zu sehen, aber dann fielen mir Julias Worte ein.

Meine Eltern sind bei einem Unfall ums Leben gekommen.

Hatte Julia überhaupt in irgendeinem Punkt die Wahrheit gesagt? Vielleicht konnte ich zumindest die Namen ihrer Eltern im Internet finden. Zuerst googelte ich *Autounfälle, Williams Lake, BC*. Das ergab ein paar Treffer, aber nur einen tödlichen Unfall mit einem Ehepaar, und die waren erst vor kurzem gestorben. Außerdem war es der falsche Name. Ich weitete meine Suche auf ganz Kanada aus, stieß aber trotzdem auf keinen Unfall, bei dem eines der Opfer den Nachnamen meiner Mutter trug. Wenn sie schon vor Jahren gestorben waren, war der Artikel vermutlich ohnehin nicht im Internet zu finden. Noch nicht bereit aufzugeben, googelte ich *Laroche*. Merkwürdige Treffer, beiläufige Erwähnungen hier und da, aber außer der Seite der Universität, die ich schon kannte, fand ich nichts, das irgendwie in Verbindung mit Julia stand.

Ehe ich für diesen Abend Schluss machte, beschloss ich, noch etwas über Williams Lake zu lesen. Ich war nie dort gewesen, aber ich wusste, dass die Stadt im Herzen von Cariboo lag, mitten in British Columbia. Julia kam mir nicht vor wie ein Kleinstadtmädchen, und ich fragte mich, ob sie wohl geflohen war, sobald sie mit der Schule fertig war. Ich starrte den Bildschirm an. Ich wollte mehr über sie herausfinden, aber *wie*? Ich hatte keine Kontakte an die Universität oder zu irgendwelchen Behörden, und Evan auch nicht. Ich brauchte jemanden mit Verbindungen.

Als ich bei Google nach Privatdetektiven in Nanaimo suchte, stellte ich überrascht fest, dass es gleich ein paar Firmen gab. Ich sah mir ihre Websites an, und meine Zuversicht wuchs, als ich merkte, dass es meistens Polizisten im Ruhestand waren. Als Evan mich später anrief, erzählte ich ihm von der Idee.

»Und wie teuer sind die?«, wollte er wissen.

»Das weiß ich noch nicht. Ich wollte morgen ein paar anrufen.«

»Das kommt mir ziemlich extrem vor. Du weißt ja nicht sicher, ob sie wirklich gelogen hat.«

»Sie hat mir eindeutig etwas verheimlicht – das macht mich wahnsinnig.«

»Und wenn es etwas ist, das du gar nicht wissen willst? Vielleicht hat sie einen guten Grund, es dir nicht zu erzählen.«

»Ich würde lieber damit klarkommen müssen, als mich den Rest meines Lebens zu fragen, was es ist. Und vielleicht finden sie meinen leiblichen Vater. Was, wenn er gar nichts von mir weiß?«

»Wenn du das Gefühl hast, du müsstest es tun, dann mach es. Aber überprüf sie zuerst. Beauftrage nicht einfach irgendjemanden aus dem Telefonbuch.«

»Ich passe schon auf.«

Am nächsten Tag rief ich bei dem Privatdetektiv mit der schicksten Website an, aber sobald er mir seinen Tarif nannte, wusste ich, wieso er sich so was leisten konnte. Bei den nächsten beiden Nummern landete ich direkt auf einem Anrufbeantworter. Der vierte, *TBD Ermittlungen*, hatte eine sehr schlichte Website, aber die Frau des Mannes klang am Telefon freundlich und sagte mir, »Tom« würde mich zurückrufen. Was er eine Stunde später auch tat. Als ich ihn nach seiner Vorgeschichte fragte, erklärte er, dass er ein pensionierter Cop sei und den Job mache, um genug Geld fürs Golfspielen zu haben und sich seine Frau vom Leibe zu halten. Er gefiel mir.

Er rechnete stundenweise ab und nahm einen Vorschuss von fünfhundert Dollar. Wir verabredeten uns für den Nachmittag. Als ich auf dem öffentlichen Parkplatz neben Toms Wagen anhielt, kam ich mir vor wie in einem schlechten Film, aber nachdem wir uns ein paar Minuten unterhalten hatten und er mir versicherte, dass er alles, was er herausfände, vertraulich behandeln würde, fühlte ich mich besser. Ich füllte seine Formulare aus und fuhr mit gemischten Gefühlen davon. Ich empfand Schuld, weil ich in Julias Privatsphäre eindrang und ihre Adresse preisgegeben hatte, Hoffnung, meinen richtigen Vater zu finden, und Angst, dass er mich ebenfalls nicht kennenlernen wollte.

Tom hatte mir gesagt, dass ich vielleicht nicht sofort von ihm hören würde, doch er rief bereits zwei Tage später an, als ich nach dem Abendessen am Aufräumen war.

»Ich habe die Informationen, die Sie haben wollten.« Die freundliche Großvaterstimme war verschwunden, jetzt war er ganz der ernsthafte Cop.

»Will ich sie wissen?« Ich lachte. Er nicht.

»Sie hatten recht, Julia Laroche ist nicht ihr richtiger Name – der lautet Karen Christianson.«

»Interessant. Wissen Sie, warum sie ihn geändert hat?«

»Sagt Ihnen der Name nichts?«

»Sollte er?«

»Karen Christianson war die einzige Überlebende des Campsite-Killers.«

Ich schnappte nach Luft. Vom Campsite-Killer hatte ich gehört, ich habe mich schon immer für Serienmörder und ihre Verbrechen interessiert. Evan fand das morbid, aber sobald im Fernsehen eine Sendung über einen bekannten Mordfall lief, hing ich vor der Glotze. Sie haben alle so reißerische Namen wie Zodiac-Killer, Vampirvergewaltiger, Green-River-Mörder, doch beim Campsite-Killer konnte ich mich nicht mehr an viel erinnern – außer, dass er Leute im Landesinneren von British Columbia umbrachte.

Tom redete immer noch. »Ich wollte ganz sicher sein, also bin ich runter nach Victoria gefahren und habe ein paar Aufnahmen von Julia an der Uni gemacht und sie dann mit Fotos von Karen Christianson im Internet verglichen. Sieht aus, als sei es dieselbe Frau.«

»O Gott, kein Wunder, dass sie ihren Namen geändert hat. Wann wurde sie überfallen?«

»Vor fünfunddreißig Jahren«, sagte Tom. »Ein paar Monate darauf zog sie auf die Insel und änderte ihren Namen.«

Etwas Kaltes und Dunkles breitete sich in meinen Eingeweiden aus.

»In welchem Monat wurde sie überfallen?«

»Im Juli.«

Meine Gedanken rasten, und ich überschlug Daten und Zeiträume. »Ich werde im April vierunddreißig. Sie glauben doch nicht ...«

Er schwieg.

Ich taumelte zurück, sackte auf einen Stuhl und versuchte zu begreifen, was er mir gerade erzählte. Aber meine Gedanken befanden sich in einem heillosen Durcheinander, waren nichts als Bruchstücke, die ich nicht zu fassen bekam. Dann dachte ich an Julias blasses Gesicht, ihre bebenden Hände.

Der Campsite-Killer ist mein Vater.

»Ich … ich meine … sind Sie *sicher*?« Ich wollte, dass er mir widersprach, dass er mir sagte, ich hätte mich verhört, würde da falsch denken, irgendetwas.

»Karen ist die einzige Person, die es bestätigen könnte, aber die Daten passen.« Schweigend wartete er darauf, dass ich etwas sagte, aber ich starrte nur auf unseren Kalender am Kühlschrank. Allys beste Freundin, Meghan, feierte am Wochenende Geburtstag. Ich konnte mich nicht erinnern, ob ich schon ein Geschenk für sie besorgt hatte oder nicht.

Toms Stimme klang wie aus weiter Ferne. »Falls Sie noch weitere Fragen haben, meine Nummer haben Sie. Ich schicke Ihnen die Bilder, die ich von Karen gemacht habe, zusammen mit der Rechnung.«

Ein paar Minuten saß ich in meiner Küche und starrte immer noch den Kalender an. Oben hörte ich eine Schranktür zuknallen, und mir fiel ein, dass Ally im Bad war. Um diese Sache musste ich mich später kümmern. Ich zwang mich, vom Stuhl aufzustehen. Ally war schon wieder aus dem Badezimmer raus und hatte eine Spur aus nach Erdbeeren duftendem Badeschaum und nassen Handtüchern hinterlassen.

Normalerweise liebe ich es, sie ins Bett zu bringen. Beim Rumkuscheln erzählt sie mir, was am Tag alles passiert ist, teils kleines Mädchen, das manche Wörter falsch ausspricht, teils kleine Frau, wenn sie beschreibt, was die anderen Mädchen angehabt haben. Früher, als ich noch Single war, durfte sie immer in meinem Bett schlafen. Ich liebte die Nähe, liebte es, sie neben mir atmen zu hören. Schon als ich schwanger war und Jason um die Häuser zog, konnte ich nur einschlafen, wenn ich die Hand auf meinen Bauch legte. Normalerweise war er bis in die Puppen unterwegs. Wenn ich ausflippte, und das tat ich immer, schob er mich einfach aus dem Zimmer und schloss ab. Ich schrie ihn durch die Tür an, bis ich heiser war. Schließlich verließ ich ihn, als ich im fünften Monat war. Er hat seine Tochter nie gesehen – einen Monat vor ihrer Geburt hat er seinen Truck an einen Baum gesetzt.

Zu seinen Eltern habe ich immer noch Kontakt, und sie sind echt klasse zu Ally. Erzählen ihr Geschichten über Jason und heben Dinge von ihm auf, für später, wenn sie älter ist. Ab und zu übernachtet sie bei ihnen. Beim ersten Mal hatte ich Angst, dass sie weinend aufwachen würde, aber es ging ihr gut. Ich war diejenige, die nicht schlafen konnte. Dasselbe am ersten Schultag – Ally schaffte das mit links, aber ich vermisste sie jede Minute, vermisste die Geräusche im Haus, vermisste ihr Kichern. Normalerweise lechze ich nach diesen kleinen Fenstern zu ihrem Leben draußen, weg von zu Hause, und will wissen, wie sie sich in jedem Moment gefühlt hat. »Hat es dich zum Lachen gebracht?« »Hast du irgendetwas daraus gelernt?« Doch an diesem Tag gingen mir immer wieder Toms Worte durch den Kopf: *Die Daten passen.* Es fühlte sich unwirklich an, es konnte nicht wirklich wahr sein.

Als Ally eingeschlummert war, küsste ich ihre warme Stirn und ließ Elch bei ihr. In meinem Büro machte ich den

Computer an und googelte den Campsite-Killer. Die erste Website in der Liste war seinen Opfern gewidmet. Während düstere Musik aus den Lautsprechern erschallte, scrollte ich durch die Fotos seiner Opfer mit den Namen und Todesdaten unter dem Bild. Die Überfälle hatten von den frühen Siebzigern an alle paar Jahre stattgefunden, aber manchmal hatte er auch zwei Sommer in Folge zugeschlagen. Dann waren wieder Jahre vergangen, ohne dass er irgendwo aufgetaucht war.

Ich klickte auf einen Link, der mich zum PDF einer Karte brachte, auf der jeder Ort, an dem er jemanden umgebracht hatte, mit einem kleinen Kreuz markiert war. Er war überall im Landesinneren und im Norden von British Columbia unterwegs, hatte jedoch nie in einem Park zweimal getötet. Wenn die Mädchen mit ihren Eltern oder ihrem Freund zelteten, brachte er diese zuerst um. Doch es war klar, dass die Frauen sein eigentliches Ziel waren. Ich zählte fünfzehn Frauen – gesunde, lächelnde, junge Frauen. Alles in allem schrieb man ihm mindestens dreißig Morde zu – er war einer der übelsten Serienmörder in der Geschichte Kanadas.

Auf der Website wurde auch die einzige Frau erwähnt, die ihm jemals entkommen war: sein drittes Opfer, Karen Christianson. Das Foto war grobkörnig, und sie hatte den Kopf von der Kamera abgewandt. Ich ging zurück zu Google und tippte *Karen Christianson* ein. Dieses Mal wurden zahlreiche Artikel aufgelistet. Im Sommer vor fünfunddreißig Jahren hatten Karen und ihre Eltern im Tweedsmuir Provincial Park in der westlichen Zentralregion von BC gezeltet. Die Eltern wurden im Schlaf in ihrem Zelt erschossen, Karen hingegen jagte er stundenlang durch den Wald, ehe er sie erwischte und vergewaltigte. Ehe er sie umbringen konnte, gelang es ihr, ihm mit einem Stein auf den Kopf zu schlagen und zu fliehen. Zwei Tage lang irrte sie in den Bergen herum, bis sie endlich aus dem Wald herausstolperte und ein vorbeifahrendes Wohnmobil anhielt.

Auf den meisten Fotos hatte sie ihr Gesicht versteckt, aber ein paar eifrige Journalisten hatten ihr Bild vom Abschlussjahr im Jahrbuch ihrer Highschool gefunden, aufgenommen nur wenige Monate vor jenem verhängnisvollen Sommer. Ich betrachtete das Bild des hübschen dunkelhaarigen Mädchens mit den braunen Augen. Sie sah Julia sehr ähnlich.

Das Telefon klingelte, und ich fuhr zusammen. Es war Evan.

»Hi, Schatz. Ist Ally schon im Bett?«

»Ja, sie war heute müde.«

»Wie war dein Tag, irgendetwas vom Privatdetektiv gehört?«

Normalerweise erzähle ich Evan alles, sobald er zur Tür hereinkommt oder ans Telefon geht. Doch dieses Mal blieben mir die Worte im Halse stecken. Ich brauchte Zeit zum Nachdenken, um alles einzusortieren.

»Hallo?«

»Er ist noch dabei.«

In dieser Nacht lag ich in meinem Bett und starrte die Decke an, versuchte, die entsetzlichen Bilder aus meinem Kopf zu vertreiben und nicht daran zu denken, wie Julia ihr Gesicht von den Kameras wegdrehte, weg von mir. Stunden später wachte ich aus einem Traum auf, mein Nacken war schweißnass. Ich fühlte mich verkatert, mein Mund war trocken. Traumfetzen fielen mir ein – ein Mädchen rennt barfuß durch den dunklen Wald, ein blutiges Zelt, schwarze Leichensäcke.

Dann fiel es mir wieder ein.

Ich drehte mich um und sah auf die Uhr. 5:30. Nach diesem Albtraum noch einmal einzuschlafen konnte ich vergessen. Wie ein von einem Magneten angezogenes Stück Metall setzte ich mich wieder an den Computer. Ich betrachtete die Fotos der Opfer, las jeden Artikel über den Campsite-Killer, den ich finden konnte, erfüllt von Angst und Abscheu. Ich studierte alle Zeitungsartikel über Julia, jeden Informationsschnipsel in jeder Zeitschrift, musterte prüfend jedes Foto. Die Reporter hatten sie wochenlang verfolgt, hatten ihr Haus belagert und waren ihr überallhin gefolgt. Es waren hauptsächlich kanadische Medien, aber auch einige US-amerikanische Zeitungen hatten die Story aufgegriffen und verglichen Karen mit einem von Ted Bundys Opfern, das ebenfalls entkommen war. Als Karen verschwand, verlegten sich die Artikel auf Spekulationen darüber, wo sie sein mochte, doch allmählich wurde die Berichterstattung spärlicher.

An diesem Morgen erhielt ich auch die E-Mail von Tom mit Julias Fotos – an der Universität, wie sie zu ihrem Auto ging oder mit Katharine vor ihrem Haus stand. Ich verglich die Bilder mit den Fotos von Karen Christianson aus dem Internet. Es war definitiv dieselbe Frau. Auf einer Aufnahme berührte Julia eine Studentin am Arm und lächelte ihr aufmunternd zu. Ob sie mich berührt hatte, nachdem sie mich zur Welt gebracht hatte? Oder hatte sie einfach nur gesagt, man solle mich fortbringen?

In der letzten Woche habe ich zwar meinen Alltag bewältigt, aber ich fühlte mich matt, wie ausgeschaltet – und wütend. Ich wusste nicht, was ich mit dieser neuen Realität anfangen sollte, mit dem Wissen um meine Horrorherkunft. Ich wollte es hinten im Garten vergraben, weit weg von irgendwelchen Blicken. Meine Haut begann zu jucken, wegen dieses Wissens, wegen des Bösen, das ich erblickt und das mich geschaffen hatte. Ich duschte ewig lange. Nichts half. Der Dreck war innen.

Als Kind dachte ich immer, meine leiblichen Eltern kämen zurück, wenn ich nur brav genug wäre. Wenn ich etwas angestellt hatte, fürchtete ich, sie könnten es herausfinden. Jede gute Schulnote diente dazu, ihnen zu zeigen, wie klug ich war. Wenn Dad mich ansah, als versuche er herauszufinden, wer mich in sein Haus gelassen hatte, sagte ich mir, dass *sie* kommen würden. Wenn ich sah, wie er Melanie und Lauren huckepack nahm, nachdem er mir gesagt hatte, er sei zu müde, sagte ich mir, dass *sie* kommen würden. Wenn er mit den beiden schwimmen ging und mich zurückließ, damit ich den Rasen mähte, sagte ich mir, dass *sie* kommen würden. Sie kamen nie.

Jetzt wollte ich nur noch vergessen, dass *sie* überhaupt existierten. Doch egal, was ich tat, egal, welche der Millionen Möglichkeiten ich ausprobierte, um mich abzulenken, ich wurde das düstere, bleierne Gefühl nicht los, das auf meine Brust drückte und meine Beine beschwerte. Evan war für den Großteil der Woche mit einer Gruppe in einem Gebiet unterwegs, in dem sein Handy keinen Empfang hatte. Als er schließlich anrufen konnte, versuchte ich ihm zuzuhören, als er von der Lodge erzählte, versuchte passend zu antworten, versuchte, ihm von Allys Tag zu erzählen. Nach einer Weile beendete ich das Gespräch unter dem Vorwand, ich sei müde. Ich würde es ihm erzählen, ich brauchte nur noch mehr Zeit. Doch am nächsten Morgen kam er sofort darauf zu sprechen.

»Also, was ist los? Willst du mich nicht mehr heiraten?« Er lachte, doch er klang besorgt.

»Vielleicht willst du *mich* nicht mehr heiraten, wenn du das gehört hast.« Ich holte tief Luft. »Ich habe herausgefunden, warum Julia gelogen hat.« Ich schaute zur Tür, weil ich wusste, dass Ally bald aufstehen würde.

»Julia? Ich weiß nicht, wen …«

»Meine leibliche Mutter, erinnerst du dich? Der Privatdetektiv hat sich letzte Woche gemeldet. Er hat mir erzählt, dass ihr richtiger Name Karen Christianson ist.«

»Warum hast du mir nicht gesagt, dass ihr sie gefunden habt?« Er klang verwirrt.

»Weil ich außerdem herausgefunden habe, dass mein richtiger Vater der Campsite-Killer ist.«

Stille.

Schließlich sagte Evan: »Komm schon. Du meinst doch nicht etwa …«

»Ich meine damit, dass mein richtiger Vater ein *Killer* ist, Evan. Ich meine damit, dass er meine Mutter *vergewaltigt* hat. Ich meine …« Ich konnte nicht sagen, was mir sonst noch Albträume bereitete. Dass mein Vater immer noch irgendwo da draußen war.

»Sara, ganz ruhig. Ich versuche noch, das alles zu begreifen.« Als ich nichts erwiderte, sagte er: »Sara?«

Ich nickte, obwohl er mich nicht sehen konnte. »Ich weiß nicht … ich weiß nicht, was ich machen soll.«

»Fang ganz am Anfang an und erzähl mir, was los ist.«

Ich lehnte mich gegen das Kissen und klammerte mich an die Stärke in Evans Stimme. Sobald ich alles erklärt hatte, sagte er: »Und du weißt ganz sicher, dass Julia diese Karen ist?«

»Ich habe mir ihre Bilder im Internet angesehen. Sie ist es.«

»Aber es gibt keinen Beweis, dass der Campsite-Killer

dein Vater ist. Das ist alles bloße Spekulation. Sie könnte danach auch mit einem anderen Kerl was gehabt haben.«

»Vergewaltigungsopfer ›haben‹ normalerweise nicht direkt danach was mit irgendjemandem. Und da lebt eine Frau in ihrem Haus – ich glaube, sie ist lesbisch.«

»Vielleicht ist sie es jetzt, aber du weißt nicht, ob sie es damals auch schon war. Sie könnte auch schon schwanger gewesen sein, als sie überfallen wurde. Oder dieser Privatdetektiv könnte dich gelinkt haben.«

»Er war früher Polizist.«

»Das sagt er. Ich wette, er ruft demnächst an und erzählt dir, er könnte noch mehr herausfinden, wenn du zahlst.«

»So einer ist er nicht.« Aber was, wenn Evan recht hatte? Hatte ich voreilige Schlüsse gezogen? Dann dachte ich an Julias Gesichtsausdruck. »Nein, sie hatte ganz eindeutig furchtbare Angst.«

»Du stehst plötzlich vor der Tür und verlangst, dass sie mit dir redet. Das würde jeden erschrecken.«

»Es war mehr als das. Ich spüre es … mein Bauchgefühl sagt mir das.«

Evan schwieg einen Moment, dann sagte er: »Mail mir mal die Links – und die Fotos, die der Typ dir geschickt hat. Seine Website auch. Ich habe heute Morgen etwas Zeit. Ich lese mir das alles mal durch und rufe dich gegen Mittag an. Dann reden wir noch mal darüber, okay?«

»Vielleicht sollte ich Julia anrufen …«

»Das ist eine ganz schlechte Idee. Tu einfach *gar nichts*.«
Ich antwortete nicht.

»Sara.« Seine Stimme war fest.

»Ja.«

»Lass es.«

»Okay, okay.«

Ally unterhielt sich mittlerweile in ihrem Zimmer mit Elch, also verabschiedeten Evan und ich uns voneinander. Um Allys willen versuchte ich, fröhlich zu sein, als wir Würstchen im Schlafrock mit Smileys aus Ketchup machten. Doch jedes Mal, wenn ich in ihr unschuldiges Gesicht blickte, hätte ich am liebsten geweint. *Was sage ich ihr, wenn sie alt genug ist, um nach meiner Familie zu fragen?*

Nachdem ich Ally zur Schule gebracht hatte, machte ich mit Elch einen Spaziergang. Ich dachte, die frische Luft würde mir guttun. Kaum hatte ich den Wald betreten, wusste ich allerdings, dass es ein Fehler gewesen war. Normalerweise liebe ich den Duft von Tannennadeln in der Luft, den kräftigen, erdigen Geruch nach einem nächtlichen Regen. Und all die verschiedenen Bäume: Rot-Zedern, Douglasien, Sitkafichten. Doch jetzt ragten die moosbedeckten Bäume drohend über mir auf und ließen kaum Licht durch. Die Luft wirkte zäh und still, meine Schritte laut. Jeder dunkle Winkel im Wald zog meinen Blick auf sich. Ein knorriger Baumstumpf mit einem einzigen Ast, der sich noch in die Höhe reckte, ein toter Baum, auf dem Farne wuchsen, die Spalte dahinter, die von verrottenden Blättern bedeckt war. *Hat er sie an einer Stelle wie dieser vergewaltigt?* Elch, der vorausgelaufen war, stöberte ein Reh auf, und es sprang davon, die braunen Augen vor Angst weit aufgerissen. Ich stellte mir vor, wie Julia durch den Wald floh, verletzt und blutend, mit hektischem Atem, wie ein Tier gehetzt.

Ich fuhr nach Hause und nahm meine Werkstatt auseinander. Der Plan war, meine Vorräte zu sichten, die Werkzeuge sauberzumachen und sie anschließend andeutungsweise ordentlich zurückzuhängen, doch als ich das Chaos sah, das ich angerichtet hatte – Stemmeisen, Gummihammer, Klammern, Exzenterschleifer, Pinsel, Lumpen und Papierhandtücher, die auf der ganzen Werkbank verstreut lagen –, konnte ich nicht einmal klar genug denken, um ein Lineal aufzuhängen. Ich schnappte mir den Besen und fing an, die Späne zusammenzukehren.

Evan rief wie versprochen mittags an, doch sein Handy hatte immer wieder Aussetzer.

»Ich rufe dich an, wenn … aus … Wasser … folgen … Herde Buckelwale.«

Wieder in der Werkstatt, konzentrierte ich mich darauf, eine Mahagonitruhe im Chippendale-Stil abzuschleifen. Während ich die jahrealten Kratzer und Rillen glättete, schwelgte ich in dem frischen Holzduft, dem Reiben des Sandpapiers. Mit jeder Bewegung entspannten sich meine Muskeln und begann mein Geist sich zu beruhigen. Doch dann ließ mich das Mahagoni an Julias Arbeitszimmer denken. Kein Wunder, dass sie nicht mit mir reden wollte – sie war immer noch traumatisiert von dem, was geschehen war, und mein Anblick hatte alles wieder zurückgebracht. Aber sie brauchte doch keine Angst vor mir zu haben. Vielleicht fürchtete sie, ich könnte ihr Geheimnis preisgeben? Ich hörte auf zu schmirgeln. Wenn ich ihr versicherte, niemandem davon zu erzählen …

Das Telefon lag auf meinem Schreibtisch. Julias Uni-Büronummer klebte immer noch auf einem Post-it an meinem Computer.

Nach dem vierten Klingeln hörte ich eine computergenerierte Stimme. »Dies ist die Mailbox von Professor Laroche, Fakultät für Kunstgeschichte. Bitte hinterlassen Sie eine Nachricht.«

»Hi, hier ist Sara Gallagher. Ich will Sie nicht noch einmal aufregen, ich wollte nur …«

Die Stille dehnte sich aus. Ich geriet in Panik. Was, wenn ich etwas Falsches sagte? *Stopp, beruhige dich.* Ich holte tief Luft und sagte: »Ich wollte sagen, dass es mir leidtut, dass ich Sie so zu Hause überfallen habe, aber ich weiß jetzt, warum Sie so erschrocken waren. Ich muss einfach nur meine medizinische Vorgeschichte wissen. Ich hoffe, dass wir miteinander sprechen können?« Ich rasselte meine Nummer herunter, zweimal, sowie meine E-Mail-Adresse. »Ich weiß, dass Sie eine Menge durchgemacht haben, aber ich bin ein netter Mensch, und ich habe eine Familie, und ich weiß nicht, was ich meiner Tochter erzählen soll, und ...« Zu meinem Entsetzen brach meine Stimme, und ich begann zu weinen. Ich legte auf.

Ich musste mir fast die Finger brechen, um die Nummer nicht prompt noch einmal zu wählen und eine Nachricht zu hinterlassen, um mich für die erste zu entschuldigen, und dann noch eine, mit den Dingen, die ich eigentlich sagen wollte, aber nicht gesagt hatte. Während der nächsten Stunde ging ich den Anruf im Geiste immer wieder durch, und mit jedem Mal wurde meine Verlegenheit größer. Als Evan am Abend endlich anrief, fühlte ich mich so mies, weil ich entgegen seinem Rat gehandelt hatte, dass ich es ihm nicht einmal erzählen konnte. Er hatte alle Links überprüft und stimmte mir zu, dass Julia Laroche in der Tat aussah wie Karen Christianson, aber er war immer noch nicht überzeugt, dass der Campsite-Killer mein Vater war.

Ich sagte: »Und was soll ich jetzt machen?«

»Du kannst nur zwei Dinge tun – es den Cops erzählen, und sie werden die Sache überprüfen, oder du belässt es dabei.«

»Wenn ich es der Polizei erzähle, werden sie wahrscheinlich einen DNA-Test machen, und ich bin mir sicher, dass der positiv sein wird. Was, wenn das Ergebnis bekannt wird? Er könnte mich finden. Ich will nicht, dass irgendjemand davon erfährt.« Ich holte tief Luft. »Ändert es irgendetwas an deinen Gefühlen für mich, dass du jetzt weißt, wer mein Vater ist?« Ich hasste mich selbst dafür, dass ich fragte, hasste es, wie schwach ich mich deshalb fühlte.

»Kommt drauf an. Hast du vor, ihn zu bitten, mich umzulegen?«

»Evan!«

Seine Stimme klang ernst, als er sagte: »Natürlich ändert es nichts. Wenn er dein Vater ist, dann ist es gruselig, dass er immer noch frei herumläuft, aber das stehen wir schon durch.«

Ich stieß den Atem aus, zog seine Worte über mich wie eine tröstende Decke.

»Aber wenn du nicht mit der Polizei redest, dann musst du es einfach akzeptieren, es vergessen und es hinter dir lassen.«

Wenn das nur so einfach wäre.

Evan findet auch, dass ich es außer Ihnen niemandem sonst erzählen sollte – er hat genau solche Angst wie ich, dass es rauskommt, und dann wäre die Hölle los. Ich dachte daran, es Lauren zu erzählen, aber sie hat es gerne nett und kuschelig – sie sieht sich nicht einmal die Nachrichten an. Wie sollte ich ihr dann *diese* Geschichte anvertrauen? Ich habe ja selbst Angst, noch irgendetwas über ihn zu lesen.

Beim ersten Mal bin ich zu Ihnen gekommen, weil ich Derek die Treppen hinuntergestoßen hatte – den ersten Mann, bei dem ich mir nach Jasons Tod erlaubte, ihn gernzuhaben. Ich hatte Angst, dass ich irgendeine furchtbare genetische

Disposition haben könnte, aber Sie sagten, dass ich vermutlich nur nach irgendetwas oder irgendjemandem suche, dem ich die Schuld geben kann, um keine Verantwortung für mein Handeln übernehmen zu müssen. Damals leuchtete mir das ein. Ich war nicht stolz auf das, was ich getan hatte, obwohl sich dieser betrügerische Scheißkerl noch nicht einmal weh getan hatte. Aber es machte mir Angst.

Ich höre immer noch die Worte, die aus Dereks Mund kamen, spüre immer noch den Schmerz: »Du wusstest, dass ich noch nicht über sie weg war, als wir uns kennenlernten.« Und er hatte recht. Ich hatte es gewusst, aber das hatte mich nicht davon abgehalten, ihm hinterherzulaufen. Hatte ich Ihnen erzählt, wie wir uns kennengelernt hatten? Es war auf einer Party, Ally war gerade ein paar Monate alt. Ich wollte sie nicht allein lassen, aber Lauren zwang mich hinzugehen. Derek war klug und witzig, aber das war es nicht, was mich an ihm anzog. Er sagte: »Ich bin noch nicht bereit für irgendetwas Ernstes. Ich habe gerade mit einem Mädchen Schluss gemacht«, und schon hatte er mich am Haken. Das war bei jeder Beziehung der unwiderstehliche Reiz für mich: Unerreichbarkeit und die hohe Wahrscheinlichkeit, dass mir das Herz gebrochen wird. Erst beim brutalen Ende dieser Beziehung kapierte ich, dass ich es mir selbst und meiner Tochter schuldig war, mir Hilfe zu holen.

Ich wünschte, ich könnte sagen, dass es danach besser wurde, aber wie Sie wissen, taumelte ich in den nächsten Jahren aus einer schlechten Beziehung in die nächste. Ich glaube, das ist der Grund, warum ich Evan in der ersten Zeit das Leben so schwer gemacht habe. Wahrscheinlich erinnern Sie sich nicht mehr daran, weil ich aufgehört habe, zu Ihnen zu kommen, kurz nachdem ich ihn kennengelernt hatte. Er hatte mir nach der Begegnung in der Werkstatt über Facebook eine Nachricht geschickt. Ein Mann, der so gut aussah wie er und außerdem noch eine Lodge besaß, musste einfach bluffen, also ließ ich ihn abblitzen. Doch er schickte mir weiterhin kurze Nachrichten wie »Wie war dein Tag?« und so, erkundigte sich nach meiner Arbeit und meiner Tochter, kommentierte meine Status-Updates. Da ich in ihm keinen potentiellen Partner sah, konnte ich ihm von meinen Problemen erzählen, meinen Ängsten, meinem zynischen Blick auf Männer und Beziehungen, kurz, alles, was mir so durch den Kopf ging.

Eines Nachts chatteten wir über MSN bis drei Uhr morgens, tranken Wein, bis wir, jeder bei sich zu Hause, halb besoffen waren. Am nächsten Tag schickte er mir einen Link zu seinem Lieblings-Lovesong – Colin James' »These Arms of Mine« –, den ich unzählige Male hintereinander anhörte.

Nachdem wir einen Monat lang nur online Kontakt hatten, willigte ich schließlich ein, mich mit ihm zu treffen, zu einem Spaziergang mit Elch im Park. Die Stunden verstrichen ohne einen Moment der Angst, nur mit Lachen und dem wunderschönen Gefühl, sicher zu sein und gleichzeitig ich selbst sein zu dürfen. Als er ein paar Monate später Ally kennenlernte, vergötterten die beiden einander vom ersten Moment an. Selbst das Zusammenziehen war einfach: Wenn einem von uns ein Haushaltsgegenstand fehlte, hatte ihn der andere. Trotzdem brach ich in der ersten Zeit oft einen Streit vom Zaun, stieß ihn weg, stellte seine Loyalität auf die Probe. Ich hatte solche Angst, erneut verletzt zu werden, solche Angst, mich selbst zu vergessen, wie es mir bei Derek passiert war, und vor dem, was dann geschehen würde.

Als Kind war ich oft wütend gewesen, aber ich hatte

es immer heruntergeschluckt. Wahrscheinlich war ich als Teenager deswegen so oft deprimiert. Erst als ich anfing, mit Jungs auszugehen, begann ich, meinem Zorn freien Lauf zu lassen. Doch ich schaffte es immer, nie weiter als bis zu einem bestimmten Punkt zu gehen – bis zu diesem Augenblick mit Derek auf der Treppe. Als er mir sagte, er habe die Nacht mit seiner Ex verbracht, empfand ich nichts als Scham. Ich konnte nur noch daran denken, dass jetzt alle glauben würden, ich sei nicht gut genug. Da streckte ich einfach die Arme aus, und er fiel.

Hinterher war ich schockiert und entsetzt über das, was ich getan hatte, und noch mehr über das Gefühl von Macht, das ich dabei verspürt hatte. Es jagte mir Angst ein – dieses Gefühl, dass in mir etwas Finsteres lauerte, etwas, das ich nicht kontrollieren konnte. Und ich wollte glauben, was Sie sagten, dass es derselbe Auslöser war wie immer: Verlustängste, Vertrauensverlust, geringes Selbstwertgefühl, all das. Aber jetzt wissen wir, dass ein Elternteil von mir gewalttätig ist, *mehr* als gewalttätig. Es sieht aus, als hätte ich allen Grund, mich zu fürchten.

Heute Morgen war ich in der Werkstatt und habe die Mahagonitruhe abgeschliffen und versucht, alles zu vergessen. Für ein paar Stunden hat es funktioniert. Dann schnitt ich mir in den Finger. Als etwas Blut heraussickerte, dachte ich: *In mir fließt das Blut eines Mörders.*

3. Sitzung

Okay, ich bin wütend und durcheinander. Ich stehe so unter Stress, dass ich mir am liebsten einen Baseballschläger schnappen und auf irgendetwas einprügeln würde. Kaum zu glauben, dass es schon über einen Monat her ist, seit ich das letzte Mal hier war. Ich habe das ganze Wochenende diese Traumreisen gemacht, die Sie mir beigebracht haben. Habe mir ausgemalt, wie das Leben aussähe, wenn ich mir keine Sorgen um meine Familie oder Gene machen würde, was ich dann mit meiner Zeit anfinge. Ich versuchte mir vorzustellen, ich würde mich ganz leicht und glücklich fühlen, während ich mir Hochzeitsdekorationen und Einladungen anschaute. Aber ich konnte einfach nicht aufhören, an den Campsite-Killer zu denken – wo er war, wer er war. Ich ging sogar noch einmal auf diese Website und sah mir die Bilder der Opfer an. Immer wieder wanderten meine Gedanken zu Julia. Hatte sie meine Nachricht bekommen? Hasste sie mich? Am Montag bekam ich meine Antwort.

Ich war draußen in der Werkstatt, schrubbte Lack von meinen Fingern, während Stevie Nicks »Sometimes it's a bitch …« schmetterte, als ich das Telefon hörte. Ich wühlte mich in dem Berg aus Werkzeug und Zubehör auf meiner Werkbank zu einem Stapel Lumpen durch, unter denen das schnurlose Telefon steckte. Die Nummer wurde nicht angezeigt.

»Hallo?«

»Dürfte ich bitte mit Sara sprechen?«

Ich erkannte die kultivierte Stimme. Mein Puls beschleunigte sich.

»Sind Sie es, Julia?«

»Sind Sie allein?« Ihre Stimme klang gepresst.

»Ich bin in meiner Werkstatt, Ally ist in der Schule. Ich wollte gerade zum Lunch reingehen ... ich habe das Frühstück heute ausfallen lassen ...« Ich plapperte drauflos.

»Sie hätten nicht noch einmal anrufen sollen.«

»Es tut mir leid, aber ich habe herausgefunden, wer Sie wirklich sind, und ich hatte nicht gedacht ...«

»Offensichtlich nicht.«

Es tat weh, und ich hielt den Atem an.

»Rufen Sie nie wieder hier an.« Dann legte sie auf.

Ich reagierte mit meiner üblichen Grazie und Gelassenheit – pfefferte das Telefon quer durch die Werkstatt, so dass die Batterie raussprang und das Ding unter ein Regal rutschte. Dann stürmte ich ins Haus und verschlang eine Packung von Allys Oreo-Snacks und eine Tüte Cracker und fluchte jedes Mal, wenn ich mir ein Stück in den Mund schob. Sie hatte mit mir gesprochen, als sei ich etwas, in das sie hineingetreten war, etwas, dass sie sich vom Schuh kratzen wollte. Mein Gesicht war heiß, und Tränen brannten in meinen Augen, als ich dachte, was ich immer dachte, wenn ein Exfreund mich verlassen oder versetzt hatte oder wenn Dad meine Hand nicht ergriff, wenn ich sie nach ihm ausstreckte: Was stimmt nicht mit mir?

Eine Stunde später war ich immer noch zu erregt, um mich auf irgendeine Arbeit zu konzentrieren. Und der Hochzeitskram? Vergiss es! Ich überlegte, Evan anzurufen, aber dann hätte ich erklären müssen, was ich davor getan hatte. Ich schnappte mir die Autoschlüssel.

Lauren und Greg leben immer noch in dem Haus, das sie nach ihrer Hochzeit gekauft haben. Mom und Dad halfen ihnen bei der Anzahlung, was bedeutete, dass Dad ihnen sagte, was sie kaufen sollten. Es ist ein schlichter Siebzigerjahre-Kasten, fünf Zimmer, aber man hat einen phantastischen Blick auf die Departure Bay und die Fähren, die hinter Newcastle Island auftauchen. Ich wollte in dieselbe Gegend ziehen, aber als Evan und ich auf Haussuche waren, stand hier nichts zum Verkauf. Wir sind schließlich in einem neueren Viertel gelandet, aber ich liebe unser Haus. Es ist ein neueres Westküstenhaus mit Zedernholzverkleidung, Arbeitsplatten aus erdfarbenem Granit und Edelstahlgeräten.

Greg ist immer noch dabei, ihr Haus zu renovieren, aber wenn es einmal fertig ist, wird es sehr schön sein. Lauren hat es im Laufe der Jahre mit handgenähten Vorhängen, Wandfarben in Pastelltönen und Vasen voll frischer Blumen schon erheblich verschönert. Ich stibitze andauernd etwas aus ihrem Gemüsegarten.

Ich klopfte an die Hintertür und stieß sie auf. »Hey, ich bin's, Sara.«

Sie schrie von oben: »Bin in Brandons Zimmer.«

Als ich das mit Eishockey-Motiven dekorierte Zimmer betrat, räumte Lauren gerade die Wäsche ein. Ich rollte mich auf der Steppdecke mit dem Wappen der Vancouver Canucks zusammen und klemmte das Kissen zwischen die Arme, während ich Lauren zusah und sie darum beneidete, wie zufrieden sie mit ihrem Leben war.

Mit einem Paar Socken in der Hand hielt sie inne. »Was ist los?«

»Ich will eigentlich nicht darüber reden.«

Mit neckender Stimme erklärte sie: »Sag es mir! Sofort!« Sie hielt eine Socke in die Höhe, als wollte sie damit nach mir werfen.

»Es geht mir gut. Ich wollte nur mal ein bisschen abhängen.«

»Bist du immer noch so mitgenommen wegen deiner leiblichen Mutter?« Sie drehte sich um, räumte die Socken weg und öffnete die nächste Schublade.

Ich hatte nicht vorgehabt, es ihr zu erzählen, wollte einfach nur eine Weile ihre Herzlichkeit genießen, aber ehe ich recht wusste, was geschah, sprudelten die Worte aus mir heraus.

»Ich habe herausgefunden, wer mein richtiger Vater ist.«

Sie drehte sich um, ein kleines blaues T-Shirt in der Hand.

»Du hörst dich nicht besonders glücklich an. Wer ist er?«

Ich war hin- und hergerissen zwischen Furcht, was Lauren denken könnte, und dem Bedürfnis, dass sie mir sagte, es sei in Ordnung. Ich wollte, dass sie mich dazu brachte, mich besser zu fühlen, wie sie es immer schaffte. Ich dachte daran, dass Evan mich gewarnt hatte, niemandem davon zu erzählen. Ich dachte daran, dass ich Julia geschworen hatte, niemandem davon zu erzählen. Aber Lauren war meine Schwester.

»Du darfst es *niemandem* erzählen – nicht einmal Greg.«

Sie legte eine Hand aufs Herz. »Versprochen.«

Mein Gesicht fühlte sich heiß an, als ich sagte: »Du hast doch schon mal vom Campsite-Killer gehört, oder?«

»Jeder hat schon mal vom Campsite-Killer gehört. Wieso?«

»Er ist mein Vater.«

Ihr Unterkiefer klappte nach unten, und sie starrte mich fassungslos an. Stunden schienen zu vergehen. Schließlich setzte sie sich neben mich aufs Bett.

»Das ist einfach ... Bist du sicher? Wie hast du das herausgefunden?«

Ich setzte mich auf, das Kissen auf meinem Schoß, und erzählte ihr von dem Privatdetektiv und allem, was seitdem passiert war. Prüfend musterte ich ihr Gesicht, wartete darauf, all die schrecklichen Dinge zu sehen, von denen ich dachte, sie würden sich in ihren Augen spiegeln. Doch sie sah mich nur bekümmert an.

»Vielleicht hat Evan recht und es ist nur Zufall?«

Ich schüttelte den Kopf. »So, wie sie heute mit mir geredet hat? Sie hasst mich!«

»Ich bin sicher, dass sie dich nicht *hasst*. Wahrscheinlich ist sie ...«

»Nein, du hast recht, es ist noch schlimmer. Es ist, als würde ich sie anwidern.« Meine Stimme klang belegt, als ich versuchte, nicht zu weinen.

Lauren streichelte meinen Rücken. »Es tut mir so leid, Sara. Die Menschen, auf die es ankommt, lieben dich. Hilft dir das?«

Außer dass Dad mich nicht liebt. Die Tatsache, dass sie das nicht sah, machte es nur noch schlimmer.

»Du verstehst nicht, wie es sich anfühlt, adoptiert zu sein. Wenn deine Mutter dich weggegeben hat wie ein Stück Müll und dich dann wieder zurückweist. So viele Jahre habe ich darauf gewartet, sie kennenzulernen, und jetzt ...« Ich schüttelte den Kopf.

»Ich weiß, dass es weh tut, aber du darfst nicht all das Gute in deinem Leben vergessen.«

Lauren wollte noch etwas sagen, als wir unten eine Stimme hörten.

»Hallo, hallo, hallo, Hexen.« Melanie.

Lauren rief: »Wir sind hier oben.«

Ich sah sie an, und sie machte eine Bewegung, als würde sie ihren Mund mit einem Reißverschluss verschließen.

Melanie kam um die Ecke und warf ihre Handtasche auf den Boden.

»Danke, dass du die ganze Auffahrt mit deinem Cherokee in Beschlag genommen hast, Sara.«

»Ich wusste ja nicht, dass du vorbeikommst.«

Sie ignorierte mich und wandte sich an Lauren. »Danke für deine Hilfe gestern. Kyle und ich haben uns sehr gefreut.«

Lauren machte eine wegwerfende Handbewegung. »Kein Problem.«

Ich fragte: »Worum geht's?«

»Es dreht sich nicht alles um dich und deine Hochzeit.« Melanie lächelte, als hätte sie einen Witz gemacht, doch das Lächeln erreichte ihre Augen nicht. Melanie sieht italienisch aus, wie unsere Mom, aber sie trägt ihr dunkles Haar kurz und stachelig und bevorzugt knallrote Lippen und schwarzumrandete Augen. Wenn sie nicht gerade finster dreinblickt oder schmollt, sieht sie einfach umwerfend aus.

Als sie noch klein war, hat Dad sie immer gern in seine ganzen Holzfällercamps mitgenommen – er war überzeugt, dass sie eines Tages Buchhalterin werden und ihm im Geschäft helfen würde. Doch sobald sie ins Teenageralter kam, waren Jungs das Einzige, wofür sie noch Zeit mit Zählen verschwendete. Und sie fand mehr als genug davon in dem Pub, in dem sie hinterm Tresen stand. Früher einmal war es Dads Stammlokal gewesen, doch seit sie mit neunzehn angefangen hatte, dort zu arbeiten, hat er nie wieder einen Fuß hineingesetzt.

Lauren sagte: »Kyle brauchte einen Proberaum, und ich habe ihnen unsere Garage zur Verfügung gestellt.«

Melanie wandte sich an mich. »Hast du schon jemanden für deine Hochzeit engagiert?«

»Evan und ich sind uns noch nicht einig.«

»Perfekt, denn Kyle möchte es für dich machen, als Hochzeitsgeschenk.« Sie lächelte breit.

Das war alles andere als perfekt. Ich hatte Kyles Band vor ein paar Monaten gehört, und sie konnten kaum den Ton halten. Ich warf Lauren einen Blick zu. Sie schaute zwischen Melanie und mir hin und her.

»Das ist ein interessanter Vorschlag, aber ich muss zuerst mit Evan darüber reden. Ich bin nicht sicher, was er sich vorstellt.«

»Evan? Der ist so locker, dem ist es egal.«

»Kann sein, aber ich muss trotzdem zuerst mit ihm reden.«

Melanie lachte. »Seit wann wartest du auf Evans Zustimmung?« Sie machte eine Pause, ihre Augen wurden schmal. »Ach, jetzt kapier ich. Du *willst* gar nicht, dass Kyle spielt.«

Das schon wieder. Als Kind ist Melanie von uns allen verwöhnt worden, besonders von Dad. Wenn Mom krank war, hatte ich das Sagen, und damit fingen die Probleme an. Mit Lauren war es einfach, ich konnte ihr sagen, sie solle ihr Spielzeug aufheben, und sie machte es sofort, aber Melanie stand einfach da, die Hände in die Hüften gestemmt, und starrte mich finster an. Am Ende haben dann Lauren oder ich es für sie gemacht.

»Das habe ich nicht gesagt, Melanie.«

»Das ist doch *verdammt nochmal* nicht zu fassen! Kyles Band ist echt richtig gut geworden, und er ist bereit, dir diesen netten Gefallen zu tun, aber du sagst nein?« Ehe ich etwas erwidern konnte, schüttelte sie den Kopf und sagte: »Ich hab dir doch gesagt, dass sie ablehnen wird, Lauren.«

Ich sagte: »Ihr habt bereits darüber gesprochen?«

Lauren antwortete: »Nein, na ja, nur kurz. Melanie hat gestern Abend erwähnt, dass Kyle so einen Auftritt gut gebrauchen könnte, und ...«

»Und du hast gesagt, dass er wahrscheinlich auf der Hochzeit ein paar Leute kennenlernen könnte«, unterbrach Melanie sie. »Du hast gesagt, das sei eine gute Gelegenheit für ihn.«

Mein Gesicht wurde heiß, und mein Pulsschlag beschleunigte sich. Melanie wollte meine Hochzeit als Casting für ihren Freund benutzen? Und *Lauren* hatte sie auf die Idee gebracht?

Lauren sagte: »Aber ich wusste nicht, ob Sara nicht vielleicht schon andere Pläne hat.«

»Hat sie *nicht*«, sagte Melanie. »Es ist nur, weil sie Kyle nicht mag.«

Mit vorgerecktem Kinn starrte Melanie mich an, forderte mich heraus, es zu leugnen. Ich wollte ihr sagen, was ich genau dachte: *Er ist nicht gut genug für dich, und er ist todsicher nicht gut genug, um auf meiner Hochzeit zu spielen.* Doch ich zählte bis zehn, holte ein paarmal tief Luft und sagte: »Ich werde darüber nachdenken, okay?«

Melanie sagte: »Ja, klar.«

»Du tust es doch, oder, Sara?« Laurens Gesicht hatte einen flehentlichen Ausdruck, als sie mich ansah, besorgt, dass es zum Streit kommen könnte. Es würde tatsächlich einen Riesenkrach geben, wenn ich nicht zusah, dass ich hier wegkam.

»Natürlich. Ich muss jetzt los.« Ich stand auf.

»Kannst du nicht noch auf einen Kaffee bleiben?«, fragte Lauren.

Ich wusste, sie wollte, dass wir alles noch mal durchsprachen oder zumindest so taten, als wäre alles in Ordnung, aber wenn ich noch einen Ton aus Melanies Mund hörte, würde ich explodieren. Ich zwang mich zu einem Lächeln.

»Tut mir leid, ich muss Ally abholen.«

Ich sah Melanie nicht an, als ich hinausging.

In dieser Nacht wälzte ich mich hin und her. Schließlich stand ich auf und machte mir Notizen, die einzige Möglichkeit, wie ich mich beruhigen konnte. Der erste Punkt auf der Liste war, dass ich gleich morgen früh bei Lauren anrufen und mich für meinen überhasteten Aufbruch entschuldigen würde. Dann schrieb ich Melanie einen Brief, in dem ich ihr all die Dinge sagte, die ich ihr schon früher hatte sagen wollen, aber nie gesagt hatte. Vier Jahre Therapie, und endlich hatte ich gelernt, meine Wut in den Griff zu bekommen – bis zehn zählen, Briefe schreiben, ein Zimmer verlassen, um wieder runterzukommen –, aber Melanie schaffte es schneller als jeder andere, mich auf hundertachtzig zu bringen. Ich hasste es, dass ich bei ihr so schnell die Beherrschung verlor. Dieses Gefühl, außer Kontrolle zu geraten. Aber meistens war ich einfach nur traurig. Ich hatte sie so sehr geliebt, als sie klein war, hatte es geliebt, wenn sie zu mir aufblickte und mir überallhin folgte. Doch dann verlor ich sie im Einkaufszentrum, als sie vier war.

Wir waren losgezogen, Weihnachtseinkäufe zu erledigen,

und Dad wies mich an, auf sie aufzupassen, während er in einen Laden ging. Melanie wollte herumlaufen, aber ich wusste, dass Dad fuchsteufelswild werden würde, wenn wir uns auch nur einen Zentimeter von der Stelle rührten, also hielt ich sie hinten an der Jacke fest. Je fester ich sie hielt, desto kräftiger wehrte sie sich, sie zerrte und kratzte mich, bis sie sich losriss und im Gewühl verschwand. Die nächsten zwanzig Minuten waren die schrecklichsten in meinem Leben. Ich begann wie wild ihren Namen zu schreien. Dad kam aus dem Laden gerannt, sein Gesicht war ganz weiß. Als wir sie endlich auf einem Münzschaukelpferd gefunden hatten, zerrte Dad mich zum Parkplatz und versohlte mir hinter seinem Truck den Hintern. Ich weiß noch, wie ich versuchte, mich von ihm loszureißen, und so laut weinte, dass ich kaum noch Luft bekam, während seine Hand immer wieder auf meinen Hintern klatschte.

In vielen meiner schlimmsten Kindheitserinnerungen geht es darum, dass ich wegen Melanie Ärger bekam. Einmal zu Halloween wollten Lauren und ich uns als Cheerleader verkleiden. Melanie wollte auch so ein Kostüm, aber wir hatten nur zwei gemacht, also erklärte ich ihr, sie würde als Prinzessin gehen. Sie schnappte sich meine Puschel, rannte aus dem Zimmer und schrie, sie würde sie ins Feuer werfen. Ich jagte ihr nach, rutschte im Flur aus, stieß eine Lampe um und zerbrach den Schirm. Als ich Dad davon erzählte, wurde er wütend – nicht wegen der Lampe, sondern weil ich Melanie hätte einbeziehen sollen. Er verbot mir, selbst Süßigkeiten einzusammeln, und erlaubte Melanie, mein Kostüm anzuziehen. Das Schlimmste war, dass er mich zwang, mit ihnen von Haus zu Haus zu ziehen. Ich erinnere mich noch, wie Melanie zu den Türen hochhüpfte, in dem Kostüm, an dem ich wochenlang gearbeitet hatte.

Der kleine Rock schwang bei jedem Schritt mit. Mir brach das Herz, wenn die Leute ihr sagten, wie niedlich sie darin aussähe.

Als wir alle in den Zwanzigern waren und keine mehr von uns zu Hause wohnte, kamen wir langsam besser miteinander klar. Nach Allys Geburt besuchte Melanie mich manchmal und hing bei mir herum, wir sahen uns zusammen Filme an, lachten und aßen Popcorn. Es war klasse, als wären wir endlich Schwestern. Wir stritten immer noch hin und wieder, aber richtig heftig wurde es nur, wenn ich versuchte, ihr Ratschläge zu ihren Freundschaften zu erteilen oder zu den Typen, mit denen sie zusammen war. Als sie mit Kyle zusammenkam, machte ich mir Sorgen, er könnte sie ausnutzen, weil sie in einer Bar arbeitet. Ich sagte es ihr, und sie flippte total aus. Wir sprachen eine ganze Weile nicht mehr miteinander. Dann lernte ich Evan kennen, und Dad begann, uns zum Abendessen einzuladen – er rief nur an, wenn Evan zu Hause war – und Familienbrunchs oder Grillabende zu organisieren.

Melanie verpasste ziemlich viele dieser Abendessen, weil sie arbeitete, aber wenn sie es zu einem schaffte, giftete sie mich an, vor allem, wenn ihr Freund dabei war. Ich weiß nicht, ob sie einfach nur sauer war, weil Dad Evan lieber mochte als Kyle oder weil ich Kyle ebenfalls nicht ausstehen konnte, aber sie war ganz versessen darauf, mich schlecht dastehen zu lassen. Wenn ich dann die Beherrschung verlor, fuhr Dad mich hart an, sagte aber keinen Ton gegen Melanie. Je mehr ich versuchte, nicht zu reagieren, desto stärker provozierte sie mich. Inzwischen hatte ich jedes Mal, wenn wir über die Hochzeit sprachen, das Gefühl, wir rüsteten uns für einen Kampf.

Lauren hing immer irgendwo dazwischen, und ich wusste,

dass es ihr wahrscheinlich peinlich war, wie es früher gelaufen war, was wiederum *mir* peinlich war. Aber mich plagten noch aus einem anderen Grund Schuldgefühle, und ich notierte mir, dass ich sie daran erinnern musste, niemandem von meinem leiblichen Vater zu erzählen.

Am nächsten Morgen verschlief ich und musste mich abhetzen, um Ally zur Schule zu bringen. Dann rief ein Kunde an, für den ich ganz dringend in letzter Sekunde eine Flurgarderobe reparieren sollte, die bei einer Antiquitätenausstellung gezeigt werden sollte. Ich hatte keine Gelegenheit, Lauren anzurufen, und als ich ins Bett fiel, schwor ich mir, mich am nächsten Tag darum zu kümmern. Doch ich tat es nicht, und als aus den Tagen eine Woche geworden war, rutschte ich wieder in eine Depression.

Die einfachsten Aufgaben schienen unüberwindlich, und mein ganzer Körper tat mir weh. Allein die Vorstellung, zur Therapie zu gehen, erschöpfte mich. Ich schlief zu viel, aß zu viel und blieb den ganzen Nachmittag auf dem Sofa liegen und sah mir Filme an. Ich musste mich zwingen, mit Elch rauszugehen, führte ihn von seinem Lieblingsweg durch den Wald fort und in den sicheren, belebteren Freizeitpark in der Nähe. Normalerweise sehe ich ihm gern zu, wenn er Kaninchen über den Platz jagt, ich liebe den erdigen Geruch nach Heu und Tieren, der immer noch in der Luft hängt. Aber jetzt sahen die Buden nur alt und verlassen aus, während ich durch die Pfützen schlurfte.

Ansonsten riss ich mich nur um Allys willen zusammen. Mit aller Kraft, die mir noch geblieben war, versuchte ich zu verstecken, wie ich mich fühlte. Aber ich war nicht besonders erfolgreich damit. Eines Tages fuhren wir in einem Wolkenbruch nach Hause, was für März nichts Ungewöhnliches ist oder für irgendeinen anderen Monat an der

Küste, doch diesmal drückte es noch weiter auf meine ohnehin düstere Stimmung. Wir hielten an einer roten Ampel an, und ich starrte durch die Windschutzscheibe.

Ally sagte: »Warum bist du so traurig, Mommy?«

»Mommy fühlt sich nicht gut, Liebes.«

»Ich kümmere mich um dich«, sagte sie.

An diesem Abend war sie total süß, sie versuchte, mir Suppe zu kochen, und sagte Elch, er solle still sein. Sie schlief sogar in meinem Bett. Wir kuschelten miteinander, während sie mir Geschichten vorlas und mir zum Trost ihre Lieblingsbarbie lieh. Der Regen prasselte gegen die Fenster. Am nächsten Morgen rief ich endlich Lauren an, um mich zu entschuldigen, dass ich so überstürzt aufgebrochen war, aber sie kam mir zuvor.

»Es tut mir leid, dass ich Melanie vorgeschlagen habe, Kyle könnte ja auf der Hochzeit spielen. Aber ihr beide streitet immer, und das macht es schwer, einer von euch irgendetwas zu sagen.«

»Melanie macht mich wahnsinnig.«

»Ich wünschte, ihr beide wärt nicht so eifersüchtig aufeinander.«

»Ich bin nicht *eifersüchtig* auf sie, es nervt mich nur, dass sie mit allem durchkommt.«

»Dad ist mit ihr genauso streng, das weißt du.«

Ich lachte. »Ja, klar.«

»Doch, ist er – du siehst es nur nicht. Er liegt ihr ständig wegen ihres Jobs in den Ohren, erzählt ihr, wie gut dein Laden läuft, wie groß dein Haus ist und wie erfolgreich Evan ist. Manchmal denke ich, ihr geratet ständig aneinander, weil ihr euch so ähnlich seid.«

»Ich bin Melanie überhaupt nicht ähnlich.«

»Ihr seid beide starke Persönlichkeiten, und ...«

»*Überhaupt* nicht, Lauren.«

Sie schwieg.

Ich seufzte. »Tut mir leid. Aber ich mache gerade eine harte Zeit durch.«

Ihre Stimme wurde sanft. »Ich weiß, Süße. Ruf mich an, wenn du reden willst, jederzeit.«

Aber ich tat es nicht, denn sosehr ich meine Schwester auch liebte, es gab ein paar Dinge, bei denen sie mir nicht helfen konnte, Dinge, die uns immer trennen würden. *Sie* wusste, wohin sie gehörte.

Nachdem eine weitere Woche vergangen war und ich immer noch mit Jammermiene herumlief, beschloss ich, dass es Zeit wurde, ein paar Änderungen vorzunehmen. Ich hörte auf, zehnmal am Tag den Campsite-Killer zu googeln, hörte auf, Artikel über Genetik und abweichendes Verhalten zu lesen, die mir ohnehin nur Albträume bescherten, und kaufte Material für ein Vogelhäuschen – Ally wollte schon ewig eins bauen. Es hat total viel Spaß gebracht, zusammen daran zu arbeiten. Ally kicherte, während sie es anmalte, fuchtelte mit dem Pinsel herum und verteilte die Farbe überall auf ihren Fingern und dem Tisch. Allmählich begann sich die Dunkelheit zu lichten. Evan und ich schafften es sogar, am Wochenende nett mit Lauren und Greg zu Abend zu essen. Oder zumindest war es nett, bis Dad auftauchte, um mit Greg irgendwelchen Arbeitskram zu besprechen.

Greg tat mir schrecklich leid, als er sich draußen von Dad beschimpfen lassen musste, obwohl er wusste, dass wir sie in der Küche hören konnten. Es war besonders übel, wenn man bedachte, dass Dad anschließend noch mit reinkam und uns allen erzählte, dass er gerade einen neuen Vorarbeiter eingestellt hatte. Greg hat jahrelang darauf gewartet, dass Dad ihn befördert. Dad blieb auf ein Bier und redete währenddessen die ganze Zeit mit Evan übers Angeln. Es widerte mich an, wenn er jemanden bevorzugte, aber ich war auch angewidert von mir selbst, weil ich stolz darauf war, dass er meinen Verlobten mochte.

In der ersten Aprilwoche hatte ich endlich das Gefühl, die Depression überwunden zu haben. Nachts schlief ich durch und blieb tagsüber wach. Ich verbrachte wieder viele Stunden in der Werkstatt und wurde von den Projekten ganz in Anspruch genommen. Ich fühlte mich so gut, dass ich sogar eine Shoppingtour für Ally machte. Ich gab einen Riesenbatzen Geld für Bastelmaterial und ein Netbook aus, von dem ich mir einredete, es würde ihr beim Lernen helfen. Ich liebe es, ihr Dinge zu kaufen: Kostüme und Bücher, Spiele, Farben, Kleidung, Plüschtiere. Wenn Ally glücklich ist, bin ich glücklich. Als ich mit all den Taschen ins Haus zurückging, klingelte das Telefon.

»Du kommst besser heute Abend hierher.« Es war mein Vater. Und sein Ton verriet mir, dass ich in Schwierigkeiten steckte – in großen Schwierigkeiten.

»Was habe ich falsch gemacht?«

»Ich habe einen Anruf bekommen …«

Dad schwieg eine lange qualvolle Minute. Ich hielt den Atem an.

»Im Internet steht, dass dein Vater der Campsite-Killer ist.« Seine Stimme war angespannt vor Wut, *verlangte* eine Erklärung. Ich versuchte, mir einen Reim auf das zu machen, was er gerade gesagt hatte, aber es fühlte sich an, als wäre alle Luft aus meinen Lungen gewichen.

»Weißt du irgendetwas darüber? Ist das wahr?«

Erneut prasselten seine Worte auf mich ein, ließen meine Pulsfrequenz in die Höhe schießen. Dass sie es auf diese

Weise erfuhren, hatte ich mir zuallerletzt gewünscht. Ich dachte an Mom, wie verletzt sie sein würde. Ich ließ mich auf die Bank in der Diele fallen, schloss die Augen und brachte es hinter mich.

»Vor zwei Monaten habe ich meine leibliche Mutter gefunden.« Ich holte tief Luft und spuckte anschließend den Rest aus. »Und es sieht so aus, als sei mein leiblicher Vater tatsächlich der Campsite-Killer.«

Dad schwieg.

Ich fragte: »Wer hat dich angerufen?«

»Big Mike.«

Dads erster Vorarbeiter? Wie hatte der es herausgefunden? Der Mann konnte kaum lesen und schreiben. Dad beantwortete die Frage für mich.

»Er sagt, seine Tochter habe es auf *Nanaimo News* gefunden.«

»Du meinst diese Klatsch-Website?« Ich rannte bereits nach oben zu meinem Computer.

Dads Stimme war hart. »Du hast deine leibliche Mutter vor über zwei Monaten gefunden, uns aber nichts davon erzählt? Warum hast du uns nicht gesagt, dass du sie suchst?«

»Ich wollte es, aber ich ... Warte kurz, Dad.«

Ich tippte die Adresse der Website ein und fand den Artikel.

Karen Christianson in Victoria gefunden ...

»O nein ...«

Ich versuchte, den Artikel zu lesen, doch vom Schock gerieten mir die Worte durcheinander. Ich nahm nur Bruchstücke auf. *Karen Christianson ... einzige Überlebende des Campsite-Killers ... Julia Laroche ... Professorin an der Universität von Victoria. 33-jährige Tochter, Sara Gal-*

lagher … Familienunternehmen Gallagher Holzfällerei in Nanaimo …

Es war raus, alles war raus.

Dad sagte: »Woher wissen die, dass sie deine Mutter ist?«

»Ich habe keine Ahnung.« Ich starrte den Bildschirm an, während mir panische Gedanken durch den Kopf schossen. Wie viele Leute hatten diesen Artikel gelesen?

Dad sagte: »Ich rufe Melanie und Lauren an. Ich will, dass alle um sechs hier sind. Dann werden wir darüber reden.«

»Ich werde sofort die Site anmailen und ihnen sagen …«

»Ich habe bereits meinen Anwalt angerufen. Wenn sie den Artikel nicht auf der Stelle wieder runternehmen, verklagen wir sie, bis sie schwarz werden.«

»Dad, ich schaffe das schon.«

»Ich kümmere mich darum.« Sein Tonfall machte deutlich, dass er nicht glaubte, ich würde irgendetwas schaffen.

Nachdem er aufgelegt hatte, fiel mir ein, dass er gesagt hatte: »Dein Vater ist der Campsite-Killer.« Nicht dein *leiblicher* Vater, nur dein Vater.

Jetzt wissen Sie, warum ich so gestresst bin, Nadine. Nachdem ich beim Telefonat mit meinem Dad noch einmal mit einem blauen Auge davongekommen war, las ich den Rest des Artikels, wobei ich die ganze Zeit hätte kotzen können. Es gab jede Menge Bilder von Karen Christianson, sogar ihr Mitarbeiterfoto von der Universität hatten sie hochgeladen. Ich konnte kaum fassen, wie viele Einzelheiten auch über mich zu erfahren waren, womit ich meinen Lebensunterhalt verdiente, etwas über Evans Lodge. Das Einzige, was nicht erwähnt wurde, war meine Tochter – Gott sei Dank.

Obwohl Dad seinen Anwalt eingeschaltet hatte, schickte ich eine E-Mail an die Website und bat sie, den Artikel zu entfernen. Ich rief alle Telefonnummern an, die auf der Kontaktseite aufgelistet waren, aber niemand rief zurück. Wieder einmal kam ich mir vor wie ein Idiot, der nichts richtig hinbekommt. Ich versuchte, Evan zu erreichen, aber er war mit einer Gruppe auf einem der Boote draußen und würde nicht vor dem Abendessen zurück sein. Lauren ging nicht ans Telefon, und dabei ist sie Hausfrau. Wahrscheinlich versteckte sie sich irgendwo im Garten. Ich bin sicher, dass sie das abendliche Treffen genauso fürchtet wie ich – Lauren hasst es, wenn die Leute sich aufregen.

Ich überlegte, ob Melanie uns belauscht haben könnte. Aber so zickig Melanie auch sein kann, ich kann mir nicht vorstellen, dass sie etwas so Gemeines tun würde. Natürlich, wenn sie es Kyle erzählt hat ... er wirkt genau wie die Sorte Kerl, der seine kleine Schwester verkaufen würde, wenn er glaubt, es würde ihn weiterbringen. Dass Lauren oder der Privatdetektiv etwas ausgeplaudert haben, ist völlig ausgeschlossen.

Ich habe nicht mehr solche Angst vor einem Familientreffen gehabt, seit ich meinen Eltern erzählen musste, dass ich schwanger war. Damals ist Dad einfach mittendrin aufgestanden und hat den Raum verlassen.

Ich ging mit Elch raus, hoffte, auf diese Weise die nervöse Energie loszuwerden, die meinen Körper zum Summen zu bringen schien, doch am Ende hetzte ich doch bloß wieder nach Hause an meinen Computer. Der Artikel war immer noch da, als ich zu unserem Therapietermin aufbrach.

Ich versuche, mich damit zu beruhigen, dass schon nichts passieren kann, solange ich nichts zugebe. Dads Anwalt arbeitet für eine der besten Kanzleien in Nanaimo. Er wird dafür sorgen, dass der Artikel noch vor Ende des Tages von der Seite verschwunden ist. Die Leute werden eine Weile reden, doch schließlich wird irgendetwas anderes interessanter werden. Ich muss einfach nur abwarten.

Doch ich habe das Gefühl, dass mich etwas Schlimmeres erwartet.

4. Sitzung

Gott sei Dank konnten Sie mich dazwischenschieben – ich weiß, ich war erst gestern hier, aber wenn ich so panisch bin wie im Moment, dreht sich in meinem Kopf einfach alles nur noch im Kreis. Das Einzige, woran ich denken konnte, war, dass ich hierherkommen musste. Sie müssen mir helfen, mich zu beruhigen, denn wenn heute noch eine Sache passiert, flippe ich völlig aus.

Als ich mein Haus für den Familienrat verließ, war meine Stimmung sogar noch mieser. Es wurde auch nicht gerade dadurch besser, dass ich einen hitzigen Streit mit einer Sechsjährigen hinter mir hatte, der es nicht gefiel, dass der Plan sich geändert hatte.

»Du hast gesagt, wir machen Pfannkuchen zum Abendessen. In verschiedenen Formen, so wie Evan sie macht.« Sie klang verunsichert. Ally geht stets sehr methodisch vor, und jede Entscheidung bedarf gründlicher Überlegung, was entzückend ist, wenn sie ihre kleine Zunge aus dem Mund schiebt und überlegt, was sie Elch von ihrem Geburtstagsgeld kaufen soll, aber ein absoluter Albtraum, wenn wir uns aus irgendeinem Grund beeilen müssen.

»Ich habe nicht genug Zeit, Allymaus. Wir machen uns eine Hühnersuppe.«

Sie stemmte die Fäuste in die Hüften. »Aber du hast es versprochen.«

Ein anderer Aspekt von Allys Ordnungsliebe ist, dass sie immer genau wissen muss, was wir am Tag planen und was sie in jeder Situation zu erwarten hat. Wenn ich vom Plan abweiche oder, Gott bewahre, durch irgendeinen Teil des Tagesablaufs durchhetze, gerät sie leicht außer sich.

»Ich weiß. Es tut mir leid, aber heute geht es nicht.«

»Du hast es *versprochen*.« Ihr schrilles Wimmern ging mir durch und durch.

Ich wirbelte herum. »Nicht *heute*.«

Ihre dunklen Locken wippten, als sie zurück in ihr Zimmer rannte und die Tür zuknallte. Ich hörte etwas dagegenpoltern. Elch saß vor dem Zimmer und sah mich vorwurfsvoll an. Ich hörte sie nicht weinen, aber Ally weint selten – sie wirft eher mit irgendetwas, bevor sie auch nur eine Träne vergießt. Einmal habe ich gesehen, wie sie sich einen Zeh anstieß, sich anschließend umdrehte und dem Tisch, der sich diese Frechheit erlaubt hatte, einen Tritt versetzte.

Ich probierte den Türknauf. Er ließ sich drehen, aber etwas drückte gegen die Tür. Aha. Evan hat ihr beigebracht, ihren Stuhl unter den Knauf zu klemmen, falls jemand einzudringen versucht.

»Ally, ich möchte, dass du rauskommst, damit wir darüber reden können. Bitte.«

Stille.

Ich holte tief Luft. »Wenn du rauskommst, können wir einen anderen Tag in der Woche aussuchen, an dem wir Pfannkuchen machen – ich zeige dir ganz von vorne, wie man den Teig macht. Aber du musst draußen sein, wenn ich bis drei gezählt habe.«

Stille.

»Eins ... zwei ...«

Nichts.

»Ally, wenn du nicht *auf der Stelle* rauskommst, darfst du *eine Woche lang* nicht Hannah Montana sehen.«

Sie öffnete die Tür, ging mit verschränkten Armen und gesenktem Kopf an mir vorbei, ehe sie mir über die Schulter einen traurigen Blick zuwarf.

»Evan schreit mich *nie* an.«

Bei meinen Eltern wurde es auch nicht besser. Als ich vor ihrem Blockhaus am Stadtrand von Nanaimo parkte, standen Melanies Auto und Laurens SUV schon in der Auffahrt. Ally war bereits aus dem Cherokee gesprungen, Elch im Schlepptau. Ich marschierte zur Haustür, sämtliche Verteidigungsanlagen hochgefahren, obwohl ich wusste, dass es kein bisschen bringen würde.

Sie waren alle im Wohnzimmer. Melanie sah mich nicht an, aber Lauren schenkte mir ein zaghaftes Lächeln. Dads Gesicht war eine eherne Maske. Er saß in seinem Lehnsessel in der Mitte des Zimmers, trug wie üblich seine Arbeitsstiefel mit Stahlkappen, ein schwarzes T-Shirt und Red-Strap-Jeans, Klamotten, in denen jeder Holzfäller der Insel, der etwas auf sich hält, sein Leben verbringt. Bullig und mit breiter Brust, das weiße Haar dicht wie eine Krone, mit seiner Frau und den Töchtern zu beiden Seiten, sah er aus wie ein König.

»Nana!« Ally rannte auf Mom zu und umarmte ihre Beine. Ihre pinkfarbene Daunenjacke schob sich über ihre Ohren.

Einen Moment lang wünschte ich, ich könnte ebenfalls zu Mom laufen und sie umarmen. Alles an ihr war so weich ... ihr dunkles Haar, das jetzt von silbrigen Strähnen durchzogen war, das parfümierte Puder, das sie immer benutzte, ihre Stimme, ihre Haut. Ich suchte in ihrem Gesicht nach Ärger, doch ich sah nur Erschöpfung. Mit flehendem Blick sah ich sie an. *Es tut mir leid, Mom. Ich wollte dir nicht weh tun.*

Sie sagte: »Lass uns in die Küche gehen, Ally. Ich habe eine Zimtschnecke für dich. Die Jungs sind schon hinten.« Sie nahm Allys Hand und führte sie fort.

Als sie an mir vorbeikamen, sagte ich: »Hi, Mom.«

Sie berührte meine Hand und versuchte, beruhigend zu lächeln. Ich wollte ihr sagen, wie sehr ich sie liebte, dass das alles nichts mit ihr zu tun hatte, aber ehe ich die Worte formen konnte, war sie verschwunden.

Ich warf mich in einen Sessel, meinem Vater gegenüber, das Kinn hochgereckt. Wir maßen einander mit Blicken. Ich schaute zuerst weg.

Schließlich sagte er: »Du hättest erst mit uns reden sollen, ehe du dich auf die Suche nach deinen leiblichen Eltern machst.«

Die jahrelange Arbeit in der Sonne hatte die tiefen Furchen um seinen Mund vertieft, der jetzt eine harte Linie bildete. Obwohl er über sechzig war, war es das erste Mal, dass mein Dad alt aussah, und eine Woge der Beschämung rollte über mich hinweg. Er hatte recht. Ich hätte es ihnen erzählen sollen. Ich hatte versucht, ihre Gefühle nicht zu verletzen und diese Unterhaltung zu vermeiden. Aber ich hatte alles nur noch schlimmer gemacht.

Er hob seine rechte Braue auf diese Weise, die mir stets das Gefühl vermittelt, eine ungeheure Versagerin zu sein. Das war auch dieses Mal nicht anders.

»Ich will wissen, woher diese Website die Information hat.«

»Das wüsste ich selbst gerne.« Ich starrte Melanie an.

Sie sagte: »Was siehst du mich so an? Ich wusste nicht einmal was davon, bis Dad es mir erzählt hat.«

»Natürlich.«

Melanie tippte sich mit dem Finger gegen die Schläfe und formte mit den Lippen *verrückt*.

Mein Blut schien zu brodeln, als heißer Zorn in mir aufwallte. »Weißt du was, Melanie, du kannst echt richtig ...«

»*Genug.*« Dads Stimme dröhnte.

Wir waren alle still. Ich traf Laurens Blick. An ihrem halb schuldigen, halb ängstlichen Gesichtsausdruck erkannte ich, dass sie Dad bereits gebeichtet hatte, über meine leiblichen Eltern Bescheid zu wissen.

Ich wandte mich an Dad. »Die einzigen anderen Menschen, die davon wissen, sind Evan und der Privatdetektiv, den ich angeheuert habe – aber das ist ein pensionierter Polizist.«

»Hast du seine Referenzen überprüft?«

»Er hat mir seine Karte gegeben, und ...«

»Was weißt du über ihn?«

»Ich sagte dir doch, er ist ein pensionierter Polizist.«

»Hast du bei der Polizei angerufen und dir das bestätigen lassen?«

»Nein, aber ...«

»Du hast ihn also nicht überprüft.« Dad schüttelte den Kopf, und mein Gesicht brannte. »Gib mir seine Nummer.«

Ich wollte ihm sagen, dass er nicht der einzige Mensch war, der irgendetwas auf die Reihe bekam, aber wie üblich schaffte er es, dass ich an mir selbst zweifelte.

»Ich schicke sie dir per E-Mail.«

Aus dem Augenwinkel bemerkte ich, dass Mom mit einem Teller in der Tür stand.

»Möchte jemand eine Zimtschnecke?«

Sie setzte sich aufs Sofa und stellte den Teller auf den Couchtisch, zusammen mit ein paar Servietten. Niemand nahm sich eine Schnecke. Dad sah Melanie und Lauren streng an, und beide griffen danach. Ich folgte ihrem Beispiel, auch wenn ich unmöglich einen Bissen herunterbekäme. Mom lächelte, doch ihre Augen waren gerötet – sie hatte geweint. Mist.

Sie sagte: »Sara, wir verstehen, dass du deine leibliche Familie finden wolltest, wir sind nur enttäuscht, weil du uns nichts gesagt hast. Es muss sehr verstörend für dich gewesen sein, als du herausgefunden hast, wer dein richtiger Vater ist.« Ihre blassen Wangen verrieten mir, dass sie selbst noch ziemlich verstört war.

»Es tut mir leid, Mom. Es war etwas, das ich allein tun musste. Ich wollte das erst verarbeiten, ehe ich mit jemandem darüber rede.«

Mom sagte: »Deine Mutter – in dem Artikel steht, sie sei Professorin?«

»Ja. Sie will nichts mit mir zu tun haben.« Ich wandte den Blick ab und blinzelte heftig.

»Sie meint es nicht persönlich, Sara.« Moms Stimme klang sanft. »Jede Mutter wäre stolz, dich zur Tochter zu haben.«

Meine Augen füllten sich mit Tränen. »Es tut mir *wirklich* leid, Mom. Ich hätte es euch erzählen sollen, aber ich wollte nicht, dass du mich für undankbar hältst oder so etwas. Du bist eine wunderbare Mutter.« Das war kein bloßes Lippenbekenntnis. Mom hat jedes Kunstwerk geliebt, das wir zu Hause anschleppten, jedes Kostüm, das sie in letzter Minute fertigmachen musste, jede zerrissene Lieblingsjeans, die nur sie flicken konnte. Mom liebte es, Mutter zu sein.

Ich habe sie nie gefragt, aber ich war sicher, dass sie diejenige war, die eine Adoption gewollt hat. Und ich würde jede Wette eingehen, dass Dad es nur für sie getan hat.

»Ihr werdet immer meine richtigen Eltern bleiben – ihr habt mich großgezogen. Ich war einfach nur neugierig auf meine Geschichte. Aber als ich das mit meinem biologischen Vater herausgefunden habe, dachte ich, dass ihr es vielleicht gar nicht wissen wollt.« Ich sah meinen Dad an, dann wieder sie. »Ich wollte euch nicht aufregen.«

Mom sagte: »Wir machen uns Sorgen und haben Angst um dich, aber es wird *niemals* etwas an unseren Gefühlen für dich ändern.«

Ich blickte erneut zu Dad. Er nickte, doch seine Miene war kühl.

Ich sagte: »Evan ist mit dem Boot draußen, aber ich werde ihm sagen, dass die Sache im Internet steht, sobald ich zu Hause bin.«

Dad sagte: »Der Artikel ist weg, aber wir werden diese Bastarde trotzdem verklagen.«

Ich ließ den Kopf gegen die Rückenlehne des Sessels sinken und atmete aus. Alles würde gut werden. Einen Moment lang fühlte ich mich beschützt – Dad hatte sich tatsächlich für mich eingesetzt.

Doch dann sagte er: »Diese Volltrottel hätten meinen Firmennamen aus dem Spiel lassen sollen«, und ich wusste, was er wirklich schützte.

Ich verspürte erneut einen Stich meines schlechten Gewissens, als ich sah, wie Mom ihre Hand gegen den Bauch drückte und das Gesicht verzog. Dad hatte es ebenfalls bemerkt, und sein Blick wurde hart, als er mir ins Gesicht sah. Er brauchte die Worte nicht auszusprechen. Er hatte sie viele Male gesagt, auf vielen Wegen. Aber die stummen Botschaften hatten mich schon immer am härtesten getroffen. *Sieh dir an, was du deiner Mutter angetan hast.*

Mom begann, über die Hochzeit zu reden, aber die Unterhaltung war gezwungen. Melanie und ich ignorierten einander kategorisch.

Schließlich sagte ich: »Ich muss Ally ins Bett bringen.« Als ich nach draußen ging, um sie hereinzurufen, folgte Lauren mir und schloss die Tür hinter sich.

»Tut mir leid, dass ich es Dad erzählt habe, aber er hat mich gefragt, ob ich etwas weiß, und ich wollte ihn nicht belügen.«

»Ist schon in Ordnung. War er sauer auf dich, weil du das Geheimnis für dich behalten hast?«

Sie schüttelte den Kopf. »Ich glaube, er macht sich einfach nur Sorgen.«

»Hast du deshalb meine Anrufe ignoriert?«

»Ich wollte nicht zwischen die Fronten geraten.« Sie sah elend aus. »Es tut mir leid.«

Ich wollte auch nicht, dass sie zwischen die Fronten geriet. Ich wollte, dass sie auf meiner Seite stand, aber das würde niemals geschehen. Als wir Kinder waren, versteckte Lauren sich immer in ihrem Zimmer, sobald Dad zu einer Tirade gegen mich anhob. Später kam sie dann heraus und half mir bei der Hausarbeit, aber irgendwie fühlte ich mich dadurch nur noch mehr allein.

»Du hast Melanie nichts von meinem richtigen Vater erzählt, oder?«

»Natürlich nicht!«

Also hatte Melanie gelauscht und es vermutlich Kyle erzählt, und der hatte es dann Gott weiß wem erzählt. Jetzt konnte ich nichts mehr dagegen unternehmen.

Auf der Fahrt nach Hause war ich etwas ruhiger, aber ich machte mir immer noch Sorgen, wie viele Menschen den Artikel gelesen haben mochten, ehe er von der Seite genommen worden war. Dann dachte ich daran, wie Mom gesagt hatte, sie würden sich sorgen und hätten *Angst*. An einer roten Ampel hielt ich an und konzentrierte mich auf diesen Augenblick. Dads angespanntes Gesicht, die Besorgnis in Moms Blick – da war irgendetwas, was beide gedacht, aber keiner ausgesprochen hatte. Was war mir entgangen? Dann machte es Klick.

Der Campsite-Killer könnte den Artikel gelesen haben.

Ich merkte nicht, dass ich immer noch an der Ampel stand, bis das Auto hinter mir hupte und Ally sagte: »Mommy, fahr!« Den Rest der Strecke fuhr ich wie unter Betäubung. Ich war so damit beschäftigt gewesen, mich selbst zu verteidigen, hatte mich so vor der Wut meines Vaters gefürchtet, dass ich den Punkt übersehen hatte, vor dem ich am meisten Angst haben sollte. Wenn der Campsite-Killer den Artikel gelesen hatte, wusste er nicht nur, dass ich in Nanaimo wohnte, er kannte auch meinen Namen.

Sobald wir zu Hause waren, setzte ich Ally in die Badewanne. Anschließend las ich ihr eine Geschichte vor, aber ich verhaspelte mich andauernd und verlor die Stelle auf der Seite, an der ich gerade war. Ich musste mit Evan reden. Sobald Ally eingeschlafen war, versuchte ich ihn zu erreichen, aber er ging nicht an sein Handy. Ich wickelte mich auf dem Sofa in eine Decke, sah Fernsehen, ohne etwas davon aufzunehmen, und wartete darauf, dass Evan zurückrief. Gerade als ich aufgeben und ins Bett gehen wollte, klingelte das Telefon. Ehe er fragen konnte, was los sei, fragte ich ihn, wie sein Tag gewesen sei.

»Wir haben eine Herde Buckelwale gefunden, und die

Gruppe war glücklich.« Evans Lodge befindet sich an der abgelegenen Westküste der Insel, ideal für Kajaktouren, Angelausflüge und Whale Watching.

»Das ist ja klasse.«

»Aber ich freue mich auch, am Wochenende nach Hause zu kommen ...« Er knurrte anzüglich, und ich versuchte, es ihm gleichzutun, schaffte es aber nicht.

Also holte ich tief Luft und spuckte es aus. Zuerst erzählte ich ihm, dass ich Julia eine Nachricht hinterlassen hatte und von ihrem schrecklichen Rückruf, dann, dass ich es Lauren erzählt hatte, und schließlich, dass die Geschichte im Internet gelandet war. Er nahm es besser auf, als ich gedacht hatte, viel besser, als ich es getan hätte – was keine Überraschung war.

»Da kommt schon nichts nach«, sagte er.

»Aber die Leute sind besessen von Serienmördern – die Hälfte aller Bücher und Filme handelt davon. Wenn die rausfinden, dass ich seine Tochter bin ...«

»Du weißt, wo die Schrotflinte ist und der Schlüssel für das Abzugsschloss ...«

»Die Schrotflinte!«

»Du schaffst das schon. Diese Website kann nicht viele Leser haben.«

»Was, wenn *er* es gelesen hat?«

»Der Campsite-Killer?« Er schwieg einen Moment. »Nee, der liest doch bestimmt keinen Blog aus Nanaimo.«

»Glaubst du wirklich, dass alles wieder gut wird?«

»Ja, das glaube ich. Lass den Anwalt deines Dads sich um alles kümmern.«

»Ich bin nur total erschrocken.«

Seine Stimme wurde weicher. »Ich bin bald wieder zu Hause.«

Ehe ich an diesem Abend ins Bett fiel, musste ich einfach noch mal auf der Website nachsehen und stellte erleichtert fest, dass der Artikel immer noch fort war. Ich suchte auch schnell bei Google, fand jedoch nichts. Überzeugt, dass Evan recht hatte, legte ich mich schlafen – es würde nichts nachkommen. Eigentlich war es sogar gut, dass es geschehen war, denn auf diese Weise war die Sache zwangsläufig ans Licht gekommen, und meine Familie wusste jetzt davon. Irgendetwas für mich zu behalten war noch nie meine Stärke.

Am nächsten Morgen sang Ally Elch ein Lied vor, den Mund voll Toast mit Erdnussbutter. Ally und ich sind beide süchtig nach Erdnussbutter, es ist unglaublich, wie viele Gläser wir verbrauchen. Nachdem ich sie zur Schule gebracht hatte, machte ich mir einen Kaffee und verschwand in der Werkstatt, um einen Kleiderschrank in Angriff zu nehmen. Innerhalb weniger Minuten ging ich ganz in der Arbeit auf und machte nicht einmal Mittagspause. Am Nachmittag beschloss ich endlich, eine Kleinigkeit zu essen und mir noch einen Kaffee zu holen. Ehe ich wieder in die Werkstatt ging, schlich ich mich nach oben, um noch einmal auf der Website *Nanaimo News* nachzuschauen. Der Artikel war immer noch weg. Für meinen Seelenfrieden startete ich bei Google noch eine Suche nach *Karen Christianson*. Dieses Mal wurde ein Haufen neuer Treffer angezeigt.

Ich setzte meine Tasse so hastig ab, dass der Kaffee über den Rand schwappte, und klickte auf den ersten Link. Er führte zur Seite eines Fanclubs für Serienmörder in den Staaten. Im Forum hatte jemand mit dem Namen »Dahmersdinner« gepostet, dass Karen Christianson sich in Victoria verstecke und den Namen Julia Laroche benutze. Ihre Tochter, eine Frau namens Sara Gallagher, lebe in Nanaimo. Ich starrte auf den Bildschirm, mein Herz pochte laut in den Ohren. Es gab nichts, was ich dagegen tun konnte, keine Möglichkeit, es zu löschen. Dann sah ich die Kommentare – jede Menge davon. Ich klickte sie an und zog das Fenster größer. Zuerst kreisten sie um Fragen wie »Ob das wohl stimmt?« und »Kannst du dir vorstellen, wie sein Kind aussieht?«. Doch dann beteiligten sich mehr Forumsteilnehmer an der Diskussion.

Jemand war auf der Website der Universität gewesen und hatte Julias Büroinformationen gefunden. Sie hatten Artikel verlinkt, die sie geschrieben hatte, sowie Websites, auf denen ihr Foto zu sehen war. Ein Kommentator hatte ihr Bild sogar mit Photoshop bearbeitet, so dass es aussah, als stünde der Campsite-Killer hinter ihr, in einer Hand ein blutiges Seil, die andere an seinem Penis. Sie sprachen über Julias Aussehen und beglückwünschten den Campsite-Killer zu seinem Geschmack. Ein Arschloch überlegte, ob ich wohl ebenso durchgeknallt sei wie mein Vater. Ein anderer verglich mich mit Ted Bundys Tochter und meinte, man müsse diese »Schlampen« zu Tode hetzen, ehe sie die Krankheit weiterverbreiten könnten. Elend vor Scham und Angst, las ich jeden abscheulichen Kommentar. Ich fühlte mich aufgerissen, vor der ganzen Welt entblößt.

So schnell ich konnte, klickte ich mich von Site zu Site. Die Mehrzahl der Treffer führte zu reinen Verbrechensblogs sowie zu ein paar Websites, die allein Serienmördern gewidmet waren, einschließlich der über den Campsite-Killer, auf die ich bereits zuvor gestoßen war. Die seriöseren Websites waren so vorsichtig, nur zu schreiben, dass Karen »gerüchteweise« eine Tochter habe. Es waren die – stets anonymen – Kommentatoren, die meinen Namen hinzugefügt und geschrieben hatten, dass ich in Nanaimo lebte. Dann stellte ich fest, dass einer der Links zu einem Studentenforum der Universität von Victoria führte. Mit verkrampftem Magen klickte ich auf den Link, doch ohne eine studentische ID-Nummer kam ich nicht weiter.

Eine Woge der Panik überrollte mich. *Was soll ich jetzt machen? Wie soll ich das aufhalten?* Das schnurlose Telefon neben mir klingelte, und ich zuckte zusammen.

Lauren sagte: »Ich muss dir etwas erzählen.«

»Meinst du den Internethype?«

»Bist du gerade online?«

Ich starrte auf den Bildschirm. »Es ist *überall*.«

Lauren schwieg einen Augenblick, dann sagte sie: »Was wirst du unternehmen?«

»Ich hab keinen Schimmer. Aber ich denke, ich sollte mit Julia sprechen.«

»Glaubst du wirklich ...«

»Wenn sie es noch nicht gehört hat, muss ich sie warnen. Und wenn sie es weiß, wird sie denken, ich hätte es überall herumerzählt. Aber wenn ich sie anrufe, um alles zu erklären, wird sie vermutlich nur wieder auflegen.« Ich stöhnte. »Ich muss Schluss machen. Ich muss überlegen, was zu tun ist.«

Laurens Stimme klang sanft. »Okay, Süße. Ruf mich an, wenn du mich brauchst.«

Nachdem ich aufgelegt hatte, brach ich auf dem Sofa zusammen. Elch kam zu mir, grummelte und schnüffelte an meinem Nacken. Meine Gedanken rasten panisch in alle möglichen Richtungen. Die ganze Welt würde die Wahrheit über meinen Vater erfahren. Der Campsite-Killer könnte Julia finden – und mich. Evans Lodge könnte den Bach runtergehen. Mein Geschäft könnte in Trümmer gehen. Ally würde in der Schule gehänselt werden.

Das Telefon klingelte. Ich überprüfte die Anrufernummer. Unbekannt.

Julia?

Nach dem dritten Klingeln nahm ich ab.

»Hallo?«

Eine Männerstimme sagte: »Spreche ich mit Sara Gallagher?«

»Wer sind Sie?«

»Ich bin dein Vater.«

»*Wer* sind Sie?«

»Ich bin dein richtiger Vater.« Er sprach schneller. »Ich habe es im Internet gelesen.«

Die Angst traf mich wie ein Schlag. Dann begriff ich, dass die Stimme viel zu jung klang.

»Ich weiß nicht, wer Sie wirklich sind oder was Sie gelesen haben, aber …«

»Bist du genauso heiß wie deine Mommy?« Ich hörte Gelächter im Hintergrund, dann rief eine weitere jung klingende Stimme laut: »Frag sie, ob sie's auch gerne härter mag.«

»Hör zu, du mieser kleiner …«

Er legte auf.

Direkt danach rief ich Evan an, aber bei seinem Handy schaltete sich sofort die Mailbox ein. Ich überlegte, ob ich Lauren anrufen sollte, aber sie würde sich nur um mich ängstigen – zum Teufel, ich hatte selbst Angst, was mich nur noch wütender machte. Irgendwelche Teenager riefen hier an und gaben sich als mein Vater aus, nur um sich einen Kick zu verschaffen. Was, wenn Ally ans Telefon gegangen wäre? Schäumend vor Wut tigerte ich durchs Haus, als das Telefon erneut klingelte. Ich hoffte, es sei Evan, aber es war Allys Lehrerin.

»Sara, haben Sie noch etwas Zeit für ein Gespräch, wenn Sie Ally heute abholen?«

»Was ist los?«

»Ally hatte eine … Meinungsverschiedenheit mit einer Klassenkameradin, die versucht hat, ihre Malfarben zu benutzen, und ich würde gern mit Ihnen darüber reden.«

Na großartig, genau das, was ich im Moment brauchte.

»Ich werde mit ihr darüber reden, dass man auch mal was abgeben muss, aber vielleicht könnten wir wann anders …«

»Ally hat das Mädchen geschubst – so kräftig, dass es hingefallen ist.«

Das war der Moment, in dem ich Sie angerufen habe. Ich kann Allys Lehrerin unmöglich gegenübertreten, ohne zuerst mit Ihnen gesprochen zu haben. Ich muss erst mal verdauen, dass alles lauthals herausposaunt worden ist. Ich kann diese kranken Kommentare nicht abschütteln, diesen widerlichen Anruf. Und ich weiß, dass die Lehrerin vorschlagen wird, Ally noch einmal zum Schulpsychologen zu schicken, damit sie lernt, mit ihrer Wut umzugehen. Sie hatte vorher schon Probleme, hat andere Kinder angeschrien, mit ihren Lehrern gestritten, aber das passiert nur, wenn sie sich bedrängt fühlt. Ihre Lehrerin hat auch gesagt, dass Ally Schwierigkeiten hat, von einem Fach zum nächsten umzuschalten, das sei der Moment, in dem sie am meisten Stress macht. Ich versuchte zu erklären, dass mit ihr alles in Ordnung ist – sie mag nun mal einfach keine Veränderungen. Aber die Lehrerin hat immer weiter gebohrt, ob es zu Hause vielleicht irgendwelche Probleme gebe. Ich hoffe nur, dass sie nichts davon gehört hat, dass der Campsite-Killer mein Vater ist.

Ich hasse es, wenn ich so aufgewühlt bin, hasse es, wie mein Körper reagiert. Meine Kehle und die Brust werden so eng, dass ich kaum atmen kann, meine Herzfrequenz schießt gen Himmel, mein Gesicht fühlt sich heiß an, ich fange an zu schwitzen, und meine Waden schmerzen vom unverbrauchten Adrenalin. Es fühlt sich an, als würde eine Bombe in meinem Kopf explodieren, und meine Gedanken fliegen wer weiß wohin.

Früher haben wir oft darüber gesprochen, dass meine Angst dadurch hervorgerufen wird, dass ich als Adoptivkind aufgewachsen bin und mein Vater sehr distanziert war. Mein Unterbewusstsein hat Angst, dass ich noch einmal verlassen werde, so dass ich mich niemals sicher fühle. Aber ich glaube, es steckt noch mehr dahinter. Als ich mit Ally schwanger war, habe ich gelesen, dass man ruhig bleiben muss, damit das Baby die negative Energie nicht aufnimmt. Ich habe neun Monate im Bauch einer Frau verbracht, die permanent Angst hatte. Ihr Grauen ist in mein Blut eingeströmt, in meine Zellen. Ich bin in Angst geboren worden.

5. Sitzung

Als ich mit der ersten Therapie anfing, wollte ich am liebsten gar nicht über meine Kindheit sprechen. Damals sagten Sie: »Wer die Vergangenheit nicht kennt, kann die Zukunft nicht gestalten.« Dann erzählten Sie mir, dass das ein Zitat von Otto Frank sei, Anne Franks Vater, und dass Sie ihr Haus in Amsterdam besucht hätten. Sie waren kurz weg, um uns einen Kaffee zu holen, und ich weiß noch, wie ich dasaß, mir all die Fotos an den Wänden anschaute, die Kunstwerke, die Sie von Ihren Reisen mitgebracht hatten, die Schnitzereien und Statuen, die Sie sammeln, die Bücher, die Sie geschrieben haben, und dachte, dass Sie die coolste Frau sind, die ich je getroffen habe.

Ich hatte vorher noch nie jemanden wie Sie kennengelernt. Wie Sie sich kleideten, diese kunstvolle Eleganz, lässig-intellektuell, ein Schaljäckchen locker über den Schultern, das graue Haar in lauter wilden Stufen, als würden Sie nicht nur zu Ihrem Alter stehen, sondern als seien Sie *stolz* darauf. Die Art, wie Sie die Brille abnahmen, wenn Sie sich vorbeugten, um mich etwas zu fragen, wie Sie mit dem Finger auf ihren windschiefen Becher trommelten – den Sie in einem Töpferkurs gemacht hatten, weil Sie sich langweilten und weil es wichtig sei, niemals aufzuhören zu lernen. Ich studierte jede Bewegung, sog alles in mich auf und dachte: *Das ist eine Frau, die sich vor nichts fürchtet. So will ich auch sein.*

Darum war ich so überrascht, als Sie mir erzählten, dass Sie ebenfalls aus einer dysfunktionalen Familie kommen und dass Ihr Vater Alkoholiker war. Was ich am meisten bewunderte, war, dass Sie keinerlei Groll oder Ärger hegten – Sie haben mit Ihrem Mist abgeschlossen und sich anderen Dingen zugewandt. Sie haben Ihre Zukunft gestaltet. An jenem Tag ging ich hier voller Hoffnung weg, dass *alles* möglich sei. Doch als ich später darüber nachdachte, was Sie gesagt hatten, dass man die Vergangenheit kennen muss, traf es mich wie ein Schlag. Ich würde niemals in der Lage sein, eine *richtige* Zukunft zu gestalten, weil ich meine *richtige* Vergangenheit nicht kannte. Es war, als wollte ich ein Haus ohne Fundament errichten. Es würde vielleicht eine Weile stehen bleiben, aber nach einer Weile würde es langsam in sich zusammensacken.

Als ich nach Hause kam, schnaubte Elch und sprang um mich herum, als sei ich Millionen Jahre fort gewesen. Nachdem ich ihn zum Pinkeln rausgelassen hatte – der Ärmste schaffte es gerade mal einen Schritt vor die Tür –, dachte ich daran, die Polizei anzurufen, um den Telefonstreich anzuzeigen, doch dann beschloss ich, abzuwarten und erst mit Evan darüber zu sprechen. Als ich durch die Anruferliste scrollte, um zu sehen, ob er während meiner Abwesenheit angerufen hatte, fielen mir zwei Anrufe von unbekannten Nummern auf. Ich hörte den Anrufbeantworter ab, sie stammten von Zeitungen.

Während der nächsten Stunde wanderte ich durchs Haus, das Telefon fest umklammert, und hoffte, Evan möge bald anrufen. Einmal klingelte das Telefon in meiner Hand, und ich fuhr zusammen, doch es war nur ein weiterer Reporter. Nach einer Weile rang ich mich dazu durch, Dad anzurufen und ihm zu sagen, was ich im Internet gefunden hatte, und ihm von den Anrufen zu erzählen.

Er sagte: »Geh nicht ans Telefon, wenn du die Nummer nicht kennst. Wenn jemand dich etwas über den Campsite-Killer fragt, streite alles ab. Du wurdest adoptiert, aber deine leibliche Mutter ist nicht Karen Christianson.«

»Du meinst, ich soll lügen?«

»Verdammt richtig. Ich werde Melanie und Lauren dasselbe sagen. Und wenn noch einmal so ein Dreckskerl anruft, legst du einfach auf.«

»Soll ich zur Polizei gehen?«

»Die können doch nichts machen. Ich kümmere mich darum. Schick mir die Links.«

»Die meisten sind nur irgendwelche Internetforen.«

»Schick sie mir.«

Ich tat, was er gesagt hatte, dann quälte ich mich selbst damit, dass ich die Kommentare noch einmal las. Es gab zehn neue, jeder kränker als der letzte. Ich überprüfte die anderen Websites, und die Kommentare dort waren genauso übel. Ich war schockiert, dass Menschen so gemein zu jemandem sein konnten, den sie nicht kannten – und es machte mir Angst, dass sie meinen Namen wussten. Ich wollte die Seiten überwachen, wollte mich und Julia verteidigen, doch es war Zeit für das Treffen mit Allys Lehrerin.

Es war nicht so schlimm wie befürchtet. Es stellte sich heraus, dass das andere Mädchen Ally schon eine ganze Weile drangsalierte – sie brachte ihren Schreibtisch durcheinander oder nahm ihre Farbstifte, wenn Ally noch damit malte. Am Ende war Ally der Kragen geplatzt. Natürlich sagte ich, dass ich ihr erklären würde, dass Schubsen kein guter Weg war, um Meinungsverschiedenheiten zu klären, und dass sie es einem Erwachsenen erzählen sollte, wenn sie Probleme hatte, aber ich hätte alles gesagt, um da rauszukommen. Was Ally getan hatte, war falsch, und ich sprach tatsächlich mit ihr darüber, aber ehrlich gesagt schien mir das keine große Sache zu sein, verglichen mit der Tatsache, dass ich gerade Julias Leben ruiniert hatte, ganz zu schweigen von meinem eigenen. Und dann hatte ich auch noch meine ganze Familie mit hineingezogen. Letzteres schmerzte am meisten.

Um acht klingelte endlich das Telefon. Sobald ich Evans Nummer sah, nahm ich hastig ab. »Wir müssen reden.«

»Was ist los?«

»Diese Website – irgendwie ist da was durchgesickert, vielleicht haben sie bei Google nicht alle Daten gelöscht. Und jetzt ist die Neuigkeit in anderen Blogs aufgetaucht. Es geht meistens um Julia, aber dann sind da diese total ekligen Kommentare – und in manchen wird *mein* Name erwähnt. Und dann hat dieser Teenager angerufen und sich als mein Vater ausgegeben. Reporter rufen an, aber ich nehme nicht ab, und Dad sagt …«

»Sara, ganz langsam … ich verstehe nur die Hälfte von dem, was du sagst.«

Ich holte tief Luft und begann noch einmal von vorn. Am Ende schwieg Evan eine Minute lang, dann fragte er: »Hast du die Cops angerufen?«

»Dad sagt, sie könnten sowieso nichts machen.«

»Du solltest ihnen trotzdem erzählen, was los ist.«

»Ich weiß nicht … er hat gesagt, er kümmert sich um alles.« Das Letzte, was ich wollte, war, dass Dad sauer auf mich war, weil ich gegen seinen Rat handelte.

»Lass ihn reden, aber melde die Sache der Polizei.«

»Aber er hat doch recht. Sie können nichts tun gegen jemanden, der sich nur einen Scherz erlaubt.«

»Du hast mich um Rat gefragt. Ruf morgen früh die Polizei an – und schreib keine Kommentare in diese Blogs.«

»Okay, okay.«

Nachdem ich aufgelegt hatte, ging ich ins Bett und sah mir das Nachtprogramm im Fernsehen an, bis ich in einen ruhelosen Schlummer fiel. Früh am nächsten Morgen klingelte das Telefon. Ohne auf das Display zu achten, griff ich danach und nahm das Gespräch an.

»Hallo?«

Eine männliche Stimme sagte: »Guten Morgen. Stimmt es, dass Sie Möbel restaurieren?«

Ich setzte mich auf. »Ja, das stimmt. Was kann ich für Sie tun?«

»Ich habe ein paar Stücke, einen Tisch, ein paar Stühle. Ich glaube nicht, dass sie viel wert sind, aber sie gehörten meiner Mutter, und ich würde sie gerne meiner Tochter schenken.«

»Der Wert bemisst sich nicht immer danach, welchen Preis man beim Verkauf erzielen würde – es geht darum, was sie Ihnen bedeuten.«

»Der Tisch bedeutet mir eine Menge. Ich habe den Großteil meiner Zeit daran verbracht – ich esse gerne.« Er lachte, und ich erwiderte sein Lachen.

»Küchentische erzählen ganze Familiengeschichten. Manche Kunden wollen, dass ich sie ein wenig aufarbeite, aber die Kratzer, die die Kinder reingemacht haben, drinlasse.«

»Wie viel nehmen Sie normalerweise?«

»Ich müsste mir die Stücke ansehen, dann könnte ich Ihnen einen Kostenvoranschlag machen.« Ich kletterte aus dem Bett und warf meinen Morgenmantel über, während ich auf der Suche nach einem Stift ins Büro ging. »Ich könnte zu Ihnen nach Hause kommen, oder manche Kunden schicken mir auch Fotos per Mail.«

»Sie gehen zu Fremden ins Haus?«

Ich blieb im Flur stehen.

Er sagte: »Gehen Sie allein?«

Okay, diesen Job würde ich auf keinen Fall übernehmen. Meine Stimme wurde monoton und kalt. »Tut mir leid, ich habe Ihren Namen nicht verstanden.«

Er schwieg einen Moment, dann sagte er: »Ich bin dein Vater.«

Das erklärte alles. Noch so ein Idiot, der mir einen Streich spielen wollte.

»*Wer* sind Sie?«

»Ich sagte es bereits – dein Vater.«

»Ich habe einen Vater, und ich lege keinen Wert ...«

»Er ist nicht dein Vater.« Die Stimme bekam einen bitteren Klang. »Ich hätte mein Kind nicht weggegeben.« Er schwieg. Im Hintergrund hörte ich Verkehrsgeräusche. Beinahe hätte ich aufgelegt, aber ich war zu wütend.

»Ich weiß ja nicht, was für ein krankes Spiel Sie da spielen ...«

»Es ist weder ein Spiel noch ein Witz. Ich habe Karens Foto gesehen und sie wiedererkannt. Sie war meine Dritte.«

»Jeder weiß, dass Karen sein drittes Opfer war.«

»Aber ich habe immer noch ihre Ohrringe.«

Mein Magen schien plötzlich in meinem Hals zu sitzen. Was war das für ein Mensch, der vorgab, ein Mörder zu sein?

»Finden Sie das witzig? Irgendjemanden anzurufen und zu versuchen, ihm Angst zu machen? Verschafft Ihnen das irgendeinen Kick?«

»Ich versuche nicht, dir Angst zu machen.«

»Was wollen Sie dann?«

»Dich kennenlernen.«

Dieses Mal legte ich auf. Das Telefon klingelte gleich noch einmal. Das Display zeigte eine Vorwahl aus British Columbia, doch ich wusste nicht, von wo genau. Endlich verstummte das Klingeln, nur um prompt wieder loszugehen. Meine Hände zitterten, als ich das Telefon ausstöpselte.

Ich rannte den Flur runter, weckte Ally auf, sagte ihr, sie solle sich für die Schule fertigmachen, und sprang unter die Dusche. Innerhalb weniger Minuten machte ich ihr ein paar Toastbrote mit Erdnussbutter, während sie Zähne putzte, und als sie aß, klatschte ich ihren Lunch zusammen, ehe ich mit ihr aus dem Haus stürmte.

Als ich das Polizeirevier betrat, saßen zwei ältere Männer in Zivil hinter dem Empfangsschalter. Während ich auf sie zuging, trat eine Polizistin durch die Tür hinter dem Schalter und nahm eine Akte von einem Schreibtisch. Wahrscheinlich war sie indianischer Abstammung, mit hohen Wangenknochen, kaffeefarbener Haut, großen braunen Augen und dickem, glattem, dunklem Haar, das in einem strengen Knoten zurückgebunden war.

Am Schalter sagte ich: »Ich möchte mit jemandem über ein paar Telefonanrufe reden, die ich erhalten habe.«

Einer der Männer fragte: »Was für Anrufe?«

Die Polizistin sagte: »Ich übernehme das.«

Sie führte mich zu einer Tür mit einem Metallschild mit der Aufschrift »Besprechungszimmer« und winkte mich herein. Der Raum war kahl bis auf einen langen Tisch und zwei Plastikstühle. Auf dem Tisch lagen ein Notizblock und ein Telefonbuch, daneben stand ein Telefon.

Sie ließ sich auf einem der Stühle nieder und lehnte sich zurück. Jetzt, da sie mich direkt ansah, konnte ich ihr Namensschildchen lesen: »S. Taylor, Constable.«

»Was kann ich für Sie tun?«

Ich hatte plötzlich das Gefühl, das, was ich im Begriff war zu sagen, würde sich zum Davonlaufen verrückt anhören. Ich würde ihr einfach die Fakten nennen und hoffen, dass sie mir glaubte.

»Mein Name ist Sara Gallagher. Ich wurde adoptiert und habe vor kurzem meine leibliche Mutter in Victoria gefunden. Danach habe ich einen Privatdetektiv angeheuert, der herausfand, dass sie Karen Christianson ist ...«

Sie starrte mich ausdruckslos an.

»Sie wissen schon, das einzige überlebende Opfer des Campsite-Killers.«

Sie setzte sich aufrecht hin.

»Der Privatdetektiv glaubt, dass der Campsite-Killer mein Vater ist. Dann hat die Website *Nanaimo News* irgendwie Wind von der Sache bekommen, und jetzt ist es überall im Internet zu lesen. Gestern bekam ich einen Anruf von irgendeinem bescheuerten Teenie, der so tat, als sei er mein Vater. Und heute Morgen hat ein Mann angerufen, der ebenfalls behauptet hat, mein Vater zu sein. Aber der sagte, er hätte ihre Ohrringe.«

»Haben Sie die Stimme erkannt?«

Ich schüttelte den Kopf.

»Was ist mit der Telefonnummer?«

»Die Vorwahl war irgendwas mit 250, dann kam 374 oder 376 oder so ähnlich. Ich habe alles aufgeschrieben, aber ich habe den Zettel vergessen, und ...«

»Hat er gesagt, warum er Sie angerufen hat?«

»Er sagte, er wolle mich kennenlernen.« Ich verzog das

Gesicht. »Ich weiß, dass das wahrscheinlich nur ein Witz ist, aber ich habe eine Tochter, und …«

»Hat Ihre leibliche Mutter bestätigt, dass sie Sie im Rahmen eines sexuellen Übergriffs empfangen hat?«

»Nicht mit diesen Worten, aber im Grunde ja.«

»Ich würde Ihre Aussage gerne aufnehmen.«

»Äh, klar. Natürlich.«

Sie stand auf. »Ich bin gleich wieder da.«

Während ich wartete, sah ich mich im Besprechungszimmer um und spielte an meinem Handy herum.

Die Tür wurde aufgerissen. Constable Taylor setzte sich, stellte einen kleinen Rekorder vor mich auf den Tisch und zog ihren Stuhl dichter heran. Sie nannte ihren Namen und das Datum, dann bat sie mich, meinen vollen Namen und die Adresse zu wiederholen. Mein Mund wurde trocken, und mein Gesicht fühlte sich heiß an.

»Ich möchte, dass Sie mir mit Ihren eigenen Worten erzählen, warum Sie denken, dass der Campsite-Killer Ihr biologischer Vater ist, und im Einzelnen die Telefonanrufe beschreiben, die Sie kürzlich erhalten haben.« Ihr ernster Tonfall machte mich nur noch nervöser, und mein Herzschlag beschleunigte sich.

Sie sagte: »Na los.«

Ich gab mir Mühe, doch ich schweifte immer wieder ab. Mit einem raschen »Und was sagte er als Nächstes?«, brachte die Polizistin mich wieder auf die richtige Bahn. Sie wollte sogar Julias Adresse haben und jede Information, die ich über sie hatte. Ich kam mir komisch vor, als ich ihr das Gewünschte sagte, weil ich die Informationen ja vor allem dadurch bekommen hatte, dass ich Julia nachspioniert hatte. Ich erzählte auch, dass wir gerade versuchten, den Privatdetektiv zu erreichen, und dass er ein ehemaliger Cop sei. Ihr neutraler Gesichtsausdruck änderte sich nie.

Als wir fertig waren, fragte ich: »Und was geschieht jetzt?«

»Wir werden der Sache nachgehen.«

»Aber glauben Sie denn *tatsächlich*, dass es der Campsite-Killer war?«

»Sobald wir mehr Informationen haben, werden wir es Sie wissen lassen. Jemand wird sich schon bald mit Ihnen in Verbindung setzen.«

»Was, wenn er noch einmal anruft? Soll ich meine Nummer ändern lassen?«

»Haben Sie eine Anruferkennung und einen Anrufbeantworter?«

»Ja, aber ich habe ein Geschäft, und ...«

»Beantworten Sie keine Anrufe von unbekannten Nummern und lassen Sie den Anrufbeantworter die Anrufe aufzeichnen. Notieren Sie Nummer und Zeitpunkt und geben Sie uns so schnell wie möglich Bescheid.« Sie reichte mir ihre Visitenkarte, dann stand sie auf und ging zur Tür.

Wie betäubt folgte ich ihr den Flur entlang.

Zu ihrem Rücken sagte ich: »Aber meinen Sie nicht, dass es bloß jemand war, der mir Angst einjagen wollte? Und Sie müssen es nur ernst nehmen, weil es da diese Verbindung zum Campsite-Killer gibt?«

Sie blickte über die Schulter. »Ich kann nichts dazu sagen, ehe wir die Sache nicht überprüft haben, aber seien Sie vorsichtig. Und danke, dass Sie gekommen sind. Wenn Sie irgendwelche Fragen haben, rufen Sie mich an.«

Dann saß ich draußen auf dem Parkplatz in meinem Cherokee und starrte auf die Visitenkarte in meiner Hand. Ich hatte gehofft, die Polizei würde mir erzählen, dass ich mir keine Sorgen zu machen brauchte, aber Constable Taylor hatte jede Gelegenheit, mich zu beruhigen, ungenutzt verstreichen lassen. Jetzt hatte ich Angst, dass der Anrufer tatsächlich der Campsite-Killer gewesen war.

Würde die Polizei mit Julia sprechen? Wie lange würde es dauern, bis sie sich mit mir »in Verbindung setzten«? Wie sollte ich noch weitere Tage überstehen, ohne Bescheid zu wissen? Ich dachte daran, was der Mann über Karens Ohrringe gesagt hatte. War das nicht die schnellste Möglichkeit, ihn als Lügner zu entlarven? Doch wenn ich Julia anriefe, würde sie nur auflegen, ehe ich sie irgendetwas fragen könnte.

Ich warf einen Blick auf die Uhr. Es war erst neun Uhr morgens – Zeit genug, um runter nach Victoria zu fahren und rechtzeitig wieder zurück zu sein, um Ally von der Schule abzuholen.

Es war Freitag und noch nicht einmal Mittag, also ging ich davon aus, dass Julia an der Uni war. Ich wollte direkt zum Campus und verbrachte die ganze Fahrt damit, verschiedene Möglichkeiten durchzuprobieren, wie ich ihr sagen könnte, was los war. Doch zuerst musste ich sie dazu bewegen, überhaupt mit mir zu sprechen. Ich hoffte, dass sie mir nicht einfach die Tür vor der Nase zuknallen konnte, wenn ich an ihrem Arbeitsplatz auftauchte. Doch als ich von einer Telefonzelle aus in ihrem Büro anrief, teilte mir eine Assistentin mit, dass Julia heute nicht unterrichtete und dass sie nicht wüsste, wann sie wiederkäme.

Ich musste also zu ihr nach Hause fahren.

Als ich die Dallas Road entlangfuhr, begann ich an der Brillanz meines Plans zu zweifeln. Ich war verrückt. Julia würde durchdrehen, sobald sie mich sah. Ich sollte die Sache der Polizei überlassen. Trotzdem parkte ich schließlich auf der Straße vor Julias Haus und starrte auf ihre Haustür.

Ich *musste* sie wissen lassen, was los war. Sie war die einzige Person, die von den Ohrringen wusste. Ich hatte ein Recht zu fragen – die Sicherheit meiner Familie hing davon ab. *Ihre* Sicherheit hing davon ab.

Als ich an die Tür klopfte, schaltete mein Herz einen Gang höher, und meine Kehle wurde eng. Sie öffnete nicht, aber ihr Wagen stand in der Auffahrt. Hatte sie mich kommen sehen? Was sollte ich sagen, wenn Katharine zu Hause war? Das war eine ziemlich blöde Idee gewesen. Dann hörte ich Stimmen hinterm Haus.

Als ich um die Ecke bog, sah ich Julia mit einem älteren Mann neben einem Kellerfenster am anderen Ende des Hauses stehen. Der Mann hatte ein Klemmbrett dabei, und Julia deutete auf das Fenster. Ihr Gesicht war bleich und angespannt. Ich blieb stehen und überlegte, ob ich verschwinden sollte. Ich schnappte einen Teil ihrer Unterhaltung auf, irgendetwas über Eisengitter. Jetzt fiel mir der Van einer Sicherheitsfirma ein, den ich auf der Straße gesehen hatte. Der Mann sagte etwas, während er Julias Hand schüttelte, aber sie wirkte abgelenkt. Sie starrte immer noch auf das Fenster, als der Mann mit einem Nicken an mir vorbeiging. Ich wartete, bis er von der Auffahrt herunter war, dann räusperte ich mich. Ihr Kopf schnellte in meine Richtung.

»Hallo, ich muss mit Ihnen …«

»Mir reicht's. Ich rufe die Polizei.« Steifbeinig ging sie zur hinteren Terrasse.

»Darum bin ich hier – *wegen* der Polizei.«

Das ließ sie innehalten. Sie drehte sich um.

»Was wollen Sie damit sagen?«

»Ich habe Anrufe von Zeitungen bekommen und …«

»Was glauben Sie, wie *mein* Leben aussieht?« Ihr gerötetes Gesicht verriet ihren Zorn. »Ich musste den Unterricht für heute absagen, weil die Reporter meine Studenten belästigen und auf dem Parkplatz warten. Meine Nummer zu Hause ist nirgendwo aufgeführt, doch sie werden nicht lange brauchen, um sie herauszufinden. Oder haben Sie die auch schon weitergegeben?«

»Ich habe nie …«

»Versuchen Sie, Geld aus der Sache zu schlagen? Sind Sie deswegen hier?«

In kurzen, abgehackten Schritten begann sie, auf und ab zu gehen, als wollte sie fortlaufen, ohne zu wissen, wohin sie sich wenden sollte.

»Ich habe nichts damit zu tun, dass es rausgekommen ist. Das war das Letzte, was ich wollte. Ich habe es nur einem Privatdetektiv erzählt und meiner Schwester, weil ich so aufgewühlt war, aber ich weiß nicht, wie es durchgesickert ist.«

»Sie haben einen Privatdetektiv angeheuert?« Sie schüttelte den Kopf und kniff die Augen zusammen. Als sie sie wieder öffnete, hatte ihr Blick etwas Verzweifeltes.

»Was wollen Sie *dann*?«

»Ich will gar nichts.« Doch das stimmte nicht. Jetzt würde sie mir allerdings niemals geben, was ich eigentlich wollte.

»Wissen Sie, wie lange es gedauert hat, bis ich mir hier ein Leben aufgebaut hatte?«, sagte sie. »Sie haben *alles* ruiniert.«

Ihre Worte stürzten auf mich ein, und ich machte fast einen Schritt zurück bei dem Aufprall. Sie hatte recht, ich hatte alles ruiniert. Und es würde noch schlimmer werden.

Der nächste Teil würde ihr noch mehr Angst machen, doch es musste gesagt werden. Ich wappnete mich innerlich.

»Ich bin heute hierhergekommen, weil ich denke, dass Sie wissen sollten, dass mich heute Morgen ein Mann angerufen hat. Er sagte ... er sagte, er sei mein richtiger Vater. Er hat Sie auf einem Foto wiedererkannt, und er sagte, er hätte Ihre Ohrringe.«

Sie stand vollkommen still. Die einzige Bewegung waren ihre Pupillen, die sich weiteten. Dann begann sie zu zittern, während Tränen aus ihren Augenwinkeln rannen.

»Sie waren ein Geschenk meiner Eltern. Perlen. Pinkfarben, mit einer blattförmigen Einfassung aus Silber. Ich habe sie zum Schulabschluss bekommen.« Ihre Stimme erstarb, und sie schluckte hart. »Ich hatte Angst, sie beim Zelten zu tragen, aber meine Mutter sagte, schöne Dinge seien dazu da, sich an ihnen zu erfreuen.«

Er *hatte* ihre Ohrringe mitgenommen. Ich dachte an die Stimme des Mannes, die Art und Weise, wie er über das Geschenk »für seine Tochter« gesprochen hatte. Das Blut rauschte in meinen Ohren, während ich Julia anstarrte und versuchte, darüber nachzudenken, was ich sagen sollte, und nicht darüber, was das hier bedeutete.

Endlich fand ich ein paar Worte. »Es ... es tut mir leid, dass er sie mitgenommen hat.«

Unsere Blicke trafen sich. »Er hat sich *bedankt*.« Sie schaute wieder weg. »Die Polizei hat es niemals veröffentlicht, dass er meine Ohrringe genommen hat. Sie sagten mir, dass sie ihn fassen würden.« Sie schüttelte den Kopf. »Dann stellte ich fest, dass ich schwanger war. Aber ich konnte es nicht umbringen. Also habe ich meinen Namen geändert und bin weggezogen. Ich wollte vergessen, dass es jemals passiert war. Aber jedes Mal, wenn er jemanden umbringt, sucht mich die Polizei auf. Einer von denen sagte mir einmal, ich hätte Glück gehabt.« Sie lachte bitter, dann sah sie mich wieder an.

»Seit fünfunddreißig Jahren lebe ich mit der Angst, dass er mich findet. Ich habe nicht eine Nacht geschlafen, ohne aus einem Traum aufzuwachen, in dem er mich immer noch jagt.« Ihre Stimme zitterte. »Sie haben mich gefunden, *er* kann mich finden.«

Ausnahmsweise einmal hatte sie ihre Mimik nicht unter Kontrolle, und ich sah den unverhüllten Schmerz in ihren Augen. Ich sah *sie*. Jedes zerbrochene Stück. Diese arme Frau lebte schon so lange in Furcht – und jetzt hatte sie meinetwegen noch mehr Angst. Ich trat näher.

»Es tut mir wirklich ...«

»Gehen Sie.« Ihr Gesicht war wieder verschlossen.

»Okay, klar. Möchten Sie meine Nummer haben?«

»Die habe ich.« Mit einem festen Klicken schloss sich die Terrassentür hinter ihr.

An diesem Abend kam Evan nach Hause, und ich sagte ihm, dass wir reden müssten, aber erst als Ally und Elch im Bett waren und wir auf dem Sofa zusammenklappten, kamen wir dazu. Evan hatte die Füße auf den Couchtisch gelegt, und ich saß am anderen Ende, die Arme um die Knie geschlungen. Er war bestürzt wegen des zweiten Anrufs, aber froh, dass ich sofort zur Polizei gegangen war. Als ich ihm sagte, dass ich auch zu Julia gefahren war, schüttelte er den Kopf. Und die Sache mit den Ohrringen hörte er gar nicht gern.

»Wenn er noch einmal anruft, geh nicht ran.«

»Das haben die Cops auch gesagt.«

»Das gefällt mir alles nicht, und ich muss Montag wieder

zurück. Vielleicht sollte ich einen der anderen Guides bitten, die Gruppe zu übernehmen.«

»Ich dachte, es wären alle weg?«

Er rieb sich das Kinn. »Frank könnte es vielleicht machen, aber er war erst einmal alleine draußen, und es ist eine große Gruppe, die jedes Jahr wiederkommt.«

Evan hatte jahrelang am guten Ruf seiner Lodge gearbeitet, bis sie jetzt endlich jeden Sommer ausgebucht war. Doch ein einziger misslungener Trip mit einem unerfahrenen Guide oder, noch schlimmer, ein Unfall, und er konnte den Laden dichtmachen.

»Du *musst* sie übernehmen.«

»Vielleicht solltest du zu deinen Eltern oder zu Lauren gehen.«

Ich dachte kurz über den Vorschlag nach. »Ich will Dad noch nichts von dem Anruf erzählen, nicht, ehe wir mehr wissen. Er würde nur alles an sich reißen und mich stressen. Lauren will ich auch nicht beunruhigen. Greg ist im Camp, also wäre ich dort auch nicht sicherer. Außerdem muss sie an ihre Kinder denken.«

Evan wirkte nicht überzeugt, aber er sagte: »In Ordnung. Ich lege die Schrotflinte unters Bett und stelle den Baseballschläger neben die Eingangstür. Vergewisser dich jeden Abend, dass du abgeschlossen hast, und nimm dein Handy mit, wenn du spazieren gehst ...«

»Schatz, ich bin nicht blöd. Ich werde vorsichtig sein, bis die Polizei herausgefunden hat, was los ist.«

Evan strich mit seiner warmen Hand über meinen Schenkel. »Heute bin ich hier, um dich zu beschützen ...«

Ich hob eine Augenbraue. »Versuchst du, mich abzulenken?«

»Schon möglich.« Er lächelte.

Ich schüttelte den Kopf. »Ich hab im Moment zu viel anderes im Kopf.«

Evan warf sich auf mich und knurrte mir in den Nacken. »Ich wüsste da ein Gegenmittel.« Als er versuchte, mich zu küssen, drehte ich das Gesicht weg, doch er hielt meinen Kopf an den Haaren fest, seine Lippen spielten mit meinen. Meine Gedanken begannen ruhiger zu werden, und mein Körper entspannte sich. Ich konzentrierte mich auf das Gefühl, wie seine Schultermuskulatur unter meinen Händen fest wurde. Ich öffnete den Mund, meine Zunge spielte mit seiner. Ich zog den Reißverschluss seiner Jeans auf und zerrte sie mit dem Fuß nach unten. Wir lachten, als sie sich an seinen Knöcheln verfing, doch er strampelte sich frei. Er hakte seine Hände in meine Pyjamahose und zog sie herunter, gab mir einen Klaps auf den Hintern, woraufhin ich tat, als würde ich aufheulen. Ich boxte ihn sanft gegen die Schulter. Wir küssten uns mehrere Minuten lang.

Dann klingelte das Telefon.

Evan sagte in meinen Nacken: »Lass es klingeln.« Und das tat ich, doch während ich an seinem Ohr knabberte und seinen Po befingerte, lief mein Verstand auf Hochtouren. War das der Campsite-Killer? Die Polizei? Rief Julia an? Evan hörte auf, mein Schlüsselbein zu küssen, und blieb einen Moment auf mir liegen. Er stützte sich auf den Ellenbogen, küsste mich behutsam und sagte dann: »Geh schon und sieh nach, wer angerufen hat.« Ich wies den Vorschlag weit von mir. Er sah mich wissend an, setzte sich auf und griff nach seiner Hose. »Ich weiß, dass es dich umbringt.«

Ich schenkte ihm ein verlegenes Lächeln und sauste in die Küche.

Es war nur Lauren, die ein wenig über die Jungs quatschen wollte. Das ganze restliche Wochenende fuhren wir beide zusammen, sobald das Telefon klingelte. Am Montagmorgen brach Evan auf, aber nicht ehe er mir erneut einen Vortrag über Sicherheit gehalten hatte. Am Nachmittag kam ein Anruf von einer unbekannten Nummer. Am ganzen Körper angespannt, wartete ich, bis sich der Anrufbeantworter einschaltete. Ein Staff Sergeant Dubois bat mich, ihn so schnell wie möglich zurückzurufen.

Es stellte sich heraus, dass Staff Sergeant Mark Dubois ungewöhnlich groß war, mindestens einen Meter neunzig, doch trotz seiner einschüchternden Größe und der tiefen Stimme war er ausgesprochen freundlich.

»Hi, Sara. Danke, dass Sie vorbeigekommen sind.« Er saß hinter einem riesigen L-förmigen Schreibtisch und bedeutete mir, davor Platz zu nehmen. »Haben Sie noch weitere merkwürdige Anrufe erhalten?«

Ich schüttelte den Kopf. »Aber ich habe meine leibliche Mutter am Freitag gesehen, und sie sagte, bei den Ohrringen, die der Campsite-Killer mitgenommen hatte, habe es sich um Perlen gehandelt. Es war ein Geschenk ihrer Mutter zum Schulabschluss.«

Der Sergeant machte »Hm …«, dann ließ er die Zunge gegen die Zähne schnalzen. »Wir würden Sie gern noch einmal befragen, aber dieses Mal würden wir gern Ton- und Videoaufnahmen machen. Ist das für Sie in Ordnung?«

»Ich denke schon.«

Der Sergeant führte mich den Flur entlang in einen anderen Raum, freundlich eingerichtet mit einem Polstersofa, einer Lampe und einem Gemälde – einer Meereslandschaft – an der Wand. Oben in der Ecke befand sich eine Kamera. Ich setzte mich an das eine Ende des Sofas, der Sergeant an das

andere. Einen seiner langen Arme legte er auf die Rückenlehne.

Die Fragen waren im Grunde dieselben wie die, die mir
die Polizistin schon am Freitag gestellt hatte, doch sein Tonfall war freundlich und umgänglich, und ich öffnete mich
mehr. Ich berichtete ihm sogar von meinem letzten Besuch
bei Julia und ihrer heftigen Gefühlsreaktion.

»Gut gemacht, Sara«, sagte er lächelnd, als ich fertig war.
»Das wird uns eine große Hilfe sein.« Seine Miene wurde
wieder ernst. »Aber ich fürchte, wir müssen Ihr Telefon anzapfen und ...«

»Sie glauben also tatsächlich, dass er es war?« Erschrocken stellte ich fest, wie verzweifelt ich mich anhörte.

»Wir wissen es noch nicht, aber der Fall des Campsite-
Killers ist von höchster Priorität, und wir müssen jede Spur
ernst nehmen. Solange wir nicht bestätigen können, dass es
nur ein Telefonstreich war, steht Ihre Sicherheit für uns an
erster Stelle. Sobald wie möglich werden wir eine ÜMA in
Ihrem Haus installieren.«

»Eine was?«

»Überfallmeldeanlage. Ein Alarmsystem, das wir einsetzen, wenn wir meinen, das Opfer könnte in Gefahr sein.«

Jetzt bin ich also ein Opfer.

»Der Privatdetektiv, den Sie angeheuert haben, ist ein pensionierter Polizist, aber wir konnten ihn noch nicht ausfindig machen, um ihn zu befragen. Wir sähen es gerne, wenn
Sie wegen dieser Sache keinen Kontakt zu ihm aufnähmen.
In den nächsten Tagen werden zwei Ermittler vom Dezernat
für Kapitalverbrechen aus Vancouver herkommen und sich
mit Ihnen unterhalten.«

»Warum kann Nanaimo sich nicht darum kümmern?«

»Das Dezernat für Kapitalverbrechen hat mehr Leute und

mehr Mittel. Der Verdächtige ist möglicherweise für eine ganze Reihe furchtbarer Verbrechen verantwortlich. Wenn er es war, der Sie angerufen hat, dann würden wir ihn natürlich gern dingfest machen, aber wir müssen uns vergewissern, dass wir dabei weder Sie noch Ihre Familie gefährden.«

Ich spürte meine Angst bis in die Zehenspitzen. »Soll ich meine Tochter wegschicken?«

»Er hat bisher noch keine direkten Drohungen ausgesprochen, und wir versuchen, Familien nicht auseinanderzureißen, aber ich schlage vor, dass Sie ein paar grundsätzliche Sicherheitsregeln mit ihr durchsprechen. Ihr Mann ist im Moment nicht da?«

»Mein Verlobter – wir heiraten im September. Er weiß bereits von dem Anruf, aber soll ich es auch meiner Familie erzählen?«

»Es ist sehr wichtig, dass Sie mit niemandem darüber reden – auch nicht mit Ihrer Familie. Ihr Verlobter muss es ebenfalls für sich behalten. Wir dürfen nicht riskieren, dass etwas zu den Medien durchsickert und der Verdächtige von unseren Ermittlungen erfährt.«

»Aber was, wenn meine Familie ebenfalls in Gefahr ist?«

»Bisher hat er nicht erkennen lassen, dass er irgendjemandem etwas antun will. Falls es zu einer Gefährdung kommt, werden wir geeignete Maßnahmen ergreifen. Morgen früh kommt jemand zu Ihnen nach Hause, um Ihr Telefon anzuzapfen, und eine Sicherheitsfirma wird die Alarmanlage installieren. Falls er in der Zwischenzeit anruft, gehen Sie nicht ran und informieren Sie mich umgehend.« Er reichte mir seine Karte. »Haben Sie noch irgendwelche Fragen?«

»Ich glaube nicht. Das alles ist nur so … surreal.«

Er stand auf und drückte kurz meine Schulter.

»Sie haben genau das Richtige getan, indem Sie zu uns gekommen sind.«

Ich nickte, als würde ich ihm glauben.

Als Ally an diesem Abend mit Elch draußen spielte, beobachtete ich sie durch die Glasschiebetür, während ich Karotten schälte und dem Fernseher hinter mir zuhörte. Als die Lokalnachrichten kamen, schnitt ich mir fast in den Finger. Sie hatten tatsächlich Karen Christianson zum Topthema gemacht. Sie zeigten Aufnahmen von der Universität – Kaninchen, die auf dem Campus Gras mümmelten, lärmende Studenten in der Mensa, die Tür zu einem Seminarraum –, während ein Nachrichtensprecher sagte, eine Professorin sei als Karen Christianson identifiziert worden, das einzige überlebende Opfer des Campsite-Killers. Meinen Namen nannten sie nicht, sondern sagten nur, dass Karen gerüchteweise eine Tochter habe, die in Nanaimo lebe und für einen Kommentar nicht zur Verfügung stehe. Mit ernster Stimme verlas der Nachrichtensprecher den letzten Satz. »Jetzt, wo die Tage wärmer werden, kommen wir nicht umhin, uns zu fragen, wo der Campsite-Killer sein mag und wo er diesen Sommer sein wird.« Ich schaltete den Fernseher aus.

Als Ally wieder hereinkam, erklärte ich ihr, dass wir jetzt »Was wäre wenn« spielen würden und ging mit ihr unsere Sicherheitsregeln durch. Evan und ich hatten das vorher schon mit ihr gemacht, aber dieses Mal zählte jedes kleine Detail. Ally wurde des Spiels bald müde, aber ich zwang sie, alles ein zweites Mal durchzugehen. Wie lautet unser Codewort? Elch. Dass sie nirgendwo mit einem Erwachsenen, den sie nicht kannte, hingehen durfte. Welche Kurzwahltaste auf dem Telefon sie drücken musste, um 911 zu wählen, was der Telefonist fragen könnte, vor allem unsere

Adresse. Und es gab eine neue Regel: Sie durfte nicht mehr ans Telefon gehen oder die Tür aufmachen, ohne dass ein Erwachsener zuerst nachgeschaut hatte. Jedes Mal, wenn sie etwas vergessen hatte, blieb mein Herz stehen.

Als ich sie zwanzig Minuten später dabei erwischte, wie sie ans Telefon ging – Lauren war dran –, und mit ihr schimpfte, schloss sie sich in ihrem Zimmer ein und weigerte sich, mit mir zu sprechen. Ich machte Pfannkuchen zum Abendessen und schrieb »Sorry« mit Blaubeeren darauf. Sie war nicht mehr sauer, aber ich hatte trotzdem ein schlechtes Gewissen, als ich sie heute Morgen zur Schule brachte.

Als ich nach Hause kam, wartete die Polizei bereits darauf, mein Telefon anzuzapfen, und kurz darauf kam jemand von der Sicherheitsfirma ADT, um das Haus zu verdrahten. Außerdem zeigten sie mir, wie ich den kleinen persönlichen Alarmmelder benutzen sollte, den ich ab jetzt immer um den Hals tragen sollte. Ich wollte nicht, dass Ally danach fragte, also steckte ich ihn in meine Handtasche. Nachdem alle wieder verschwunden waren, starrte ich den Alarmmelder und mein jetzt verwanztes Telefon an und versuchte, nicht in Panik zu geraten. Wie lange würde das dauern? Nicht einmal mit Evan würde ich mich noch ungestört unterhalten können.

Das Telefon klingelte.

Sieh einfach nach. Vielleicht ist es gar nicht er.

Es klingelte erneut.

Vielleicht ist es die Polizei.

Evans Handynummer. Hastig stieß ich den Atem aus.

Er sagte: »Hi, Schatz, ich …«, dann brach es ab. Ein Funkloch. Als ich zurückrief, bekam ich nur den Anrufbeantworter. Na klasse, noch ein erfolgloser Anruf. Ich knallte den

Hörer auf die Ladestation. Als es erneut klingelte, hätte ich beinahe direkt abgenommen, doch in der letzten Sekunde fiel mein Blick auf das Display. Ein Münztelefon. Ich hielt die Luft an und wartete darauf, dass es aufhörte zu klingeln. Er probierte es noch fünfmal.

Dieses Mal rief ich umgehend bei der Polizei an, Nadine, aber der Mann hatte keine Nachricht hinterlassen, so dass wir kein Stück weitergekommen waren. Sergeant Dubois wiederholte, dass ich die Anrufe nicht annehmen sollte, bis die Leute vom Dezernat für Kapitalverbrechen mit mir geredet hatten, aber die kommen erst morgen auf die Insel. Sie wollen, dass ich morgen früh gleich als Erstes zum Revier komme, um eine DNA-Probe abzuliefern. Deswegen habe ich unseren Termin auf heute Nachmittag vorverlegt. Na ja, und weil ich nicht mehr richtig denken kann.

Ich habe ein paar von den Techniken ausprobiert, die Sie vorgeschlagen haben: eine Runde joggen, Tagebuch schreiben, meditieren, summen, um das Gefühl der Enge in der Kehle zu lindern – ich habe sogar versucht, während der Meditation zu summen. Das Schlimmste ist, dass ich meiner Familie nichts erzählen darf, nicht mit Lauren darüber reden kann. Sie kennen mich – ich platze erst mit allem raus und denke *dann* darüber nach, was ich machen soll. Gott sei Dank gibt es Evan. Wir haben gestern Abend geredet, und er unterstützt mich super, aber ich vermisse ihn so sehr. Wenn er bei mir ist, bin ich konzentrierter und gelassener – als würde alles wieder gut werden.

Julias Anwalt hat heute eine Erklärung veröffentlicht, dass sie nicht Karen Christianson ist und niemals ein Kind zur Adoption freigegeben hat. Jedem, der das Gegenteil behauptet, droht er mit einer gerichtlichen Klage. Als ich heute

Morgen nach Hause kam, nachdem ich Ally zur Schule gebracht hatte, warteten ein Reporter und ein Kameramann in meiner Auffahrt. Ich befolgte den Rat meines Dads und erklärte ihnen, dass die Erklärung des Rechtsanwalts der Wahrheit entspräche und dass weder Julia Laroche noch Karen Christianson meine leibliche Mutter seien und dass ich sie verklagen würde, falls sie irgendetwas über mich oder meine Familie bringen würden. Dann knallte ich ihnen die Tür vor der Nase zu.

Ich verstehe, warum Julia gelogen hat – sie versucht, sich zu schützen. Ich meinerseits versuche, Ally zu schützen. Aber es war schon unheimlich für mich, zu lesen, dass Julia leugnet, mich zur Welt gebracht zu haben. Es vermittelte mir das Gefühl, nicht zu existieren oder so. Aber das wäre im Moment vielleicht gar nicht mal so schlecht. Ich freue mich nicht gerade auf den DNA-Test. Wenn meine DNA zu den Proben passt, die an den Tatorten gefunden wurden, dann ist das alles plötzlich real. Ich hoffe immer noch, dass sie nicht übereinstimmen. Vielleicht hat es ja eine Verwechslung bei den Adoptionsunterlagen gegeben, und ich bin gar nicht Julias Tochter. Schön wär's.

6. Sitzung

Ich kann mich nicht erinnern, wann ich das letzte Mal ein Werkzeug in der Hand hatte. Gestern habe ich Lauren angeschnauzt, dabei hat sie mich nur gefragt, ob ich die Einladungen schon verschickt hätte. Aber wenn ich allein daran *denke*, eine Gästeliste zu machen, ist mein Kopf wie leergefegt.

Als ich versuchte, mit Evan darüber zu reden, sagte er, dass wir vielleicht überlegen sollten, die Hochzeit zu verschieben, bis die Lage sich beruhigt hat. Sie können sich vorstellen, was da los war. Natürlich hat er recht, der Zeitpunkt ist der reinste Albtraum, aber ich habe mein ganzes Leben darauf gewartet, mich so zu fühlen, wie ich mich mit Evan fühle. Ich hatte nicht gewusst, dass Männer wie er überhaupt existieren. Er ist so fürsorglich, bringt mir etwas zu essen, wenn ich in der Werkstatt bin, lässt mir ein Bad einlaufen, wenn ich Kopfschmerzen habe, er ist sogar stark genug, um mit meiner inneren Anspannung klarzukommen. Und wir sind beide eher Stubenhocker, sehen uns lieber auf dem Sofa Filme an, anstatt abends auszugehen. Wir streiten uns selten, und wenn doch, dann lösen wir das Problem schnell. Er ist so gut und lieb, dass ich genauso sein möchte.

Die Vorstellung, noch länger mit der Hochzeit zu warten, ertrage ich nicht. Aber so, wie die Dinge in letzter Zeit laufen, habe ich womöglich keine andere Wahl.

Letzten Donnerstagmorgen bin ich direkt zum Polizeirevier gefahren. Ich hielt das Lenkrad umklammert, während ich noch ein paar Minuten auf dem Parkplatz sitzen blieb. *Alles wird gut, egal, was ich herausfinde, ich werde damit klarkommen.*

Drinnen nahm man mir etwas Blut für den DNA-Test ab, dann ging Sergeant Dubois wieder mit mir in den Raum mit dem Sofa, um auf die Leute vom Dezernat für Kapitalverbrechen zu warten. Kaum hatte ich mich hingesetzt, klopfte es an der Tür, und ein Mann und eine Frau traten ein.

Ich hatte zwei hagere, ältere Männer mit schwarzen Anzügen und Sonnenbrillen erwartet, doch die Frau war in den Vierzigern und trug eine weitgeschnittene marineblaue Hose, eine schlichte weiße Bluse und eine braune Lederjacke im Blazerstil. Ihr kurzes aschblondes Haar war von der Sonne aufgehellt und ihr Gesicht leicht gebräunt. Der Mann war jünger, vielleicht Ende dreißig, trug eine schicke schwarze Hose und ein schwarzes Hemd mit aufgerollten Ärmeln, so dass man die asiatischen Schriftzeichen erkennen konnte, die er an beiden Unterarmen eintätowiert hatte. Seine olivfarbene Haut, der rasierte Schädel und der verschleierte Blick verliehen ihm ein südländisches Aussehen. Als er mir freundlich zulächelte, fiel mir ein Grübchen auf – wahrscheinlich mangelte es ihm nicht an weiblicher Aufmerksamkeit.

Sergeant Dubois sagte: »Sara, ich lasse Sie jetzt mit Staff Sergeant McBride und Corporal Reynolds allein«, dann verließ er den Raum. Die Frau setzte sich ans andere Ende der Couch, während der Mann sich mit einem Stuhl vor mich setzte.

»Sie sind also vom Dezernat für Kapitalverbrechen in Vancouver?«

Er nickte. »Wir sind gestern Abend angekommen.«

Ich konnte seinen Akzent nicht einordnen, vielleicht irgendwo von der Ostküste. Er reichte mir seine Karte, und ich sah, dass er Corporal B. Reynolds war. Also war die Frau der Sergeant. Ich war beeindruckt.

Sie reichte mir ihre Karte. »Sie können mich Sandy nennen.« Sie deutete auf den Corporal. »Und das ist Billy.«

»Bill«, sagte er und drohte Sandy mit der Faust.

Sie lachte. »Ich bin älter und weiser als du, deshalb darf ich dich nennen, wie ich will.« Ich lächelte und amüsierte mich über ihr Geplänkel. Sandy wandte sich mir zu. »Können wir Ihnen etwas bringen, Kaffee oder Wasser?«

»Nein, danke. Sonst muss ich nur ständig auf Toilette.«

Kopfschüttelnd sagte Sandy: »Das ist echt lästig, nicht wahr? Billy musste wegen mir auf dem Weg hierher zweimal anhalten.« Er nickte und verdrehte die Augen.

Ich sagte: »Nach der Geburt meiner Tochter ist es noch schlimmer geworden. Haben Sie Kinder?«

»Nur einen Hund.«

Billy schnaubte. »Tyson ist kein Hund. Er ist ein Mensch im Rottweilerkostüm.«

Sandy lachte erneut. »Er ist etwas anstrengend.« Sie sah mir in die Augen. »Und ich bin mir sicher, dass Ally Sie ziemlich auf Trab hält.«

Im ersten Moment war ich überrascht, weil sie Allys Namen kannte, doch dann begriff ich, dass sie vermutlich alles über mich wussten. Meine Seifenblase zerplatzte. Das hier war kein Besuch unter Freunden. Diese Leute waren hier, um einen Serienmörder zu fassen.

Billy hielt eine dicke Akte in den Händen und begann, darin zu blättern. Er ließ den ganzen Stapel fallen, und ich bückte mich, um ihm beim Aufsammeln der Papiere zu helfen. Als ich das Foto einer bleichen Frau mit einem von blauen Flecken übersäten Gesicht sah, prallte ich zurück.

»O mein Gott, ist das ...« Ich sah Sandy an. Sie blickte ebenfalls auf das Bild, sagte aber nichts. Ich schaute wieder zu Billy, der wie beiläufig die Fotos zurück in den Ordner legte.

»Tut mir leid«, sagte er.

Ich lehnte mich zurück, starrte ihn an und fragte mich, ob er die Akte absichtlich fallen gelassen hatte, aber er sah aufrichtig zerknirscht aus.

Sandy sagte: »Das muss sehr bedrückend für Sie sein.«

»Es ist ziemlich verrückt.« Jetzt sahen mich beide an, also fügte ich hinzu: »Es ist nicht gerade das, worauf ich gehofft hatte, als ich beschloss, meine leibliche Mutter zu suchen.«

Sandys Blick war mitfühlend, aber sie tippte mit den Fingern auf den Knien herum.

Billy sagte: »Haben Sie noch einmal von ihm gehört?« Er beugte sich vor. Seine Bizepse wölbten sich, als er sich mit den Ellenbogen auf die Armlehnen stützte. Die Lampe in der Ecke beleuchtete seine rechte Gesichtshälfte, seine Augen wirkten im Dämmerlicht fast schwarz. Ich drückte mich tiefer ins Sofa, spielte mit meinem Verlobungsring.

Sandy räusperte sich.

Ich sagte: »Da waren nur die Anrufe am Montagabend. Ich habe Sergeant Dubois schon davon erzählt und ihm die Telefonnummer gegeben.«

Billy blickte zu Sandy hinüber, dann wieder auf die Akte in seinen Händen. Es machte mich nervös, was mich wiederum wütend machte.

»Ich bin nicht rangegangen, weil Sergeant Dubois gesagt hat, dass Sie beide mich zuerst instruieren würden, was ich sagen soll, aber die Nummer ist noch in der Anruferliste, falls Sie sie kontrollieren wollen.«

»Sie haben das perfekt gemacht.« Sandys Stimme war ruhig. »Wenn er das nächste Mal anruft, nehmen Sie den Anruf bitte an. Lassen Sie ihn die Unterhaltung führen, aber wenn sich die Gelegenheit bietet, versuchen Sie, ob er Ihnen irgendwelche Informationen zu den Ohrringen geben kann, über die Opfer, von wo aus er anruft, irgendetwas. Jedes kleine Detail kann uns helfen festzustellen, ob er tatsächlich der Campsite-Killer ist. Aber sobald er sich aufregt, wechseln Sie das Thema.«

»Was, wenn er es tatsächlich ist?«

Sandy sagte: »Dann könnten Sie möglicherweise eine Beziehung zu ihm aufbauen und ...«

»Sie verlangen, dass ich *immer wieder* mit ihm rede?« Meine Stimme war schrill vor Panik.

Billy sagte: »Lassen Sie uns einen Schritt nach dem anderen machen. Wir werden Sie um nichts bitten, zu dem Sie nicht bereit sind.«

Sandy fügte hinzu: »Das ist richtig. Im Moment müssen wir nur herausfinden, wer diese Person ist und warum sie anruft.«

Ich entspannte mich ein wenig. »Haben Sie irgendeine Idee, wer er sein könnte?«

Billy sagte: »Die Anrufe kamen aus der Gegend von Kamloops, aber die Münztelefone, die er benutzt hat, standen an abgelegenen Stellen und waren sauber abgewischt. Er ist also vorsichtig.« Ich war erleichtert zu hören, dass er eineinhalb Stunden mit der Fähre und mehrere Stunden Autofahrt von mir entfernt war.

»Billy und ich bleiben in der Stadt«, erklärte Sandy. »Wir geben Ihnen unsere Handynummern, damit Sie uns erreichen können, sobald Sie von ihm hören – egal, zu welcher Tageszeit.«

Wir schwiegen eine Weile, dann sagte ich mit gedämpfter Stimme: »Es wird Sommer. Glauben Sie, dass er immer noch ... Sie wissen schon, aktiv ist?«

Sandy sagte: »Wir wissen nie, wann er zuschlagen wird, aber solange er da draußen herumläuft, besteht jederzeit die Möglichkeit. Deshalb ist diese Spur so wichtig.«

»Sie haben eine Spur?« Sie starrten mich an. »Ach so, Sie meinen mich.« Mein Gesicht wurde heiß.

»Das Profil deutet auf jemanden hin, der sich im Wald auskennt«, sagte Billy. »Er ist gerissen und weiß sich durchzuschlagen. Wahrscheinlich ist er ein Eigenbrötler. Jemand, der viel Zeit mit Jagen verbringt.« Ich erschauderte, als mir das Bild einer entsetzten Frau durch den Kopf schoss, die durch den Wald rannte. Billy fuhr fort: »Die Beschreibung, die wir gestern von Julia erhalten haben ...«

»Sie haben Julia getroffen?«

Sandy sagte: »Wir haben sie in Victoria befragt. Laut ihrer damaligen Aussage war der Verdächtige um die zwanzig, als er sie angegriffen hat. Dann ist er jetzt Anfang bis Mitte fünfzig. In den letzten Jahren haben sich die Methoden unserer Arbeit verändert, so dass wir sie gebeten haben, sich noch einmal mit einem Polizeizeichner des Dezernats für Verhaltensforschung zusammenzusetzen.«

Billy reichte mir ein Blatt Papier. »Das ist eine Phantomzeichnung, wie der Verdächtige heute aussehen könnte.«

Ich schnappte nach Luft. Kein Wunder, dass Julia bei meinem Anblick durchgedreht war. Selbst in dieser groben Zeichnung erkannte ich die Ähnlichkeit – dieselben Katzenaugen, die linke Augenbraue stand etwas höher als die rechte, nordische Gesichtsform.

Ich starrte auf die Zeichnung. »Seine Haare ...«

Sandy sagte: »Julia beschrieb es als ein dunkles Rotbraun ... und gewellt.« Ich blickte genau in dem Moment auf, als ihr Blick über mein Haar glitt. Mir drehte sich der Magen um. Billy nahm mir die Zeichnung aus der Hand, während Sandy sagte: »Julia wurde Mitte Juli überfallen. In Prince Rupert wurde im August desselben Jahres eine Frau umgebracht. Es war das einzige Mal, dass er in einem Sommer zweimal zugeschlagen hat, vermutlich, weil er bei Julia keinen Erfolg hatte. Er ist äußerst vorsichtig und hinterlässt so gut wie keine Spuren. Aus diesem Grund brauchen wir Sie. Spielen Sie bei diesem Anrufer mit, damit wir herausfinden, ob er tatsächlich der Campsite-Killer ist. Es ist alles, was wir im Moment haben.«

Ich schaute zwischen Sandy und Billy hin und her. Ihre Blicke ruhten unverwandt auf mir. Ich holte tief Luft und nickte widerwillig.

»Also gut, ich werde es versuchen.«

Sobald ich das Revier verlassen hatte, rief ich Evan an. Er ging nicht an sein Handy, also hinterließ ich nur ein »Ich vermisse dich und brauche dich« auf seiner Mailbox. Ich war noch nicht bereit, nach Hause zu fahren und mich der Möglichkeit auszusetzen, einen weiteren Anruf meines Vielleicht-Vaters zu bekommen, also holte ich mir einen Vanille-Latte und spazierte die Strandpromenade entlang, wobei ich mir immer wieder jedes Wort von Sandy und Billy durch den Kopf gehen ließ. Das Ergebnis des DNA-Tests würde drei bis sechs Wochen auf sich warten lassen, aber ich hatte das Gefühl, die Polizei war sich schon sicher, dass ich die Tochter des Campsite-Killers bin.

Bevor ich aufgebrochen war, hatte ich sie nach den anderen Fällen gefragt, was für Spuren und Beweise sie hätten, aber sie hatten mir keine Einzelheiten genannt – nicht einmal über Julia. Sie sagten, es sei besser, wenn ich nicht zu viel wüsste, damit ich nicht aus Versehen etwas ausplauderte. Außerdem baten sie mich, sofort anzurufen, sobald mir jemand Verdächtiges auffiel. Das Problem war nur, dass mir jetzt jeder verdächtig vorkam.

Wenn ich spazieren gehe, halte ich normalerweise oft an und rede mit allen und jedem, aber jetzt vermied ich den Blickkontakt und musterte jeden Mann mittleren Alters voller Misstrauen. War er es? Was war mit dem hochgewachsenen Mann dort unterm Baum? Starrte der Kerl auf der Bank mich an?

Zur Abwechslung schien mal die Sonne, aber es war immer noch kalt in diesen frühen Apriltagen, und vom Ozean her wehte ein beißender Wind. Nachdem ich zweimal die Promenade auf und ab spaziert war, brannten meine Wangen, und meine Finger fühlten sich an wie Eiswürfel. Evan hatte immer noch nicht zurückgerufen, und ich konnte es nicht länger hinauszögern, nach Hause zu fahren. Elch musste raus, und ich hatte noch einen Haufen Dinge zu erledigen, ehe ich Ally von der Schule abholen musste. Ich holte tief Luft und ging zum Cherokee. Wenn er anrief, musste ich irgendwie damit klarkommen.

Doch die ganze restliche Woche über passierte nichts. Am Freitagabend fragte ich mich, ob der Anruf nicht doch ein Jux gewesen war. Sandy oder Billy meldeten sich jeden Tag, doch mit jedem Anruf klang die Ungezwungenheit in ihren Stimmen weniger überzeugend. Ob sie glaubten, ich hätte mir das alles nur ausgedacht? Die anfängliche Welle von Reporteranrufen ebbte ab, und wenn ich im Internet stöberte, fand ich keine neuen Kommentare mehr in irgendeinem der Blogs. Ein paar Leute fragten Evan und Lauren danach, aber sie erzählten ihnen, dass das alles nur ein Gerücht sei. Niemand traute sich, mich zu fragen. Aber an der Schule erntete ich ein paar merkwürdige Blicke von Eltern, wenn ich Ally ablieferte. Ich bin sicher, dass die Leute immer noch tratschen, und das macht mich wahnsinnig. Aber solange es nicht auf Ally zurückfällt, kann ich damit leben. Ich redete mit Dad, der Privatdetektiv hatte ihn auch noch nicht zurückgerufen. Er sprach immer noch davon, diese Website zu verklagen, aber es klang, als verlöre er langsam das Interesse daran, da die Sache im Sande verlief und nur die Anwaltsrechnung weiter stieg.

Alles kam wieder ins Lot. Nie zuvor war ich so erleichtert gewesen.

Am Samstagmorgen vermisste ich Evan wahnsinnig und konnte es kaum erwarten, bis es endlich Montag wurde und er kam. Während Ally bei Meghan zum Spielen war, ging ich für ein paar Stunden in die Werkstatt und schaffte mehr weg als in der ganzen Woche. Immer noch ganz aufgekratzt, weil ich so viel geschafft hatte, sprang ich rasch unter die Dusche, ehe ich Ally wieder abholte.

Während ich mir den Holzstaub aus den Haaren wusch, machte ich im Geiste Pläne für den Rest des Tages. Vielleicht könnten wir ein paar T-Shirts batiken und später noch ins Kino gehen. Wir beiden Mädels hatten uns schon ewig keinen schönen Abend mehr gemacht. Als ich noch Single war, haben wir uns immer schick gemacht und sind am Wochenende zusammen ausgegangen. Sosehr ich mein jetziges Leben liebte, diese ganz besonderen Momente vermisste ich.

Sobald Ally schlief, könnte ich eine grobe Gästeliste erstellen, die Evan sich dann ansehen könnte. Wie lange war es her, dass *wir* etwas Besonderes zusammen unternommen hatten? Als ich Jeans und eins von Evans T-Shirts anzog, hielt ich kurz inne, um zu schnuppern, ob noch irgendetwas von seinem Geruch darin hing. Ich tagträumte von einem Picknick bei Kerzenschein, dann von einem Schaumbad für zwei, gefolgt von …

Es klingelte an der Tür.

Ich spähte durch die Seitenjalousien und entdeckte einen Lieferwagen. Der Name auf der Seite gehörte zu einer Firma vor Ort, trotzdem ließ ich eine Hand auf dem Baseballschläger, den Evan in der Ecke versteckt hatte, und zog die Tür auf.

Ein kleiner Mann mit schwarzem Haar und schlaffen Wangen stand auf der Treppe, ein kleines Päckchen in der einen, ein Klemmbrett in der anderen Hand.

»Sara Gallagher?« Ich nickte. Er hielt mir das Klemmbrett entgegen. »Bitte unterschreiben Sie hier unten.«

Ich lehnte den Baseballschläger hinter der Tür gegen die Wand, unterschrieb das Formular und nahm das Päckchen entgegen. Als der Mann über die Auffahrt zurückging, warf ich einen Blick auf den Absender.

> *Hänsel und Gretel Antiquitäten*
> *4589 Einsamer Weg*
> *Williams Lake BC*

Es war an mein Geschäft adressiert, *Better than before – Möbelaufarbeitung und Restaurierung von Antiquitäten*, doch den anderen Laden kannte ich nicht. In der Küche schnitt ich das Klebeband auf. Als ich in den Schaumstoffteilchen wühlte, stießen meine Finger auf etwas Eckiges. Ich zog eine blaue Samtschachtel heraus und öffnete sie. Auf dem Satin lag ein wunderschönes Paar ...

Perlenohrringe. *Rosafarbene* Perlenohrringe.

Ich ließ die Schachtel fallen.

Sandy ging beim ersten Klingeln ran.

»Ich glaube, er hat mir ihre Ohrringe geschickt ...« Mühsam holte ich Luft. »Aber da ist kein Brief oder ...«

»Er hat Ihnen etwas *geschickt*?« Sandys Stimme war zu laut, dann fing sie sich und klang wieder ruhig. »Lassen Sie alles, wie es ist ... fassen Sie nichts an. Wir sind schon unterwegs.«

Ich starrte die Schachtel auf der Arbeitsplatte an und zitterte am ganzen Körper.

»Der Absender lautet *Hänsel und Gretel Antiquitäten*.«

»Kennen Sie die Firma?«

»Nein, aber *Hänsel und Gretel* ... das ist eins von Allys Lieblingsmärchen.« Erneut kam mir das Bild einer Frau in den Kopf, die durch den Wald um ihr Leben rannte. »Die Kinder verlaufen sich im Wald.«

Sandy schwieg einen Moment, dann sagte sie: »Halten Sie durch, Sara, wir sind schon auf dem Weg. Sind Sie allein zu Hause?«

»Ich müsste eigentlich Ally abholen. Sie ist bei ihrer Freundin, und ich wollte gerade ...«

»Rufen Sie dort an und fragen Sie, ob sie etwas länger bleiben kann. Wir sind in ein paar Minuten da.«

Zehn Minuten später knirschten Reifen auf dem Kies. Ich hatte mich ins Wohnzimmer verkrochen, so weit weg von der Schachtel, wie es ging, und spähte aus dem Vorderfenster. Ein schwarzer Chevy Tahoe mit Billy am Lenkrad parkte vor dem Haus. Der Wagen hatte kaum angehalten, als Sandy schon herauskletterte. Obwohl es bedeckt war, trugen beide Sonnenbrillen.

Ich riss die Haustür auf. »Sie müssen diese Schachtel hier rausschaffen.«

Billy sagte: »Wir machen, so schnell wir können.«

Im Haus zogen sie Handschuhe an und untersuchten Schachtel und Ohrringe, während ich am Tisch saß. Elch hatte seinen runden Hintern auf meine Füße gelegt und knurrte die Polizisten leise an.

Mein Handy auf dem Tisch klingelte. Sandy und Billy drehten sich um und sahen mich an.

»Das ist wahrscheinlich Evan.« Ich nahm es auf und überprüfte das Display, dann sprang ich auf. »Ich glaube, es ist *er*.« Ich hielt das Telefon von mir fort, als hoffte ich, einer von den beiden würde den Anruf annehmen.

Sandys Stimme klang abgehackt. »Ist es dieselbe Nummer wie vorher?«

»Ich glaube nicht. Aber die Vorwahl scheint dieselbe zu sein – ich weiß nicht, wie er an meine Handynummer gekommen ist.«

Das Klingeln hörte auf.

Ich sagte: »Was sollen wir ...«

Sandy riss mir das Telefon aus der Hand und überprüfte die Anruferliste.

»Stift?«

»In der Schublade hinter Ihnen.« Mit einem Ruck öffnete sie die Schublade, fand einen Stift und Papier und kritzelte etwas nieder. Sie reichte Billy mein Handy, dann ging sie mit ihrem eigenen in ein anderes Zimmer. Sie sprach schnell hinein, ihre Hand wedelte mit hastigen Bewegungen durch die Luft.

Ich sackte wieder auf den Stuhl und starrte Billy an.

Er überprüfte ebenfalls die Anruferliste auf meinem Handy. »Lassen Sie uns einfach abwarten, ob er noch einmal anruft.«

»Was, wenn er merkt, dass Sie hier sind, und ausflippt ...«

»Eins nach dem anderen. Sieht aus, als hätte er dieses Mal von einem Handy aus angerufen, deshalb ruft Sandy gerade beim Telefonanbieter an. Hoffentlich können sie den Anruf triangulieren.«

»Triangulieren?«

»Wenn er in einer besiedelten Gegend mit vielen Mobilfunk-Sendemasten ist, können wir seinen Standort bis auf einen Radius von zweihundert Metern genau bestimmen, was etwa der Größe von zwei Football-Feldern entspricht. Doch wenn er in einer abgelegenen Gegend ist, wo es nur einen Sendmast gibt, oder wenn er unterwegs ist, kann diese Zone mehrere Meilen groß sein. Wenn er noch einmal anruft, holen Sie tief Luft, tun Sie so, als seien wir nicht da, und überlassen Sie ihm das Reden. Alles wird gut. Sie schaffen das schon, Sara.«

Sandy ging weiter ins Wohnzimmer. Ihre Stimme klang verärgert.

Ich sagte: »Das sind Julias Ohrringe. Die haben eine blattförmige Einfassung aus Silber, genau wie sie gesagt hat. Er hat sie ihr weggenommen, als er ...« Ich schlug eine Hand vor den Mund.

»Alles in Ordnung, Sara?«

Ich schüttelte den Kopf.

»Atmen Sie ein paarmal ganz tief durch die Nase ein und versuchen Sie sich vorzustellen, wie die Luft bis tief in Ihre Lungen hineinströmt. Dann atmen Sie durch den Mund aus, bis nichts mehr übrig ist.«

»Ich weiß, wie man *atmet*, Billy. Was, wenn Blut an den Ohrringen ist und ...«

»Atmen Sie tief ein.« Seine Stimme war fest.

Ich holte rasch Luft. »Ich meine doch nur, dass er sie ihr vielleicht abgerissen hat, und ...«

»Im Moment bereitet sich Ihr Körper darauf vor, entweder zu kämpfen oder zu fliehen. Sie müssen sich beruhigen, oder nichts von dem, was ich sage, kommt wirklich bei Ihnen an. Legen Sie eine Hand auf die Brust und konzentrieren Sie sich darauf, wie sie sich hebt, sobald Sie einatmen. Denken Sie an nichts anderes als an Ihre Hand. Es wird Ihnen helfen, Sara!«

»Na schön.« Ich tat, was er vorgeschlagen hatte, hielt seinem Blick stand, während meine Brust sich hob und senkte. Mit meinem Blick rief ich ihm zu: *Ich mache das nur, weil Sie mich dazu zwingen.*

Er lächelte und bedeutete mir, weiterzumachen. Schließlich sagte er: »Ich hatte recht, stimmt's?«

Ich fühlte mich tatsächlich besser, aber ich sagte: »Geben Sie mir noch eine Minute.« Im unteren Badezimmer spritzte ich mir kaltes Wasser ins Gesicht. Dann starrte ich im Spiegel meine feuchten Augen an, das gerötete Gesicht, meine Haare. *Seine* Haare. Am liebsten hätte ich alles abrasiert.

Sandy und Billy warteten in der Küche. Sandy lief auf und ab, Billy lehnte an der Arbeitsplatte, mit Elch auf dem Arm. Elch wand sich, als er mich sah, und Billy setzte ihn ab und sagte: »Schon gut, schon gut.«

Sandy lächelte. »Fühlen Sie sich besser?« Doch das Lächeln reichte nicht bis zu ihren Augen, und ihr ganzer Körper strahlte Anspannung aus.

Die Ohrringe lagen in einem Plastikbeutel neben Billy auf der Arbeitsplatte. Genau wie die Schachtel.

Beweisstücke.

Billy nahm ein Glas vom Abtropfbrett und füllte mir etwas Wasser ein. Als er mir das Glas reichte, sagte ich: »Danke.«

Er nickte, verschränkte die Arme vor der Brust und lehnte sich wieder an die Arbeitsplatte. Sandys Telefon klingelte, und sie ging ran.

»Was?« Ihr Gesicht rötete sich, als sie ins Telefon sagte: »Das ist verdammt nochmal nicht gut genug.« Stirnrunzelnd hörte sie zu und fuhr sich mit der Hand durch die Haare, bis sie in die Höhe standen.

Die Arme um den Oberkörper geschlungen, lehnte ich mich neben Billy an die Arbeitsplatte.

»Ich kann nicht glauben, dass das alles wirklich passiert.«

Billy sagte: »Es ist in der Tat ein ziemlicher Hammer.«

»Finden Sie?«

Sandy warf uns einen Blick zu und stakste ins Wohnzimmer.

Billy senkte die Stimme und sagte: »Wir lassen gerade die Annahmestelle überprüfen, bei der das Päckchen aufgegeben wurde. Jetzt, wo wir wissen, dass er Ihre Handynummer hat, werden wir es ebenfalls anzapfen. Sämtliche Anrufe an Ihr Festnetztelefon und das Handy werden rund um die Uhr überwacht.«

Während Billy mich über den weiteren Verlauf in Kenntnis setzte und mir jede Menge Einzelheiten und Fakten nannte, beruhigten sich meine Gedanken langsam, und ich spürte, wie meine Zuversicht zurückkehrte. Billy hatte recht, ich würde das schon schaffen. Dann klingelte mein Handy.

Billy schnappte es sich. Sandy klappte ihres zu und kam angerannt.

Billy sagte: »Dieselbe Nummer.« Sandy nickte, und Billy reichte mir das Telefon.

Sandy sagte: »Okay, Sara. Jetzt können Sie rangehen.«

Doch ich konnte nicht.

Es klingelte weiter. Sie starrten mich an.

Sandy hob ihre Stimme. »Gehen Sie ans *Telefon*!«

Billy sagte: »Es ist alles in Ordnung, Sara, genauso, wie wir es besprochen haben. Sie sind darauf vorbereitet und können loslegen.«

Ich blickte hinunter auf das Telefon in meiner Hand. Jedes Klingeln dröhnte in meinem Kopf. Ich brauchte bloß auf den Knopf zu drücken. Den Knopf ...

Das Klingeln verstummte.

Sandy sagte: »Mist! Wir haben ihn verloren.«

Billy sagte: »Sandy, gib ihr etwas Zeit, okay? Er wird es noch einmal versuchen.«

»Wenn nicht, dann haben wir unsere einzige Chance vertan, ihn zu stoppen.«

»Es tut mir leid. Ich war nur ... ich hatte solche Angst.«

Sandy sah aus, als müsste sie sich zwingen, geduldig zu klingen. »Das ist schon in Ordnung, Sara. Höchstwahrscheinlich wird er noch einmal anrufen.« Sie versuchte zu lächeln, aber ich war sicher, dass sie mir am liebsten eine gelangt hätte. Sie streckte die Hand nach dem Telefon aus. »Wenn er anruft, tue ich so, als wäre ich Sie.«

Billy sagte: »Hältst du das wirklich für eine gute Idee, Sandy? Er kennt ihre Stimme.« Sandy starrte ihn wütend an, aber er sagte nur: »Keine Sorge, du bekommst schon noch deine Chance, ihn in Stücke zu reißen. Wenn wir ihn erwischen, lasse ich dich ein paar Stunden mit ihm in einem Raum allein.«

Zu meiner Überraschung fing Sandy an zu lachen und tat so, als wollte sie mit ihrem Handy nach Billy werfen, was mich wiederum zum Lachen brachte. Die Spannung wich aus dem Raum, und ich lehnte mich wieder gegen die Arbeitsplatte. Alles war gut: Solange wir noch lachen konnten, war alles gut.

Billy wandte sich an mich.

»Sara, ich weiß, dass Sie Angst haben. Aber ich weiß auch, dass Sie das schaffen, sonst würden wir Sie nicht darum bitten. Sie müssen nur die erste Angst überwinden – sobald Sie anfangen zu reden, werden Sie Ihre Sache großartig machen. Haben Sie hier irgendwo Kaffee?«

Gerade als ich auf die Edelstahlkanne hinter ihnen auf der Arbeitsplatte zeigte, klingelte das Handy erneut. Sie wirbelten herum.

»Denken Sie daran, Sie schaffen das.« Billys Stimme war leise und fest und voll Überzeugung. »Jetzt nehmen Sie das Telefon.«

Ich holte tief Luft und nahm den Anruf meines Vaters an.

»Hallo?«

»Hi, Sara. Wie *geht* es dir?« Er klang aufgeregt ... eifrig.

»Warum rufen Sie mich an?« Ich begann am ganzen Körper zu zittern und setzte mich an den Küchentisch. Sandy und Billy setzten sich vorsichtig auf die Stühle vor mir.

»Weil ich dein Dad bin.«

»Ich *habe* einen Dad.«

Er schwieg. Sandy ballte die Hand auf dem Tisch zur Faust, als koste es sie ihre ganze Kraft, mir nicht das Telefon aus der Hand zu reißen.

»Du kannst mich ja erst einmal John nennen.«

Ich sagte nichts.

Er sagte: »Hast du mein Geschenk erhalten?«

»Ja. Woher haben Sie diese Nummer?«

»Aus dem Internet.«

Natürlich. Mein Geschäft war auf einer Website aufgelistet. Darüber hatte er mich vermutlich überhaupt erst gefunden. Ich dachte an Evans Warnung: *Bist du sicher, dass du deine Handynummer da angeben willst?* Aber dazu war es jetzt zu spät.

»Gefallen dir die Ohrringe?«

»Wo haben Sie die her?« Ich wusste, dass ich wütend klang, aber ich konnte nicht verhindern, dass meine Gefühle sich in meiner Stimme widerspiegelten. Ich warf Billy einen Blick zu, und er formte mit den Lippen *Machen Sie weiter*. Sandy schaute ich nicht an.

John sagte: »Karen hat sie mir geschenkt.« Ich schloss die Augen gegen das Bild, das seine Worte hervorriefen. Er sagte noch etwas, aber das ging in dem Dröhnen eines vorbeifahrenden Fahrzeugs unter.

Er sagte: »Tut mir leid wegen dem Krach im Hintergrund. Ich sitze in meinem Truck.«

»Wo sind Sie?«

Er schwieg einen Moment, dann sagte er: »So läuft das nicht, Sara. Ich weiß, dass du wahrscheinlich die Bullen gerufen hast und dass dein Festnetz abgehört wird. Aber ich werde nichts preisgeben, das ihnen weiterhelfen könnte. Selbst wenn sie diesen Anruf zurückverfolgen, ich kenne das Landesinnere wie meine Westentasche. Sie werden mich niemals finden.«

Ich starrte die beiden Polizisten an, die bei mir am Tisch saßen. Wusste er tatsächlich, dass ich sie angerufen hatte, oder bluffte er nur? Mein Puls pochte laut in meinen Ohren. Ich musste rasch antworten. »Ich habe niemandem davon erzählt. Ich dachte, es sei nur ein blöder Streich.«

Er schwieg kurz, dann sagte er: »Vermutlich hast du ein paar solcher Anrufe bekommen. Deine Familie muss ziemlich aus dem Häuschen sein. Hast du den Zeitungen deswegen erzählt, Karen Christianson sei nicht deine richtige Mutter?«

Mein Magen verkrampfte sich angesichts seines vertraulichen Tonfalls, der beiläufigen Art und Weise, wie er meine Familie erwähnte. Dann begriff ich, dass ich einen Ausweg entdeckt hatte.

»Sie ist *nicht* meine Mutter. Es ist nur ein Gerücht, das irgendjemand in die Welt gesetzt hat. Ich habe Ihnen gesagt …«

»Ich habe dein Foto bei Facebook gesehen. Du bist meine Tochter.«

Mein Foto auf *Facebook*. Wie viele andere hatte er gesehen? Wusste er von Ally? Meine Gedanken überschlugen sich, als ich versuchte, mich zu erinnern, was ich im Profil angegeben hatte.

Er sagte: »Und ich habe Julias Foto in der Zeitung gesehen. Ich weiß, dass sie Karen Christianson ist. Sie hat mich am Kopf erwischt.« Im letzten Satz schwang eine Art widerwilliger Respekt mit.

»Geht es Ihnen darum? Versuchen Sie, *sie* zu finden?«

»Ich habe kein Interesse mehr an ihr.«

»Was wollen Sie *dann*?«

»Ich muss mit dir sprechen, wann immer ich den Drang dazu verspüre. Es ist die einzige Möglichkeit, wie ich vielleicht aufhören kann.«

»Was … womit aufhören?«

»Menschen etwas anzutun.«

Ich schnappte nach Luft, während meine Gedanken auseinanderstoben.

Er sagte: »Ich muss jetzt Schluss machen. Nächstes Mal reden wir weiter. Nimm dein Telefon immer mit.«

»Ich kann nicht immer rangehen, wenn Sie …«

»Du musst.«

»Aber manchmal kann ich nicht. Manchmal bin ich beschäftigt, und …«

»Wenn du nicht rangehst, muss ich etwas anderes machen.«

»Was meinen Sie damit?«

»Ich muss *jemanden* finden.«

»Nein! Nein, tun Sie das nicht. Ich werde das Telefon immer eingeschaltet lassen …«

»Ich bin kein schlechter Mensch, Sara. Du wirst schon sehen.« Er legte auf.

Seitdem hat er nicht wieder angerufen. Ich weiß, dass ich froh sein sollte – keine Nachrichten sind gute Nachrichten, ist es nicht so? Aber ich laufe nur noch in einem Zustand permanenter Furcht durch die Gegend. Als Erstes habe ich Facebook überprüft. Zum Glück konnte er nur mein Profilbild sehen, da ich alles Übrige auf privat gesetzt hatte, aber ich habe trotzdem alles gelöscht. Billy und Sandy sind bei mir geblieben, bis ich mich wieder beruhigt hatte, oder zumindest so weit beruhigt, wie es angesichts dessen, was gerade geschehen war, möglich war. Ehe sie gingen, haben wir noch besprochen, was ich tun soll, falls er noch einmal anruft. Sie wollen, dass ich weiterhin leugne, der Polizei irgendetwas erzählt zu haben. Billy sagte, je selbstsicherer John werde, desto eher würde er einen Fehler machen. Aber ich denke, er hat gute Gründe, selbstsicher zu sein.

Die Polizei war nicht in der Lage, den Anruf zurückzuverfolgen, weil er von irgendwo westlich von Williams Lake aus angerufen hat und sie nur ein Signal von einem Sendemast aufgefangen haben. Es hat fast eine Stunde gedauert, bis die örtliche Polizei dort war, und in der Zeit kann er wer weiß wohin verschwunden sein. Alles, was sie tun konnten, war, die Hauptstraße zu überwachen, die Seitenstraßen zu kontrollieren, Fahrzeuge anzuhalten und Hausbesitzer zu fragen, ob sie irgendwelche Fremden in der Gegend gesehen hatten. Aber ohne eine Fahrzeugbeschreibung hatten sie nur wenig in der Hand. Außerdem hatte er ein gestohlenes Telefon benutzt, und der Versuch, den Besitzer ausfindig zu machen, entpuppte sich als ein weiteres fruchtloses Unterfangen.

Ich bin schon durch British Columbia gereist und weiß, dass die meisten größeren Orte im südlichen Teil des Landesinneren liegen, in der Okanagan Region, aber in den zentralen und nördlichen Gebieten der Provinz sind die Ortschaften eher klein. Man ist stundenlang von einer Siedlung zur nächsten unterwegs, mit nichts anderem als Bergen und Wäldern um einen herum. Man muss nicht weit fahren, um in der Wildnis unterzutauchen. Als sei die Abgeschiedenheit der Gegend nicht schon schlimm genug, rücken manche Mobilfunkanbieter nur zögerlich mit den notwendigen Informationen heraus, wie Billy mir erklärte. Und dann wird das Signal gelegentlich auch noch dem falschen Sendemast zugeordnet. Ich fragte ihn nach GPS, aber offensichtlich kann man diese Funktion ganz einfach ausschalten.

Billy glaubt, dass John genau weiß, wie lange die Polizei braucht, um in das Gebiet zu gelangen. Selbst die Münztelefone, von denen aus er mich angerufen hat, stehen alle an abgeschiedenen Orten wie alten Campingplätzen und Parkplätzen, was bedeutet, dass es weder Zeugen noch Kameraüberwachung gibt. Außerdem vergewissert er sich vermutlich immer, dass es mehrere Zufahrten zu dem Ort gibt, damit er nicht eingekesselt werden kann. Trotzdem scheint die Polizei sicher zu sein, dass sie ihn finden werden, aber ich habe da ernstliche Zweifel. Sie glauben, er hätte nicht begriffen, dass sie mein Handy anzapfen können, aber er hat ja selbst gesagt, dass es egal ist, was ich ihnen erzähle oder ob sie den Anruf zurückverfolgen, er kennt das Landesinnere wie seine Westentasche. Er kommt damit seit über dreißig *Jahren* durch. Was soll ihn ausgerechnet jetzt aufhalten?

Als ich Evan erzählte, was passiert war, flippte er aus und verlangte von mir, den Cops zu sagen, dass ich es nicht mache. Ich erklärte ihm, dass ich ihrer Meinung nach ihre einzige Chance bin, ihn zu finden, und dass er weiter töten wird, wenn sie ihn nicht schnappen. Schließlich einigten wir uns darauf, dass ich immer nur einen Tag nach dem anderen angehe. Am Montag kam er nach Hause – mein Gott, war ich froh, ihn zu sehen! Aber entspannen konnte ich mich trotzdem nicht. Schließlich setzten wir uns hin und schrieben die Gästeliste, aber dann rief Billy an, um zu fragen, wie es mir ging. Ich ging vom Tisch weg und redete in der Werkstatt mit ihm, und als ich zurückkam, sagte Evan: »Einer von deinen Lovern?«

»Haha. Das war der Cop, der neulich hier war. Tut mir leid, dass es so lange gedauert hat – wir haben über John geredet.«

»Mach dir keine Sorgen.«

Doch ich *machte* mir Sorgen. Unablässig dachte ich darüber nach, was ich sagen sollte, wenn John das nächste Mal anrief. An diesem Abend machten wir einen langen Spaziergang mit Ally und Elch und liehen uns eine Komödie aus, aber ich kann Ihnen nicht sagen, worum es in dem Film eigentlich ging.

Evan hasst es, mich so verängstigt und nervös zu sehen, aber ich kann nichts dagegen tun. Egal, ob ich das Abendbrot für Ally mache, sie ins Bett bringe oder wir uns morgens die Zähne putzen – alles, woran ich denken kann, ist, ob die Polizei John fassen wird, ehe er jemanden umbringt.

Ich habe jeden Artikel über seine Opfer gelesen. Ich weiß von Samantha, der hübschen neunzehnjährigen Blondine, die mit ihrem Freund in einem Provincial Park gezeltet hat. Dem Freund wurde zweimal in den Rücken geschossen, als er versuchte zu fliehen. Samanthas Leiche fand man ein paar Meilen entfernt. Ihr Arm war nach einem Sturz an drei Stellen gebrochen, und als sie in den Wald geflüchtet war, hatte sich etwas quer durch ihre Wangen gebohrt. Der Campsite-Killer hat ihr Gesicht mit ihrem Nike-T-Shirt zugedeckt, sie dann vergewaltigt und anschließend erdrosselt. Ich hatte mal genau so ein T-Shirt.

Ich weiß von Erin, der braunhaarigen Softballspielerin, die allein zelten gegangen war und zwei Wochen später von einem Hund gefunden wurde – er kam mit ihrer Hand zum Lagerfeuer zurück, an dem seine Besitzer gerade Marshmallows rösteten. Die Polizei musste auf die Zahnarztunterlagen zurückgreifen, um das zu identifizieren, was die Tiere von ihr übrig gelassen hatten.

Schlaf ist zu meinem nächtlichen Erzfeind geworden. Ich wandere durchs Haus oder sehe mir das Nachtprogramm im Fernsehen an, während die Uhr tickt. Ich bade, dusche, trinke warme Milch oder liege auf Allys Bett und streichele ihre Locken, während sie schläft. Wenn Evan zu Hause ist, versuche ich, meinen Körper um seinen zu kuscheln, versuche, meinen Atem seinem anzupassen und mir auszumalen, wie schön unsere Hochzeit werden wird. Nichts davon hilft.

Wenn ich nicht im Internet etwas über John lese, stelle ich Nachforschungen über andere Serienmörder an: Ed Kemper, Ted Bundy, Albert Fish, den Green-River-Mörder, den BTK-Killer, die Hillside Stranglers, den Zodiac-Killer, Kanadas Robert Pickton und Clifford Olson und viel zu viele andere.

Ich vergleiche Theorien und Argumente – Psychopath, mentaler Defekt, neuronale Störung, dysfunktionale Kindheit? Ich mache mir seitenweise Notizen, und wenn ich endlich in einen Schlaf der Erschöpfung falle, habe ich Albträume von Frauen, die von Sprungbrettern auf Gehwege springen oder über Felder aus zerbrochenem Glas rennen. Ich höre ihre Schreie. Ich höre sie betteln, aber sie betteln, *ich* möge aufhören, sie zu hetzen. In meinen Träumen laufen sie vor *mir* davon.

7. Sitzung

Freitag hatte ich Geburtstag, aber ich war nicht in der Stimmung zu feiern. Evan gab sich alle Mühe, mich aufzumuntern. Er war offensichtlich mit Ally einkaufen gewesen, denn sie schenkte mir einen wunderschönen grünen Kaschmir-Cardigan, und von ihm bekam ich ein neues Mountainbike, ein viel zu großes Geschenk. Ich achtete darauf, mich gebührend über ihre Geschenke zu freuen, zwang mich, drei Stücke von der Pizza zu essen, die sie für mich gebacken hatten, und bei dem Film, den wir uns ausgeliehen hatten, an den richtigen Stellen zu lachen. Aber mein Kopf war voll mit Gedanken an Julia.

Als ich kleiner war, habe ich mich an meinem Geburtstag oft gefragt, was meine richtige Mutter wohl machte, ob sie sich überhaupt an das Datum erinnerte. Jetzt fragte ich mich, ob in all den Jahren, wenn ich feierte, Julia von den Erinnerungen daran gepeinigt wurde, wie ich mir gewaltsam meinen Weg aus ihrem Körper gebahnt hatte, und an John, wie er sich seinen Weg hinein erzwungen hatte.

Als ich Ally direkt nach der Geburt zum ersten Mal in den Armen hielt, konnte ich mir nicht vorstellen, sie jemals wieder loszulassen. Ich hatte Angst, keine gute Mutter zu sein, dass ich es irgendwie vermasseln würde, aber sobald ihre winzigen Finger meine packten, war es auf der Stelle um mich geschehen. Ich entwickelte einen heftigen Beschützerinstinkt, passte sorgfältig auf, wenn jemand anders sie hielt, nahm sie sofort zurück, sobald sie jammerte. Als alleinerziehende Mutter zurechtzukommen, war hart. Das Geld war knapp, und ich musste Ally in einem Tuch auf dem Rücken tragen, wenn ich in der Werkstatt arbeitete – aber ich liebte es, nur sie und ich gegen den Rest der Welt. Bevor Ally da war, hatte ich nie das Gefühl, irgendwie verwurzelt zu sein, und in meinen finstersten Depressionen dachte ich, es wäre egal, wenn ich tot wäre, niemand würde mich vermissen. Aber als ich sie bekam, hatte ich endlich jemanden, der mich bedingungslos liebte, jemanden, der mich *brauchte*.

Sie wächst so schnell! Vorbei sind die Tage, an denen sie erfundene Märchenspiele mit mir spielte, wie Wo-ist-die-Fee oder Schlappohr. Ich möchte nicht eine Sekunde ihres Lebens verpassen. Ich will nicht abgelenkt sein, wenn sie mir Geschichten von ihrer Lehrerin Ms Holly erzählt, die sie bewundert, weil sie lange, glatte blonde Haare hat und stepptanzen kann, oder von dem Käfer, den Elch gerade gefressen hat, oder wenn sie alle Hannah-Montana-Lieder nachsingt. Ich will sie nicht abends ins Bett scheuchen oder morgens aus dem Haus. Aber ich habe solche Angst, dass John anruft und sie im Hintergrund hört.

Wir hatten es geschafft, das Medieninteresse zu ersticken, weil nichts bestätigt und alles geleugnet wurde, aber die Gerüchte schwirren immer noch herum. Hoffentlich verstummt das Geschwätz, ehe Ally oder ihre Freundinnen davon Wind bekommen. Ich habe einmal beiläufig nachgefragt, wie die Dinge in der Schule laufen. Nichts scheint sich geändert zu haben. Aber was, wenn es später rauskommt, wenn sie ein Teenager ist? Und wenn die Wahrheit jemals herauskommt, wie werden die Leute Ally behandeln, sobald sie wissen, wer ihr Großvater ist? Würden sie sich vor ihr fürchten?

Ich beobachte sie, wie sie mit anderen Kindern spielt oder Elch ärgert, und all die Dinge, die vorher einfach Teil ihrer Persönlichkeit zu sein schienen, jagen mir jetzt Angst ein. Wie sie manchmal so wütend wird, dass ihr Gesicht rot wird und sie die Hände zu Fäusten ballt. Wie sie um sich tritt oder schlägt oder beißt, wenn sie frustriert oder übermüdet ist. Ist das einfach ihr Temperament, eine normale Sechsjährige, die lernt, mit ihren Gefühlen zurechtzukommen, oder ist es etwas Ernsteres?

Ich ertappe mich dabei, mich im Spiegel zu betrachten, meine Gesichtszüge zu mustern und über den Mann nachzudenken, von dem ich sie habe. Was haben wir wohl noch gemeinsam? Heute Morgen habe ich endlich begriffen, warum ich immer wieder von Frauen träume, die vor mir davonlaufen, warum es mir so viel Angst macht, mehr über diese Serienmörder zu erfahren. Wenn ich über sie lese, entdecke ich *mich* darin wieder, meine Charakterzüge. Serienmörder haben eine ausgeprägte Phantasie – ich habe mein ganzes Leben lang Tagträumen und Phantasien nachgehangen. Sie sind zwanghaft und besessen – wenn ich auf etwas abfahre, verschwindet die Welt um mich herum. Sie sind launisch, haben abrupte Stimmungsumschwünge, Depressionen – passt alles. Außerdem neigen sie zur Eigenbrötlerei, und ich war schon immer eine Einzelgängerin, ziehe es vor, mich auf Ally und die Arbeit zu konzentrieren. Ich wollte noch nie jemanden umbringen, und soweit ich weiß, ist Mord nicht erblich, aber manchmal, wenn ich richtig wütend war, habe ich Dinge kaputtgemacht, Menschen weggedrängt oder geschubst. Ich habe mit Sachen geworfen, mir vorgestellt, mit dem Wagen direkt gegen die Wand zu fahren, mich selbst zu verletzen. Was müsste geschehen, damit sich die Wut nach außen wendet?

Natürlich ist es leicht für mich, all meine negativen Eigenschaften aufs Korn zu nehmen und sie vor Johns genetischer Türschwelle abzuladen. Aber genau wie Sie gesagt haben – woher soll ich wissen, ob diese Charakterzüge nicht daher rühren, dass ich adoptiert wurde, oder sogar von Julia? Wahrscheinlich werde ich es nie erfahren, weil sie mich niemals nah genug an sich heranlassen wird, um es herauszufinden. Billy sagte, sie habe bestätigt, dass es ihre Ohrringe seien. Wenn ich bedenke, wie aufgewühlt ich bei dem Anblick war, kann ich mir nur vorstellen, wie sie sich gefühlt hat. Ich wünschte, ich könnte mit ihr reden. Ich hatte sogar schon den Hörer in der Hand, doch dieses Mal legte ich ihn wieder hin.

Am Samstagmorgen brach Evan auf. Er war aufgeregt, weil er eine große Gruppe Angler aus den Staaten hatte, aber er machte sich auch Sorgen, mich in diesem Zustand allein zu lassen. Er sagte mir, ich solle aufhören, Bücher über Serienmörder zu lesen, aber das ist völlig unmöglich, ich kann einfach nicht aufhören, mehr darüber zu erfahren. Ich muss irgendetwas finden, irgendeine Erkenntnis oder einen Hinweis, der helfen kann, John aufzuhalten.

Doch in letzter Zeit bin ich einfach nur noch müde. Es ist jedoch keine schläfrige Müdigkeit, denn zur gleichen Zeit bin ich aufgekratzt und hypernervös. An den meisten Abenden wandere ich einfach nur von Fenster zu Fenster und warte darauf, dass das Telefon klingelt. So war es auch am Montag, als John endlich wieder anrief: Ich stand oben an meinem Schlafzimmerfenster, sah Elch und Ally zu, wie sie im Garten unter mir Fangen spielten, und dachte daran, wie glücklich sie aussahen. Und daran, wie glücklich ich gewesen war.

Mein Handy klingelte in der Tasche. Ich kannte die Nummer nicht, aber ich wusste, dass er es war.

»Hi, Sara.« Er klang gutgelaunt.

»John.« Mein Mund wurde trocken und die Brust eng. Die Polizei hatte mein Handy angezapft, aber ich fühlte mich dadurch nicht sicherer.

Wir schwiegen beide einen Moment, dann sagte er: »Also ...«, er räusperte sich. »Dein Beruf – gefällt es dir, Möbel zu bauen?«

»Ich baue sie nicht, sondern arbeite sie auf.« Sandy hatte mich ermahnt, beim nächsten Mal freundlicher zu sein, aber es fiel mir schwer, auch nur höflich zu sein. Mein ganzer Körper verkrampfte sich, als ich Ally unten in der Küche hörte.

Bitte, bitte, bleib unten.

Er sagte: »Ich wette, du könntest auch welche bauen, wenn du wolltest.«

Ich ging zur Tür. »Ich bin glücklich mit dem, was ich tue.«

Ally stand an der Schwelle zu meinem Zimmer. »Mommy, Elch will sein Abendessen, und ...« Ich bedeutete ihr, leise zu sein.

John sagte: »Was magst du am liebsten daran?«

»Können wir jetzt basteln?« Ich warf Ally einen strengen Blick zu, zeigte zurück auf die Treppe und formte mit den Lippen *Ich telefoniere.*

»Aber du hast es *versprochen* ...« Ich machte die Tür zu und schloss ab. Auf der anderen Seite hämmerte sie mit den Fäusten auf das Holz ein und brüllte: »*Mommy!*«

Ich legte die Hand auf das Mikrophon des Handys und sprintete in die hinterste Zimmerecke.

John sagte: »Was ist das für ein Krach?«

Mist, Mist, Mist.

»Ich wollte den Fernseher ausschalten und habe ihn aus Versehen lauter gestellt.«

Ally hämmerte erneut gegen die Tür. Ich hielt den Atem an. Dann waren sie beide leise.

Schließlich sagte er: »Ich hatte dich gefragt, was du an der Arbeit am liebsten magst.«

»Ich weiß nicht, ich arbeite einfach gerne mit den Händen.« Es gab vieles, was ich an der Arbeit mit Holz liebte, aber das würde ich ihm auf keinen Fall erzählen.

»Ich bin auch handwerklich begabt. Hast du als Kind gerne Dinge gebaut?«

Aus dem Flur war nichts zu hören. Wo war Ally?

»Ich glaube schon. Ich habe immer Werkzeug von meinem Dad geklaut.«

Schweigen auf beiden Seiten. Ich hielt erneut den Atem an, spitzte die Ohren. Schließlich wurde in der Küche eine Schranktür zugeknallt. Sie war unten. Ich atmete aus und ließ meine Stirn auf die Knie sinken.

»Ich hätte dir Werkzeug geschenkt«, sagte er. »Es ist nicht richtig, dass ich nicht wusste, dass ich ein Kind habe.«

Meine Wut flammte auf. »Ich denke, bei den Umständen, unter denen ich gezeugt wurde, ist das wohl etwas zu viel verlangt.«

Er schwieg.

»Warum tun Sie das? Warum tun Sie diesen Menschen weh?«

Keine Antwort.

Das Blut rauschte in meinen Ohren, warnte mich, dass ich zu weit ging, aber ich konnte nicht aufhören.

»Sind Sie wütend? Erinnern die Frauen Sie an jemanden, oder …«

Seine Stimme klang gepresst. »Ich *muss* es tun.«

»Niemand muss töten ...«

»Das gefällt mir nicht.« Er atmete heftig und schnell ins Telefon.

Zurück, zurück, SOFORT! »Okay, ich wollte nur ...«

»Ich rufe dich morgen an.« Dann war er weg.

Direkt im Anschluss rief ich Billy an. Während wir redeten, schusterte ich ein Abendessen für Ally zusammen und kippte das Fressen für Elch in seine Schüssel. Dieses Mal hatte John von nördlich von Williams Lake angerufen. Die Polizei brauchte neunzig Minuten, um dorthin zu gelangen. Sie überprüften erneut die ganze Gegend, hielten Fahrzeuge an, sprachen mit den Leuten vor Ort, zeigten die Phantomzeichnung von John an Tankstellen und in Läden herum, aber bislang hatte niemand irgendetwas gesehen. Ich fragte Billy, wie sie John jemals fassen wollten, wenn er weiterhin aus ländlichen Gegenden anrief, und er sagte, sie würden einfach immer weitermachen und hoffen, dass sie schließlich auf eine Spur stießen. Immerhin hatten sie inzwischen den Privatdetektiv ausfindig gemacht – er war mit seiner Frau auf einer Karibik-Kreuzfahrt.

Als ich schließlich auflegte, machte ich mich auf die Suche nach meiner Tochter, die zusammengesunken vor dem Fernseher hockte. Ich hatte so ein schlechtes Gewissen, dass ich ihr sagte, sie könnte heute Nacht in meinem Bett schlafen, eine Ankündigung, die normalerweise Freudenquietscher auslöst. Aber sie war ganz still, als ich sie ins Bett brachte und ihr *Wilbur und Charlotte* vorlas – Ally interessiert sich nur für Bücher, wenn Tiere darin vorkommen. Als sie Elch etwas ins Ohr flüsterte, hörte ich auf zu lesen.

»Was ist los, Allymaus?«

Sie flüsterte Elch noch etwas ins Ohr. Seine Fledermausohren zuckten, und er sah mich aus runden, feuchten Augen an.

»Muss ich es aus Elch herauskitzeln?« Ich streckte die Hände aus und tat, als wollte ich den Hund anfassen.

»Nein!« Ihre Katzenaugen blitzten mich an.

»Dann wirst du es mir wohl erzählen müssen.«

Ich lächelte und machte ein albernes Gesicht, aber sie sah mich nicht an.

»Du hast die Tür zugemacht.«

»Das stimmt, das habe ich getan.« Wie sollte ich ihr das erklären? »Das war nicht nett von Mommy. Aber ich habe einen neuen Kunden, und der ist sehr wichtig. Wahrscheinlich wird er oft anrufen, und dann muss ich ganz für ihn da sein, so dass du dann ganz, ganz leise sein musst. Okay?«

Sie runzelte die Stirn, und ihre Wangen röteten sich. Unter der Decke begann sie mit einem Fuß zu strampeln.

»Du hast gesagt, dass wir basteln.«

»Ich weiß, Liebes. Es tut mir leid.« Ich seufzte, hatte ein schlechtes Gewissen, weil ich sie schon wieder enttäuscht hatte. Ich hasste es, dass John der Grund dafür war. »Aber es ist, als würde ich in der Werkstatt arbeiten oder Evan zur Lodge fahren. Wir lieben dich trotzdem, mehr als alles andere, aber manchmal müssen wir uns um Erwachsenenkram kümmern.«

Jetzt strampelte sie mit beiden Füßen. Elch stand auf und watschelte zum Fußende des Bettes. Ally trat unter der Decke nach ihm. Urplötzlich wogte Ärger in mir auf.

Ich hielt ihre Beine mit meiner Hand fest.

»Ally, hör auf.«

Sie schrie mir ins Gesicht. »*Nein!*«

Sie trat erneut zu. Elch jaulte auf, fiel aus dem Bett und landete mit einem dumpfen Aufprall auf dem Boden.

»Ally!« Ich sprang aus dem Bett.

Elch knurrte und wand sich unter mir, als ich mich auf den Boden kniete. Ich streichelte seine Ohren und drehte mich zu Ally um.

»Das war *nicht* in Ordnung. In diesem Haus tun wir Tieren nicht weh.«

Ally funkelte mich an, der Mund klein und böse.

Ich stand auf. »Zurück in dein Bett – *auf der Stelle.*« Ich zeigte auf ihr Zimmer. Sie schnappte sich ihr Buch und hielt es hoch, als wolle sie damit nach Elch werfen.

»Wage es nicht, Ally!«

Ein Ausdruck huschte über ihr Gesicht, den ich nie zuvor gesehen hatte – Hass.

»Ally, wenn du dieses Buch wirfst, gibt es echt Ärger.«

Wir maßen einander mit Blicken. Elch winselte. Sie sah ihn an, dann wieder mich. Ihr Gesicht war rot, die Augen beinahe zu Schlitzen verengt.

»Ich meine es ernst, Ally. Wenn du ...«

Sie warf das Buch, so kräftig sie konnte. Elch wich aus, und das Buch knallte gegen die Wand.

Ich kochte vor Wut, als ich sie am Handgelenk packte und sie aus dem Bett zerrte. Ich packte sie an den Schultern und brüllte ihr ins Gesicht.

»Du wirst niemals, *niemals* wieder einem Tier weh tun! *Hast du mich verstanden?*«

Mit vorgeschobener Unterlippe starrte sie mich trotzig an.

Ich umklammerte erneut ihre Hand, schleifte sie zur Tür und den Flur entlang in ihr Zimmer. Ich ließ sie los und zeigte auf ihr Bett.

»Ich will nichts mehr von dir hören, es sei denn, es ist eine Entschuldigung.«

Sie stampfte in ihr Zimmer und knallte die Tür hinter sich zu.

Ich wollte hineingehen, wollte erklären, wollte alles besser machen, wollte ihr die Hölle heißmachen, mehr als das. Aber ich wusste nicht, was ich sagen sollte. Zum ersten Mal machte meine Tochter mir Angst. Zum ersten Mal machte es mir Angst, wie wütend ich auf sie war.

Elch blieb bei mir im Bett. Ich konnte es nicht fassen, dass Ally ihn so behandelt hatte. Er hatte es immer viel schneller als ich geschafft, sie zu beruhigen. Als ich ihn holte, lebte ich noch allein und wollte Gesellschaft haben, wenn Ally in der Vorschule war. Er brachte Lachen in meinen Tag und bot mir Schutz in der Nacht, aber das Beste war, dass der kleine Fleischklops einen stabilisierenden Effekt auf Ally hatte. Wenn sie sich fürchtete, etwas Neues auszuprobieren, erzählte ich ihr, dass Elch es gern mochte. Wenn ich wollte, dass sie sich auf etwas konzentrierte oder mir zuhörte, konnte ich Elch als Drohung oder als Bestechung benutzen, und wenn sie richtig krank oder durcheinander war, bot er ihr einfach Trost. Aber an diesem Abend war ich diejenige, die Trost brauchte. Ich zog Elch unter die Decke und schmiegte meinen Hals an seinen großen Kopf.

Am nächsten Morgen sang Ally, als sie ihre Frühstücksflocken löffelte, und blubberte Blasen in ihren Saft, als sei nichts geschehen. Sie hatte mir sogar mit Buntstiften ein Blumenbild gemalt, umarmte mich und sagte: »Hab dich lieb, Mommy.« Normalerweise sprach ich mit ihr die Sache später noch einmal durch, wenn wir uns gestritten hatten.

Nachdem ich in einem Haushalt aufgewachsen war, in dem ein Elternteil rumbrüllte, während der andere im Schlafzimmer blieb, hatte ich mir geschworen, dass ich mit meinen Kindern alles ausdiskutieren würde. Doch dieses Mal war ich einfach nur froh, dass die furchtbare Nacht vorbei war.

Nachdem ich Ally zur Schule gebracht hatte, fuhr ich nach Hause, um ein Kopfteil abzubeizen, das ich endlich fertigbekommen wollte, doch ich wartete andauernd darauf, dass mein Handy jede Minute losgehen könnte. Schließlich gab ich auf und machte eine Kaffeepause. Ich goss mir gerade eine Tasse ein, als ich es klopfen hörte.

Bellend und knurrend raste Elch zur Haustür. Mein Magen schien plötzlich direkt unter der Kehle zu sitzen. Ich ging in den Flur, den Körper eng an die Wand gepresst. Ich packte den Baseballschläger und spähte durch die Jalousien am Seitenfenster, aber ich konnte kein Fahrzeug sehen.

»Wer ist da?«, brüllte ich.

»Menschenskind, üben Sie schon für die Marines?« Billy.

Ich öffnete die Tür, und Elch schoss raus wie der Blitz, eine kompakte, wackelnde Masse aus Schnaufen und Schnüffeln. Billy lachte und nahm ihn hoch.

»Hey, du Wurst.«

»Was ist los? Warum sind Sie hier? Hat er jemanden umgebracht?«

»Nein, es sei denn, Sie wissen etwas, von dem wir nichts wissen. Ich wollte nur mal vorbeischauen und sehen, wie es Ihnen nach dem letzten Anruf geht.«

»Kommen Sie rein. Wo ist Sandy?«

»Sie stimmt sich mit den anderen Dezernaten ab, die ebenfalls in die Ermittlungen einbezogen sind.«

»Und Sie sollen auf mich aufpassen?«

Er grinste. »So ähnlich.« Er folgte mir in die Küche und schnüffelte. »Ist das Kaffee?«

»Möchten Sie auch einen?«

»Setzen Sie sich hin, ich hole mir selbst einen.«

Am Küchentisch sackte ich auf einen Stuhl. Billy warf seine Anzugjacke über eine Stuhllehne, dann rumorte er in meiner Küche herum, als sei er hier zu Hause, holte sich einen Becher aus dem Schrank und öffnete den Kühlschrank, um Milch herauszuholen. Er hielt inne und starrte hinein.

»Was ist?«

»In Ihrem Kühlschrank sieht es genauso traurig aus wie in meinem. Haben Sie nichts zu essen?«

»Wollen Sie meinen Kühlschrank ausrauben?«

»Ich versuche es, aber das ist ja eine einzige Ödnis da drin. Sie müssen wirklich mal einkaufen.«

»Ich habe gerade andere Dinge im Kopf.«

Billy schloss den Kühlschrank und begann, ein paar Brote mit Erdnussbutter zu machen. Er sah über die Schulter zu mir.

»Wollen Sie auch eins?« Ich schüttelte den Kopf, aber er nahm noch zwei Scheiben mehr heraus.

Ich sagte: »Was heißt das, so traurig wie bei Ihnen? Sind Sie nicht verheiratet?«

»Nein, Euer Ehren. Ich bin geschieden. Meine Ex ist in Halifax geblieben.« Das erklärte seinen Ostküstenakzent.

Er ließ Elch raus, dann setzte er sich an den Tisch. Er reichte mir ein Sandwich und nahm einen großen Bissen von seinem. Er seufzte. »Mann, ist das lecker.« Er spülte den Bissen mit Kaffee herunter und beobachtete, wie ich an meinem Brot knabberte. »Sie sehen echt übel aus.«

»Herzlichen Dank.«

Er grinste, dann wurde sein Gesicht ernst.

»Wie kommen Sie zurecht? Das ist ja kein Zuckerschlecken, was Sie gerade durchmachen.«

»Es geht ganz gut. Aber ich verbringe ziemlich viel Zeit auf der Couch von meiner Psychiaterin. Kann ich der Polizei die Rechnung schicken?«

»Sie könnten Geldmittel aus dem Fonds zur Unterstützung von Verbrechensopfern beantragen. Ich bringe Ihnen die Formulare vorbei. Aber ich bin froh, dass Sie mit jemandem darüber reden, Sara. Sie müssen mit einer Menge fertig werden.«

»Ich habe das Gefühl, als hinge alles an mir, verstehen Sie? Ich will ja helfen, aber vor allem will ich, dass das alles aufhört – ich will mein Leben zurückhaben.«

»Je eher wir ihn schnappen, desto schneller wird es so weit sein. Sie haben sich gestern Abend großartig geschlagen.«

»Ich weiß nicht, Billy. Habe ich ihn nicht zu stark bedrängt?«

»Sie haben sich genau im richtigen Moment zurückgezogen. ›Wenn der Feind umzingelt ist, lass ihm einen Ausweg.‹«

»Was?«

»Das ist aus *Die Kunst des Krieges* von Sun Tzu.«

Ich musste lachen. »Sind das nicht diese Filme mit Luke Skywalker?«

Er schüttelte den Kopf. »Sie meinen *Krieg der Sterne*. Ich weiß, ich weiß, ich entspreche voll dem Klischee eines Cops.« Er lächelte. »Sandy setzt mir deswegen auch hart zu. Zu meiner Verteidigung, es ist das erfolgreichste Buch über Militärstrategien, das je geschrieben wurde.«

»Ich bin aber nicht beim Militär!«

Er lachte. »Das brauchen Sie auch nicht. Es geht um Strategie und Taktik und lässt sich auf eine Menge Dinge im Leben anwenden. Ich habe immer ein Exemplar von dem Buch dabei. Sie sollten es sich mal ansehen. Es wird Ihnen helfen, mit John fertig zu werden.«

»Es ist ziemlich schräg.«

»Was ist schräg?«

»Mit ihm zu reden. In dem einen Gespräch hat er mich mehr über meine Arbeit gefragt, als mein richtiger Dad es je getan hat.« Ich stolperte über meine Worte. »Ich meine, *er* ist mein richtiger Dad – ich meinte meinen Adoptivdad.«

Billy legte das Sandwich ab, beugte sich vor und sah mich eindringlich an. »Die meisten Mörder wirken nicht wie Mörder, Sara. Das macht sie so gefährlich. Sie müssen vorsichtig sein, sich nicht ...«

Ein Klopfen an der Glastür ließ uns beide zusammenfahren. Ich wirbelte herum. Melanie stand in der Tür und hielt Elch auf dem Arm. Sie musste durch das Gartentor gekommen sein. Billy war aufgesprungen, eine Hand schwebte über seiner Waffe.

»Das ist meine Schwester.«

Er ließ die Hand sinken. Melanie schob die Tür auf und kam hereingeschlendert.

»Habe ich einen ungünstigen Moment erwischt?«

Ihr Feixen sagte alles. Ich wusste, dass mein Gesicht gerötet war, aber ich warf ihr einen »Das-hättest-du-wohlgern«-Blick zu.

»Melanie, das ist Billy, er ist ...«

Billy fiel mir ins Wort. »Sara restauriert ein paar Möbelstücke für mich.«

»Ich verstehe.« Sie lehnte sich an die Arbeitsplatte und griff nach dem Erdnussbutterglas. Sie steckte ihren Finger hinein und anschließend in den Mund. Während sie die Erd-nussbutter abschleckte, sagte sie: »Und was soll die Pistole, Billy?«

Billy grinste nur. »Ich bin bei der Polizei, also sollten Sie besser nett zu mir sein.«

Melanies Miene verriet, dass sie ausgesprochen gerne nett zu ihm wäre.

Ich sagte: »Wir waren gerade fertig. Ich bringe Sie zur Tür, Billy. Melanie, nimm dir einen Kaffee.«

Sie nickte, doch ihr Blick ruhte auf Billy.

Draußen sagte ich: »Tut mir leid, aber meine Schwes-ter …« Ich schüttelte den Kopf. »Wir kommen nicht mitein-ander klar – überhaupt nicht.«

Er grinste achselzuckend. »Kein Problem. Bleiben Sie nur bei der Story mit den Möbeln, und es wird schon gut-gehen.« Seine Miene wurde ernst. »Wenn John wieder an-ruft, denken Sie daran, dass Sie ihm nicht wirklich wichtig sind. Dieser Mann nimmt sich, was er will, und er glaubt, Sie würden ihm gehören.«

Melanie wartete bei der Haustür. »Weiß Evan, dass du mit heißen Cops rumhängst?«

»Er weiß alles über meine *Kunden*. Was willst du hier, Melanie?«

»Darf ich nicht einmal mehr meine große Schwester be-suchen?«

Sie schlenderte ins Wohnzimmer und lümmelte sich aufs Sofa. Elch stürzte sich auf sie und leckte ihr Gesicht ab, während sie ihm den Kopf kraulte. Verräter.

»Ich muss zurück an die Arbeit. Was ist los?« Ich dachte daran, dass mein Handy auf dem Küchentisch lag. *Bitte, lass John nicht anrufen.*

»Dad will, dass wir vor Brandons Geburtstagsparty am Sonntag miteinander reden. Er sagt, wir sollen uns wieder vertragen. Mom geht's nicht gut.« Sie hatte das Kinn trotzig vorgeschoben. Bei allem, was passiert war, hatte ich ganz vergessen, dass Lauren eine Party für Brandon plante, und es tat mir weh zu hören, dass Mom schon wieder krank war. Aber mit Melanie wollte ich weder über das eine noch das andere reden.

Ich wartete ab.

Sie sagte: »Ich habe dieser Website nicht erzählt, dass dein richtiger Vater ein Serienmörder ist.«

»Ich habe eigentlich auch nie geglaubt, dass du es warst – ich war einfach durcheinander.«

»Ja, klar.«

Ich seufzte. »Wirklich nicht, Melanie.« Ihr Gesicht war wie versteinert, und ich wusste, dass ich sie unmöglich fragen konnte, ob sie es ihrem Freund erzählt hatte – sie würde mir den Hals umdrehen. »Sag Dad einfach, dass wir alles besprochen haben.«

»Sicher. Wenn du's so haben willst.«

»Ich will es nicht *so haben*.« Ich wollte sie so schnell wie möglich aus dem Haus haben. »Ich glaube dir, wirklich, okay? Es tut mir leid, dass ich so heftig reagiert habe.«

Ihre Augen wurden schmal.

Ich sagte: »Und wie geht's Kyle?«

Sie musterte mich. Ich zwang mich, weiterhin ein interessiertes Gesicht zu machen. »Er hat einen richtigen Gig im Pub.«

»Das ist gut.«

»Jepp.«

Wir starrten einander an.

Ich sagte: »Hör zu … ich hatte noch nicht die Gelegenheit,

mit Evan darüber zu reden, ob Kyle bei der Hochzeit spielen soll, aber ich mache es, sobald er nach Hause kommt.«

Melanie setzte sich aufrecht aufs Sofa. »Was ist los?«

»Ich versuche nur, mich mit dir zu vertragen.«

»Warum?«

»Weil wir *Schwestern* sind.«

»So nett warst du noch nie. Hast du Angst, ich könnte Evan von dem Cop erzählen?«

Ich starrte sie an. Es juckte mir in den Fingern, ihr dieses Feixen aus dem Gesicht zu prügeln.

Schnapp nicht nach dem Köder, schnapp nicht nach dem Köder.

Ich sagte: »Ich muss jetzt wirklich zurück in die Werkstatt.«

Sie stand auf. »Keine Angst, ich verschwinde schon. Wann wollen wir eigentlich diese Brautjungfernkleider kaufen?«

Lauren und Melanie sind meine Brautjungfern und Evans zwei jüngere Brüder seine Best Men. Lauren und ich hatten vor einer Weile überlegt, zusammen auf Einkaufstour zu gehen, aber ich hatte die Idee wegen John fallengelassen – und weil mir davor graute, Melanie ertragen zu müssen. Alles in mir hätte ihr am liebsten zugerufen, dass sie bei der Hochzeit nicht länger mit von der Partie war, aber ich wusste, dass sie genau das wollte.

»Ich bin mir noch nicht sicher«, sagte ich. »Ich sage dir so bald wie möglich Bescheid.«

»Meinetwegen.«

Ich stand auf und folgte ihr aus dem Wohnzimmer, blieb jedoch im Flur stehen. Sie war fast durch die Küche durch und bei der Schiebetür, wo sie ihre Schuhe stehen gelassen hatte, als das Handy auf dem Tisch klingelte. Sie hielt inne und drehte sich um.

Ich stürzte mich auf das Telefon und kippte dabei fast einen Stuhl um.

Eine Nummer, die ich nicht kannte. Es musste John sein.

Melanie starrte mich an, eine Braue hochgezogen.

»Ich erwarte den Anruf eines Kunden, aber das ist nur eine von diesen blöden 0800-Nummern.« Ich zuckte die Achseln.

Sie sah mich merkwürdig an. »Okay …«

Ich zwang mich zu einem neutralen Gesichtsausdruck.

Langsam schob sie die Tür auf. Das Telefon klingelte immer noch. Mein Herz flatterte in meiner Brust. Melanie blickte über die Schulter zurück. Ich lächelte und winkte flüchtig. Sie sah mich immer noch an. *Geh schon, geh.* Endlich wandte sie sich ab.

Als sie am Fenster vorbei war, ging ich atemlos ans Telefon.

»Hallo?«

»Warum hast du so lange gebraucht?«

»Ich war im Bad.«

»Ich habe dir gesagt, dass du das Telefon *immer* bei dir tragen sollst.«

»Ich tue mein Bestes, John.«

Er seufzte. »Entschuldige, aber ich hatte einen harten Tag.«

»Sie Ärmster.« Es brachte mich beinahe um, den Sarkasmus aus meiner Stimme rauszuhalten, trotzdem klang ich immer noch kurz angebunden. Ich ging zum Vorderfenster und sah Melanie davonfahren. Einen Moment lang fragte ich mich, was sie wohl in meiner Situation täte. Wahrscheinlich John sagen, er solle sich verpissen.

»Manche Leute, mit denen ich zusammenarbeite, meinen, sie wären besser als ich.«

»Wo arbeiten Sie?«

»Das kann ich dir nicht erzählen.«

»Können Sie mir erzählen, *was* Sie arbeiten?«

Er machte eine Pause. »Noch nicht. Und du, was machst du so in deiner Freizeit?«

Mein Körper verspannte sich. »Warum wollen Sie das wissen?«

»Ich versuche nur, dich besser kennenzulernen.« Sein Tonfall wurde lebhafter. »Ich bin gerne im Freien.«

»Tatsächlich? Wandern und so was?«

Ich brachte es nicht über mich, ihn zu fragen, ob er gern jagte. Ich dachte, mein Mangel an aufrichtigem Interesse müsste ihm auffallen, aber seine Stimme klang heiter, als er antwortete.

»Ich campe überall – auch an Stellen, zu denen die meisten Leute sich gar nicht hintrauen. Es gibt nicht viele Ecken in British Columbia, die ich nicht kenne. Du kannst mich irgendwo auf einem Berggipfel rauswerfen, und ich würde trotzdem den Weg zurück finden. Aber ich halte mich immer ans Land.«

Ich zerbrach mir den Kopf, was ich darauf sagen sollte. »Warum?«

»Ich kann nicht schwimmen.« Er lachte. »Campst du gerne?«

»Manchmal.«

Johns Stimme wurde ausdruckslos. »Ziehst du mit deinem Freund los?«

Ich zögerte. War es besser, wenn er von Evan wusste? Er würde denken, dass ich einen Beschützer hatte, der bei mir lebte. »Er ist mein Verlobter.«

»Wie heißt er?«

Ich zögerte erneut. Die Vorstellung, ihm Evans Namen

zu nennen, war mir zuwider, aber was, wenn er ihn bereits kannte? »Evan.«

»Wann heiratet ihr?« In seiner Stimme schwang etwas mit, das ich nicht einordnen konnte.

Die Zeit dehnte sich aus, als ich überlegte, was ich antworten sollte.

»Hm, wir sind noch nicht sicher, sind immer noch dabei, alles auszutüfteln …«

»Ich muss Schluss machen.« Er legte auf.

Ich rief sofort Billy an. Dieses Mal war John irgendwo zwischen Prince George und Quesnel, also sogar noch weiter nördlich von Williams Lake. Sobald er das Gespräch mit mir beendet hatte, hatte er das Telefon ausgeschaltet und war damit im Grunde verschwunden. Er könnte direkt hinter einem Cop stehen, und trotzdem wären sie nicht in der Lage, seinen genauen Aufenthaltsort zu ermitteln, sondern nur einen größeren Bereich zu bestimmen. Billy versicherte mir, dass John schon bald einen Fehler begehen würde, aber als er es ein zweites Mal sagte, fragte ich mich, wen er davon zu überzeugen versuchte.

Dass wir nicht wissen, was für einen Truck er fährt, macht die Sache nicht besser – im Landesinneren fährt *jeder* einen Truck. Möglicherweise hat er auch sein Aussehen verändert. Ich fragte nach Straßensperren, aber Billy sagte, das sei Verschwendung von Ressourcen, solange sie seine Position nicht genau feststellen könnten. Am aussichtsreichsten sei es, sein Bild herumzuzeigen und mit den Leuten in der Gegend zu reden. Immerhin kennt in diesen ländlichen Gegenden normalerweise jeder jeden.

Außerdem arbeitet die Polizei mit der Naturschutzbehörde zusammen, so dass deren Ranger Jäger anhalten können, ebenso wie jede andere Person, die auf den Wirtschaftswegen im Wald unterwegs ist. Hoffentlich stoßen sie bald auf eine Spur, denn ich bin mir nicht sicher, wie lange ich das noch aushalte.

Ich frage mich, was er wohl nach unseren Gesprächen macht. Fährt er nach Hause, macht sich was Nettes zum Abendessen, setzt sich vor den Fernseher und lacht über irgendeine Sitcom, während er seine Waffen reinigt? Vielleicht hält er auch an einem Pub an, bestellt Hamburger und Bier und gibt vor der Kellnerin mit seiner Tochter an wie ein typischer Vater. Geht er unser Gespräch immer wieder durch, so wie ich, oder vergisst er es sofort, so wie ich es gern würde?

8. Sitzung

Ich *versuche* mich zu beruhigen. Aber ich weiß nicht, wo ich anfangen soll. Ich bin einfach krank vor Sorge. Ganz zu schweigen davon, dass ich müde und hungrig bin. Im Moment habe ich so viel um die Ohren, dass ich eigentlich nicht einmal hier sein sollte, aber ich wollte nicht schon wieder absagen. Ich weiß, dass ich zu schnell spreche, dass mein Blutzuckerspiegel am Boden ist – deshalb zwinge ich mich ja, diesen ekligen Schokoriegel zu essen, den ich im Handschuhfach gefunden habe.

Also gut, ich mache langsamer und fange ganz vorne an.

Nach unserer letzten Sitzung habe ich diese Technik ausprobiert, die Sie mir gezeigt haben, um in der Gegenwart zu bleiben. Ich setzte mich aufs Sofa und schloss die Augen, konzentrierte mich mit all meinen Sinnen auf den weichen Stoff unter meinen Händen, den Trockner, der im Hintergrund rumpelte, und die kühlen Holzdielen unter meinen Füßen, aber meine Gedanken wanderten immer wieder zurück zu John. Seit drei Tagen hatte er nicht mehr angerufen, und ich musste mir immer wieder sagen, dass ich absolut keine Kontrolle darüber habe, was er tut. Aber ich konnte nicht aufhören, daran zu denken, wie abrupt er aufgelegt hatte. War es, weil ich Evan erwähnt hatte? Oder hatte er gespürt, dass ich gelogen hatte, als ich sagte, wir hätten noch keinen Termin für die Hochzeit festgelegt? Was mochte er jetzt wohl tun?

Gott sei Dank kam Evan übers Wochenende nach Hause. Egal, wie groß meine Angst ist, er kann mich für gewöhnlich immer einigermaßen beruhigen, zumindest so weit, dass ich nicht mehr hyperventiliere. Bevor wir zu Brandons Geburtstagsparty aufbrachen, hatten wir besprochen, was wir machen, falls John anruft, und ich fühlte mich wesentlich besser mit der ganzen Geschichte. Ich freute mich sogar ein wenig auf die Party. Ich hatte schon immer eine Schwäche für Brandon und konnte es kaum glauben, dass er schon zehn wurde. Ich habe an ihm *Windelnwechseln* geübt. Nicht dass mein Herumprobieren bei ihm mir viel genutzt hätte, als ich später mit einem willensstarken kleinen Mädchen fertig werden musste.

Allein der Versuch, mit Ally zusammen ein Geschenk zu kaufen, war Wahnsinn. Zuerst musste sie jeden Gang auf und ab gehen. Wir einigten uns schließlich auf ein Nintendospiel, aber dann stand sie ewig lange vor dem Regal. »Vielleicht gefällt ihm Hockey besser, Mommy.« Ich sagte, dass Brandon sich über jedes Nintendospiel freuen würde, aber sie begann eins nach dem anderen rauszukramen. Als ich schließlich ausrastete und eins packte, das sie bereits in der Hand gehabt hatte, kreischte sie: »Das ist das Falsche, Mommy!«, als hinge ihr Leben davon ab. Sie stand in der Mitte des Gangs, die Arme vor der Brust verschränkt, und weigerte sich, sich vom Fleck zu rühren, egal, was ich sagte. Ich war am Ende meiner Kräfte und sagte schließlich: »Gut, du kannst gern den ganzen Tag hier stehen bleiben«, und ging davon. Kurz darauf kam sie mir nach, die kleinen Schultern hingen herunter, und die Lippen waren zusammengepresst, als bemühe sie sich, nicht zu weinen.

Ein paar Meilen später starrte sie immer noch aus dem Beifahrerfenster. Jetzt, da ich ruhiger war, hatte ich ein schlechtes Gewissen, weil ich sie so gedrängt hatte, und sagte: »Brandon wird sich total freuen, wenn er dein Geschenk sieht.« Sie sah mich immer noch nicht an, also begann ich zur Radiomusik zu singen und dachte mir dabei einen eigenen Text aus. »Zuckerstückchen, Allymaus, du weißt, dass ich dich liebhabe. Ich kann nicht anders, ich liebe dich und niemand anders, außer Evan und Elch und Nana und Tante Lauren und ...« Ich holte ganz tief Luft. Allys Mundwinkel zuckten, als sie versuchte, nicht zu lachen. Ich begann, lauter zu singen. Als wir Evan abholten, sang sie bereits mit – und musste zwischendurch immer wieder kichern, was mich ebenfalls zum Lachen brachte. Dann legte sie den Kopf schräg, lächelte mich an und sagte: »Du bist so hübsch, Mommy.« Mein Gott, ich liebe dieses Kind.

Wir waren immer noch bester Laune, als wir auf Laurens und Gregs Auffahrt parkten. Dieses Jahr stand die Party unter dem Motto des Films *Transformers*, ich wusste also, dass das ganze Haus von oben bis unten dekoriert sein und es alle möglichen Spiele für die Kinder geben würde. Wahrscheinlich hätte ich mich köstlich amüsiert, wenn meine beiden Väter nicht alles verdorben hätten.

Dad holte gerade einen Kasten Bier aus seinem Truck, als wir aus dem Cherokee stiegen. Während Ally mit Elch losrannte, um die Jungs zu suchen, folgte ich meinem Vater und Evan in den Garten. Sie unterhielten sich übers Angeln. Greg hatte eine Schürze umgebunden und stand am Gasgrill. Als er uns sah, grinste er. Ein großer Teddybär von einem Mann, zog er Evan und mich zu einer unbeholfenen Umarmung an sich. Nachdem er uns wieder freigelassen hatte, öffnete er eine Kühlbox zu seinen Füßen und reichte

Evan ein Bier. Seinen rosigen Wangen nach zu urteilen, hatte Greg sich schon ein paar davon gegönnt.

»Was möchtest du, Sara?«

»Ich hol mir drinnen einen Kaffee, danke.«

In der Küche füllte Lauren gerade Pommes in eine Schüssel, während Mom den Abwasch machte. Lauren hat eine Geschirrspülmaschine, aber Mom würde sie nie benutzen. Sie findet, dass das Geschirr darin nicht richtig sauber wird.

»Kann ich noch irgendetwas helfen?«, fragte ich.

Lächelnd drehte Lauren sich um und pustete eine blonde Haarsträhne aus ihrem Gesicht. »Im Moment nicht.«

Ich drückte Mom einen Kuss auf die Wange und stellte fest, dass ihr Gesicht schmaler geworden zu sein schien, seit ich sie das letzte Mal gesehen hatte. Sie lächelte, aber ihre Augen blickten müde, und sie hatte eindeutig abgenommen. Ich schenkte mir eine Tasse ein und spürte, wie meine gute Laune mir langsam entglitt.

Als ich den ersten Schluck nahm, entdeckte ich Melanie und Kyle, die gerade um die Hausecke bogen. Kyle trug hautenge schwarze Jeans und ein enges schwarzes T-Shirt. Dad erwiderte seinen Gruß kaum, ehe er sich wieder seiner Unterhaltung mit Evan zuwandte.

Lauren stellte sich hinter mich und legte ihr Kinn auf meine Schulter. Wir sahen den Männern einen Augenblick zu. Greg erzählte eine Geschichte – Bier in der einen, Grillzange in der anderen Hand. Evan und Melanie lachten, als er fertig war. Gregs Blick huschte zu Dad hinüber, um zu sehen, ob er auch lachte. Er tat es nicht.

Ich sagte: »Bier und Holzfällen. Gregs Lieblingsthemen.«

»Sei nicht so gemein.« Lauren knuffte mich in den Rücken.

Während die Kids sich auf das Essen an ihrem Tisch stürzten, versammelten sich die Erwachsenen um den hölzernen Picknicktisch, den Greg gezimmert hatte. Ich hatte gerade den ersten Bissen von einem Burger genommen, als mein Handy in der Tasche klingelte. Ich nahm es heraus und warf wie nebenbei einen Blick aufs Display. Schon wieder eine fremde Nummer. Es musste John sein.

Es klingelte erneut. Als ich aufstand, hörten am Picknicktisch alle auf zu reden. Die einzigen Geräusche kamen vom Kindertisch.

Ich sagte: »Entschuldigt mich einen Moment.« Dads Gesicht glich einer Gewitterwolke. Ich ging um die Ecke, bis ich außer Sicht war, wobei ich versuchte, nicht zu rennen, dann nahm ich den Anruf an.

»Hallo?«

»Ich musste deine Stimme hören.«

Seine Worte ließen mich erschaudern, doch ich sagte: »Alles in Ordnung?« Wie wurde ich ihn bloß wieder los?

»Ich bin so froh, dass ich dich gefunden habe.« Seine Stimme klang angespannt, als fiele es ihm schwer, die Worte herauszubringen. »Zu wissen, dass ... dass ich dich habe ... hilft.«

Ich hörte ein Geräusch im Hintergrund, konnte es jedoch nicht einordnen. »Was war das für ein Geräusch? Von wo aus rufst du an?«

»Es ist noch nicht zu spät.«

»Was ist nicht zu spät?«

»Für uns.«

Einen Moment lang sagte ich nichts und versuchte, mich auf das Geräusch im Hintergrund zu konzentrieren. Stammte es von einem Tier oder einem Menschen?

»*Sag mir*, dass es nicht zu spät ist!«

»Nein, nein, natürlich nicht.«

Er atmete vernehmlich aus. Es klang gepresst, als würde er durch zusammengebissene Zähne atmen.

Er sagte: »Ich muss Schluss machen.«

Nachdem ich das Telefon zugeklappt hatte, versuchte ich mich zusammenzureißen, aber meine Kehle war so eng, dass ich das Gefühl hatte zu ersticken. Ich sah nur noch verschwommen. Ich presste die Handballen gegen die Schläfen und schloss die Augen. Was sollte ich tun? Ich durfte nicht zulassen, dass meine Familie sah, wie mitgenommen ich war. Ich wollte Billy anrufen, aber wenn ich noch sehr viel länger wegblieb, würden die anderen sich wundern. *Denk nicht an John, schieb es einfach beiseite und konzentrier dich. Reiß dich zusammen, Sara.* Als ich zum Tisch zurückging, fing ich Evans Blick auf und nickte ihm leicht zu.

»War das der Kunde, auf dessen Anruf du gewartet hast?«, sagte er, als ich mich setzte. *Danke, Schatz.*

Ich nickte und mied den finsteren Blick meines Dads von der anderen Seite des Tisches.

Als ich meinen Burger aufnahm, sagte ich: »Tut mir leid. Aber dieser Kunde ist alles andere als pflegeleicht.«

Dad sagte: »Das hätte warten können.«

»Er hat nur begrenzt Zeit, also muss ich ...«

Doch Dad hatte seine Aufmerksamkeit bereits wieder Evan zugewandt. Am anderen Ende des Tisches stocherte Kyle in seinem Essen herum. Seine Fingernägel waren schwarz lackiert. Melanie bemerkte meinen Blick.

»War das dieser gutaussehende Cop?«

Neben mir verspannte sich Evan.

Ich schüttelte den Kopf. »Nein, noch ein anderer Kunde.«

Melanie sagte: »Wie war noch mal sein Name? Bill?«

Ich nickte und zwang mich, noch einmal von dem Burger abzubeißen. »Die sind superlecker, Greg.«

»Er sah gar nicht aus wie jemand, der Antiquitäten sammelt«, sagte Melanie. Jetzt sahen mich alle an.

Mom machte ein verwirrtes Gesicht. »Du hast einen von Saras Kunden kennengelernt?«

»Ja, als ich sie neulich besucht habe, haben sie gerade zusammen Mittag gegessen.«

Halt den Mund, Melanie.

Evan hörte auf zu essen und sah mich an.

»Er war vorbeigekommen, um sich meine Werkstatt anzusehen, und ich hatte mir gerade ein Sandwich gemacht, also habe ich ihm auch eins angeboten.« Es war nicht ganz die Wahrheit, aber nah dran.

Melanie sagte: »Und was *genau* machst du für ihn?«

Ich hätte ihr am liebsten meinen Burger in das feixende Gesicht gepfeffert.

Denk nach!

»Seine Mutter ist vor kurzem gestorben, und sie hat den ganzen Keller voll mit alten Möbeln. Ich versuche, sie für ihn zu sortieren und aufzuarbeiten, damit er sie verkaufen kann. Es sind ziemlich viele Stücke.« Langsam erwärmte ich mich für meine Lüge. »Das wird mich eine Weile beschäftigen.« Ich schaute kurz zu Evan rüber. Er starrte auf seinen Teller.

Ehe ich noch etwas sagen konnte, klingelte mein Handy.

Dad ließ seinen Burger auf den Teller fallen und verzog angewidert das Gesicht.

Ich überprüfte das Display. Es war wieder John. Mein Puls beschleunigte sich.

Ich stöhnte und stand auf. »Tut mir echt leid.«

Dad sagte: »Setz dich hin.«

»Es ist noch einmal mein Kunde ...«

»Setz dich *hin*.« Dads Hände neben dem Teller ballten sich zu Fäusten.

»Tut mir leid, ich muss rangehen.«

Als ich den Tisch verließ, schüttelte Dad den Kopf und sagte etwas zu Mom. Ich schaute über die Schulter zurück und versuchte, Evans Blick einzufangen, aber er sah nicht auf.

Als ich um die Hausecke war, sagte ich: »Was ist los?«

»Dieser Lärm.« Er stöhnte.

Ich hörte etwas zuknallen. »Bist du verletzt?«

»Du *musst* mit mir reden ... du musst mir helfen!«

Verkehrslärm.

»Fährst du gerade?«

Quietschende Reifen. Ein Auto hupte. War das der Lärm, der ihn so aufregte?

»Vielleicht solltest du anhalten und ...« Ally kam um die Hausecke gerannt. *Oh, Mist.* Warum hatte Evan sie nicht zurückgehalten?

Ich hielt das Mikrophon zu, gerade als sie sagte: »Grandpa sagt, du sollst jetzt kommen und Kuchen essen.«

»Okay, Spatz. Ich bin in einer Minute fertig. Geh schon vor.«

Als sie davontrottete, sagte ich: »John? Bist du noch dran?« Nur Verkehrslärm.

Ich wollte schon auflegen, als er schließlich mit verzweifelter Stimme sagte: »Du musst mit mir reden!«

»Worüber möchtest du reden?«

»Erzähl mir ... erzähl mir, was dein Lieblingsessen ist.«

Ich wischte mir den Schweiß von der Stirn. Ich verpasste den Geburtstag meines Neffen, weil er hören wollte, was ich gerne aß?

»Kannst du mir nicht einfach erzählen, was los ist? Ich bin auf einer Familienfeier, und alle sind ...«

»Ich dachte, du hättest gesagt, du hättest niemandem von mir erzählt.« Seine Stimme klang hart.

»Habe ich auch nicht! Aber es sieht langsam komisch aus, wenn ich stundenlang telefoniere, und dann fängt meine Familie an, Fragen zu stellen, und ich ...«

Er hatte aufgelegt.

Für den Rest der Party schwirrten mir jede Menge unbeantwortete Fragen durch den Kopf und brachten jede Faser meines Körpers zum Vibrieren. Was waren das für Geräusche im Hintergrund gewesen? Warum redete er von Lärm? Was würde er jetzt machen? Mein gesamtes System war übersteuert, mein Gesicht brannte, die Achseln waren schweißnass, meine Beine schrien mir zu, wegzulaufen, nach Hause zu rennen, mit Billy zu reden, mit irgendjemandem, der es schaffte, dieses schreckliche Gefühl zum Verschwinden zu bringen. Ich versuchte, mich auf die Unterhaltungen um mich herum zu konzentrieren, doch ich konnte den Gesprächen nicht folgen. Alle Kinderstimmen klangen schrill, und bei jedem Kreischen durchzuckte mich Wut wie ein kurzer Blitz. Ich sah ständig auf meine Uhr und hielt das Telefon fest umklammert.

Dass Dad mich vor Ally herunterputzte, weil ich ans Telefon gegangen war, und mich selbstsüchtig und unhöflich nannte, machte die Sache auch nicht gerade besser. Ich entschuldigte mich, wie ich es immer tat, doch er warf mir weiterhin böse Blicke zu. Moms Lächeln flackerte an und aus, als sie zwischen uns hin und her schaute. Melanie und ich gingen einander nur noch aus dem Weg. Zumindest schien sich Lauren nicht zu ärgern, aber sie war auch ziemlich abgelenkt. Jedes Mal, wenn ich sie ansah, beobachtete sie Greg. Einmal ertappte ich sie dabei, wie sie ihm einen bösen Blick zuwarf, als er sich noch ein Bier holte – wovon er sich natürlich nicht aufhalten ließ. Aber ich hatte meine eigenen Beziehungsprobleme. Evan lachte und scherzte mit allen, legte den Arm um meine Schulter, als Brandon unser Geschenk aufmachte, aber er sah mir nicht in die Augen. Endlich war es Zeit aufzubrechen. Mein Abschied fiel kurz aus, was mir einen besorgten Blick von Mom eintrug, aber ich konzentrierte mich darauf, Ally und Elch in den Cherokee zu bekommen. Ich schleifte Ally praktisch die Auffahrt hinunter und blaffte sie an, als sie sich beschwerte. Evan schwieg.

Wir setzten gerade zurück, als mein Handy piepte. Eine SMS von Billy.

Wie war die Party? Rufen Sie an, wenn Sie zu Hause sind.

»Von wem?«, fragte Evan.

»Die Polizei will Johns Anrufe mit mir durchsprechen.« Ich wählte bereits Billys Nummer, erreichte jedoch nur die Mailbox. »Mist, er muss in einem Sendeloch sein.«

Evan starrte auf die Straße vor sich.

Während der restlichen Fahrt herrschte Schweigen. Als wir endlich zu Hause waren, fläzte Ally sich vor den Fernseher, um *Hannah Montana* zu sehen. Ich versuchte noch einmal, Billy zu erreichen, und hinterließ ihm dieses Mal eine Nachricht. Nach zehn Minuten, in denen ich unser Frühstücksgeschirr abwusch, machte ich mich auf die Suche nach Evan. Er war im Garten und beseitigte Elchs Haufen.

Ich sagte: »Ich weiß, was du denkst, aber so ist es nicht.«

»Ich denke, du solltest die Hinterlassenschaften von deinem Hund besser wegmachen.«

Mein Hund? Das regte mich auf.

»Ich versuche, den Überblick zu behalten, Evan, aber ich kann mich nicht um alles kümmern, wenn du weg bist.«

»Das dauert fünf Minuten.«

»Du weißt, wie viel ich in letzter Zeit um die Ohren habe.«

»Ja klar, zu viel, um mir zu erzählen, dass du mit andern Kerlen Mittag isst.«

»Da war *nichts*. Melanie versucht nur, Ärger zu machen.«

Er stieß die Schaufel in den Boden. »Sie hat ihre Sache jedenfalls gut gemacht. Greg hat mich den ganzen Nachmittag komisch angeschaut.«

»Was hätte ich denn sagen sollen? Du weißt doch, dass ich nicht darüber reden darf.«

»Warum hast du mir nicht erzählt, dass er hier war?«

»Als wir geredet haben, hat John angerufen, und ich bin ausgeflippt. Ich habe nicht daran gedacht, dir zu erzählen, dass Billy hier war, weil ich schlicht nicht dachte, dass es wichtig sein könnte. Wahrscheinlich wird er noch häufiger vorbeikommen, und ...«

»Jetzt ist er also schon *Billy*?« Evan hörte auf zu schaufeln und sah mich an.

»Mein Gott, Evan, so nennt Sandy ihn. Er ist nicht einmal mein Typ, okay? Zu smarte Klamotten, und er hat Tattoos und ...«

»Und deswegen soll ich mich jetzt besser fühlen?«

Am liebsten hätte ich ihm die Schaufel aus der Hand gerissen und ihm damit eins übergebraten.

»Weißt du was? Das kann ich jetzt echt nicht gebrauchen. Wenn Billy diesen Kerl finden kann, dann werde ich jeden Tag mit ihm reden, weil ich ihn aus meinem Leben haben will – und du solltest das auch wollen. Ich würde meinen, dass du froh wärst, dass jemand nach mir sieht, während du weg bist. Wenn du mir nicht vertraust, sollten wir vielleicht gar nicht erst heiraten.« Ich wirbelte herum und stürmte ins Haus zurück.

Als ich am Wohnzimmer vorbeikam, spähte ich hinein, um nach Ally zu sehen. Sie hatte sich auf dem Sofa in eine Decke gekuschelt, mit Elch auf dem Schoß, und starrte schläfrig auf den Fernseher.

»Du musst bald ins Bett, Ally.«

»Och nöööö …«

Des Streitens müde, beließ ich es für den Augenblick dabei und ging nach oben in mein Büro.

In dem Versuch, ruhiger zu werden, schrieb ich alles auf, an das ich mich von den Anrufen erinnerte, und machte mir eine Notiz, dass ich Billy fragen wollte, ob sie nicht eventuell die Hintergrundgeräusche isolieren konnten. Ich schloss die Augen und versuchte mich zu konzentrieren. Was waren das für Geräusche gewesen? Ich riss die Augen auf – was, wenn er eine Frau verschleppt hatte? Vielleicht hatte er sie im Truck irgendwo hingebracht, und sie hatte solchen Lärm gemacht, als sie versucht hatte rauszukommen!

Gerade, als ich das schnurlose Telefon in die Hand nahm, um noch einmal bei Billy anzurufen, hörte ich, wie unten die Schiebetür geöffnet wurde, dann Schritte. Evan war in der Küche.

Ich zögerte. Vielleicht sollte ich bis morgen warten. Aber das hier war wichtig.

Billy ging beim ersten Klingeln ran.

Ich sagte: »Ich glaube, die Hintergrundgeräusche könnten von einer Frau stammen. Vielleicht bringt er sie gerade irgendwohin und will sie …«

»Stopp, stopp, ganz langsam. Das ist nicht sein übliches Vorgehen, und wir haben keine Meldungen über vermisste Frauen.«

»Was waren es dann für Geräusche?«

»Wir arbeiten noch daran, sie zu identifizieren, aber bis jetzt haben wir noch nichts Brauchbares.«

»Vielleicht brauchen Sie ein paar mehr Leute in Ihrer Sondereinheit.«

»Wir haben jeden verfügbaren Beamten des Dezernats für Kapitalverbrechen und ein paar aus Nanaimo darauf angesetzt ...«

»Können Sie nicht noch Leute aus Toronto kommen lassen?«

»So funktioniert das nicht, Sara. Die meisten Fälle sind alt, und es wurde bereits ermittelt. Uns stehen jede Menge Mittel zur Verfügung, und dieser Fall ist von äußerster Priorität, aber solange John nichts unternimmt oder jemandem irgendetwas auffällt, können wir nicht viel machen.«

»Es sieht nicht so aus, als würden Sie *überhaupt* etwas machen.«

»Ich bin sicher, dass es so aussieht, aber wir verfolgen Spuren, sprechen uns mit dem Labor und den anderen Dezernaten ab. Im Moment versuchen wir herauszufinden, wem das Handy gehört, das er benutzt hat.«

Ich wusste, dass ich unleidlich klang, als ich sagte: »Wissen Sie wenigstens, von wo aus er angerufen hat?«

Doch Billy sagte nur: »Er bewegt sich westlich von Prince George, wahrscheinlich irgendwo in der Nähe von Burns Lake. Möglicherweise ist er unterwegs nach Prince Rupert, also haben wir die Einheiten vor Ort informiert, und sie werden sein Bild in Fernfahrerkneipen, Tankstellen und an anderen Orten verteilen, an denen er anhalten könnte.«

Ich nahm die Schärfe aus meiner Stimme. »Was, glauben Sie, war mit ihm los? Er hat über irgendeinen Lärm gejammert.«

»Wir hoffen, dass Sie ihn beim nächsten Mal dazu bringen können, das näher zu erklären.«

»Ich will nicht, dass es ein nächstes Mal gibt. Ich habe es satt.«

»Sie müssen tun, was sich für Sie richtig anfühlt, Sara. Aber ich will Sie nicht belügen – wir brauchen dringend Ihre Hilfe. Sie sind wahrscheinlich die einzige Chance, ihn jemals zu erwischen.«

Ich schloss die Augen, als müsste ich Billys Worte dann nicht hören, und ließ die Stirn auf meinen Schreibtisch sinken.

Er sagte: »Ich weiß, es hat den Anschein, als habe er allein die Macht, aber er will eine Beziehung zu Ihnen aufbauen. Darum ruft er immer wieder an. Niemand weiß, wie weit wir das forcieren können. Aber wie Sun Tzu sagt: ›Die Gelegenheit, den Feind zu schlagen, wird vom Feind selbst geliefert.‹ Am Ende wird er uns etwas an die Hand geben, das uns weiterbringt.«

Evan kam die Treppe hoch.

»Ich muss aufhören.«

»Okay, wir bleiben in Kontakt. Ruhen Sie sich aus.«

Gerade, als ich das Telefon hinlegte, kam Evan hinter mir herein und ließ sich auf einen Stuhl fallen. Ich drehte mich um.

»War das Bill?«

Himmel, er konnte in mir lesen wie in einem offenen Buch. »Wir mussten den Anruf besprechen. Herrje, Evan.«

Seine Miene war ausdruckslos. Ein Teil von mir wollte streiten und mich verteidigen, wollte zu Recht verärgert hinausstürmen. Mein Gesicht fühlte sich heiß an, und ich war nah dran, die Beherrschung zu verlieren. *Reiß dich zusammen. Ausflippen ist keine Lösung.*

Ich holte tief Luft. »Es tut mir leid, dass ich die Beherrschung verloren habe. Aber diese ganze Geschichte ist einfach zu heftig. Ich brauche dich auf meiner Seite.«

»Ich stehe auf deiner Seite.«

»Es fühlt sich aber nicht so an. Ich kann es nicht ausstehen, dass du sauer auf mich bist.«

Evan seufzte schwer, dann packte er meinen Fuß, zog ihn auf seinen Schoß und begann, ihn zu massieren. »Ich bin nicht wütend auf dich, sondern auf die Situation. Es ist ein Albtraum.«

»Meinst du, ich wüsste das nicht? Mein Gott, er könnte in diesem Moment irgendwo eine Frau umbringen – und ich könnte nichts dagegen tun.«

»Wenn er jemanden umbringt, ist das nicht deine Schuld. Er ist ein Mörder, und so jemand tötet nun einmal.«

»Doch, es wäre meine Schuld, weil ich ihn nicht aufgehalten hätte.« Ich dachte an Billys Worte. »Ich bin so ziemlich die einzige Chance, die die Polizei hat, um ihn zu erwischen.«

»Die Cops benutzen dich als Köder! Du weißt, dass du nicht mit ihm zu reden brauchst. Ich finde, du solltest dich da raushalten.«

»Ich kann hier nicht untätig herumsitzen, während er nach seinem nächsten Opfer sucht.«

»Sara, du stehst ständig unter Strom, und deine Gefühle sind vollkommen durcheinander.« Er hob eine Hand. »Du hast allen Grund, aufgewühlt zu sein, aber ich mache mir Sorgen um dich.«

»Machst du dir *meinetwegen* Sorgen oder wegen Billy?«

Er sah mich an. »Es tut mir leid, dass ich so ein eifersüchtiger Arsch bin. Wenn du sagst, ich müsste mir keine Sorgen machen, dann glaube ich dir. Aber mir ist die Vorstellung zuwider, dass ein anderer Kerl dich beschützt. Du bist mein Mädel.«

Ich kroch zu Evan auf den Schoß und schlang meine Arme um seine Schultern. Als ich an seinem Ohr schnüffelte, sagte ich: »Schatz, gegen dich ist er gar nichts. Und im Moment ist er derjenige, der meine paranoiden Zusammenbrüche abbekommt. Für dich bleibt die Schokoladenseite.«

»Hm ... red weiter.«

Mit den Lippen zeichnete ich sein Schlüsselbein nach. Knabberte an seinem Ohrläppchen. Flüsterte gegen die warme Haut an seinem Hals: »Ally?«

»Schläft mit Elch auf dem Sofa. Ich trag sie später hoch. Aber ich kann sie auch jetzt ...«

Ich legte mein Gesicht dicht an seins und packte ihn am Hinterkopf. Er hob die Augenbrauen. Ich legte meine Lippen auf seine und küsste ihn langsam, sanft, dann härter ... rieb meine Lippen an seinen, schlängelte mich mit meiner Zunge in seinen Mund. Als er versuchte, daran zu saugen, zog ich sie fort und lächelte ihn an. Er packte meine langen Haare und wickelte sie sich um die Faust, dann zog er mein Gesicht zu sich und küsste mich hart. Ich stand auf, winkte ihm mit dem Zeigefinger zu mir und stolzierte mit einem übertrieben sexy Gang aus dem Zimmer.

Er lachte und folgte mir ins Schlafzimmer. Ich ließ mich aufs Bett gleiten, warf meine Haare über die Schulter zurück und sagte mit schlechtem Südstaatenakzent: »O mein Gott, Seemann, du warst so lange zur See, ich weiß gar nicht mehr, wie das geht ...«

Evan kam mit ebenfalls betont sexy Bewegungen zum Bett

und zog sich mit einer Hand das Hemd über den Kopf – genau so, wie ich es liebe. Er ließ das Hemd um den Finger kreisen und schleuderte es auf den Boden, während er mit den Brauen wackelte.

Ich lächelte. »Ich glaube, es fällt mir wieder ein.«

Er lachte und kletterte zu mir ins Bett. Wir küssten uns ausgiebig, unser Streit war längst vergessen. Er kratzte mit seiner unrasierten Wange an meiner und lachte, als ich mich beschwerte.

Er hielt meine Hände fest. Der Gedanke an John schoss mir durch den Kopf. Hatte er das mit Julia gemacht? Wie hat er die Frauen unten gehalten, wenn er sie vergewaltigte? Ich schob das brutale Bild fort. Evan kniete über mir. Ich sah John über einer Frau knien.

Evan sah hinunter in mein Gesicht.

»Was ist los?«

»Nichts.« Ich zog ihn von mir runter, verbarg mein Gesicht in seiner Halsbeuge. Und einen kurzen Moment konnte ich es fast glauben.

Am nächsten Morgen gingen wir nach dem Frühstück mit Ally und Elch am Neck Point spazieren und beobachteten die Seelöwen, ehe Ally zum Spielen zu Meghan ging. Ich gab mir Mühe, John aus meinen Gedanken zu verbannen, aber Evan gab sich noch größere Mühe. Ich brauchte nur auf einen Aspekt des Falls zu sprechen kommen, und schon gab er mir einen Kuss. Ich erwähnte etwas anderes, und er liebkoste meinen Nacken. Ich versuchte, ihn wegzuschieben und meinen Gedanken zu Ende zu bringen, und er knabberte an meinem Ohr. Ich versuchte, mich freizustrampeln, und irgendwie war mein BH plötzlich auf.

Anschließend faulenzten Evan und ich im Bett herum und

machten Pläne für das Hochzeitsmenü. Jetzt, wo ich mir selbst gestattete, mich einen Moment zu entspannen, begann ich mich wieder auf den großen Tag zu freuen. Aber es erinnerte mich auch daran, dass ich noch die Shoppingtour mit meinen Schwestern organisieren musste. Bei der Vorstellung, stundenlang mit Melanie zusammenzuhängen, knirschte ich mit den Zähnen, aber ich kam nicht drum herum.

Wir diskutierten über die Dekoration, und ich war ganz angetan von der Idee, Lichterketten in die Tannen zu hängen, als mein Handy im Büro klingelte.

Ich sah Evan an. »Geh schon«, sagte er.

Die Decke um meinen nackten Körper gewickelt, sprintete ich den Flur hinunter und schnappte mir das Handy vom Schreibtisch.

Es war die Nummer, von der John das letzte Mal angerufen hatte.

Sobald ich auf den Knopf gedrückt hatte, sagte er: »Hast du einen schönen Tag?« In seiner Stimme schwang etwas mit, das ich nie zuvor bei ihm gehört hatte – Kühle.

»Ganz gut. Wie geht es dir?« Ich versuchte, erfreut zu klingen, aber ich war noch wütender als üblich, dass er angerufen und unseren schönen Nachmittag ruiniert hatte.

»Ist Evan da?«

Immer noch unsicher wegen seines Tonfalls sagte ich: »Er ist hier ... aber nicht im Zimmer, falls du ...«

»Hast du mir die Wahrheit gesagt, Sara?«

Mein Herz sank. »Natürlich.«

»Hast. Du. Mir. Die. Wahrheit. Gesagt?«

Ich setzte mich auf meinen Stuhl. Wusste er, dass ich mit der Polizei gesprochen hatte? O Gott, hatte er irgendwie von Ally erfahren?

»Was ist los?«

»Ich habe die Website gesehen.«

Meine Gedanken rasten. War ein weiterer Artikel erschienen?

»Ich bin mir nicht sicher ...«

»Es steht *alles* da.« Wovon redete er? Ich wartete ab.

Nach ein paar Herzschlägen sagte er: »Ihr habt schon einen Termin für die Hochzeit – du hast versucht, mich auszutricksen.«

»Ich weiß nicht, was ...« Dann fiel mir ein, dass Evan vor ein paar Wochen eine Hochzeits-Website für uns eingerichtet hatte. Wie kam ich da bloß wieder raus?

»Wir *hatten* einen Termin ausgemacht. Aber wir haben vor kurzem beschlossen, ihn zu verschieben. Darum habe ich gesagt, wir seien uns nicht sicher. Ich habe dich nicht belogen. Das würde ich nie tun.« Ich hielt den Atem an.

Er legte auf.

Ein paar Minuten später saß ich immer noch da, als Evan hereinkam und sich hinter mich an den Schreibtisch setzte.

»War er es?«

Ich nickte. Evan drehte mich in meinem Stuhl herum, damit ich ihn ansah.

»Bist du okay?«

»Er hat unsere Hochzeits-Website gefunden. Ich hatte ihm erzählt, dass wir noch keinen Termin festgelegt hätten. Er hörte sich *ziemlich* wütend an.«

»Hat er dich bedroht?«

»Nein, es war nur ... seine Stimme.«

»Ich werde die Seite sofort mit einem Passwort sichern. Und du solltest Bill anrufen.«

»Das ist übel, Evan.«

»Es wird alles gut, er wird niemanden wegen einer Web-

site umbringen.« Er hatte bereits seinen Computer eingeschaltet.

In dieser Nacht warf ich mich im Bett hin und her, während Evan neben mir schlummerte – oder es zumindest versuchte. Als ich ihn zum hundertsten Mal anstieß, murmelte
er: »Schlaf doch endlich, Sara.« Ich zwang mich, still zu liegen, doch die Gedanken schwirrten mir im Kopf, bis mir
ganz schwindelig wurde. Vor meinem inneren Auge sah ich
Horrorbilder von John, wie er einer Frau die Kleider vom
Leibe zerrt, die Hände fest um ihre Kehle. Ihr Schrei zerreißt
die Luft, als er mit Gewalt in sie eindringt.

Sobald Evan am Morgen aufgebrochen war, traf ich mich
mit Billy und Sandy auf dem Revier. Übernächtigt klammerte ich mich an den Kaffeebecher, meine Stimme dagegen
überschlug sich beinahe. Allmählich wurde ich ruhiger, als
Billy sagte, ich hätte perfekt auf Johns Anruf reagiert, dass
ich genau wüsste, »wann man kämpfen und wann man
nachgeben muss«. Sandy nickte lächelnd, aber ich hatte das
ausgeprägte Gefühl, dass sie stocksauer war. Ich war selbst
nicht besonders glücklich. Ich hatte gehofft, dass es irgendwie von Nutzen sein würde, dass John dasselbe Handy benutzt hatte wie am Tag zuvor, aber sie erklärten mir, dass
er ein Prepaid-Handy verwendete, das er bar bezahlt hatte.
Niemand in dem Laden erinnerte sich daran, wie er aussah. Von nun an brauchte er lediglich neue Prepaidkarten
zu kaufen, um weitertelefonieren zu können.

Der Anruf war aus der Nähe von Vanderhoof gekommen,
also war er wieder in Richtung Osten unterwegs, möglicherweise zurück zum Knotenpunkt Prince George. Mein erster
Gedanke war, dass er auf die Insel kommen könnte – wenn
er die Nacht durchgefahren wäre, könnte er bereits in Van-

couver sein. Ich fragte sie, ob ich in Gefahr wäre, doch Billy erwiderte, dass sie nicht der Meinung seien, aber um auf Nummer Sicher zu gehen, würde ab jetzt ein Streifenwagen mehrmals am Tag an unserem Haus vorbeifahren.

Selbst mit diesen Beschwichtigungen und trotz der SMS, die Billy mir später schickte – *Halten Sie durch! Sie machen Ihre Sache großartig!* –, dauerte es Stunden, bis ich nicht mehr bei jedem Geräusch zusammenzuckte. Als John am Dienstagabend immer noch nicht angerufen hatte, regte sich in mir die Hoffnung, dass er für immer verschwunden sein könnte. Aber gleichzeitig wurde ich das Gefühl nicht los, dass er sich gerade erst warmmachte.

Nachdem ich Ally gestern an der Schule abgesetzt hatte, fuhr ich nach Hause und ließ Elch in den Garten. Ich fühlte mich ruhiger als seit einer ganzen Weile und beschloss, mich vor unserer Sitzung am Nachmittag noch etwas in der Werkstatt auszutoben. Ich vertiefte mich in die Aufarbeitung eines kleinen Kirschholztischs, und ehe ich mich versah, waren ein paar Stunden verflogen. Mir fiel ein, dass Elch immer noch im Garten war. Ich erwartete, dass er an der Schiebetür wartete und mit seiner nassen Schnauze überall auf dem Glas Spuren hinterlassen hatte, doch er war nicht da. Ich öffnete die Tür und pfiff. Nichts.

»Elch?« Als er immer noch nicht angerannt kam, ging ich hinaus in den Garten. Steckte der kleine Racker schon wieder im Holzstapel fest? Doch als ich dort nachsah, war er nicht da.

Vielleicht wühlte er im Kompost herum. Ich folgte den Trittsteinen ums Haus herum. Dort war er auch nicht. Ich ging zum Gartentor und überprüfte es. Es war nicht verriegelt.

Ich rannte auf die Auffahrt und brüllte aus vollem Hals »Elch!«. Ein Hund bellte, und ich hielt den Atem an. Er bellte erneut – zu tief für Elch. Ich rannte die ganze Auffahrt herunter bis zu unserem Briefkasten. *Bitte, bitte sei da.* Aber er war nicht da.

Er war auch nicht bei irgendeinem unserer Nachbarn. Deshalb habe ich den Termin gestern abgesagt. Nachdem ich Sie angerufen hatte, verbrachte ich den Nachmittag damit, im Tierheim anzurufen, beim Tierschutzbund, beim Tierarzt ... *überall.* Niemand hatte ihn gesehen. Nahezu hysterisch rief ich Evan an, flippte total aus und beschuldigte ihn, das Gartentor offen gelassen zu haben, als er den Garten saubergemacht hat. Er wurde immer lauter und wiederholte: »Sara, beruhige dich für eine Minute. Sara, *stopp!*«, bis ich lange genug den Mund hielt, dass er mir sagen konnte, er habe das Tor ganz sicher zugemacht.

Nachdem wir aufgelegt hatten, rief ich Billy an, überzeugt, dass John Elch entführt hatte, um sich zu rächen. Billy setzte sich sofort mit dem Streifenwagen in Verbindung, der ein Auge auf mein Haus haben sollte. Der Beamte sagte, er habe nichts Verdächtiges bemerkt, als er am Morgen vorbeigefahren war, doch Billy kam trotzdem vorbei und sah sich überall um. Nicht, dass es viel zu sehen gegeben hätte. Das Tor war von außen nur schwer zu öffnen, aber wenn man groß genug war, konnte man drübergreifen und es schaffen.

Als Billy sich fertig umgesehen hatte, brachte er mich dazu, mich hinzusetzen und eine Liste zu machen, wen ich als Nächstes anrufen sollte, wo ich Zettel aufhängen und auf welchen Websites ich eine Suchanzeige posten sollte. Zuerst weigerte ich mich, wollte nur raus und anfangen zu suchen, aber Billy sagte, dass die Liste Zeit sparen würde und dass ich Elch keinen Gefallen damit täte, »herumzurennen wie ein kopfloses Huhn«. Schließlich schnappte ich mir Papier und Stift und fing mit der Liste an. Mein Herzschlag beruhigte sich mit jedem Stichwort, das ich hinzufügte.

Billy schlug vor, ich könnte versuchen, John anzurufen, um herauszufinden, ob er auf der Insel war. Wir wussten nicht, ob er immer noch dasselbe Telefon benutzte, aber ich wagte einen Versuch. Ich bekam jedoch nur die Ansage: »Der Teilnehmer ist momentan nicht erreichbar.« Die Polizei würde einen Wagen in die Straße stellen, bis wir herausgefunden hatten, ob John auf der Insel war. Als Billy wieder zum Revier zurückfuhr, rief ich Lauren an. Sie kam herüber, und wir machten Zettel, die wir überall aufhängten. Doch niemand rief an.

Als es Zeit war, Ally von der Schule abzuholen, wusste ich nicht, was ich ihr erzählen sollte. Ich versuche, sie nicht zu belügen, aber das einzige andere Mal, als Elch in einem Park weggelaufen war, ist sie ausgerastet und hat Evan gebissen, als er versuchte, sie davon abzuhalten, ihm über die Straße nachzulaufen. Ich klammerte mich an die Hoffnung, dass ich Elch dieses Mal finden würde, ehe ich ihr die Wahrheit sagen musste. Wenn er allerdings nicht nach Hause kommt ... Ich darf nicht einmal daran denken. Ich weiß nicht, ob ich das Richtige getan habe – ich weiß *nie*, ob ich das Richtige tue –, aber ich erzählte Ally, dass Elch zur Kontrolle beim Tierarzt sei und über Nacht dort bleiben würde. Sie wollte ihn besuchen, aber ich redete ihr das aus und lenkte sie den ganzen Nachmittag mit Filmen und Spielen ab.

Ally schlief rasch ein, aber ich blieb stundenlang wach und machte mir Sorgen, wo Elch stecken könnte. Ich fürchtete mich davor, wer ihn haben könnte. Und warum.

9. Sitzung

Ich bin heute so deprimiert, aber ich hoffe, das Reden mit Ihnen hilft mir. Außer mit Evan oder Billy sind Sie die einzige Person, mit der ich im Moment reden kann, zumindest über das, was wirklich los ist. Ich habe den ganzen Morgen im Haus gehockt und auf unseren Termin gewartet. Es ist nicht gut, wenn ich zu viel Zeit habe.

Ich kann nicht anders, ich muss immer wieder auf die Website über John gehen und mir die Bilder von seinen Opfern und ihren Familien ansehen. Anschließend denke ich an sie, frage mich, wie sie gelebt haben, was aus ihnen hätte werden können. Ich versteife mich auf kleine Details, wie die Muschelkette eines Mädchens, die nie gefunden wurde. Ob John sie hat? Ihr Freund, den John von hinten in den Kopf geschossen hat, hatte gerade ein neues Geländemotorrad zum Schulabschluss bekommen. Der Junge konnte alles Mögliche reparieren und brachte gern alte Wagen wieder in Schuss. Sein Dad hat immer noch das Auto, an dem er gearbeitet hatte, als er umgebracht wurde. Der Vater weigert sich, es fertigzumachen, also steht es in der Garage, die Werkzeuge immer noch drum herum ausgebreitet, so wie der Junge sie hinterlassen hat. Ich musste ewig weinen bei diesem Bild, ein aufgebockter Wagen und eine Familie, die nie wieder heil werden.

Ich stelle mir den Moment vor, in dem ihre Familien die Nachricht erfuhren. Dann quäle ich mich selbst damit, dass ich mir vorstelle, Evan oder Ally würde etwas Schreckliches zustoßen. Ich bin sicher, dass der Schmerz mich umbringen würde. Wie können die Eltern dieser Opfer jeden Morgen aufstehen? Wie können sie weiterleben?

Wohin ich auch gehe, sehe ich Tod – eine Nebenwirkung meiner permanenten Beschäftigung mit Serienmördern. Am meisten quält mich der Gedanke, wie *schnell* es über diese Menschen hereingebrochen ist. Ich meine nicht nur Johns Opfer. Ich meine alle ermordeten Menschen, von denen ich gelesen habe. Sie lebten einfach so ihr Leben, schliefen, fuhren herum, joggten oder hielten vielleicht nur an, um einem Fremden zu helfen, und dann, mir nichts, dir nichts, war ihr Leben vorbei. Manchmal allerdings nicht, manchmal lebten sie noch ein paar Tage. Einige von den Sachen, die diese Killer machen ... ich kann nicht aufhören, an die letzten Augenblicke im Leben ihrer Opfer zu denken. Wie sehr sie sich gefürchtet haben müssen, wie viele Schmerzen sie ertragen mussten.

Früher habe ich mir immer gern Sendungen über echte Verbrechen angesehen. »An einem heißen Sommertag in den Rockys beschloss die junge blonde Reporterin, joggen zu gehen ...« Mir *gefiel* dieser Angstschauer, der meinen Rücken herunterrieselte, oder wie ich bei den dramatischen nachgestellten Szenen auf der Kante von meinem Sessel hockte, das Kissen umklammert, der ganze Körper angespannt. Er faszinierte mich, dieser Blick auf die dunkle Seite der menschlichen Natur.

Evan versucht immer, mich dazu zu bringen, positiver zu denken oder zumindest vernünftiger, wozu ich mich jedoch zuerst beruhigen müsste. Das ist eine ständige Herausforderung, und ich gebe mir wirklich Mühe. Sobald das Auto ein komisches Geräusch macht, denke ich automatisch, dass die

Bremsen kaputt sind; wenn Ally eine Erkältung hat, denke ich sofort an eine Lungenentzündung, und wenn Elch verschwindet ...

Sobald ich nach unserer letzten Sitzung nach Hause kam, habe ich erneut überall angerufen, im Tierheim, beim Tierschutzverein, bei allen Tierärzten in der Stadt, aber es gab immer noch keine Spur von Elch. Billy kam vorbei, um zu helfen. Er hatte eine Tüte mit fettigen Burgern und Pommes dabei, die ich praktisch verschlang. Er sagte, er habe so ein Gefühl gehabt, ich hätte den ganzen Tag noch nichts gegessen, und er hatte recht. Wir fuhren herum und hängten in allen Tankstellen und Läden in der Gegend Plakate auf. Mein Haus steht nah am Fuße des Mount Benson, also sind wir sogar da hochgefahren, haben alle paar Minuten angehalten, um auszusteigen und nach Elch zu rufen.

Es war nett, einen Begleiter zu haben, vor allem, als ich anfing, vor lauter Angst wirres Zeug zu reden und rumzuphantasieren, wer Elch haben könnte. Billy stellte einfach eine Frage oder gab mir eine Aufgabe, durch die ich gezwungen war, mich zu konzentrieren. Einmal begann ich so schnell zu reden, dass ich fast hyperventilierte, und er sagte: »Wann immer Sie merken, dass Sie in Panik geraten, atmen Sie einfach, sammeln Sie sich und konzentrieren Sie sich auf Ihre Strategie. Vertrauen Sie mir, es funktioniert.« Dann brachte er mich dazu, auf die Liste mit den Orten zu schauen, an denen ich noch Plakate aufhängen wollte, und ihm zu sagen, welche ich schon abgehakt hatte. Sobald ich zu hektisch wurde, unterbrach er mich. Es war total frustrierend, aber das enge Band um meine Brust lockerte sich allmählich.

Als Billy zum Revier zurückmusste, fuhr ich allein noch eine weitere Stunde herum. Ich war schon fast wieder zu Hause, als ich um eine scharfe Kurve bog und beinahe ein paar Raben auf der Mitte der Straße überfahren hätte. Sie balgten sich um etwas, das wie Eingeweide aussah. Ich entdeckte die rostrote Blutspur, die zum Graben führte, wo ein Rabe in einen kleinen dunklen Haufen stach. Sobald ich auf dem Kies des Seitenstreifens angehalten hatte, ging ich auf die Raben zu. In meinen Augen brannten Tränen.

Bitte, lieber Gott. Lass es nicht Elch sein.

Als ich mich näherte, flatterten die Raben auf und ließen sich krächzend auf der Stromleitung nieder. Den Blick auf die Blutspur geheftet, tat ich die letzten Schritte mit zitternden Beinen und blickte hinunter in den Graben und auf den geschundenen Kadaver.

Es war ein Waschbär.

Als ich wieder in den Cherokee stieg und losfuhr, machten sich die Raben wieder über den Leckerbissen her. Ich erschauderte, als sie immer wieder hineinhackten, voller Mitleid für den Waschbären, aber erleichtert, weil es nicht Elch war.

Ich war fast zu Hause, als das Handy piepte. Eine SMS von Billy, der mich bat, ihn zurückzurufen. Die Ergebnisse vom DNA-Test waren da.

Erst als ich wieder daheim war – ohne Elchs Schnauben und Grunzen fühlte sich das Haus ganz leer an –, mir eine Tasse Kaffee eingeschenkt und mit Evan telefoniert hatte, fand ich den Mut, Billy anzurufen. Ich saß auf meinem Lieblingssessel im Wohnzimmer, eingewickelt in Allys Barbie-Decke, und wählte die Nummer von Billys Handy. Pech gehabt, Sandy nahm ab.

»Danke, dass Sie zurückrufen, Sara. Billy spricht gerade am anderen Apparat, aber ich kann Sie auch auf den neusten Stand bringen.«

»Sie haben die Ergebnisse?«

»Sie sind vor einer Stunde reingekommen.« Sie versuchte, ihre Stimme neutral klingen zu lassen, aber sie vibrierte vor Erregung. »Ihre DNA passt eindeutig zu den Proben in unseren Akten.«

Der Campsite-Killer *ist* mein Vater. Es ist wahr. Ich wartete, dass die Gefühle mich überwältigten, wartete auf Tränen. Doch sie kamen nicht. Es fühlte sich an, als hätte Sandy mir lediglich meine eigene Telefonnummer mitgeteilt. Ich starrte aus dem Fenster auf meinen Kirschbaum. Er stand in voller Blüte.

Sandy redete immer noch. »Wir konnten nicht an jedem Tatort Proben von biologischem Material sichern, aber seit DNA-Tests möglich sind, konnten wir ihm viele Opfer eindeutig zuordnen.«

»Woher wissen Sie, dass er auch für die anderen Morde verantwortlich ist?«

»Der Modus Operandi ist immer der gleiche.«

»Was ist mit anderen Frauen, die vermisst werden?«

In ihrer Stimme schwang gezwungene Geduld mit. »Der Campsite-Killer schlägt nur im Sommer zu, und er versucht nicht, die Leichen zu verstecken, so dass er in anderen Vermisstenfällen nicht zu den Verdächtigen zählt.«

»Aber ist es nicht ungewöhnlich, dass er nur im Sommer Frauen überfällt? Ich weiß, dass es zwischen den Morden zu einer Art Stillhaltephase kommen kann, aber seine sind ...«

»Es ist durchaus schon vorgekommen, dass Serienmörder lange Stillhaltephasen haben. Sobald ihre Bedürfnisse befriedigt sind, können sie oft eine Weile ausharren, indem sie das Verbrechen im Geiste immer wieder nacherleben.«

»Und deshalb nehmen sie Andenken mit.«

»Manche, ja. John benutzt wahrscheinlich den Schmuck, um weiterhin eine Verbindung zu dem Opfer herstellen zu können. Aber wir wissen immer noch nicht, was für ihn überhaupt der Auslöser ist oder warum er auf diese ritualisierte Weise tötet. Aus diesem Grund sind Ihre Gespräche mit ihm so ungeheuer wichtig.«

»Ich gebe mir Mühe, Sandy. Ich wusste nicht, dass er die Website gesehen hat.«

»Natürlich, ein vollkommen verständlicher Fehler.«

Ich biss die Zähne zusammen. »Es war kein *Fehler*. Ich will nicht, dass er Einzelheiten über meine Familie und mein Leben erfährt.«

»Wir wollen auf keinen Fall, dass Sie etwas tun, bei dem Sie das Gefühl haben, sich in Gefahr zu begeben.« Aber ich wusste, dass das nicht stimmte. Sie wollte John schnappen – mehr als alles andere. Und es war ihr ein Dorn im Auge, dass sie mich dafür brauchte.

»Er muss Ihnen vertrauen, Sara.«

»Das erwähnten Sie bereits. Mehrmals. Ich muss Schluss machen – ich habe einen vermissten Hund, den ich wiederfinden muss.« Ich legte auf, ehe sie noch etwas sagen konnte.

Aber ich fand Elch nicht. Als Ally von der Schule nach Hause kam, rückte ich endlich mit der Nachricht heraus, dass er weggelaufen war.

»Du hast gelogen! Du hast gesagt, er ist beim Tierarzt!« Dann begann sie, auf meine Beine einzuprügeln und zu schreien: »Warum? Warum? Warum?«, bis sie heiser war. Alles, was ich tun konnte, war, ihren rasenden, zitternden Körper von meinem fernzuhalten, bis sie sich ausgetobt hatte. Am Ende ließ sie sich einfach auf den Boden fallen und weinte. Es brach mir das Herz, als sie jammerte: »Was, wenn er nicht nach Hause kommt, Mommy?« Ich versprach, dass ich alles tun würde, was ich konnte, um ihn wiederzufinden, aber sie war untröstlich und schluchzte in meinen Armen, während ich mühsam meine eigenen Tränen zurückhielt. In dieser Nacht kroch sie in mein Bett, und wir hielten einander fest. Ich lag stundenlang wach und starrte auf die Uhr.

Am nächsten Morgen frühstückten Ally und ich in gedrückter Stimmung. Als sie zum gefühlten hundertsten Mal sagte: »Du *musst* Elch finden, Mommy«, versprach ich es ihr. Doch als der Tag verstrich, verlor ich die Hoffnung. Ich versuchte sogar noch einmal, John anzurufen, probte verschiedene Möglichkeiten, ihn zu fragen, ob er meinen Hund mitgenommen hatte, manche drohend, manche flehend, aber ich erreichte ihn immer noch nicht.

Nachdem ich Ally zur Schule gebracht hatte, wusch ich eine Ladung Wäsche nach der anderen und saugte das Haus von oben bis unten. Der Anblick von Elchs Plüschtier, der Schwanz ganz steif vom getrockneten Sabber, brach mir beinahe das Herz. Normalerweise wusch ich es jede Woche, doch ich brachte es nicht über mich, jede Spur von ihm zu tilgen und setzte es lediglich in seinen Hundekorb.

Ich wollte gerade duschen, als das schnurlose Telefon in der Küche klingelte. In der Hoffnung, jemand riefe wegen Elch an, stürmte ich die Treppe hinunter, aber als ich auf das Display schaute, war es nur Billy.

»Ich habe gute Neuigkeiten für Sie, Sara.«

»Sie haben Elch gefunden!« Mein Herz pochte in der Kehle, als ich auf seine Antwort wartete.

»Ich habe alle Kollegen gebeten, nach dem kleinen Kerl Ausschau zu halten, wenn sie auf Streife sind. Einer der Männer hat ein paar Teenager beim Skatepark angehalten, und als er ihre Fahrzeugpapiere überprüfte, entdeckte er eine französische Bulldogge auf der Rückbank. Er hat seine Marke überprüft, und es ist tatsächlich Ihr Hund.«

»Gott sei Dank! Wie haben sie ihn bekommen?«

»Sie sagten, sie hätten ihn auf der Straße aufgelesen und wollten ihn bald zurückbringen, aber der Officer sagte, das eine Mädchen hätte geweint, als sie ihm Elch gaben, so dass Sie ihn womöglich doch nicht zurückbekommen hätten.«

»Ally wird superglücklich sein.«

»Er ist jetzt bei mir auf dem Revier. Ich bringe ihn so schnell wie möglich vorbei.«

»Das wäre klasse. Vielen, vielen Dank, Billy.«

»Hey, wir erwischen jeden – egal ob Mann oder Hund.«

Wir lachten.

Ich rief bei Allys Schule an, und man sagte mir, sie würden es ihr ausrichten. Als Nächstes rief ich Evan an, und er war begeistert. Es kostete mich einige Beherrschung, keine bissige Bemerkung über das Gartentor zu machen, aber wie üblich konnte er meine Gedanken lesen.

»Ich glaube immer noch, dass ich das Tor zugemacht habe, aber vielleicht irre ich mich ja.«

Ich war nur glücklich, dass wir Elch wiederhatten, also ließ ich das Thema fallen. Als ich ihm erzählte, dass Billy Elch gleich vorbeibringen würde, sagte er: »Das ist ja nett von ihm.«

»Ja, er war eine riesengroße Hilfe«, sagte ich. »Und nicht nur dabei, Elch zu finden. Er bringt mir auch bei, wie ich mich beruhigen und konzentrieren kann, wenn ich durcheinander bin.«

Schweigen am anderen Ende der Leitung.

»Hallo?«

»Wie genau bringt er dir das bei?«

»Ich weiß nicht, auf viele Arten. Er gibt mir zum Beispiel Aufgaben, auf die ich meine Energie lenken kann.«

»Ich erzähle dir genau das Gleiche.«

Langsam ärgerte ich mich über Evans Tonfall. »Es ist etwas anderes, wenn er es macht. Er ist ein Cop, nicht mein Verlobter. Du bist so leicht gereizt.«

»Ich werde nicht *gereizt*. Ich finde nur, dass du manchmal wegen nichts ausflippst.«

»Und du gibst mir das Gefühl, ich wäre durchgedreht und würde nur Stress machen.« Ich wusste, dass ich mich zurückhalten sollte, wusste, dass es gewaltig nach hinten losgehen würde, ihn mit Billy zu vergleichen, aber der Ärger legte mir die Worte in den Mund. »Bei Billy habe ich nicht das Gefühl, nur ein Nervenbündel zu sein.«

»Es gefällt mir eben nicht, dass du ständig mit ihm rumhängst.«

»Er ist der für meinen Fall zuständige Cop.«

»Und wieso fährt er dann rum und sucht Elch?«

»Ich fasse es nicht, dass du so …«

Es klingelte an der Tür.

Evan sagte: »Ist da jemand gekommen?«

»Ich habe dir doch gesagt, dass Billy Elch vorbeibringen wollte.«

»Dann solltest du ihn wohl besser reinlassen.« Er legte auf.

Elch zappelte so heftig, dass Billy ihn beinahe fallen gelassen hätte, als er ihn mir übergab. Sobald Elch und ich unser freudenreiches Wiedersehen beendet hatten, das von seiner

Seite mit jeder Menge Schnaufen und Schnüffeln einherging, bot ich Billy einen Kaffee an.

»Gerne, für eine Tasse reicht die Zeit.«

Ich schenkte uns beiden ein, und wir gingen in Richtung Wohnzimmer, als er an der Tür zur Garage stehen blieb.

»Geht's hier zu Ihrer Werkstatt?«

»Ja. Wir überlegen noch, ob wir hinten im Garten eine bauen sollen, aber ich bin lieber näher am Haus.«

»Darf ich sie sehen?«

»Klar, aber es herrscht ein einziges Chaos.« Ich öffnete die Tür. Ich zeigte ihm ein paar von meinen Maschinen, lachte, als er das Sandstrahlgebläse einschaltete und auf Touren brachte. Typisch Mann, musste er Evans sämtliche Elektromaschinen ausprobieren. Nachdem er die letzte ausgeschaltet hatte, ging er hinüber zu dem Beistelltisch aus Kirschholz und strich mit der Hand über die Oberfläche.

»Arbeiten Sie gerade daran?«

»Ja. Ich habe ihn gerade gestern abgezogen.« Ich trat hinzu und legte meine Hand auf den Tisch. »An manchen Stellen ist er noch rau.«

Als ich in der Küche schwere Schritte hörte, blickte ich auf. Die Tür schwang auf. Wir fuhren beide zurück. Billy schob mich mit dem Arm hinter sich.

Die massige Gestalt meines Dads füllte den Türrahmen aus. Sein Blick fiel auf Billy, dann auf den Arm, den Billy schützend vor mich hielt.

»Dad! Du hast mich zu Tode erschreckt!« Ich legte meine Hand aufs Herz. Die Maschinen mussten seinen Truck übertönt haben.

»Ich habe geklopft. Die Tür war offen.« Er betrat die Werkstatt.

»Das ist Billy, Dad. Einer meiner Kunden.«

Dad nickte grüßend, jedoch ohne zu lächeln. Er musterte Billy von Kopf bis Fuß, dann wandte er sich an mich.

»Lauren sagte, Elch sei verschwunden, also wollte ich mal sehen, ob du Hilfe brauchst.«

»Danke, Dad, aber er ist heute Morgen wieder aufgetaucht.«

Er grunzte. »Das sehe ich.« Erneut fixierte er Billy. »Sie sind bei der Polizei?«

»Ja, inzwischen seit fast fünfzehn Jahren.«

»Kennen Sie Kes Safford?«

»Ich bin mir nicht sicher ...«

»Was ist mit Pete Jenkins?«

»Ich glaube nicht. Ich bin gerade vom Festland hierher versetzt worden und versuche noch, alle kennenzulernen.« Ich war beeindruckt, wie glatt Billy die Lüge über die Lippen kam. »Ich muss jetzt ohnehin los«, sagte er. »Danke für den Kaffee. Schicken Sie mir das neue Angebot per Mail, wenn Sie es fertig haben, Sara.«

»In Ordnung. Soll ich Sie noch hinausbegleiten?«

»Geht schon, ich finde den Weg. Bleiben Sie ruhig bei Ihrem Dad.«

Dad rührte sich nicht von der Stelle, so dass Billy gezwungen war, um ihn herumzugehen. Dad und ich blieben allein zurück. Ich zitterte in der kalten Garage.

»Willst du den Tisch sehen, an dem ich gerade arbeite?« Er warf einen kurzen Blick darauf und nickte. »Möchtest du eine Tasse Kaffee?« Dad saß nie herum und trank Kaffee, aber jetzt überraschte er mich.

»Wenn er frisch ist.«

Er stand an der gläsernen Schiebetür und starrte hinaus in den Garten, als ich ihm seine Tasse reichte. Er nickte, dann fragte er: »Braucht ihr noch mehr Holz?«

»Ich denke, wir haben noch genug. Es wird langsam wärmer.«

»Frag Evan, wenn er das nächste Mal anruft. Wenn er noch was braucht, soll er mir Bescheid sagen.«

Natürlich musste ich Evan fragen – Gott bewahre, eine Frau hatte doch von nichts Ahnung!

Dad nahm einen großen Schluck Kaffee. Er starrte weiter in den Garten und sagte: »Evan ist ein guter Mann.«

»Genau deshalb werde ich ihn heiraten, Dad.«

Er knurrte und nahm noch einen Schluck. »Du solltest besser Vernunft annehmen, Sara, oder du wirst alles verlieren.«

Tränen brannten in meinen Augen. »Ich *bin* vernünftig. Liegt es an dem, was Melanie über Billy gesagt hat? Ich sage dir doch, er ist nur ein Kunde. Evan kennt ihn, und ...«

»Ich muss zurück zum Camp.« Er drehte sich um und stellte seine Tasse auf die Arbeitsplatte. An der Tür sagte er: »Es macht keinen guten Eindruck, Sara, wenn ein anderer Mann herkommt, während Evan weg ist.«

»Es macht keinen guten *Eindruck*? Bei wem?« Aber er ging bereits zu seinem Truck. Ich folgte ihm. »Dad, du kannst nicht einfach herkommen, solche Sachen sagen und dann wieder abhauen.«

Als er in den Truck kletterte, sagte er: »Sag Evan, dass eure Regenrinnen saubergemacht werden müssen. Sieht aus, als würde die linke überlaufen.«

Ehe ich noch irgendetwas erwidern konnte, schloss er die Tür und setzte auf der Auffahrt zurück. Ich starrte ihm nach, bis das Geräusch seines Dieseltrucks sich in der Ferne verlor.

Als ich wieder in die Küche ging, klingelte mein Handy. Ich überprüfte das Display. Es war John. War er immer noch wütend wegen des Hochzeitstermins? Was, wenn er herausgefunden hatte, dass ich ihn auch in anderen Punkten belogen hatte? *Stopp, beruhige dich, geh einfach ans Telefon, oder er wird richtig wütend.* Ich schluckte hart und holte ein paarmal Luft.

»Hallo?«

»Du darfst mich nie wieder anlügen.«

»Ich habe nicht ...« *Nicht streiten.* »Du hast recht. Entschuldige bitte.«

Wir schwiegen beide. Er sagte: »Was ist los?«

»Nichts. Mir geht's gut.« Ich kämpfte das Verlangen zu weinen nieder.

»So hörst du dich aber gar nicht an.« Er klang besorgt.

Ich sagte: »Nur ein bisschen Stress bei der Arbeit.«

»Woran arbeitest du gerade?«

»Im Moment an einem Beistelltisch.«

»Aus was für einem Holz?«

»Kirsche.«

»Kirschholz ist wunderschön. Hübscher, intensiver Farbton.«

Überrascht von diesem Verständnis sagte ich: »Ja, das stimmt.«

»Was für Werkzeuge benutzt du?«

»Meistens kleinere, Hobel, Schleifklammern, Bohrer. Aber für Arbeiten wie diese reichen normalerweise Bürsten.« Ich betrachtete meine. »Ich muss bald mal wieder ein paar neue kaufen. Sie werden mit der Zeit ein wenig schäbig, aber ich möchte auch einen neuen Rauhobel haben.«

»Evan sollte dir besorgen, was du brauchst.«

»Ich kann mir die Dinge selbst kaufen. Ich bin gerade nur etwas abgelenkt.«

»Ich habe seine Website gesehen – er arbeitet da selbst als Guide, also ist er die ganze Zeit unterwegs. Ein Ehemann sollte für dich da sein.«

Na klasse, der eine Vater findet, mein Verlobter sei zu gut für mich, der andere meint, er sei nicht gut genug.

»Er ist ziemlich oft zu Hause.« Außer in den nächsten paar Wochen, in denen er restlos ausgebucht ist.

»Ist er jetzt zu Hause?«

Mein Blick huschte zur Tür. Hatte ich abgeschlossen, nachdem Dad weggefahren war?

»Er kommt bald zurück.« Ich sprintete zur Alarmanlage und vergewisserte mich, dass sie eingeschaltet war. »Außerdem schaut mein Schwager oft vorbei.« Greg war noch kein einziges Mal hier gewesen.

»Aber Evan lässt dich allein und schutzlos zurück?«

Ich hielt den Atem an. »Brauche ich Schutz?«

»Jetzt nicht mehr. Ich muss Schluss machen, aber ich rufe bald wieder an.«

Als Evan an diesem Abend anrief, entschuldigte er sich, dass er vorher am Telefon so beleidigt gewesen war. Er sei froh, dass Billy mir helfe. Ich wusste, dass er das nur um des lieben Frieden willens sagte, aber ich war mehr als froh, die Sache auf sich beruhen lassen zu können. Ich erzählte ihm nicht, dass ich gerade mit Billy telefoniert hatte, der mich informierte, John habe von irgendwo zwischen Prince George und McKenzie aus angerufen. Sie waren wieder nicht rechtzeitig dort gewesen, aber ich war froh, dass er sich zumindest von mir weg bewegte.

Später, als ich im Bett lag, dachte ich an das Gespräch mit John. Wie besorgt er geklungen hatte, als er annahm, es ginge mir nicht gut. Dann begriff ich, dass ich diesen Ton noch nie in der Stimme meines Dads gehört hatte. Nicht ein einziges Mal. Wenn John nicht der Campsite-Killer wäre, wäre ich wahrscheinlich glücklich, endlich einen Vater zu haben. Ich wusste nicht, welcher Gedanke schlimmer war, aber sie brachten mich beide zum Weinen.

Am Montag erhielt ich ein weiteres Paket – derselbe Lieferwagenfahrer, dieselbe Adresse. Als ich sah, dass es von *Hänsel und Gretel* kam, rief ich sofort Billy an. Er war mit Sandy drüben in Vancouver, bei einem Treffen mit der gesamten Sondereinheit, und er sagte mir, ich solle es nicht öffnen. Als John am Nachmittag anrief, lag das Paket immer noch auf meinem Tresen.

»Hast du mein Geschenk bekommen?«

»Ich hatte noch keine Gelegenheit, es aufzumachen.« Das Paket war größer und schwerer als das letzte, aber ich fragte trotzdem: »Ist es wieder ein Schmuckstück?«

Er klang aufgeregt. »Mach es auf!«

»Jetzt?«

»Ich wünschte, ich könnte dein Gesicht sehen.«

Das war das Letzte, was ich wollte. »Warte kurz, ich mache es auf.«

Während John am Telefon wartete, holte ich ein paar Gartenhandschuhe aus der Werkstatt und nahm ein Messer zum Öffnen. Ich hatte ein schlechtes Gewissen, weil ich nicht auf Billy wartete.

John fragte: »Und? Hast du es?«

»Ich hole gerade das Papier raus.« Was immer es war, er hatte es sorgfältig verpackt. Ich holte den Gegenstand heraus und wickelte die Luftpolsterfolie ab.

Es war ein funkelnagelneuer Hobel.

»Er ist wunderschön.« Und das war die Wahrheit. Der

Handgriff war aus Hartholz und in einem dunklen Schokoladenbraun gebeizt, das stählerne Hobeleisen glänzte. Es juckte mich in den Fingern, den Hobel gleich auszuprobieren, aber ich gestattete mir lediglich, ihn in die Hand zu nehmen, sein Gewicht zu spüren und mir vorzustellen, wie er über das Holz glitt, wie die Späne auf den Boden fielen und der jahrealte ... *Stopp. Leg ihn zurück in den Karton.*

»Gefällt er dir *wirklich*? Ich könnte dir noch einen anderen besorgen ...«

»Er ist perfekt. Das war sehr aufmerksam.« Ich dachte daran, wie Dad Lauren und Melanie am Weihnachtstag zugesehen hatte, wie er gelächelt hatte, wenn sie ihre Geschenke auspackten, und wie er aus dem Zimmer gegangen war, um sich frischen Kaffee zu holen, sobald die Reihe an mich kam.

Wir schwiegen beide.

»John, du scheinst so ein netter Mensch zu sein ...« *Wenn du nicht gerade Leute umbringst oder mich bedrohst.* Für den nächsten Satz kratzte ich meinen ganzen Mut zusammen. »Ich verstehe einfach nicht, warum du Menschen etwas antust.«

Keine Antwort. Ich lauschte angestrengt auf seinen Atem. War er wütend? Ich wagte mich weiter voran.

»Du musst es mir nicht heute erzählen. Aber ich würde mich freuen, wenn du ehrlich zu mir wärst.«

»Ich bin ehrlich.« Seine Stimme war kalt.

»Ich weiß, natürlich. Ich meine nur, wenn ich dich verstehe, hilft es mir dabei, mich zu verstehen. Manchmal ...« Ich stellte mir vor, wie Sandy und Billy zuhörten, und blendete sie aus. »Manchmal habe ich schreckliche Gedanken.«

»Zum Beispiel?«

»Ich verliere oft die Beherrschung. Ich arbeite daran, aber

es ist schwer.« Ich machte eine Pause, aber er sagte nichts, also fuhr ich fort: »Manchmal habe ich das Gefühl, es würde sich eine Art Dunkelheit über mich legen, und dann sage ich furchtbare Sachen oder mache etwas echt Dummes. Jetzt, wo ich älter bin, ist es besser geworden, aber ich mag diese Seite von mir nicht. Als ich jünger war, habe ich sogar eine Zeitlang Drogen genommen und getrunken, nur um das alles zu verdrängen. Und ich habe ein paar Sachen gemacht, die ich wirklich bereue, so dass ich eine Therapie angefangen habe.«

»Gehst du da noch hin?« Würde er das schlecht finden, oder würde es ihn ermutigen, selbst Hilfe zu suchen? Als ich immer noch zögerte, sagte er: »Sara?«

»Manchmal.«

»Sprichst du dort über mich?«

Der Tonfall seiner Stimme verriet mir, wie die Antwort lauten musste. »Nein, das würde ich nie tun, es sei denn, du hättest nichts dagegen.«

»Ich habe was dagegen.«

»Kein Problem.« Ich versuchte, ungezwungen zu klingen. »Kannst du mir vielleicht irgendetwas über deine Eltern erzählen? Das ist so eine Sache, wenn man adoptiert ist ... man kennt seine eigene Geschichte nicht.« Beide Großelternpaare waren inzwischen verstorben, aber ich erinnere mich noch an Moms bärbeißigen deutschen Vater und dass ihre Mom kaum Englisch sprach. Ständig wuselte sie in der Küche herum, als fürchtete sie sich davor, innezuhalten. Dads Vater war Zimmermann und seine Mutter Hausfrau. Sie waren nett zu mir, aber irgendwie *zu* nett. Sie gaben sich so viel Mühe, damit ich mich als Teil der Familie fühlte, dass ich mich erst recht anders fühlte. Meine Großmutter betrachtete mich stets mit besorgter Miene, an der

Tür bekam ich eine Extra-Umarmung und einen zusätzlichen Kuss.

John sagte: »Was möchtest du wissen?«

»Wie war dein Dad?«

»Er war Schotte. Wenn er was gesagt hat, hat man zugehört.« Ich stellte mir einen riesenhaften Mann mit roten Haaren vor, der John mit deutlichem Akzent anbrüllte. »Aber ich habe gelernt zu überleben.«

»Überleben?« Er führte das nicht näher aus, also sagte ich: »Was hat er beruflich gemacht?«

»Er hat als Holzfäller gearbeitet, bis zu dem Tag, als er starb. Er hatte einen Herzanfall und hat trotzdem noch eine fünfzig Meter hohe Douglasie geschlagen.« John lachte. »Er war ein gemeiner Hurensohn.« Er lachte erneut, und ich fragte mich, ob er das immer machte, wenn er sich unbehaglich fühlte.

»Und was ist mit deiner Mutter? Wie war sie?«

»Sie war eine gute Frau. Sie hatte es nicht leicht.«

»Sie sind also beide schon tot?«

»Ja. Was für Filme siehst du dir gerne an?«

Von dem abrupten Themenwechsel aus dem Konzept gebracht, brauchte ich einen Moment, um zu antworten.

»Filme … ganz verschieden. Sie müssen Tempo haben – ich langweile mich schnell.«

»Ich auch.« Er schwieg ein paar Sekunden, dann sagte er: »Genieß den Rest des Tages, Sara. Wir reden bald weiter.«

Direkt im Anschluss rief ich Billy an, aber er schaffte es erst zehn Minuten später, zurückzurufen. In der Zwischenzeit lief ich ruhelos auf und ab. Er erzählte mir, dass John jetzt irgendwo in der Nähe von Mackenzie sei, also nordöstlich von Prince George. Das Gebiet besteht fast ausschließlich aus Naturschutzgebieten und Bergketten, so dass er erneut verschwunden war, aber Billy sagte, ich hätte diesen Anruf perfekt hingekriegt und es sähe aus, als würde John tatsächlich eine Beziehung zu mir aufbauen. Er machte mir auch nicht die Hölle heiß, weil ich das Paket geöffnet hatte, sondern zeigte Verständnis. John habe mich in Bedrängnis gebracht. Er sagte, sie würden das Paket bald abholen. Sie glauben, dass er es möglicherweise in Prince George abgeschickt hat. Das leuchtet ein, denn es ist der größte Ort im Norden, mit mehreren Paketannahmestellen, so dass John weniger Gefahr lief aufzufallen. Dann erinnerte Billy mich daran, sofort anzurufen, falls John noch etwas schickte. Später sandte er mir eine E-Mail mit einem coolen Zitat:

> *Kenne den Feind,*
> *kenne dich selbst,*
> *und in einhundert Schlachten*
> *steht der Sieg*
> *außer Zweifel.*

Er muss noch an seinem Computer gesessen haben, denn als ich ihm antwortete und ihn fragte, was das zum Teufel bedeuten sollte, meldete er sich Sekunden später zurück. »Das bedeutet, dass Sie Ihre Sache heute großartig gemacht haben. Und jetzt ab ins Bett!«

Ich lachte und schickte ihm ein schnelles *Sie aber auch!*, dann schaltete ich den Computer aus. Als ich gerade ins Bett wollte, klingelte das Festnetztelefon. Ich dachte, es wäre Evan, der mir gute Nacht sagen wollte, aber es war John.

»Hi, John. Alles in Ordnung?«

»Ich wollte nur kurz deine Stimme hören, ehe ich für heute Abend Schluss mache.«

Ich erschauderte, doch ich sagte: »Das ist nett von dir.«

»Ich habe unser Gespräch heute wirklich genossen.«

»Ich auch. Ich fand es schön, dass du mir von deiner Familie erzählt hast.«

»Warum?«

»Na ja …« Ich hatte nicht erwartet, dass er nach Einzelheiten fragen würde. »Die anderen Kinder in der Schule, meine Freunde, mit denen ich aufgewachsen bin, sie wussten alle, wo sie herkamen. Aber meine Vergangenheit war nur ein schwarzes Loch. Ich hatte das Gefühl, dadurch von normalen Menschen getrennt zu sein, als wäre ich irgendwie anders oder seltsam. Ich glaube, endlich ein paar Geschichten zu hören, gibt mir das Gefühl, normal zu sein.«

»Es ist schön, dich kennenzulernen.« Er schwieg, dann sagte er: »Beim Abendessen habe ich darüber nachgedacht, was du mir vorhin erzählt hast.«

»Was genau meinst du?«

»Dass du leicht die Beherrschung verlierst … ich werde auch leicht wütend.«

Jetzt wird es spannend. »Was für Sachen machen dich wütend?«

»Das ist schwer zu erklären. Nachher verstehst du mich nicht.«

»Ich würde es gern versuchen. Ich möchte dich auch besser kennenlernen.« Ich meinte es ernst. Nicht nur, weil er vielleicht etwas verraten könnte, das den Cops half, ihn zu fassen; ich wollte auch wissen, wie viel wir gemeinsam hatten.

Darauf sagte er nichts, also fuhr ich fort: »Als du neulich angerufen hast, klang es, als hättest du Schmerzen.«

»Es geht mir gut. Habe ich dir schon erzählt, dass wir eine Ranch hatten, als ich ein kleiner Junge war?«

Frustriert, weil er schon wieder das Thema wechselte, holte ich tief Luft und sagte: »Nein, aber es muss toll gewesen sein, so aufzuwachsen. Wie viel Land hattet ihr?« Ich hoffte, dass er erwähnen würde, aus welcher Gegend er kam.

»Etwa vier Hektar, am Fuß eines Berges.« Er klang aufgeregt. »Die Nachbarn haben ständig kranke Tiere zu meiner Mom gebracht. Sie benutzte nur Naturmedizin, Beinwell gegen Husten und so was. Sie hat Küken und Kätzchen in ihrer Schürze herumgetragen, um sie warmzuhalten, und sie konnte beinahe Tote wieder lebendig machen.« Er lachte glücklich. »Wir hatten viele Hofhunde, als ich klein war, und die hatten immer Welpen. Die kleinste, Angel, gehörte mir. Sie war halb Husky, halb Wolf – ich habe sie mit der Flasche großgezogen. Sie ist mir überallhin gefolgt …« Seine Stimme wurde leise. »Aber dann ist sie weggelaufen. Meine Mutter sagte, das sei ihre Natur. Ich habe versucht, sie zu finden, aber sie war einfach weg.«

»Ich … das tut mir leid.«

»Ich bin froh, dass ich dich gefunden habe, Sara. Gute Nacht.«

Ich konnte stundenlang nicht einschlafen.

Ich hatte gehofft, ich würde mich nach dem Gespräch mit Ihnen besser fühlen. Aber so langsam komme ich zu dem Schluss, dass mir nichts helfen kann. Genauso, wie ich denke, dass sie John niemals fassen werden. Der zweite Anruf kam von nördlich von Mackenzie, aus der Nähe von Chetwynd im Vorland der Rocky Mountains. Sie dachten, sie hätten etwas, als ein Rancher aus der Gegend einen Truck meldete, der am Straßenrand stand, doch es stellte sich heraus, dass es nur zwei Jäger waren. Auf einer Landkarte habe ich alle Stellen markiert, von denen aus John angerufen hat. Jedes Mal war er physisch weiter von mir entfernt, ist aber immer tiefer in meinen Kopf eingedrungen und hat meine Sichtweise durcheinandergebracht. Als hätte mich jemand umgestülpt, und jetzt sieht alles anders aus, fühlt sich sogar anders an.

Es ist ja verständlich, dass ich aus dem Lot geraten bin, wenn man das alles in Betracht zieht, aber das Gefühl geht sogar noch tiefer. Es ist eher eine Umwälzung, die bis an den Kern geht. Wie bei einem Vulkan, der jahrelang vor sich hin brodelt und dann eines Tages explodiert. Ich sage nicht, dass ich explodieren werde, obwohl das durchaus möglich ist, aber es fühlt sich an, als sei etwas Großes in mir aufgeplatzt. Vielleicht, weil ich mich jahrelang, sobald mir irgendetwas an meiner Familie nicht gefiel, mit der Tatsache getröstet habe, dass ich irgendwo da draußen richtige Eltern habe.

Es ist, als hätte ich immer gedacht, man hätte mir das falsche Leben gegeben, und ich bräuchte nur das *richtige* zu bekommen, und schon wäre alles gut. Doch jetzt stelle ich fest, dass es kein richtiges Leben gibt. Oder dass das richtige im Grunde das falsche ist oder … wie auch immer, Sie wissen schon, was ich meine. Aber dann denke ich wieder an meinen Jähzorn, daran, wie leicht mir die Hand oder die Zunge ausrutscht, ich denke an Allys Koller, an die Grenze, die wir beide manchmal überschreiten, wenn wir die Beherrschung verlieren, und ich frage mich, ob wir nicht doch in dieses andere Leben gehören, zu der anderen Familie.

Als ich Ihnen am Anfang erzählte, ich hätte meine Mutter gefunden, sagte ich, es fühle sich an, als stünde ich auf knackendem Eis. Jetzt fühlt es sich an, als sei ich eingebrochen und direkt ins eiskalte Wasser gestürzt. Ich kämpfe mich zurück an die Oberfläche, meine Lungen brennen, alles in mir konzentriert sich auf diesen Lichtfleck über mir. Ich schaffe es tatsächlich, ihn zu erreichen, aber das Loch ist bereits wieder zugefroren.

10. Sitzung

Noch nie in meinem Leben habe ich solche Angst gehabt. Ich kann es immer noch nicht fassen, dass ich tatsächlich geglaubt habe, bei John das Ruder in der Hand zu haben. Ich bin so ein *Idiot*. Sie hatten mich gewarnt, zu selbstsicher zu sein. Habe ich tatsächlich geglaubt, ich hätte die Kontrolle über ihn, nur weil er mich über meine Werkzeuge und meine Arbeit ausgefragt und mir von seinem *Hund* erzählt hat? Er hat die Macht, und wissen Sie, warum? Weil ich mich vor ihm fürchte, und das weiß er.

Am Tag nach unserer letzten Sitzung bekam ich ein weiteres Paket. Ich wusste, ich sollte auf Sandy und Billy warten, aber ich wollte wissen, ob er mir noch ein Werkzeug geschickt hatte. Ich überlegte kurz, warum mir das wichtig war, aber dann schob ich den Gedanken beiseite. Ich schüttelte das Paket, hörte aber nichts. Nachdem ich ein Paar Handschuhe geholt hatte, schnitt ich die Verpackung vorsichtig auf und holte eine kleinere Schachtel heraus. Was, wenn es der Schmuck eines weiteren Opfers wäre? Ich rang eine halbe Sekunde mit mir, ob ich Billy anrufen sollte, dann hob ich den Deckel der Schachtel an.

Eine kleine, rustikale Metallpuppe, vielleicht zehn Zentimeter groß und an den Schultern vier Zentimeter breit, lag auf ein Baumwollpolster gebettet vor mir. Der Körper schien aus einem schweren dunklen Metall wie Eisen oder

Stahl zu bestehen. Die Arme und Beine waren dick und gerade wie bei einem Zinnsoldaten. Hände und Füße bestanden aus runden Metallkugeln. Die Figur trug einen kleinen Jeansrock und ein gelbes T-Shirt. Die Stoffe waren fein und aufwendig genäht. Der Kopf der Puppe war ebenfalls eine runde Metallkugel. Aber sie hatte kein Gesicht, weder Mund noch Augen.

Langes, glattes braunes Haar mit Mittelscheitel klebte oben auf dem Kopf. Unter den Strähnen waren schwache Spuren vom Klebstoff zu erkennen, aber man musste schon genau hinsehen. Warum hatte John mir das geschickt? Ich schaute noch einmal im großen Karton nach, um zu sehen, ob eine Nachricht dabeilag, aber er war leer. Ich blickte wieder auf die Puppe. Staunte über die Kleidung, die Haare.

Die Haare.

Ich legte die Puppe zurück in die Schachtel und rief Billy an. Zwanzig Minuten später waren er und Sandy bei mir. Ich wartete auf der Auffahrt, wanderte mit Elch auf dem Arm auf und ab, als Billy auf der Fahrerseite des SUV ausstieg.

»Es ist in der Küche«, sagte ich.

»Bei Ihnen alles Ordnung?«

»Ich drehe gleich *durch*.«

»Wir werden es so schnell wie möglich hier rausschaffen.« Er drückte rasch meine Schulter und kraulte Elch am Kopf.

Sandys erste Worte, als sie den SUV verlassen hatte, waren: »Hatten wir nicht vereinbart, dass Sie sich bei uns melden, sobald ein Paket ankommt?«

»Ich habe meine Meinung geändert.« Ich ging auf das Haus zu.

»Sara, das ist eine polizeiliche *Ermittlung*.« Sie folgte mir dicht auf den Fersen, als wir die Vordertreppe erreichten.

»Ich weiß, was es ist.« Ich verdrängte den Impuls, ihr die Tür ins Gesicht zu knallen, als ich ins Haus ging.

»Sie könnten Beweisstücke beschädigen.«

Ich wirbelte herum. »Ich habe *Handschuhe* getragen.«

»Das bedeutet noch lange nicht ...«

Billy sagte: »Komm schon, Sandy. Sehen wir uns die Sache mal an.«

Sie fegte an mir vorbei und direkt in die Küche. Hinter ihrem Rücken hob Billy tadelnd den Finger. Ich zuckte die Achseln: *Ich konnte nicht anders.* Er lächelte, dann konzentrierte er sich auf die Schachtel.

Sandy legte einen weichen Aktenkoffer auf den Küchentresen, nahm Handschuhe heraus und reichte Billy ein Paar. Während sie das Paket untersuchten, kehrten sie mir die Rücken zu. Eine Minute kroch vorbei, dann nahm Sandy die kleinere Schmuckschachtel heraus und hob vorsichtig den Deckel hoch. Ich musste mich zusammenreißen, nicht hinter sie zu springen und *Buh!* zu rufen.

Ich sagte: »Es ist echtes Haar, nicht wahr? Glauben Sie, es stammt von einem der Opfer?«

Keiner von beiden drehte sich um. Sandy hielt eine Hand in die Höhe. »Schhhh ...«

Wenn ich sie nicht ohnehin schon nicht gemocht hätte, wäre es jetzt endgültig so weit gewesen.

Endlich, nach einer Weile, die sich anfühlte wie Stunden, murmelte sie Billy etwas zu. Er nickte. Sandy schob die Schmuckschachtel in einen Plastikbeutel, während Billy den größeren Karton eintütete.

Sandy drehte sich um und sagte: »Wir nehmen das mit zum Revier.«

»Das Haar stammt also von einer der Frauen?«

»Das können wir erst endgültig sagen, wenn das Labor

ein paar Tests gemacht hat.« Den Beutel mit dem Beweis-
stück in der Hand, ging sie an mir vorbei. »Wir melden
uns.« Mit der Hand am Türknauf der Haustür blieb sie stehen und sah stirnrunzelnd zu Billy, der noch in der Küche
war. »Lass uns gehen, Billy.«

»Ich komme gleich.«

Sie sah ihn noch einmal an, dann ging sie hinaus.

Ich wandte mich an Billy. »Was hat die denn für Probleme?«

»Sie ist frustriert, weil keine der Spuren uns weiterbringt.«

»Sie scheinen nicht frustriert zu sein.«

»Ab und zu überkommt es mich auch, aber ich bleibe
konzentriert. Ich trage das Beweismaterial Stein für Stein
zusammen. Wenn einer fehlt, gehe ich weiter zum nächsten.
Aber ich suche nach den *richtigen* Steinen – wenn ich sie
zusammensetze, ohne mich zu vergewissern, dass jeder genau passt, wird das Gebilde irgendwann zusammenbrechen.
Wenn wir John gefasst haben, wird es noch eine Gerichts-
verhandlung geben. Deshalb ist es so wichtig, Geduld zu
haben.« Er bedachte mich mit einem strengen Blick. »Wir
können es nicht riskieren, Spurenmaterial zu verlieren oder
es mit einer Faser aus Ihrer Kleidung zu kontaminieren. Ein
Fehler, und er kommt für immer davon. Glauben Sie mir, so
was kommt vor.«

»Ich verstehe. Ich hätte das Paket nicht aufmachen sollen.«

Er nickte. »Ich weiß, dass Sie vorsichtig waren und Handschuhe getragen haben, aber es ist eine dieser Vorschriften
im Dezernat, die wir nicht ignorieren können. Denken Sie
daran, ich bin auf Ihrer Seite. Wir haben beide dasselbe
Ziel – John hinter Gitter zu bringen. Das richtige Beweis-
stück, und wir haben ihn.«

»Was ist mit den Paketen? Hat ihn irgendjemand gesehen, als er sie aufgegeben hat?«

»Ein Angestellter in Prince George glaubt sich an die Person zu erinnern, die das erste Paket abgegeben hat, aber seiner Beschreibung nach war es ein Mann mit dunklem Bart und Sonnenbrille, eine Baseballkappe tief ins Gesicht gezogen. Wahrscheinlich hat er sich verkleidet. Wir werden dieses Paket umgehend zurückverfolgen, aber solange die Annahmestelle keine Kameraüberwachung hat oder jemand sein Fahrzeug gesehen hat, kommen wir nicht weiter.«

»Was ist mit dem Hobel – können Sie nicht herausfinden, wo er den gekauft hat?«

»Wir haben alle Läden im Landesinneren überprüft, die diese Hobel verkaufen, aber es sind buchstäblich Hunderte.«

»Das ist echt Mist. Ich verstehe, dass Sie frustriert sind. Aber trotzdem wünschte ich, Sara würde ihr Verhalten mir gegenüber ändern.«

»Sie hat sich mit vielen Familien der Opfer angefreundet, so dass sie jedes Mal, wenn er ihr durch die Lappen geht, das Gefühl hat, diese Menschen im Stich zu lassen. Sandy macht sich gerne lauthals Luft, wenn sie angespannt ist. Aber es hat nichts mit Ihnen zu tun – Sie schlagen sich großartig. Der Anruf neulich Abend war einfach perfekt.«

»Ich habe immer noch das Gefühl, ich würde nicht genug aus ihm herausbekommen.«

»Denken Sie daran, Stein für Stein. Alles, was er preisgibt, ist mehr, als wir vorher wussten. ›Folge keinem Feind, der eine Flucht vortäuscht.‹ Wenn Sie ihn zu sehr unter Druck setzen, könnte er misstrauisch werden.«

»Ich weiß nicht, vielleicht ... Manchmal habe ich das Gefühl, er sei geistig weggetreten, verstehen Sie? Nicht nur gewalttätig, sondern auch irgendwie losgelöst von der Wirklichkeit. Er scheint sich überhaupt keine Sorgen zu machen.«

»Er ist selbstsicher und arrogant. Aber dadurch ist er nicht weniger gefährlich. Vergessen Sie das nicht.« Draußen ging eine Hupe los. Billy lächelte. »Ich sollte besser gehen, sonst fährt sie los und lässt mich hier.«

Als ich ihn zur Tür brachte, sagte ich: »In einem Artikel habe ich gelesen, dass manche Mörder Trophäen und Souvenirs behalten. Sie haben gesagt, der Schmuck sei sein Souvenir, aber was hat es dann mit der Puppe auf sich?«

»Das müssen wir herausfinden. Aber Sie können mir gerne alle Artikel schicken, die bei Ihnen irgendetwas auslösen – und auch jede Frage. Selbst wenn es nur aufs Geratewohl ist. Wir sind es gewöhnt, alles von unserer Perspektive aus zu betrachten, und vielleicht können Sie etwas frischen Wind hineinbringen.«

»Das werde ich mir merken. Ich habe jede Menge Nachforschungen angestellt. Obwohl ich nicht weiß, ob mir das viel nützt. Es macht mir nur Angst, und ich kann stundenlang nicht schlafen.«

»Haben Sie sich eine Ausgabe von *Die Kunst des Krieges* besorgt?«

»Ich vergesse es immer. Aber ich versuche, mir diese Woche eine zu holen.«

»Es wird Ihnen helfen. Ich bin normalerweise noch lange wach, gehe meine Notizen noch einmal durch oder sehe mir die Akte an, Sie können also jederzeit anrufen, wenn Sie irgendetwas aus dem Kopf bekommen müssen.« Er hielt meinem Blick stand. »Wir werden ihn schnappen, Sara. Ich tue alles, was ich kann, okay?«

»Danke, Billy. Genau das habe ich gebraucht.«

John rief am selben Tag abends an. Gott sei Dank lag Ally bereits im Bett, aber ich blieb trotzdem unten, damit sie mich nicht hörte.

»Hast du mein Geschenk bekommen?«

»Es ist wirklich hübsch, danke. Hast du es selbst gemacht?« Mir fiel auf, dass ich mich zum ersten Mal bei ihm bedankt hatte.

»Ja.«

»Die Details sind ja unglaublich fein ausgearbeitet. Wo hast du das gelernt?«

»Meine Mutter hat mir Nähen beigebracht. Und auch, wie man Leder verarbeitet.«

»Das ist ja echt cool. Sie muss eine tolle Frau gewesen sein. Du hast mir gar nicht erzählt, wo sie eigentlich herkam.«

»Sie ist eine Haida, von den Queen Charlotte Inseln.«

»Ich stamme von den *First Nations* ab?«

Jetzt klang er stolz. »Die Haida geben ihre Geschichten von Generation zu Generation weiter, und jetzt kann ich meine mit dir teilen. Ich kenne auch ein paar gute Jagdgeschichten. Ich könnte ein Buch darüber schreiben.« Er lachte leise. »Wusstest du, dass ein gehäuteter Bär einem Menschen ziemlich ähnlich sieht? Vor allem die Tatzen. Außer dass die Fußtatzen nach hinten zeigen und der große Zeh außen sitzt.«

»Nein, das wusste ich nicht.« Und ich *wollte* es auch nicht wissen. »Jagst du Bären?« Ich bemühte mich, interessiert zu klingen, während ich noch zu verdauen versuchte, dass ich eine indianische Großmutter hatte.

Er sagte: »Elche, Wapitis, Bären.«

Mir fiel ein, dass Sandy mir aufgetragen hatte, etwas über seine Waffen herauszufinden, und sagte: »Hast du ein bestimmtes Gewehr, das du besonders gerne benutzt?«

»Ich habe ein paar Waffen, aber mein Liebling ist meine Remington .223. Mit vier habe ich das erste Mal mit einer geschossen.« Er klang sehr zufrieden mit sich. »Meinen ersten Hirsch habe ich erlegt, da war ich erst fünf.«

»Mit deinem Dad?«

»Ich bin ein besserer Schütze, als er es war.« Er wurde ernst. »Und ich werde ein besserer Vater sein.« Ehe ich ihn fragen konnte, was er damit meinte, sagte er: »Welche Eissorte mochtest du als Kind am liebsten?«

Für den Rest des Telefongesprächs stellte er mir noch mehr solche Fragen – was war meine Lieblingslimonade? Welche Kekse mochte ich lieber, Schoko-Erdnussbutter oder pur? Er feuerte die Fragen so schnell ab, dass ich nicht einmal die Chance hatte, mir Lügen auszudenken. Ich hatte das Gefühl, dass er total auf Junkfood abfuhr. Doch das einzig Konkrete, das er von sich preisgab, war, dass er McDonald's liebte – vor allem die Big Macs. Ich fragte mich, ob dieses kleine Detail Sandy glücklich machen würde oder ob sie frustriert war, weil sie nicht jeden McDonald's persönlich überwachen konnte.

Wir hatten nur zehn Minuten telefoniert, aber ich war erschöpft, ausgelaugt von seinen Fragen und der Anstrengung, seine Reaktion auf jede Antwort abzuschätzen. Ich zwang mich, höflich zu klingen, damit ich nicht den Boden wieder verlor, den ich gerade gewonnen hatte, und sagte: »John, es ist schön, mit dir zu reden, aber ich muss jetzt wirklich ins Bett.«

Er seufzte. »Dann ruh dich aus, wir reden bald wieder.«

Ein paar Minuten später rief Billy an, um mir zu sagen, dass John südwärts auf dem Yellowhead Highway unterwegs war. Sie glaubten, dass er in McBride gewesen sei, einem kleinen Ort zwischen den Rockys und den Cariboo Mountains. Dort lebten weniger als tausend Menschen, aber keinem war jemand aufgefallen, auf den Johns Beschreibung passte. Die Polizei fragte sich, ob er diese Gegenden regelmäßig aufsuchte. Womöglich fiel er niemandem als Fremder auf, weil sie ihn *kannten*. Die Cops hofften, dass er auf derselben Schnellstraße weiter Richtung Süden fuhr, und sorgten dafür, dass alle Tankstellen, Fernfahrerkneipen und Geschäfte seine Beschreibung hatten. Als Billy endlich auflegte, ging ich sofort ins Bett, aber ich schlief nicht. Ich starrte nur an die Zimmerdecke, überlegte, ob John jetzt auf diesem Highway war und mit jeder Minute, die verstrich, näher kam.

Am nächsten Tag kam ein weiteres Paket an. Dieses Mal rief ich sofort Sandy und Billy an. Ich dachte, sie würden es sich einfach schnappen und wieder verschwinden, aber sie öffneten es bei mir, damit ich, wenn John anrief, wusste, was darin war.

Diese Puppe war blond.

Beim Anblick der seidigen Locken, des kleinen getupften Tanktops und der weißen Shorts hätte ich am liebsten geweint. Welcher Frau mochten diese Haare gehört haben? Ob sie wohl ihr ganzer Stolz gewesen waren?

Die Polizei ging davon aus, dass er das Paket in Prince George aufgegeben hatte, und machte sich daran, alle Annahmestellen in der Gegend zu überprüfen, aber ich wusste bereits, dass er klug genug war, sich zu tarnen. Sobald Sandy und Billy gegangen waren, ging ich nach oben und rief erneut die Website über den Campsite-Killer auf. Die Bilder seines ersten Opfers zeigten eine Frau mit schwarzen Haaren. Dann rief ich die Fotos seines nächsten Opfers auf.

Suzanne Atkinson hatte glatte braune Haare gehabt – und einen Mittelscheitel getragen. Sein drittes Opfer, die Frau, die er getötet hatte, nachdem Julia entkommen war, war Heather Dawson. Auf dem Foto lächelte sie breit, ihr herzförmiges Gesicht wurde von glänzenden blonden Locken eingerahmt. Sie schien stolz darauf zu sein.

Als man sie zuletzt gesehen hatte, hatte sie eine getupfte Bluse getragen.

Ich rief sofort bei Billy an. »Sie *wussten*, dass er Teile von ihrer Kleidung und ihren Haaren mitnimmt.«

Er schwieg kurz, dann sagte er: »Wir wussten es, aber wir wussten nicht, was er damit gemacht hat.«

»Was verschweigen Sie mir sonst noch?«

»Wir versuchen, Sie so gut es geht zu informieren, ohne die Ermittlungen zu gefährden.«

»Und was ist mit der Gefahr, in der ich schwebe? Sollte ich nicht ...«

»Wir *beschützen* Sie, Sara. John ist jemand, der Menschen ziemlich gut durchschauen kann. Je weniger Sie wissen, desto besser. Wenn Sie aus Versehen etwas preisgeben, das nur die Polizei weiß, könnten wir ihn verlieren – oder Schlimmeres.«

Ich holte tief Luft und atmete langsam wieder aus. Ob es mir nun passte oder nicht, was er sagte, hatte Hand und Fuß.

»Ich hasse es, im Dunkeln zu tappen. Ich *hasse* es.«

Er lachte. »Das kann ich Ihnen absolut nicht verdenken. Ich verspreche, Ihnen alles zu erzählen, was Sie wissen müssen, sobald wir es erfahren. Abgemacht?«

»Können Sie mir sagen, warum er die Gesichter leer lässt?«

»Ich nehme an, dass er sie dadurch depersonalisiert. Aus

demselben Grund zieht er den Opfern ihr Hemd über den Kopf – er kann ihnen nicht ins Gesicht blicken.«

»Das habe ich mir auch gedacht. Glauben Sie, dass er sich schämt?«

»Wenn Sie ihn fragen, wird er vermutlich ja sagen. Er ist ein Psychopath – er weiß, wie er Gefühle vortäuschen kann. Aber ich glaube nicht, dass er sie tatsächlich auch nur eine Minute lang empfindet.«

An diesem Abend rief John erneut an, und ich schaffte es, mich für die Puppe zu bedanken. Doch dieses Mal sagte ich: »Kannst du mir etwas über das Mädchen erzählen?«

»Warum?«

Er leugnete also nicht, dass die Haare von einem seiner Opfer stammten. »Ich weiß nicht, ich habe nur über sie nachgedacht. Wie sie wohl war ...«

»Sie hatte ein hübsches Lächeln.«

Ihr Gesicht blitzte vor meinem geistigen Auge auf. Ich schloss die Augen.

»Hast du sie deshalb getötet?«

Er antwortete nicht. Ich hielt den Atem an.

Nach einer Weile sagte er: »Ich habe sie getötet, weil ich es tun musste. Ich habe dir doch gesagt, Sara, ich bin kein schlechter Mensch.«

»Ich weiß, aber genau deswegen verstehe ich nicht, warum du sie töten musstest.«

Er klang frustriert, als er antwortete: »Das kann ich dir noch nicht sagen.«

»Kannst du mir sagen, warum du eine Puppe aus ihren Kleidern gemacht hast? Ich interessiere mich wirklich für deine ...« Wie sollte ich es nennen? »... Methode.«

»Auf diese Weise bleibt sie länger bei mir.«

»Und das ist wichtig? Dass sie bei dir bleibt?«

»Es hilft.«

»Wobei hilft es?«

»Es hilft einfach, okay? Ein anderes Mal reden wir mehr darüber. Wusstest du, dass Bergkiefernkäfer das Holz blau machen?«

Ich hatte nicht das Gefühl, dass er das Thema wechselte, um einem anderen auszuweichen. Eher so, als sei ihm plötzlich ein neuer Gedanke gekommen, den er weiterverfolgte. Es war schrecklich, wie sehr mich das an mich selbst erinnerte.

»Ich habe davon gelesen, aber ich habe noch nie damit gearbeitet.«

»Es ist nicht der Käfer, der die Bäume tötet, verstehst du. Es ist der Pilz, den sie einschleppen.« Er machte eine Pause, aber ich wusste nicht, was ich sagen sollte, und so fuhr er fort: »Ich habe über verschiedene Hölzer und Werkzeuge gelesen, damit wir etwas haben, über das wir reden können. Ich möchte alles über dich wissen.«

Ich erschauderte. »Und ich über dich. Was ist mit dir? Bastelst du noch andere Dinge außer Puppen?«

»Ich arbeite gerne mit unterschiedlichen Materialien.«

»Aber für Metall hast du offensichtlich ein besonderes Talent. Bist du Schweißer?«

»Ich kann alles Mögliche.« Es war keine direkte Antwort, also wollte ich gerade die Frage wiederholen, als er sagte: »Ich muss jetzt Schluss machen, aber ich möchte dich etwas fragen.«

»Okay. Klar.«

»Wie nennt man eine Kreuzung aus einem Igel und einem Bären?«

»Äh … keine Ahnung.«

»Stachelbär.«

Er hatte aus Kamloops angerufen, einer der größeren Ortschaften im Landesinneren, mehr als fünf Stunden von der letzten Stelle entfernt. Aber die Tatsache, dass er sich in einem dichter besiedelten Gebiet aufhielt, nützte uns gar nichts – es fand gerade ein dreitägiges Rodeo statt, und er war mittendrin gewesen, als er angerufen hatte. Zuversichtlich erklärte Billy mir, dass sie die Menge durchsuchten, aber ich hörte den unterschwelligen Ärger aus seinem knappen Tonfall, den abgehackten Sätzen.

Am nächsten Morgen rief John dreimal hintereinander an. Zuerst fragte er, wo die Puppen waren und was ich mit ihnen gemacht hätte. Seine Stimme klang so angespannt, dass ich rasch sagte: »Ich habe in meiner Werkstatt ein Regal für sie gebaut – dort verbringe ich die meiste Zeit.«

»Okay, das ist gut.« Doch dann sagte er: »Bist du sicher, dass ihnen da nichts passiert? Was ist mit dem Sägestaub? Oder Chemikalien? Arbeitest du mit Chemikalien?«

Ich sagte das Erstbeste, was mir in den Sinn kam. »Es ist eine abgeschlossene Vitrine, sie sind hinter dem Glas geschützt.« John sagte nichts, aber ich hörte Verkehrslärm. Ich sagte: »Möchtest du sie zurückhaben? Ich kann es verstehen, falls du ...«

»Nein. Ich muss Schluss machen.«

Zwanzig Minuten später rief er erneut an, fragte wieder, ob mir die Puppen gefielen. Nach zehn Minuten meldete er sich ein drittes Mal. Mit jedem Anruf klang er unruhiger. Schließlich sagte er, er müsse Schluss machen, er fühle sich nicht wohl.

Ich fühlte mich auch nicht gerade großartig. Seit er angefangen hatte, mir Pakete zu schicken, schlief ich kaum noch. Wenn ich es tat, wurde ich in meinen Träumen von schreienden Frauen heimgesucht, die von Metallfiguren gehetzt wurden. Ich hatte gehofft, an diesem Morgen ausschlafen zu können, denn es war Samstag und Ally musste nicht zur Schule, aber nach Johns Anrufen konnte ich das vergessen. Billy rief direkt danach an, um mir zu sagen, dass die letzten Anrufe aus der Gegend um Kamloops gekommen waren und dass jeder verfügbare Beamte in dem Gebiet die Straßen kontrollierte. Ally und ich stritten uns den ganzen Morgen – ich schwöre, dass sie spürt, wenn mein Geduldsfaden gerade extrem dünn ist und sich genau diesen Moment aussucht, um *alles* im Schneckentempo zu erledigen. Je mehr ich versuchte, sie anzutreiben, desto verstimmter wurde sie. Sie riss mir sogar das Handy aus der Hand und schleuderte es quer durch das Wohnzimmer. Gott sei Dank landete es auf dem Sofa. Aber ich baute auch Mist – ich hätte beinahe vergessen, dass sie am Nachmittag zu einer Geburtstagsparty eingeladen war, so dass wir auf dem Weg dorthin noch schnell irgendein Geschenk besorgen mussten.

Ally wollte ein Spiderman-Walkie-Talkie für das Geburtstagskind, aber der Laden hatte keine mehr, und wir hatten keine Zeit mehr, um woanders hinzufahren. Ich versicherte ihr, dass Jake sich über einen Experimentierbaukasten genauso freuen würde, und kam mir vor wie die schlechteste Mutter der Welt, als ich sah, wie enttäuscht sie war. Nachdem ich Ally abgesetzt hatte und wieder zu Hause war, wollte ich eigentlich etwas arbeiten. Doch dann erhielt ich einen Anruf von Julia.

Ich erkannte die Nummer auf dem Display des schnurlosen Telefons nicht, aber sie hatte die Vorwahl von Victoria, also konnte es sich um einen Kunden handeln.

Die ersten Worte aus Julias Mund waren: »Hat er Sie wieder angerufen?«

»Äh …« Die Polizei hatte mich gewarnt, niemandem davon zu erzählen, aber wir saßen im selben Boot. Hatte sie nicht das Recht, es zu erfahren?

»Ja, das hat er.«

»Er hat Ihnen meine Ohrringe geschickt – ich musste sie *identifizieren*.«

Ich wusste nicht, was ich darauf erwidern sollte, aber ich hatte das Gefühl, dass sie auch gar keine Antwort erwartete.

Sie fragte: »Hat er irgendetwas über mich gesagt?«

Johns Stimme schwirrte mir durch den Kopf, *man hätte mir von dir erzählen sollen.*

»Nichts.«

»Ich möchte umziehen, aber Katharine findet, wir sollten bleiben. Ich kann nicht schlafen.« Ihre Stimme klang verbittert. Anklagend.

»Sie werden ihn fassen …«

»Das sagt Sandy auch, aber das habe ich schon so oft gehört …«

»Sie haben mit Sandy gesprochen?«

»Die Polizei hält mich auf dem Laufenden.« Wie nett. »Ich muss auflegen.«

»Soll ich Sie anrufen, wenn …« Wenn was?

Aber sie hatte bereits aufgelegt, und ich fragte mich, warum sie überhaupt angerufen hatte. Ob sie es wohl selbst wusste?

Ich wählte Sandys Handynummer, und sobald sie sich meldete, sagte ich: »Ich habe gerade mit Julia gesprochen.«

»Haben Sie sie schon wieder angerufen?«

Warum ging sie davon aus, ich hätte Julia angerufen, nicht anders herum? Mein Gesicht war heiß.

»Sie hat *mich* angerufen.«

»Ich hoffe, Sie haben mit ihr nicht über den Fall geredet?«

»Sie hat gefragt, ob er noch einmal angerufen hat, und ich hab ja gesagt. Das war's.«

»Sara, Sie müssen vorsichtig sein ...«

»Sie wusste bereits, dass er angerufen hatte, und sie wusste, dass er mir ihre Ohrringe geschickt hat. Wenn ich alles abgestritten hätte, hätte sie sich noch mehr Gedanken gemacht. Sie sagte, dass Sie sie sowieso auf dem Laufenden halten.«

Sandy sagte nichts, also schob ich meine eigenen Fragen nach.

»Was haben Sie wegen der Puppen in Erfahrung gebracht? Es sind die Haare der Opfer, nicht wahr?«

»Wir warten noch auf die DNA-Ergebnisse.«

»Haben Sie die Familien benachrichtigt?«

»Nicht zu diesem Zeitpunkt. Wir müssen die Sache vorsichtig angehen – sie wissen nicht, dass der Campsite-Killer mit jemandem Kontakt hat.«

»Sagen Sie mir wenigstens, dass Sie nach den ganzen Anrufen gestern eine Spur haben.«

»Noch nicht.« Ihre Stimme war barsch. »Die Anrufe kamen aus der Nähe von Cache Creek, er bewegt sich also von Kamloops in westliche Richtung. In dem Gebiet gibt es eine Menge kleinerer Naturschutzgebiete, so dass er vermutlich auf Nebenstraßen unterwegs ist.«

»Fährt er vielleicht wieder zurück in den Norden?«

»Stellen Sie keine Spekulationen an, Sara.«

Ihr schulmeisterlicher Tonfall machte mich rasend. »Besteht Polizeiarbeit nicht vor allem aus Spekulationen?«

Ich war stolz auf meine Retourkutsche, bis sie sagte:

»Nein, sie besteht aus einer sorgfältigen Analyse der Daten und Fakten, damit wir auf der Grundlage klarer Beweise Rückschlüsse ziehen können.«

»Ja dann. Gibt es irgendwelche *Fakten* oder *Daten*, die uns eine Vorstellung davon vermitteln, womit er seinen Lebensunterhalt verdient? Er scheint oft auf der Straße unterwegs zu sein, also dachte ich, dass er vielleicht Lkw-Fahrer ist oder einen Lieferwagen fährt, oder ...«

»Alles ist möglich. Ich bin gerade auf dem Sprung zu einer Besprechung. Soll ich Billy sagen, dass er Sie zurückrufen soll, damit Sie mit ihm weiterreden können?«

»Nein, schon gut.« Stirnrunzelnd legte ich auf. Was hatte ich dieser Frau bloß getan?

Ich arbeitete in der Werkstatt, bis es Zeit war, Ally abzuholen. Ich versuchte immer noch, den Kirschholztisch fertigzubekommen, aber ich war nicht bei der Sache. Dass mir dabei andauernd Johns Bemerkung über den »intensiven Farbton« durch den Kopf schwirrte, machte die Sache auch nicht gerade leichter. Natürlich gefiel ihm das Holz – wahrscheinlich erinnerte es ihn an Blut. Der makabre Gedanke ließ mich erschaudern. Ich war es gewohnt, über lange Zeiträume von Evan getrennt zu sein, vor allem während des Sommers, aber es war niemals leicht. Heute vermisste ich ihn furchtbar und wünschte, ich könnte ihn anrufen, aber er war den ganzen Tag mit dem Boot draußen.

Wir sprachen jeden Abend miteinander, und nachdem ich erfahren hatte, dass ich indianische Vorfahren hatte, führten wir ein langes Telefongespräch. Evan fand es großartig. Aber es war komisch zu wissen, dass Sandy oder Billy oder wer auch immer zuhören konnten, wann immer sie wollten. Es war auch schwierig, wenn Lauren und ich uns am Telefon unterhielten. Wenn sie etwas Persönliches erzählte, wusste ich, dass das Gespräch mitgeschnitten wurde, aber sie nicht. Normalerweise versuchte ich, die Themen auf unsere Kinder oder die Hochzeit zu beschränken, aber es brachte mich fast um, ihr nicht erzählen zu können, was wirklich los war.

Wir schmiedeten Pläne, am Sonntag endlich die Shopping-tour für die Kleider zu machen. Wir würden uns alle morgens bei mir zu Hause treffen und dann mit meinem Wagen nach Victoria fahren. Lauren war bereits am Backen, und ich wusste, dass sie eine Thermoskanne Kaffee dabei-haben würde. Und Melanie, nun ja, ich war sicher, dass sie genauso zickig sein würde wie immer. Ich hoffte nur mit aller Kraft, dass es einer der Tage sein würde, an denen ich nichts von John hörte.

Ich holte Ally ab, die so erledigt war, dass sie nach dem Bad direkt ins Bett fiel. Als ich sie ins Bett brachte, erzählte sie mir, dass Jake bereits zwei Experimentierbaukästen hatte. Ich hatte ein so schlechtes Gewissen, dass ich sagte, ich würde mit ihr und ihren Freundinnen demnächst ins Kino gehen, doch sie sagte: »Das vergisst du ja doch bloß wieder, Mommy.« Ich schwor, dass ich es nicht vergessen würde, aber es brach mir das Herz, dass sie an mir zweifelte. Als ich ihr einen Gutenachtkuss gab, küsste sie mich nicht zurück. Ich sagte mir, dass sie einfach nur müde war. Spä-ter rief Evan an, und wir unterhielten uns nett, bis ich mein Handy klingeln hörte.

»Wart mal kurz, Schatz.« Ich überprüfte das Display. »Es ist John.«

»Ruf mich zurück.«

Ich nahm den Anruf auf dem Handy an. »Hallo?«

»Sara …« Dann Stille.

»Bist du noch dran?«

»Haben dir die Puppen gefallen?« Die letzten Worte klangen verwaschen, und ich überlegte, ob er getrunken hatte. Im Hintergrund hörte ich Verkehrsgeräusche.

»Fährst du gerade?«

»Ich habe dich etwas gefragt.«

Diesen Satz hat mein Dad oft benutzt, als ich kleiner war, und dann wollte ich erst recht nicht antworten, aber ich sagte: »Ja, sie gefallen mir. Das habe ich dir doch gesagt.«

»Ich war mir nicht sicher ... nicht sicher, ob du sie wirklich magst.« Wieder klang es verwaschen.

Was sollte ich damit anfangen? Ich wartete ab.

»So gehört sich das. Vater und Tochter ... die sich unterhalten.«

»Sicher.«

Alles, was ich hörte, waren Atemgeräusche.

Ich sagte: »Es bedeutet mir viel, dass du mir die Puppen geschickt hast. Ich weiß, wie wichtig sie dir sind.« Ich machte eine Pause, doch er blieb still. »Und ich unterhalte mich gerne mit dir. Du bist ein interessanter Mensch.« Es kostete mich alle Überwindung, ihn glauben zu machen, ich würde irgendetwas an ihm mögen.

»Wirklich?«

»Absolut. Du hast ein paar großartige Geschichten auf Lager.«

»Erinnere mich daran, dass ich dir davon erzähle ... wie ich einen Bären getötet habe, nur mit meiner Zweiundzwanziger – mit einem einzigen Schuss. Der Trottel hatte mich verfolgt ... Wusstest du, dass Grizzlys andere Bären jagen und töten?«

Ich wollte gerade antworten, als am anderen Ende der Leitung ein Auto hupte.

»Wir reden bald weiter.« Er legte auf.

Ich rief Evan zurück und erzählte ihm, was gerade passiert war.

»Wie unheimlich.«

»Wem sagst du das. Ich fahre morgen mit meinen Schwestern in die Stadt, und ich weiß nicht, was ich machen soll, wenn er anruft.«

»Behandle ihn wie einen normalen Menschen und sag ihm, dass du keine Zeit hast.«

»Aber er *ist* kein normaler Mensch.«

»Lass uns über etwas anderes reden. Wie war Allys Geburtstagsparty heute?«

»Wir sind fast zu spät gekommen, weil John heute Morgen dreimal angerufen hat – es war furchtbar. Und ich hatte ganz vergessen, dass Jake Geburtstag hat, so dass wir das Geschenk unterwegs kaufen mussten. Ally hat sich ziemlich geärgert.«

»Arme Ally. Sie fühlt sich vernachlässigt.«

»Wie bitte? Willst du damit sagen, ich *vernachlässige* meine Tochter?«

»Ich habe es nicht so gemeint, wie du es auffassen willst. Lass uns nicht weiter darauf rumkauen.«

»Du hast damit angefangen, Evan. Ich fühle mich schon schlecht genug, auch ohne dass du auch noch auf mir rumhackst.«

»Tut mir leid, dass ich überhaupt etwas gesagt habe. Ich weiß, dass du eine harte Zeit durchmachst.«

Wir schwiegen beide einen Moment. Ich stellte mir vor, wie Sandy irgendwo in einem Raum saß, Kopfhörer auf, wie sie meinen Beziehungsproblemen lauschte und ihr leutseliges Lächeln lächelte.

Ich sagte: »Es ist nett von dir, dass du auf mich aufpasst ...«

»Das tue ich.«

»Ich weiß, aber ich kann selbst auf mich achten.«

Er lachte.

»Hey! Ich habe es fünf Jahre lang ziemlich gut hinbekommen.«

Neckend sagte er: »Gib doch zu, dass dein Leben ein einziges Chaos war, bis du dich in mich verliebt hast.«

Dieses Mal lachte ich, ohne mich darum zu kümmern, ob Sandy zuhörte.

Am nächsten Morgen gegen halb zehn kreuzten die Mädels auf, kurz nachdem ich Ally bei Meghan vorbeigebracht hatte. Wir nahmen meinen Cherokee, und Lauren hatte frisch gebackene Scones und eine Thermoskanne Kaffee mitgebracht. Die Fahrt runter nach Victoria war lustig, alle redeten auf einmal, und Lauren erzählte lauter Brautwitze. Melanie hatte direkt mal gute Laune, obwohl wir uns beinahe in die Haare bekommen hätten, als sie mich bat, mein Handy benutzen zu dürfen, weil sie ihres vergessen hatte. Als ich zögerte, sah sie mich unentwegt an, bis ich es aus meiner Handtasche kramte und ihr reichte. Ich fürchtete, John könnte anrufen, während sie sprach, aber sie rief nur kurz bei Kyle an.

Der Vormittag ging im Flug vorbei, während wir die Boutiquen in der Innenstadt stürmten. Evan und ich planen eine Hochzeit im Freien und wollen die Natur zum Leitthema machen. Wir entdeckten ein Brautjungfernkleid, das einfach perfekt dazu passte. Ein schulterfreies, wadenlanges Chiffonkleid in einem wunderbaren silbrigen Grünton, fast wie Salbei, wie die Unterseite von Tannennadeln, und alle beide sahen großartig darin aus. Nachdem wir die Kleider bestellt hatten, nahmen wir in einem Irish Pub mit Blick auf den

Inneren Hafen einen verspäteten Lunch ein. Es war schön, einen Tag lang einfach nur zu lachen und über vertraute, alltägliche Dinge zu reden. Über normale Dinge. Aber ich vergaß, dass mein Leben alles andere als normal war.

Nachdem wir wieder bei mir zu Hause waren und meine Schwestern mit ihren Wagen losgefahren waren, holte ich Ally ab. Sobald wir im Haus waren, zog ich das Handy aus der Tasche und hängte es ans Ladegerät.

Zwanzig verpasste Anrufe.

Ich scrollte durch die Anruferliste. Sie stammten alle von John und Billy. Ich überprüfte die Mailbox, aber da war nur eine Nachricht von Billy, ihn so schnell wie möglich zurückzurufen. Danach war fünfmal aufgelegt worden. Warum hatte ich das Klingeln nicht gehört?

Ich schnappte mir das schnurlose Telefon und wählte meine Handynummer. Es vibrierte in meiner Hand. An der Seite gab es einen Schalter, mit dem man von Klingeln auf Vibrationsalarm umschaltete, aber ich hatte mein Handy seit dem Morgen nicht angerührt. Der Knopf musste sich in der Tasche verschoben haben, als ich meine Geldbörse hineingetan hatte.

Ich rief John an, aber er hatte sein Handy ausgeschaltet. Dann wählte ich Billys Nummer und erreichte seine Mailbox. Ich hinterließ eine Nachricht.

In der nächsten Stunde tigerte ich im Haus umher, starrte das Telefon an, beschwor es, zu klingeln, machte mir Sorgen, warum Billy noch nicht zurückgerufen hatte, und gab mir währenddessen Mühe, ruhig zu bleiben, damit Ally nicht merkte, dass irgendetwas nicht stimmte. Endlich, nachdem ich sie gerade ins Bett gebracht hatte, rief John an.

Sobald ich mich meldete, sagte ich: »Tut mir leid, dass ich

deine Anrufe verpasst habe. Das Telefon war auf Vibrieren gestellt, und ich wusste nicht ...«

»Du hast mich *ignoriert*.«

»Das versuche ich gerade zu erklären. Ich habe dich nicht ignoriert, das Telefon war in meiner Handtasche, und ich wusste nicht, dass der Vibrationsalarm eingeschaltet war. Es lag ganz unten in der Tasche – du würdest es nicht glauben, was für einen Müll ich darin habe –, und um mich herum war jede Menge Lärm.« Was keine Lüge war. Drei aufgeregte Frauen können ein ziemliches Spektakel veranstalten.

Ich schwieg und hielt den Atem an.

»Ich glaube dir nicht, Sara. Du lügst.«

»Ich lüge *nicht*. Ich schwöre es. Das würde ich nie tun ...«

Aber er hatte bereits aufgelegt.

Und dabei ist es bis jetzt geblieben. Der nächste Anruf kam von Billy, der sich fast wütend anhörte, jedenfalls so verärgert, wie ich ihn noch nie erlebt hatte.

»Wie konnte das passieren, Sara?«

Nachdem wir ein paar Minuten geredet hatten, veränderte sich sein Tonfall, und er sagte, ich sollte mir keine Vorwürfe machen – es war eine Panne. Ich war mir allerdings ziemlich sicher, dass Sandy das anders sah. Sie rief an, sobald das Gespräch mit Billy beendet war, und stellte mir dieselbe Frage. Ich erklärte ihr, dass ich John nicht absichtlich ignoriert hatte, und ich denke, dass sie mir schließlich geglaubt hat, trotzdem merkte ich, dass sie immer noch wütend war. Sie sagte, dass jedes Mal, wenn Johns Handy mit meinem Verbindung gehabt hatte, das Signal von Sendemasten in Kamloops aufgefangen worden war, aber er war stets in Gebieten mit viel Verkehr geblieben. Sie hatten einen Haufen Fahrzeuge angehalten und jeden überprüft, der suspekt aussah, trotzdem hatten sie immer noch keinen Verdächtigen.

Sandy erklärte mir, dass sie einen Streifenwagen vor meinem Haus postiert hätten, nur für den Fall, dass John beschloss, die Fähre zu nehmen und persönlich mit mir zu sprechen. Als ich sie fragte, ob sie tatsächlich glaube, er könnte irgendetwas anstellen, sagte sie mit ihrer angespannten Stimme: »Das werden wir bald herausfinden, aber *wenn* er dumm genug ist, es zu versuchen, werden wir ihn fassen.«

Seitdem habe ich nichts mehr von John gehört. Nicht ein einziges Mal. Ich wünschte, ich könnte mich darüber freuen.

11. Sitzung

Ich *kann* jetzt nicht still sitzen. Ich muss in Bewegung bleiben, muss hin und her laufen. Meine Beine tun weh vor lauter Frust, von dieser quälenden Warterei. Es macht Sie vermutlich wahnsinnig, wie ich hier in Ihrer Praxis rumtigere, aber Sie sollten mich mal zu Hause erleben. Ich gehe von Fenster zu Fenster, ziehe die Jalousien hoch und lasse sie wieder runter. Ich fege den Schmutz zusammen, nur um die halbvolle Kehrschaufel in der Ecke liegen zu lassen. Ich räume den halben Abwasch in die Spülmaschine und fange dann an, die Wäsche zu machen. Ich stopfe mir Cracker mit Erdnussbutter in den Mund und renne dann hoch zum Computer, finde auf einer Seite einen Forumsbeitrag über irgendetwas und klicke von Link zu Link, bis alles vor meinen Augen verschwimmt.

Anschließend rufe ich Evan an, der mir sagt, ich solle ein paar Yogaübungen machen oder mit Elch rausgehen, doch stattdessen fange ich an, mich mit ihm über irgendeinen Blödsinn zu streiten – weil das so viel sinnvoller ist.

Ich mache mir Notizen, erstelle Tabellen, mache mir Diagramme für meine Tabellen. Mein Schreibtisch ist mit Post-its zugepflastert, hastige Gedanken, die ich mit zittriger Hand notiert habe. Es bringt *gar* nichts. Ich ignoriere geschäftliche E-Mails oder antworte nur knapp. Ich versuche, mir bei einigen Projekten eine Atempause zu verschaffen, versuche dranzubleiben, aber alles entgleitet mir.

Kaum war ich nach unserer letzten Sitzung nach Hause gekommen, bogen Sandy und Billy auf meine Auffahrt ein. Als ich ihnen öffnete und ihre ernsten Gesichter sah, verkrampfte sich mein Magen.

»Was ist los?«

»Lassen Sie uns reingehen«, sagte Billy.

»Sagen Sie mir zuerst, was los ist.« Ich suchte seinen Blick. »Ist Ally ...«

»Es geht ihr gut.«

»Evan ...«

»Ihrer Familie geht es gut. Lassen Sie uns reingehen. Haben Sie Kaffee?«

Nachdem ich ihnen einen Kaffee eingeschenkt hatte, lehnte ich mich gegen den Küchentresen. Die harte Kante bohrte sich in meinen Rücken, mit klammen Händen hielt ich mich am warmen Becher fest. Billy nahm einen Schluck Kaffee, Sandy rührte ihren nicht an. Sie hatte etwas auf ihrer weißen Bluse verschüttet, und ihr Haar war total durcheinander. Unter den Augen hatte sie dunkle Ringe.

Ich fragte: »Hat er jemanden umgebracht?«

Sandy sah mich fest an. »Heute Morgen wurde eine Camperin im Greenstone Mountain Park in der Nähe von Kamloops vermisst gemeldet. Ihr Freund wurde tot am Tatort gefunden.«

Ich ließ meinen Kaffeebecher fallen. Er zerbrach, und ich sah, wie der Kaffee auf Sandys Jeans spritzte. Aber sie blickte nicht einmal nach unten, sondern starrte mich immer noch an. Keiner von uns machte Anstalten, die Pfütze aufzuwischen.

Ich schlug die Hände vors Gesicht. »O mein Gott. Sind Sie sicher? Vielleicht ...?«

»Er ist der Hauptverdächtige«, sagte Sandy. »Die Patronenhülsen, die man am Tatort gefunden hat, stimmen mit bisherigen Funden überein.«

»Das ist meine Schuld.«

Billy sagte: »Nein, das ist es nicht, Sara. Die Entscheidung lag allein bei ihm.« Sandy sagte nichts.

»Was machen wir jetzt? Was ist mit der Frau?«

Ein paar Sekunden lang schwieg Billy. »Im Moment suchen wir noch die Umgebung nach der Leiche des weiblichen Opfers ab.«

»Sie glauben also, dass sie tot ist?«

Niemand von den beiden antwortete.

»Wie heißt sie?«

Billy sagte: »Wir haben es noch nicht an die Medien gegeben ...«

»Ich bin nicht die *Medien*. Sagen Sie mir ihren Namen.«

Billy sah Sandy an, die sich an mich wandte. »Danielle Sylvan. Ihr Freund hieß Alec Pantone.«

Bilder schwirrten mir durch den Kopf, von einer jungen Frau, die durch das Unterholz flieht, während John ihr mit dem Gewehr in der Hand nachsetzt. Ich fragte mich, wann ich ihre Puppe bekommen würde.

Ich starrte hinunter auf den zerbrochenen Becher und die Kaffeepfütze.

Sie schwiegen beide. Ich blickte auf. Grauen erfasste mich.

»Welche Farbe hat ihr *Haar*?«

Billy räusperte sich, doch ehe er etwas sagen konnte, sagte Sandy es mir.

»Kastanienbraun – lang und wellig.«

Der Raum drehte sich. Ich packte den Küchentresen hinter mir mit den Händen. Billy stand auf, war mit einem großen Schritt an meiner Seite und hielt mich an den Schultern fest.

»Alles in Ordnung, Sara?«

Ich schüttelte den Kopf.

»Möchten Sie an die frische Luft?«

»Nein.« Ich atmete ein paarmal ein. »Es ... es geht schon.«

Billy lehnte sich neben mich an den Tresen. Er hatte die Arme vor der Brust verschränkt, und er massierte unablässig seine Bizepse durch seine schwarze Windjacke. Von der anderen Seite des Tisches strahlte Sandys Zorn zu mir herüber.

Ich wandte mich an sie. »Sie glauben, dass es meine Schuld ist.«

»Es ist niemandes Schuld. Er ist ein Mörder, wir wissen nie, was der Auslöser für ihn ist.«

»Aber er hat noch nie so früh getötet – im Mai.«

Sie starrte mich an. Ihre Augen waren blutunterlaufen, die Pupillen geweitet, so dass das kalte Blau der Iris beinahe schwarz wirkte. Ihre Haut wirkte wie vom Wind verbrannt.

Ich sagte: »Sie glauben, dass er losgezogen ist und jemanden umgebracht hat, weil ich seine Anrufe nicht beantwortet habe.«

»Wir wissen nicht, was ...«

»Sagen Sie es einfach, Sandy ... geben Sie doch zu, dass Sie glauben, es sei meine Schuld.«

Sie sah mich fest an. »Ja, ich glaube, dass die Tatsache, dass seine Anrufe ignoriert wurden, für ihn der Auslöser war, sich ein Opfer zu suchen. Und nein, ich glaube nicht, dass es Ihre Schuld ist.«

Einen Moment lang kam ich mir vor wie ein Sieger – ich hatte sie gezwungen zuzugeben, was sie wirklich dachte –, doch dann rollte das Grauen der Situation wieder über mich hinweg.

Ich wandte mich an Billy. »Wie alt waren sie?«

»Alec war vierundzwanzig, Danielle einundzwanzig.«

Einundzwanzig. Ich dachte an ihre Eltern, wenn sie die Nachricht erhielten, und drückte kräftig mit den Handballen gegen meine Augen.

Blende es aus. Blende es aus.

»Was machen wir jetzt?«

Billy sagte: »Wir bekommen kein Signal von seinem Handy, aber wir möchten Sie trotzdem bitten, ihn noch einmal anzurufen, nur für den Fall.« Er nahm mein Handy aus dem Ladegerät auf der Arbeitsplatte und reichte es mir.

Ehe ich wählte, fragte ich: »Wie soll ich mich verhalten?«

Billy sagte: »Gute Frage. Sie sollten einen Plan haben, bevor Sie …«

Sandy sagte: »Fangen Sie einfach damit an, dass sie sagen, wie leid es Ihnen tut. Mimen Sie die Zerknirschte, dann schätzen Sie seine Reaktion ab. Warten Sie, ob er das Thema irgendwie zur Sprache bringt, aber verraten Sie nicht, dass Sie von der Frau wissen. Es wird erst heute Abend in die Nachrichten kommen.«

Ich schaute zu Billy, um mir seine Bestätigung zu holen, und er nickte, doch sein Hals war gerötet. Er sah Sandy nicht an, und ich fragte mich, ob er sauer war, weil sie ihn unterbrochen hatte.

Als ich Johns Nummer wählte, ballte Sandy die Hand auf dem Tisch zu einer Faust. Ihre Nägel waren bis zum Nagelbett abgekaut. Johns Telefon war ausgeschaltet.

Ich schüttelte den Kopf.

Sandy erhob sich. »Wir fliegen heute Nachmittag nach Kamloops. Versuchen Sie weiterhin, ihn zu erreichen. Wir rufen Sie an, sobald wir mehr über den Tatort wissen.«

Ich begleitete sie zur Tür. »Könnte sie noch leben?«

Billys Züge waren angespannt. »Natürlich, und wir tun unser Bestes, um sie zu finden.«

Aber ich sah es an ihren Blicken – sie fuhren nach Kamloops, um eine Leiche zu suchen.

In dieser Nacht warf ich mich stundenlang von einer Seite auf die andere, grübelte über alles nach, was Sandy gesagt hatte. Meine Schuldgefühle verwandelten sich in Ärger, als ich weiter über die Polizei nachdachte – warum hatten sie nicht alle Parks überwacht? Sie wussten doch, dass er in der Gegend war. Aber als ich noch einmal aufstand und im Internet nachsah, stellte ich fest, dass der Park hundertvierundzwanzig Hektar groß war. Wie sollten sie sie darin finden? Wie sollten sie *ihn* finden?

Ich rief mehrmals bei John an, aber sein Telefon war niemals eingeschaltet. Ich überlegte, was ich sagen sollte, falls er doch ranging. *Warum hast du das getan? Ist sie schnell gestorben?* Es war die zweite Frage, die mich am meisten quälte. Ich schmeckte Danielles Furcht. Sie kratzte an meiner Haut, grub sich in meine Muskeln, schrie in meinem Kopf – *Du hast das getan!*

An diesem Abend rief Evan an, als Ally schon im Bett lag, und ich weinte während des ganzen Gesprächs. Ich bemühte mich, nicht anklagend zu klingen, aber es klang doch durch, als ich sagte: »Du hast mir so zugesetzt, weil ich andauernd nach dem Telefon sehe, also habe ich versucht, mich einfach zu entspannen und etwas Spaß zu haben, so wie du gesagt hast, und …«

»Ich wusste nicht, dass er …«

»Ich habe es dir gesagt, aber du hast immer nur gemeint, ich würde mir zu viele Sorgen machen, und jetzt sind zwei Menschen tot.«

»Sara, ich hab nur versucht, dir zu helfen – du bist für mich das Wichtigste, nicht er. Was er getan hat, ist furchtbar, aber es ist nicht deine Schuld. Das weißt du doch, oder?«

»Wenn ich ans Telefon gegangen wäre, würden sie noch leben.«

»Und wenn du in der Zeit zurückreisen und Hitler umbringen würdest, würden Millionen ...«

»Das ist nicht das Gleiche. Für das, was damals geschehen ist, kann ich nichts, aber das hier hätte ich verhindern können.«

»Das unterliegt genauso wenig deiner Kontrolle, aber du gibst dir ohnehin die Schuld, egal, was ich sage.«

»Wieso kannst du nicht verstehen, warum ich so aufgewühlt bin?«

»Aber ich verstehe es doch – es ist schrecklich, was passiert ist, und du nimmst es noch schwerer, weil du in die Sache verstrickt bist. Aber es belastet *mich*, wenn du dich da völlig hineinsteigerst. Du musst versuchen, ein wenig Abstand zu gewinnen.«

»So einfach ist das nicht, Evan. Ich kann nicht so wie du einfach vor allem die Augen verschließen.« Ich zuckte zusammen, als mir mein harscher Ton auffiel. Dann wartete ich die nachfolgende Stille ab. Schließlich brach Evan das Schweigen.

»Ich bin hier nicht der Bösewicht.«

Ich stöhnte. »Tut mir leid. Das alles ist einfach nur so furchtbar, und ich vermisse dich.«

»Ich vermisse dich auch. Ich komme am Wochenende nach Hause, okay?«

»Ich dachte, da käme eine große Gruppe?«

»Ich rufe Jason an. Du brauchst mich jetzt.«

»Ach, Evan, ich würde dir gerne sagen, dass du bleiben kannst, aber ich brauche dich wirklich.« Ich rieb meine

Nase am Ärmel. »Ich sehe andauernd ihr Gesicht, verstehst du, sehe, wie sie mit ihrem Freund rumalbert, und dann ist John da … mit einer Waffe, und sie sieht mit an, wie ihr Freund erschossen wird, sie läuft davon, und …« Ich weinte schon wieder und versuchte, meinen Atem zu beruhigen.

»Schatz …« Evan klang hilflos. »Du musst aufhören, solche Sachen zu denken, *bitte*.«

»Ich kann nicht anders. Ich denke daran, was wäre, wenn du das wärst, und dann …«

»Mommy?« Ally stand oben an der Treppe.

Ich räusperte mich und versuchte, fröhlich zu klingen.

»Was ist los, Spatz?«

»Ich kann nicht schlafen.«

»Ich komme gleich zu dir.«

Evan und ich verabschiedeten uns voneinander, dann wusch ich mir das Gesicht mit kaltem Wasser ab und hoffte, dass Ally meine verquollenen Augen nicht bemerken würde. Wir kuschelten im Bett, Elch zu unseren Füßen, und ich streichelte ihr Haar und kraulte sie am Rücken. Dann dachte ich an eine andere Mutter irgendwo da draußen, die gerade erfahren hatte, dass ihre Tochter verschwunden war. Was hatte sie wohl getan, um das Mädchen zu trösten, als es klein war? Was würde die Frau wohl denken, wenn sie wüsste, dass ihre Tochter tot war, weil mein Handy auf Vibrieren gestellt war?

Als Ally eingeschlummert war, stand ich vorsichtig aus ihrem Bett auf. Elchs Kopf schoss in die Höhe, aber ich bedeutete ihm zu bleiben, und er ließ die Schnauze wieder auf Allys Barbie-Steppdecke sinken. Im Arbeitszimmer rief ich Google auf und tippte *Danielle Sylvan* ein. Ich hoffte, ich würde nichts finden, aber ich stieß auf einen Artikel, wo sie ehrenamtlich bei einem Leseförderungsprogramm mitgearbeitet hatte. Auf dem Foto strahlte sie übers ganze Gesicht, während sie ein paar Kindern den Arm voller Bücher entgegenstreckte. Der Anblick brachte mich beinahe um. Das tiefrote Haar hob sich kräftig von der blassen Haut ab. Ich stellte mir diese Haut im Tod noch bleicher vor, und mein Magen verkrampfte sich. Ich schickte Billy den Artikel. Er hatte einen BlackBerry und würde ihn sofort erhalten. Meine Nachricht lautete: »Haben Sie sie gefunden?« Ich wartete ewig und klickte alle paar Sekunden auf den »Senden/Empfangen«-Button. Endlich, nach zehn Minuten, antwortete er: »Noch nicht.«

Ich schaltete den Computer aus und ging ins Bett, das Handy auf dem Nachttisch. Wieder wälzte ich mich stundenlang hin und her.

Es ist deine Schuld, alles ist deine Schuld. Deine Schuld.

Am nächsten Morgen war Ally ziemlich unleidlich. »Ich will meinen Regenmantel nicht anziehen.« »Ich will die blauen Socken anziehen, nein, die gelben.« »Wann kommt Evan nach Hause?« »Warum kann Elch nicht mitkommen?« »Ich kann keine Cornflakes mehr sehen.« Endlich hatte ich sie angezogen, und wir machten uns auf den Weg. Wir waren etwa eine Meile von ihrer Schule entfernt, als das Handy in meiner Handtasche klingelte. Ally, die in ihrem Kindersitz sang und ihren Kopf im Takt mit den Scheibenwischern hin und her schwang, begann, lauter zu singen. Ich griff in die Tasche und holte das Handy heraus. Sobald ich Johns Nummer erkannte, geriet ich in Panik.

»Allymaus, das ist ein wichtiger Kunde, da musst du ganz leise sein, okay?«

Sie sang weiter.

Ich hob meine Stimme, als das Telefon erneut klingelte. »Ally, es *reicht*.«

Sie sah mich an. »Man darf beim Autofahren nicht telefonieren, Mommy, das ist gefährlich.«

»Du hast recht, und darum hält Mommy jetzt auch an.« Ich lenkte den Cherokee rasch auf den Seitenstreifen und hielt an. »Er braucht wirklich meine Hilfe, du musst also superleise sein, okay?« Der Regen prasselte auf uns herunter, während Ally aus dem Fenster starrte und Umrisse auf die beschlagene Scheibe malte. Sie war sauer auf mich, aber immerhin war sie still.

Hastig ging ich ans Telefon. »Hallo?«

»Sara.« Seine Stimme war leise und heiser. Als hätte er geschrien.

»Es tut mir wirklich leid, was passiert ist. Ich habe einen Fehler gemacht, aber es wird nicht wieder vorkommen, okay? Ich verspreche es.«

Ich hielt den Atem an und wappnete mich gegen einen Wortschwall, doch er schwieg.

Damit Ally nichts verstand, ließ ich das Fenster herunter und senkte die Stimme. »John, in den Nachrichten kam gestern Abend etwas über eine vermisste Frau.«

Er schwieg weiterhin. Im Hintergrund hörte ich Verkehrslärm, aber es gab noch ein anderes Geräusch – ein stetiges Pochen. Ich spitzte die Ohren. Neben mir begann Ally mit den Beinen zu zappeln. Ich klappte das Handschuhfach auf und fand Block und Stift. Ich reichte beides Ally und bedeutete ihr, mir ein Bild zu malen. Sie ignorierte den Block und verschränkte die Arme vor der Brust. Ich warf ihr einen warnenden Blick zu, und sie starrte aus dem Fenster.

Ich sagte: »Bist du noch dran?« Das Pochen im Hintergrund wurde lauter.

»Du hättest mich nicht ignorieren dürfen. Ich brauche dich.«

»Es tut mir leid. Aber jetzt bin ich da. Kannst du mir sagen, wo sie ist?«

Seine Stimme war ausdruckslos. »Sie ist bei mir.«

Hoffnung regte sich – bis ich begriff, dass er nicht gesagt hatte, sie würde noch leben.

»Geht es ihr gut?«

Neben mir trat Ally gegen das Armaturenbrett. Ich packte ihre Füße und warf ihr einen weiteren warnenden Blick zu. Sie riss ihren Fuß los und begann, in ihrem Sitz auf und ab zu hüpfen. Ich umklammerte das Telefon mit einer Hand. »Ally, gib eine Minute Ruhe, oder ... oder du darfst am Sonntag nicht bei Meghan übernachten.«

Ally keuchte entsetzt auf und ließ sich auf den Sitz plumpsen.

Am Telefon sagte John: »Ich weiß nicht, was ich machen soll.«

Ich musste schnell etwas sagen. *Denk nach Sara, denk nach.* Er depersonalisiert sie. Er will an sie nicht als an eine Person denken. *Mache sie real.*

»In den Nachrichten hieß es, ihr Name ist Danielle. Ihre Familie macht sich wirklich Sorgen um sie, John. Ihre Eltern möchten nur, dass sie nach Hause kommt, und ...«

»Ich wollte *dich*. Der Lärm wurde immer schlimmer – nichts hat funktioniert. Ich konnte nicht länger warten.«

Ich sah zu Ally hinüber. Sie malte wieder auf der Fensterscheibe.

»Nun, jetzt kannst du mit mir sprechen, dann kannst du sie doch nach Hause lassen, oder?«

Seine Stimme wurde ausdruckslos. »So einfach ist das nicht.«

Ich erschauderte, als mir auffiel, dass ich dasselbe zu Evan gesagt hatte.

»Es ist … du kannst es tun. Ich weiß, dass du es kannst. Du musst nur einen Schritt zurücktreten und eine Minute nachdenken.« Das Pochen im Hintergrund hörte auf. War das Danielle? War sie ohnmächtig geworden?

Der Regen hatte nachgelassen. Ally malte immer noch auf der Scheibe. Ich bedeckte das Mikrophon erneut mit der Hand und sagte: »Ich steig kurz mal aus, Spatz.«

Sie riss die Augen auf. »Mommy, nein, lass mich nicht …«

»Ich bleibe gleich hier stehen.« Ich öffnete die Tür, blieb auf der Straßenseite stehen und lächelte Ally durchs Fenster zu, während ich zu John sagte: »Du könntest ihr eine Augenbinde anlegen, sie irgendwo hinfahren und sie dann einfach am Straßenrand rauslassen.« Ally machte ein verkniffenes Gesicht. Ich malte kleine Gesichter auf das Fenster. Sie machte ihren Sicherheitsgurt auf und kroch auf meinen Sitz. Sie begann zu lächeln, als sie Zähne in meinen Smiley malte.

John sagte: »Das funktioniert nicht.«

Der Regen wurde wieder stärker. Ich wurde durchgeweicht, während die Autos an mir vorbeifuhren.

»Es funktioniert. Wenn jemand sie findet, bist du schon längst über alle Berge. Sie werden dich niemals kriegen.«

»So sollte es nicht ablaufen.« Ein lauter Knall, als hätte er gegen eine Wand geschlagen.

»Alles in Ordnung?« Alles, was ich hörte, waren schwere Atemgeräusche. Ich probierte eine andere Taktik. »Ich weiß, dass du Danielle eigentlich nichts tun willst. Ich habe Bilder von ihr im Fernsehen gesehen, sie sieht genauso aus wie ich. Sie ist die Tochter von jemandem – du musst sie laufenlassen.«

Schweigen.

»John?«

Ein Klick, dann das Freizeichen.

Ich kletterte zurück in den Cherokee und drehte die Heizung voll auf, während ich den Scheibenwischern zusah, wie sie hin- und hergingen. Das Handy in meiner Hand war heiß. Neben mir sagte Ally etwas, aber ich konnte nicht klar denken. Brachte er sie gerade in diesem Moment um? Hatte ich etwas Falsches gesagt? Ich hätte ...

»Mom! Ich komme zu spät zur Schule!«

Das Telefon klingelte erneut. »Ich weiß, Spatz, tut mir leid. Mommy muss nur noch mal kurz rangehen, dann geht's weiter, okay?« Sie stöhnte. Ich schenkte ihr ein kleines Lächeln, aber mein Herz raste, als ich auf das Telefon schaute. Es war Billy. Ich stieß den Atem aus. Ally trat gegen das Armaturenbrett und sang wieder, doch dieses Mal versuchte ich nicht, sie davon abzuhalten.

»Billy, Gott sei Dank.«

»Wir haben ein gutes Signal vom Handy.« Seine Stimme klang abgehackt. »Er ist in Kamloops, und wir machen eine Razzia in dem Gebiet – jeder verfügbare Beamte ist auf der Straße. Aber ich möchte nicht, dass Sie sich allzu große Hoffnungen machen.«

»Sie lebt noch ... ich *weiß* es.«

Im Hintergrund hörte ich Stimmen, dann kam Sandy ans Telefon.

»Wenn er noch einmal anruft, müssen Sie versuchen, ihn so lange wie möglich in der Leitung zu behalten. Überlassen Sie ihm das Reden. Falls er sie noch nicht getötet hat, wollen wir, dass es dabei bleibt.«

»Aber was soll ich sagen? Ich habe Angst, etwas Falsches zu sagen, und dass er ...«

»Seien Sie einfach vorsichtig.«

»Und was *bedeutet* das? Soll ich nach ihr fragen oder nicht?«

Sandy seufzte. »Bleiben Sie einfach ruhig, wenn Sie mit ihm sprechen. Er muss merken, dass Sie sich um ihn sorgen, dass Sie an ihm interessiert sind, dass es Ihnen leidtut. Wahrscheinlich hat er sich zurückgestoßen gefühlt, als Sie seine Anrufe ignoriert haben ...«

»Ich habe seine Anrufe nicht ...«

»Sara, wollen Sie sich wirklich über Formulierungen streiten? Das Leben einer Frau kann von dem nächsten Anruf abhängen. Was machen Sie im Moment?«

Ich biss die Zähne zusammen, um sie nicht anzuschnauzen, und sagte nur: »Ich muss Ally zur Schule bringen.«

»Sie ist *bei* Ihnen?« Ihre Stimme hob sich.

»Ich habe sie gerade zur Schule gefahren, aber er hat sie nicht gehört.«

»Wenn er herausfindet, dass Sie ihm nie gesagt haben, dass Sie ein Kind haben ...«

»Das will ich auch nicht, Sandy ... sie steht für mich an allererster Stelle. Und im Moment kommt sie zu spät zur Schule.«

»Bringen Sie sie hin, dann rufen Sie uns wieder an.«

»Also gut.« Ich spie die Worte aus.

Als ich wieder auf die Straße einbog, sagte Ally: »Geht es der Frau gut, Mommy?«

Ich hatte noch immer das Gespräch mit Sandy im Kopf und sagte: »Welcher Frau, Spatz?«

»Die, über die du mit deinem Kunden geredet hast. Du hast gesagt, dass sie vermisst wird.«

Mist, Mist, Mist.

Ich versuchte mir ins Gedächtnis zu rufen, was sie mitbekommen haben könnte. »Ach, sie hat sich nur verlaufen, als sie nach Hause gegangen ist. Aber die Polizei wird sie bald finden.«

»Es gefällt mir nicht, wenn du so viel telefonierst.«

»Ich weiß, Spatz. Aber ich finde es super, wie brav du warst.«

Sie starrte aus dem Fenster.

Vor der Schule stieg ich aus, umarmte Ally und gab ihr einen Kuss. Ihre Schultern hingen herunter, und ihr kleines Gesicht war verkniffen. Ich lehnte mich zurück und sah ihr in die Augen.

»Allymaus, ich weiß, dass ich in der letzten Zeit nicht die beste Mommy bin, aber ich verspreche dir, dass ich mir mehr Mühe geben werde, in Ordnung? Dieses Wochenende kommt Evan nach Hause, und wir machen etwas zusammen als Familie.«

»Mit Elch?«

»Natürlich!« Ich war erleichtert, daraufhin zumindest ein kleines Lächeln zu ernten.

Als Ally schon auf das Schultor zurannte, blieb sie noch einmal stehen und drehte sich um. »Ich hoffe, die Polizei findet die Frau, die sich verlaufen hat, Mommy.«

Das hoffte ich auch.

Sobald ich zu Hause war, rief ich Billy an. »Was soll ich machen?«

»Wenn er wieder anruft, denken Sie einfach an das, was Sandy gesagt hat. Bleiben Sie ruhig und lassen Sie ihn reden. Vergessen Sie nicht, dass er anruft, weil er Hilfe sucht. Er ist zutiefst aufgewühlt, und Sie scheinen die einzige Person zu sein, bei der er das Gefühl hat, sie könnte ihm helfen. Wahrscheinlich wird er bald wieder anrufen.«

Aber das tat er nicht. Ich lief in meinem Haus hin und her und versuchte schließlich, in der Werkstatt zu arbeiten, aber ich konnte mich nicht konzentrieren. Also trank ich unzählige Tassen Kaffee – was nicht gerade dazu beitrug, mich zu beruhigen – und verbrachte Stunden damit, nach Serienmördern und Verhandlungen mit Geiselnehmern zu googeln, während ich die ganze Zeit über daran dachte, was wohl gerade mit Danielle geschah. Ich mailte Billy eine Website nach der anderen und wurde mit jedem Mal und bei jeder Antwort von ihm ruhiger, selbst wenn es nur eine kurze Nachricht war wie: »Das machen Sie großartig, schicken Sie mir ruhig noch mehr.« Dann dachte ich über John nach, darüber, dass er gesagt hatte, er könne nicht länger warten, über den Druck, der sich in ihm aufbaute, bis er *irgendetwas* tun musste. Die plötzliche Erkenntnis, dass ich genau wusste, wie er sich fühlte, machte mir mehr Angst als alles andere.

Später am selben Tag saßen Ally und ich gerade beim Abendessen, als mein Handy klingelte. Es war John.

Ally verzog das Gesicht, als ich vom Tisch aufstand.

»Es dauert nicht lange, Spatz. Wenn du den Teller leer isst, sehen wir uns hinterher noch einen Film zusammen an, okay? Aber du musst mir versprechen, dass du mucksmäuschenstill bist.«

Sie seufzte, aber nickte und vergrub ihre Gabel im Kartoffelbrei.

Ich rannte in ein anderes Zimmer und ging ans Telefon.

»John, ich bin so froh, dass du noch mal anrufst. Ich habe mir Sorgen gemacht.« Ich machte mir immer noch Sorgen. Ich wusste nicht, ob er anrief, um mich um Hilfe zu bitten oder um mir zu sagen, dass es zu spät war.

Er gab keine Antwort.

»Geht es Danielle gut?«

»Sie hört einfach nicht auf zu weinen.« Die Frustration in seiner Stimme erschreckte mich.

»Es ist nicht zu spät. Du kannst sie gehen lassen. Für mich, *bitte*. Sie hat doch nichts falsch gemacht. Ich war diejenige, die es vermasselt hat.« Ich hielt den Atem an.

Er schwieg.

Ich sagte: »Kann ich mit ihr reden?«

»Das wäre nicht gut für dich.« Er klang väterlich. Ein Vater, der seiner Tochter erklärt, dass sie nicht noch einen Keks haben darf.

»Was hast du vor?«

»Ich weiß nicht.« Wieder klang er frustriert.

»Jetzt im Moment musst du gar nichts machen. Hast du Lust, eine Weile zu reden? Neulich hast du mich gefragt, was ich gerne esse. Ich habe überlegt, was du wohl so magst. Bist du gegen irgendetwas allergisch?«

»Nein. Aber ich mag keine Oliven?« Seine Stimme hob sich am Ende des Satzes.

»Ich bin auch nicht gerade ein Fan davon – oder von Leber.«

Er machte ein angewidertes Geräusch. »Die Leber ist die Kläranlage des Körpers.«

»Genau.« Ich lachte, doch es klang hohl. »John, neulich hast du mal gesagt, der Lärm würde schlimmer werden. Was meintest du damit? Ist er jetzt auch schlimm?« Wenn ich herausbekäme, was das Problem war, könnte ich es vielleicht irgendwie benutzen, um ihn dazu zu bringen, Danielle laufenzulassen.

»Ich will nicht darüber reden.«

»Okay, kein Problem. Ich habe mich nur gefragt, ob du dabei vielleicht Hilfe gebrauchen könntest.«

»Ich brauche keine Hilfe.«

»*So* meine ich es auch nicht. Ich dachte nur, wenn du mit mir darüber redest, könnte ich vielleicht helfen.«

»Dieses Gespräch führt zu nichts.« Er klang verärgert. »Ich ruf dich ein anderes Mal an.«

»Warte, was ist mit Danielle ...«

Aber er hatte bereits aufgelegt.

Ich warf das Handy aufs Sofa und stützte meinen Kopf in die Hände. Eine Minute später klingelte das Telefon. Ich sah auf das Display, es war Billy.

»Gute Arbeit, Sara. Er ist noch in Kamloops, aber wir konnten ihn jetzt besser orten und haben ein paar Straßensperren auf dem Highway eingerichtet.«

»Aber wenn er eine Straßensperre sieht, direkt nachdem wir miteinander geredet haben, wird er dann nicht Verdacht schöpfen?«

»Wir setzen die Fahrzeuge der Verkehrspolizei ein, so dass es aussieht, als hätten wir es lediglich auf betrunkene Fahrer abgesehen. Ich denke, wir sind ihm dicht auf den Fersen, Sara. Ich glaube nicht, dass er ihr etwas tun will, aber er weiß auch nicht, was er stattdessen mit ihr anfangen soll. Es besteht die Chance, dass Sie ihn überzeugen können, sie gehen zu lassen.«

»Glauben Sie das wirklich, Billy? Werden die Opfer jemals laufengelassen?«

»Es hängt davon ab, ob er sie für ein Risiko hält oder nicht. Aber unsere Chancen stehen gut. Wir müssen nur die Stimmung des Gegners ausnutzen, um einen Sieg zu erringen.«

»Was zum Teufel soll *das* wieder heißen?«

»Sie müssen ihm schmeicheln, ihn davon überzeugen,

dass Sie ihn für einen netten Kerl halten. Dass Sie wissen, dass er schon das Richtige tun wird. Er will Ihr Vater sein. Behandeln Sie ihn auch so.«

Mein Magen schien sich um sich selbst zu wickeln, und meine Eingeweide verkrampften sich.

»Ich werde es versuchen. Ich muss auflegen ...« Ich schaffte es gerade noch rechtzeitig ins Badezimmer.

Doch an diesem Abend hörte ich nichts mehr von ihm. Billy meldete sich noch einmal und berichtete, dass die Straßensperren nichts gebracht hätten. Sie hatten nur ein paar angetrunkene Fahrer erwischt. Am nächsten Vormittag, Samstag, kam Evan nach Hause. Kaum war er in der Tür, umarmte ich ihn so fest, dass er mich förmlich von sich pellen musste. Während er auspackte, folgte ich ihm von Zimmer zu Zimmer und erzählte ihm alles, was passiert war, jede Unterhaltung, die ich mit Billy oder Sandy geführt hatte. Ich war überdreht, schrak bei jedem Geräusch zusammen und redete wie ein Wasserfall, doch allein zu wissen, dass er zu Hause war und Ally ablenken konnte, wenn John anrief, war eine riesige Erleichterung.

Ally hatte mein Versprechen nicht vergessen, am Wochenende mit ihr einen Ausflug zu machen, und sie sorgte dafür, dass Evan es erfuhr, während er uns gegrillte Käsesandwiches und Tomatensuppe machte. Ich hatte ihr schon gleich nach dem Aufwachen versichert, dass wir später etwas unternehmen würden, aber sie hatte mich zweifelnd angesehen. Dass ich den ganzen Vormittag telefoniert hatte, kaum dass Evan zu Hause war, hatte die Sache auch nicht gerade besser gemacht. Zuerst sprach ich mit Billy, und anschließend rief Lauren an. Ich hatte seit unserer Shoppingtour nicht mehr mit ihr gesprochen, so dass ich ein wenig mit ihr plaudern musste, oder es hätte komisch gewirkt. Aber am Telefon zu tun, als sei alles ganz normal, kostete mich so viel Kraft, dass ich ganz erschöpft war, als ich auflegte.

Nach dem Lunch fuhren wir runter zur Strandpromenade und zum Maffeo Sutton Park. Ally liebt den Spielplatz dort, und normalerweise gehen wir anschließend noch mit ihr zu der Eisbude auf der Promenade. Ich gab mir Mühe, die kostbare Zeit mit meiner Familie zu genießen, aber ich holte immer wieder mein Handy raus und vergewisserte mich, dass der Vibrationsalarm nicht eingeschaltet war.

Als wir zur Eisbude kamen, bestellten wir heiße Schokolade und einen kleinen Eisbecher für Ally, die darauf bestand, dass Elch ebenfalls ein Eis bekam. Wir saßen an einem der Tische draußen in der Nähe der Marina und beobachteten die Leute, die mit ihren Kinderwagen und Hunden auf der Strandpromenade vorbeispazierten, als mein Telefon klingelte. Evan erstarrte, und mein Magen zog sich zusammen, doch als ich sah, wer es war, formte ich das Wort *Billy* mit den Lippen. Evan nickte und ging nach drinnen auf die Toilette.

Billy erzählte mir, dass sie jetzt Campingplätze und Motels durchsuchten, in möglichst jedem Lebensmittelgeschäft und an jeder Tankstelle Johns Phantombild vorzeigten und Bilder aus Überwachungskameras überprüften. Wir legten auf, gerade rechtzeitig, dass ich mitbekam, wie Ally heiße Schokolade über ihre Jacke schüttete. Als ich in den Laden ging, um eine Serviette zu holen, hörte ich mein Handy auf dem Tisch klingeln.

Ich wirbelte herum.

Ally hob gerade das Handy ans Ohr.

»Ally, nein! Geh nicht ran!«

Ich sprintete zum Tisch. Ich hatte es fast geschafft und streckte meine Hände schon nach dem Telefon aus.

Ally sagte in einem singenden Tonfall: »Mommy kann gerade nicht ans Telefon kommen, weil sie Zeit mit *mir* verbringt«, und legte auf.

Sie reichte mir das Telefon und widmete sich wieder ihrem Eis. Ich packte ihre Schultern und riss sie zu mir herum. Sie ließ den Löffel fallen.

»Ally, du darfst mein Telefon *niemals* anrühren!«

Ihre Augen füllten sich mit Tränen. »Aber du telefonierst *andauernd*.«

Die Frau am Nachbartisch warf mir einen bösen Blick zu und flüsterte ihrem Freund etwas zu. Ich ließ Ally los und klappte mein Handy auf.

Evan kam aus dem Laden gerannt. »Ich habe dich schreien gehört, was ist los?«

Ich scrollte durch die Anruferliste. *Bitte, bitte, bitte, lass es Billy gewesen sein.*

Der letzte Anruf war von Johns Nummer gekommen.

»Sara, was ist *passiert*?«

Ich versuchte zu antworten, aber ich war wie gelähmt.

Ally schluchzte. »Ich habe dem Mann gesagt, dass Mommy keine Zeit hat.«

Evans Gesicht wurde blass, als er mich ansah. Eine Hand vor dem Mund, nickte ich. Er versuchte, seinen Arm um mich zu legen, doch ich schüttelte ihn ab.

»Ich muss nachdenken.«

Stopp. Atme. Vielleicht hatte er sein Handy noch nicht ausgeschaltet. Möglicherweise war er genauso schockiert wie ich.

Ich entfernte mich ein paar Schritte von Evan und Ally und wählte Johns Nummer. Ich brauchte zwei Versuche.

Er ging beim ersten Klingeln ran.

»John, es tut mir leid, aber …«

Er sagte: »Du hast gelogen«, und legte auf.

Ich drehte mich um und sah Evan an. Er saß neben Ally, einen Arm um ihre Schultern gelegt. Unsere Blicke trafen sich, und ich schüttelte den Kopf. Er stand auf und begann, das Geschirr zusammenzuräumen, während er etwas zu Ally sagte. Sie kamen zu mir herüber. Ich lehnte am Geländer, meine Hände umklammerten das kalte Metall. Ally sah mich nicht an.

Evan sagte: »Lass uns zum Auto zurückgehen, Ally, deine Mom wird schon ganz blau vor Kälte.«

Ich lächelte ihr zu, tat, als würde ich frösteln, und rieb mir mit den Händen über die Arme. Aber sie sah mich immer noch nicht an. Als wir zum Parkplatz gingen, ergriff Evan meine Hand und hielt sie ganz fest. Wir starrten einander an, während Ally mit Elch an der Leine vorweglief. Alles, woran ich denken konnte, war Danielle. Hatte ich gerade ihr Todesurteil gesprochen?

Ich sagte: »Billy und Sandy sind wahrscheinlich …«

Mein Handy klingelte, und mein Herz blieb stehen. Ich schnappte das Telefon, sah aufs Display und atmete auf.

»Es ist Billy.«

Evan sagte: »Ich gehe mit Ally vor.« Er holte sie ein und nahm sie an der Hand. Ich folgte ihnen und nahm den Anruf entgegen.

»O Gott, Billy, was sollen wir jetzt machen?«

Es war Sandy. »Billy spricht auf einer anderen Leitung. Was ist passiert? Wieso konnte Ally ans Telefon?«

»Es lag auf dem Tisch, und ich habe sie nur für eine Sekunde aus den Augen gelassen.«

»Sara, wir haben das doch alles besprochen. Sie wissen,

dass er, sobald er Sie bei einer Lüge ertappt, wahrscheinlich Danielle töten wird.«

»Ich wusste nicht, dass Ally tatsächlich ans Telefon gehen würde – sie darf das nicht, aber ich habe in letzter Zeit so viel telefoniert, dass sie einfach ...«

»Sie hätten es keine *Sekunde* aus der Hand legen dürfen.«

Ich hob meine Stimme. »Wenn Sie in diesem Ton mit mir weiterreden, Sandy, lege ich auf.«

Sie schwieg einen Moment, und als sie weitersprach, war ihre Stimme ruhig.

»Der Anruf kam aus Clearwater, nördlich von Kamloops, aber wir werden morgen einen Streifenwagen in Ihrer Straße postieren und dafür sorgen, dass Ihnen jemand folgt, sobald Sie das Haus verlassen.«

»Glauben Sie, dass er *hierher* kommt?«

»Wir wissen nicht, wohin er fährt.«

Mein Herz spielte verrückt. »Was ist mit Ally? Sie muss zur Schule, und ...«

»Sprechen Sie mit ihren Lehrern, erzählen Sie ihnen, es handele sich um einen Sorgerechtsstreit. Achten Sie darauf, dass alle erfahren, dass Ally mit niemandem mitgehen darf. Bringen Sie sie bis ins Klassenzimmer, und schärfen Sie ihr ein, bei ihrer Lehrerin zu bleiben, bis Sie sie wieder abholen. Lassen Sie sie nicht aus den Augen.«

»Sie glauben doch nicht ... er würde Ally doch nichts antun, oder?«

»Alles, was wir wissen, ist, dass er äußerst wütend ist und dass eine Frau wegen dieser Sache jetzt wahrscheinlich tot ist.«

»Hören Sie auf, mir die Schuld zu geben, Sara. Wenn Sie Ihren Job richtig gemacht hätten, hätte er gar nicht erst hier angerufen. Warum haben Sie nicht mehr Leute auf den Fall angesetzt?«

»Jeder Angehörige des Dezernats für Kapitalverbrechen ist inzwischen eingespannt, die Vorgehensweise ...«

»Ihre Vorgehensweise scheint aber nicht zu funktionieren.«

Dieses Mal legte ich auf und stapfte zum Auto, selbstgerechter Ärger spornte mich an. Aber dann dachte ich an Danielle, und ich sah nur noch Bilder vor mir, wie sie auf einem Stück Waldboden starb, sich in die Erde krallte und um ihr Leben bettelte. Und die Wahrheit brannte wie Säure in meinen Eingeweiden. Es war meine Schuld.

Auf der Heimfahrt schwiegen wir, Evans Gesicht war angespannt, als er den Arm ausstreckte und meine Hand festhielt. Dankbar für die Wärme, starrte ich durch die Windschutzscheibe und blinzelte die Tränen fort.

Evan sagte: »Meinst du nicht, du solltest mit deiner Familie reden?«

Ich schüttelte den Kopf. »Sandy würde ausrasten, aber ich will sowieso niemanden in die Geschichte mit reinziehen.«

»Sie werden sich langsam fragen, warum du so abgelenkt bist.«

»Sie sind es gewohnt, dass ich immer mal wieder von etwas besessen bin. Ich sage einfach, ich sei so mit der Hochzeit beschäftigt oder hinke mit der Arbeit hinterher, was ja auch stimmt.« Eine weitere Woge des Unbehagens schwappte über mich hinweg, als ich an die ganzen E-Mails dachte, die ich ignoriert hatte.

»Vielleicht solltest du dir eine Weile freinehmen.«

»Ich habe Jahre gebraucht, um das Geschäft aufzubauen – ich kann jetzt nicht einfach alles aufgeben.«

»Du kannst es noch einmal aufbauen.«

»Ich bin mit der Arbeit nur ein bisschen hinterher – das schaffe ich schon.« Ich war mehr als nur ein bisschen hinterher.

»Dann solltest du mit Ally zumindest für eine Weile zu mir in die Lodge kommen.«

»Ally hat bereits Probleme in der Schule. Ich kann sie da jetzt nicht rausnehmen. Und die Lodge ist so abgelegen. Wenn da draußen irgendetwas passiert ...« Ich war immer gern zu Evans Lodge gefahren und durch Tofino geschlendert, einer Mischung aus dem Hippie-Lifestyle der Westküste und Fünf-Sterne-Ressorts, Öko-Cafés mit Hanfsamenmuffins, kleinen urigen Kunstgalerien und Kajak-Läden. Aber jetzt konnte ich nur an das kleine Polizeirevier denken, an die stundenlange Fahrt über eine gewundene Straße durch die Berge, auf der man keinen Handyempfang hatte.

»Dann nehme ich mir eine Zeitlang frei.«

Ich sah ihn an. »Und wie willst du das anstellen? Du hast mir gestern erzählt, dass die Lodge für den Rest des Sommers ausgebucht ist.«

Er stöhnte. »Ich hasse es, nicht hier bei dir sein zu können. Ich sollte mich um dich und Ally kümmern.«

Obwohl Ally hinten saß und auf Evans iPod Musik hörte, senkte ich die Stimme.

»Es geht uns *gut*. Die Polizei beobachtet das Haus, und wir haben eine Alarmanlage. Außerdem bist du doch in den nächsten Tagen zu Hause. Ich kann mir nicht vorstellen, dass er auf die Insel kommt – wenn er sauer ist, ignoriert er mich immer.«

»Ich möchte, dass du besonders vorsichtig bist.«

»Wem sagst du das.«

Wir verfielen in Schweigen.

Nach einer Weile sagte ich: »Vielleicht hatte er sie schon gehen lassen. Du weißt schon, bevor er angerufen hat.«

»Vielleicht.« Evan drückte meine Hand. Aber er sah mir nicht in die Augen.

Deshalb habe ich nicht bis Mittwoch auf unseren nächsten Termin gewartet. Ich *konnte* einfach nicht. Ich tue nichts anderes mehr als warten. Das ganze Wochenende über haben Evan und ich penibel alle Nachrichten angeschaut. Bei jedem Läuten des Telefons sind wir aus der Haut gefahren, aber mein Handy hat nie wieder geklingelt, bis auf Billys gelegentliche Anrufe, bei denen er mir das Gleiche erzählte wie Sandy, nur ohne den Teil, bei dem sie mir das Gefühl vermittelte, ich hätte gerade Danielles Todesurteil unterschrieben. Als ich sagte, ich hätte den Eindruck, alles gerate vollkommen außer Kontrolle, sagte er mir erneut, ich solle mir eine Ausgabe des Buches besorgen, aus dem er ständig zitierte. Er sagte: »Es ist das Einzige, was mir hilft, wenn ich mir wegen der Ermittlungen Sorgen mache. Ich sehe die Akten noch einmal durch und konzentriere mich auf Strategien. ›Der geschickte Krieger vertraut nicht darauf, dass der Feind nicht angreift, sondern darauf, dass er selbst vorbereitet ist.‹ Ich überlege mir jedes mögliche Szenario und jede Wendung, die der Fall nehmen könnte, und dann bereite ich mich auf jedes Ereignis vor.«

»Wow«, sagte ich. »Und wann schlafen Sie?«

Er lachte. »Gar nicht.«

Ich staunte, denn ich hatte ihn für einen jener Menschen gehalten, die nur unter die Decke zu kriechen brauchen und neunzig Sekunden später weg sind, so wie Evan. Es tat gut zu wissen, dass ich nicht die Einzige war, die ganz besessen war und nicht schlafen konnte.

Als ich ihm erzählte, dass Evan übers Wochenende zu Hause war, klang er erleichtert und feuerte mich an durchzuhalten. Ich fragte ihn, wann er wieder auf die Insel zurückkäme, und er sagte, am Montag, also heute. Ich bin also ziemlich sicher, dass ich bald von ihm hören werde. Sandy bleibt auf dem Festland. Vermutlich so lange, bis sie Danielle finden ...

Evan blieb zu Hause, solange es ging, selbst Sonntagabend, obwohl er da normalerweise zurückfährt. Der arme Kerl musste um vier Uhr morgens aufstehen, um zur Lodge zu fahren. An der Tür hielten wir uns ganz lange fest. Als er weg war, kletterte ich zu Ally ins Bett und kuschelte mich an sie, bis es Zeit war, aufzustehen und sie zur Schule zu bringen.

Im Fernsehen habe ich ein paarmal Danielles Eltern gesehen. Evan sagte mir, ich solle aufhören, mir das anzuschauen, aber ich konnte nicht anders. Ihre Mom sieht noch nicht sehr alt aus. Vielleicht hat sie Danielle bekommen, als sie so alt war wie ich, als ich Ally bekam. Ob sie ihre Tochter gewarnt hat, vorsichtig zu sein, ehe sie sie auf den Campingausflug gelassen hat? Oder hat sie ihr einfach nur viel Spaß gewünscht?

12. Sitzung

Danke, dass Sie mich dazwischenschieben konnten. Sie werden es heute Abend in den Nachrichten hören, aber ich wollte es Ihnen selbst erzählen. Wenn ich kann, heißt das. Auf dem ganzen Weg hierher habe ich geübt, die Worte laut auszusprechen, aber ... es ist einfach zu heftig. Ich habe es noch nicht einmal Evan erzählt – er ist mit dem Boot draußen. Aber ich muss es irgendjemandem erzählen. Ich muss dieses Gefühl irgendwie loswerden. Ich komme mir vor wie Lady Macbeth, die versucht, sich das Blut von den Händen zu waschen.

Heute Morgen stand Billy vor meiner Tür, den BlackBerry fest umklammert – und mit einer Miene, bei der mein Herz sank.

»Sie ist tot, nicht wahr?«

»Lassen Sie uns reingehen.«

Wir gingen ins Wohnzimmer. Obwohl die Sonne schien, begann ich am ganzen Körper zu zittern. Sobald Billy im Sessel neben dem Sofa saß, sprang Elch ihm auf den Schoß. Dieses Mal tätschelte Billy ihn nur kurz und setzte ihn wieder auf den Boden. Er sah mir in die Augen, sein Blick war ernst.

»Wir haben heute Morgen ihre Leiche gefunden.«

Ich versuchte zu begreifen, was er gerade gesagt hatte, aber mein Verstand reagierte nur stockend.

»Wo?«

»Wells Gray Park. Es ist der nächste Park von Clearwater aus, also haben wir dort zuerst gesucht, aber es sind mehr als fünfhunderttausend Hektar. Wir hätten sie vielleicht gar nicht gefunden, wenn nicht ein paar Wanderer vom Pfad abgewichen wären. Es sieht so aus, als sei Danielle binnen weniger Stunden nach seinem letzten Anruf umgebracht worden.«

Danielles Namen zu hören machte ihren Tod auf brutale Weise real. Ich dachte daran, wie John seine Opfer depersonalisierte – wenn ich es doch genauso machen könnte.

»Hat er sie …«

»Sie wurde nicht vergewaltigt, aber erdrosselt.« Billys Stimme war ruhig, aber er drehte seinen BlackBerry unablässig in den Händen hin und her.

Ich runzelte die Stirn. »Das ist nicht seine übliche Vorgehensweise …«

»Wir wissen nicht, warum er von seinem Muster abgewichen ist. Durch die Situation mit Ihnen ist es ihm möglicherweise schwergefallen, sein Ritual durchzuführen, aber wir sind uns sicher, dass er es war. Wir untersuchen noch den Tatort. Es sieht so aus, als hätte er sie an der Straße rausgelassen und sie anschließend durch den Wald gehetzt.«

Eine Woge der Übelkeit überkam mich. »O mein Gott, ich habe ihm gesagt, er soll sie einfach an der Straße rauslassen.«

»Vielleicht hat er versucht, es genau so zu machen. Aber dann lief sie davon, und das erregte ihn. Oder es gab noch einen anderen Auslöser für ihn.«

»Aber er hat sie nicht vergewaltigt.«

»Und das liegt möglicherweise daran, dass Sie sie menschlich gemacht haben – oder weil sie Ihnen ähnlich sah.«

»Sie meinen, weil wir das gleiche Haar haben?«

»Er hat sie wahrscheinlich aufgrund der Ähnlichkeit zu Ihnen ausgesucht, so dass dieser Überfall nicht sexuell motiviert war. Es war ein Versuch, eine Verbindung zu Ihnen herzustellen.«

»Und jetzt ist sie tot.«

Tränen liefen mir aus den Augen. Billy beugte sich vor und ergriff meine Schulter.

»Hey, hören Sie auf. Es ist nicht Ihre Schuld.«

»Doch, im Grunde ist es das. Und ich bin sicher, dass Sandy das auch so sieht.«

Er ließ meine Schulter los. »Sandy weiß, dass es nicht Ihre Schuld ist.«

»Wo ist sie?«

»Sie spricht mit der Familie.«

Ein Gefühl der Beklemmung breitete sich in meiner Brust aus. »Werden sie erfahren, was wirklich geschehen ist?«

»Sie werden erfahren, dass der Campsite-Killer unser Hauptverdächtiger ist und dass wir alles tun, um ihn zu fassen.«

Ich schlug eine Hand vor den Mund, versuchte, ein Schluchzen zu unterdrücken. Billy legte sein Telefon auf den Tisch und beugte sich zu mir vor.

»Alles in Ordnung?«

Ich schüttelte den Kopf. »Das ist so furchtbar. Ich wollte doch nur meine leibliche Mutter finden, und jetzt sind meinetwegen zwei Menschen gestorben.«

»Sie sind *seinetwegen* gestorben. Und wenn wir ihn fangen, haben Sie uns dabei geholfen, wer weiß wie viele Frauen zu retten, Sara.«

»Aber wahrscheinlich werden wir ihn jetzt nicht fassen. Er wird nie wieder anrufen.«

»Im Gegenteil, die Chancen stehen gut, dass er sich wieder meldet. Nach einem Mord befindet sich der Mörder in einem Zustand der Ruhe, er verspürt Erleichterung – manche beschreiben das Gefühl auch als Euphorie. Er kann mit niemandem sonst darüber reden, also wird er möglicherweise versuchen, es mit Ihnen zu teilen.«

»Er vertraut mir nicht mehr.«

»Er ist wütend auf Sie, weil Sie ihm etwas verheimlicht haben, aber wir glauben, dass seine Neugier und die Sehnsucht nach einer Familie letztendlich siegen werden. Er wird alles über sein Enkelkind wissen wollen.«

»Was sage ich, wenn er wieder anruft?«

»Entschuldigen Sie sich einfach. Wir wollen nicht, dass er das Gefühl hat, erneut belogen zu werden, also geben Sie es einfach zu und bitten Sie ihn um Verzeihung. Das wird ihm das Gefühl vermitteln, wieder die Kontrolle über Sie zu haben.«

»Er *hat* die Kontrolle.«

»Sie können jederzeit aufhören, Sara. Niemand wird schlecht von Ihnen denken, wenn Sie es tun. Eines Tages werden wir ihn erwischen – er muss irgendwann einen Fehler machen.«

Das war meine Chance. Ich könnte diesen Albtraum hinter mir lassen und mein Leben wieder aufnehmen. Vor meinem geistigen Auge sammelten sich Bilder davon, wie das Leben noch vor wenigen Monaten gewesen war, entspannt, locker, voller Spaß und Gelächter. Alles in mir wollte zurück zu dieser Zeit, wollte diese gewaltige Last abschütteln, dieses Gefühl, hoffnungslos in der Falle zu sitzen. Ich brauchte bloß ja zu sagen, ein einziges Wort, und alles wäre vorbei.

Für *mich*.

»Sara?«

Es war zu spät. Ich war bereits zu weit gegangen.

»Nein. Wir müssen ihn fassen – ich will nicht, dass er noch jemandem etwas antut.«

Er nickte ein paarmal, dann griff er nach seinem Telefon.

»Wir werden dafür sorgen, dass er das nicht tut.«

Ich schenkte ihm ein schwaches Lächeln. »Sind Sie sicher, dass Sie so eine stressige Durchgeknallte in Ihrem Team haben wollen?«

»So schlimm sind Sie doch gar nicht.« Er lächelte und stand auf. »Aber ich fahre besser zurück aufs Revier.«

Ich brachte ihn zur Tür. »Hat irgendjemand ihn in der Gegend gesehen?«

»Wir haben keine Zeugen, aber wir sind immer noch dabei herauszufinden, wo er den Hobel gekauft hat, und versuchen, so viel wie möglich über die Puppen zu erfahren.«

»Haben die DNA-Proben ...«

»Die Haare stammen von zweien der Opfer, ja.«

Ich holte tief Luft. »Glauben Sie, dass ich in Gefahr bin?«

»Wir sorgen dafür, dass Ihnen nichts passiert – darum steht der Wagen hier in der Straße. Außerdem hat bisher jede Drohung, die er ausgestoßen hat, auf andere Menschen gezielt, nie auf Sie. Sobald er Sie oder Ihre Familie ins Visier nimmt, hört die Sache auf.«

Draußen auf der Eingangstreppe sagte ich: »Ich kann es nicht glauben, dass sie *tot* ist. Das ist so schrecklich.« Ich blinzelte die Tränen zurück.

»Es tut mir leid, Sara. Ich weiß, wie sehr Sie sich ein Happy End für Danielle gewünscht haben. Glauben Sie mir – mir ergeht es nicht anders.« Seine Stimme klang gepresst und entmutigt. Er legte beide Hände auf meine Schultern und sah mir direkt in die Augen. »Aber das müssen Sie jetzt abschütteln und sich darauf konzentrieren, wie wir ihn aufhalten können. Das ist das Einzige, was wir jetzt noch für Danielle tun können.«

Billy hielt mich immer noch an der Schulter fest, als wir einen Wagen mit plärrendem Radio die Auffahrt hinaufpreschen hörten. Sofort trat Billy einen Schritt von mir zurück.

Sobald ich das Auto sah, sagte ich: »Das ist meine Schwester.«

Melanie grinste durch das Fenster, als sie vor dem Haus parkte.

Billy ging zu seinem SUV. Als er an Melanie vorbeikam, sagte sie: »Wie geht's, Officer? Haben Sie es eilig?«

Er grinste übers ganze Gesicht und zwinkerte ihr zu. »Ach, Sie wissen schon, ich muss wieder böse Buben fangen. Langweilig, sage ich Ihnen.« An der Tür zu seinem Truck blieb er stehen und rief über die Motorhaube: »Wegen den anderen Stücken sage ich Ihnen morgen Bescheid, Sara.«

»Kein Problem.«

Während er mit lautem Hupen davonfuhr, schlenderte Melanie die Vordertreppe hoch und hob die Brauen. Ich verdrehte die Augen, machte kehrt und ging ins Haus. Dieses Mal wartete ich ihre Anspielungen gar nicht erst ab.

»Mein Gott, Melanie, ich habe nichts mit Billy am Laufen. Er ist ein Kunde und ein *Freund*. Ich liebe Evan und werde ihn heiraten, schon vergessen?« Ich ging in die Küche, mit Melanie dicht auf den Fersen.

»Ich hab's nicht vergessen, aber ich bin mir nicht sicher, ob dein *Freund* Billy es nicht vielleicht vergessen hat. Er ist in dich verknallt.«

Ich schenkte mir frischen Kaffee ein, bot ihr jedoch keinen an, in der Hoffnung, dass sie schnell wieder verschwand.

»Du weißt ja nicht, was du da redest. Du hast ihn zweimal gesehen, und beide Male hat er mit dir geflirtet.«

»Aber ich bin nicht diejenige, die er mag.« Sie zuckte die Achseln. »Ich weiß auch nicht, warum er sich in dich verknallt haben sollte, aber er ist es.« Sie setzte sich an den Küchentisch.

»Er ist nicht in mich ›verknallt‹. Was willst du überhaupt hier?« Ich lehnte mich gegen die Arbeitsplatte.

»Hast du mit Evan darüber gesprochen, ob Kyle bei der Hochzeit spielen soll?«

Ich schlug mir gegen die Stirn. »Oh, Mist. Ich bin dieses Wochenende nicht dazu gekommen, und ...«

»Natürlich nicht. Deshalb habe ich dir eine von seinen CDs mitgebracht.« Sie holte sie aus ihrer Handtasche und legte sie auf den Tisch.

»Ich werde versuchen, sie mir anzuhören.«

»Warum musst du es *versuchen*? Warum kannst du nicht einfach sagen, klar, Melanie, mach ich gerne?«

»Warum fängst du immer Streit mit mir an?«

»Weil du immer auf mich *runterschaust*.«

Ich schüttelte den Kopf und öffnete den Mund, um ihr zu sagen, sie solle sich nicht so anstellen. Dann fiel mir ein, dass es ein totes Mädchen gab. Ein Mädchen, das eine Schwester namens Anita hatte, die letzte Nacht im Fernsehen um ihre Rückkehr gefleht hatte.

»Ich werde mir die CD anhören.« Ich schaute zur Werkstatttür hinüber. »Aber ich habe eine Menge zu tun, also ...«

»Keine Angst, ich bin schon weg.«

Ich versuchte nicht, sie aufzuhalten, als sie aufstand und zur Tür ging. Ich folgte ihr, blieb auf der Treppe stehen und wartete auf den Abschieds-Seitenhieb.

Beim Wagen drehte sie sich um und sagte: »Du solltest Mom hin und wieder besuchen. Oder hast du sie ebenfalls vergessen?«

»Ich habe gerade echt viel zu tun.«

»Du warst schon lange nicht mehr da.«

Schuldgefühle durchzuckten mich und wurden rasch von Ärger verdrängt. Melanie hatte keine Ahnung, was in meinem Leben los war – das hatte sie noch nie gehabt.

»Kümmer dich um deine eigenen Beziehungen, okay?«

Sie knallte die Autotür hinter sich zu und setzte zurück, wobei sie den Kies auf der ganzen Auffahrt verspritzte.

Als sie weg war, ging ich hinein und knallte meine Tür hinter mir zu. Ich überprüfte das Handy, aber niemand hatte angerufen. Ich wusste noch nicht einmal, was ich zu John sagen sollte, falls er tatsächlich anrief.

Ich wollte Lauren anrufen und mich über Melanie auskotzen, vor allem, weil ich nicht über das reden konnte, was mich wirklich beschäftigte, aber dann beschloss ich zu warten, bis Greg wieder im Camp war. Ich weiß, ich und warten – eine erschütternde Vorstellung. Aber es ist nicht dasselbe, mit ihr zu reden, wenn er zu Hause ist. Lauren ist schon ganz früh mit Greg zusammengekommen, und manchmal frage ich mich, ob sie nicht etwas versäumt hat. Aber normalerweise wirkt sie so glücklich, und sie beschwert sich nicht über ihn, also schätze ich, dass es egal ist, wie alt sie waren, als sie sich kennenlernten. Andererseits sagt Lauren nie, wenn etwas sie stört, es sei denn, ich dränge sie, und selbst dann ist es wie Zähneziehen, sie dazu zu bringen, darüber zu reden.

Einmal habe ich sie gefragt, warum sie so ist – mir selbst ist Zurückhaltung ja völlig fremd. Sie sagte, sie halte sich nicht gerne mit den negativen Aspekten des Lebens auf. Ich wünschte, ich könnte dasselbe von mir sagen. Vielleicht könnte ich dann vergessen, dass die Frau meinetwegen tot ist. Vielleicht könnte ich mir dann vergeben. Im Moment würde ich mich schon damit zufriedengeben zu vergessen. Aber mein Schuldgefühl ist wie ein entzündetes Geschwür im Mund, und ich kann nicht aufhören, pausenlos mit der Zunge darüberzufahren.

13. Sitzung

Ich würde gern sagen können, es ginge mir besser. Vor allem, weil ich die Art und Weise mag, wie Sie lächeln, wenn ich Ihnen erzähle, dass alles gut läuft oder das etwas, was Sie gesagt haben, mir geholfen hat. Eine Menge von dem, was Sie und ich bereden, hilft mir tatsächlich. Aber in der letzten Zeit brechen die Dinge so schnell und mit solcher Macht über mich herein, dass ich keine Zeit habe, über eine Sache hinwegzukommen, ehe ich schon wieder bis zum Hals in der nächsten stecke.

Jeden Tag google ich Danielles Namen, um zu sehen, ob es einen neuen Artikel gibt. Ihre Familie hat eine Trauer-Website eingerichtet, und ich kann nicht aufhören, mir ihre Bilder anzusehen und die wenigen Fakten zu lesen, die ihr Leben ausgemacht hatten. In diesem Sommer sollte sie Brautjungfer bei der Hochzeit einer Freundin sein, und sie hatten gerade die Kleider ausgesucht. Ich weinte und dachte an ihr Kleid, das jetzt irgendwo in einem Schrank hing. Sie haben mich gefragt, ob ich vielleicht von den Opfern so besessen bin, weil ich versuche, mit meiner eigenen schlimmsten Angst klarzukommen, meine Tochter zu verlieren, aber ich glaube nicht, dass es das ist. Ich weiß nicht, warum ich mich so in Danielles Leiden hineinversetze, warum ich so schmerzliche Bilder heraufbeschwöre, eins qualvoller als das andere. Warum ich nicht einfach aufhören kann, alles über ihr Leben zu erfahren.

Vor Jahren haben Sie mir beigebracht, dass wir uns nicht aussuchen können, was wir in bestimmten Situationen empfinden; wir können uns nur aussuchen, wie wir mit diesen Gefühlen umgehen. Aber manchmal hat man zwar die Wahl, doch die Alternativen sind so schrecklich, dass es sich überhaupt nicht anfühlt, als könnte man wirklich wählen.

Samstagmorgen war ich mit Ally im Supermarkt, als mein Handy endlich klingelte. Ich kannte die Nummer nicht, aber es war eine Vorwahl aus British Columbia. Ich meldete mich mit einem vorsichtigen »Hallo?«.

»Du hast mir nicht gesagt, dass du eine Tochter hast.«

Ich blieb mitten im Gang stehen, Furcht umklammerte mit festem Griff meine Brust. Ein paar Schritte vor mir schob Ally einen kleinen Einkaufswagen, ihre rote Handtasche hing über ihrer Schulter. Sie blieb stehen und untersuchte mit geschürzten Lippen eine Packung Spaghetti.

»Nein, das habe ich nicht.«

»Warum nicht?«

Ich dachte an Danielle. Wenn ich jetzt nicht das Richtige sagte, könnte ich die Nächste sein. Mein Gesicht fühlte sich heiß an, und vor meinen Augen verschwamm alles. Ich zwang mich, Luft zu holen. Ich musste ruhig klingen – musste dafür sorgen, dass *er* ruhig blieb.

»Ich war vorsichtig. Du tust Menschen weh, und …«

»Sie ist meine Enkeltochter!«

Ally schob ihren Wagen zu mir zurück. Ich drückte das Telefon gegen meine Brust.

»Spatz, läufst du bitte zum Ende des Gangs und suchst die Frühstücksflocken aus?« Sie liebte es, bei allen Schachteln die unterschiedlichen Preise herauszufinden, nahm eine

Packung heraus, stellte sie zurück, nahm die nächste. Normalerweise trieb mich das schier in den Wahnsinn.

John sagte: »Ist sie gerade bei dir?«

Mist. Er hatte mich gehört. »Wir kaufen gerade ein.«

»Wie heißt sie?«

Mit jeder Faser meines Körpers wollte ich lügen, doch womöglich wusste er es bereits.

»Ally.« Sie blickte auf. Ich lächelte, und sie wog erneut die verschiedenen Sorten gegeneinander ab.

»Wie alt ist sie?«

»Sechs.«

»Du hättest mir von ihr erzählen sollen.«

Ich wollte ihm sagen, dass er kein Recht hatte, irgendetwas über mein Leben zu erfahren, aber jetzt war nicht der richtige Zeitpunkt, ihn auf die Palme zu bringen.

»Tut mir leid, du hast recht. Aber ich wollte nur meine Tochter schützen. Das würde jede Mutter tun.«

Er schwieg. Eine Frau ging den Gang entlang. Ich trat zur Seite. Was würde sie wohl denken, wenn sie wüsste, mit wem ich gerade sprach?

Er sagte: »Du vertraust mir nicht.«

»Ich habe *Angst* vor dir. Ich verstehe nicht, warum du Danielle umgebracht hast.«

»Ich auch nicht.« Zu Beginn des Gesprächs hatte seine Stimme verärgert und angespannt geklungen, aber jetzt wirkte er beinahe niedergeschlagen. Mein Herzschlag wurde allmählich langsamer.

»Du musst aufhören, Menschen etwas anzutun.« Es klang wie ein Flehen.

Ich hielt den Atem an, erwartete, dass er ausflippen würde, aber er schien sich lediglich verteidigen zu wollen, als er sagte: »Dann darfst du mich nicht wieder anlügen. Und du musst immer mit mir reden, wenn ich es brauche.«

»Ich werde nicht mehr lügen, okay? Und ich werde versuchen, mit dir zu sprechen, wenn du anrufst, aber manchmal sind Leute um mich herum. Wenn ich nicht rangehe, kannst du einfach eine Nachricht hinterlassen, und ich rufe dich an ...«

»Das läuft nicht.«

Ich überlegte, ob er immer noch argwöhnte, die Polizei könnte seine Anrufe zurückverfolgen.

»Wenn du ein paarmal hintereinander anrufst, werden meine Freunde und meine Familie anfangen, Fragen zu stellen.«

»Dann erzähl es ihnen.«

»Es wird ihnen nicht gefallen, wenn ich mit dir rede, und ...«

»Du meinst, die Bullen wollen nicht, dass sie Bescheid wissen.« Er sagte es ganz beiläufig, aber ich fiel nicht eine Sekunde darauf herein. Er stellte mich auf die Probe.

Mein Puls beschleunigte sich erneut. Er hatte einen Verdacht, aber verdächtigen und wissen waren zwei verschiedene Dinge. Ich musste bei meiner Lüge bleiben.

»Nein, ich meine, meine Familie würde es nicht verstehen. Sie würden die Polizei informieren ...«

»Du hast die Polizei doch schon gerufen.«

»Habe ich *nicht* – das habe ich dir doch gesagt. Ich habe dir am Anfang nicht geglaubt, wer du bist, dann hatte ich Angst, dass du meine Familie bedrohen könntest. Evan würde sich Sorgen machen, und ...«

»Dann verlass Evan. Du brauchst ihn nicht.«

Mein ganzer Körper verkrampfte sich. Er klang wieder ungehalten. Hatte ich Evan gerade in Gefahr gebracht? Am

Ende des Ganges hatte Ally eine Packung Frühstücksflocken ausgesucht und schob jetzt ihren Einkaufswagen nur auf den hinteren Rädern auf mich zu. Wenn ich sie nicht bald ablenkte, würde sie wahrscheinlich in eine der Auslagen krachen. Ich winkte ihr zu, mir in die Gemüseabteilung zu folgen, und versuchte dabei verzweifelt, etwas zu sagen, das John beruhigte.

»Ich versuche, mit dir zu reden, wann immer du willst. Aber ich liebe Evan, und wir sind verlobt. Wenn du Teil meines Lebens sein willst, dann musst du das verstehen.«

Ich hielt den Atem an angesichts meiner Kühnheit. Wie würde er das aufnehmen?

»Also gut, aber wenn er jemals ...«

»Das wird er nicht.« Ich stieß den Atem aus und sackte über dem Wagen zusammen. Ally versuchte, meine Aufmerksamkeit auf sich zu lenken. Ich gab ihr eine Plastiktüte und bedeutete ihr, ein paar Äpfel auszusuchen.

John sagte: »Ich will mit Ally sprechen.«

Ich stand kerzengerade.

»Das ist keine gute Idee, John.«

»Sie ist meine *Enkeltochter*.«

»Aber sie könnte jemandem davon erzählen, dann kommen Fragen auf, wie ich es dir gesagt habe, und ...«

Er klang enttäuscht. »Wenn ich nicht mit ihr sprechen kann, will ich dich treffen.«

Mein Blut rauschte in den Ohren. Ich hätte nie gedacht, dass er sich mit mir treffen wollen würde, nie gedacht, dass er das Risiko eingehen würde. Ich musste ihn abschrecken – und zwar schnell.

»Aber was, wenn die Polizei mich beobachtet?«

»Du hast gesagt, du hättest ihnen nichts gesagt. Ich glaube dir – ich weiß, wann du lügst.«

Einen Moment lang fragte ich mich, ob er jetzt derjenige war, der log. Dann schüttelte ich den Gedanken ab. Er konnte unmöglich wissen, dass ich mit der Polizei zusammenarbeitete.

»Aber es stand in der Zeitung und kam im Fernsehen, dass du mein Vater bist. Was, wenn sie mich überwachen?«

»Hast du jemanden gesehen, der dich verfolgt?«

»Nein, aber das bedeutet nicht, dass sie ...«

»Ich rufe dich morgen an.«

Direkt im Anschluss rief Billy mich an, aber Ally stieß mit ihrem Wagen von hinten gegen meine Beine, und ich wusste, dass ihre Grenze erreicht war. Da war sie nicht die Einzige.

»Lassen Sie mir etwas Zeit, Billy. Ich rufe Sie an, sobald ich zu Hause bin.« In aller Eile erledigte ich die restlichen Einkäufe, bereitete Ally zu Hause schnell etwas zum Lunch und machte ihr einen Film an.

Ich rief Billy vom Festnetztelefon an. »Haben Sie ihn erwischt?«

»Er hat ein Münztelefon auf einem Campingplatz in der Nähe von Bridge Lake westlich von Clearwater benutzt.« Billy seufzte. »Als wir dort ankamen, war er verschwunden. Wahrscheinlich hat er sein Fahrzeug weiter unten abgestellt und eine Abkürzung durch den Wald genommen. Die Spürhunde haben seine Fährte verloren.«

»Und was machen wir jetzt? Ich will nicht, dass er mit Ally redet, und offenkundig kann ich mich auch nicht mit ihm treffen.«

»Wir wollen nicht, dass Sie irgendetwas tun, was Sie in Gefahr bringen könnte, aber ...«

»Ich werde mich *auf gar keinen Fall* mit ihm treffen.«

»Das kann ich Ihnen nicht verdenken.«

»Was soll ich also machen?«

»Er wird seine Forderungen immer weiter steigern, also möchten wir, dass Sie darauf vorbereitet sind.« Billys Stimme klang normal, aber irgendetwas stimmte da nicht.

Dann kapierte ich. Die Polizei *wollte*, dass ich mich mit ihm traf, aber sie konnten mich schlecht darum bitten.

Sandy kam ans Telefon. »Sara, warum kommen Sie heute Nachmittag nicht aufs Revier, und wir reden über alles?«

»Also gut.«

Ich brachte Ally wieder zu Meghan – zum Glück hatte ihre Mom sie gerne bei sich – und fuhr zum Polizeirevier. Sandy und Billy gingen mit mir wieder in den Raum mit dem Sofa. Dieses Mal setzte Billy sich neben mich, und ich musterte sein Profil. Hatte Melanie recht? Mochte er mich? Er wandte den Kopf und schenkte mir ein schnelles Lächeln, doch ich sah keinen Hinweis auf irgendetwas anderes außer Freundlichkeit. Im Moment hatte ich Wichtigeres, um das ich mir Sorgen machen musste. Sandy lief vor dem Sofa auf und ab.

Ich sagte: »Sie wollen, dass ich es tue, stimmt's?«

Sandy sagte: »Wir können nicht von Ihnen verlangen, sich selbst in Gefahr zu bringen.«

»Was, wenn ich ihn treffen will?«

Sie sprang sofort darauf an. »Sie müssten den Treffpunkt vor ihm aussuchen, aber geben Sie sich ganz locker, Sie wollen ja nicht, dass er Verdacht schöpft. Der Ort ist von höchster Wichtigkeit – wir müssen die Sicherheitsinteressen der Öffentlichkeit berücksichtigen.«

»Und was ist mit *meiner* Sicherheit? Sollten Sie sich nicht vor allem darum Gedanken machen?«

»Natürlich steht Ihre Sicherheit für uns an erster Stelle.

Wir werden dafür sorgen ...« Sie unterbrach sich. »Wenn Sie sich entscheiden, es zu machen, werden wir die ganze Zeit da sein.«

»Wow, super. Er kann Sie also entdecken und mich umbringen?«

»Er wird niemals herausfinden, dass wir dort sind. Wir werden einen Ort aussuchen, an dem nicht viele Menschen sind, der aber auch nicht zu abgeschieden ist, und wir werden Beamte in Zivil einsetzen, die Sie jede Minute decken.«

Billy sagte: »Wir würden Sie verdrahten, aber unser Plan ist es, ihn zu verhaften, *bevor* er die Chance hat, sich Ihnen zu nähern.«

»Warten Sie eine Minute. Sie haben bereits einen *Plan*? Wann habe ich denn zugestimmt?«

Sie starrten mich an.

Schließlich sagte Billy: »Niemand plant irgendetwas, wir unterhalten uns lediglich. Aber falls *Sie* sich entscheiden, dass Sie es machen wollen, damit wir John verhaften können, werden wir alles in unserer Macht Stehende tun, um Sie zu schützen. Wie Sandy sagte, unsere Hauptsorge gilt Ihrer Sicherheit.«

Ich richtete den Blick auf Sandy. »Da bin ich mir aber nicht so sicher.«

Sandy zog einen Stuhl dicht an mich heran und setzte sich. Sie schnappte sich eine Akte vom Tisch neben ihr, zog ein Bild heraus und hielt es mir vors Gesicht.

»Ich möchte, dass Sie sich das hier gut ansehen, Sara.«

Es war ein Foto von Danielles Leiche. Ihr Gesicht war blass, der Hals rot geschwollen. Die Augen standen hervor, und ihre geschwärzte Zunge hing ihr aus dem Mund.

Ich zuckte auf dem Sofa zurück und schloss die Augen.

Billy riss Sandy das Foto aus der Hand.

»Was zum Teufel soll das, Sandy?«

»Ich hole mir einen Kaffee.« Sie drückte ihm die Akte in die Hand und verließ den Raum. Krachend fiel die Tür hinter ihr ins Schloss.

»Ich fasse es nicht, dass sie das getan hat.« Ich presste meine Hand ans Herz. »Ihre Augen, ihre *Zunge* ...«

Billy setzte sich auf dem Sofa dicht neben mich. »Es tut mir wirklich leid, Sara.«

»Gibt es nicht irgendwelche Regeln für so was? Sie ist ein Sergeant!«

»Ich werde mit ihr reden. Sie hat einfach einen schlechten Tag heute. Danielle zu verlieren war echt hart für sie. Sie will John fassen, ehe er noch jemanden umbringt – das wollen wir alle.«

»Das verstehe ich, aber ich habe eine Tochter. Wenn mir irgendetwas zustößt ...« Meine Stimme brach.

Billy lehnte sich auf dem Sofa zurück und atmete tief aus.

»Noch ein Grund, weshalb wir ihn schnell fassen müssen – damit Sie nicht länger in Angst leben müssen. Aber falls Sie sich dadurch besser fühlen: Sie sind wahrscheinlich die einzige Person, der keine Gefahr von John droht. Sie haben Ihre Sache großartig gemacht, indem Sie sein Vertrauen gewonnen haben.«

»Aber vertraut er mir wirklich? Er achtet immer noch darauf, dass er nicht zu lange telefoniert. Warum sollte er also das Risiko eingehen, sich mit mir zu treffen?«

»Möglicherweise will er ein Treffen vereinbaren, damit er seinerseits Sie überwachen kann, um zu sehen, ob Sie mit der Polizei zusammenarbeiten. Er ist ein Jäger, also verfolgt er seine Beute entweder, oder er stöbert sie auf. Aber ich denke, dass er Ihnen tatsächlich vertraut. Er ist arrogant genug zu glauben, dass Sie ihn niemals verraten würden.«

Beute. Genau das war ich für John. Und ich fühlte mich tatsächlich wie eine zusammengekauerte Ente. Mein Magen drehte sich um.

»Aber ich lüge ihn an, und wenn er das merkt …«

»Dann wird er bereits Handschellen tragen. Aber vielleicht sollten Sie sich nicht mit ihm treffen, Sara. Nicht, wenn Sie solche Angst haben.«

»Natürlich habe ich Angst, aber das ist es nicht. Ich muss nur … ich muss noch einmal darüber nachdenken.«

»Sie sollten es sich auf jeden Fall gut überlegen.«

»Und ich muss mit Evan darüber reden.«

»Sicher. Falls er Bedenken hat, würde ich allerdings gerne mit ihm darüber sprechen.«

Das konnte ja heiter werden. Doch ich sagte: »Ich gebe Ihnen Bescheid.«

Billy begleitete mich aus dem Polizeirevier. Keine Spur von Sandy, die, wie ich hoffte, gerade von ihrem Vorgesetzten zusammengestaucht wurde.

Am Cherokee sagte Billy: »Ich würde Sie nicht anlügen, Sara. Sich mit John zu treffen ist gefährlich, aber das wissen Sie bereits. Aber ich weiß auch, dass Sie am Ende zur richtigen Entscheidung kommen werden.« Dann schloss er meine Tür.

Ich holte Ally ab und fuhr nach Hause, wobei ich immer noch versuchte, mir darüber klarzuwerden, was da gerade auf dem Revier geschehen war. Erwog ich tatsächlich, mich mit John zu treffen? Hatte ich vollkommen den Verstand verloren? Für den Rest des Nachmittags spielten Ally und ich mit Elch im Park, aber nur ein Teil von mir war bei der Sache. Mein Handy schwieg gnädigerweise, aber mir schwirrte der Kopf. Sollte ich es machen? War ich ein grausamer Mensch, wenn ich es nicht tat? Was, wenn er noch eine Frau umbrachte? Aber was, wenn er *mich* umbrachte?

Meine Phantasie beschwor Bilder von Ally und Evan herauf, wie sie bei meiner Beerdigung weinten, von Lauren, die Ally aufziehen würde, und von Evan, der mit ihr Eis essen gehen würde, wenn er am Wochenende nach Hause käme. Doch dann tauchten andere Bilder auf, von mir, wie ich mutig in einem Park stehe, John entdecke und heimlich in ein verborgenes Mikrophon spreche. Ein Sondereinsatzkommando schwärmt aus und ringt ihn zu Boden. Die Familien der Opfer rufen mich an, danken mir tränenreich und sagen mir, dass sie endlich Frieden gefunden hätten.

Egal, wohin meine Gedanken mich führten, ich bekam das Bild von Danielles Gesicht nicht aus meinem Kopf. Ich hasste Sandy dafür, dass sie das Foto benutzt hatte, um mich zu manipulieren. Und ich hasste mich, weil es funktionierte.

Später, als Ally in der Badewanne saß, sprachen Evan und ich am Telefon darüber. Als ich ihm erzählte, dass John sich mit mir treffen wollte, war seine prompte Reaktion: »Nein, auf gar keinen Fall, Sara. Das darfst du nicht machen.«

»Aber was, wenn das die einzige Chance ist, ihn zu fassen?«

»Du darfst dein Leben nicht auf diese Weise aufs Spiel setzen – was ist mit Ally?«

»Das habe ich auch gesagt, aber die Cops glauben nicht, dass ich wirklich in Gefahr bin, und …«

»Natürlich bist du in Gefahr. Er ist ein *Serienmörder*, und er hat gerade erst eine Frau umgebracht. Hat er nicht bereits sein Muster geändert, oder wie immer man das auch nennt?«

»Sie sagen, sie können mich beschützen und werden ihn verhaften, ehe wir auch nur ein Wort gewechselt haben, und ...«

»Du bist nicht dafür zuständig.«

»Aber denk doch einmal darüber nach, Evan. Dadurch könnte er für immer aus unserem Leben verschwinden. Wenn er gefasst würde, hätte ich das Gefühl, wenigstens *etwas* richtig gemacht zu haben. Ich hänge permanent in der Schwebe, weil ich mich frage, was er als Nächstes tun, wann er anrufen, was er sagen wird. Du weißt, was das mit mir macht – mit uns. Wenn sie ihn verhaften, kann alles wieder so werden wie früher, und wir können uns darauf freuen, die Hochzeit zu planen.«

»Ich will dich *lebend*. Nichts anderes zählt.«

»Und wenn die Polizei eine andere Frau als Lockvogel einsetzt oder ...«

»Er hat Bilder von dir gesehen. Wenn er feststellt, dass du es nicht bist, könnte er durchdrehen und einer Menge Leute etwas antun, einschließlich dir und Ally. Ich habe dir schon vorher gesagt, dass die Polizei dich als Köder benutzt. Ich werde nicht zulassen, dass du dich selbst derart in Gefahr bringst.«

»Du wirst es nicht *zulassen*?«

»Du weißt, was ich meine. Du machst das nicht, Sara.«

Ein Teil von mir wollte mit ihm streiten, der Teil, der es verabscheute, wenn man mir sagte, was ich tun sollte, doch ein größerer Teil war erleichtert, dass Evan mir die Entscheidung abgenommen hatte.

»Ich wollte sagen, dass ich es ihnen morgen mitteile, aber wahrscheinlich hören sie ohnehin zu.«

Evan rief ins Telefon: »Sie macht es nicht!«

Nach diesem Gespräch erwartete ich, von Billy oder Sandy zu hören, aber glücklicherweise blieb das Telefon stumm. Am nächsten Tag rief John an.

»Hast du dir überlegt, ob du dich mit mir triffst?«

»Ja, und ich denke immer noch, dass es keine gute Idee ist. Es ist zu riskant.«

»Du hast gesagt, dass die Polizei nichts weiß.«

»Aber ich habe dir auch gesagt, dass sie mich vielleicht beschatten.«

»Sie haben keinen Beweis, dass du meine Tochter bist, und keine Ahnung, dass wir miteinander reden.«

Gott, war er schlau. Mir gingen langsam die Argumente aus. Ich ging zurück zur Ausrede mit der Polizei – es war alles, was ich hatte.

»Trotzdem, sie könnten mich überwachen, und ...«

»Willst du mich nicht kennenlernen?«

»Aber wenn die Polizei mir folgt, könnte es in eine riesige Schießerei ausarten.«

»Ich werde dich beschützen.«

Über diese Ironie musste ich beinahe lachen. Die Polizei wollte mich vor ihm und er mich vor der Polizei beschützen. »Ich weiß. Aber ich habe eine Tochter – ich darf mein Leben einfach nicht aufs Spiel setzen.«

»Was macht Ally gerade?«

»Sie ist im Bett.«

»Liest du ihr Geschichten vor?«

»Andauernd.«

»Was ist ihr Lieblingsbuch?«

Ich zögerte. Die Polizei sagte, ich solle ihn nicht belügen, aber ich ertrug die Vorstellung nicht, dass er intime Details von Ally kannte.

»Sie liebt *Wo die wilden Kerle wohnen*.« Sie hasste es.

»Was ist ihre Lieblingsfarbe?«

»Rosa.« Ally mag Liebesapfelrot. Je leuchtender, desto besser.

»Ich muss auflegen. Ich werde über unser Treffen nachdenken.«

»Nein, John. Ich werde mich nicht mit dir treffen ...«

Doch ich sprach ins Leere.

John war auf dem Weg in Richtung Süden – zu mir. Ein Trucker meinte, etwa zum Zeitpunkt des Anrufs jemanden in der Nähe eines Münztelefons gesehen zu haben, aber er konnte ihn nicht beschreiben und hatte auch nicht gesehen, was für einen Wagen er fuhr. In dieser Nacht schlief ich kaum, spürte, wie John sich näherte, hörte seine Reifen auf dem Asphalt. Die Straßen waren wie ausgestorben, als er durch die Dunkelheit fuhr.

Am nächsten Tag, Montag, kam ein weiteres Paket. Billy und Sandy waren innerhalb einer halben Stunde nach meinem Anruf bei mir. Sandy und ich hatten nicht mehr miteinander gesprochen, seit sie mich auf dem Revier so überfallen hatte, so dass ich, als ich die Tür öffnete, nur Billy begrüßte. Sandy, die mit ihrem Aktenkoffer in der Hand in die Küche marschierte, schien es gar nicht zu bemerken.

Ich hielt den Atem an, als sie vorsichtig den Karton aufschnitt und mit behandschuhten Händen eine weiße Schmuckschachtel herausholte. Ein kleiner gelber Umschlag war oben festgeklebt. Sie stellte die Schachtel auf die Arbeitsplatte und entfernte vorsichtig den Umschlag. Sie schlitzte ihn mit einem Taschenmesser auf, so dass der Klebestreifen unbeschädigt blieb. Mit einer Pinzette zog sie die Karte aus dem Umschlag.

Mit kräftiger blauer Schrift stand darauf: *Für Ally, alles Liebe von Grandpa.*

Entsetzt trat ich zurück.

»Alles in Ordnung, Sara?«, fragte Billy.

»Das ist *widerlich.*« Wie konnte er es wagen, meinem Kind zu schreiben! Ich wollte ihn eigenhändig vierteilen, wollte die Karte in tausend Stücke zerfetzen.

Billy lächelte mich mitfühlend an.

Er hielt einen Beutel auf, und Sandy steckte den Umschlag samt Karte vorsichtig hinein. Als Nächstes hob er vorsichtig den Deckel der Schmuckschachtel an. Sandy und Billy beugten sich beide darüber, so dass ich den Inhalt nicht erkennen konnte.

Sandy schüttelte den Kopf. »Was für ein kranker Bastard.«

»Lassen Sie mich sehen.«

Sie machten Platz, als ich näher trat. Eingebettet in weiße Baumwolle lag eine Puppe in einem pinkfarbenen Pullover und Bluejeans. Ich dachte an Danielles Schwester, wie sie schluchzend im Fernsehen beschrieb, was Danielle getragen hatte, als sie das letzte Mal lebend gesehen wurde. Doch es war der Anblick des kastanienbraunen Haares, das an den gesichtslosen Kopf geklebt war, der mich am härtesten traf. Als ich das glatte Metall betrachtete, blendete mein Gehirn das Bild ihres Gesichts im Todeskampf darüber. Ich wandte mich ab.

Sandy sagte: »Sie müssen es sich gut ansehen, für den Fall, dass er Sie danach fragt.«

»Geben Sie mir einen Moment Zeit.« Ich setzte mich an den Tisch und holte ein paarmal tief Luft. »Ich sehe immer noch ihr Gesicht von dem Foto.«

»Haben Sie noch einmal über ein Treffen mit ihm nachgedacht?« Sandy drehte sich herum, die Schmuckschachtel noch in der Hand. Ich starrte hinunter auf den Tisch.

»Evan will nicht, dass ich es tue. Er hat zu viel Angst.«

Billy nickte. »Er will nicht, dass Ihnen etwas zustößt.«

»Es ist so riskant.« Ich starrte die Schachtel in Sandys Hand an. »Aber wenn ich es tue ...«

»Dann verhaften wir ihn, und all das hat ein Ende«, sagte Billy. »Die Geschenke, die Anrufe ...«

»Dass Frauen umgebracht werden«, fügte Sandy hinzu.

»Sie wissen doch, Sandy, das mit den Schuldgefühlen funktioniert nicht. Was Sie mit dem Foto gemacht haben, war einfach abscheulich.«

Sie schaute zu Billy, der sich räusperte. Ihr Kiefer verspannte sich, aber sie sagte: »Sie haben recht, Sara. Damit bin ich zu weit gegangen.«

Im ersten Moment war ich verblüfft, doch als ich ihren Blick suchte und sie sich wegdrehte, wusste ich, dass sie kein Fünkchen Bedauern verspürte. Ich schüttelte den Kopf und wandte mich wieder an Billy.

»Ich habe über genau dieselben Dinge nachgedacht, Billy, aber wenn ich es mache, wird Evan sich furchtbar aufregen.«

»Möchten Sie, dass ich mit ihm rede?«

»Nein, das würde es nur noch schlimmer machen, wenn er das Gefühl bekäme, Sie würden mich unter Druck setzen. Er findet, ich sollte Ihnen überhaupt nicht helfen, dass es zu gefährlich ist. Und er hat recht. Ich bringe Ally in Gefahr, vor allem jetzt, wo John von ihr weiß.«

»Wir glauben nicht, dass Ihre Familie in Gefahr ist, aber ...«

»Aber er will etwas von uns. Das haben Sie selbst doch schon öfter gesagt – er wird immer mehr fordern. Was kommt als Nächstes? Dass er verlangt, Ally zu sehen?«

»Das ist auch unsere Sorge. Wenn wir nicht handeln, wird er sich immer weiter hochschaukeln.«

»Aber wenn ich mich mit ihm treffe, kann so viel schiefgehen.«

Billy nickte. »Ja, das kann passieren. Darum bitten wir Sie auch nicht, es zu tun – selbst wenn das vielleicht unsere einzige Gelegenheit ist, ihn aufzuhalten.«

»Was, wenn er entkommt? Dann weiß er, dass ich ihn hereingelegt habe.«

»Sie haben ihm doch bereits eine gute Erklärung dafür geliefert – die Berichte in den Medien. Sie haben ihn gewarnt, dass wir Sie beschatten könnten.«

»Aber vielleicht glaubt er es nicht, und dann wird er entweder wieder verschwinden oder beschließen, mich zu bestrafen.« Wir schwiegen. Nach einer Weile sagte ich: »Wie stehen die Chancen, ihn auf anderem Weg zu erwischen?«

»Wir versuchen alles Mögliche, aber ...« Er schüttelte den Kopf.

»Vielleicht hört er auf, er wird schließlich älter.«

Aber ich wusste bereits, wie unwahrscheinlich das war, noch ehe Billy sagte: »Serienmörder hören nicht einfach so auf. Sie werden erwischt, normalerweise für andere Vergehen, oder sie sterben.«

Sandy hielt die Schmuckschachtel in die Höhe. »Ich hoffe, diese Puppen gefallen Ihnen, denn Sie werden noch einige mehr davon bekommen.«

Ich funkelte sie an. »Sehr nett von Ihnen.«

»Es ist die Realität.«

Billys Stimme war fest: »Sandy, hör auf damit.« Ich erwartete, dass sie ihn zurechtweisen würde, aber sie musterte lediglich ihr Handy. Er wandte sich an mich. »Sind Sie bereit, sich die Puppe etwas genauer anzusehen?«

Ich holte tief Luft und nickte. Sandy gab mir ein Paar Handschuhe. Nachdem ich sie übergestreift hatte, reichte sie mir die Schachtel.

»Halten Sie die Schachtel nur am Rand fest und berühren Sie nichts anderes.« Während ich die Puppe gründlich betrachtete, versuchte ich, nicht an Danielle zu denken, wie schön sie gewesen war, dass ihr Haar dieselbe Farbe hatte wie meines, und daran, wie sie gestorben war, mit der Hand meines Vaters um ihre Kehle.

John rief am selben Tag von seinem Handy an, als ich mir gerade eine Tasse Kaffee machte.

»Hat sie sie bekommen?«

»Die Puppe ist angekommen, ja. Danke.« Das letzte Wort musste ich beinahe herauswürgen.

»Hast du sie Ally gegeben?«

»Nein. Sie ist noch ein kleines Mädchen, John. Sie würde nicht verstehen …«

»Erst willst du mich nicht mit ihr reden lassen, und jetzt darf ich ihr noch nicht einmal Geschenke schicken? Ich habe es für *sie* gemacht.«

»Ich werde es für sie aufbewahren, bis sie älter ist. Sie ist noch so klein … Ich habe Angst, dass sie sie verliert.«

Er atmete schwer ins Telefon.

»Alles in Ordnung?«

Es hörte sich an, als würde er durch zusammengebissene Zähne sprechen. »Nein … der Lärm. Es ist gerade richtig schlimm.«

Ich verharrte reglos, die Hand immer noch am Kaffeebecher. Was für ein Lärm? Ich lauschte angestrengt. Hatte er wieder ein Mädchen bei sich? Ich hörte etwas. Gelächter? Dann hackende Geräusche. Eine Axt, die auf Holz traf?

Ich zwang mich, leise und tief Luft zu holen. »John, wo bist du?«

Das Geräusch brach ab.

»Kannst du mir *bitte* sagen, wo du bist?«

»Ich bin auf einem Campingplatz.«

Mein Herz überschlug sich fast. »Warum?«

Er zischte ins Telefon. »Ich habe es dir doch gesagt – der *Lärm*.«

»Okay, okay. Sprich einfach mit mir. Was machst du da auf dem Campingplatz?«

»Sie *lachen*.«

»Fahr weg. Bitte, ich flehe dich an, fahr einfach weg.«

Ich hörte, wie die Tür eines Trucks geöffnet wurde. »Sie müssen aufhören.«

»Warte! Ich treffe mich mit dir. Okay? Ich werde mich mit dir treffen.« *Gott helfe mir.*

Jetzt wissen Sie, warum ich Sie einen Tag früher sehen musste. Es kostete mich noch ein paar Minuten, John wieder in seinen Truck zu bekommen und ihn dazu zu bringen, vom Campingplatz wegzufahren. Ich erzählte ihm einfach die ganze Zeit, wie toll es sein würde, ihn kennenzulernen, vor allem, um ihn dazu zu bewegen, sich auf etwas anderes zu konzentrieren. Am Anfang war es schwer – er sprach weiter über den Lärm, dann über die lachenden Camper. Dann sagte ich so etwas wie: »Ich kann es gar nicht fassen, dass ich endlich meinen Dad kennenlernen werde.« Da endlich beruhigte er sich und sagte, dass er bald wieder anrufen würde, damit wir unser Treffen organisieren könnten. Ich muss mich noch mit Billy und Sandy treffen, wenn wir fertig sind – sie wollen alles durchsprechen, für den Fall, dass John sofort etwas verabreden will. Er war nördlich von

Merritt gewesen, als er angerufen hatte, einer kleinen Stadt nur vier Stunden von Vancouver entfernt. Und er fuhr in meine Richtung.

Als ich Evan gestern Abend davon erzählte, sagte er: »Sie manipulieren dich, Sara.«

»Wer sie?«

»Alle – die Cops genauso wie John.«

»Meinst du nicht, ich bin klug genug, um zu merken, wenn ich manipuliert werde?«

»Dich mit John zu treffen ist leichtsinnig. Du hast ein Kind. Hast du jemals an sie gedacht? Du hast kein Recht, so einem Riesending zuzustimmen, ohne zuerst mit mir zu reden.«

»Willst du mich auf den Arm nehmen? Ally ist mir wichtiger als alles andere – das weißt du genau. Und wie kommst du dazu, mir zu erzählen, zu was ich das Recht habe oder nicht?«

»Sara, hör auf zu schreien, oder ich bin ...«

»Und du hör auf, dich wie ein *Arsch* zu benehmen.«

Jetzt wurde auch er lauter. »Ich werde nicht weiter mit dir reden, wenn du weiterhin so rumbrüllst.«

»Dann solltest du nicht so beschissenen Scheiß reden.«

Er sagte nichts.

»Und jetzt sagst du gar nichts mehr? Und *ich* benehme mich mal wieder kindisch.«

»Ich werde über gar nichts mit dir reden, wenn du nicht einen Gang zurückschaltest.«

Ich biss die Zähne zusammen und holte ein paarmal tief Luft. Ich zwang mich, ruhig zu bleiben, als ich sagte: »Evan, du hast keine Ahnung, wie es war, mit ihm zu reden und zu wissen, dass er sich gerade sein nächstes Opfer herauspickt. Wenn ich nicht genau das Richtige gesagt hätte, wäre jemand *gestorben*. Kannst du nicht verstehen, wie furchtbar sich das anfühlt? Billy sagt, je schneller wir ihn schnappen, desto schneller ist er aus unserem Leben verschwunden. Und das ist wahr. Selbst wenn die Cops mich manipulieren, ändert es nichts an den Tatsachen.«

Evan schwieg lange Zeit. Schließlich sagte er: »Scheiße, Sara, ich hasse es.«

»Ich auch. Aber verstehst du nicht, dass ich keine andere Wahl habe?«

»Du hast eine andere Wahl – du begreifst es nur nicht. Ich verstehe, warum du das Gefühl hast, es machen zu müssen, aber es gefällt mir trotzdem nicht, und ich bin nicht damit einverstanden. Wenn das passiert, will ich zu Hause sein. Ich werde die Lodge dichtmachen, wenn es sein muss, aber ich will mit den Cops fahren, wenn es losgeht.«

»Ich bin sicher, sie werden kein Problem damit haben.«

Wir unterhielten uns noch ein Weilchen. Er entschuldigte sich dafür, mir vorgeworfen zu haben, leichtsinnig zu sein, und ich entschuldigte mich dafür, ihn beschimpft zu haben, dann sagten wir einander gute Nacht. Aber ich glaube nicht, dass einer von uns eine gute Nacht hatte. Ich verbrachte Stunden damit, an die Decke zu starren. Alles, woran ich denken konnte, waren die Camper, die John beobachtet hatte. Sie wussten nicht, wie nahe sie dem Tod gewesen waren. Dann fragte ich mich, wie nahe ich ihm war.

14. Sitzung

Im Moment bin ich nur noch ein einziges Wrack. Je mehr Evan versucht, mich zu beruhigen, desto wütender werde ich. Dann hasse ich mich selbst, wodurch ich noch mehr durchdrehe, so dass Evan sich noch mehr bemüht, mich zu beruhigen, oder das Alphamännchen raushängen lässt, das alles unter Kontrolle hat – und ich endgültig zur total durchgeknallten Furie werde.

Aber wenn ich ihn schließlich dazu gebracht habe, sich auch aufzuregen, wenn sein Gesicht rot wird und er die Stimme hebt oder einfach weggeht, *dann* beruhige ich mich endlich. Dann gehe ich alles noch einmal durch, was ich gesagt oder getan habe, schäme mich furchtbar und fange an, mich bei ihm einzuschleimen und mich irgendwie aus dem Schlamassel rauszuwinden, den ich gerade angerichtet habe. Gott sei Dank hält sein Groll nicht lange an, und in typischer Evan-Manier lässt er die Sache bald auf sich beruhen und geht zur Tagesordnung über. *Ich* bin diejenige, die es nicht dabei belassen kann.

Wir sprechen ja nicht zum ersten Mal über meine Überreaktionen und über meine Überreaktionen auf meine Überreaktionen. Es ist witzig, dass ich bei Ihnen sogar diesen Begriff benutzen kann, denn wenn sonst irgendjemand auch nur andeutet, ich könnte überreagieren, dann sehe ich garantiert rot. Sie haben mir gesagt, dass es nie um die jeweilige Situation geht, sondern dass die nur wie eine Art

Schalter wirkt. Es ist die Reibung zwischen den Menschen, die Funken schlägt und damit das Problem verursacht. Man muss an der Art und Weise arbeiten, wie man streitet, nicht an der Ursache des Streits. Wie oft haben Sie versucht, mir das einzuhämmern? Man sollte meinen, ich hätte inzwischen gelernt, damit umzugehen, aber im Moment? Es geht alles den Bach runter. Aber zumindest weiß ich jetzt, woher ich das habe.

Nach Johns anfänglicher Begeisterung darüber, dass wir uns treffen würden, hatte ich erwartet, dass er so schnell wie möglich etwas vereinbaren wollte, doch als er anrief, nachdem ich von unserer letzten Sitzung wieder zu Hause war, wollte er nur über Ally reden. Ich versuchte ständig, das Thema zu wechseln, aber sobald ich das Treffen erwähnte, sagte er, er denke noch darüber nach, wie sich das am besten bewerkstelligen ließe, und brachte die Sprache wieder auf Ally. Es war mir zuwider, mit ihm über meine Tochter zu reden, ich hasste den Gedanken, was er wohl mit den Informationen anfangen würde.

Seit ich eingewilligt hatte, mich mit John zu treffen, sah ich Sandy und Billy jeden Tag. Sie verstanden auch nicht, warum er mich hinhielt, aber sie stimmten mir zu, dass es merkwürdig aussähe, wenn ich anfangen würde, ihn zu drängen. Sie sagten, ich solle ihn das Thema anschneiden lassen. Jetzt, nachdem ich mich entschieden hatte, mich mit ihm zu treffen, konnte ich es nicht abwarten, es hinter mich zu bringen. Besonders, da es nicht so aussah, als könnten wir ihn auf anderem Weg erwischen.

Er hatte aus der Nähe von Cranbrook angerufen, was alle überraschte. Sie hatten erwartet, dass er sich weiterhin in südliche Richtung bewegen und nicht acht Stunden weiter östlich auftauchen würde. Sein nächster Anruf kam von einem Münztelefon noch weiter östlich, schon fast an der Grenze zu Alberta. Ich verbrachte Stunden damit, auf die Landkarte zu starren und zu versuchen herauszufinden, was er dachte und warum er in die entgegengesetzte Richtung fuhr.

Bei jedem Anruf wollte er mehr über Ally erfahren, und ich vollzog einen Hochseilakt zwischen Wahrheit und Lüge. Ich wusste nicht, wie fit er im Internet war, so dass ich bei Dingen, die er nachprüfen könnte, wie ihrem Geburtsdatum oder Informationen über ihre Schule, achtgab, die Wahrheit zu sagen, aber wenn er mich fragte, was sie mochte und was nicht, log ich das Blaue vom Himmel herunter. Ally hasste jetzt Käse und rotes Fleisch, war immer unbeschwert, schüchtern gegenüber Fremden und im Sport eine Niete. Ich musste mir Notizen machen, damit ich die Einzelheiten über diese neue Tochter, die ich mir ausdachte, nicht vergaß.

Evan war froh, dass John noch kein Datum festgelegt hatte, und hoffte, dass er seine Meinung geändert hätte – aber ihm gefiel es auch nicht, dass John so viele Fragen über Ally stellte. Er schlug noch einmal vor, dass sie zu ihm in die Lodge kommen sollte, aber ich erklärte, dass ihr das nicht guttäte – sie würde in der Schule zu weit in Rückstand geraten. Natürlich versicherte er mir, dass ihr nichts passieren würde und dass ich mir zu viele Sorgen machte. Aber ich kenne meine Tochter. Es braucht nicht viel, um sie aus der Bahn zu werfen. Seit Ally das andere Mädchen geschubst hat, liegt ihre Lehrerin mir ständig in den Ohren. Ich weiß nicht, ob sie etwas von den Gerüchten gehört hat, aber mir ist ein besorgter Unterton in ihrer Stimme aufgefallen, wenn sie von Ally spricht, der vorher nicht da gewesen ist. Ich wollte ihren Sorgen nicht noch mehr Nahrung geben.

Freitagabend rief John endlich an – dieses Mal von seinem Handy.

»Und, wie sieht's Montag aus?«

»Um uns zu treffen?« Mein Herz begann zu rasen. »Okay.«

»Ich habe mir die Karte angeschaut.«

Ich hörte Sandys Stimme in meinem Kopf. *Sie müssen den Treffpunkt festlegen. Der Ort ist von höchster Wichtigkeit.*

»Ich weiß eine ausgezeichnete Stelle. Einer meiner Lieblingsparks, ich gehe oft mit Ally dorthin.«

»Wie heißt der Park?«

»Pipers Lagoon.« Ich hielt den Atem an. *Bitte, bitte, sag ja.*

Ursprünglich hatte die Polizei den Bowen Park ausgewählt, aber dort fand in dieser Woche ein Kunstfestival statt. Der Pipers Lagoon Park lag abgelegen genug, damit dort keine Massen waren, nur ein paar Wanderer, vor allem an einem Wochentag. Ein schmaler Kiesdamm führte vom Parkplatz in den acht Hektar großen Park mit seinen Felsklippen, Erdbeerbäumen und Oregon-Eichen. Der Damm wurde an beiden Seiten durch den Ozean begrenzt und war mit Parkbänken gesäumt, so dass ich gut sichtbar dasitzen und die Polizei mich von verschiedenen günstigen Stellen aus im Auge behalten könnte. Doch das Beste war, dass nur eine einzige Straße dorthin führte, so dass sie John den Fluchtweg abschneiden konnten.

Am Telefon sagte er: »Gerne, lass uns uns dort um halb eins treffen.«

Ich versuchte, ebenso begeistert zu klingen wie er. »Super!« Doch mein Magen schien die Kehle hochzukriechen. In drei Tagen würde ich der Köder für einen Mörder sein.

Direkt im Anschluss rief Billy an, um mich wissen zu lassen, dass John immer noch in der Nähe der Grenze zu Alberta war und dass wir am nächsten Morgen alles genau durchsprechen würden. Sobald ich Evan von dem Termin erzählte, sagte er, er würde am Sonntagabend nach Hause kommen. Ich glaube nicht, dass Billy ihn wirklich dabeihaben wollte, aber ich habe ihnen gesagt, ich würde es nicht tun, wenn sie es nicht erlauben. Sandy erklärte, solange Evan einsehe, dass er sich nicht einmischen darf, könne er im Einsatzleitwagen sitzen.

John rief am Samstagmorgen an. Er war bester Stimmung, sagte, wie sehr er sich darauf freue, mich kennenzulernen, dann fragte er, was ich an diesem Tag vorhätte. Ich erwiderte, ich würde später mit Ally spazieren gehen.

»Es ist schön, dass du so viel Zeit mit ihr verbringst.«

»Manchmal macht mir das Leben einen Strich durch die Rechnung, aber ich versuche es.«

Er schwieg einen Moment, und ich nutzte seine gute Stimmung aus. »Haben deine Eltern sich Zeit für dich genommen?«

»Mein Vater hat viel gearbeitet, aber meine Mutter hatte Zeit für mich, bis sie gegangen ist.«

»Wohin ist sie gegangen?«

»Weiß ich nicht. Sie ging, als ich neun war. Sie hat ihre Leute vermisst, deshalb denke ich, dass sie zurück ins Reservat gegangen ist.«

Das war interessant. Ich fragte mich, ob alles damit angefangen hatte, dass seine Mutter weggegangen war. »Das muss ziemlich schwer gewesen sein – du musst sie sehr vermisst haben. Hast du jemals versucht, sie zu finden?«

»Ein paarmal, aber ohne Erfolg.«

»Das ist so traurig, John.«

»Es war hart. Aber sie hat gewartet, bis sie wusste, dass

ich alt genug war, um selbst auf mich aufzupassen, und dann war sie eines Nachts verschwunden.«

»Warum hat sie dich nicht mitgenommen?«

»Ich glaube, sie wusste, wenn sie das getan hätte, hätte er Jagd auf sie gemacht.«

»Mein Gott, ich kann mir nicht vorstellen, Ally zu verlassen.«

»Mein Dad war ein harter Mann.«

»Hat sie dir eine Nachricht oder so etwas hinterlassen?«

»Sie hat eine Schutzpuppe dagelassen, um mich zu behüten.«

Die Puppen!

»So wie die Puppen, die du mir geschickt hast?«

»So ähnlich. Sie beschützen mich auch.«

Er machte Puppen aus den Frauen, die er getötet hatte, um *Schutz* zu haben? Was für ein Pech, dass die Frauen keinerlei Schutz gegen ihn hatten.

»Wovor beschützen sie dich?«

»Vor den Dämonen.«

Glaubte er an Zauberei? Ging es darum?

»Den Dämonen der Indianer?«

Seine Stimme klang nicht verärgert, eher gelangweilt, als er sagte: »Das erzähle ich dir ein anderes Mal.«

»Darf ich dich etwas über deinen Dad fragen? Du hast schon mal erwähnt, dass er sehr streng war.«

»Er war ein brutaler Säufer. Er hat mir die Vorderzähne ausgeschlagen, weil ich einen Witz erzählt hatte.«

»Er hatte wohl keinen Sinn für Humor, was?«

John lachte. »Das kannst du laut sagen. Allerdings hat er mir alles über Waffen beigebracht, was ich weiß. Doch im Wald darfst du dich nicht allein auf deine Feuerkraft verlassen – das ist eine Sache, die er nie begriffen hat. Aber meine Mutter. Wenn sie mich nicht unterrichtet hätte, hätte er mich gleich im ersten Sommer umgebracht.«

»Was meinst du damit?«

»Als ich neun wurde, fing er an, mich hoch in den Wald mitzunehmen und mich dort zurückzulassen.«

»Für einen Nachmittag oder so?«

»Bis ich nach Hause zurückgefunden hatte.« Er lachte erneut.

»Das ist ja furchtbar.« Ich war aufrichtig entsetzt. »Du musst schreckliche Angst gehabt haben.«

»Draußen war es besser, als mit ihm zu Hause zu sein.« Er lachte zum dritten Mal, und ich wusste, dass er sich unbehaglich fühlen musste. »Am Ende blieb ich immer wochenlang draußen. Hinterher schlug er mich, weil ich so lange gebraucht hatte, um zurückzukommen, aber ich hätte auch eher kommen können. Manchmal habe ich direkt hinter der Ranch im Wald gelebt, und er hat es nicht gemerkt. Ich hab mit meinem Gewehr seinen Kopf ins Visier genommen, und *Peng*.«

»Was hat dich zurückgehalten?«

»Wie geht es Ally heute?«

Der abrupte Themenwechsel überraschte mich nicht, also sagte ich: »Es geht ihr prima.«

»Alle kleinen Mädchen scheinen Barbiepuppen zu lieben, also hatte ich vor ...«

»Ally mag keine Barbies.« Das Letzte, was ich wollte, war, dass er meiner Tochter noch eine Puppe schickte. »Sie interessiert sich mehr für Käfer und Naturwissenschaft und so.« Ally würde jede Barbie der Welt haben wollen, wenn sie könnte, und wenn ich ihr jemals einen Experimentierbaukasten schenken würde, würde sie vermutlich das Haus abfackeln.

»Ich mache jetzt besser Schluss. Ich muss noch packen.«
Er hielt inne, dann sagte er: »Ich freue mich wirklich.«

»Es wird bestimmt super.«

»Ich rufe dich bald an.« Ich wollte schon auflegen, als er
sagte: »Warte, ich weiß noch einen Witz. Der wird dir gefallen.«

»Bestimmt.«

»Ein Mann sagt zum anderen: ›Hast du schon mal Bären
gejagt?‹, und der andere sagt: ›Nee, wieso? Die laufen beim
Pflücken doch nicht weg.‹« Er lachte laut.

»Der ist gut.« Ich zwang mich, ebenfalls zu lachen.

»Erzähl ihn Ally.« Er klang aufgeregt. »Er wird ihr gefallen.«

Du hast keine Ahnung, was meiner Tochter gefällt.

»Klar. Sie wird sich schlapplachen.«

Kaum hatte ich aufgelegt, rief Sandy an, und ihre Aufregung
strahlte so intensiv durch das Telefon, dass ich den Hörer am liebsten ein Stück vom Ohr weggehalten hätte. Sie
glaubten, dass er an der Grenze entlang Richtung Westen
fuhr – nach Vancouver. Er hatte zwar länger gesprochen als
sonst, aber sein Handysignal war von einem Sendemast in
Washington State empfangen worden, so dass sie seine Spur
verloren hatten. Sie wollten mich in Pipers Lagoon treffen,
so dass wir das Gelände ablaufen und sicherstellen konnten,
dass wir auf demselben Stand waren. Ich setzte Ally bei einer Freundin ab und fuhr zum Park hinüber.

In Bluejeans und mit ihrem wie immer windzerzausten
Äußeren sah Sandy aus, als sei sie ganz in ihrem Element.
Billy trug eine Baseballkappe, die er tief ins Gesicht gezogen
hatte, eine Windjacke und eine derbe Jeans mit Wanderstie-
feln, was ihm ein markantes Aussehen verlieh, das offen-

sichtlich nicht verschwendet war. Zwei Frauen musterten ihn eingehend, als sie vorbeigingen. Er und Sandy hatten auf der Suche nach den besten Beobachtungspunkten das Gelände bereits durchstreift. Wir entschieden, auf welcher Bank ich sitzen sollte, und sie zeigten mir ein paar Stellen, wo sie Polizisten in Zivil postieren würden.

Sandy wollte, dass Billy auf dem Parkplatz blieb, aber er sagte: »Ich habe letzte Nacht einen Plan ausgearbeitet. Ich denke, wir sollten ihn schnappen, bevor er auf den Parkplatz kommt. ›Wenn wir ein umschlossenes Terrain zuerst besetzen, müssen wir die Zugänge sichern und auf den Feind warten.‹ Wir können einen Wagen an den Fuß des Hügels stellen und einen oben an die Kuppe, wo ...«

»Ich habe keine Zeit für deine Zitate«, sagte Sandy. »Ich will ihn auf dem Parkplatz haben, wo wir ihn verhaften können. Ich habe nicht vor, ihn auf einem der Nebenwege entlang der Straße zu verlieren.«

»Das verstehe ich, aber ich dachte nur ...«

»Es gefällt mir nicht.« Sie entfernte sich mit ihrem Handy am Ohr.

Ich hätte ihr was erzählt, aber Billy starrte ihr einfach nur einen Moment nach. Wenn da nicht die leichte Rötung gewesen wäre, die langsam seinen Hals emporkroch, hätte ich nicht gewusst, dass er auch nur angesäuert war.

Ich sagte: »Sehen Sie, ihr Verhalten ist echt daneben.«

Er lächelte. »Kommen Sie. Lassen Sie uns die Route noch einmal abgehen.«

Das ganze Wochenende hörte ich kein einziges Mal von John, was furchtbar war, weil ich keine Ahnung hatte, wie nah er war. Falls er nach seinem letzten Anruf weitergefahren war, konnte er bereits auf der Insel sein. Und als sei das noch nicht nervenaufreibend genug, wussten wir nicht einmal, wie er hierherkommen würde – in Vancouver gibt es zwei Fährterminals, aber er könnte ebenso gut die Fähre von Washington nach Victoria nehmen und dann über die Insel bis Nanaimo fahren. Ich machte mich selbst verrückt, indem ich mir jedes mögliche Szenario ausmalte und mich jeden Augenblick fragte, wo er wohl steckte. Zum Glück kam Evan Sonntag nach Hause. Ich hatte das Haus am Morgen gründlich geputzt, dann machte ich für ihn Hühnchen-Cordonbleu, in dem Versuch, nicht den Verstand zu verlieren oder zumindest etwas zu tun zu haben. Nach dem Abendessen rief Evan bei Billy an und fragte ihn, wie das Treffen ablaufen würde. Er klang höflich, während sie sprachen, aber seine Miene verriet mir, dass er nicht glücklich über die Unterhaltung war.

Später kuschelten wir auf dem Sofa. Evan war still, während ich von Elchs neuem Bio-Hundefutter faselte, von meinem Verdacht, einer unserer Nachbarn würde Gras anbauen, was wir mit Ally in diesem Sommer unternehmen sollten – von allem, das mich abhielt, darüber nachzudenken, was am nächsten Tag passieren würde. Als ich schließlich innehielt, um Luft zu holen, zog er mich ganz fest an sich.

»Sara.«

»Hm?«

»Du weißt, wie sehr ich dich liebe, nicht wahr?«

Ich drehte mich zu ihm um. »Du glaubst, dass mir morgen etwas zustößt.«

Er wich meinem Blick aus. »Das habe ich nicht gesagt.«

»Aber du denkst es.«

Dieses Mal sah er mich an, das Gesicht ernst. »Bist du sicher, dass du die Sache nicht abblasen willst?«

»Auf keinen Fall. Morgen werden sie John verhaften, und er wird ein für alle Mal aus unserem Leben verschwinden.«

Ich versuchte, breit zu lächeln, versuchte zu glauben, was ich gesagt hatte.

»Das ist nicht witzig, Sara.«

Mein Lächeln erstarb. »Ich weiß.«

In dieser Nacht hielten wir einander fest, während wir alles noch einmal durchgingen. Endlich schliefen wir ein, aber ich träumte, dass ich ins Gefängnis verschleppt wurde. Ally weinte hinter der Glasscheibe, und Evan besuchte mich zusammen mit Melanie – seiner neuen Frau. Um Viertel nach fünf wachte ich auf, starrte auf Evans schlafende Gestalt und dachte zum hundertsten Mal: *Tue ich das Richtige?*

Zum Frühstück machte Evan Pfannkuchen. Wir alberten mit Ally herum, während Elch schnaufend und grunzend seine eigene Schüssel voll verspeiste, aber Evan und ich sahen uns immer wieder über den Rand unserer Kaffeebecher an, und ich überprüfte unablässig mein Handy. War John schon auf der Insel? Was, wenn er hier auftauchte? Ich checkte die Alarmanlage und ertappte Evan dabei, wie er sie noch einmal überprüfte.

Nachdem wir Ally an der Schule abgesetzt hatten, vor der den ganzen Tag ein Streifenwagen stehen würde, fuhren wir zum Polizeirevier. Evan wartete, während sie mich verdrahteten. Ich sollte zum Park fahren, zu der Bank gehen, mich hinsetzen und warten. Evan würde im Wagen der Einsatzleitung mitfahren, so dass John uns nicht zusammen sehen würde. Falls er aus irgendeinem Grund doch an mich herankäme, sollte ich darauf achten, mich keinem Auto zu nähern, weder seinem noch meinem, und so viel Abstand wie möglich zu ihm zu halten. All diese Befehle wurden als Vorsichtsmaßnahmen formuliert, stets gefolgt von einem

»Wenn Sie das immer noch durchziehen wollen«. Die Botschaft war klar: Falls die Sache aus dem Ruder lief und ich verletzt wurde, wollte die Polizei sich absichern, dass ich aus freien Stücken mitgemacht hatte.

Sobald ich den Pipers Lagoon Park erreicht hatte, würde Sandy im Einsatzleitwagen mit Evan unten an der Straße parken. Billy würde zu den Männern gehören, die als Arbeiter verkleidet so taten, als stellten sie auf dem Parkplatz neue Schilder auf. Weitere Beamte würden als Hundeausführer oder Vogelbeobachter unterwegs sein. Eine Beamtin würde einen leeren Kinderwagen mit einer geschickt hineingelegten Decke schieben, und eine andere würde auf der Anhöhe über meiner Bank sitzen und den Ozean zeichnen. Ich war erleichtert, dass sie so viele Leute dabeihatten – sie gingen kein Risiko ein. Nur ich.

Etwa eine halbe Stunde vor dem vereinbarten Treffen mit John verließ ich das Revier. Auf dem Weg zum Park brach die Sonne durch die Wolkendecke, wurde von den Autos reflektiert und schien mir in die Augen. Mein Schädel begann zu pochen, und mir fiel ein, dass ich meine Tablette heute Morgen nicht genommen hatte. Ich griff in meine Handtasche und suchte nach einer Ibuprofen, aber das Fläschchen war leer. Na super.

Je weiter ich mich dem Pipers Lagoon Park näherte, desto höher schien mein Herz in meiner Kehle zu kriechen. Warum hatte ich mich jemals dazu bereit erklärt? Bilder schwirrten mir im Kopf herum, was alles schiefgehen könnte: John nimmt jemanden als Geisel. John nimmt mich als Geisel. Evan stürzt los, um mich zu retten, und wird erschossen. Der Drang, alles abzublasen, war gewaltig.

Ich parkte und sah mir die anderen Fahrzeuge an. Keine

Trucks. Was, wenn er sich einen Wagen gemietet hatte? Ich entdeckte keine Plakette einer Mietwagenfirma. Ich wischte meine schweißnassen Hände an der Hose trocken. Also gut. *Ich brauche nur auszusteigen und zur Bank zu gehen.*

Ich holte tief Luft, kletterte aus dem Cherokee und schlug den Kiesweg ein. Ich hielt meinen Mantel fest, als der vom Meer kommende Wind daran zerrte. Einen Moment lang geriet ich in Panik, als ein junges Pärchen in der Nähe der Bank stehen blieb, auf die ich mich setzen sollte. Gott sei Dank gingen sie weiter.

Während ich wartete, begann mein Schädel heftiger zu pochen, und meine Augen fingen an zu tränen. Die Migräne kam rasch. Ich schaute auf die Uhr, sah mich erneut im Park um.

Es wurde halb eins, doch von John keine Spur. Ich beobachtete jedes ankommende Fahrzeug. Der Wind blies meine Haare nach vorn, so dass ich nicht mehr richtig sehen konnte. Ich schob sie zurück. Ein Mann stieg aus einem Kleinwagen. Ich hielt den Atem an. Er blieb einen Moment stehen und sah sich um, dann nahm er seine Baseballkappe ab. Ich erhaschte einen Blick auf das rötliche Haar. *O mein Gott, er ist es.* Er schloss den Wagen ab und begann, den Pfad entlangzugehen. Wo blieb die Polizei? Sie sollten ihn doch auf der Stelle schnappen.

Er kam näher. Noch näher.

Endlich war der Mann dicht genug herangekommen, dass ich sein Gesicht erkennen konnte. Er war zu jung. Ich stieß meinen Atem aus. Er warf mir einen merkwürdigen Blick zu, als er vorbeiging. Ich konzentrierte mich wieder auf den Parkplatz. Hatte ich jemanden verpasst? Keine neuen Fahrzeuge. Ich sah auf die Uhr. Weitere fünf Minuten waren verstrichen. Wo steckte er bloß?

Mein Herz schlug so schnell, dass ich fürchtete, etwas würde damit nicht stimmen, aber ich schob es auf die Nerven. Obwohl es sonnig war, war der Wind kalt, und mein Körper fühlte sich an, als hätte man ihn in Eiswasser getaucht. Ich schob die Füße vor und zurück und schob die Hände unter die Achseln.

Weitere zehn Minuten verstrichen. Immer noch nichts. Ich holte das Handy aus der Tasche und wählte die letzte Nummer, von der aus John mich angerufen hatte. Keine Antwort. Was war hier los? War er überhaupt auf der Insel?

Ich stand auf und sah mich um. Die Polizeibeamtin auf dem Felsen über mir zeichnete und blickte über den Ozean. Ich setzte mich wieder hin, spürte, wie sich in meinem Kopf alles drehte, als die Migräne sich in meinem Nacken festsetzte. Ich sah erneut auf die Uhr. Es war eine halbe Stunde nach der vereinbarten Zeit. Ich überlegte noch, was ich jetzt machen sollte, als das Handy in meiner Tasche klingelte.

Ich holte es heraus und klappte es auf. Eine unbekannte Nummer.

»Hallo?«

»Bist du da?«

»John, ich habe schon angefangen, mir Gedanken zu machen. Ist alles in Ordnung?«

»Ich weiß es nicht, Sara. Das musst du mir schon sagen.«

Grauen überkam mich. »Was ist los? Ich warte auf dich, so wie wir es abgemacht haben.«

»Du scheinst ein Problem damit zu haben, die Wahrheit zu sagen.«

Ich sah mich um. Beobachtete er mich? Beobachtete mich irgendjemand? Ein Schauder lief mir über den Rücken.«

»Ich weiß nicht, wovon du redest, John.«

»Du hast mir nicht die Wahrheit über Ally gesagt.« Ich zerbrach mir den Kopf, was ich ihm alles erzählt hatte. Was konnte er herausgefunden haben?

»Ich habe immer versucht, so aufrichtig wie möglich zu sein.«

Er skandierte: »Ally liebt Barbies. Ally ist gut in Sport. Ally mag keine Naturwissenschaften.«

Ich schnappte nach Luft. »Hast du mich beobachtet?«

»Du hast gelogen.«

Ich hatte Angst, aber ich war auch wütend. »Ally ist meine Tochter, John. Meine Aufgabe ist es, sie zu beschützen. Du hättest mir diese Fragen nicht stellen dürfen.«

»Ich darf jede Frage stellen, die ich will.«

Reiß dich zusammen, Sara. Denk daran, mit wem du redest.

»Lass uns beide uns wieder beruhigen und noch einmal von vorn anfangen, okay?«

»Es ist zu spät.«

»Für die Familie ist es nie zu spät – genau darum geht es in einer Familie.«

Er schwieg.

Mein Herz spielte verrückt. Ich presste meine Hand dagegen.

Schließlich sagte John: »Sieh in der Toilettenkabine nach – der letzten. Ich habe dir etwas dagelassen.«

»Jetzt sofort?«

»Ich rufe dich wieder an.« Er legte auf.

Ich stand auf und ging den Pfad entlang zum Toilettenhäuschen am Rand des Parkplatzes. Mit Blicken suchte ich hektisch die Hügel ab, den Strand, die Veranden der Häuser mit Blick auf die Lagune. *Beobachtete er mich?* Ich schaute über die Schulter zurück. Die Beamtin auf dem Hügel packte ihre Sachen zusammen und sprach in ihr Handy. Sobald ich den Parkplatz erreicht hatte, kam ich an Billy und den anderen Cops vorbei. Billy sprach ebenfalls in sein Handy, aber er nickte mir zu. Bedeutete das, dass ich weitergehen sollte?

Rechts von mir entdeckte ich die Polizistin mit dem Kinderwagen, die auf das Toilettenhäuschen zusteuerte. Sie schaffte es beinahe, vor mir einzutreten, aber eine ältere Frau, die gerade herauskam, fing an, mit ihr zu reden und gestikulierte, als frage sie nach dem Weg. Am Eingang zögerte ich, doch wenn ich noch länger wartete, würde es merkwürdig aussehen. Ich holte tief Luft und trat ein.

Gott sei Dank war niemand da, also ging ich zur letzten Kabine und schob vorsichtig die Tür auf. Auf den ersten Blick entdeckte ich nichts Ungewöhnliches – es musste sich im Spülkasten befinden. Ich überlegte, ob ich warten sollte, ehe ich nachschaute, aber ich wusste nicht, wie viel Zeit ich hatte, bis John wieder anrief. Mit zitternden Händen hob ich den Deckel des Spülkastens an. Eine Barbiepuppe trieb mit dem Gesicht nach unten im Wasser. Ich wusste, dass ich sie nicht anrühren sollte. Ich drehte sie mit dem Nagel des kleinen Fingers um.

Das Gesicht war weggeschmolzen.

Ich stürmte aus dem Toilettenhäuschen, rannte beinahe in die Polizistin und hetzte zum Cherokee. Meine Hände zitterten, als ich den Schlüssel ins Türschloss steckte. Endlich raste ich die Straße herunter – und mein Handy klingelte. Ich atmete tief durch, aber es war nur Billy.

»Alles in Ordnung, Sara?«

»Ally, sie ist in der Schule, und …«

»Wir haben jemanden, der jetzt im Moment die Schule beobachtet.«

»Ich will mit Evan sprechen.«

»Wir müssen ein paar Dinge mit Ihnen durchgehen ...«

»Jetzt, Billy.« Ich legte auf.

Evan rief sofort an. »Alles okay?«

»Nein.« Ich erzählte ihm von der Barbiepuppe.

»Himmel. Billy sagte, er sei überhaupt nicht aufgetaucht, aber er hat nicht ...«

»Ich fühle mich nicht gut.«

»Was ist los?«

»Ich habe einen Migräneanfall, und mein Herz rast. Es fällt mir schwer zu atmen, und meine Brust fühlt sich ganz eng an.«

»Wahrscheinlich ist es nur die Angst, und ...«

Ich hob die Stimme. »Es ist *keine* Panikattacke, Evan. Herrje! Ich weiß, wie sich eine Panikattacke anfühlt. Ich habe vergessen, meine Tablette zu nehmen.«

Er sprach ganz ruhig. »Sara, halt an.« Ich hörte Stimmen im Hintergrund.

»Ich kann nicht. Was, wenn er mir folgt?« Als Evan nicht sofort antwortete, sagte ich: »Hat Billy gesagt, von wo aus er angerufen hat?«

»Er ...« Evan räusperte sich. »Er sagt, John sei in Nanaimo.«

Ich verstummte vor Schreck und wartete, dass Evan weitersprach.

»Sie sagen, es sehe so aus, als sei er im nördlichen Teil herumgefahren, als er angerufen hat, aber jetzt ist das Telefon ausgeschaltet.«

»Er hätte mich also die ganze Zeit *beobachten* können.«

»Vielleicht solltest du zum Revier fahren. Wir können uns dort treffen und ...«

»Ich fahre zurück und sehe nach Ally.«

»Die Polizei ist doch schon …«

»Ich fahre zurück und sehe nach *Ally*, und dann fahre ich nach Hause.«

Er war einen Augenblick still. »Gut, ich sage es ihnen.«

Ich erreichte Allys Schule, als sie gerade nach der Pause wieder hineingehen wollte. Sie war ganz aus dem Häuschen, mich zu sehen, und wollte, dass ich all ihren Freundinnen hallo sagte. Ich erklärte ihr, ich sei nur kurz vorbeigekommen, um sie einmal in den Arm zu nehmen, und das tat ich auch – ganz lange. Über ihre Schulter fiel mein Blick auf Sandys Tahoe, der am Ende des Blocks parkte. Als Ally zurück in den Klassenraum ging, redete ich mit einem der Beamten draußen im Wagen, der mir versicherte, dass John nicht an ihnen vorbeikäme. Fünfzehn Minuten später bog ich in meine Straße ein, und Sandy überholte mich in ihrem Tahoe. Als ich auf unsere Auffahrt fuhr, parkte sie bereits vor dem Haus. Evan erwartete mich an der Tür und nahm mich in den Arm.

»Der Streifenwagen an der Straße hat das Haus die ganze Zeit beobachtet. Sandy hat drinnen alles überprüft – alles in Ordnung.«

»Gott sei Dank. Ich muss meine Tabletten nehmen.«

Ich kickte die Schuhe weg und hastete nach oben ins Badezimmer. Als ich wieder herauskam, hatte Evan bereits die Jalousien im Schlafzimmer heruntergelassen und einen gekühlten Lappen in einer Schüssel mit Eis auf dem Nachttisch bereitgestellt. Ich schaltete das Licht aus und legte mich aufs Bett, die Hand auf das immer noch rasende Herz gepresst.

Konzentrier dich. Atme. Es ist alles in Ordnung. Du bist jetzt in Sicherheit.

Evan flüsterte: »Möchtest du, dass ich bei dir bleibe?«, doch selbst seine leise Stimme bohrte sich wie ein Dolch in meine Schläfen.

Ich schüttelte den Kopf und zog mir das Kissen übers Gesicht.

»Ich schaue ab und zu mal nach dir.« Behutsam schloss er die Tür hinter sich.

Ein paar Minuten später hörte ich Evan und Sandy unten miteinander reden. Geräusche eines Fahrzeugs draußen, dann eine weitere männliche Stimme. Ich rollte mich in Embryonalstellung zusammen, konzentrierte mich auf meinen Atem und ließ mich von den Tabletten davontragen.

Als ich aufwachte, war es mitten in der Nacht. Evan lag neben mir.

»Möchtest du etwas Wasser, Schatz?«

Ich murmelte ein Ja, und er warnte mich, die Augen zu bedecken, als er die Lampe einschaltete. Er füllte das Glas im Badezimmer nebenan und reichte es mir vorsichtig im Dämmerlicht.

Ich setzte mich auf. »Danke.«

Mit gedämpfter Stimme informierte er mich über alles, was geschehen war, nachdem ich eingeschlafen war. Billy war bei mir im Haus geblieben, als Evan und Sandy Ally von der Schule abgeholt hatten. Evan hatte Ally erzählt, dass Sandy und Billy Freunde aus der Lodge seien und dass sie eine Weile bei uns bleiben würden. Ally schien es nichts auszumachen, und sie mochte ausgerechnet Sandy besonders gerne. Jetzt schlief Billy unten auf dem Sofa und Sandy in dem kleinen Zimmer neben Allys.

Ich sagte: »Sandy ist vermutlich ziemlich sauer darüber, wie es heute gelaufen ist.«

»Es geht. Sie erinnert mich ein wenig an dich, wie du drauf bist, wenn du von etwas besessen bist.«

»Na super, danke.«

Er lachte leise.

»Was sollen wir jetzt machen, Evan?«

»In den nächsten paar Tagen müssen wir einfach auf Nummer Sicher gehen und abwarten, ob er noch einmal anruft. Genau das hatte ich befürchtet.«

»Was?«

»Das irgendetwas schiefläuft und er eine noch größere Gefahr darstellt als ohnehin schon.«

»Sie hätten ihn geschnappt, wenn er nicht herausgefunden hätte, dass ich ihn wegen Ally belogen habe.«

»Ich denke, du hättest ihm überhaupt nichts über Ally erzählen sollen.«

»*Irgendetwas* musste ich ihm erzählen, und ein Ich-hab's-dir-doch-gleich-Gesagt kann ich jetzt wirklich nicht gebrauchen.«

»Tut mir leid.« Evan holte tief Luft. »Ich will nur nicht noch einmal so einen Tag wie heute durchmachen müssen.«

»Ich auch nicht. Was mir am meisten Angst macht, ist die Frage: *Woher* wusste er, dass ich gelogen habe?« Wir schwiegen beide einen Moment. »Meinst du nicht auch, dass er mit jemandem gesprochen haben muss, den wir kennen?«

»Keiner von unseren Freunden ist so dumm, einem Fremden persönliche Informationen über deine Tochter anzuvertrauen, Sara.«

»Es könnte jemand von ihrer Schule gewesen sein … eine Lehrerin oder jemand von den anderen Eltern, womöglich sogar eines der Kinder. Oder …«

»Was?«

»Melanie arbeitet in einer Bar«, sagte ich. »Was, wenn er reingekommen ist und erzählt hat, er habe eine sechsjährige Tochter oder so etwas? Vielleicht hat sie dann angefangen, von ihrer Nichte zu erzählen.«

»Das ist ziemlich weit hergeholt. Sie neigt eher dazu, für Kyles Band zu werben.«

»Oh, Mist.« Ich seufzte. »Ich habe gesagt, wir würden uns seine CD anhören, für die Hochzeit.«

»Machen wir bald.«

»Das sollten wir auch besser, oder sie wird sauer.«

»Im Moment ist Melanie das geringste unserer Probleme.«

Wir schwiegen erneut, dann sagte er: »Nein, ich habe das Gefühl, dass er schon länger auf der Insel ist und dich beobachtet hat.« Er schlang seinen Arm fest um mich. »Halt die Augen offen. Achte auf jedes Fahrzeug, das dir vielleicht folgt, und gib auf deine Umgebung acht.«

»Das tue ich immer.«

»Nein, das tust du nicht. Du lässt dich leicht ablenken. Versprich mir, dass du vorsichtig bist.«

Ich sprach langsam und betonte jedes Wort einzeln. »Ich verspreche dir, besser auf meine Umgebung zu achten.«

Er küsste meine Schläfe und drückte mich. Eingekuschelt in Evans Arm, mit der Wärme seines Körpers an meiner Seite und dem gleichmäßigen Pochen seines Herzens an meinem Ohr, begann ich einzudämmern.

In der Dunkelheit murmelte er: »Ich möchte nicht, dass du noch einmal mit ihm sprichst, Sara.«

Ich flüsterte an seiner Schulter: »Das werde ich auch nicht. Mit dem Thema bin ich durch.«

Seitdem habe ich nichts mehr von John gehört. Evan war in den letzten Tagen die ganze Zeit hier, ebenso wie Billy und Sandy, weshalb ich auch den Termin gestern nicht wahrgenommen habe. Vermutlich war es gar nicht so schlecht, dass sie da waren. Normalerweise ging einer von ihnen tagsüber aufs Revier, und es war nett, jemanden zu haben, der Ally mit mir zusammen zur Schule brachte, aber mir fehlte es, Zeit mit Evan allein verbringen zu können – und Zeit mit *mir* allein.

Für gewöhnlich blieb Billy tagsüber im Haus, was meiner Beziehung nicht gerade guttat. Ein paarmal tauchte Evan auf, wenn ich Billy gerade wegen des Falls in der Mangel hatte oder ihn zu seinen Theorien über John ausquetschte, und jedes Mal zog Evan ein Gesicht. Eines Abends, nachdem er bereits ins Bett gegangen war, blieben Billy und ich noch wach und unterhielten uns über verschiedene Fälle, an denen er gearbeitet hatte. Als ich schließlich zu Evan ins Bett kroch, drehte er sich um und kehrte mir den Rücken zu. Ich fragte ihn, was los sei – zweimal –, und er sagte: »Es gefällt mir nicht, wie freundschaftlich du mit Billy umgehst.«

»Hm, er wohnt gerade in unserem Haus. Was soll ich denn machen, ihn ignorieren?«

»Er ist ein Cop. Er sollte sich professionell benehmen und nicht meine Verlobte anbaggern.«

»Das meinst du doch wohl nicht ernst. Wir haben über alte Fälle geredet.«

»Ich mag den Kerl nicht.«

»Das merkt man – beim Abendessen warst du ziemlich unhöflich zu ihm.«

»Gut. Vielleicht hat er den Wink verstanden und setzt sich ab jetzt in den verdammten Streifenwagen.«

»Mein Gott, stell dich doch nicht so an. Er ist wie ein *Bruder* für mich, Evan.«

»Schlaf einfach, Sara.«

Dieses Mal drehte ich ihm den Rücken zu.

Zum Teil kann ich Evans Standpunkt nachvollziehen – ich kann nicht behaupten, dass es mir gefiele, wenn er die ganze Zeit mit Sandy rumhängen würde. Aber ich habe es ernst gemeint: Billy ist zu einem älteren Bruder für mich geworden, ein *richtig* großer Bruder, der mich beschützt und eine Waffe trägt. Einmal, als ich mit ihm auf dem Revier verabredet war, sah ich, wie er eine Frau zu ihrem Auto brachte. Als sie einstieg, erhaschte ich einen Blick auf ihr zerschlagenes Gesicht. Ich fragte Billy nach ihr, aber er schüttelte nur den Kopf. »Mal wieder ein prügelnder Ehemann auf Sauftour.«

»Hat sie eine einstweilige Verfügung beantragt?«

Er schnaubte. »Ja, aber das ist nichts als Papierverschwendung. Die Hälfte der prügelnden Männer stellen den Frauen trotzdem nach. Und normalerweise kommen sie damit durch.« Er starrte dem davonfahrenden Wagen der Frau nach. »Nächstes Mal landet sie im Krankenhaus. Ihr Mann bräuchte eine Portion seiner eigenen Medizin.«

Irgendetwas in seinem Tonfall trieb mich dazu, ihn zu fragen: »Haben Sie das schon mal getan? Die Dinge in die eigene Hand genommen?«

Mit ernster Miene drehte er sich zu mir um. »Fragen Sie mich, ob ich das Gesetz gebrochen habe?«

Ich versuchte, über meine impulsive Frage zu lachen, doch dann sagte ich: »Ich weiß nicht, ich kann Sie mir gut als maskierten Rächer vorstellen.«

Er sah erneut die Straße hinunter. »›Der erfahrene Stratege folgt dem Weg und achtet das Gesetz, folglich ist er

Herr über Sieg und Niederlage.‹« Er wandte sich zu mir um. »Kommen Sie, wir holen uns einen Kaffee.«

Obwohl Billy die Frage mit einem weiteren Zitat beiseitegewischt hatte, hatte ich das Gefühl, dass er möglicherweise hier und da ein wenig Selbstjustiz geübt hat. Falls es stimmt, ist es mir egal. Im Gegenteil, es gefällt mir. Das ist genau die Sorte Mensch, die ich an meiner Seite haben will. Einmal hat er mir erzählt, dass er immer noch engen Kontakt zu einigen Opfern hat und dass für ihn »ein Fall erst abgeschlossen ist, wenn jemand hinter Gittern sitzt oder tot ist«. Ich hoffe, dass das auch in Johns Fall gilt – in beiderlei Hinsicht.

An diesem Morgen klingelte mein Handy, aber nur zweimal, und dann war Schluss. Aber ich wäre ohnehin nicht rangegangen. Ich hatte Sandy bereits gesagt, dass ich auf Johns Anrufe nicht mehr reagieren werde. Ich hatte gedacht, sie würden mir die Hölle heißmachen, aber sie behielten beide ihre Gedanken für sich. Wahrscheinlich glauben sie, ich würde meine Meinung noch einmal ändern. Keine Chance. Die Nummer heute Morgen gehörte zu einem Münztelefon in der Nähe von Williams Lake, so dass es aussah, als sei er von der Insel runter. Vielleicht habe ich ihn dieses Mal ja wirklich restlos erzürnt und werde nie wieder etwas von ihm hören. Wie das wohl wäre, nach so langer Zeit? Werde ich für den Rest meines Lebens ständig über meine Schulter blicken? Darauf warten, dass das Telefon klingelt? Kann so etwas tatsächlich jemals vorbei sein?

15. Sitzung

Als ich nach der letzten Sitzung nach Hause kam, erklärte Evan mir, er habe beschlossen, übers Wochenende zu bleiben. Ich fragte mich, ob seine Entscheidung eher mit Billy als mit John zu tun hatte, aber es war nett, ihn zur Abwechslung einmal so lange zu Hause zu haben. Nicht dass es mir dabei geholfen hätte, irgendetwas auf die Reihe zu bekommen. Ich weiß nicht, wie oft ich ein Werkzeug in die Hand nahm, nur um es wieder hinzulegen. Den größten Teil des Tages verbrachte ich vor dem Computer.

Inzwischen suche ich Zuflucht, indem ich Fragen google wie »Woran man merkt, ob man verfolgt wird« oder »Selbstverteidigungstechniken, die Ihr Leben retten können«. In einem Artikel wurden Vorschläge gemacht, was man tun kann, wenn man von einem Serienmörder oder Vergewaltiger überfallen wird – man sollte sich zum Beispiel wehren oder schreien. Es wurde sogar aufgelistet, was für die einzelnen Tätertypen der Auslöser sein könnte. Aber es sieht so aus, als sei die einzige sichere Methode, um rauszufinden, welche Sorte man zu fassen bekommen hat – oder besser, welche Sorte einen selbst in die Finger bekommen hat –, es zu vermasseln und sich umbringen zu lassen.

Ich drucke immer noch alles aus – nur für alle Fälle. Anschließend hefte ich die Seiten in dem dicken Ordner ab, den ich für alles, was John betrifft, angelegt habe. Seit er angefangen hatte, mich anzurufen, habe ich Tagebuch geführt.

Ich habe mir die Tageszeit notiert, zu der er anrief, seine Laune, wie seine Stimme klang, sein Sprachmuster, *alles*.

Wenn ich nicht googelte, schickte ich Billy kurze E-Mails: »Wie läuft's bei Ihnen?« Er antwortete jedes Mal, manchmal nur eine schnelles: »Machen Sie sich keine Sorgen.« Oder: »Halten Sie durch, ich melde mich später.« Evan würde ausflippen, wenn er wüsste, wie eng wir in Kontakt stehen. Es gefällt mir nicht, es hinter seinem Rücken zu tun, aber ich kann auch nicht erklären, warum ich diese Beschwichtigungen brauche, zumindest nicht so, dass Evan es begreifen würde. Er ist super darin, mich aus meinen Angstattacken rauszureißen und die Achterbahn der Gefühle auszubalancieren, in der ich mich normalerweise befinde. Aber das funktioniert nur bis zum Level fünf. Sobald ich Level zehn erreiche, machen mich seine »Denk einfach nicht darüber nach«-Ratschläge nur noch wütend. Dann ist Billys »Wir haben alles unter Kontrolle«-Haltung genau das, was ich brauche.

Der letzte Freitagabend war echt hart. Obwohl Evan zu Hause war und ich seit Montag nichts mehr von John gehört hatte, fühlte ich mich kein bisschen entspannter. Mein Handy schwieg, aber meine Gedanken waren umso lauter. In allen Büchern hieß es, Serienmörder könnten überaus impulsiv sein. Wenn John den Drang verspürte zu reden, griff er womöglich einfach zum Telefon, egal, wie wütend er war, nur um mir zu erzählen, wie wütend er war. Oder er beschloss, es mir persönlich zu sagen. Aber die Sache ist die, dass Menschen von Johns Schlag – von *meinem* Schlag – nicht nur impulsiv, sondern regelrecht besessen sein können. Was mich jede Nacht wach hielt, war die Frage, was *ihn* wohl wach hielt. Und dann, am Samstagmorgen, ging es wieder los mit den Anrufen.

Mein Handy klingelte, als wir gerade Frühstück machten – na ja, Evan machte Frühstück, während ich redete und ihm im Weg herumstand. Die Nummer war neu, aber die Vorwahl war immer noch British Columbia.

Evan sagte: »Geh nicht ran.«

»Es ist eine andere Nummer.«

Er drehte sich wieder zum Herd um. »Wenn es jemand anders ist, kann er eine Nachricht hinterlassen.« Das passierte nicht. »Er« rief noch dreimal an und legte stets nach dem vierten Klingeln auf. Ich hatte den Tisch halb fertig gedeckt, stand wie erstarrt da, mit einer Gabel in der Hand, und wartete darauf, dass das Telefon erneut klingelte.

Evan schaute über die Schulter. »Schalt es einfach aus.«

Gerade eben noch hatte ich mich gefreut, weil Sandy und Billy weg waren, so dass ich Evan ganz für mich allein hatte, aber jetzt wünschte ich, sie wären hier, um mir zu sagen, was ich tun sollte. All meine lautstarken Sprüche und meine Entschlossenheit, dass ich John ignorieren würde, lösten sich in Luft auf.

Ich sagte: »Aber was, wenn er wieder ein Mädchen hat?«

Mit dem Pfannenwender in der Hand drehte Evan sich um. »Schalt das Telefon aus, Sara.«

Ich starrte ihn an, als es erneut klingelte.

Hinter Evan zischten die Eier in der Pfanne. »Ich dachte, mit dem Thema wärst du durch?«

»Aber was, wenn er jemanden hat oder auf einem Campingplatz ist und ...«

»Wenn du nicht mit ihm redest, kann er dich nicht manipulieren.«

Ally kam um die Ecke. »Was stinkt hier denn so?«

Evan wirbelte herum. »Mist, die Eier.« Als er die Pfanne auf eine andere Flamme schob, sah er erneut über die Schulter zu mir. »Mach, was du willst, Sara. Aber du weißt genau, was dann passiert.«

Ich schaltete das Telefon aus und legte es auf den Tisch.

Evan ergriff meine Hand. »Es ist der einzige Weg, wie du dein Leben zurückbekommst.«

Ich setzte mich, zog eine zappelnde Ally auf meinen Schoß und vergrub mein Gesicht in ihrem Haar. Ich war krank vor Angst – und Schuldgefühlen. Wessen Leben hatte ich gerade zerstört?

Nachdem wir Ally zu Meghan gebracht hatten, fuhren wir wieder nach Hause, und Evan werkelte im Haus herum. Ich machte endlich das Kopfteil fertig, mit dem ich mich schon ewig abmühte, aber es fühlte sich an, als würde ich mit schweren Felsbrocken an den Füßen bergaufklettern. Billy hatte angerufen, um mir mitzuteilen, dass John von einem Münztelefon in der Nähe von Lillooet angerufen hatte, etwa drei Stunden südlich von der Stelle, von der er sich zuletzt gemeldet hatte – und drei Stunden von Vancouver entfernt. Als ich weiterarbeitete, fragte ich mich die ganze Zeit, ob John, während ich das Holz abschliff, nach seinem nächsten Opfer Ausschau hielt.

Ein Streifenwagen der Polizei fuhr zu jeder Pause an Allys Schule vorbei. Die Lehrerin glaubte, es ginge um einen erbitterten Sorgerechtsstreit mit Allys Vater – zum Glück habe ich den Lehrern nie erzählt, dass er tot ist –, aber ich überlegte, ob ich Ally zu Hause behalten sollte. Evan und ich sprachen darüber, beschlossen jedoch, für sie alles so normal wie möglich weiterlaufen zu lassen. Das Problem bestand darin, dass *ich* mich so normal wie möglich verhalten musste. Den Großteil meines Lebens war ich nur einen Schritt vom Wahnsinn entfernt gewesen, konnte in null

Komma nichts auf hundertachtzig kommen, aber jetzt? Ich weiß nicht einmal mehr, was eigentlich normal ist.

Evan und ich aßen zu Mittag. Ich versuchte, ein interessiertes Gesicht zu machen, als er mir erzählte, wie er den Holzschuppen neu organisiert hatte, aber er merkte, dass ich nur an meinem Sandwich herumzupfte.

Er sagte: »Warum fährst du nicht einfach für ein Weilchen zu Lauren rüber?«

»Ich weiß nicht.« Ich zuckte die Achseln. »Wir haben in der letzten Zeit nicht viel geredet, weil ich das Gefühl hatte, die ganze Zeit zu lügen. Und ich habe niemandem erzählt, dass du zu Hause bist. Sie werden sich wundern, warum ich es nicht erwähnt habe.«

»Sag ihnen einfach, eine Gruppe hätte abgesagt, und dass ich bei dir sein wollte, damit wir ein paar Hochzeitsvorbereitungen erledigen können.«

»O Gott, die Hochzeit. Wir müssen noch die Torte bestellen, die Blumen, deinen Smoking leihen, den Wein kaufen und die Tischkarten machen.« Ich warf die Hände in die Luft. »Wir haben noch nicht mal die Einladungskarten verschickt.«

»Es wird alles gut, Sara.«

»Die Hochzeit ist in dreieinhalb Monaten, Evan. Wie soll das gut sein?«

Evan hob eine Braue. »Hey, Brautzilla, du könntest etwas netter zum Bräutigam sein.«

Ich seufzte. »Tut mir leid.«

»Was ist der wichtigste Punkt auf deiner Liste?«

»Ich weiß nicht ... die Einladungen, schätze ich.«

Er überlegte kurz. »Du besuchst Lauren, und ich suche nach einer Vorlage für die E-Mail und aktualisiere die Seite.

Wenn du wieder da bist, machen wir uns an die Feinheiten, und morgen können wir unsere Mail-Adressen durchgehen und den Link verschicken.«

»Aber ...«

»Aber was?«

»Sobald die Einladungen draußen sind ... ich weiß nicht, vielleicht hast du recht. Aber was, wenn die Sache mit John noch übler wird, und ...«

»Das wird sie nicht. Er ist raus aus unserem Leben. Und du wirst ihn draußen lassen, stimmt's?« Ich nickte. »Es sei denn, du hast es dir anders überlegt und willst mich nicht mehr heiraten?«

Ich fasste mich ans Kinn. »Hm, da müsste ich noch mal nachdenken.«

Er packte mein Haar und zog mein Gesicht dicht zu sich, um mich zu küssen. »Ich lasse dich nicht entwischen. Nicht, wenn schon ein Cop bereitsteht, um meinen Platz einzunehmen.«

Ich boxte ihn gegen die Schulter. »Daran ist Billy nicht interessiert. Und im Moment hasst er mich wahrscheinlich eh, weil ich den Fall vermasselt habe.«

Evan grunzte nur. »Gut. Und jetzt besuch deine Schwester.«

Als ich wieder nach Hause kam, fühlte ich mich mit dem Leben wieder fast ausgesöhnt, nachdem ich ein halbes Dutzend von Laurens Erdnusskeksen und eine ganze Kanne Kaffee verdrückt hatte. Evan erzählte mir, dass er ein paar Anrufe aus der Lodge bekommen hatte. Ich machte mir Sorgen, dass er Buchungen verlieren könnte, aber er sagte, er mache sich mehr Sorgen, mich zu verlieren.

Sobald John begriffen hatte, dass ich nicht mehr ans

Handy ging, probierte er es ein paarmal über das Festnetztelefon. Als Ally nach Hause kam, wunderte sie sich, warum wir nicht abnahmen, also erzählten wir ihr, dass es nur Leute waren, die etwas verkaufen wollten, und dass sie *nicht* rangehen durfte. Nachts stellten wir den Ton aus und gaben der Polizei Evans Handynummer, weil mein Handy komplett ausgeschaltet war. Am Sonntag versuchte John es noch ein paarmal. Alle Anrufe kamen aus der Nähe von Cache Creek. Ich fühlte mich sicherer, wenn ich wusste, wo er war, oder zumindest, in welcher Gegend, aber Evan sagte, es würde mich nur noch verrückter machen, wenn ich seine nächsten Schritte vorherzusagen versuchte. Er hatte recht. Ich willigte ein, am Montag die Telefongesellschaft anzurufen, um unsere Festnetznummer ändern zu lassen. Dann, am Sonntagabend, bekam ich die E-Mail.

Evan wollte mir gerade die Hochzeits-Website zeigen, die er das ganze Wochenende lang überarbeitet hatte, und ich wollte noch einmal nach meinen Mails schauen. Sobald ich die Adresse HaenselundGretelAntiquitaeten@gmail.com sah, wusste ich, dass sie von John kam. Die Nachricht war komplett in Großbuchstaben geschrieben.

SARA,
DER DRUCK IST HEFTIG. ICH BRAUCHE DICH.
JOHN.

Während ich auf den Bildschirm starrte, schienen die Wände des Büros näher zu kommen. Hinter mir sagte Evan etwas, aber ich konnte den Sinn seiner Worte nicht erfassen. Mein ganzer Körper fühlte sich heiß an, die Beine waren schwer vor Furcht.

Evan sagte: »Was ist los?«

»John hat mir eine E-Mail geschickt.«

Evan wirbelte auf seinem Stuhl herum und fragte mich etwas, was ich ebenfalls nicht mitbekam. Ich öffnete das Fenster über meinem Schreibtisch, ich brauchte Luft, aber das Gefühl zu ersticken verging nicht. Billy, ich musste Billy erreichen. Ich leitete die Nachricht an ihn weiter, und er rief umgehend an, um zu sagen, dass die Polizei versuchte herauszufinden, von wo aus John die Mail geschickt hatte, aber ich war sicher, dass er einen öffentlichen Computer benutzt hatte.

Als ich Evan die Mail zeigte, riet er mir, sie einfach zu ignorieren. Ich versuchte, mich auf die Hochzeitsseite zu konzentrieren, aber ich bekam Johns Worte nicht aus dem Kopf.

Ich sagte: »Was, wenn er jemanden umbringt?«

»Die Polizei hat auf allen Campingplätzen Warnhinweise aufgestellt. Aber am Ende wird er noch *dich* umbringen, wenn du wieder mit ihm redest, Sara.« Er scrollte durch eine andere Seite auf der Website. »Komm schon, das hier wird dich ablenken. Sieh mal, ich habe das Format geändert und unsere Horoskope und einen Anfahrtslink hinzugefügt, außerdem gibt es jetzt ein kleines Quiz. Und die Leute können gleich online zusagen.«

»Das ist cool – und danke für den Versuch, mich abzulenken. Aber John dreht doch gerade deswegen durch, *weil* ich nicht mit ihm rede.«

»Dann lass ihn doch ausflippen. Ich bin hier, das Haus ist verdrahtet, und die Cops fahren Streife. Falls du tatsächlich noch einmal mit ihm sprichst, solltest du ihm das sagen – dass die Polizei Bescheid weiß und dass sie ihn schnappen werden, falls er noch einmal einen Fuß auf diese Insel setzt.«

»Dann wird er vermutlich vollkommen ausrasten.«

Evan wandte sich vom Bildschirm ab. »Was hast du vor, Sara?«

»Ich will nur, dass das alles aufhört.«

»Dann lass die Polizei ihre Arbeit machen.«

»Aber sie können nicht viel machen, und ich halte es nicht aus, nicht zu wissen, was er tut.«

»Sara, wenn du mit ihm redest, werde ich echt richtig sauer.«

»Jetzt drohst *du* mir? Das ist nicht fair.«

»Es ist nicht fair, dass ich mir um dich Sorgen machen muss. Du hast gesagt, du wärst damit durch.«

»Aber *er* ist nicht durch damit. Wir können unsere Nummern ändern – ich kann sie tausendmal ändern, aber solange er noch da draußen ist, wird er immer neue Wege finden, mit mir Kontakt aufzunehmen.«

Evans Gesicht wurde ernst. »Und was willst du tun?«

»Ich denke ... überlege, ob ich nicht noch einmal versuchen sollte, mich mit ihm zu treffen. Wenn ...«

»Nein, Sara. Das kannst du nicht machen.«

»Evan, denk nach! Bitte! Ich will das doch auch nicht – es macht mir furchtbare Angst. Aber wir müssen ihn fassen. Es ist die einzige Möglichkeit, diese Geschichte jemals zu Ende zu bringen. Wie sollen wir heiraten, solange diese Sache noch über uns schwebt?«

»Wenn du das tust, will ich da nichts mit zu schaffen haben.«

»Was soll das heißen?«

»Das bedeutet, dass ich nicht in diesem Wagen sitzen und mich fragen werde, ob du dich gerade umbringen lässt. Ally bringst du ebenfalls in Gefahr, und das weißt du auch.«

»Das ist so unfair – ich versuche, Ally zu schützen. Sie wird erst sicher sein, wenn er verhaftet ist.«

»Wenn du das tust, kommt sie mit mir zur Lodge.«

»Ally bleibt hier.«

»Du willst sie also in der Stadt behalten, wo er sie sich in der Schule schnappen kann?«

»Mit dem Polizeischutz ist sie hier sicherer als in der Lodge. Die Strecke dahin führt durch menschenleeres Gebiet, und im ganzen Ort gibt es nur drei Polizisten – außerdem weiß er, wo die Lodge ist, Evan. Wenn dort draußen irgendetwas passiert ...«

»Ich kann sie da draußen besser beschützen.«

»Billy kann sie ...« Ich verstummte, als mir klar wurde, was ich gerade sagen wollte.

»Du meinst also, Billy kann sich besser um Ally kümmern?«

»Er ist Polizist, Evan.«

»Es ist mir egal, was er ist. Wenn du das tust, nehme ich Ally mit zur Lodge, oder ich rede mit deinen Eltern, damit sie zu ihnen geht.«

»Du wirst meine Tochter *nirgendwohin* mitnehmen.«

»Deine Tochter? So weit ist es also schon? Sie ist nicht von mir, also habe ich kein Mitspracherecht, was mit ihr passiert?«

»Evan, das habe ich nicht gemeint!«

Er fuhr seinen Computer herunter und ging zur Tür des Arbeitszimmers.

»Mach, was du willst, Sara. Das tust du doch sowieso.«

In dieser Nacht schlief Evan auf dem Sofa. Ich wälzte mich stundenlang herum und stritt in Gedanken mit ihm weiter, aber gegen Mitternacht war der größte Teil meines Zorns verraucht. Ich *hasste* es, dass er sauer auf mich war. Ich drehte mich auf den Rücken und starrte an die Decke.

Warum sah Evan nicht ein, dass ein Treffen mit John die beste – und, wie Billy sagte, wahrscheinlich die einzige – Möglichkeit war, John aus unserem Leben zu vertreiben?

In der Dunkelheit überdachte ich noch einmal alles, was wir gesagt hatten. *Meine* Tochter? Evan war für sie wie ein Vater, wie sie es nie zuvor in ihrem Leben gekannt hatte. Glaubte ich wirklich, dass er, nur weil er nicht ihr leiblicher Vater war, kein Recht hatte mitzureden, was mit ihr geschah? In diesem Moment begriff ich, dass ich, wenn es um Ally ging, Evans Meinung unbewusst schon immer als zweitrangig angesehen hatte.

Vielleicht hatte er recht. Vielleicht war es an der Zeit, John vollkommen auszublenden. Ich hatte alles getan, was die Polizei verlangt hatte, hatte sämtliche Anrufe von John ertragen, bis ich nur noch eine wandelnde Panikattacke war, hatte schließlich zugestimmt, mich mit ihm zu treffen – und trotzdem hatten sie ihn nicht gefasst. Er hatte gesagt, er würde niemandem etwas antun, solange ich mit ihm sprach, und dann hatte er Danielle getötet, obwohl ich mitten auf dem Highway angehalten hatte, um seinen Anruf entgegenzunehmen. Und woher sollte ich wissen, dass er sie nicht auch dann überfallen hätte, wenn er mich in Victoria erreicht hätte? Den geringsten Fehltritt von meiner Seite benutzte er als Ausrede, um das zu tun, was er ohnehin getan hätte. Jetzt war der Einsatz noch höher. Er wusste, dass er Ally als Druckmittel benutzen konnte – wenn ich bereit war zu lügen, um sie zu schützen, fragte er sich womöglich, was ich noch für sie tun würde.

Ich hätte Evan meine Gefühle besser erklären können, aber warum war er so herrschsüchtig? Ich ging den Streit in Gedanken noch einmal durch und versuchte dieses Mal, mich in seine Lage zu versetzen. Und da begriff ich. Evan hatte Angst. Und er hatte jedes Recht dazu. Wie würde ich mich fühlen, wenn er im Begriff wäre, etwas zu tun, das mir Angst machte, und ich ihn nicht aufhalten könnte? Das Letzte, was ich wollte, war eine Ehe wie die meiner Eltern – Mom steht in der Küche, und Dad bestimmt, wo es langgeht. Aber Evan kommandierte mich nicht herum, er machte sich einfach nur Sorgen.

Ich schlich nach unten ins Wohnzimmer. Evan lag auf dem Rücken, einen Arm über den Kopf gelegt. Ich kniete mich neben ihn und bewunderte seine Züge im Mondlicht. Ich liebte seine hohen Wangenknochen und dass seine Oberlippe auf der einen Seite ein wenig voller war als auf der anderen. Das Haar war zerzaust, so dass er noch jungenhafter aussah als sonst. Ich schob mein Gesicht nah an seins.

»Was machst du da?«, murmelte er.

»Mich einschmeicheln.«

Er knurrte im Dunkeln, schlang seinen Arm um meine Schultern und zog mich hoch, bis mein Kopf auf seiner Brust lag.

»Du warst nicht besonders nett.«

»Ich weiß. Es tut mir leid. Aber du hast total das Alphamännchen raushängen lassen.«

»Ich *bin* das Alphamännchen. Du musst das einfach nur einsehen.« Ich hörte das Lächeln in seiner Stimme.

Er grummelte an meinem Hals. Ich grummelte zurück. Es war lange her, seit wir das zuletzt gemacht hatten. Ich lächelte, den Mund an seiner Wange. Er schob seine Linke nach unten und packte meinen Hintern.

»Du könntest es wiedergutmachen …«

Ich kicherte an seiner Schulter. »Evan?«

»Ja, Schatz?«

»Ich treffe mich nicht mit ihm, okay?«

»Gut. Weil ich nämlich am Morgen zurück zur Lodge muss, und ich will mir keine Sorgen um dich machen müssen.«

»Ich werde morgen als Erstes alle Nummern ändern lassen.«

Er zog mich fest an sich und gab mir einen Kuss, dann entspannten sich unsere Körper aneinander. Mein Kopf ruhte auf seiner Schulter, seine Arme lagen locker auf meinem Rücken, während er langsam einschlummerte.

Nachdem Evan am nächsten Morgen aufgebrochen war, ließ ich die Nummern für mein Handy und das Festnetztelefon ändern. Meine Familie würde sich wundern, also erklärte ich ihnen, dass ich, seit dieser Artikel erschienen war, ständig Anrufe von Zeitungen und Spinnern bekäme. Als ich mit Melanie sprach, sagte sie: »Ich habe gehört, Evan war zu Hause?«

»Ja, ein paar Tage.«

»Was hält er von der CD?«

»Äh ...« Ehe ich mir eine Ausrede ausdenken konnte, sagte Melanie: »Du bist echt unglaublich. Tolle Schwester«, und legte auf.

Als ich versuchte, sie zurückzurufen und mich zu entschuldigen, ließ sie das Telefon klingeln. Dann verwandelte sich mein Schuldgefühl in Ärger – ich konnte diesen Mist echt nicht gebrauchen. Ein Serienmörder pfuschte gerade in meinem Leben herum. Okay, davon wusste sie nichts, aber sie könnte sich zur Abwechslung einmal gedulden.

Seit ich meine Telefonnummern geändert habe, hat John nicht mehr angerufen. Die ersten paar Tage waren hart – ich überprüfte ständig die Schlösser und die Alarmanlage, aber als nichts geschah, wurde ich allmählich ruhiger. Evan hatte recht. Ich hätte das schon vor langer Zeit machen sollen. Kein Hochschrecken mehr, keine Überprüfung des Handys alle zehn Sekunden. Ich habe auch keine Nachrichten mehr geschaut oder irgendetwas gegoogelt. Ich habe mich sogar auf ein paar Projekte gestürzt – gestern habe ich tonnenweise E-Mail-Anfragen beantwortet und Angebote abgegeben. Es ist, als wäre ich von irgendeiner schrecklichen Droge abhängig gewesen, und jetzt, wo ich wieder clean bin, kann ich kaum glauben, wie sehr sie mein Leben bestimmt hat. Aber das war's. Ich habe für immer damit aufgehört.

16. Sitzung

Wissen Sie, was mich richtig nervt? Von außen betrachtet glaubt jeder, Evan wäre der Ruhige, Vernünftige und ich die Durchgeknallte. Das bestreite ich ja auch gar nicht. Ich denke: *O Mann, ich hätte nicht so ausflippen sollen, warum muss ich immer so überreagieren?* Erst später, wenn ich die Sache zurückverfolge und versuche herauszufinden, warum ich explodiert bin, stelle ich fest, dass Evan mir ein kleines Streichholz vor die Füße geworfen hat, obwohl er genau wusste, dass ich bereits in einer Benzinpfütze stand.

Wie heute Morgen. Ich versuche, Ally für die Schule fertigzumachen, und sie geht ihre sämtlichen Klamotten durch und versucht sich zu entscheiden, was sie anziehen soll. Schließlich sucht sie ein rotes Hemd aus, aber dann macht sie sich Sorgen, dass ihr Haarband nicht dazupassen könnte, also muss sie noch einmal ihren gesamten Kleiderschrank durchsuchen. Dann Elch, der beschlossen hat, dass es genau der richtige Zeitpunkt ist, um sich irgendeine bakterielle Infektion einzufangen, gegen die er dreimal täglich Antibiotika schlucken muss, und der nichts frisst, in dem sich eine Tablette befindet, egal, wie gut sie versteckt ist. Also jage ich ihn quer durch die Küche und versuche, ihm das Ding in die Schnauze zu stopfen, während Ally brüllt: »Du tust ihm weh!« Das Fressen landet auf mir, auf dem Hund, auf dem Kind und dem Boden. Dann spaziert Evan, mein lieber, freundlicher, *vernünftiger* Verlobter, herein, sieht sich die Sauerei an und sagt: »Ich hoffe nur, du machst das alles wieder sauber.«

Will der mich auf den *Arm* nehmen?

Natürlich bin ich ausgeflippt. »Hör verdammt nochmal auf rumzunerven, Evan. Wenn es dich so sehr stört, dann mach doch selber sauber.« Daraufhin stürmt er wutentbrannt raus, weil ich ihn angeschrien habe. Über eine Stunde hat er nicht mit mir gesprochen, was ihm überhaupt nicht ähnlich sieht. Ich ertrage es nicht, wenn jemand nicht mit mir redet, so dass ich mich am Ende entschuldige, und erst später denke ich – warte mal, warum entschuldigt er sich eigentlich nicht, weil er mich zum denkbar ungünstigsten Zeitpunkt genervt hat?

Wir haben darüber geredet, kurz bevor ich hergekommen bin, und er sagte, seine Bemerkung täte ihm leid, aber ich weiß, dass er immer noch sauer ist. Auf dem Weg hierher ist mir dann eingefallen, was Sie beim letzten Mal sagten, dass Evan sich vielleicht gekränkt fühlt, weil diese Sache mit John so viel von meiner Zeit geraubt hat. Da habe ich es nicht so gesehen, weil wir großartig klargekommen sind, aber diese Woche ist etwas passiert, und jetzt ist alles anders. Niemand hat im Moment viel Spaß – außer John vielleicht.

Am Tag nach unserer letzten Sitzung bekam ich einen Anruf von Sandy.

»Julia würde gerne mit Ihnen reden. Sie hat versucht, Sie anzurufen, aber Sie haben ja Ihre Nummern geändert.«

»Was will sie?«

»Ich weiß es nicht, Sara.« Sie klang verärgert. »Sie hat mich nur gebeten, Ihnen Ihre Nummer von zu Hause zu geben.« Ich konnte mir vorstellen, wie sehr Sandy es genoss, die Botin zu spielen. Der Gedanke ließ mich lächeln.

»Danke. Ich rufe sie sofort an.« Doch ich tat es nicht. Stattdessen machte ich mir eine Tasse Kaffee, dann setzte ich mich an den Tisch, das Telefon vor mir. Die Frau schaffte es, dass ich mir abscheulich vorkam, und davon hatte ich genug. Vielleicht sollte ich sie überhaupt nicht anrufen. Ihr eine Dosis ihrer eigenen Medizin verpassen. Ich hielt zwei Minuten durch.

Sie ging beim ersten Klingeln ran.

»Sandy sagte, Sie wollten mich sprechen?«

»Ich würde Sie gern sehen, damit wir uns ungestört unterhalten können.«

»Oh. Okay. Ich, äh, kann heute hier nicht weg. Ich muss Ally bald abholen, und …«

»Morgen reicht auch. Um wie viel Uhr können Sie hier sein?«

»Vielleicht gegen elf?«

»Ich sehe Sie dann.«

Sie legte auf, und ich saß da, ohne jede Erklärung und mit dem Bedürfnis, sie noch einmal anzurufen und ihr zu sagen, dass ich nicht käme. Aber das würde ich unmöglich schaffen, und das ärgerte mich. Wahrscheinlich wusste sie das ebenfalls. Und das wiederum machte mich nur noch wütender.

Evan war nicht besonders begeistert davon, dass ich ganz bis Victoria fahren wollte, obwohl wir nicht wussten, wo John steckte, aber er sah ein, dass ich herausfinden musste, warum Julia angerufen hatte. Ich versprach ihm, vorsichtig zu sein. Anschließend begann ich, über die Millionen möglicher Gründe zu spekulieren, warum sie mich sehen wollte, bis er schließlich sagte: »Sara, du wirst es morgen erfahren. Geh ins Bett.«

»Aber was denkst du, warum sie ...«

»Ich habe keine Ahnung. Jetzt geh ins Bett. *Bitte.*«

Ich tat es, aber ich lag stundenlang wach und überlegte, was ich anziehen oder sagen sollte. Dieser Besuch fühlte sich so anders an. Sie hatte mich gebeten, zu ihr zu kommen. Sie *wollte* mich sehen.

Am nächsten Morgen fuhr ich direkt nach Victoria weiter, sobald ich Ally zur Schule gebracht hatte. Ich kam fast eine halbe Stunde zu früh und holte mir in einem Laden in der Nähe von Julias Haus einen Kaffee. Mir fiel ein, dass es nicht weit entfernt auch einen öffentlichen Strand gab, und fuhr die Straße entlang. Als ich an ihrem Haus vorbeikam, fiel mir eine Frau auf, die gerade aus der Seitentür kam. Sie strich sich mit der Hand durchs Haar.

Ausgeschlossen.

Ich fuhr auf die Auffahrt eines Nachbargrundstücks und beobachtete im Rückspiegel, wie Sandy die Straße überquerte und in ein Zivilfahrzeug stieg. Was hatte sie in Victoria zu suchen? Als sie gestern anrief, hatte sie es nicht erwähnt. Natürlich hatte ich sie auch nicht über meinen bevorstehenden Besuch informiert. Nachdem Sandy losgefahren war, setzte ich in der Einfahrt zurück und fuhr weiter zum Strand. Zwanzig Minuten lang starrte ich hinaus auf den Ozean, nippte an meinem Kaffee und dachte darüber nach, was ich gerade gesehen hatte. Möglicherweise waren sie einfach nur den Fall noch einmal durchgegangen, aber der Zeitpunkt war merkwürdig.

Ich fuhr zurück zu Julias Haus. Sie lächelte kurz, als sie auf mein Klopfen hin öffnete, die Lippen fest zusammengepresst. Obwohl es Mitte Juni war, war sie ganz in Schwarz gekleidet und trug einen langen Rock und eine ärmellose Tunika. Sie sah blass aus, und ihr Pony bildete eine scharfe Kante auf ihrer Stirn. Ich erwiderte ihr Lächeln und versuchte, Augenkontakt herzustellen. *Sehen Sie, wie harmlos ich bin? Wie liebenswert?* Doch als sie mich mit einer raschen Handbewegung hereinwinkte, wandte sie den Blick hastig ab.

»Möchten Sie einen Tee?«

»Nein, danke.«

Sie bot mir nichts anderes an, sondern bedeutete mir nur, ihr ins Wohnzimmer zu folgen. Als wir durch eine riesige Küche mit glänzenden Marmorarbeitsflächen und Kirschholzschränken kamen, entdeckte ich zwei Becher auf der Arbeitsplatte. Ob einer davon für Sandy gewesen war?

Das Wohnzimmer war für meinen Geschmack etwas zu förmlich eingerichtet, und als ich das weiße Sofa und den dazu passenden Zweisitzer entdeckte, versuchte ich mir Ally hier vorzustellen. Die Perserkatze räkelte sich auf einer ledernen Ottomane in der Mitte des Raums und funkelte mich an, während ihre Schwanzspitze zuckte. Ich setzte mich auf den Zweisitzer, Julia kauerte sich mir gegenüber auf das Sofa und strich über ihren Beinen den Rock glatt. Ehe sie sprach, blickte sie lange hinaus aufs Meer.

»Ich habe gehört, dass Sie nicht mehr mit ihm sprechen.«

Worauf wollte sie hinaus?

»Das stimmt.«

»Sie sind der einzige Mensch, der vielleicht in der Lage ist, ihn aufzuhalten.«

Ich versteifte mich am ganzen Körper. »Würden *Sie* mit ihm sprechen?«

»Das ist etwas anderes.«

Ich hatte ein schlechtes Gewissen wegen meiner Bemerkung und sagte: »Evan, mein Verlobter, und ich haben beschlossen, dass es zu gefährlich ist.«

Sie sah mich streng an. »Ich möchte, dass Sie sich mit ihm treffen, Sara. Für mich.«

Ich schnappte nach Luft. »Wie bitte?«

Sie beugte sich vor. »Sie sind für die Polizei die einzige Chance, ihn zu fassen. Wenn Sie nicht mit ihm reden, wird er noch mehr Menschen umbringen. Er wird in diesem Sommer noch eine Frau vergewaltigen und töten.«

Wir starrten einander an. Eine Ader an ihrer Kehle pulsierte. Die Katze sprang von der Ottomane und stolzierte davon.

»Darum war Sandy heute hier, nicht wahr?«

Ihre Augen weiteten sich vor Überraschung, und sie lehnte sich zurück.

»Ich habe gesehen, wie sie gegangen ist, Julia. Hat sie Ihnen gesagt, dass Sie mir das erzählen sollen?«

»Sie hat mir gar nichts gesagt.«

Wir maßen einander mit Blicken. Ich wusste, dass sie log, aber sie blinzelte nicht einmal.

Ich sagte: »Und was ist mit *meinem* Leben? Was ist mit *meinem* Kind?«

Die Hände in ihrem Schoß zitterten. »Wenn Sie sich nicht mehr darum kümmern, sind *Sie* eine Mörderin.«

Ich stand auf. »Ich gehe.«

Sie folgte mir zur Tür. »Es hat mich angeekelt, Sie neun Monate in mir zu tragen, und es hat mich krank gemacht, zu wissen, dass Sie auf der Welt sind – dass etwas von ihm *lebt*.«

Bei ihren Worten blieb ich wie angewurzelt an der Tür stehen. Ich starrte sie an, wartete darauf, dass ich den Schmerz spürte, so wie man sich schneidet und zuerst nur das Blut sieht, aber der Verstand noch nicht begriffen hat, dass man verletzt ist.

»Aber wenn Sie ihn aufhalten«, sagte sie, »ist es das wert gewesen.«

Ich wollte ihr sagen, dass alles, was sie sagte, unfair und grausam war, aber meine Kehle war ganz eng und mein Gesicht heiß, als ich versuchte, nicht zu weinen. Dann wich der Zorn aus ihrem Gesicht, ihr Körper erschlaffte, und sie bedachte mich mit einem verzweifelten, niedergeschlagenen Blick.

»Ich kann nicht schlafen. Solange er da draußen rumläuft, werde ich niemals schlafen können.«

Ich stürzte zur Tür hinaus, knallte sie hinter mir zu, rannte weinend zum Cherokee und schaltete hektisch in den Rückwärtsgang. Sobald ich wieder auf der Straße war, versuchte ich Evan anzurufen, aber er ging nicht ran. Nach ein paar Meilen hatten sich mein Schmerz und meine Wut in Schuldgefühle verwandelt. Hatte sie recht? Wenn ich mich weigerte, mich noch einmal mit John zu treffen und er jemanden umbrachte, war ich dann eine Mörderin?

Wenn ich den Malahat Highway von Victoria aus Richtung Norden nehme, fahre ich normalerweise langsam und konzentriere mich auf die Straße – mit der Felswand auf der einen und dem steilen Abgrund auf der anderen Seite gibt es keinen Spielraum für Fehler. Heute jedoch raste ich durch die Kurven, meine Hände hielten das Lenkrad fest umklammert. Als ich den Pass erreicht hatte und auf der anderen Seite wieder hinunterfuhr, wo die Straße zwei Fahrspuren hat, rief ich Sandy an.

»Das war mies, selbst für Sie.«

»Wovon reden Sie?«

»Das wissen Sie verdammt gut.« Als ich in einer scharfen Kurve einem anderen Wagen zu nahe kam, zwang ich mich, vom Gas zu gehen.

»Ist irgendetwas schiefgelaufen?«

»Lassen Sie das Theater, Sandy. Ich habe Sie aus ihrem Haus kommen sehen.«

Sie schwieg.

»Ich will nichts mehr mit Ihnen zu tun haben.« Ich legte auf.

Ich versuchte, Evan anzurufen, aber er ging immer noch nicht ran. Ich *musste* mit irgendjemandem reden. Billy hob nach dem ersten Klingeln ab.

»Ich will Sandy aus dem Fall raushaben. Ich werde nicht mehr mit ihr zusammenarbeiten.«

»Ups. Was ist los?«

»Ich bin gerade den ganzen Weg bis nach Victoria gefahren, um meine leibliche Mutter zu besuchen – weil ich so dumm war zu glauben, *sie* würde *mich* tatsächlich sehen wollen. Aber es stellte sich heraus, dass sie mich bloß überreden wollte, mich mit John zu treffen. Ich war zu früh da und hab Sandy aus ihrem Haus kommen sehen. Sie hat Julia dazu überredet! Wussten Sie davon?«

»Ich weiß, dass Sandy mit ihr gesprochen hat, Julia ist immerhin eine sehr wichtige Zeugin. Aber ich glaube nicht, dass sie versucht hat, so etwas zu …«

»Finden Sie nicht, dass es ziemlich merkwürdig ist, dass sie zufällig am selben Tag bei ihr war?«

Billy schwieg einen Moment. »Möchten Sie, dass ich mit ihr rede?«

»Wozu? Mein Gott, ich komme mir vor wie ein Idiot – als

ob Julia wirklich wollen würde, dass ich sie besuche! Dabei wollte sie nur …« Ich verstummte, als die Tränen erneut zu fließen drohten.

Billy sagte: »Wo sind Sie jetzt?«

»Auf dem Rückweg von Victoria.«

»Wissen Sie was, ich besorge ein paar Sandwiches und Kaffee, und wir treffen uns bei Ihnen zu Hause. Dann reden wir darüber, okay?«

»Wirklich? Macht es Ihnen nichts aus?«

»Überhaupt nicht. Rufen Sie mich an, wenn Sie in der Nähe von Nanaimo sind.«

Die restliche Fahrt über probte ich all die Dinge, die ich Sandy sagen wollte, aber Julias Stimme funkte mir immer wieder dazwischen. *Wenn Sie ihn aufhalten, ist es das wert gewesen.*

Als ich in meine Auffahrt einbog, kletterte Billy lächelnd aus seinem SUV, in der Hand ein Tablett mit zwei Kaffeebechern und einer braunen Papiertüte von Tim Hortons.

»Es gibt nur wenig, was Timmy nicht wieder heil macht.«

»Da wäre ich mir nicht so sicher.« Ich lächelte.

»Wir können es zumindest versuchen.«

Nachdem ich Elch in den Garten gelassen hatte, setzten Billy und ich uns auf die hintere Veranda und wickelten unsere Sandwiches aus. Ich musterte ihn über den Tisch hinweg. »Glauben Sie, dass ich eine Mörderin bin, wenn ich mich nicht mit John treffe?«

»Wie kommen Sie denn *darauf*?«

»Das hat Julia gesagt.«

»Autsch.« Sein Blick strahlte Mitgefühl aus.

»Genau. Evan sagt, es wäre nicht meine Schuld, wenn er jemanden umbringt.«

»Natürlich ist es das nicht. Als Polizeibeamter fühle ich mich immer verantwortlich, wenn ein Verdächtiger davonkommt, aber ich versuche, daraus zu lernen und es nächstes Mal besser zu machen.«

Während wir uns über unsere Sandwiches hermachten, dachte ich über seine Worte nach. Aber er war noch nicht mit dem Thema durch.

»Sie müssen nichts tun, was Sie nicht tun wollen, Sara. Aber falls Sie sich entscheiden, sich nicht mit ihm zu treffen, dürfen Sie sich nicht für den Rest Ihres Lebens die Schuld geben, wenn er etwas anstellt.«

»Wenn es nur nach mir ginge, würde ich es durchaus noch einmal versuchen. Ich wollte Sie schon anrufen und es Ihnen erzählen, aber Evan ist an die Decke gegangen. Er wird mich das auf gar keinen Fall noch einmal machen lassen.«

»Er versucht nur, Sie zu schützen.«

»Das verstehe ich, aber er quält sich damit nicht so, wie ich es tue. Ich weiß, es klingt verrückt, aber ich spüre alles, was diese Opfer spüren, fühle, was die Familien fühlen. Empfinden Sie nie so, wenn Sie an einem Fall arbeiten? Als würden Sie sich selbst verlieren?«

»Es ist schwer, aber Sie müssen lernen, sich dagegen abzuschotten.«

Ich seufzte. »Das ist mein Problem. Ich kann mich gegen *nichts* abschotten. Selbst als Kind war ich schon so verbohrt. Dad hat es immer gehasst, wenn ich mich an einer Sache festgebissen habe, denn dann zählte tagelang nichts anderes. Und in der nächsten Woche war etwas Neues an der Reihe.« Ich lachte. »Wie waren Sie als Kind?«

»Ich hatte ständig Ärger – habe mich geprügelt, getrunken, gestohlen. Mein Dad hat mich rausgeschmissen, als ich siebzehn war, und ich musste bei einem Freund wohnen.«

»Wow. Das ist hart!«

»Es stellte sich heraus, dass es das Beste war.« Er zuckte die Achseln. »Ich trat in einen Boxclub in der Nähe ein, und dieser alte Cop, der Kickboxen unterrichtete, hat mich ein paarmal mitgenommen und ist mit mir in der Gegend rumgefahren. Er überredete mich, zur Polizei zu gehen, andernfalls wäre ich wahrscheinlich hinter Gittern gelandet.«

»Ich bin froh, dass Sie sich entschieden haben, einer von den Guten zu werden.«

»Ich auch.« Er grinste.

»Stehen Sie und Ihr Dad sich jetzt wieder näher?«

»Er ist Pastor. Alles, worum er sich kümmert, ist Kirche und Gott, in dieser Reihenfolge.«

»Wirklich? Wie war es, in so einem Zuhause aufzuwachsen?«

»Wenn Sie der Meinung sind, ich würde oft zitieren, dann sollten Sie mal meinen Dad erleben. Er kann Ihnen die ganze Bibel Wort für Wort herunterbeten.« Er lächelte, aber ich sah etwas Hartes in seinem Blick aufblitzen, ehe er auf seinen leeren Kaffeebecher hinunterschaute.

»War er streng? Sie wissen schon, ›Wer mit der Rute spart‹ und so was?«

Er nickte. »Er war nicht gewalttätig oder so, aber er stand auf Bußübungen.« Er lachte kurz auf. »Als Kind geriet ich einmal in der Sonntagsschule in einen Streit, weil ich versuchte, einen Jungen davon abzuhalten, ein kleineres Kind zu verhauen. Dad zwang mich, mich bei der gesamten Gemeinde zu entschuldigen – anschließend musste ich vorne in der Kirche *niederknien*, meinen Sünden abschwören und den Herrn um Vergebung bitten. Und das war nur der Anfang.«

»Aber Sie hatten doch nur versucht, jemanden zu schützen. Haben Sie nicht erklärt, was passiert war?«

»Meinem Vater kann man nichts erklären. Aber ich wusste, dass ich richtig gehandelt hatte. Ich würde es jederzeit wieder tun, ohne nachzudenken.«

»Es ist komisch, mir vorzustellen, dass Sie so einen Vater haben. Sie sind so ruhig und logisch.«

»Jetzt, klar. Aber ich habe lange gebraucht, um dahin zu kommen.«

»Wirklich?«

»In meinen Zwanzigern war ich ständig schlecht drauf. Als ich zur Polizei kam, wollte ich jeden Kriminellen höchstpersönlich zur Strecke bringen.«

»Habe ich richtig gehört? *Sie* waren schlecht drauf?«

Ein boshaftes Grinsen. »Es könnte sein, dass ich die eine oder andere Regel gebrochen habe.«

»Oder ein paar Knochen, stimmt's? Ich wusste es!«

Seine Miene wurde ernst. »Ein Fall wurde meinetwegen nicht zur Anklage zugelassen, und ich wurde zeitweilig suspendiert – und beinahe aus dem Polizeidienst entlassen. Es war eine harte Lektion, aber dadurch lernte ich, innerhalb des Systems zu arbeiten.«

»Aber frustriert Sie das nicht? Wenn zum Beispiel jemand mit seinen Verbrechen davonkommt?« Ich schüttelte den Kopf. »Wenn John aufgrund einer Formsache davonkäme, würde ich ausrasten. Es wäre ziemlich verlockend, die Sache in die eigenen Hände zu nehmen.«

Billys Miene war angespannt, bekümmert. Ich tat nichts, um die Stille zu beenden.

»Dieser Fall, von dem ich Ihnen gerade erzählt habe«, sagte er schließlich, »das war ein Serienvergewaltiger. Nach Monaten hatten wir endlich einen Hinweis, wo er stecken könnte, und ich beschloss, die Sache zu überprüfen. Als ich ankam, sah ich einen Mann verschwinden, auf den die Beschreibung des Verdächtigen passte. Der Vergewaltiger nahm immer die Kleider seiner Opfer mit, also stieg ich durchs Fenster ein und suchte nach Beweisen – und tatsächlich, im Schrank lag eine Tasche, gefüllt mit Frauenkleidung. Ich wollte gerade wieder abhauen, als der Verdächtige zur Vordertür hereinkam. Als er mich sah, rannte er davon, und ich nahm die Verfolgung auf ... Es ging nicht gut aus.«

»Was ist passiert?«

Er sah mir in die Augen. »Sagen wir mal so, ich ließ zu, dass meine Gefühle die Oberhand behielten und nicht mein Verstand, und ich machte einen Fehler.«

»Aber Sie wirken immer so kontrolliert.« Ich war fasziniert, dass Billy noch eine andere Seite haben könnte. Eine, die mir selbst wesentlich ähnlicher war.

»*Die Kunst des Krieges* hat mein Leben verändert – Kickboxen hat ebenfalls geholfen. Wenn man im Ring steht, stellt man schnell fest, dass man die Koordination verliert, wenn man keinen kühlen Kopf bewahrt.«

»Hm, das ist interessant. Stammen Ihre Tattoos aus dem Buch?«

Er zeigte auf den linken Arm. »Dies hier bedeutet: ›Wer schwach ist, muss sich auf den Angriff vorbereiten.‹« Er zeigte auf den rechten Arm. »Und dieses hier: ›Wer stark ist, zwingt den Feind, sich auf einen Angriff vorzubereiten.‹ Ich habe sie mir stechen lassen, als ich zum Dezernat für Kapitalverbrechen kam.«

»Die sind echt cool.«

Er lächelte. »Danke.«

Wir aßen unsere Sandwiches auf, dann klingelte Billys BlackBerry. Er löste ihn vom Clip an seinem Gürtel und warf einen Blick darauf.

»Sieht aus, als hätten Sie wieder eine E-Mail von John bekommen.« Ich hatte fast vergessen, dass meine sämtlichen E-Mails an die Polizei weitergeleitet wurden. Billys Züge verhärteten sich, als er herunterscrollte.

»Was schreibt er?«

Er reichte mir das Gerät.

WENN DU NICHT MIT MIR REDEST, FINDE ICH JEMANDEN, DER ES TUT.

Angst schoss durch meinen Körper und zwang mit einem Schlag alle Luft aus meinen Lungen. Er würde es tun – er würde noch jemanden umbringen. Ich versuchte, etwas zu Billy zu sagen, aber mein ganzer Körper schien nur noch aus dem pulsierenden Blut zu bestehen, das in meinen Ohren dröhnte.

Billy fragte: »Alles in Ordnung?«

Ich schüttelte den Kopf. »Was ... was passiert jetzt?«

»Ich weiß nicht. Wir werden zurückverfolgen, woher die Mail kam und sicherstellen, dass die Einheiten in ganz BC ihre Patrouillen auf den Campingplätzen verstärken.«

»Und was mache ich jetzt?«

»Was wollen Sie machen?«

»Ich weiß es nicht – wenn ich wieder anfange, mit ihm zu reden, regt Evan sich *tierisch* auf, aber wenn John ...«

»Nur Sie allein können diese Entscheidung fällen, Sara. Aber ich muss ein paar Anrufe erledigen. Ich melde mich, sobald ich etwas höre.«

Sobald er fort war, ging ich nach oben und starrte auf Johns E-Mail. Mein Herz und meine Gedanken rasten, und dann war es Zeit, Ally abzuholen. Gott sei Dank plapperte sie die ganze Heimfahrt über von ihrem Tag, denn in meinem Kopf drehte sich alles. Was sollte ich wegen John unternehmen? Stunden später war ich der Antwort immer noch kein Stückchen näher gekommen.

Um mich abzulenken, googelte ich Billy und fand einen Artikel über den Fall, den er erwähnt hatte. Was er mir nicht erzählt hatte war, dass es, nachdem er den Vergewaltiger gestellt hatte, zu einem Kampf gekommen war. Der Mann schnappte sich Billys Waffe, und als sie darum rangen, ging das Ding los und verletzte eine alte Dame, die gerade ihren Hund ausführte. Weil Billy die Wohnung unerlaubt betreten hatte, ließ der Richter die Beweismittel vor Gericht nicht zu, und der Vergewaltiger bekam einen Aufschub. Kein Wunder, dass Billy jetzt alles genau nach Lehrbuch machte. Obwohl er ein paar wichtige Regeln gebrochen hatte, war ich beeindruckt, dass er den Kerl ganz allein so hartnäckig verfolgt hatte.

Als Ally im Bett war, rief Evan endlich zurück. Ich erzählte ihm von Johns E-Mail und vom Besuch bei Julia.

»Das ist ein verdammter Haufen Scheiße. Ich fasse es nicht, dass sie dir das angetan hat. Schreib die Frau ab, Sara. Das hast du nicht verdient.«

»Aber du musst die Sache doch auch von ihrem Standpunkt aus betrachten. Ich weiß, wie es sich anfühlt, immer in Angst zu leben vor dem, was als Nächstes geschehen könnte. Wenn es jemanden gäbe, dem es gelänge, dass ich mich nicht mehr so fühle …«

»Die gibt es doch – die *Polizei*. Du musst sie ihre Arbeit machen lassen.«

»Billy versucht es.«

Evan schwieg.

Ich sagte: »Was ist los?«

»Ich finde es komisch, dass er dir was zu essen vorbeigebracht hat.«

»Ich war aufgewühlt – er wollte, dass es mir wieder bessergeht. Und ich bin froh, dass er hier war, als diese E-Mail kam.«

»Scheint so, als wollte Billy immer nur, dass es dir bessergeht.«

»Er ist Polizist, und er macht nur seinen Job. Zumindest setzt er mich nicht so unter Druck wie Sandy.«

»Mach dir doch nichts vor. Wahrscheinlich spielt er den guten Bullen.«

»Er *ist* ein guter Bulle.«

Es folgte eine lange Pause, dann sagte Evan mit tonloser Stimme: »Du willst mit John reden.«

»Ich will nicht mit ihm reden, ich will ihn aufhalten.« Er sagte nichts, also fuhr ich fort. »Weißt du, wie hart es war, das von Julia zu hören? Dass ich die einzige Person bin, die dafür sorgen kann, dass sie sich wieder sicher fühlt? Dieselbe Person nämlich, die nach ihr gesucht hat, womit das alles angefangen hat ...«

»Er hat deine Mutter vergewaltigt, damit hat all das angefangen.«

»Ich weiß, aber ich bin die Einzige, die es beenden kann.«

»Was willst du damit sagen?«

»Ich denke ... ich denke, ich sollte noch einmal versuchen, mich mit ihm zu treffen.«

»Nein, ich habe es dir schon gesagt. Auf gar keinen Fall.«

»Und wenn ich einfach nur anfange, wieder mit ihm zu reden? Vielleicht kann ich ihn beschwatzen, mehr von sich preiszugeben, oder zumindest seine Aufmerksamkeit von den Campingplätzen ablenken.«

»Warum kannst du es nicht einfach auf sich beruhen lassen?«

Meine Stimme brach, als ich sagte: »Weil ich es nicht kann. Ich kann einfach nicht.«

Evan klang sanft. »Schatz, du weißt doch, dass Julia dich deshalb trotzdem nicht lieben wird, nicht wahr?«

»Es geht nicht darum, sie dazu zu bringen, mich zu lieben. Aber wenn du mich liebst, Evan, müsstest du verstehen, warum ich das tun muss.«

»Ich denke, einem Teil von dir gefällt es ganz gut, die Einzige zu sein, die ihn aufhalten kann – darum kannst du es nicht loslassen.«

»Das ist *gemein*, so etwas zu sagen. Glaubst du tatsächlich, es würde mir gefallen, dass mein Vater ein Serienmörder ist und er meinetwegen bereits eine Frau umgebracht hat?«

»*So* meine ich es nicht, ich denke, dass du nur nicht weißt, wie du …«

»Wie ich meinen Kopf in den Sand stecken und so tun kann, als sei alles in Ordnung? So wie du?«

»Das war jetzt aber auch gemein.«

Wir schwiegen beide.

Schließlich seufzte Evan. »Wir drehen uns im Kreis. Wenn du wieder mit ihm redest, stell dich darauf ein, dass er versuchen wird, ein weiteres Treffen mit dir zu vereinbaren.«

»Ich weiß noch nicht, was ich tun werde, Evan. Aber ich muss wissen, dass du hinter mir stehst.«

»Ich bin nicht glücklich darüber, dass du mit ihm reden willst, aber ich verstehe, warum du das Gefühl hast, du müsstest es tun. Aber ich meine es ernst, Sara – ich möchte nicht, dass du noch einmal versuchst, dich mit ihm zu treffen.«

»Ich werde nichts tun, ohne vorher mit dir darüber zu sprechen, in Ordnung?«

»Das will ich dir auch geraten haben.«

»Sonst was?« Ich sagte es in einem neckenden Tonfall, doch als Evan antwortete, war seine Stimme ernst.

»Ohne Scheiß, Sara.«

Am Wochenende grübelte ich darüber nach, was ich tun sollte, und sprach noch einmal mit Billy. Er sagte mir, Sandy habe ihm erzählt, dass sie Julia niemals genötigt hätte, mit mir zu sprechen, sie habe es von sich aus gewollt. Schon möglich, aber ich hatte da meine Zweifel. Sandy war so ehrgeizig, dass sie alles tun würde, nur um John zu schnappen. Als die Zeit verstrich und ich immer noch zu keiner Entscheidung gekommen war, fragte ich mich, ob ich nicht vielleicht damit davonkäme, mich nie zu entscheiden. Dann rief Julia am Montag an.

»Ich habe gehört, dass er Ihnen noch eine E-Mail geschickt hat. Werden Sie mit ihm reden?«

»Ich habe mich noch nicht entschieden.« Ich wappnete mich gegen ihren Zorn.

»Nun, während Sie sich *entscheiden*, sollten Sie vielleicht Folgendes in Ihre Überlegungen mit einbeziehen: Die Polizei sagt, dass *ich* die nächste Person sein könnte, zu der er Kontakt aufzunehmen versucht.« Ihre Stimme zitterte bei den letzten Worten, und ich begriff, wie groß ihre Angst war. »Ich hoffe, dieses Mal bringt er mich um.«

Dann legte sie auf.

Es dauerte volle fünf Minuten, ehe mein Herz aufhörte zu rasen. Ich rief Evan an, aber er ging nicht ran. Ich wusste, dass ich mit ihm reden sollte, ehe ich eine Entscheidung fällte, und wartete eine weitere Stunde, aber als er dann immer noch nicht ans Telefon ging, überkam mich eine merkwürdige Ruhe. Ich wusste, was ich zu tun hatte.

Ich ging nach oben und schrieb eine E-Mail an John.

Sie bestand nur aus einem Satz – *Wie kann ich dir helfen, John?* – und meinen neuen Telefonnummern. Dann, ehe ich mir erlaubte, noch länger darüber nachzudenken, klickte ich auf Senden.

Doch ich habe immer noch nichts von ihm gehört. Es brachte mich fast um, Sandy *nicht* zu fragen, ob sie Julia erzählt hatte, dass ich ihm geantwortet hatte. *Mag sie mich jetzt? Jetzt, wo ich mein Leben und meine Familie aufs Spiel setze? Jetzt, wo Evan stinksauer auf mich ist?* Dann sagte ich mir immer wieder, dass es mir egal ist, was sie denkt. Ich bin so gut im Lügen geworden, dass ich es fast glaubte.

Aber die Sache ist die, ich mache es nicht nur für sie. Diese Geschichte wird niemals aufhören, solange ich nicht einen Weg finde, dem ein Ende zu bereiten. Und mein Bauch sagt mir, dass die einzige Möglichkeit, das zu erreichen, ein Treffen mit ihm ist – da stimmen Sie mir sogar zu. Ich weiß, es ist verrückt zu denken, ich könnte etwas schaffen, was der Polizei nicht gelungen ist. Aber sowenig ich auch nachvollziehen kann, was John tut – manchmal, auf einer tieferen Ebene, versteht irgendetwas in mir es *doch*. Ich glaube tatsächlich, dass ich die Macht habe, ihn aufzuhalten. Und Evan hat recht, das gefällt mir.

Dann denke ich an John, an den Moment, wenn er über diesen Frauen steht oder jemanden mit seinem Gewehr ins Visier nimmt. Und ich frage mich, ob das für ihn die Momente sind, in denen *er* sich so fühlt.

17. Sitzung

Hatten Sie jemals das Gefühl, alles in den Händen zu halten, was Sie je gewollt haben, und es dann fallen zu lassen oder zu fest zuzudrücken? Auf dem ganzen Weg hierher habe ich nach einer perfekten Analogie für das gesucht, was gerade vor sich geht. Und beschreibt das nicht auch die Geschichte meines Lebens? Ich versuche immer, alles perfekt zu machen.

Sie wissen, wie meine letzten Beziehungen aussahen – epische Dramen, über die ich mich bei jedem ausließ, der bereit war, mir zuzuhören. Entweder war ich vollkommen besessen von meinen Exfreunden oder sie waren vollkommen besessen von mir. Und wie Ihre dicke Akte bestätigt, sind die Geschichten nicht gut ausgegangen.

O Mann, wenn Sie früher immer sagten: »Sie werden wissen, wenn es der Richtige ist ...«, hätte ich am liebsten mit irgendwas nach Ihnen geworfen. Aber Sie haben mich nur auf Ihre allwissende Weise angelächelt und gesagt: »Vertrauen Sie mir, Sara, echte Liebe fühlt sich nicht so an.« Wenn ich zu dem Zeitpunkt gerade in einer Beziehung steckte, die geradewegs auf den Abgrund zusteuerte, selbst wenn ich es tief in meinem Inneren *wusste*, stritt ich mit Ihnen und redete mir den Mund fusselig, dass er der Richtige sei.

Ich habe nie begriffen, wie verkehrt sie alle für mich waren und wie recht Sie hatten, bis ich Evan kennenlernte. Meine letzten Beziehungen glichen brutalen Eishockeyspielen – jeden Moment konnte ein lauter Streit ausbrechen, wir standen nie auf einer Seite, und nie hat einer von uns gewonnen. Evan und ich dagegen haben *immer* im selben Team gespielt. Ich musste nie hinter mich schauen oder mich fragen, wo er steckte – ich wusste, dass er neben mir lief, dass er mit mir auf dasselbe Ziel in Sichtweite zusteuerte. Doch jetzt ist es so, als würde ich unversehens aufblicken, und er steht auf der gegnerischen Hälfte der Eisfläche. Wir spielen beide in der Abwehr, und einer von uns wird gegen die Bande krachen.

Was in letzter Zeit zwischen Evan und mir abläuft, all die Streitereien, das ist nicht gut. Es macht mir genauso viel Angst wie John. Aber es sind vor allem meine eigenen Reaktionen, die mich am meisten ängstigen. Denn wenn jemand mich schubst, schubse ich nur umso härter zurück.

Einen Tag nach unserer letzten Sitzung rief John endlich an.

»Ich habe es vermisst, mit dir zu reden.«

Ich antwortete nicht sofort, war nicht sicher, ob ich es schaffen würde, ohne ihm sämtliche bekannten Schimpfnamen an den Kopf zu werfen.

»Ich bin froh über deine E-Mail«, sagte er. »Ich hatte mir schon Sorgen gemacht.«

Er hatte sich Sorgen gemacht? Interessant. Billy und die meisten Bücher, die ich gelesen hatte, behaupteten, dass Serienmörder keine Reue empfänden, aber wüssten, wie man sie nachahmte. Also nahm ich an, sie müssten zumindest das Prinzip dahinter verstehen. Ich beschloss, meine Theorie zu testen.

»Was du getan hast, war schrecklich, John.«

»Was habe ich denn getan?«

»Du hast mir die Barbie mit dem verbrannten Gesicht hingelegt und mir dann E-Mails geschickt, von denen du wusstest, dass sie mich aufregen würden. Deinetwegen habe ich mich furchtbar gefühlt.«

»Du hast mich *belogen*.«

»Du hast unfaire Fragen gestellt. Du bist vielleicht Allys leiblicher Großvater, aber ich weiß nicht, was du von uns willst – oder von ihr. Ich müsste verrückt sein, dir irgendetwas Persönliches über mein Kind zu erzählen.«

»Ich wollte dich nur besser kennenlernen.« Er klang verunsichert, als träfe ihn meine Selbstsicherheit unvorbereitet.

»Aber du bist dir immer noch nicht sicher, ob du mir vertrauen kannst, stimmt's? Für mich gilt das Gleiche. Wenn du mich *wirklich* kennenlernen willst, darfst du nicht so ausflippen. Und wenn du sauer bist, kannst du mich nicht einfach bedrohen. Du musst mir sagen, was dich bedrückt, und wir versuchen, es zu klären, okay?«

Er schwieg eine ganze Weile, aber ich wartete ab. Schließlich sagte er: »Ich kann es nicht abstellen.«

»Du kannst was nicht abstellen?«

»Dass ich die Beherrschung verliere. Es passiert einfach.«

Ich zerbrach mir den Kopf, was ich sagen sollte, aber wie sollte ich ihm einen Rat geben bei einer Sache, die ich selbst nicht im Griff habe? Dann fragte ich mich, warum ich ihm helfen wollte. Glaubte ich tatsächlich, in dem Monster könnte sich ein Mensch verbergen? Und was würde das beweisen? Dass *ich* kein Monster bin? Ich schob den Gedanken beiseite.

»Das ist bei mir genauso, John, aber ich …«

»Es ist *nicht* dasselbe.«

»Weil du Menschen umbringst?« Mein Puls beschleunigte sich angesichts meiner Kühnheit, aber er antwortete nicht. Ich lehnte mich noch weiter aus dem Fenster. »Wenn ich die Beherrschung verliere, verletze ich manchmal auch andere Menschen. Ich habe schon ein paar verrückte Sachen gemacht.«

»Ich bin nicht *verrückt.*«

»Ich wollte damit nur sagen, dass ich zum Teil verstehen kann, wie du dich fühlst, wenn du es tust. Dass du sie einfach nur kontrollieren willst und wie wütend sie dich machen müssen.« Ich dachte wieder an jenen Moment mit Derek auf der Treppe, an seinen arroganten Gesichtsausdruck. An den dumpfen Aufprall, als er auf den Boden aufschlug. Ich verstand John besser, als mir lieb war.

Er schwieg erneut, aber sein Atem hatte sich beschleunigt. Wahrscheinlich war es an der Zeit, einen Rückzieher zu machen, aber etwas in mir wollte ihn noch härter drängen, wollte, dass *er* sich wand.

»Du hast gesagt, dein Dad sei brutal gewesen. Hat er dich jemals sexuell bedrängt?«

»Nein.« Er klang angewidert, aber ich konnte nicht verhindern, dass mir die nächsten Worte über die Lippen kamen.

»Und was ist mit deiner Mutter?«

Seine Stimme dröhnte laut in meinem Ohr. »Warum tust du das, Sara? Warum sagst du diese Dinge?«

»So fühlt es sich an, wenn *du* mir Fragen über Ally stellst.«

»Das gefällt mir nicht.« Er klang nervös, besorgt.

»Mir gefällt es auch nicht.« Als er nichts darauf erwiderte, machte ich den Mund auf, um eine weitere verbale Attacke zu starten. *Halt, denk nach.* Was tat ich da? Ich atmete hektisch, mein Gesicht war heiß. Ich war so gefangen in diesem Moment, das Gefühl der Macht wirkte so belebend, dass ich vergessen hatte, mit wem ich sprach. Ich wollte ihm nur noch weh tun.

Dann traf es mich: Genau so fühlte sich John.

Ich war einen Moment lang wie erstarrt, kam wieder zu mir und fragte mich, wie viel Schaden ich angerichtet hatte. Ich stellte mir vor, wie Billy und Sandy irgendwo in einem Raum ausflippten. Ich war dazu angehalten, Informationen zu sammeln, nicht, ihn zu provozieren. Doch John hatte nicht aufgelegt. Es gab immer noch die Chance, die Sache wieder ins Lot zu bringen.

Ich senkte die Stimme und bemühte mich, ruhig zu klingen. »Sieh mal, ich denke, es ist für uns beide nicht einfach. Vielleicht sollten wir ein Spiel spielen.«

Er klang vorsichtig. »Was für ein Spiel?«

»So etwas wie ›Wahrheit oder Pflicht‹. Ich stelle dir eine Frage, und du musst sie ehrlich beantworten. Dann fragst du mich etwas, und ich werde genauso ehrlich antworten. Du darfst sogar Fragen über Ally stellen.« Ich schloss die Augen.

»Du hast bereits bewiesen, dass du lügst.«

»Du lügst auch, John.«

»Ich bin *immer* ehrlich zu dir gewesen.«

»Nein, das glaube ich nicht. Du willst alles über mich wissen, aber es gibt einen ganz großen Bereich in deinem Leben, über den du nie sprichst. Vielleicht bin ich dir ähnlicher, als du glaubst.«

»Wie meinst du das?«

Wie *meinte* ich das? Ich dachte ein paar Minuten zurück, wie berauschend und erregend es gewesen war, sich auf dem gefährlichen Grat zwischen Vernunft und Gefühl zu bewegen. Alle meine Sinne in höchster Alarmbereitschaft, mein Körper angespannt und bereit zum Kampf.

»Ich habe dir doch gesagt, dass ich schon Menschen weh getan habe, wenn ich wütend war. Ich habe sogar schon einmal jemanden die Treppe hinuntergestoßen.« Wenn ich es schlimmer klingen ließ, würde er sich dann eher öffnen? »Er hat sich das Bein gebrochen, und überall war Blut. Es gefällt mir nicht, dermaßen die Beherrschung zu verlieren, und irgendetwas sagt mir, dass es dir auch nicht gefällt.«

Er schwieg.

Ich sagte: »Ich bin bereit, anzufangen ...«

Kurz darauf sagte er: »Wir können es versuchen.«

»Okay, frag mich, was du willst.«

Es folgte eine lange Pause. Ich hielt den Atem an.

Schließlich fragte er: »Hast du Angst vor mir?«

»Ja.«

Er klang überrascht. »Warum? Ich bin immer nett zu dir gewesen.«

Ich wusste nicht einmal, wo ich mit einer Antwort darauf hätte anfangen sollen.

»Ich bin dran. Warum machst du diese Puppen mit den Haaren und Kleidern der Mädchen?«

»Damit sie bei mir bleiben. Warst du bei deiner Adoptivfamilie glücklich?«

Seine Frage traf mich unvorbereitet. Niemand hatte mich das je zuvor gefragt. Es hatte Momente des Glücks gegeben, doch sie waren stets in die Sorge gehüllt gewesen, wann mir dieses Glück wieder genommen werden würde. In meiner Erinnerung blitzte das Bild auf, wie ich mit Mom Fleischpastete gebacken hatte, als ich dreizehn war. In der Küche war es warm, und es duftete nach dem kochenden Fleisch, nach Knoblauch und Zwiebeln. Ihre Hand lag leicht auf meiner, als wir den Teig ausrollten, wir lachten über unseren Saustall. Wir hatten gerade die Pastete in den Ofen geschoben, als sie ins Badezimmer stürzte. Blass und schwach kam sie zurück, sagte, sie müsse sich hinlegen und bat mich, auf die Pastete aufzupassen. Als sie oben goldbraun war, holte ich sie vorsichtig heraus, ganz aufgeregt, sie Dad zu zeigen.

Als er eine Stunde später nach Hause kam, warf er einen Blick auf den Ofen, dann legte er seine schwere Hand auf meine Schulter und riss mich herum. »Wie lange ist der Ofen schon an?« Sein Gesicht war rot, an seinem Hals traten die Sehnen hervor.

Ich hatte solche Angst, dass ich nicht antworten konnte. Aus dem Augenwinkel sah ich, wie Lauren Melanie an die Hand nahm und die Küche verließ.

»Wo ist deine Mutter?«

Als ich immer noch nicht antwortete, schüttelte er meine Schulter.

»Sie ... sie schläft. Ich habe den Ofen vergessen. Aber ...«

»Du hättest das ganze Haus abfackeln können.«

Er ließ meine Schulter los, aber ich spürte immer noch die Stelle, an der er mich festgehalten hatte. Ich rieb sie. Seine Stimme war gemein und hart, als er auf den Flur zeigte. »Geh!«

Doch davon erzählte ich John jetzt nichts.

»Manchmal war ich glücklich. Ich bin dran. Warum möchtest du, dass die Mädchen bei dir bleiben?«

»Weil ich einsam werde. Hast du dich gefragt, wer ich bin, als du noch klein warst?« Er wollte noch etwas sagen, hielt jedoch inne und räusperte sich, als fühle er sich unbehaglich. »Bin ich so ein Dad, wie du ihn dir gewünscht hast?«

Das konnte er doch nicht ernst meinen. Doch, er meinte es vollkommen ernst.

»Ich wollte wissen, wer mein richtiger Vater ist, wie er war, ja.« Und was sollte ich auf den zweiten Teil antworten?

»Du ... du hast eine Menge Qualitäten, die mir an einem Vater gefallen hätten.« Als ich die Worte aussprach, stellte ich fest, dass sie teilweise stimmten – er gab mir etwas, das ich mir den größten Teil meiner Kindheit von meinem Dad gewünscht hatte, etwas, von dem ich nicht zugeben wollte, dass ich es immer noch brauchte: Aufmerksamkeit. *Wechsle das Thema, Sara.* »Warum tötest du immer im Sommer?«

Er schwieg einen kurzen Augenblick. Dann sagte er mit gedämpfter Stimme: »Als es zum ersten Mal passierte, war ich gerade auf der Jagd. Ich stieß auf dieses Paar im Wald, und sie haben ... du weißt schon. Der Mann hat mich gesehen.« Er sprach schneller. »Er kommt auf mich zu und holt aus. Also muss ich mich zur Wehr setzen, und dann sind wir auf dem Boden, und er schlägt mich *richtig* hart mit diesen albernen Faustschlägen, und er landet auch ein paar ordentliche Treffer, aber ich hatte mein Messer und *Zack*, geht es rein, direkt unter seinen Brustkorb.«

»So hast du ihn umgebracht?«

»Der nächste Stoß hat's gebracht. Aber das Mädchen, sie schreit. Dann sieht sie, wie ich sie anschaue, und läuft weg – ich bin ihr nur nachgerannt, weil *sie* losgerannt ist. Sie rennt noch schneller, aber ich wollte ihr doch nur erklären, dass es nicht meine Schuld war, ich habe mich nur verteidigt. Dann, als ich sie erwischt habe ...« Eine lange Pause, dann sagte er: »Vielleicht sollte ein Vater nicht mit seiner Tochter über solche Dinge reden.«

Ich wollte gar nichts von dem hören, was er mir erzählte, aber ich sagte: »Das ist schon okay, John. Es tut gut, darüber zu reden.« Ich schaffte es, ganz ungezwungen zu klingen. »Was ist dann passiert?«

»Ich wollte es nicht tun. Aber ich habe sie festgehalten, und sie hat weiter geschrien. Ich fühlte mich an dem Tag nicht gut – es war ziemlich heiß draußen. Als sie tot war, fühlte ich mich besser.«

Er hielt inne, wartete darauf, dass ich etwas sagte. Aber ich blieb stumm.

»Ich blieb noch eine Weile bei ihr. Doch als ich ging, kam der Lärm wieder, also besuchte ich sie wieder, und er verschwand. Aber dann haben sie sie gefunden ...«

Ich stellte mir vor, wie John im Wald auf eine sich zersetzende Leiche starrte. Ich schloss die Augen.

»Also hast du angefangen, die Puppen zu machen?«

»Ja.« Er klang erleichtert, als sei er froh, dass ich ihn verstand. »Bei deiner Mutter bin ich nicht fertig geworden.« Er klang verärgert. »Ich musste es noch einmal bei einer anderen Frau machen, erst danach verschwand der Lärm. Da wusste ich es ganz sicher.« Er schwieg ein paar Sekunden. »Aber ich bin froh, dass ich es nicht zu Ende gebracht habe, sonst hätte ich dich nicht.«

Dieses Mal war ich diejenige, die das Thema wechselte. »Dieser Lärm, John. Hörst du Stimmen?«

»Ich habe dir doch gesagt, ich bin nicht verrückt.« Er sagte es, als sei ich die Verrückte. »Mein Kopf tut einfach weh. Und das Klingeln in meinen Ohren hört nie auf.«

Da machte es Klick.

»Hast du manchmal *Migräne*?«

»Ständig.«

»Sie wird schlimmer, wenn es draußen heiß ist, nicht wahr?« Jetzt war ich diejenige, die ganz aufgeregt war.

»Genau, dann wird es richtig schlimm.«

Wie konnte mir das entgangen sein? Alle Zeichen waren vorhanden gewesen. Sein Stöhnen, die verwaschene Sprache, seine Empfindlichkeit gegenüber Lärm. Durch Hitze ausgelöste Migräneanfälle.

»Ich habe auch Migräne, John.«

»Wirklich?«

»Ja, es ist furchtbar. Und bei mir sind die Anfälle im Sommer auch schlimmer.«

»Wie der Vater, so die Tochter, was?«

Seine Worte brachten mich mit einem Ruck zurück in die Wirklichkeit. Das hier war kein Gespräch mit dem langvermissten Vater, um eine Beziehung aufzubauen.

»Es ging los, als ich ein Teenager war«, sagte ich. »Wann hat es bei dir angefangen?«

»Als ich ein Kind war.«

»Nimmst du irgendetwas dagegen?« Wenn er ein Rezept bekam, könnte die Polizei ihn eventuell auf diesem Weg aufspüren.

»Nein, meine Mutter hat mir immer was gegen meine Kopfschmerzen gegeben. Sie sagte, der Schmerz käme von Geistern, die mich verfolgen.«

»Glaubst du, dass die Geister verschwinden, wenn du jemanden tötest?«

»Ich weiß es. Aber ich muss auflegen. Meine Telefonkarte ist bald alle. Wir reden bald wieder.«

Seine *Telefonkarte* war leer? War das der Grund, weshalb er seine Anrufe normalerweise so kurz hielt? Beinahe hätte ich gelacht.

»Okay, pass auf dich auf.«

Erst als er aufgelegt hatte, wurde mir klar, was ich gerade gesagt hatte. *Pass auf dich auf?* Es war nur reine Gewohnheit, ich sagte es oft zu Freunden oder zur Familie, aber John war weder das eine noch das andere. Hatte ich mich so sehr daran gewöhnt, mit ihm zu reden, dass mein Unterbewusstsein den Unterschied nicht mehr erkannte?

Billy rief an, um mir zu sagen, dass John nicht von der Insel angerufen hatte, sondern von irgendwo nördlich von Prince George, und in den Bergen untergetaucht war. Er war ganz begeistert, wie viel ich ihm entlockt hatte. Ich war ebenfalls aufgeregt. So vieles ergab plötzlich einen Sinn. In der gesamten Literatur hieß es, dass Serienmörder oftmals Euphorie empfänden, wenn sie jemanden getötet hatten, und bei John manifestierte sich das wahrscheinlich in der Überzeugung, dass seine Kopfschmerzen *davon* verschwanden.

Billy sagte, dass John wahrscheinlich um die zwanzig gewesen war, als er zum ersten Mal tötete. Da es ziemlich sicher auch seine erste sexuelle Erfahrung gewesen war, musste es noch intensiver für ihn gewesen sein. Seine Mutter, die ihn verlassen hatte, hatte ihm als Kind vermutlich den Kopf mit Mythen vollgestopft, was ohne weiteres erklären könnte, warum seine Morde so ritualisiert abliefen. Serienmörder neigen dazu, aufwendige Phantasiewelten zu kreieren, um sich selbst vor der Isolation zu schützen. Ich konnte mir nur ausmalen, in was für Tagträume ein kleiner Junge sich flüchtete, den man in den Bergen ausgesetzt hatte und der jagen musste, um zu überleben.

Als Evan an jenem Abend anrief, versuchte ich ihm alles zu erzählen, aber er antwortete nur kurz angebunden und fragte mich andere Dinge, über die Arbeit zum Beispiel oder nach Ally oder ob ich schon die Einladungs-Mails für die Hochzeit rausgeschickt hätte, was merkwürdig war, da er normalerweise der Letzte war, der wegen solcher Dinge rumnörgelte.

»Ich hatte noch keine Zeit, meine Adressen durchzugehen, aber ich mache es morgen.«

»Hattest du keine Zeit oder wolltest du nicht?«

»Mir wurde die Zeit knapp, Evan. Ich war beschäftigt, schon vergessen?« Ich merkte, wie zickig ich klang, und senkte meine Stimme. »Ich schicke sie heute Abend noch raus, okay?«

Wir verfielen in Schweigen, dann sagte ich: »Es leuchtet vollkommen ein, warum er keine Grenzen hat. Wahrscheinlich hat er nicht viele Kontakte. Und ich wette, wenn ich das Wetter an den Tagen checken würde, an denen John jemanden überfallen hat, war da immer gerade eine Hitzeperiode oder der Luftdruck änderte sich – so was kann tatsächlich Migräne auslösen. Du weißt doch, wie heiß es im Landesinneren werden kann.«

Evan seufzte. »Sara, können wir zur Abwechslung mal über etwas anderes reden?«

»Findest du es nicht interessant, dass er genauso Kopfschmerzen hat wie ich?«

»Es ändert nichts daran, dass er ein Mörder ist.«

»Das weiß ich, aber es hilft mir zu verstehen, *warum* er tötet.«

»Spielt das denn wirklich eine Rolle? Er macht es, weil es ihm gefällt.«

»Natürlich spielt es eine Rolle. Wenn wir wissen, warum, haben wir eine größere Chance ...«

»Wir? Du weißt, dass du kein Cop bist, oder? Oder bist du einer geworden, seit ich weg bin?« Er machte einen Witz, aber ich spürte seine unterschwellige Anspannung. Ärger machte sich in mir breit.

Halt. Denk nach. Atme. Er stichelte nur herum, weil er beleidigt war. *Reagier nicht darauf. Pack die Wurzel des Problems an.*

»Evan, ich liebe dich mehr als alles andere. Ich hoffe, das

weißt du. Die Sache mit John frisst eine Menge Zeit, aber das bedeutet nicht, dass ich dich vergessen hätte.«

»Wenn es das nicht ist, ist es etwas anderes. Du hast immer wieder neue fixe Ideen.«

»Ich bin *besessen* – das weißt du doch!«

»Ich vermisse nur die Zeit, in der du von mir besessen warst.« Er lachte.

Ich lachte ebenfalls, erleichtert, dass die Spannung verschwunden war.

»Je eher wir diesen Kerl aus unserem Leben haben, desto eher kann ich wieder von deinem Leben besessen sein, okay?«

»Klingt nach einem guten Plan. Hat er gesagt, dass er sich noch einmal mit dir treffen will?«

»Noch nicht, aber wahrscheinlich kommt das noch. Und ich denke, beim nächsten Mal wird er sich blicken lassen.«

»Beim nächsten Mal? Es wird kein nächstes Mal geben.« Die Zeit der Samthandschuhe war schon wieder vorbei.

»Verdammt, Evan. Du willst immer bestimmen!«

»Ich bin fast dein Mann. Da sollte ich ja wohl ein Wörtchen mitreden dürfen.«

»Aber du *irrst* dich. Ich habe dir schon mal gesagt, die einzige Möglichkeit, wie wir ihn aus unserem Leben bekommen, besteht darin, dass ich mich mit ihm treffe und sie ihn verhaften.«

Er wurde lauter. »Und wenn sie es nicht tun? Wenn wieder irgendetwas schiefgeht? Was dann?«

»Das wird nicht passieren. Er beginnt, mir zu vertrauen. Ich spüre es. Er hat mir beim letzten Anruf mehr erzählt als je zuvor, und ich ...«

»Du glaubst, weil er dir von seinen Kopfschmerzen erzählt hat, bist du in Sicherheit? Dass du alles weißt, was er denkt? Du bist kein Cop, und du bist auch kein Psychologe. Oder erzählt dir Nadine auch, dass du das machen sollst?«

»Sie hilft mir dabei, herauszufinden, was ich will.«

»Und was ist mit dem, was ich will?«

»Was willst du damit sagen, Evan?«

»Ich will damit sagen, dass ich, wenn du dich mit ihm triffst, ernsthaft über unsere Beziehung nachdenken muss und darüber, wie wichtig sie dir ist.«

»Das meinst du doch nicht ernst.«

»Du bringst dein Leben in Gefahr, Sara.«

»Du bringst dein Leben jedes Mal in Gefahr, wenn du mit dem Boot rausfährst.«

»Das ist nicht dasselbe, und das weißt du auch.«

»Ich fasse es nicht, dass du mir drohst.«

»Ich drohe dir nicht, ich sage nur, wie ich mich fühle …«

»Vielleicht sollte ich auch noch einmal über diese Beziehung nachdenken.« Und dann legte ich auf. Ich starrte das Telefon lange an, wartete darauf, dass Evan zurückrief.

Aber er tat es nicht. Also rief ich Billy an.

Er kam sofort vorbei und brachte Kaffee und Donuts mit.

»Cops und Donuts? Ist das nicht ein totales Klischee?«

Er tätschelte seine schlanke Taille. »Genau wie meine Diät.«

Ich lachte, zog die Donutschachtel zu mir und sah hinein, nahm aber keinen.

Er sagte: »Möchten Sie darüber reden?«

»Ich hasse das alles. Ich habe das Gefühl, ich müsste mich entscheiden.«

»Es ist eine schwere Entscheidung.«

»Ich weiß, es ist egoistisch, dass ich immer meine, Evan

müsste *alles* unterstützen, was ich tue. Aber er hat mir praktisch damit gedroht, die Beziehung zu beenden.«

Billys Augenbrauen schossen in die Höhe. »Du lieber Himmel.«

»Mache ich gerade einen Fehler?«

»Sie sind die Einzige, die diese Frage beantworten kann, Sara. Es kommt darauf an, womit Sie leben können. Oder ob Sie mit sich leben können.«

»Genau das ist es. Ich könnte es nicht ertragen, wenn John noch jemanden umbringt. Wie soll ich also diesen Sommer überstehen – oder irgendeinen Sommer? Jedes Wochenende werde ich völlig am Ende sein, weil ich mich frage, ob er es schon wieder getan hat. Und wie soll ich Hochzeit feiern, wenn ich alle zehn Sekunden über die Schultern blicke?«

Er nickte. »Ich verstehe. Bei meiner Ex und mir war es genauso. Sie wollte einen Durchschnittstypen, aber ich konnte einfach nicht mit ihr auf dem Sofa vor dem Fernseher kuscheln, solange da noch ein Mörder frei herumlief. Ich musste es immer zu Ende bringen.«

»Genauso fühle ich mich auch. Ich habe damit angefangen, also liegt es auch an mir, es zu beenden.« Ich empfand erneut heftige Wut auf Evan. Warum konnte *er* das nicht verstehen?

Billy sagte: »Ich habe Ihnen ein Exemplar von *Die Kunst des Krieges* mitgebracht – es liegt noch im Truck. Aber vielleicht müssen Sie nur eine Weile Pause von allem machen.«

»Und wie soll ich das anstellen?«

»Wie wäre es für den Anfang mit einer Spritztour? Rumfahren und ein bisschen reden?«

»Ich weiß nicht. Ally ist in der Schule, und ich habe noch so viel zu tun ...«

»Würden Sie tatsächlich irgendetwas davon erledigen?«

»Wahrscheinlich nicht.« Ich seufzte. »Also gut, dann mal los.«

Wir fuhren fast eine Stunde herum, tranken einfach unseren Kaffee und unterhielten uns über nichts Besonderes. Über meinen Streit mit Evan sprachen wir nicht. Es musste hart für die Polizei sein, dass er versuchte, mich davon abzuhalten, ihnen zu helfen, aber Billy sagte lediglich, dass er verstehe, warum es so schwer für Evan sei. Auf dem Heimweg blätterte ich in *Die Kunst des Krieges* und stellte fest, dass Billy einige Stellen markiert hatte – ein paar waren sogar eingekringelt.

Er sah mich an. »Die Strategien lassen sich überall anwenden – in der Politik, im Geschäftsleben, beim Umgang mit Konflikten, wo immer Sie wollen. Und sie passen auf jede Ermittlungsarbeit. Johns Fall ist das perfekte Beispiel. Dieses Buch könnte der Schlüssel sein, um ihm endlich das Handwerk zu legen.«

»Sieht aus, als sei es lediglich eine Sammlung von Zitaten.«

»Aber jedes einzelne ist brillant. Nur um ein Beispiel zu geben: ›Es geht nicht darum, zu planen; es geht darum, schnell und angemessen auf veränderte Bedingungen zu reagieren.‹ Genau so muss ein Cop denken.« Seine dunklen Augen leuchteten, als unsere Blicke sich trafen. »Wenn mehr Ermittler dieses Buch lesen würden, hätten wir wesentlich mehr Verurteilungen.«

»Sie sollten selbst ein Buch schreiben.«

»Ich arbeite tatsächlich seit ein paar Jahren an etwas – wie *Die Kunst des Krieges* für die Polizeiarbeit genutzt werden kann. ›Der Sieg gehört demjenigen, der sowohl die Kunst der direkten als auch der indirekten Kriegslist beherrscht.‹«

»Das ist cool.«

Er sah mich an. »Wirklich?«

»Total.« Wenn er Militärstrategien einsetzen wollte, um John aus meinem Leben zu bekommen, war ich dafür. Dieser Fall brauchte jemanden, der bereit war, noch einen Schritt weiter zu gehen. Dann dachte ich an Sandy. Wie weit würde sie gehen, um John zu fassen?

Auf dem restlichen Heimweg erzählte Billy mir alles über sein Buch. Als er mich absetzte, hatte meine Wut sich abgekühlt, und ich fühlte mich elend wegen meiner Reaktion Evan gegenüber vorhin am Telefon. Ich fühlte mich auch ziemlich mies, weil ich mit Billy losgezogen war. Ich wusste, dass das nichts zu bedeuten hatte, aber wie würde Evan das sehen?

In meinem Kopf kreisten beunruhigende Bilder; von Evan, wie er auszog, oder wie ich das Haus verkaufen musste, die Hochzeit abblasen, von einer schluchzenden Ally und Wochenendbesuchen bei Evan, von einsamen Nächten, erfüllt von dem Wissen, dass Evan das Beste war, was mir je passiert war, und dass ich ihn verloren hatte. Sobald ich durch die Tür war, schickte ich die E-Mails mit unseren Hochzeitseinladungen raus. Dann versuchte ich, Evan anzurufen, aber er hatte sein Handy ausgeschaltet. Ich hinterließ keine Nachricht – ich wusste nicht, was ich sagen sollte.

Als Evan später am Abend anrief, arbeitete ich gerade in der Werkstatt. Mein Magen zog sich zusammen, und ich holte tief Luft, ehe ich abnahm. Auf geht's.

Er sagte: »Hallo, Schatz. Es tut mir leid wegen heute Nachmittag, ich war echt ein Trottel. Aber dieser Typ ist nun einmal ein übler Kerl, und ich glaube nicht, dass du kapiert hast, wie gefährlich er ist.«

Ich stieß den Atem aus. Alles würde wieder gut werden.

»Doch, das habe ich, Evan. Natürlich weiß ich das. Und ich hoffe wirklich, dass du das, was du über unsere Beziehung gesagt hast, nicht so gemeint hast, weil ich unsere Einladungen rausgeschickt habe.« Ich lachte.

Evan schwieg. Meine Brust zog sich zusammen.

Ich sagte: »Jetzt machst du mir Angst.«

»Und du machst mir Angst, Sara. Ich will dich heiraten und mein Leben mit dir verbringen. Ich liebe dich, aber du bringst dich und Ally in Gefahr. Ich möchte dich beschützen, aber du hörst nicht auf mich.«

»Seit wann muss ich alles befolgen, was du sagst? Ich bin kein Hund.« Ich lachte, aber er nicht.

»Du weißt, wie ich es meine. Ich will nicht, dass du dich noch einmal mit ihm triffst. Ich weiß nicht, wie ich das noch deutlicher machen kann. Eigentlich wollte ich gar nicht, dass du überhaupt mit ihm redest.«

»Das weiß ich, Evan. Aber ich versuche dir zu sagen, dass ich nicht in diesem Schwebezustand leben kann. Es bringt mich um.«

»Sara. Dann mach es eben. Triff dich mit John. Ich kümmere mich nicht mehr darum. Aber ich muss jetzt ins Bett, ich habe morgen einen langen Tag.«

»Warte, Evan. Ich will darüber reden, wie ...«

»Nein, das willst du nicht. Du hast dich bereits entschieden und willst nur noch, dass ich zustimme. Aber es ist egal, auf wie vielen verschiedenen Wegen du es sagst, ich bin nicht damit einverstanden. Darüber zu reden ist nichts als vergeudete Energie.«

»Ich muss wissen, dass zwischen uns alles okay sein wird, wenn ich es tue.«

»Ich weiß es nicht, Sara.«

Inzwischen weinte ich. »Du und Ally seid für mich die wichtigsten Menschen auf der Welt, Evan. Ich will dich nicht verlieren, aber ich verliere mich selbst. Ich kann nicht essen, nicht schlafen, nichts. Ich bin ein einziges Wrack. Kannst du das nicht sehen?«

»Entscheide dich einfach.« Er klang resigniert.

Er sagte gute Nacht, und ich antwortete ihm flüsternd durch meine Tränen. Dann zog ich eins von seinen T-Shirts an und kletterte ins Bett. Ich konnte mir ein Leben ohne Evan nicht vorstellen – ich *wollte* kein Leben ohne ihn. Aber wenn ich dieser Sache mit John kein Ende machte, wäre meine Beziehung trotzdem bald am Ende, weil ich immer mehr durchdrehte. Egal wie, ich war ohnehin erledigt.

Evan hatte recht, ich musste mich entscheiden, und ich wusste, wie diese Entscheidung aussehen würde. Es gab nur einen Ausweg. Nur so könnte mein Leben wieder normal werden. Ich betete nur, dass Evan dann noch ein Teil dieses Lebens sein würde.

Am nächsten Morgen rief John mich auf dem Handy an, als ich gerade Ally zur Schule brachte. Dieses Mal probierte ich etwas anderes aus.

»Hi, John, ich bringe gerade Ally zur Schule, aber ich rufe dich zurück, sobald ich kann.«

»Aber ich will mit dir reden.« Er klang verdutzt.

»Klasse, denn ich würde auch gerne mit dir über das sprechen, über das wir uns gestern unterhalten haben.«

»Ich kann das Handy nicht anlassen. Aber ich muss …«

»Okay, dann ruf mich in einer halben Stunde zu Hause auf dem Festnetz an.« Ich legte auf.

Ich hielt den Atem an und erwartete, dass er prompt zurückrufen würde, aber das tat er nicht. Billy rief an, um mir zu sagen, dass John wieder in der Nähe von Williams Lake sei und dass sie jeden verfügbaren Officer auf der Straße hatten. Auf die Minute eine halbe Stunde später rief John mich auf dem Festnetz an. Während er damit herumprahlte, an diesem Morgen einen Schwarzbären durchs Moor verfolgt zu haben, rang ich mit mir, ob ich darauf warten sollte, bis er die Sprache auf ein weiteres Treffen brachte, oder ob ich es selbst erwähnen sollte. Als er anfing zu beschreiben, wie er den Bären ausgeweidet hatte und den hundertzwanzig Kilo schweren Kadaver anschließend aus dem Busch gezerrt hatte, ohne ins Schwitzen zu kommen, unterbrach ich ihn.

»Es muss schwierig sein, einen Bären zu erschießen. Ich hätte Angst, ihn zu verfehlen und dass er sich dann auf mich stürzt.«

»Ich schieße niemals daneben.« Seine Stimme wurde ärgerlich. »Jedes Jahr stoße ich wegen irgendwelchen Amateuren in den Wäldern auf verletzte Bären. Wenn ich keinen ordentlichen Schuss direkt hinterm Ohr ins Hirn landen kann, drücke ich gar nicht erst ab. Die meisten Jäger werden aufgeregt, dann reißen sie im letzten Moment hoch und ...«

»Wow, das ist echt interessant. Zu schade, dass das mit dem Treffen nicht geklappt hat. Ich würde gerne ein paar Geschichten von dir persönlich hören.«

»Große Geister denken gleich! Ich wollte gerade vorschlagen, dass wir uns noch einmal verabreden – du kannst Ally mitbringen.«

»Ich weiß nicht recht ... Vielleicht sollte ich beim ersten Mal lieber allein kommen. Sie könnte etwas zu Evan sagen. Aber ich kann Fotos von ihr mitbringen.«

»Ja, ja, bring Fotos mit. Das wäre klasse.«

Die Vorstellung, dass er ein Foto von Ally berührte, ließ mich erschaudern.

Er sagte: »Und wann wollen wir uns treffen?«

»Was meinst du?« Mein Mund wurde trocken.

»Ich muss sehen, dass ich wegkomme. Draußen wird es warm.« Er klang wieder verärgert. »Die Leute fangen an zu campen, und sie werfen ihren Müll in den Wald und drehen ihre Radios so laut, dass man keinen klaren Gedanken mehr fassen kann.«

»Bald, wir können uns bald treffen.«

»Okay. Morgen.«

Darum habe ich Sie um eine Notfallsitzung gebeten. Ich weiß, dass Sie normalerweise keine Abendtermine vergeben, und ich weiß das wirklich zu schätzen. Glauben Sie mir, ich wollte früher kommen, aber ich saß den ganzen Nachmittag auf dem Polizeirevier. Billy hat auf Ally aufgepasst – er ist mit ihr sogar Pizza essen gegangen und wollte nicht einmal Geld dafür annehmen. Später erwarte ich noch Evans Anruf, und ich habe keine Ahnung, was ich ihm sagen soll oder ob ich es ihm überhaupt erzählen soll. Mir wird ganz schlecht, wenn ich nur daran denke. Aber ich bin sicher, dass Evan mir vergeben wird, sobald wir John geschnappt haben. Wer war das noch, der gesagt hat, es sei besser, um Verzeihung zu bitten, als um Erlaubnis zu fragen?

Sie sind der einzige Mensch, dem ich das erzählen kann, aber als ich auf dem Revier Billy und Sandy zuhörte – dieses Mal werde ich mich mit John im Bowen Park treffen, und sie wollten den neuen Plan mit mir durchsprechen –, hatte ich ein echt gruseliges Erlebnis. Ich glaube, der Auslöser war etwas, das Billy über Johns Kopfschmerzen sagte. Dass John sie als Ausrede benutze. Ich ertappte mich dabei, dass ich ihn eine Sekunde lang verteidigen wollte – dass ich *mich* verteidigen wollte. Mein ganzes Leben lang haben mich die

Leute angeschaut, als würde ich simulieren, wenn ich einen Migräneanfall hatte. Aber ich weiß, wie weh es tun und dass der Schmerz einen fast verrückt machen kann.

Als ich noch zur Schule ging, stritt eine Freundin von mir sich ständig mit ihrer Mom, und wenn ihre Mom sagte: »Du bist genau wie ich in deinem Alter«, ließ sich meine Freundin darüber aus, dass sie überhaupt nicht wie ihre Mom sei. Ich verstand das nicht. Erstens waren sie sich wirklich ziemlich ähnlich, und zweitens fand ich es viel schlimmer, sich *nicht* in den Eltern wiederzuerkennen – so wie ich. Eindeutig nicht in Mom, der liebsten, geduldigsten Frau der Welt, und in Dad, na ja, da bräuchten wir eine zusätzliche Stunde, um alle Punkte aufzulisten, in denen wir uns unterscheiden.

Das ist einer der Gründe, warum ich so enttäuscht war, als ich Julia kennenlernte. Ich sah mich immer noch nicht. Es macht mir Angst, wie sehr ich John ähnle – seine Impulsivität, seine kurze Aufmerksamkeitsspanne, seine Wutausbrüche. Und jetzt auch noch die Migräne. Ich habe entsetzliche Angst, dass ich noch mehr werde wie er. Jedes Mal, wenn er etwas sagt, das mich an mich erinnert, male ich mir aus, ihn zu töten, ein Messer zum Treffen mitzunehmen und damit immer wieder auf ihn einzustechen. Der beste Teil ist, wenn er dann blutend daliegt und ich sehe, dass er endlich tot ist. Das fühlt sich gut an.

18. Sitzung

Ich habe über alles nachgedacht, was Sie gesagt haben, und in Anbetracht dessen, was ich gerade durchmache, könnte es mir vermutlich auch wesentlich schlechter gehen. Dass das nicht so ist, ist zum Teil Ihr Verdienst. Egal, was ich Ihnen erzähle, egal, wie verrückt ich mir vorkomme, Sie bringen mich dazu *hinzusehen*. Und Sie helfen mir immer dabei, herauszufinden, was dahintersteckt. Dann kann ich damit umgehen oder mir zumindest einen Reim darauf machen. Evan akzeptiert meine ganzen Marotten und Verrücktheiten – na ja, im Moment steht das vielleicht zur Debatte. Aber ich glaube nicht, dass er wirklich begreift, warum ich die Dinge tue, die ich tue, aber vielleicht braucht er es auch gar nicht zu wissen.

Ich dagegen muss immer alles hinterfragen – ein Charakterzug, der meinen Dad halb wahnsinnig gemacht hat. Oder besser, die meisten Leute in meinem Leben. Aber Sie sind der erste Mensch, der mir sagt, es sei völlig in Ordnung, Fragen zu stellen, und der mich sogar noch darin bestärkt. Im Grunde sind Sie sogar der erste Mensch, der mir gesagt hat, *ich* sei in Ordnung. Selbst Lauren sagt mir manchmal, ich solle aufhören, so … so sehr *Sara* zu sein. Aber Sie nicht.

Sie sagten, meine Besessenheit wäre Leidenschaft und dass die Intensität, mit der ich Dinge angehe, eine machtvolle Gabe sei, dass meine Entschlossenheit bewundernswert sei. Dass das, was ich als Schwäche ansehe, auch meine größte

Stärke sein kann. Wenn John ein Spiegel ist, der mein Bild furchtbar verzerrt zurückwirft, dann sind Sie ein Spiegel, der das Gute in mir zeigt. Manchmal frage ich mich, was geschähe, wenn Sie mir nicht dieses Bild vorhalten würden.

Als ich nach unserer letzten Sitzung nach Hause kam, hatte Evan eine Nachricht hinterlassen, dass er erschöpft sei und das Handy ausschalten würde, um ins Bett zu gehen. Ich hatte ein schlechtes Gewissen, weil er nicht wusste, dass ich mich am nächsten Nachmittag mit John treffen würde, aber ich war auch erleichtert, weil ich es ihm nicht erzählen musste. Ich hinterließ ihm eine Nachricht, dass es mir leidtue, seinen Anruf verpasst zu haben, und wünschte ihm eine gute Nacht. Dann legte ich auf, ehe ich mit allem herausplatzte.

Nachdem Billy Ally nach Hause gebracht hatte, wartete er, bis sie im Bett lag, dann gingen wir noch einmal die Einzelheiten für das Treffen durch. Die Polizei hatte Verkehrskontrollen auf der Hauptstrecke zwischen Williams Lake und Vancouver eingerichtet, und auf den Nebenstrecken hielten Ranger Wagen an, aber soweit sie wussten, war John ihnen bereits durchgeschlüpft. Wir mussten nach Plan weitermachen.

Dieses Mal würde Billy als Gärtner verkleidet in der Nähe der Bank arbeiten, auf der ich sitzen sollte. Ich fühlte mich wesentlich besser mit dem Wissen, dass er ganz in der Nähe sein würde. Er ist so groß und kräftig, eindeutig jemand, den man an seiner Seite haben möchte, wenn man durch eine finstere Gasse geht – oder sich mit einem Serienmörder trifft. Ein paarmal machte ich einen Witz, und er lächelte jedes Mal, doch dann deutete er wieder auf die Skizze des Parks. Sein Vertrauen, dass ihr Plan funktionieren würde, verstärkte mein Vertrauen, dass ich das Richtige tat. Ich musste nichts weiter tun, als eine Weile auf der Bank zu sitzen, und der ganze Albtraum wäre vorbei.

Gegen zehn brach Billy auf, und ich kroch ins Bett und fiel in einen traumlosen Schlaf. Doch am nächsten Morgen erwachte ich auf Evans Seite des Betts, und als ich sein Kissen umklammerte und seinen Duft einatmete, begann meine Zuversicht zu schwinden. Was, wenn die letzte Unterhaltung mit Evan unsere letzte Unterhaltung *überhaupt* werden würde? Ich musste ihn wissen lassen, wie sehr ich ihn liebte. Aber als ich versuchte, ihn auf dem Handy anzurufen, ging er nicht ran. Einen Augenblick lang war ich versucht, Billy anzurufen und die ganze Sache abzublasen. Doch dann dachte ich daran, was geschehen würde, wenn ich es täte.

Ally wollte für mich Frühstück machen, Pfannkuchen, so wie Evan sie zubereitet. Ich ließ sie ein totales Chaos in der Küche veranstalten – sie sah so niedlich aus mit ihrer kleinen Schürze und der Kochmütze, als sie mich bediente – und setzte mich anschließend mit ihr an den Tisch, anstatt herumzuwirbeln und sauberzumachen. Während ich ihrem morgendlichen Geplapper lauschte und lächelte, als sie erzählte, was Elch mit seinem Kuscheltier angestellt hatte, betete ich, dass das nicht ihre letzte Erinnerung an mich sein würde. Ich rief mir in Erinnerung, dass John mich niemals bedroht hatte, aber ich konnte nicht vergessen, dass er ein Mörder war. Als ich Ally zur Schule brachte, begleitete ich sie bis zum Klassenzimmer, dann fiel ich vor ihr auf die Knie.

»Ally, du weißt doch, wie sehr Mommy dich liebhat, oder?«

»Jupp.«

»Wie doll?«, fragte ich mit neckender Stimme.

»Mehr als Elch sein Häschen.« Sie kicherte, und ich zog sie an mich, umarmte sie und drückte sie so fest, dass sie schrie: »Mommyyyy!«, und ich sie loslassen musste. Sie hüpfte zu ein paar Freundinnen und winkte mir kurz über die Schulter zu, als sie zum Klassenraum gingen.

Auf dem Weg zum Revier für die letzte Besprechung mit Sandy und Billy versuchte ich Lauren anzurufen, aber sie ging nicht ran. Ich musste so dringend mit *irgendjemandem* reden, dass ich beinahe Melanie angerufen hätte, doch dann fiel mir ein, dass ich mir Kyles CD immer noch nicht angehört hatte. Als ich noch einmal Evans Nummer wählte, erwischte ich wieder nur seine Mailbox. Dieses Mal rief ich sogar seine Büronummer in der Lodge an, was ich sonst nur ungern tue, da er selten dort ist. Seine Rezeptionistin, die ich nicht mag, weil sie keinen Humor hat, sagte, er sei draußen und arbeite an den Booten.

Nach dem Treffen auf dem Revier wollte ich nach Hause fahren, um die Zeit totzuschlagen, als ich an einem Laden vorbeikam, der Blumensträuße draußen stehen hatte. Ich suchte mir den größten Strauß aus und fuhr zu meinen Eltern. Als Mom öffnete, hellte sich ihr Gesicht auf.

»Sara, was für eine schöne Überraschung! Hast du schon gegessen?«

Als ich dasaß und Kaffee trank, mit meinen Zimtschnecken spielte und mich fragte, ob ich diesen Tag überleben würde, berührte Mom alle zwei Minuten meine Hand.

»Ich bin so froh, dass du vorbeigekommen bist, Herzchen. Es ist schon so lange her, seit wir die Gelegenheit zu einem Besuch hatten.«

»Tut mir leid, Mom, es ist nur alles etwas eng mit den Hochzeitsplänen und der Arbeit.«

»Ich bin immer hier, falls du Hilfe brauchst.« Als sie lächelte, fiel mir auf, dass sie Rouge aufgelegt hatte, doch die Farbe betonte nur noch ihr blasses Gesicht. Ich wollte sie wegwischen und durch einen Kuss ersetzen. Trotz ihrer Krankheit hatte sie immer versucht, für mich da zu sein. Aber bei dieser Sache konnte sie mir nicht helfen. Sie hatte mir bei keinem meiner Probleme als Kind helfen können – allerdings hatte ich sie auch nie gefragt. Ich liebte meine Mom für ihre gute und zärtliche Seele, aber es waren genau jene Charakterzüge, die mich davon abhielten, ihr irgendetwas von Bedeutung mitzuteilen. Ich würde alles tun, um sie vor Leid zu bewahren.

»Ich weiß, Mom. Du bist wunderbar.«

Sie lächelte erneut. Sie war so leicht zu erfreuen. Alles, was sie sich für ihre Kinder wünschte, war, dass sie glücklich waren. Der Gedanke an all die Lügen, die ich ihr im Verlauf der letzten Monate erzählt hatte und ihr immer noch erzählte, ließ mir die Tränen in die Augen treten.

»Dad wollte mich nie adoptieren, stimmt's?« Ich konnte es nicht fassen, dass mir diese Frage rausgerutscht war, und Moms geröteten Wangen nach zu urteilen, konnte sie es auch nicht.

Sie sah sich um, als würde er jeden Moment hereinkommen. »Natürlich wollte er, er ist nur …«

»Es ist schon okay, mach dir keine Sorgen.« Ich hatte meine Antwort bereits erhalten. Die Schuldgefühle standen ihr ins Gesicht geschrieben. Ich hatte immer gewusst, warum Dad so distanziert war, aber endlich die Bestätigung dafür zu erhalten schmerzte mehr, als ich erwartet hätte.

Ich wechselte das Thema und erzählte von Ally, bis es Zeit für das Treffen mit John war. An der Tür umarmte ich Mom und gab ihr einen Kuss, gab mich ganz dem Moment hin und atmete ihren pudrigen Zimtduft ein. Dann ging ich, nachdem ich versprochen hatte, bald einmal mit Ally vorbeizukommen.

Als ich mich dem Park näherte, versuchte ich noch einmal, Evan über Handy zu erreichen. Immer noch keine Antwort, aber ich hinterließ ihm eine Nachricht. Ich wusste nicht, was ich sagen sollte, also erzählte ich ihm, dass ich ihn liebte und sagte: »Tut mir leid, dass ich so eine Nervensäge bin.«

Im Bowen Park fand ich die Bank in der Nähe der Tennisplätze. Ich hatte John gesagt, dass ich hier auf ihn warten würde, und beobachtete jetzt jeden Truck und jeden Wagen, der anhielt. Ich ließ meinen Blick im Park umherschweifen, für den Fall, dass er sich aus einer anderen Richtung näherte, und jedes Mal, wenn ich jemanden entdeckte, hielt ich den Atem an und stieß ihn vernehmlich wieder aus, wenn es sich als falscher Alarm entpuppte. Billy, der rechts von mir in einem Beet Unkraut zupfte, sah ein paarmal zu mir herüber und schenkte mir ein »Halten-Sie-durch«-Lächeln. Wenn ich nicht nach John Ausschau hielt, kontrollierte ich die Aufenthaltsorte der Beamten in Zivil.

Zehn Minuten verstrichen. Um meine Hände zu beschäftigen, drehte ich unablässig meinen Kaffeebecher herum. Weitere zehn Minuten, und immer noch kein Zeichen von John. Von dem ganzen Kaffee, den ich literweise getrunken hatte, musste ich dringend auf die Toilette. Bilder davon, wie meine Blase platzte, tauchten in meinem Kopf auf. Zum Glück hatte ich dieses Mal daran gedacht, meine Tablette zu nehmen. Ich wollte gerade riskieren, in das Mikro zu sprechen, mit dem ich verdrahtet war, als mein Handy klingelte. Es war John.

»John! Wo steckst du?«

»Tut mir leid, Sara, aber ich schaffe es nicht, mich heute mit dir zu treffen.«

»Du machst Witze. Ich sitze hier jetzt seit fast einer halben Stunde.« Ich zwang mich, ruhiger zu werden. »Ich bin einfach nur erstaunt. Gestern wolltest du doch unbedingt, dass wir uns sehen, warum also bist du ...«

»Ich habe meine Meinung geändert.« Er klang stinkwütend.

Glaubst du etwa, ich hätte meine Meinung nicht auch am liebsten geändert, du Idiot? »Das ist aber schade, John. Ich hatte mich so darauf gefreut, dich kennenzulernen.«

»Tut mir leid, ich wollte es auch, aber es klappt einfach nicht.«

»Wo bist du gerade?«

»In Vancouver.«

»Du bist fast da. Warum versuchst du nicht, die nächste Fähre zu erwischen?«

»Nein, wir müssen uns ein paar Tage später treffen.«

»Das klappt bei mir leider nicht. Evan kommt morgen nach Hause.« Was er konnte, konnte ich schon lange.

»Ach ja?«

»Ich werde also die ganze Zeit beschäftigt sein.«

Er wurde lauter. »Ich will mich heute nicht mit dir treffen. Als ich aufgewacht bin, hat es sich nicht richtig angefühlt.«

Natürlich hat es sich nicht richtig angefühlt, du Scheißmörder – die Cops hätten dich drangekriegt. Aber so würde es niemals ein Ende finden. Ich musste ihm noch eine weitere Chance lassen.

»Es macht mir nichts aus, noch ein bisschen länger zu warten, du kannst es dir ja noch überlegen ...«

Er legte auf. War er sauer? Sollte ich einfach aufbrechen?

Ich schaute zu Billy hinüber, doch ich wurde aus seiner Miene nicht schlau.

Eine Minute später klingelte das Telefon.

John sagte: »Es fühlt sich immer noch nicht richtig an. Lass es uns morgen noch einmal versuchen.«

»Ich habe dir doch gesagt, dass das nicht geht.«

»Wegen Evan?« Sein Tonfall machte deutlich, was er von Evan hielt, und ich bemerkte meinen Fehler.

»Nein, ich habe einfach eine Menge zu erledigen, die Arbeit, Ally, Einkaufen.« Ich musste das Gespräch schnellstens beenden. »Ich denke, wir müssen einfach einen anderen Termin finden. Pass auf dich auf, John. Fahr vorsichtig.« Ich legte auf, ehe er noch etwas anderes sagen konnte. Als ich an Billy vorbeiging, schüttelte ich den Kopf – kaum merklich, für den Fall, dass John mich beobachtete. Als ich in den Cherokee stieg, kam eine SMS. Von Billy. *Treffen auf dem Revier.*

Na klasse. Noch mehr Kaffee und noch mehr Gerede. Aber zumindest gab es dort eine Toilette. Auf dem Weg dorthin rief Evan an.

»Hi, du hast versucht, mich zu erreichen?«

»Oh, *Evan.* Du wirst mich noch umbringen.«

Einer seiner schweren Seufzer. »Was machst du gerade?«

»Ich wollte es dir nicht aufs Band sprechen, also habe ich immer wieder versucht, dich zu erreichen, aber deine blöde Rezeptionistin hat gesagt, dass du …«

»Hey, flipp nicht aus … ganz ruhig. Was hast du getan?«

»Ich habe mich mit John verabredet.«

»Herrgott Sara, wann?«

»Es sollte heute sein, aber …«

»*Heute?* Und du hast mir nichts davon gesagt?«

»Ich habe es *versucht*, aber du bist nie rangegangen.«

»Wann ist das Treffen?« Er klang besorgt. »Ich komme rüber und …«

»Es ist bereits gewesen, aber …«

»*Was?*«

»Er hat sich nicht blicken lassen. Du hattest recht, er manipuliert mich nur.« Ich brachte ihn auf den neuesten Stand. »Aber das war's. Jetzt bin ich fertig damit, Evan.«

»Das habe ich schon mal gehört.«

»Aber diesmal war es das wirklich. Ich werde die Nummern noch einmal ändern lassen. Vielleicht können wir umziehen oder in der Lodge wohnen, wie du vorgeschlagen hast. Ich könnte Ally zu Hause unterrichten. Oder vielleicht sollten wir nur das Haus verkaufen. Ich weiß nicht, aber ich werde der Polizei sagen, dass sie unser Telefon nicht länger anzapfen dürfen. Ich werde kein Fernsehen mehr schauen oder Zeitung lesen …«

»Ganz langsam. Heute Nacht habe ich eine große Gruppe hier, aber ich komme, so schnell ich kann, und dann können wir über alles reden.«

»Bist du sicher?«

»Wir werden eine Lösung finden, okay? Entscheide nichts, bis ich nach Hause komme, und verändere auch noch nichts … *bitte.*«

»Okay, okay.«

»Ich meine es ernst. Ich will nicht nach Hause kommen und ein ›Zu Verkaufen‹-Schild im Vorgarten stehen sehen.«

»*Okay.* Ich muss jetzt zu Sandy und Billy aufs Revier.« Ich stöhnte.

»Lass nicht zu, dass sie dich ebenfalls manipulieren.«

»Im Moment manipuliert mich jeder.«

»Komm schon, Sara. Das ist nicht fair.«

»Tut mir leid. Aber es nervt einfach. Ich wünschte, ich

müsste mich nicht mit ihnen treffen – ich will einfach nur nach Hause.«

»Sag ihnen, sie können dich mal.«

»Ich muss mit ihnen reden, aber es wird ihnen nicht gefallen, was ich zu sagen habe.«

Evan hatte sich in Bezug auf die Polizei nicht geirrt, und ich auch nicht. Sobald die Tür des Besprechungszimmers geschlossen war, sagte Sandy: »Nächstes Mal sollten wir ...«

»Es wird kein nächstes Mal geben.«

Sie walzte glatt über mich hinweg. »Wir müssen einen stärkeren Köder einsetzen, um ihn auf die Insel zu locken. Ich denke, Sie sollten ihm erzählen, dass er Ally doch kennenlernen darf ...«

»Ich werde meine Tochter nicht als Lockvogel einsetzen, Sandy.«

»Sie wird doch gar nicht dort sein, er muss es nur glauben.«

»Nein, es ist vorbei. Ich steige aus. Ich werde heute noch meine Telefonnummern ändern lassen, und ich verbiete Ihnen, mein Festnetztelefon noch länger anzuzapfen. Das Gleiche gilt für mein Handy.«

»Wir verstehen, dass Sie eine Pause brauchen«, sagte Billy. »Das hat ...«

»Ich brauche keine Pause, es soll aufhören. Ich habe mein Leben, mein Kind und meine Beziehung für nichts aufs Spiel gesetzt. Evan hatte recht – John manipuliert mich, und Sie werden ihn wohl oder übel allein fangen müssen.«

Sandy sagte: »Und wenn er einer weiteren Frau etwas antut?«

»Dann sollten Sie ihn besser vorher schnappen.« Ich funkelte sie an.

Sie sagte: »Wenn wir die Abhörtechnik entfernen, sind wir nicht mehr in der Lage, Sie richtig zu schützen. Was wollen Sie machen, wenn er Ihnen oder Ihrer Familie auflauert?«

»Sie haben mir doch gesagt, dass Sie nicht glauben, dass mir irgendeine Gefahr von ihm droht.«

»Ich sagte Ihnen, dass wir nicht vorhersagen können, was er tut.«

»Interessant. Als Sie wollten, dass ich mich mit ihm treffe, war ich Ihrer Meinung nach nicht in Gefahr, aber jetzt, wo ich nicht mehr will, bin ich es doch?«

Billy sagte: »Wir sagen damit nur, dass wir nicht wissen, wie er darauf reagieren wird, von Ihnen zurückgewiesen zu werden. Letztes Mal war es eine E-Mail …«

»Ich werde seine Mails rausfiltern lassen.«

Sie starrten mich an. Ich holte tief Luft. »Sehen Sie, ich dachte, wenn ich mich zu diesem Treffen bereit erkläre, wäre alles vorbei, aber das ist nicht geschehen. Mein Leben ist vollkommen aus den Fugen geraten – ich arbeite kaum noch, streite mich andauernd mit Evan und verbringe nicht genug Zeit mit meiner Tochter. Je länger ich Ihnen helfe, desto größer wird das Chaos. Ich werde einfach nur nach Hause fahren und mein Leben weiterleben, als würde er nicht existieren. Das hätte ich schon vor langer Zeit tun sollen.«

Billy sagte: »Hört sich an, als hätten Sie sich endgültig entschieden, und Sie müssen tun, was das Richtige für Sie ist. Aber ich denke, Sie sollten …«

Ich stand auf. »Vielen Dank für Ihr Verständnis.«

Sandy, die alles andere als verständnisvoll aussah, schüttelte den Kopf. »Ich hoffe, Sie können sich noch im Spiegel anschauen, wenn er sein nächstes Opfer findet.«

»Ich hoffe, *Sie* können sich noch ins Gesicht schauen. Sie

wissen seit Jahren von ihm und haben es nicht geschafft, ihn aufzuhalten. Ich habe Ihnen mehr Spuren verschafft, als Sie je selbst herausgefunden haben.«

Sie wurde rot, als sie aufstand, die geballten Fäuste an der Seite. Ich trat einen Schritt zurück, als sie sagte: »Sie ...«

Billy sagte: »Sandy?«

Sie wirbelte auf dem Absatz herum, verließ den Raum und knallte die Tür hinter sich zu.

Billy begleitete mich nach draußen zum Cherokee. Die gesamte Adrenalinproduktion des Tages wurde immer noch durch meinen Körper gepumpt, während ich über Sandy schimpfte und wetterte.

»In Ordnung«, sagte er, als ich langsam wieder herunterkam. »Kommen Sie heute Nacht klar? Wenn Sie möchten, kann ich später was vom Chinesen vorbeibringen und ein Auge auf Sie und Ally haben.«

»Das ist wirklich nett von Ihnen, Billy, aber ich denke, Sie haben recht – ich brauche eine Pause von alldem.« Außerdem wusste ich, wie Evan beim letzten Mal reagiert hatte, als Billy mir etwas zu essen mitgebracht hatte.

»Klar, aber falls Sie mich brauchen, meine Nummer kennen Sie.«

»Die 911?«

Er lachte, aber in seinem Blick blitzte etwas Verletztes auf, und ich kam mir mies vor.

»Halten Sie die Ohren steif, Mädel!« Er ging zurück ins Polizeigebäude. Wo Sandy vermutlich mein Foto mit Dartpfeilen bewarf.

Und das war's. Ich denke, mir reicht es jetzt auch mit der Therapie für heute. Für einen Tag habe ich echt genug geredet. Ich weiß, normalerweise beschwere ich mich nicht darüber. Erinnern Sie sich noch an die Zeit, in der meine Wutausbrüche mein größtes Problem waren? Ich hätte nie gedacht, dass ich diese Tage einmal als die gute, alte Zeit betrachten würde, aber ich hätte auch nie gedacht, dass ich einen Mörder zum Vater haben könnte – und dann noch jemanden, der seine Meinung ebenso oft ändert wie ich.

Sie sagten, ich müsse mir überlegen, was ich tun möchte, nicht, was falsch oder richtig ist oder was alle anderen denken. Und um das herauszufinden, müsse ich einen objektiven Blick auf meine Gefühle werfen *und* auf die Konsequenzen meiner Entscheidungen. Wie zum Beispiel, dass ich John aus meinem Leben raushaben will, aber Angst habe, er könnte jemandem etwas antun. Ich will, dass John gefasst wird, und habe entsetzliche Angst, dass er hinter meiner Familie her sein könnte. Sie sagten, ich solle dann eine Entscheidung treffen und dabei bleiben. Und so mache ich es jetzt. Denn ich will nicht noch verrückter werden. Aber ich habe Angst, dass es schon zu spät ist.

19. Sitzung

Ich weiß nicht, auf wen ich noch hören soll. Im Moment bin ich so durch den Wind, dass ich wahrscheinlich einfach vors Auto laufen würde, wenn Sie es für eine gute Idee hielten – das würde die Dinge auf jeden Fall mit einem Schlag vereinfachen. Mein Gott, dieser Albtraum hört einfach nicht auf. Man soll vorsichtig sein mit dem, was man sich wünscht. Ich wollte doch nur einen Vater, dem ich nicht egal bin. Oh, ich bin ihm nicht egal, sicher. Er kümmert sich so sehr um mich, dass es mich vielleicht umbringt. Falls er nicht zuerst alle tötet, die ich liebe.

Gestern Abend hat John wieder angerufen. Gott weiß, was er dieses Mal wollte, ich werde es nie erfahren, weil ich mein Handy ausgeschaltet hatte. Er probierte es auch ein paarmal übers Festnetz, aber ich ignorierte ihn. Billy rief nicht an, um mir den Standort durchzugeben. Wahrscheinlich hoffte er, ich würde vor Neugier platzen, aber ich wollte es nicht wissen. Ich konnte es kaum abwarten, unsere Nummern ändern zu lassen – das Einzige, was mich davon abhielt, war Evan, der gesagt hatte, ich solle noch abwarten. Aber es wurmte mich maßlos, dass ich das Polizeirevier verlassen hatte, ohne mir bestätigen zu lassen, dass die Cops mein Handy nicht länger abhören würden. Wahrscheinlich zapften sie auch das Festnetztelefon immer noch an. Als Evan später anrief, hatte er immer noch jede

Menge zu tun, ehe er am Morgen aufbrechen konnte, also wünschten wir einander nur gute Nacht und kamen überein, die großen Entscheidungen zu verschieben, bis er zu Hause war. Einen weiteren Tag würde ich John noch ignorieren können.

An diesem Morgen, der sich anfühlt, als läge er Millionen Jahre zurück, setzte ich Ally an der Schule ab. Letzter Schultag vor den Sommerferien. Anschließend hetzte ich mich wie verrückt beim Hausputz ab. Ich wunderte mich, dass Evan nicht anrief, als er von der Lodge losfuhr, nahm jedoch an, dass er einfach zu beschäftigt war. Es ist nicht leicht für ihn, wenn er so unvorbereitet abfahren muss. Bei seinem Telefon schaltete sich sofort die Mailbox ein, so dass ich sicher war, er wäre bereits unterwegs – der Handyempfang da draußen ist einfach scheiße. Gegen zehn hörte ich auf zu saugen und stopfte eine neue Ladung Wäsche in die Maschine, als ich Reifen auf dem Kies knirschen hörte und Elch bellend zur Tür rannte. Evan war zu Hause!

Ich eilte zur Tür – und sah Billy und Sandy aus dem Tahoe steigen. Meine Eingeweide krampften sich zusammen, als ich ihre ernsten Mienen und die dunklen Sonnenbrillen sah.

Billy sagte: »Können wir hereinkommen?«

»Ich erwarte Evan jede Minute, aber klar.«

Dieses Mal führte ich sie ins Wohnzimmer. Schlechte Nachrichten erfordern ein gewisses Maß an Förmlichkeit. Nachdem sie auf dem gegenüberliegenden Sofa Platz genommen hatten, wagte ich den Sprung ins kalte Wasser.

»Es wird wieder ein Mädchen vermisst, stimmt's?«

»Sara …« Billy nahm die Sonnenbrille ab. »Evan wurde heute Morgen bei der Lodge angeschossen und …«

»Wie bitte?« Ich starrte sie einen Moment an, mein Herz

hämmerte in meiner Brust. Dann sprang ich auf. »Ist er verletzt?« Mein Blick sprang zwischen ihnen hin und her, während ich verzweifelt versuchte, in ihren Mienen zu lesen.

»Er wird wieder gesund«, sagte Billy. »Man hat ihn ins Krankenhaus nach Port Alberni geflogen.«

»Was ist passiert?«

»Er ist heute ganz früh zum Bootsdock runtergegangen. Dort wurde er auch angeschossen. Er hat es geschafft, sich in eines der Boote zu schleppen und mit dem Erste-Hilfe-Kasten die Blutung zu stoppen, bis einer der Guides ihn gefunden hat.«

»Okay. Ich wollte nur. Ich muss …« Ich wirbelte herum und schnappte mir meine Handtasche von der Bank im Flur, suchte nach meinen Schlüsseln, nach dem Handy. Ally musste von der Schule abgeholt werden. Könnte Lauren das machen? Sollte ich sie auf dem Weg abholen?

Sandy sagte: »Wir bringen Sie zum Krankenhaus.«

Elch. Ich musste einen Nachbarn bitten, ihn rauszulassen. Was sonst noch? Ein Kunde wollte kommen, um ein Kopfteil abzuholen. Ich klappte mein Handy auf, aber Sandy packte mein Handgelenk.

»Warten Sie.«

Ich riss mich los. »Ich muss jemanden anrufen, der sich um Ally kümmert.«

»Das verstehen wir, aber wir müssen zuerst ein paar Dinge mit Ihnen durchsprechen.«

»Es muss John gewesen sein.«

Billy sagte: »Darum müssen wir …«

»Ich muss meine Familie informieren.« Wie sollte ich ihnen das erklären?

Sandy sagte: »Wir haben ein paar Vorschläge, was Sie sagen sollten.«

Ich wandte mich an Billy. »Er hat ihn nicht ... umgebracht. Es war nur eine Warnung, stimmt's?«

»Das glauben wir nicht. Einer von den Köchen ist etwa zu der Zeit, als auf Evan geschossen wurde, rausgegangen, um eine zu rauchen. Er hörte etwas im Unterholz. Wir denken, dass er John aufgescheucht hat, ehe er seinen Job zu Ende bringen konnte.«

John wollte Evan töten. Meinetwegen. Meine Augen füllten sich mit Tränen.

»Ich muss Ally *auf der Stelle* aus der Schule holen.«

Sandy sagte: »Ein paar Beamte sind im Krankenhaus bei Evan, und ein Streifenwagen beobachtet die Schule. Sie können mit Billy hochfahren, um Evan zu besuchen, und wir schicken einen Officer, der Ally abholt. Aber rufen Sie bei der Schule an und sagen Sie, dass er ein Freund der Familie ist. Wir wollen nicht, dass die Leute Angst bekommen und glauben, ein Mörder liefe frei herum.«

Aber es *lief* ein Mörder frei herum! Einer, der ziemlich sauer auf mich war und ziemlich gut darin, seinen Standpunkt deutlich zu machen.

»Ally weiß, dass sie nicht mit Fremden mitgehen soll. Ich könnte eine meiner Schwestern anrufen, aber dann müsste ich ihr erzählen, was los ist, und ...«

»Tun Sie das noch nicht«, sagte Sandy. »Mich kennt Ally. Ich hole sie ab und passe auf sie auf, während Sie Evan besuchen.«

Ich schüttelte den Kopf. »Ich habe John erzählt, dass ich mich nicht mit ihm treffen kann, weil Evan nach Hause kommt. Er muss beschlossen haben, ihn einfach ...« Mir blieben die Worte im Hals stecken.

Billy machte ein gequältes Gesicht. »Sie wussten nicht, dass er so reagieren würde, Sara.«

Ich sah Sandy an. »Aber *Sie* wussten es. Sie haben mich gewarnt.« Hatte ich zugelassen, dass meine persönlichen Gefühle ihr gegenüber mir den Blick auf die Wahrheit verstellten?

Sandy sagte: »Belasten Sie sich nicht mit dem, was geschehen ist, Sara. Sie müssen stark sein für Evan. Um den Rest kümmern wir uns.« Zur Abwechslung hatte sie einmal etwas gesagt, das mir gefiel.

Als Billy mich zum Krankenhaus brachte, rief ich meine Eltern vom Handy aus an. Sobald ich Moms sanfte Stimme hörte, brach der Damm, und ich fing an zu weinen. Ich schaffte es, mich lange genug zusammenzureißen, um ihr eine Alibigeschichte zu erzählen – die Polizei gehe davon aus, dass Evan von einem verärgerten Angestellten angeschossen worden war. Ich hatte keine Ahnung, wie lange es dauern würde, bis die Geschichte aufflog, da Evan noch nie in seinem Leben jemanden verärgert hatte. Bei dem Gedanken musste ich nur noch heftiger weinen.

Ehe ich Mom daran hindern konnte, holte sie Dad ans Telefon.

»Was ist los?«

»Dad, Evan ist im Krankenhaus. Er wurde bei der Lodge angeschossen. Er lebt, aber sie haben ihn nach Port Alberni geflogen und ...« Ich brach erneut in Tränen aus.

Dad sagte: »Deine Mutter und ich sehen dich dort.«

Das war wahrscheinlich das Letzte, was die Polizei wollte. Aber es war das, was ich am meisten wollte.

»Danke, Dad. Kannst du seine Eltern für mich anrufen?« Sie leben unten in den Staaten, und obwohl Evan und seine Eltern sich sehr nahe stehen, sehen sie sich nicht oft. Mom und Dad waren für ihn zum Teil in diese Rollen geschlüpft.

»Wir informieren sie«, sagte Dad. »Wo ist Ally?«

»Eine Freundin passt auf sie auf.« Es war das erste und letzte Mal, dass ich Sandy so nannte.

»Wie kommst du zum Krankenhaus?«

»Billy, der Officer, der ein Kunde von mir ist, hat sich angeboten, mich zu fahren.«

Dad schwieg einen Moment, dann sagte er: »Wir brechen sofort auf.«

Er legte auf, ehe ich noch irgendetwas sagen konnte. Billy sagte mir, damit würde er schon fertig werden – er hat keine Ahnung, was es bedeutet, mit meinem Dad fertig zu werden. Aber in diesem Moment war mir das egal. Die einzige Person, die jetzt für mich zählte, war Evan. Ich wünschte, ich hätte ihm das gestern sagen können.

Die Fahrt nach Port Alberni ist niemals einfach – mehr als eine Stunde über eine enge Straße, die sich durch steile Berge windet und auf der man mit den Holzlastern um den Platz konkurriert. Aber heute war es unerträglich. Gott sei Dank saß Billy am Steuer – wenn ich so schnell gefahren wäre, wie mein Herz mir vorgab, hätte ich einen Unfall gebaut. Ich habe absolut keine Erinnerung daran, worüber wir redeten, nur vage Bruchstücke an Beruhigungen von Billy: *Wir werden ihn fassen. Evan wird wieder gesund.*

Im Krankenhaus erklärte mir der Arzt, dass Evan eine Fleischwunde an der linken Schulter erlitten hatte, ein sauberer Durchschuss. Sie warteten darauf, dass sein Zustand sich stabilisierte, dann würden sie ihn mit dem Krankenwagen zur Operation nach Nanaimo schicken. Der Muskel war verletzt und die Wunde riesig, aber er würde keine bleibenden Schäden davontragen. Ich war nur glücklich, dass er am Leben war – besonders, als der Arzt mir erklärte, ein

Stückchen weiter unten, und die Kugel wäre glatt durchs Herz gegangen. Als ich das hörte, blieb *mir* fast das Herz stehen.

Sie hatten ihm Medikamente gegen die Schmerzen gegeben, und er war nicht bei Bewusstsein, aber sie ließen mich trotzdem zu ihm. Seine Schulter verschwand fast in dem riesigen weißen Verband, und in seinem Arm steckte eine Infusionsnadel. Tränen liefen mir übers Gesicht, als ich seine Wange küsste und ihm übers Haar strich. Ich hasste es, wie bleich er war, hasste all die Schläuche, die in seinem Körper steckten. Aber noch mehr hasste ich mich selbst dafür, dass ich ihn in Gefahr gebracht hatte.

Während ich jede Menge Wirbel um Evan veranstaltete, überprüften die Krankenschwestern seine Vitalfunktionen und notierten Dinge auf seinem Krankenblatt. Eine fragte, ob ich etwas brauchte. *Ja, ein Serienmörder müsste hinter Gitter gebracht werden. Könnten Sie das bitte kurz erledigen?* Dann bat mich eine ältere Krankenschwester, kurz aus dem Zimmer zu gehen, während sie den Verband wechselte. Ich wollte gerade mit ihr streiten, als ich Dads laute Stimme hörte, mit der er nach Evans Zimmer fragte.

Als ich nach draußen zu meinen Eltern ging, bemerkte ich Billy, der mit zwei Polizisten im kleinen Wartebereich sprach. Er richtete sich auf, als er meinen Vater sah, und ging auf ihn zu, doch Dad marschierte direkt an ihm vorbei und kam auf mich zu.

»Wie geht es Evan?«

»Im Moment schläft er. Er wird wieder gesund, aber er muss operiert werden. Sie warten, bis sich sein Zustand stabilisiert hat, dann bringen sie ihn nach Nanaimo und …« Ich hielt inne, als ich meine Schwester den Flur entlangeilen sah.

Mom sagte: »Lauren ist mit uns gefahren. Sie hat nur noch schnell Greg angerufen.«

Lauren und ich fielen uns in die Arme. »Ich fasse es nicht, dass Evan angeschossen wurde. Das muss ja furchtbar für dich sein.« Ihr Körper vibrierte an meinem, und ich empfand eine frische Woge der Furcht. *Ja, es ist schlimm. Es ist richtig, richtig schlimm.*

Wir lösten uns voneinander, und ich sagte: »Danke, dass du mitgekommen bist.« Meine Stimme klang belegt.

»Das ist doch selbstverständlich. Warum hast du mich nicht angerufen?«

»Ich wollte es, aber dann ging alles einfach …«

Billy kam zu uns. »Hallo, allerseits. Ich bin Bill.« Er wandte sich an Dad und streckte die Hand aus. »Wir haben uns einmal bei Sara getroffen.«

Dad schüttelte die angebotene Hand kräftig. »Bearbeiten Sie den Fall?«

»Ich werde auf jeden Fall ein paar Dinge für Sara überprüfen, aber ansonsten ermittelt die örtliche Polizei.«

Dad sah sich im Flur um. »Hier sind eine Menge Cops.« Er starrte mich streng an. »Was ist hier los, Sara?«

Mein Gesicht fühlte sich heiß an. »Äh … wie meinst du das? Evan ist angeschossen worden, und …«

Dann sah ich, wie etwas in Dads Kopf Klick machte.

»Das hat doch was mit dem Campsite-Killer zu tun, oder?«

Mom schnappte nach Luft. Lauren schlug eine Hand vor den Mund.

»Sag mir auf der Stelle, was hier los ist, Sara.«

Hilflos blickte ich zu Billy hinüber. Er rettete mich erneut.

»Lassen Sie uns einen Ort suchen, wo wir ungestört reden können.«

Er führte uns in ein leeres Zimmer und informierte sie über den Stand der Dinge, während Mom immer blasser wurde. Lauren zitterte die ganze Zeit über. Als Billy geendet hatte, sah Dad mich an und schüttelte den Kopf.

»Du hast uns die ganze Zeit über angelogen.«

»Dad, ich …«

Billy sagte: »Sara wollte es Ihnen nicht verheimlichen. Sie hatte die strikte Anweisung, mit niemandem über die Sache zu sprechen. Es hätte die Ermittlungen gefährden können und ihre Familie – Sie alle – in Gefahr bringen können. Sie war uns eine große Hilfe.«

Dad sagte: »Sie haben uns nicht erklärt, wieso auf Evan geschossen wurde.«

»John, der Campsite-Killer, wollte sich noch mal mit mir treffen, Dad. Und ich sagte, das geht nicht, weil Evan nach Hause kommt.«

»Wo ist dieser Drecksack jetzt?« Dads Gesicht lief dunkelrot an. »Und wo ist Ally?«

»Sie ist bei einer Kollegin von mir«, sagte Billy. »Sie ist in Sicherheit.«

»Und was unternehmen Sie, um diesen Mann zu fassen?«

»Alles in unserer Macht Stehende, Sir. Ihre Tochter spielte eine wichtige Rolle bei unseren Ermittlungen, aber wir werden jetzt eine andere Richtung einschlagen.«

»Warum?«

»Weil ich nicht mehr helfen werde«, sagte ich. »Evan wollte nicht, dass ich mich überhaupt mit ihm treffe, aber ich hatte Angst, dass er noch eine Frau umbringt, aber jetzt hat er auf Evan geschossen, und ich werde nicht …«

»Evan wollte nicht, dass du dich mit ihm triffst, aber du hast es trotzdem getan?«

Wir starrten einander an. Mom sagte: »Sie hat geglaubt, dass es das Richtige ist, Patrick.«

Dad ging hinüber zum Fenster und blickte hinaus auf den Parkplatz. Er hatte die Arme vor der Brust verschränkt, und sein breiter Rücken wirkte wie eine Mauer, die ich niemals würde überwinden können.

Wir vier verharrten in unbehaglichem Schweigen. Alle starrten Dad an.

»Ich rede besser mit den Beamten«, sagte Billy. »Falls Sie noch weitere Fragen haben, ich bin im Flur.« Niemand sagte ein Wort, als er ging.

Nach einer Weile sagte Dad: »Evan hatte recht – du hättest dich einfach da raushalten sollen.«

»Dad, ich habe versucht zu *helfen*.«

Er drehte sich um und sah mich streng an. »Lass die Polizei sich von jetzt an darum kümmern, Sara.« Als er den Raum verließ, sagte er noch: »Ich suche den Arzt.«

Mom lächelte mir aufmunternd zu und berührte meine Hand. »Er ist nur aufgewühlt.«

»Ich weiß, Mom, aber meinst du denn, ich wäre es nicht? Er hat keine Ahnung, unter was für einem Druck ich gestanden habe. Die Cops, Julia – alle haben mich dazu gedrängt, es zu tun. Es ist nicht so, dass ich ganz von allein auf die Idee gekommen wäre.«

»Julia?«

»Meine Mutter.« Mom zuckte zusammen, als hätte ich sie geschlagen. *Mist, Mist, Mist.* »Ich meine, meine *leibliche* Mutter. Sie wollte, dass ich mich mit ihm treffe, und …«

»Du hast sie noch einmal gesehen?«

»Ich bin ein paarmal zu ihr nach Hause gefahren, aber ich konnte dir nichts davon erzählen, weil wir nur über den Fall geredet haben. Sie hat seit Jahren schreckliche Angst – es ist äußerst wichtig für sie, dass er gefasst wird. Und ich wollte helfen, weil …«

»Weil sie deine Mutter ist.«

»Ganz und gar nicht, Mom … sie tut mir einfach nur leid.«

»Natürlich tut sie dir leid, Herzchen. Du willst nun einmal allen helfen.«

»Ja, na ja, und damit hatten sie mich am Haken.«

»Jeder andere wäre einfach weggegangen, Sara. Du widmest dich allem, was du tust, und jedem, den du liebst, mit voller Hingabe.« Sie lächelte, aber ihr Blick brach mir das Herz. »Ich sollte besser aufpassen, dass dein Vater höflich zu den Krankenschwestern ist.« Dann eilte sie Dad nach.

Ich wandte mich an Lauren. »Na super, jetzt ist Mom verletzt.«

»Mach dir darum jetzt keine Sorgen. Konzentrier dich ganz auf Evan.«

Ich seufzte. »Du meinst, den anderen Menschen, den ich verletzt habe?«

»Das ist nicht deine Schuld, Sara.«

»Doch, Dad hat recht. Ich hab es vermasselt. Ich habe John erzählt, dass ich mich wegen Evan nicht mit ihm treffen kann. Ich hätte wissen müssen, wie wütend ihn das macht.«

»Du wusstest nicht, dass er ihm etwas antun würde.«

»Evan wollte schon lange, dass ich damit aufhöre. Ich hätte auf ihn hören sollen.«

»Unglaublich, dass du das alles allein durchgestanden hast.«

Sie trat vor und legte ihre Arme um mich. Ich lehnte mich an ihre Schulter und begann zu weinen.

Wir warteten ein paar Stunden draußen vor Evans Zimmer. Billy blieb bei den anderen Polizisten und unterhielt sich leise mit ihnen, Dad saß mit verschränkten Armen auf einem Stuhl, wenn er nicht gerade auf dem Flur auf und ab wanderte. Mom blätterte in einer Zeitschrift, sah aber immer wieder zu Dad, Lauren und mir. Lauren ging in die Cafeteria und holte uns allen etwas zu essen, aber ich konnte nur an dem Kaffee nippen. Also setzte sie sich neben mich und erzählte von den Jungs oder ihrem Haus oder dem Garten. Das Geplapper tröstete mich, aber ich war kaum in der Lage, mich auf das zu konzentrieren, was sie sagte, da ich die Ärzte und Pfleger beobachtete und jedes Mal Angst bekam, wenn jemand vor Evans Zimmer stehen blieb.

Dad schaute auf sein Handy, stand auf und ging den Flur hinunter. Kurz darauf kam er wieder zurück.

»Ich muss zurück nach Nanaimo – am Skidder ist eine Kette gerissen.«

Mom stand auf. »Ist es in Ordnung, wenn wir dich hierlassen, Sara?«

»Ich komme schon zurecht, Mom. Es wird wahrscheinlich ohnehin nur ein Rumgesitze.«

»Ich kann bei dir bleiben«, sagte Lauren.

»Nein, du musst zu den Jungs. Ich schaffe das schon.«

Mom sagte: »Wir können später noch einmal vorbeikommen.«

»Danke, Mom. Aber wahrscheinlich schicken sie Evan morgen nach Nanaimo. Ihr könnt genauso gut abwarten und ihn dort besuchen.«

»Gib uns auf jeden Fall Bescheid, wenn sich irgendetwas ändert oder wenn du irgendetwas brauchst, Herzchen.«

»Natürlich.«

Ich verbrachte eine weitere Stunde damit, zusammen mit

Billy zu warten, aber jetzt war ich diejenige, die im Flur auf und ab tigerte. Eine Schwester kam vorbei und erzählte mir, dass Evan kurz aufgewacht sei und dass sie ihm noch mehr Schmerzmittel gegeben hätten. Vermutlich würde er für den Rest des Tages schlafen, falls ich nach Hause fahren und ein paar von seinen Sachen holen wollte.

Billy telefonierte gerade, als ich nach ihm suchte.

Ich fragte: »Alles in Ordnung?«

»Ja, ich habe mich nur kurz bei Sandy gemeldet.«

»Geht's Ally gut?«

»Sie haben viel Spaß zusammen.«

Ich stieß einen leisen Seufzer der Erleichterung aus.

Wir waren gerade zehn Minuten aus der Stadt raus, als mein Handy klingelte.

Ich sah Billy an. »Es ist John. Was soll ich tun?«

»Wenn Sie denken, dass Sie nicht ruhig bleiben können, sollten Sie nicht ...«

»Aber wenn er noch in der Nähe ist, könnten Sie ihn vielleicht orten und ihn erwischen, oder?«

»Es ist die beste Chance, die wir haben, aber Sie müssen sich überlegen, was Sie sagen, ehe Sie ...«

Beim nächsten Klingeln nahm ich ab.

»Was willst du?«

»Sara! Ich bin auf der Insel! Wann können wir uns treffen?«

»Du glaubst doch wohl nicht, dass ich mich mit dir treffe, nachdem du auf *Evan* geschossen hast!«

Schweigen.

»Dieses Mal hast du es echt richtig vermasselt, John. Ruf mich nie wieder an. Es ist vorbei.« Ich legte auf, zitterte am ganzen Körper.

Billy umfasste meine Schulter. »Alles in Ordnung?«

Ich nickte, während das Adrenalin durch meinen Körper rauschte. Ich stellte fest, dass mir dir Zähne klapperten.

»Ja. Herrje, nein, ist es nicht. Tut mir leid, dass ich nicht länger mit ihm reden konnte – ich habe die Beherrschung verloren. Aber ich glaube … ich glaube, ich habe eine Panikattacke. Meine Brust … ist ganz eng, und …« Ich schnappte nach Luft.

»Atmen Sie einfach ein paarmal ganz langsam tief ein, Sara. Sie müssen …« Sein Telefon klingelte. »Reynolds … Okay, ich sage es ihr.«

»Was ist los?«

»Das Signal von Johns Handy wurde von einem Sendemast in Nanaimo aufgefangen. Er ist also in der Stadt.«

Er beschleunigte den Tahoe. Ich begann, noch heftiger zu zittern.

»O Gott, er muss total ausflippen, weil ich einfach aufgelegt habe.«

»Er wird nicht besonders glücklich darüber sein.« Billy umklammerte das Lenkrad so fest, dass die Sehnen an seinen Unterarmen hervortraten.

»Glauben Sie, dass er sich immer noch mit mir treffen will? Aber ich habe ihm gesagt, dass es vorbei ist, und …«

»Das ist ein Mann, der nicht gern ein Nein hört.«

»Meinen Sie, ich sollte mich mit ihm treffen? Wenn nicht, wird er dann Evan noch einmal angreifen?«

»Im Moment kochen auf beiden Seiten die Emotionen hoch, also ist es wahrscheinlich nicht der beste Zeitpunkt für ein Treffen. Aber wenn er impulsiv handelt, wird er eher Fehler machen, und …«

»Ich glaube, ich bekomme noch eine Panikattacke.« Ich presste eine Hand auf mein rasendes Herz.

Billy machte ein besorgtes Gesicht. »Vielleicht sollten wir zurück zum Krankenhaus fahren und ...«

»Nein.« Ich pumpte meine Lungen mit Luft voll. »Nein, ich muss mit meiner Therapeutin reden.«

»Jetzt sofort?«

Ich nickte hektisch. »Unbedingt, oder ich drehe durch, Billy. Ich muss mich beruhigen, aber das kann ich nicht, ehe ich mit ihr gesprochen habe und ...«

»Rufen Sie sie an.«

Ich hatte nicht erwartet, dass Sie sagen würden, ich solle sofort vorbeikommen. Ich dachte, wir könnten das am Telefon klären, aber vermutlich hörte ich mich an, als sei ich nur noch einen Schritt von einer völligen Hysterie entfernt. Ich wollte bei Evan sein, aber alles in mir schrie danach, so schnell ich konnte nach Hause zu Ally zu fahren. Natürlich haben Sie recht, und ich muss mich zuerst beruhigen. Ally zu beschützen bedeutet auch, dafür zu sorgen, dass sie ihre Mutter nicht die Wände hochgehen sieht.

Armer Billy – er wartet draußen im Tahoe. Ich habe ihm gesagt, dass er sich einen Kaffee holen gehen kann, aber er sagte, er würde warten, um aufzupassen, dass mir nichts passiert. Ich konnte nur hierherkommen, weil ich zuerst zu Hause angerufen und mit Sandy geredet habe und dann mit Ally, der es prima geht. Als sie mir dann noch einmal Sandy gegeben hat, sagte diese, sie würde Ally unter Einsatz ihres Lebens beschützen. Ich glaube ihr. Ich mag Sandy zwar nicht, aber ich bin mir ziemlich sicher, dass sie John auf der Stelle erschießen würde.

Was mich angeht, so habe ich das Gefühl, in alle Richtungen herumgewirbelt zu werden und wie ein Flummi überall gegen zu prallen. Ich wünschte nur, ich wüsste, in welcher

Verfassung John gerade ist, ob er auch voll am Durchdrehen ist. Aber er muss es sein – warum sonst hätte er auf Evan schießen sollen? Er muss sich immer weiter hochgeschaukelt haben – und dann komme ich und lege einfach auf. Gott, ich weiß, wie ich mich fühle, wenn ich die Beherrschung verliere, wie es ist, vollkommen die Kontrolle zu verlieren – wie *genau jetzt* –, aber ich habe keine Waffe. Gott weiß, was ich täte, wenn ich eine hätte. Nein, das stimmt nicht. Ich weiß genau, was ich tun würde.

20. Sitzung

Es tut mir so leid, was geschehen ist. Mein Gott, ich kann es kaum glauben, dass Sie mich immer noch sehen wollen, nach dem, was Sie durchgemacht haben. Es ist egal, wie oft Sie mir sagen, dass ich mir nicht die Schuld dafür geben soll, ich kann den Gedanken einfach nicht abschütteln, dass ich etwas hätte merken müssen. Ich war einfach so aufgeregt, dass ich nicht mehr klar denken konnte. Ich kann immer noch nicht klar denken. Aber ich habe das Gefühl, ich sollte Sie nicht damit belästigen, also, wenn es zu viel wird, müssen Sie es mir sagen, und ich höre auf. Sie müssen es vielleicht ein paarmal sagen, denn wir wissen ja beide, dass ich nicht so leicht zu bremsen bin. Noch etwas, was ich von meinem Vater habe.

Nach unserer letzten Sitzung brachte Billy mich nach Hause, wo Sandy auf uns wartete. Ally machte sich schreckliche Sorgen um Evan – wir hatten vereinbart, dass Sandy ihr erzählt, er habe sich auf dem Boot an der Schulter verletzt –, aber ich überzeugte sie, dass er wieder gesund werden würde. Dann berichtete sie mir von den ganzen lustigen Sachen, die sie und Sandy unternommen hatten. Ich staunte, dass Sandy so gut mit Kindern umgehen konnte, das hätte ich ihr gar nicht zugetraut, aber sie hatten ein Fort gebaut und sich verkleidet – und sogar einen Gesangswettbewerb veranstaltet. Nach einem Tag mit Ally war ich normalerweise fix und fertig, aber Sandys Wangen waren gerötet, und ihre Augen leuchteten. Doch das konnte auch an der Aufregung liegen, weil John noch einmal angerufen hatte.

Billy backte ein paar Tiefkühlpizzen auf, während ich Anrufe von besorgten Freunden und den Angestellten in der Lodge beantwortete. Ich meldete mich bei Mom und Lauren, die beide anboten vorbeizukommen, aber ich sagte, es ginge mir gut. Ich erzählte ihnen nicht, dass John angerufen hatte oder dass er immer noch in der Stadt war. Außerdem rief ich ein paarmal im Krankenhaus an, aber Evans Zustand war unverändert. Wenn er aufwachte, gaben sie ihm Schmerzmittel, so dass er immer schlief, wenn ich anrief. Es gab ein paar Anrufe von unbekannten Nummern, die ich nicht annahm, sondern nur mit rasendem Herz die Mailbox abhörte. War es John? War er hinter mir her? Aber da war nie eine Nachricht. Die Polizei verfolgte die Anrufe zurück zu Münztelefonen in Nanaimo.

Nachdem wir gegessen hatten – na ja, die anderen aßen, und ich starrte auf meinen Teller –, räumten Sandy und Billy auf, während ich Ally badete. Dann ließ ich sie in meinem Bett fernsehen, so dass wir Erwachsenen unten reden konnten.

Sandy sagte: »Sie haben eine großartige Tochter.«

»Danke. Ich finde, sie ist etwas ganz Besonderes.«

»Das ist sie.« Sandy nahm einen Schluck von ihrem Eistee. »Haben Sie noch einmal über ein Treffen mit John nachgedacht?«

Ich hatte nicht damit gerechnet, dass sie so schnell auf den Punkt kommen würde.

»Ich weiß immer noch nicht, was ich tun soll. Evan, mein Dad, meine Therapeutin – *niemand* hält das für eine gute Idee.«

Sandy setzte ihr Glas hart ab und richtete sich in ihrem Sessel auf. »Obwohl er auf Ihren Verlobten geschossen hat, wollen Sie nicht versuchen, ihn aufzuhalten?«

»Natürlich will ich ihn aufhalten, aber meine Psychologin glaubt, dass er sich aufschaukelt und dass er mich möglicherweise umbringt, wenn ...«

»Genau deshalb ist es wichtig, dass wir ihn schnell verhaften.«

Ich schaute zu Billy, wartete darauf, dass er in die Bresche sprang, aber er blieb stumm.

»Sandy, Sie können nicht garantieren, dass nicht irgendetwas schiefgeht und er entkommt.«

»Nein. Aber wir können auch jetzt nicht für Ihre Sicherheit garantieren – oder für Allys.«

»Versuchen Sie allen Ernstes, mir Angst zu machen, indem Sie meine Tochter benutzen? Ich denke jeden Tag daran, ich habe es nicht nötig, dass Sie ...«

»Ich versuche nicht, Ihnen Angst zu machen, aber wenn er sich zurückgewiesen fühlt, wird er ...«

»Ich *weiß*. Ich denke ständig daran, seit er wieder angerufen hat, seit er Evan angeschossen hat. Aber wenn ich ihn treffe, laufe ich Gefahr, meinen Verlobten zu verlieren, meine Familie und möglicherweise mein Leben.«

Billy sagte: »Ich denke, Sara braucht heute Abend einfach eine Auszeit, Sandy.«

»Es geht mir *gut*. Aber wenn mir noch ein Mensch sagt, was ich tun soll, dann *drehe ich durch*.«

Sandy senkte die Stimme. »Sara, ich verstehe, was Sie durchmachen müssen, aber ich weiß auch, dass Sie an Ally denken müssen und genau deshalb keinen Serienmörder da draußen rumlaufen lassen wollen.«

»Ich habe es satt, dass Sie ständig versuchen, mir Schuldgefühle zu machen. Sie sind einfach nur sauer, weil Sie es nicht schaffen, ihn zu fangen.«

Sie öffnete den Mund, als wollte sie etwas sagen, aber dann sagte eine Stimme in der Tür: »Mommy, es ist Zeit für meine Gutenachtgeschichte.«

»Ja, Spatz, ich komme.« Ich nahm Ally an die Hand und ging mit ihr davon, Sandys brennenden Blick im Rücken. Als ich später wieder herunterkam, war sie gegangen, und Billy saß am Tisch und spielte Solitär.

»Wo ist Sandy?«

»Sie muss noch ein paar liegengebliebene Arbeiten auf dem Revier erledigen.«

»Sie hasst mich.« Seufzend setzte ich mich.

»Sie hasst Sie nicht, Sara.«

»Na ja, ihr größter Fan bin ich trotzdem nicht gerade.«

Er grinste. »Da wäre ich nie drauf gekommen.«

»Wissen Sie, Nadine – meine Therapeutin – hat eigentlich nicht direkt gesagt, dass sie denkt, John würde mich umbringen.«

»Nicht?«

»Sie hat nur gesagt, dass es sich anhört, als sei er in einer manischen Phase und deswegen möglicherweise noch gefährlicher als sonst. Dann habe ich darüber nachgedacht, was Sie gesagt haben – dass er, falls er ausflippt, eventuell einfacher zu fassen ist. Ich will es tun, und wenn er nicht auf Evan geschossen hätte ...«

»Sie müssen sich nicht heute Abend entscheiden. Aber denken Sie daran: ›Ein zuschnappender Falke bricht seiner Beute den Hals; so präzise wählt er den Zeitpunkt.‹ Er befindet sich in unmittelbarer Nähe, Sara.«

»Ich weiß, ich weiß.« Ich seufzte. »Ich habe Nadine erzählt, ich würde noch einmal darüber schlafen. Ich rufe sie morgen früh an, ehe ich zu Evan ins Krankenhaus fahre.«

»Es ist großartig, dass es so jemanden in Ihrem Leben gibt.«

»Das findet Evan auch.« Ich lachte. »Ihm bleibt eine Menge Kummer erspart, wenn ich die Dinge zuerst mit ihr aufarbeite.« Dann dachte ich daran, dass Evan allein im Krankenhaus lag, und eine frische Woge Furcht überrollte mich. »Ich rufe noch einmal im Krankenhaus an.« Die Schwester sagte mir, Evans Zustand sei stabil, aber er stünde für den Rest der Nacht unter starken Beruhigungsmitteln, so dass es besser wäre, erst morgen früh zu kommen.

»Ich sollte jetzt bei ihm sein, Billy. Ich hasse es.«

»Ich würde genauso empfinden, aber es wird dunkel, und diese Straße ist schon zu besten Zeiten nicht besonders sicher.«

»Aber was, wenn sich sein Zustand verschlechtert oder wenn John hinfährt und ...«

»Dann wäre es der letzte Ort, an dem Sie sich aufhalten sollten. Erstens, Evan wird gut bewacht. Die Beamten, die auf ihn aufpassen, sind allesamt erfahrene Männer. Zweitens behalten die Ärzte ihn genau im Auge. Sie werden anrufen, falls es Komplikationen gibt. Wenn Sie meine Verlobte wären und ich läge im Krankenhaus, würde ich wollen, dass Sie bleiben, wo *Sie* sicher sind.«

Ich stöhnte. »Evan würde vermutlich dasselbe sagen.«

»Solange John in der Stadt ist, brauchen Sie Schutz. Wir können Sandy anrufen, oder ich kann ...«

Ich hob eine Hand. »Nicht Sandy. Ich mache Ihnen das Gästezimmer fertig.«

»Ich sollte besser hier unten auf dem Sofa bleiben – näher an der Tür.«

»Natürlich.« Obwohl es noch früh am Abend war, holte ich ein paar Decken und begann, das Sofa herzurichten. Billy half mir dabei. Als er nach einem Zipfel des Lakens griff, berührten sich unsere Arme. Ich bekam eine Gänsehaut. Im selben Moment dachte ich: *Billy riecht gut.*

Hastig machte ich einen Schritt zurück.

Billy hörte auf, das Laken festzustopfen, und richtete sich auf. »Alles in Ordnung?«

Mein Gesicht brannte. »Ja klar, alles bestens. Aber ich bin ein bisschen verspannt. Ich denke, ich werde noch ein heißes Bad nehmen und dann in die Federn kriechen.« Ich steuerte auf die Treppe zu. »Es war ein langer Tag. Und ich habe Nadine versprochen, sie morgen früh anzurufen – sie stellt ein paar Nachforschungen über Serienmörder an. Obwohl, wahrscheinlich kann ich ohnehin nicht schlafen.« *Halt den Mund, Sara.*

»Warum nehmen Sie kein Schlafmittel? Haben Sie nicht gesagt, Ihre Psychiaterin hätte Ihnen etwas gegen Ihre Angstzustände verschrieben?«

»Tavor.« Ich sah ihn an. »Aber ist es nicht zu gefährlich für mich, etwas zu nehmen, solange John da draußen rumläuft?«

Grinsend breitete Billy die Arme aus. »Wer soll schon an mir vorbeikommen?«

Ich zwang mich, zurückzulächeln. »Danke, dass Sie hierbleiben, Billy.«

»Das ist mein Job, kleine Lady«, sagte er mit John-Wayne-Stimme und tat, als würde er herumstolzieren. Ich lachte, dann drehte ich mich um und begann, die Treppe hochzusteigen.

»Warten Sie, wie lautet Ihr Alarmcode – ich stelle die Alarmanlage ein.«

Ich ratterte die Ziffern herunter, während ich weiterging. Auf dem Absatz sagte ich: »Okay, gute Nacht dann«, aber ich wartete seine Antwort nicht ab, als ich die Tür zum Schlafzimmer schloss. Ich stand mitten im Zimmer und schüttelte den Kopf. Mein Gott, Billy musste sich wundern, warum ich mich so seltsam benahm. Ich wunderte mich selbst. Ally schlief tief und fest mit Elch in meinem Bett, und während ich ihre unter rosa Fleece versteckte Brust betrachtete, die sich hob und senkte, ging ich die letzten Minuten in Gedanken noch einmal durch.

Warum fiel mir plötzlich auf, wie gut Billy roch? Seit ich mit Evan zusammen bin, habe ich keinen anderen Mann mehr attraktiv gefunden – kein einziges Mal. Der einzige Grund, warum ich kein schlechtes Gewissen hatte, so viel Zeit mit Billy zu verbringen, war, dass da *nichts* war. Nichts von seiner Seite und, wie ich glaubte, nichts von meiner.

Nein, das war albern, da war immer noch nichts. Ich durfte durchaus etwas Nettes an einem gutaussehenden Mann bemerken – ich war schließlich nicht abgestorben. Und es war ja auch nicht so, dass ich ihn aufs Sofa geschmissen und besprungen hätte. Ich war mir sicher, dass es in der Lodge hin und wieder Frauen gab, die Evan attraktiv fand. Aber das hatte nichts zu bedeuten. Das war vermutlich so eine Übertragung. Billy stand für Sicherheit, und ich lenkte mich von meiner wahren Angst ab: der Angst, Evan zu verlieren.

Ich ließ mir ein heißes Bad ein und tauchte im nach Lavendel duftenden Schaum unter. Aber ich musste unaufhörlich daran denken, dass Evan angeschossen worden war. Obwohl ich nicht dabei gewesen war, sah ich, wie sein Körper zusammenzuckte, als er getroffen wurde, sah ihn fallen und sich zum Boot schleppen. Meine Phantasie quälte mich mit dem Gedanken, was gewesen wäre, wenn John Erfolg gehabt hätte. Dann dachte ich an all die Male, bei denen ich Evan gegenüber kurz angebunden gewesen war oder ihn vollkommen ignoriert hatte, weil ich so in meinem eigenen Drama gefangen war.

Ich kletterte aus der Wanne und warf eine Beruhigungstablette ein, dann zog ich eins von Evans T-Shirts an und kroch zu Ally und Elch ins Bett. Ally lag auf meiner Seite, aber ich ließ sie dort liegen und flüsterte ihr gute Nacht zu, während ich ihre Wange küsste und ihr das Haar aus dem Gesicht strich. Das Buch, das Billy mir geschenkt hatte, lag immer noch auf dem Nachttisch, wo ich es an dem Tag hingelegt hatte, als wir spazieren gefahren waren. In der Hoffnung, es würde mich ablenken, blätterte ich durch die Seiten. Ein Zitat – »Alle Kriegsführung beruht auf Täuschung« – sprang mir ins Auge. Ich hatte versucht, John zu täuschen, aber er hatte die Schlacht mühelos gewonnen. Als ich die Seiten überflog, erkannte ich, wie Billy ein paar der Strategien angewandt haben könnte, besonders jene über Spionage und Kriegsführung.

Dann stieß ich auf ein Zitat, das mich erschütterte. »In der gesamten Armee sollte niemand dem Befehlshaber näher sein als seine Spione, niemand sollte höher belohnt, niemand vertraulicher behandelt werden.« Hatte Billy einige dieser Strategien auf *mich* angewandt?

Super, Sara. Du findest einen Mann attraktiv und hast deswegen ein schlechtes Gewissen, also suchst du nach Wegen, einen Mistkerl aus ihm zu machen. Billy war einfach ein engagierter Cop. Ich legte das Buch zurück auf den Nachttisch. Dann vergrub ich mein Gesicht in Evans Kissen, atmete seinen sauberen Duft ein und sagte mir immer wieder: *Alles wird gut. Alles wird gut. Alles wird gut.*

Am nächsten Morgen bereitete ich das Frühstück zu, während Billy Ally bespaßte, aber es sah eher aus, als würde Ally ihn bespaßen, als sie versuchte, Elch eines ihrer Stofftiere abzunehmen. Ich war froh, dass sie gut miteinander auskamen, denn Billy würde auf sie aufpassen, wenn ich Evan besuchte. Billy sagte, Sandy könnte auf Ally aufpassen, während er mich zum Krankenhaus begleitete, aber nach meiner seltsamen Reaktion am Abend zuvor brauchte ich etwas Abstand zu ihm. Wovon ich Billy natürlich nichts sagte. Ich erklärte nur, dass ich die Fahrt bräuchte, um den Kopf freizubekommen, und fragte, ob mir ein Streifenwagen folgen könne.

»Ich hätte Ihnen ohnehin einen hinterhergeschickt, egal, ob es Ihnen passt. Irgendjemand muss auf Sie aufpassen.« Dann lächelte er, und ich versuchte, das Lächeln zu erwidern, aber mir schwirrte der Kopf vor lauter Sorgen. An diesem Morgen probierte ich ein paarmal, Sie anzurufen, und war ganz aufgelöst, weil Sie sich nicht meldeten. Als ich es Billy gegenüber erwähnte, meinte er, dass Sie vermutlich einen anderen Notfallpatienten hatten, aber ich dachte: *Was kann wichtiger sein als ein Serienmörder?*

Auf dem Weg zum Krankenhaus verbannte ich alles andere aus meinen Gedanken und konzentrierte mich auf die Frage, was ich wegen John unternehmen sollte. Er hatte auf Evan geschossen und damit bewiesen, dass er nicht heimlich, still und leise verschwinden würde. Ich überlegte, ob ich auf dem Heimweg bei Lauren oder meinen Eltern haltmachen sollte, um das Ganze mit ihnen durchzusprechen, aber ich wollte nicht noch mehr Meinungen hören, vor allem, da ich bereits wusste, wie sie lauteten. Fieberhaft ging ich alle zur Verfügung stehenden Möglichkeiten durch, aber ich kam immer wieder auf meinen ersten Gedanken zurück:

Ein Treffen mit John war der einzige Weg, aus diesem ganzen Schlamassel rauszukommen.

Ehe ich zu Evan hineinging, blieb ich auf dem Parkplatz des Krankenhauses im Auto sitzen und versuchte, mich zusammenzureißen. Ich wollte optimistisch und positiv für ihn sein. Das Letzte, was er im Moment brauchte, waren meine Befürchtungen und Ängste. Ich würde es schaffen. Mein Entschluss wurde belohnt, als ich Evans Zimmer betrat und er mich mit seinem schönsten spitzbübischen Lächeln empfing.

»Hi, Schatz. Ich glaube, dein Vater mag mich nicht.«

Ich brach in Tränen aus.

»Hey, Sara, nicht weinen. Das sollte dich zum Lachen bringen.«

Ich warf mich auf den Sessel neben seinem Bett und stützte mich auf die Matratze. »Es tut mir so leid, Evan. Alles.«

»Du Dummerchen, du hast doch nicht auf mich geschossen. Warte – oder etwa *doch*?« Er lächelte.

»*Nein.*«

»Dann halt den Mund und gib deinem Verlobten einen Kuss.«

Nachdem wir uns ausgiebig geküsst hatten und dann gleich noch einmal, erzählte ich ihm alles, was passiert war. Ich wollte ihm sagen, dass John wieder angerufen hatte, aber die Schwestern unterbrachen mich andauernd. Dann kam der Arzt herein. Er hatte uns gerade mitgeteilt, dass Evan an diesem Nachmittag nach Nanaimo gebracht werden würde, als einer der Polizeibeamten das Zimmer betrat.

»Verzeihung, Sara. Constable Reynolds lässt Ihnen ausrichten, Sie mögen ihn bitte anrufen.«

Ich sah Evan an, und er sagte: »Geh.«

Ich ging auf den Flur und rief Billy auf seinem Handy an. »Was ist los?«

»Es ist etwas passiert, Sara.«

Mir drehte sich der Magen um. »Ally …«

»Ally geht es gut. Es geht um Ihre Psychiaterin – jemand hat sie überfallen, als sie gestern Abend ihre Praxis verließ.«

Ich empfand unendliche Erleichterung, dass Ally in Sicherheit war, doch dann kam der Rest seiner Worte bei mir an.

»O mein Gott! Wie geht es ihr?«

»Sie wurde niedergeschlagen und ist mit dem Kopf gegen die Bordsteinkante geprallt. Sie wird wieder gesund, aber im Moment ist sie im Krankenhaus in Nanaimo zur Untersuchung.«

Ich brach auf einem Stuhl im Flur zusammen. *Niedergeschlagen* … Ich sah, wie ihr Kopf am Bordstein zerschmettert wurde, wie ihr silbriges Haar sich blutrot färbte. Was, wenn sie im Koma lag? Was, wenn sie *starb*? Ich zwang mich, tief Luft zu holen. *Keine Panik.* Nadine würde wieder gesund werden. Dann ein neuer Gedanke. »War es John?«

»Wir ziehen diese Möglichkeit in Betracht, überprüfen aber auch Patienten, mit denen sie in letzter Zeit möglicherweise Probleme hatte. Sie wurde von hinten angegriffen und hat kurzzeitig das Bewusstsein verloren, so dass sie den Angreifer nicht gesehen hat. Als ein paar Leute aus dem Büro nebenan kamen, verschwand er. Ich weiß, dass sie Ihnen viel bedeutet, also wird Sandy mich hier ablösen, und ich werde mich mit den ermittelnden Beamten unterhalten. Ist das für Sie in Ordnung?«

»Natürlich. Ich fasse es einfach nicht.« Meine Augen füllten sich erneut mit Tränen.

»Ich halte Sie auf dem Laufenden. In der Zwischenzeit passt Sandy gut auf Ally auf, bis Sie wieder zu Hause sind.«

»Danke, Billy.«

Sobald ich aufgelegt hatte, rannte ich wieder zurück, um Evan zu erzählen, was passiert war.

»Das tut mir wirklich leid zu hören! Aber wie geht es *dir*, Schatz?«

»Gar nicht gut! Mein Gott, er hat auf dich geschossen, und jetzt überfällt er *Nadine*?« Ich ging im Zimmer auf und ab.

»Sie wissen doch noch nicht mit Sicherheit, ob er es war, oder?«

»Er muss es gewesen sein. Ich war gestern Abend bei ihr – wahrscheinlich ist er mir gefolgt, und ich habe ihn direkt zu ihr geführt.« Ich schüttelte den Kopf. »Das passt überhaupt nicht in sein Muster. Er muss vollkommen durchgedreht sein.«

»Hat er sich bei dir gemeldet?«

»Seit gestern nicht mehr. Er hat angerufen, als Billy mich nach Hause gebracht hat. Er will sich wieder mit mir treffen. Ich habe aufgelegt, aber ...«

»Du kannst dich nicht mit ihm treffen.«

»Aber jetzt hat er auch noch Nadine angegriffen – wer kommt als Nächstes? Das ist so *Scheiße*. Seine Spielchen machen mich ganz krank, und ich bin es leid. Er muss lernen, dass er nicht einfach ...«

»Sara, du kannst nicht ...« Als er den Arm nach meiner Hand ausstreckte, bewegte sich sein Oberkörper. Stöhnend ließ er den Arm wieder aufs Bett sinken. Er holte ein paarmal tief Luft.

»Soll ich eine Schwester rufen oder ...«

»Ich werde mich auf der Stelle selbst entlassen, wenn du dich mit ihm treffen ...«

»*Okay*, okay. Ich werde nicht in seine Nähe kommen.«

»Versprich es mir.«

Ich legte eine Hand auf mein Herz. »Ich *verspreche* es.«

Er wirkte erschöpft. »Willst du Nadine besuchen?«

»Ich bleibe bei dir, bis sie dich nach Nanaimo bringen.«

»Mir geht's gut. Aber du musst sie besuchen, sonst kannst du dich auf nichts anderes mehr konzentrieren.«

»Wahrscheinlich darf sie sowieso keinen Besuch bekommen.«

Er hob die Schultern und zuckte zusammen. »Sag doch einfach, du wärst ihre Tochter.«

»Das könnte funktionieren. Ich glaube, sie hat tatsächlich eine Tochter in meinem Alter, aber ich bin mir ziemlich sicher, dass sie nicht hier in der Gegend wohnt. Nadine spricht allerdings niemals von ihr. Ich habe einmal ein Bild in ihrer Praxis gesehen. Nadine ist Witwe, weißt du. Ich frage mich, ob sie wohl ganz allein ist ...«

»Sie bringen mich ohnehin nachher nach Nanaimo. Du kannst mich dort besuchen, nachdem du nach ihr gesehen hast.«

»Ich will hierbleiben, bis es losgeht; ich will sicher sein, dass es dir gutgeht.«

»Klar, genau das brauche ich jetzt – eine wegen Nadine total aufgelöste Sara. Geh einfach, wir sehen uns dann in ein paar Stunden im Krankenhaus in Nanaimo. Außerdem würde ich gerne noch ein Nickerchen halten, und das ist völlig unmöglich, solange du hier herumsitzt.«

»Ich könnte auch schlafen.«

Er sah mich an.

Ich seufzte. »Okay. Ich bringe Ally später mit, wenn die Polizei der Meinung ist, es sei sicher.«

»Ich vermisse meine Allymaus. Aber lass uns noch mal

ein paar Doktorspiele machen, ehe du gehst. Du darfst meine Temperatur messen ...« Er wackelte mit den Augenbrauen und lachte, als ich tat, als würde ich seine Infusionsnadel rausziehen.

Nachdem Evan und ich uns zum Abschied geküsst hatten, gleich ein paarmal, brach ich auf. Als ich am Stationszimmer vorbeikam, hielt eine der Schwestern mir einen Telefonhörer hin.

»Ein Anruf für Sie.«

Ich blieb stehen und starrte sie an. Wer würde mich im Krankenhaus anrufen?

Ich habe es nicht geschafft, Sie an diesem Tag zu besuchen, Nadine.

21. Sitzung

Seit John Sie angegriffen hat, bin ich durch die Hölle gegangen. Sie sollten diejenige sein, die Angst hat, und ich bin sicher, die haben Sie auch. Aber ich habe das Gefühl, den Verstand zu verlieren – das, was davon noch übrig ist. Ich wache auf und habe das Gefühl, in ein Laken aus Furcht gehüllt zu sein, und damit gehe ich auch wieder ins Bett. Jeder Muskel in meinem Körper tut mir weh. Ich massiere meine Waden, um die Anspannung zu lindern. Aber es funktioniert nicht. Ich nehme Tabletten zur Muskelentspannung und heiße Bäder. Dann taumele ich halb benommen und groggy wieder ins Bett. Ich rolle mich zu einer Kugel zusammen, baue mir einen Kokon aus Sicherheitswörtern, sage mir selbst, dass es vorbei ist. Trotzdem halte ich meine Beine fest umklammert, wenn ich aufwache.

Als die Krankenschwester mir das Telefon reichte, rechnete ich damit, dass es Dad war oder Lauren, die mich nicht über Handy erreichen konnten, aber als ich »Hallo« sagte, antwortete John wie aus der Pistole geschossen.

»Wir müssen uns heute treffen.«

Ich entfernte mich so weit vom Schreibtisch, wie die Schnur es zuließ. »Woher wusstest du, dass ich hier bin?«

»Wir *müssen* uns treffen.«

Ich schaute über die Schulter und fragte mich, ob die Schwestern etwas hörten, aber eine war verschwunden, und die andere schrieb am anderen Ende des Flures etwas auf eine Tafel.

»Ich kann nicht alles für dich sausen lassen. Ich muss darüber nachdenken …«

»Wir haben keine *Zeit*.«

»Du hattest Zeit genug, um meine Therapeutin zu überfallen.« Meine Stimme zitterte vor Wut. »Meinst du, du könntest mich dazu bringen, dich zu mögen, indem du Menschen verletzt, die mir wichtig sind?«

Totenstille am anderen Ende der Leitung.

Ich blickte den Flur hinunter. Der Beamte, der vor Evans Zimmer saß, blätterte in seiner Zeitschrift und bekam nicht mit, dass ich mit dem Mann sprach, vor dem er mich beschützen sollte.

John schwieg immer noch, also sagte ich: »Du *musst* damit aufhören.«

»Du musst mir helfen. Du bist die Einzige, die das kann, Sara.« Er klang verzweifelt. Nicht so verzweifelt, wie ich mich fühlte. Was sollte ich tun? War das nur ein Trick? Aber was, wenn es *kein* Trick war?

Es spielte keine Rolle. Ich wusste, was ich tun würde. Ich schloss die Augen.

»Ich werde mich mit dir treffen, okay? Und dann reden wir darüber. Aber ich kann eine ganze Weile nicht weg.«

»Ally muss auch mitkommen.«

Mein ganzer Körper krümmte sich zusammen, als hätte er mich geschlagen. Ich umklammerte den Hörer.

»Ich habe dir bereits gesagt, dass das nicht geht.«

»Sie *muss*. Du und Ally müsst mit mir kommen und mit mir zusammenleben.«

»Mit dir zusammen … wir können nicht bei dir *leben*. Das ist unmöglich.«

»Ihr *müsst*.« Seine Stimme wurde hektisch. »Wenn ihr kommt, werde ich nie wieder jemandem etwas antun. Ich höre für immer auf damit. Aber wenn nicht, dann … dann werde ich deine Klapsdoktorin umbringen. Und Evan auch. Es tut mir leid, dass es so weit kommen muss, aber das ist ein *Notfall*.«

»Bitte, John, tu nichts …«

»Ich tue nichts, wenn ihr kommt. Dann passiert ihnen nichts.«

Meine Gedanken überschlugen sich. *Denk nach, Sara, denk nach.*

»Wir können uns treffen, okay? Wir treffen uns, und dann reden wir darüber.«

»Nein, das reicht nicht. Du und Ally kommt beide, oder ich erledige sie alle.«

»Also *gut*. Gib mir etwas Zeit, um alles zu planen. Die Polizei beobachtet das Krankenhaus und unser Haus, weil sie nicht wissen, wer auf Evan geschossen hat. Es ist nicht sicher, wenn wir uns sofort treffen. Ich muss einen Weg finden, mich wegzuschleichen.«

»Wenn sie von diesem Anruf erfahren, bringe ich Evan um. Wenn du ihnen erzählst, dass du dich mit mir triffst, bringe ich Evan um. Wenn du sie mitbringst, bringe ich Evan um. Wenn …«

»Hör auf, mir zu *drohen*! Ich muss genau überlegen, wie ich die Sache anpacke. Ich brauche Zeit. Zum Nachdenken. Du kannst nicht einfach …«

»Es muss heute Nachmittag sein … in dem Park.«

Heute Nachmittag?

»Ally ist in der Schule. Wenn ich sie rausreiße, werden die Leute Fragen stellen – außerdem steht ständig ein Streifenwagen vor der Schule.«

Er schwieg einen Moment, dann sagte er: »Heute Abend im Park – um sechs Uhr. Sorg dafür, dass dir *niemand* folgt. Erzähl es irgendjemandem, und Evan ist tot.«

Er legte auf.

Mit zitternden Beinen ging ich zu Evans Zimmer zurück. Vor der Tür blieb ich stehen und spähte hinein. Er schlief. Ich beobachtete ihn einen Moment und kämpfte immer noch darum, alles zu begreifen, was gerade geschehen war. Es brachte nichts, ihn zu wecken und zu fragen, was ich tun sollte – ich kannte seine Antwort bereits. Also ging ich. Der Beamte, der ihn bewachen sollte, holte sich gerade einen Kaffee aus dem Automaten am anderen Ende des Flurs. Sollte ich ihm von dem Anruf erzählen? Aber was, wenn John uns von irgendwo im Krankenhaus aus beobachtete?

Ich musste nachdenken, musste mich konzentrieren. Sollte ich mich allein mit John treffen, oder sollte ich die Polizei informieren? Aber was, wenn ich mit ihnen redete, und John machte seine Drohung wahr?

Nein, ich musste es der Polizei sagen. Diese Sache war ein paar Nummern zu groß. Aber John hatte gesagt, wenn er es herausfände, würde er Evan umbringen. *Halt, Sara, denk in Ruhe nach.* Es gab keine Möglichkeit für John, herauszufinden, ob ich mit der Polizei geredet hatte, er versuchte nur, mir Angst einzujagen. Doch als ich versuchte, Billy anzurufen, erreichte ich ihn nicht. Wahrscheinlich war er bei Nadine im Krankenhaus. Aber ich musste *auf der Stelle* mit jemandem reden.

Sandy ging beim ersten Klingeln ran. Ich begann, ihr alles zu erzählen.

»Sie müssen langsamer reden, Sara. Ich bekomme gar nicht alles mit.«

»Es ist völlig unmöglich, dass ich Ally zu dem Treffen mitnehme, Sandy. Ich habe ihm gesagt, sie wäre in der Schule. Aber ich weiß nicht, was ich machen soll.«

»Gestern waren Sie noch fest entschlossen, sich nicht mit John zu treffen. Wie denken Sie jetzt darüber?« Ihre Stimme klang angespannt.

Einen Moment lang geriet ich in Panik. Dad und Evan würden *ausrasten*. Dann spürte ich, wie all die verschiedenen Teile von mir an den richtigen Stellen einrasteten. Es spielte keine Rolle, was irgendjemand anders dachte. Es gab nur einen Weg, der Sache ein Ende zu bereiten.

»Ich will es machen. Ich bin bereit. Aber ich kann Ally nicht mitnehmen. Wenn ich da auftauche, als Köder oder was auch immer, können Sie ihn verhaften, ehe er kapiert, dass ich Ally nicht dabeihabe?«

»Wenn er Sie aus der Ferne beobachtet und sieht, dass sie nicht da ist, könnte er seine Drohungen wahr machen.«

»Es muss doch einen Weg geben, ihn aufzustöbern, ohne dass Ally mit hineingezogen wird.«

Sie schwieg einen Moment. »Lassen Sie uns darüber reden, wenn Sie hier sind. Fahren Sie langsam nach Hause und tun Sie nichts Ungewöhnliches, für den Fall, dass John Ihnen folgt. Alarmieren Sie nicht die Beamten im Krankenhaus, darum kümmere ich mich. Nehmen Sie während der Fahrt nicht einmal Ihr Handy in die Hand – er könnte in Panik geraten, wenn er denkt, Sie würden uns anrufen. Stellen Sie sich vor, er wäre eine Bombe, Sara. Es braucht nicht viel, und er geht los.«

»Aber was ist, wenn er anruft?«

»Lassen Sie sich auf keine andere Unterhaltung mit ihm ein, solange wir keinen Plan haben.«

»Werden Sie die Bewachung für Evan und Nadine verstärken?«

»Sie werden bereits bewacht. Wenn wir noch mehr Beamte schicken und er bemerkt es, dann weiß er, dass Sie uns alarmiert haben.«

»Was ist mit Billy, soll ich ihn anrufen und ...«

»Ich informiere ihn.« Ihre Stimme klang fest. »Bleiben Sie einfach ruhig, und wir werden alles besprechen, sobald Sie hier sind.«

Die nächste Stunde verbrachte ich mit der längsten Fahrt meines Lebens. Es war bereits ein heißer Tag, aber mein Körper wurde vom Angstschweiß ganz glitschig, und meine Finger waren klamm, als ich das Lenkrad umklammert hielt. Auf dem Großteil der Strecke hatte ich keinen Handyempfang, so dass ich nicht sicher war, ob John versuchte, mich noch einmal zu erreichen. Immer wieder sah ich in den Rückspiegel. Verfolgte er mich, oder war er in Nanaimo? Was, wenn er Allys Schule beobachtete und begriff, dass sie nicht dort war?

In Gedanken malte ich mir immer noch die schlimmsten Horrorszenarien aus, als ich mich meinem Haus näherte. Ich schoss über eine gelbe Ampel, und der Streifenwagen, der mir folgte, stoppte bei Rot. Er schaltete sein Blaulicht an, aber ein riesiger Sattelschlepper fuhr über die Kreuzung. Als ich in meine Auffahrt einbog, stellte ich fest, dass der Streifenwagen, der normalerweise auf der Straße parkte, verschwunden war. Er musste von dem abgelöst worden sein, der mir folgte. Ich sprang aus dem SUV und sprintete zur Haustür.

Ich schob den Schlüssel ins Schloss und rief laut: »Ich bin's – Sara. Ich bin zu Hause.« Kein Ton von trampelnden Füßen. Kein bellender Elch.

Als ich den Schlüssel umdrehte, stellte ich fest, dass die Tür nicht abgeschlossen war. Ich zögerte – könnte es sein, dass John drinnen war? Adrenalin rauschte durch meinen Körper. Meine *Tochter* war da drin.

Ich stieß die Tür auf.

Im Haus war es still.

»Sandy? Ally? Hallo!«

Ich rannte die Treppe hinauf in Allys Zimmer. Sie war nicht da. Einer ihrer Schuhe lag mitten im Raum. Sie hatte sie heute Morgen angehabt.

Ich raste den Flur entlang in mein Zimmer. Leer. Waren sie hinten im Garten? Ich sprintete die Treppe hinunter und öffnete die Schiebetür. Als ich hinaustrat, sah ich Sandy gefesselt vor mir auf dem Boden liegen.

Im ersten Moment konnte mein Verstand das Bild nicht verarbeiten, doch dann traf es mich mit aller Macht. Ich ließ mich neben ihr auf die Knie fallen.

»*Sandy!*« Ich wollte sie schütteln und anschreien: *Wo ist Ally?* Aber ihr Gesicht war zur Seite gedreht, und aus ihrer Nase tröpfelte ein Rinnsal Blut. Das Haar an ihrem Hinterkopf war vom Blut verfilzt. Ich entdeckte den Umschlag, der neben ihrer Schulter lag, mein Name in Großbuchstaben daraufgekritzelt. Darin lagen ein Handy und ein zusammengefaltetes Stück Papier. Ich faltete die Nachricht auseinander. Die Schrift war krakelig, aber die Worte sprangen hervor: *Wenn du Ally jemals wiedersehen willst, erzähl niemandem etwas ...* Ehe ich den Rest entziffern konnte, fiel etwas aus dem Umschlag. Ich hob es auf. Es war eine Strähne von Allys Haar, eine weiche, dunkle Locke. Mit einem langen Stöhnen entwich die Luft aus meiner Kehle.

Aus dem Inneren des Hauses rief jemand: »Alles in Ordnung? Die Tür stand weit offen!«

Der Streifenpolizist.

Ich öffnete den Mund, um zu rufen, dass Ally verschwunden war. *Halt, denk nach.* Was, wenn John sie umbrachte? Wenn ich der Polizei erzählte, dass sie verschwunden war, würden sie mich nie aus dem Haus lassen.

Ich hörte mich brüllen: »Sandy ist verletzt.«

Er eilte mit schweren Schritten zu mir heraus. »*Ein Officer verletzt, ein Officer verletzt!*« Mit einem Walkie-Talkie an den Lippen kam er durch die Schiebetür. Ich schob das Handy und die Nachricht in meine Tasche und stand mit zitternden Knien auf.

»Sie atmet, aber sie blutet am Kopf, und ...«

Er schob mich aus dem Weg und kontrollierte Sandys Puls. Ich starrte auf seinen Rücken. Sollte ich ihm von der Nachricht erzählen?

Wenn du Ally jemals wiedersehen willst ...

Auf wackeligen Beinen zog ich mich zurück. Im Wohnzimmer blieb ich stehen und las den Rest der Nachricht. Die Worte tanzten vor meinen Augen.

Fahr in Richtung Norden. Komm allein. Ich werde anrufen und dir den Weg sagen. Wenn dir jemand folgt, ist sie tot.

In der Ferne heulten Sirenen auf. Sollte ich warten? Eine Stimme in meinem Kopf schrie: *Fahr los, hol Ally, du hast keine Zeit!* Ich sprintete zur Tür, riss meinen Schlüssel aus dem Schloss, sprang in den Cherokee und startete den Motor. Ich setzte in der Auffahrt zurück, verpasste knapp den parkenden Streifenwagen. Am Ende der Auffahrt schaltete ich in den Vorwärtsgang und drückte das Gaspedal durch.

Während ich die Straße entlangraste, überschlugen sich meine Gedanken, um einen Plan zu schmieden, aber alles, woran ich denken konnte, war Ally. Ich musste sie holen – schnell. Im Moment galt die Aufmerksamkeit der Cops vor allem Sandy, aber jede Minute konnte ihnen auffallen, dass wir verschwunden waren. Ich musste den Cherokee loswerden. Könnte ich es zu Lauren schaffen? Nein, zu weit. Ein Nachbar! Gerry, der alte Mann ein paar Häuser weiter, hatte einen Truck, den er nie benutzte, und eine lange Auffahrt. Ich bog ab, parkte in einer kleinen Lichtung, die durch ein paar Bäume vom Haus abgeschirmt war, und rannte zu seiner Tür.

Er reagierte nicht auf mein hektisches Klopfen. Ich hämmerte erneut gegen die Tür. Ich wollte gerade wieder gehen, als die Tür aufging. Gerrys weiße Haare standen ihm zu Berge, und er trug einen Bademantel.

»Sara, du hast ja überall Blut!«

»Gerry – ich brauche deinen Truck. Ich war spazieren, und Elch wurde von einem Auto angefahren. Ich habe keine Zeit, zu mir nach Hause zu laufen.«

»Wie furchtbar. Natürlich.« Er schlurfte in die Küche, mit mir dicht auf den Fersen, und wühlte in einem Korb auf dem Tresen, während ich das Bedürfnis unterdrückte, ihn aus dem Weg zu stoßen. Als er die Schlüssel hochhielt, riss ich sie ihm praktisch aus der Hand, rief ihm ein »Danke!« über die Schulter zu, während ich schon aus der Tür raus und auf seinen alten roten Chevy zurannte.

John hatte nicht geschrieben, welchen Highway ich von Nanaimo aus nehmen sollte, also fuhr ich auf die Schnellstraße, die um die City herumführt, und fuhr Richtung Norden. Weil der Highway landeinwärts entlangführt, gibt es zu beiden Seiten der Straße nur Wald, und die Ausfahrten liegen weit auseinander. Der Handyempfang wurde schlechter, und ich hatte Angst, ich könnte Johns Anruf verpassen.

Das Telefon, das ich neben Sandy gefunden hatte, lag auf meinem Schoß, und ich berührte es mehrmals.

Komm schon, du Arschloch. Sag mir, wo meine Tochter ist.

Mein Kopf war angefüllt mit entsetzlichen Bildern, wo Ally stecken und was John ihr antun könnte. Sollte ich die Polizei anrufen? Verloren sie durch mich kostbare Zeit? In einer Minute schien es genau das Richtige zu sein, in der nächsten geriet ich in Panik, dass John es herausfinden und Ally umbringen könnte.

Dreißig Minuten lang fuhr ich auf dem Highway, mein Körper vibrierte immer noch vor Adrenalin, und meine Gedanken überschlugen sich. Ich blickte auf die Straße, sah jedoch nichts. Ich überfuhr eine rote Ampel. Reifen quietschten, als andere Autos ausscherten, um mir auszuweichen. Ein weiterer Angstschauder schoss durch meinen Körper. Erst als ein Tropfen auf meinem Arm landete, merkte ich, dass ich weinte. Billys Stimme durchbrach den Tumult in meinem Kopf: *Wann immer Sie in Panik geraten, atmen Sie einfach, sammeln Sie sich und konzentrieren Sie sich auf Ihre Strategie.*

Ich atmete angestrengt und tief durch die Nase ein und zwang die Luft durch den Mund wieder hinaus. Ich wiederholte diese Übung, bis ich endlich in der Lage war, einen Gedanken festzuhalten. Was war der nächste Schritt? John würde anrufen. Und dann? Er würde mir sagen, wo ich ihn treffen sollte. Was sollte ich dann machen? Alles, was ich tun musste, war mitzuspielen, ihm zu erzählen, was immer er hören wollte, und auf eine Chance zu warten, um …

Das Handy klingelte.

Ich tastete nach dem Telefon und brüllte: »Wo ist sie?«

»Fährst du gerade?«

»Geht es Ally gut?«

»Folgt dir jemand?«

»Wenn du ihr etwas antust, werde ich …«

»Ich tue ihr nichts.«

»Du hast die Polizistin verletzt…«

»Sie wollte auf *mich* schießen. Und du hast schon wieder gelogen – Ally war gar nicht in der Schule.«

»Weil ich Angst hatte, du würdest irgendetwas Verrücktes anstellen, und ich hatte *recht*. Du kannst nicht einfach mein Kind nehmen und damit drohen, sie …« Meine Stimme brach.

»Es war die einzige Möglichkeit, dass du kommst. Ich weiß, dass du mit der Polizei gesprochen hast. Ich werde dir später alles erklären.«

»Bitte tu Ally nicht weh. Ich mache, was du willst, aber bitte tu ihr nichts. Ich *flehe* dich an.«

»Ich tue ihr nichts – sie ist meine Enkeltochter. Ich bin kein Monster. Aber wenn du es den Bullen erzählst oder sie zu mir führst, siehst du uns nie wieder.«

Er *war* ein Monster. Eines der schlimmsten, das die Welt je gesehen hatte.

»Ich werde nicht …«

»Halt den Mund und hör zu.«

Ich biss mir auf die Zunge. Er hatte Ally.

»Fahr an der Horne Lake Road links raus und halt an der alten Fahrbahnbegrenzung auf der ersten Lichtung an. Im Entwässerungskanal liegt ein Karton mit einer Augenbinde. Leg sie an und lege dich auf die Vorderbank von deinem Jeep.«

Er wusste, dass ich einen Jeep Cherokee fuhr. Er *musste* mir gefolgt sein.

»Ich habe den Truck eines Nachbarn genommen.«

»Du bist genauso schlau wie dein alter Herr.« Er lachte, dann sagte er: »Bis gleich.« Ich wollte gerade auflegen, als er sagte: »Klopf, klopf.«

Ich biss die Zähne zusammen.

»Wer ist da?«

»*Sara* – warum lachst du nicht?«

Meine Stimme war kratzig, als ich sagte: »Ich habe zu große Angst um Ally.«

»Sie ist in Sicherheit – ich habe sie gefesselt, damit sie nicht weglaufen kann.«

»Was soll das heißen, sie …«

»Es wird alles gut. Ihr zwei werdet viel Spaß mit mir haben, du wirst sehen.« Er legte auf.

Ich schrie die Windschutzscheibe an.

Das Handy lag heiß in meinen Händen. Mein Atem ging schnell; kurze, hastige Keucher. Das war übel, richtig übel. Ich musste die Polizei rufen. Sie waren Profis; sie würden wissen, was zu tun war. Aber was, wenn John den Polizeifunk abhörte? Er würde mit Ally verschwinden, und ich würde sie niemals zurückbekommen. Ich dachte an die Locke von ihrem Haar in meiner Tasche, unregelmäßig abgeschnitten, als hätte er ein Messer benutzt, und eine erneute Woge des Entsetzens rollte durch meinen Körper. Ich legte das Telefon weg.

Zwanzig Minuten später entdeckte ich endlich den Abzweig nach Horne Lake, und sobald ich auf der kiesbedeckten Lichtung anhielt, sah ich auch schon den Entwässerungskanal. Und ja, darin lag ein Karton. Als ich zum Truck zurückkam, überprüfte ich das Handy, aber ich hatte keinen Empfang. Ich war ganz auf mich gestellt.

Mein Herz spielte verrückt, und mein Mund war trocken, als ich die Augenbinde um den Kopf band und mich auf den Vordersitz legte. Die Sonne brannte auf die Windschutzscheibe, und ich hatte seit Stunden nichts getrunken. Schweiß lief mir seitlich übers Gesicht. Etwa zehn Minuten später hörte ich ein Fahrzeug auf der Straße näher kommen. Ich verkrampfte mich am ganzen Körper. Als der Wagen von der Straße auf den Seitenstreifen fuhr und neben meinem Truck anhielt, begann ich zu zittern.

Eine Tür wurde geöffnet und zugeschlagen, dann hörte ich schwere Schritte. Die Tür meines Trucks öffnete sich knarzend, und eine Hand tätschelte mein Schienbein. Ich zuckte zurück und stieß meinen Kopf am Türrahmen.

»Das hat bestimmt weh getan.« John klang besorgt. »Alles in Ordnung?«

»Kann ich die Augenbinde abnehmen?«

»Noch nicht. Rutsch bis zum Ende der Bank, dann helfe ich dir raus.«

Eine riesige Hand legte sich um mein Bein, und ich musste mich zusammenreißen, nicht nach ihm zu treten. Als ich herausrobbte, stießen meine Knie irgendwo gegen, und ich wappnete mich gegen einen Schlag, aber nichts geschah. Dann stand ich und spürte seine Gegenwart vor mir. Ich fragte mich, wo Ally war, und hob das Kinn, um unter der zusammengefalteten Stoffbinde hindurchzuspähen, die ich nur lose über meine Augen gebunden hatte, aber ich konnte nichts erkennen. Mit der Hand fasste er sachte meinen Ellenbogen, führte mich ein paar Schritte fort und blieb dann stehen. Er ließ meinen Arm los, und ich fuhr zusammen, als er die Tür von Gerrys Truck hinter mir zuknallte.

»Wo ist Ally?«

»Im Camp.«

»Du hast sie *allein* gelassen? Sie ist sechs! Du kannst doch nicht ...«

»Sie glaubt mir nicht, dass ich ihr Großvater bin – du musst es ihr sagen. Sonst hört sie nicht auf zu schreien.« Er klang frustriert. Mir brach das Herz, als ich daran dachte, wie sehr sie sich fürchten musste.

»Es wird ihr wieder gutgehen, sobald sie mich sieht.« Ich betete, dass das stimmte.

Er führte mich ein paar Schritte weiter, dann wurde eine Tür geöffnet.

»Pass auf, wo du hintrittst«, sagte er, als er eines meiner Beine anhob und es in das Fahrzeug setzte. Ich zuckte zusammen, als ich die warmen, rauen Hände an meiner Wade spürte, aber er trödelte nicht herum. Die Tür neben mir wurde zugeknallt. Vor Panik wurde meine Kehle eng. Was, wenn das nur ein Trick war, um mich allein zu erwischen? Was, wenn Ally immer noch im Haus war, vielleicht gefesselt in der Garage, zusammen mit Elch? Mein Verstand weigerte sich, die andere, weit schlimmere Möglichkeit in Betracht zu ziehen. Stattdessen konzentrierte ich mich darauf, was in den Büchern stand, wie man einen Serienmörder überwältigt – dass man sie nämlich *gar* nicht überwältigen kann. Verhandeln, Betteln oder Widerstand enden im Allgemeinen böse. Flucht ist die beste Möglichkeit. Ich musste dafür sorgen, dass er ruhig blieb, bis ich Ally gefunden hatte, und dann eine Chance zur Flucht finden.

Er startete den Truck, der klapperte, als er den Gang einlegte. Kein Automatikgetriebe. Ich hatte keine Ahnung, ob diese Information nützlich war, aber ich fühlte mich besser, weil ich *irgendetwas* wusste.

»Na also, jetzt sind wir endlich zusammen.«

»Ich verstehe nicht, warum du so früh zu mir nach Hause

gekommen bist. Ich dachte, wir wollten uns später im Park treffen und ...«

»Du hättest dich nicht mit mir getroffen, Sara.«

Ich schwieg, versuchte, mir eine Erwiderung einfallen zu lassen, die nicht wie eine Lüge klang.

Schließlich sagte ich: »Du hast mir keine Gelegenheit zum Nachdenken gegeben ...«

»Ich habe dir gesagt, dass wir keine Zeit haben. Ich bin nicht *verrückt* ... ich weiß, was ich tue.« Er seufzte. »Ich werde es dir später erklären.« Dann sagte er: »Ich habe ein paar von meinen Waffen mitgebracht, um sie dir zu zeigen – meine Browning .338 und meine Ruger .10/22. Ich hätte dir zu gerne meine Remington .223 gezeigt – die ist richtig klasse, aber letzte Woche ist mir der Schlagbolzen abgebrochen, und sie ist noch in der Werkstatt.« Er schwieg. Obwohl ich sein Gesicht nicht sehen konnte, spürte ich, dass er auf eine Antwort wartete.

»Klingt toll.« Noch besser wäre es, wenn ich ihn überreden könnte, mir eine in die Hand zu drücken. Vor meinem geistigen Augen sah ich, wie ich ihn erschoss und mit Ally floh. Er wechselte das Thema, erklärte, wie viel üppiger der Küstenwald hier auf der Insel war, verglichen mit dem trockneren, struppigen Gelände im Landesinneren. Ich war nicht sicher, ob er sich einfach nur freute, ein Publikum zu haben, oder ob er nervös war, aber er holte zwischendurch kaum Luft.

Als es sich anfühlte, als würden wir eine Zeitlang über Schlaglöcher rumpeln, sagte ich: »Entschuldige, dass ich dich unterbreche, aber geht es Ally gut, da, wo du sie zurückgelassen hast? Es ist heiß, hat sie Wasser und ...«

»Ich weiß, wie man sich um ein Kind kümmert.« Er war wieder ungehalten. »Sie hat nur Angst, weil sie mich nicht kennt. Aber wenn sie dich sieht, wird sie sich beruhigen.«

Ich war froh, dass er uns anscheinend zufrieden sehen wollte. Aber was würde geschehen, wenn es mir nicht gelang, Ally zu beruhigen? Sie musste völlig verängstigt sein.

»John, in meinem Haus war eine Polizistin. Hat Ally gesehen, wie du sie verletzt hast?«

»Nein.« Ich dankte Gott für diese kleine Gabe. »Ich wollte die Frau nicht so oft schlagen, aber sie wollte einfach nicht fallen.«

Ich begann am ganzen Körper zu zittern.

Der Truck wurde langsamer, um ein paar Kurven zu nehmen, dann rumpelten und schaukelten wir über unebenen Boden, als befänden wir uns auf einem alten Forstweg. Nach ein paar Minuten hielten wir an. John stieg aus und knallte seine Tür zu.

Kurz darauf öffnete sich meine Tür. »Du kannst jetzt aussteigen.«

Sobald ich aus dem Truck geklettert war, nahm er mir die Augenbinde ab, und ich stand vor meinem Vater. In meinen Albträumen war sein Gesicht stets wütend und verzerrt, so dass ich schockiert war, als ich feststellte, dass er auf eine schroffe, raue Art gut aussah. Ich konnte nicht aufhören, ihn anzustarren. Es war alles da – meine grünen Augen, mein Knochenbau, selbst meine linke Augenbraue, die etwas höher geschwungen war als die rechte. Sein Haar war kurz geschnitten, hatte aber ziemlich genau meinen kastanienbraunen Farbton. Er war größer und breiter als ich, aber wir waren beide langgliedrig. Er trug eine Arbeitsjacke aus Jeansstoff, ein kariertes Hemd, ausgebeulte, verwaschene Jeans und Wanderstiefel und sah aus wie ein Holzfäller. Oder ein Jäger.

Als er seine Jeans hochzog, löste er seinen Blick von meinem und lächelte verlegen.

»Tja … da bin ich.«

Ich sagte: »Du siehst aus wie ich.«

»Nein, du siehst aus wie ich.«

Er lachte, und ich zwang mich, mitzulachen, aber mit meinem Blick suchte ich das Camp ab. *Wo ist Ally?* Wir befanden uns auf einer kleinen von Tannen umgebenen Lichtung. Rechts von mir stand ein Wohnwagen, nur wenige Schritte von seinem Truck entfernt – einem roten Tacoma. Neben einer Feuerstelle standen ein Kunststoff-Klapptisch sowie zwei Segeltuchstühle und ein kleinerer rosa Plastikstuhl mit einem Barbiekopf an der Lehne. John folgte meinem Blick.

»Meinst du, der gefällt ihr?«

Ich sah wieder zu ihm. Sein Blick wirkte unsicher.

»Sie wird ihn lieben.«

Er sah erleichtert aus.

»Wo ist sie?«

Er schlug sich an den Kopf, als könnte er es nicht glauben, dass er das vergessen hatte, dann winkte er mir zu, ihm zum Wohnwagen zu folgen. Er nahm seinen Schlüssel und schloss auf.

Sobald die Tür aufschwang, rief ich: »Mommy ist hier, Ally.« Ich spähte um seinen breiten Rücken herum, konnte in dem dämmrigen Wohnwagen jedoch nichts erkennen. Ich hörte ein leises Geräusch.

»Spatz, du kannst jetzt rauskommen.«

Ein Geräusch, als würde etwas kriechen, dann eine Bewegung unter dem Tisch. Ich konnte gerade eben Allys Kopf erkennen, als sie darunter hervorkroch, doch sobald sie John sah, verschwand sie blitzschnell wieder unter dem Tisch.

Er sah verletzt aus. »Sag ihr, dass sie keine Angst zu haben braucht – ich werde ihr nichts tun.«

Wenn ich das nur glauben könnte.

Ich stieg in den Wohnwagen. »Ally?«

Als ich unter den Tisch spähte, blickten ihre großen grünen Augen zu mir hoch. Über ihren Mund hatte sie ein Halstuch, auch die Handgelenke waren gefesselt. Mit erstickten Schluchzern warf sie sich in meine Arme.

»Mein Gott! Du hast sie *geknebelt*!« Ich kämpfte mit dem Knoten an ihrem Hinterkopf.

»Ich habe mich vergewissert, dass sie atmen kann – ich habe dir doch gesagt, dass sie nicht aufgehört hat zu schreien.«

Endlich hatte ich das Halstuch abbekommen, aber Ally hyperventilierte beinahe. Ich zwang mich, mit ruhiger Stimme zu sprechen. »Ally, atme ganz tief ein. Es ist alles gut, ich mache jetzt deine Hände los, alles wird gut. Tu einfach, was Mommy sagt, okay?«

Sie keuchte immer noch, während ich den Knoten an ihren Handgelenken auffummelte. Ich musste sie beruhigen. Dann fiel mir ein Spiel ein, das wir gespielt hatten, als sie noch kleiner und ihre Aufmerksamkeitsspanne noch kürzer gewesen war.

»Weißt du noch, wie Wo-ist-die-Fee geht, Spatz?« Allys Körper entspannte sich.

John sagte: »Was ist das? Was erzählst du ihr da?«

»Es ist ein Kinderspiel, das bedeutet, dass wir jemandem vertrauen können, weil er ein Freund ist.« In Wirklichkeit bedeutete es, sehr gut aufzupassen, was Mommy sagte, weil die Feen zuhörten. Wenn sie ein braves Mädchen war, würden sie überall im Haus kleine Geschenke für sie hinterlassen – Glasblumen, winzige Kugeln, kleine Kristallschuhe. Sie war rasch dahintergekommen, dass ich es war, die die Kinkerlitzchen versteckte, aber ich hoffte, dass sie begriff, was ich ihr jetzt zu sagen versuchte – dass sie *unbedingt* auf mich hören musste.

Sie hob den Kopf und sah mich mit tränenüberströmten Augen an. »Der Mann hat mir Haare abgeschnitten und meine Hände gefesselt und mich hierhergebracht und ...«

John sagte: »Ich wollte nicht, dass du dir selbst weh tust.« Ich schaute hinaus. Er ging vor dem Wohnwagen auf und ab. »Erzähl es ihr! Erzähl ihr, wer ich bin!«

Ich holte tief Luft. »Weißt du noch, dass Mommy dir einmal erzählt hat, sie sei adoptiert? Tja, das ist dein Großvater.«

Er starrte sie an, und ihre Stimme zitterte, als sie sagte: »Ist er *nicht*!«

»Doch, das ist er, Ally, er ist mein richtiger Vater. Mommy hat zwei Dads, genau wie du. Aber ich wusste nichts von ihm, bis vor kurzem. Er wollte dich kennenlernen, aber er hat es einfach falsch angepackt, und es tut ihm leid, dass er dir Angst gemacht hat.«

John sagte: »Das stimmt, Ally. Es tut mir leid.«

Ally schniefte. »Er hat mir an den Händen weh getan.« Sie vergrub ihr Gesicht in meiner Halsbeuge. Ich spürte, wie sie am ganzen Körper zitterte. Ich wollte John umbringen.

»Er hat es nicht so gemeint, Schatz. Nicht wahr, John?«

»Nein, nein, natürlich nicht! Ich habe versucht, sie nicht zu fest zusammenzubinden, aber sie hat so herumgezappelt.«

»Siehst du? Es tut ihm wirklich leid. Draußen hat er einen besonderen Stuhl für dich. Wollen wir uns den mal anschauen?«

John sagte: »Es ist ein Barbie-Stuhl, aber ich wusste nicht, welche dir gefällt – ich habe einen mit der blonden gekauft. Ich wusste nicht, dass du dunkle Haare hast.«

Er klang besorgt, also sagte ich: »Die blonde ist Allys Lieblingsbarbie.« Allys Kopf schoss hoch, und sie öffnete den

Mund. Ich lächelte hastig und blinzelte ihr zu. *Bitte, bitte, bitte.*

Ally zögerte nur einen Moment. »Sie ist die hübscheste.«
Ich schenkte ihr ein breites Lächeln. »Ja, das ist sie.«

Ich schaute zur Tür, um zu sehen, ob John uns das abkaufte.

Er griff sich ans Herz. »Puh. Ich habe Stunden damit verbracht, um ja die Richtige zu kaufen.« Er winkte mit der Hand. »Kommt heraus, dann können wir uns ans Feuer setzen und uns unterhalten.«

Ich stand auf und ergriff Allys Hand. Ich sah mich im Wohnwagen nach möglichen Waffen um, aber es standen nur ein paar Plastikbecher auf dem Tisch. Ally ließ sich von mir zur Tür führen. Ich sprang heraus und drehte mich um, um sie herauszuheben, doch als ich versuchte, sie abzusetzen, klammerte sie sich an meinen Hals. Ich trug sie zum Feuer, wo John viel Aufhebens um die Stühle machte. Er schob einen näher heran, stellte ihn wieder zurück, hob ihn wieder dichter ran. Ich blieb stehen und wartete. Ally hielt das Gesicht an meinem Hals versteckt.

Schließlich sagte ich: »So ist es fein.«

Er trat zurück. »Also gut. Aber sag Bescheid, wenn es dir zu heiß wird – wir können sie hinstellen, wo immer du willst.«

Als ich mich setzte, klammerte Ally sich immer noch fest an mich. John warf ein paar Holzklötze ins Feuer. Dann setzte er sich auf seinen Stuhl, doch sein ganzer Körper stand unter Spannung. Er kratzte sich am Kopf und lächelte mir wieder verlegen zu, als sein Blick über mich hinwegglitt.

»Möchtet ihr etwas zu Mittag essen? Kinder haben doch ständig Hunger.« Er stand auf. »Ich habe ein paar Elchwürstchen in der Kühlbox.«

Allys Stimme klang panisch. »Ich will Elch nicht essen.«

»Er meint nicht unseren Elch, Ally.«

John lachte. »Ich habe in diesem Frühjahr einen gewaltigen Jährling geschossen und den Großteil davon zu Würstchen und Hamburgern verarbeitet.« Er ging zum Wohnwagen. »Das Fleisch zergeht einem auf der Zunge ... schmeckt überhaupt nicht streng nach Wild.«

Als Ally das Gesicht verzog, schüttelte ich den Kopf und legte einen Finger auf die Lippen. »Klingt lecker«, sagte ich zu Johns Rücken.

John holte eine blaue Kühlbox unter dem Wohnwagen hervor. Während er beschäftigt war, sah ich mich um, aber da war nichts, was ich mir schnappen konnte. Ich beäugte ein paar Holzklötze und überlegte, ob ich ihn mit einem davon niederschlagen könnte, aber sie waren riesig, und ich würde es nicht schaffen, sie schnell genug hochzuheben, was bedeutete, dass ich ihn nicht überraschen könnte. Vielleicht später, wenn er schlief? Die Vorstellung, die Nacht über bei ihm zu bleiben, löste eine neue Woge des Entsetzens aus.

John legte ein Paket Würstchen auf den Tisch, dazu eine Packung Eier, dann ging er wieder in den Wohnwagen. Mein Blut wurde von Adrenalin geflutet, als er darin herumhantierte, und meine Muskeln verspannten sich – jede Faser meines Körpers schrie: *Lauf!* Aber ich bremste mich. Auch wenn ich seine Waffen noch nicht gesehen hatte, wusste ich doch, dass er sie hatte. Und um eine Sechsjährige zu tragen, brauchte ich einen riesigen Vorsprung – Ally selbst konnte nicht besonders schnell rennen. Auf den richtigen Augenblick zur Flucht zu warten oder zu versuchen, uns hier herauszureden, versprach immer noch den größten Erfolg.

John tauchte mit einer Handvoll Gewürzen aus dem

Wohnwagen auf, stellte sie auf dem Tisch ab, ging noch einmal zurück und kam mit Plastikgläsern und Tellern wieder.

»Willst du deinen Stuhl nicht ausprobieren, Ally?« Er deckte den Tisch.

Sie drehte sich um und funkelte ihn an. »Nein.«

Stirnrunzelnd stellte er den letzten Teller ab, dann stützte er seine großen Hände auf den Tisch. Angst sirrte in meiner Brust, und ich schloss Ally fester in die Arme.

John sagte: »Du hast doch gesagt, er würde dir gefallen.«

Ally öffnete den Mund, und ich sagte rasch: »Er gefällt ihr auch – sie hat nur Angst, ihn kaputtzumachen. Aber du wärst ihr nicht böse, wenn er doch kaputtgeht, stimmt's?«

John lachte. »Weil sie einen Stuhl kaputtgemacht hat? Natürlich nicht!«

Ally starrte mich an. Ich lächelte und sagte: »Siehst du, es ist alles in Ordnung. Du kannst dich draufsetzen.« Mit gesenktem Kinn, so dass ihr Kopf meine Lippenbewegung vor John verbarg, flüsterte ich: »Los, geh!«

Vorsichtig kletterte sie von meinem Schoß, ohne John aus den Augen zu lassen, zog den Stuhl dicht an meinen und umklammerte wieder meine Hand. Ich versuchte, ihr aufmunternd zuzulächeln, aber sie beobachtete John. Ich sah, wie ihr Tränen über die Wangen liefen, und fühlte mich elend. Sie musste völlig durcheinander sein. Da war ein Mann, der ihr weh getan hatte, und ich sagte ihr, sie solle tun, was er sagte.

John hatte alles auf dem Tisch aufgebaut – Salz, Pfeffer, Butter, Sirup, Brot. Er schob die Teller ein paarmal hin und her, stellte alles ordentlich auf, dann sah er mich an.

»Ich habe die Teller gestern gekauft, aber ich wusste nicht, welche Farbe …«

»Das Grün ist hübsch. Danke.«

»Ja?« Sein Gesicht hellte sich auf.

Ich nickte und betete, dass er dumm genug sein würde, mir ein Messer zu geben, aber er hatte überhaupt kein Besteck auf den Tisch gelegt. Stattdessen legte er einen Metallrost mitten über das Feuer, holte eine gusseiserne Bratpfanne aus dem Wohnwagen und stellte sie auf den Rost. »Ich kann es kaum abwarten, euch die Ranch zu zeigen, die ich gekauft habe, um mit euch dort zu leben«, sagte er, während er die Würstchenkette in der Pfanne zurechtlegte.

Ally sagte: »Ich will nicht auf einer Ranch leben.«

Ich warf ihr einen warnenden Blick zu. Mit einem Kunststoff-Pfannenwender drehte John die Würstchen um, dann stellte er eine kleinere Bratpfanne daneben und schlug ein paar Eier hinein.

»Ich hoffe, Rührei ist okay?« Wieder dieses verlegene Lächeln. Er sah Ally an. »Auf der Ranch habe ich Hühner, so dass wir jeden Tag frische Eier haben. Ich zeige dir, wie man sie einsammelt. Zu der Ranch gehören auch zwei Kühe, so dass wir Milch haben, und ich bringe dir bei, wie man Käse macht.«

Ally sagte: »Und was ist mit Pferden?« Ich hielt den Atem an.

»Wir können auch ein paar Pferde halten. Klar.« Er nickte. »Du kannst sogar ein eigenes bekommen. Vielleicht ein Pony.«

Ich atmete wieder aus und sagte: »Das ist wirklich nett von dir. Nicht wahr, Ally?«

Ally sagte: »Kann ich den Namen für das Pferd aussuchen?«

Komm schon, Ally, verärgere ihn nicht.

John sagte: »Klar, was immer du willst.« Die Würstchen brutzelten jetzt, und er wendete sie erneut.

Ally sagte: »Darf ich meinen Hund mitbringen?«

John schüttelte den Kopf. »Wir können nicht zurückfahren, um ihn zu holen.«

Mein Körper versteifte sich. Das war's. Allys Gesicht wurde rot.

»Ich will nicht auf deine *blöde* Ranch.«

Mein Puls raste. John zeigte mit dem Pfannenwender auf Ally.

»Jetzt hör mal gut zu, junge Dame …«

Ally stand auf. »*Ich will da nicht hin.*«

John lief rot an, als er sich auf seinem Stuhl vorbeugte. Er hob die Hand.

Ich stand auf und trat, so kräftig ich konnte, von unten gegen den Metallrost. Er flog hoch in die Luft, die große Bratpfanne segelte auf John zu und traf ihn mit einem dumpfen Geräusch direkt an der Stirn. Heißes Fett spritzte über sein Gesicht. Er schrie auf, schlug die Hände vors Gesicht und wälzte sich auf dem Boden. Ich hob Ally hoch und rannte los, so schnell ich konnte.

22. Sitzung

Ich bin noch nicht bereit, über das zu sprechen, was geschehen ist, aber ich muss. Ich muss einen Weg finden, damit fertig zu werden, oder die Erinnerungen daran werden mich bei lebendigem Leib auffressen. Jedes Mal, wenn ich die Augen schließe, stürzen sie alle über mich herein und überschwemmen mich mit entsetzlichen Bildern. Mitten in der Nacht wache ich auf, mein Herz rast, ich bin am ganzen Körper schweißgebadet, meine Gedanken überschlagen sich. Vor allem ein Satz ist es, der sich unablässig wiederholt: *Wenn du aufhörst zu rennen, stirbst du.*

Das Entsetzen trieb mich voran in den Wald und auf das Geräusch eines Flusses zu. Eine Sekunde später begriff ich, dass ich in Richtung Straße hätte laufen sollen, aber dazu war es jetzt zu spät. Während ich durch den Wald rannte, rissen Bäume und Äste meine Arme auf. Hinter mir auf der Lichtung brüllte John meinen Namen. Ally schrie.

»Ally, hör auf – du musst leise sein.«

Ich rannte, so schnell mich meine Beine trugen, sprang über Baumstämme. Meine Arme schmerzten von Allys Gewicht. John brüllte erneut meinen Namen. Ich rannte noch schneller.

Weg, weg, weg!

Ich hastete am Ufer oberhalb des Flusses entlang, hoffte, dass das Tosen des Wassers jedes Geräusch überdecken würde. Mein Fuß verfing sich in einer vorstehenden Wurzel, und ich rutschte das ganze Stück bis zum Rand des Flusses hinunter. Das Handy flog aus meiner Tasche und ins Wasser, und ich schaffte es gerade noch, nicht auf Ally zu fallen. Sie schrie, und ich legte meine Hand auf ihren Mund. »Psst!« Ihr Gesicht war bleich und von Panik verzerrt. Ich kniete mich hin.

»Kletter auf meinen Rücken und schling deine Beine um meine Hüften.«

Sobald sie oben war und sich sicher an meinem Hals festhielt, lief ich weiter. Ich folgte dem Fluss, bahnte mir meinen Weg durch das dichte Laub, kroch über tiefhängende Bäume, balancierte schlitternd über moosbewachsene Felsen und duckte mich unter Zweige, als ich John im Wald brüllen hörte.

»Sara! Komm zurück!«

Entsetzen versorgte meinen Körper laufend mit frischem Adrenalin, und rutschend und schlingernd hastete ich, so schnell ich konnte, über die Steine. Als Ally ihr Gewicht verlagerte, verlor ich das Gleichgewicht und stürzte hart auf mein linkes Knie. Instinktiv streckte ich den Arm aus, damit sie nicht herunterfiel, und kratzte mir die Handfläche an einem Felsen blutig.

Steh auf! Lauf!

Das Geräusch von rauschendem Wasser wurde lauter, als wir uns der höchsten Stelle einiger Wasserfälle näherten. Vor mir endete das Ufer an einer Wand aus dichten Büschen und Holzstämmen, die vom winterlichen Schmelzwasser angespült worden waren. Ich saß in der Falle. Ich schaute an der Böschung links von mir hoch und entdeckte eine schmale Öffnung unter den tiefen Ästen einer Tanne. Ich kletterte hinauf, Allys Gewicht zog mich bei jedem Schritt nach unten. Endlich konnte ich unter der Tanne hindurchkriechen und folgte einem Pfad, bis er nach wenigen Metern eine scharfe Krümmung machte und oberhalb der Wasserfälle entlangführte. Es sah aus, als hätten Tiere auf der anderen Seite der Fälle einen Pfad nach unten gebahnt, aber der war steil und uneben.

Als ich hinunterschaute, überkam mich ein Anfall von Höhenangst. Ich packte einen Ast und schloss die Augen. Ich würde es nicht dort hinunterschaffen, solange ich Ally trug. Was sollte ich tun? Es gab keine Möglichkeit, vor John davonzulaufen. Ich sah Julia vor mir, die er stundenlang durch den Wald gejagt hatte …

Wir könnten uns verstecken. Aber was dann? Irgendwann würde ich doch mit Ally herauskommen müssen, und dann wäre er immer noch im Wald – und würde warten. Das würde niemals enden. Ein aufgeschrecktes Moorhuhn brach vor uns aus dem Gebüsch, zog einen Flügel nach und tat, als sei es verletzt, damit wir seine Jungen nicht bemerkten. Das war es, was ich brauchte – einen Köder, etwas, das ihn ablenken würde. Ich blickte in den Wald, sah hinunter in den Fluss. Der Fluss …

John hatte mir erzählt, dass er nicht schwimmen konnte.

Ich wandte mich nach links und lief in den Wald. Zum Glück musste ich nur wenige Meter weit gehen, ehe ich eine kleine Höhle entdeckte, die in die Felswand geschnitten war. Ich setzte Ally davor ab und ging vor ihr in die Hocke.

»Ally, du musst mir jetzt ganz genau zuhören. Ich möchte, dass du in dieser Höhle bleibst und dass du nichts sagst, keinen Piep, bis ich dich wieder abhole.«

»Neiiiin!« Sie begann zu weinen. »Lass mich nicht allein, Mommy. Bitte. Ich bin auch ganz, ganz leise.«

Mir stiegen selbst die Tränen in die Augen, aber ich ergriff ihre Hände und drückte sie.

»Ich will dich nicht allein lassen, Spatz, aber ich werde uns hier rausholen. Ich *verspreche* es.«

Johns Stimme schallte durch den Wald. »Saaarraaa ...«
Er war ganz in der Nähe.

»Du musst jetzt ganz, ganz mutig sein, Allymaus. Ich werde ganz viel Krach machen und immer wieder deinen Namen rufen, aber das mache ich nur, um ihn reinzulegen. Ich tue nur so, als ob. Du darfst also nicht herauskommen, verstanden?«

Sie nickte, ihre Augen waren riesengroß. Ich küsste sie kräftig auf die Wange.

»Jetzt geh ... schnell wie ein Häschen.« Als sie sich umdrehte, um in das Loch zu kriechen, sagte ich: »Denk daran, Ally. Du musst mir dabei helfen, ihn reinzulegen. Also, egal was passiert, komm nicht raus!« In meiner Phantasie sah ich Horrorbilder davon, wie man Jahre später ihr Skelett finden würde, und ich betete, dass ich das Richtige tat. Ich packte ihre Hand und küsste ein letztes Mal ihre kleinen Finger.

Als sie so tief wie möglich in die Höhle gekrochen war, flüsterte ich: »Ich bin bald wieder zurück. See you later *Ally*-gator!«

Sie flüsterte zurück: »In a while, crocodile!«

Ich holte tief Luft und ließ mein Kind zurück.

Ich rannte direkt zum Pfad zurück und hielt auf den Fluss zu. Kurz bevor ich aus dem Wald heraus und auf die höchste Stelle des Pfades trat, hielt ich inne und horchte, ob John sich näherte, aber bei dem Tosen des Wassers konnte ich nichts hören. Ich wusste, dass ich nicht viel Zeit hatte, also rutschte ich den steilen Pfad auf Händen und Knien herunter und hielt mich dabei an Farnen und Zweigen fest, um zu verhindern, dass ich über die Kante stürzte. Dann war ich unten, dort, wo die Wasserfälle in ein Becken mit jadegrünem, eiskaltem Wasser aus den Bergen stürzten.

Ich zog meine Schuhe aus und starrte in den Fluss.

»Sara!«, heulte John irgendwo im Wald über mir. Ich holte tief Luft und tauchte direkt ein. Das eiskalte Wasser presste alle Luft aus meinen Lungen, und ich kam keuchend und spuckend wieder an die Oberfläche. Nachdem ich die Lungen mit Luft vollgepumpt hatte, tauchte ich erneut unter, und als ich wieder nach oben kam, brüllte ich »Ally«, so laut ich konnte. Ich hatte Angst, dass sie womöglich meine Warnung vergessen hatte und angerannt kam. Ich tauchte noch ein paar Mal. Jedes Mal, wenn ich wieder hochkam, suchte ich das Flussufer nach John ab.

Schließlich entdeckte ich ihn, wie er den seitlichen Pfad herunterkletterte. Ich spritzte wie verrückt Wasser auf, wirbelte herum, tauchte wieder unter, kam schreiend wieder an die Oberfläche.

»Ally! Hilfe, *Hilfe*!«

Ich tauchte erneut, und als ich auftauchte, stand John am Ufer, ein Gewehr neben sich. Leuchtend rote Verbrennungen vom heißen Fett durchzogen sein Gesicht, seine Stirn war dunkelrot und fleckig.

»John! Ally ist hineingefallen und mit dem Wasserfall abgestürzt!« Ich legte meine ganze Angst und Furcht in meine Stimme. »Sie wird ertrinken!«

Er rannte vor und blieb ganz am Rand eines glatten Felsens stehen, der ins Wasser hineinragte.

»Wo ist sie untergegangen?«

Ich trat Wasser, schüttelte den Kopf und keuchte: »Ich

weiß es nicht. Ich kann sie nicht finden.« Meine Zähne klapperten, als ich rief: »Hilfe! Es tut mir leid, John. Hilf mir!«

Er zögerte, dann sagte er: »Wir sollten weiter flussabwärts suchen. Die Strömung hat sie womöglich weitergetragen.«

Ich griff nach dem großen flachen Stein, auf dem er stand, als wollte ich hinaufklettern, dann ließ ich meine Hände von der nassen Oberfläche abrutschen und fiel klatschend zurück in den Fluss. Er beugte sich über das Wasser und streckte die Hände aus. Ich schwamm näher.

Ich hatte nur diese eine Chance.

Mit beiden Beinen stützte ich mich auf einem großen Felsblock unter mir ab. Als ich nach seiner Hand griff, ließ ich meine Finger wegrutschen, damit er sich noch weiter vorbeugte, um mich zu fassen. Als er sich mit dem ganzen Oberkörper über das Wasser beugte, packte ich seine Hand und zog mit aller Kraft, während ich meinen Körper zur Seite drehte.

Platschend schlug John hinter mir im Wasser auf. Er kam an die Oberfläche, spuckte und schlug mit den Händen ins Wasser.

»Sara, ich kann nicht schwimmen!«

Hastig paddelte ich zum Ufer und versuchte, mich auf den Felsen zu ziehen, aber er packte mich am Bein und riss mich zurück in den Fluss. Meine Kehle füllte sich mit Wasser.

Ich entwand mich seinem Griff, stieß mich ab und kam nach Luft schnappend wieder hoch. Er hielt sich an meinem T-Shirt fest und kam mit mir an die Oberfläche. Ich zerkratzte ihm das Gesicht und rammte ihm unter Wasser mein Knie zwischen die Beine. Sein Griff lockerte sich, und ich paddelte hastig zurück.

Beim Kämpfen waren wir flussabwärts und weiter ans

Ufer getrieben worden, wo das Wasser seichter war. Schon bald würde John stehen können. Als ich lose Steine unter meinen Füßen spürte, erhob ich mich langsam. John war wieder hinter mir, aber in seiner Panik merkte er nicht, dass das Wasser nicht mehr so tief war. Er packte meine Hüfte und zog mich nach unten. Als ich hochkam, um nach Luft zu schnappen, trat ich mit dem Fuß nach hinten und traf sein Kinn mit der Ferse.

Meine Hände tasteten nach den Felsen unter Wasser, und mit ihrer Hilfe zog ich mich weiter. Inzwischen hatte er ebenfalls Halt auf den Steinen gefunden und richtete sich langsam hinter mir auf.

Ich drehte meinen Körper weg, sobald er nach mir griff. Meine Hände fanden einen großen, schartigen Stein.

»Sara, ich habe doch nur versucht ...«

Ich erhob mich und schlug ihn, so kräftig ich konnte, gegen die Schläfen. Er hob die Hand, seine Finger tasteten nach der blutenden Wunde, die an der Seite seines Kopfes klaffte. Er sank auf die Knie. »Sara ...« Seine Stimme klang gequält. Blut strömte aus der Wunde.

Mühsam kam ich wieder auf die Beine. Mit beiden Händen hielt ich den Stein fest, schlug hart und schnell zu und schmetterte ihn mit einem lauten *Knack* auf seine Schläfe. Der Stein rutschte mir aus der Hand und fiel ein paar Schritte weiter spritzend in den Fluss.

John kippte vornüber in den Fluss, dann richtete er sich schwankend auf Händen und Füßen auf. Er schüttelte den Kopf und streckte eine Hand nach mir aus, während ich zurückkroch. Sein Oberkörper landete auf meinen Beinen. Ich drehte mich zur Seite weg und kam auf die Füße. Er erhob sich unsicher. Ich trat ihn seitlich gegen das Knie. Er stolperte und verlor das Gleichgewicht, bis er auf den Rücken fiel. Ich sprang auf ihn und verlagerte mein ganzes Gewicht auf seine Brust. Sein Kopf tauchte unter, und er schlug um sich, krallte sich an meine Beine. Ich ließ ein Knie auf seiner Brust und drückte das andere hart auf seine Kehle. Er bäumte sich erneut auf, warf mich beinahe ab. Meine Hände zogen einen weiteren Stein aus dem Wasser. Ich schlug ihn gegen seinen Kopf. Er kämpfte noch erbitterter, die Hände zerkratzten meine Beine. Ich schlug wieder und wieder und wieder auf ihn ein. Ich merkte, dass ich schrie. Das Wasser um seinen Kopf herum färbte sich rot.

Er lag still.

Mein Herz hämmerte, als ich keuchend nach Luft schnappte. Ich kniete weit länger auf ihm, als er je die Luft unter Wasser hätte anhalten können. Schließlich löste ich mein Knie, stand auf und taumelte zurück. Meine Beine waren plötzlich weich. Sanft trieb sein Körper nach oben. Sein Gesicht glich einer Schreckensmaske, der Mund stand weit offen, ins rote Haar mischte sich Blut. In einer klaffenden Wunde an der Seite sah ich weißen Knochen.

Ich kroch über die rutschigen Felsen bis zum Ufer, dann kauerte ich mich hin und würgte das Wasser und meine Angst in den Sand.

Ich hatte ihn getötet. Ich hatte meinen Vater getötet. Ich starrte auf seinen reglosen Körper, sah zu, wie er mit der Strömung davontrieb, während ich am ganzen Leib heftig zitterte.

Taumelnd kletterte ich den Pfad hoch. Erschöpft, wie ich war, rutschte ich mehrmals aus, klammerte mich an Wurzeln und Farne, um meinen zerschlagenen Körper wieder hochzuziehen. Als ich oben war, hatte ich die Orientierung verloren und konnte den Pfad nicht wiederfinden, der in den Wald führte, wo ich Ally zurückgelassen hatte. Ein paar Minuten lang drohte mir fast das Herz stehenzubleiben, während ich meine Schritte zurückverfolgte, bis ich eine alte, verdrehte Zeder wiedererkannte und die Höhle wiederfand.

»Ally, ich bin's, jetzt kannst du herauskommen.« Als sie nicht antwortete, geriet ich in Panik, doch dann hörte ich eine Bewegung, und sie warf sich mir in die Arme und warf mich dabei beinahe um. Weinend klammerten wir uns aneinander.

Schließlich löste sie sich von mir. »Ich habe dich schreien gehört, aber ich habe mich weiter versteckt, wie du mir gesagt hast.«

»Das hast du großartig gemacht, Ally. Ich bin unheimlich stolz auf dich.«

Sie rümpfte die Nase. »Du bist ja ganz nass.«

»Ich bin ins Wasser gefallen.«

Mit großen Augen schaute sie sich um und flüsterte: »Wo ist der böse Mann?«

»Er ist fort, Ally, und er wird nie wiederkommen.«

Sie umarmte mich ganz fest. »Ich will nach Hause, Mommy.«

»Ich auch.«

Im Camp glimmte das Feuer noch, und beim Anblick der Bratpfannen auf dem Boden und von Johns umgekipptem Stuhl lief mir ein kalter Schauder über den Rücken. Ich hatte das Handy im Fluss verloren und hoffte, dass er seines im Wohnwagen oder im Truck gelassen hatte. Doch als ich mich rasch umschaute, entdeckte ich weder das Telefon noch seine Schlüssel.

Jetzt, wo die Wirkung des Adrenalins langsam nachließ, konnte ich nicht aufhören zu zittern. Ich zog eine Jacke an, die John im Wohnwagen hängen hatte, und würgte, als mir sein Geruch, vermischt mit dem Duft von Holzfeuer, in die Nase stieg. Ich suchte nach den Schlüsseln für den Truck. Als ich sie nach zehn Minuten immer noch nicht gefunden hatte, geriet ich in Panik. Ally, vollkommen verängstigt nach allem, was sie durchgemacht hatte, klebte mir an den Fersen, während ich den Wohnwagen und den Truck durchwühlte.

Johns Schlüssel mussten bei seinem Leichnam im Fluss sein. Ich erwog meine Alternativen – zurück zum Fluss zu gehen und nachzusehen, ob er sie immer noch hatte, oder mit Ally zu Fuß zur Straße zu laufen und Hilfe zu suchen. Ich war eine ganze Weile mit John gefahren, ohne ein anderes Fahrzeug zu hören. Ally würde rasch ermüden, und ich wusste nicht, wie lange ich sie würde tragen können.

Ich versuchte immer noch zu entscheiden, was ich tun sollte, als Ally sagte: »Ich hab *Hunger*!«

Während ich Johns Vorräte durchsuchte, erschauderte ich jedes Mal, wenn mir ein kleines Detail über sein Leben auffiel. Er trank gern Vollmilch und aß Weißbrot. Überall hatte er Junkfood gebunkert. Er mochte Orangenlimonade und Coffee-Crisp-Schokoriegel. Letzteres schockierte mich am meisten, denn es waren meine Lieblingsriegel. Schließlich fand ich etwas Erdnussbutter und machte Ally ein Sandwich.

Dann sagte ich: »Allymaus, du musst hier kurz auf mich warten, während ich noch mal zum Fluss runtergehe, okay?«

»Nein!« Sie begann zu weinen.

»Ally, es ist *wirklich* wichtig. Ich werde nicht lange wegbleiben, und du kannst dich im Wohnwagen verstecken, wenn du …«

Sie begann zu schreien: »*Nein, nein, nein, nein!*«, und ließ das Sandwich fallen, als sie sich auf meine Knie warf. Es war völlig ausgeschlossen, dass ich sie hier allein ließ, aber ich konnte sie auch nicht Johns Leiche sehen lassen.

Wir waren mehr als eine Stunde unterwegs, ehe wir schließlich ein Fahrzeug die Straße herunterkommen hörten. Als ich mich umdrehte und den weißen Truck des Försters sah, winkte ich mit beiden Armen. Der Truck kam neben uns zum Stehen, und ein lächelnder alter Mann kurbelte das Fenster herunter.

»Habt ihr Ladys euch verlaufen?«

Ich begann zu weinen.

Nachdem die Cops Johns Leiche aus dem Wasser gezogen und den Tatort untersucht hatten, fanden sie seine Brieftasche unter dem Sitz im Truck. Sein Name lautete Edward John McLean, und als sie weiter nachforschten, stellten sie fest, dass er Schmied gewesen war und durchs Landesinnere reiste. Sein Beruf passte zu den Metallpuppen, und Billy sagte, die Geräusche, die ich bei manchen Anrufen im Hintergrund gehört hatte, stammten vermutlich von Pferden. Zu dem Zeitpunkt hatten sie bereits seinen Trailer entdeckt, den er mitsamt seinem Werkzeug bei einem Motel in der Nähe von Nanaimo abgestellt hatte.

Sandy geht's gut. Sie hatte eine Gehirnerschütterung und musste ein paar Tage zur Beobachtung im Krankenhaus bleiben – Evan und sie waren zur gleichen Zeit dort. Nachdem ich meine Aussage gemacht hatte, am Tag, als ich John getötet hatte, ließ ich mich von den Cops sofort zu Evan bringen. Als die Polizei ihm erzählt hatte, dass Ally und ich verschwunden seien, wollte er seine Operation verschieben, aber die Ärzte hatten gesagt, es sei zu riskant zu warten, so dass er damit inzwischen durch war. Er wachte gerade auf, als Ally und ich zum Krankenhaus kamen, und als er uns sah, weinte er.

Ally und ich brachten Sandy Blumen. Als Ally ihr den Strauß reichte und sagte: »Danke, dass Sie versucht haben, mich zu retten!«, sah Sandy aus, als könnte sie ihre Tränen nur mit Mühe zurückhalten. Ich dachte, sie würde mich über alles ausquetschen, was mit John geschehen war, aber sie sagte keinen Ton, selbst als Ally ihr erzählte, wie sie sich in der Höhle versteckt hatte. Ich war so daran gewöhnt, dass Sandy sich ständig wegen irgendetwas aufregte, dass es komisch war, sie so blass und deprimiert zu sehen. Wahrscheinlich war sie traurig, dass sie John nicht selbst umgebracht hatte.

Billy hatte mich bereits darüber aufgeklärt, wie es John überhaupt gelungen war, Ally zu entführen. Er hatte ein Stück weiter die Straße runter in einem Holzschuppen ein Feuer entfacht, so dass der Beamte, der vor unserem Haus parkte, einschreiten musste. Dann hatte er seinen Truck in der Auffahrt unseres nächsten Nachbarn versteckt und war durch den Garten zu uns geschlichen. Er stand in unserem Garten und plante vermutlich gerade, einzubrechen, als Sandy den Alarm ausschaltete und die Schiebetür öffnete, um Elch rauszulassen. John stürzte sich auf sie, und schon lag sie am Boden, konnte jedoch noch ihre Waffe ziehen. Er hatte das hintere Tor offen gelassen, und Elch flüchtete – ein Nachbar fand ihn später am Tag.

Ally war in ihrem Zimmer, als der »böse Mann« hereinkam und ihr sagte, dass Sandy wollte, dass er sie zu ihrer Mommy ins Krankenhaus brachte. Ally glaubte ihm zuerst nicht, aber er sagte, Elch säße bereits im Truck. Das funktionierte.

Die Cops waren nicht gerade begeistert gewesen, als ich mich nach dem Angriff auf Sandy davongemacht hatte, aber jetzt können sie nicht mehr viel deswegen unternehmen. Ich musste allerdings eine Aussage machen, dass ich John getötet habe, und der Staatsanwalt muss deswegen ermitteln, aber Billy meint, es sei völlig ausgeschlossen, dass er zu einem anderen Ergebnis als Notwehr kommt.

Evan hat mir ebenfalls die Hölle heißgemacht, weil ich auf eigene Faust nach Ally gesucht und nicht auf die Polizei gewartet habe, aber er reitet nicht darauf herum. Ich glaube, er ist ziemlich schockiert, wie nahe wir alle dran waren, einander zu verlieren. Und da ist er nicht der Einzige.

Vermutlich bin ich meinem Vater sogar noch ähnlicher, als wir gedacht hatten. Ich weiß, dass es Notwehr war, aber trotzdem habe ich ihn *getötet*. Und nicht nur irgendeinen Mann, sondern meinen eigenen Vater. Ich frage mich, was Gott wohl von der Sache hält. Ich bin mir nicht sicher, was ich selbst davon halten soll. Was mir am meisten Angst macht, ist nicht, dass ich es getan habe, sondern dass ich nicht einmal gezögert habe.

23. Sitzung

Ich bin gerade ziemlich frustriert. Und das nervt mich vor allem deshalb, weil es mir nach dem letzten Mal eigentlich schon wieder besserging. Ich war einfach nur froh, dass alles *vorbei* war, und das Leben bekam so einen euphorischen Schimmer. Der Medienhype ebbte langsam ab. Evan und ich stritten uns nicht, mein Kind konnte gar nichts falsch machen, ich liebte meine Familie und alle liebten mich. Sogar das Essen schmeckte mir besser. Aber je normaler die Dinge wurden, desto mehr wurden die Dinge, na ja, normal eben.

Heute Morgen kam Melanie vorbei, um die Songliste abzuholen, die Evan und ich für die Hochzeit zusammengestellt hatten. Das ganze Wochenende über hatte ich das halbe Haus auf den Kopf gestellt, um die CD zu finden, die sie mir gegeben hatte, ohne Erfolg, also hatten wir beschlossen, dass es einfacher sei, Kyle einfach spielen zu lassen, anstatt einen Familienkrieg vom Zaun zu brechen. Im Moment sehe ich das alles nicht so verkniffen. Aber dann hat Evan gestern Abend die CD gefunden – ich hatte es fertiggebracht, sie in die verkehrte Hülle zu stecken, obwohl ich sie mir noch nicht einmal angehört hatte. Wir hörten uns die Songs an, und es stellte sich heraus, dass sie nicht mal so übel waren, aber richtig genial war diese Frau, die im Hintergrund sang. Sie hatte eine erstaunliche

Stimme, eine Art Mischung aus Sara McLachlan und Stevie Nicks.

Als Melanie kam, war ich gerade hinten und versuchte, meinen bemitleidenswerten Versuch eines Gartens zu wässern. Als wir hineingingen, gab ich ihr die Liste.

»Auf der CD singt eine Frau im Hintergrund«, sagte ich, während sie das Blatt überflog. »Weißt du, wie man sie erreichen kann?«

Ihr Kopf schoss in die Höhe. »Warum?«

»Ich hatte gehofft, dass sie auch auf der Hochzeit singt.«

Melanie wurde rot, und sie starrte hinunter auf die CD.

»Bist du das?«

Mit funkelnden Augen schaute sie auf. »Du brauchst gar nicht so überrascht zu tun.«

»Aber ich *bin* überrascht. Du hast nie zuvor gesungen – jedenfalls nicht, dass ich wüsste.«

Sie zuckte die Achseln. »Ich singe manchmal im Pub.«

»Du solltest dich ganz aufs Singen verlegen, Melanie. Du könntest echt was aus dir machen.«

»Anstatt nur hinterm Tresen zu stehen?«

»So habe ich es nicht gemeint.« Ich dachte daran, was ich mir geschworen hatte, nachdem ich dem Tod so nahe gekommen war: geduldiger und versöhnlicher zu sein. »Aber es tut mir leid, falls es so rübergekommen ist. Ich meinte nur, dass du eine unglaubliche Stimme hast. Ich würde mich freuen, wenn du auf meiner Hochzeit singen würdest. Bitte!«

Sie sah mich an, dann hob sie die Schultern.

»Wenn du willst. Aber nicht alle Lieder, ich will auch noch tanzen.«

»Danke, das ist klasse.« Wir schwiegen eine Weile, dann sagte ich: »Bleibst du noch auf einen Kaffee?«

Sie wirkte verblüfft. »Gerne.«

Wir nahmen unsere Becher mit ins Wohnzimmer und saßen uns auf den Sofas gegenüber, musterten einander, nippten an dem Kaffee und wandten den Blick ab. Das Schweigen dehnte sich aus. Es gab etwas, das mir auf der Seele lag, aber ich wollte keinen Streit riskieren. Evan hatte gesagt, ich solle es bleibenlassen, als ich mit ihm darüber gesprochen hatte. Damals hatte ich ihm zugestimmt, aber jetzt war sie hier, und wir schienen miteinander klarzukommen. Ich hielt es noch zwei Sekunden aus.

»Hast du die Bilder von meinem leiblichen Vater in der Zeitung gesehen?« Sie nickte. »Hast du ihn jemals in der Bar gesehen?«

Sie schüttelte den Kopf. »Wieso?«

»Er wusste ein paar Dinge über Ally, und ich habe mich gefragt …«

»*Das ist doch verdammt nochmal echt unglaublich!* Du glaubst *immer* noch, ich wär das gewesen, die es dieser Website gesteckt hat, und jetzt denkst du, ich hätte einem Serienmörder irgendetwas über *Ally* erzählt.« Sie stellte ihren Kaffeebecher mit einem Krachen ab und stand auf.

»Nein! Ich dachte nur, dass du vielleicht nicht gewusst hast, wer er ist, und …«

»Du glaubst, ich bin blöd genug, um einem Fremden etwas über meine Nichte zu erzählen?«

»Das hat doch nichts mit *Blödheit* zu tun. Er wirkte wie ein netter Kerl, und vielleicht hat er es geschafft, irgendwas aus dir herauszubekommen, ohne dass du auch nur …«

»Ob du's glaubst oder nicht, Sara, wenn ich arbeite, dann arbeite ich – und quatsche nicht mit irgendwelchen Spinnern am Tresen. Herzlichen Dank auch, dass du mir mal wieder die Schuld gibst.«

»Ich gebe dir nicht die Schuld, Melanie. Ich versuche nur, ein paar offene Fragen zu klären.«

Sie lachte, als sie ihren Kaffee nahm und zur Küche ging. Ich stand auf und folgte ihr. »Wo willst du hin?«

»Irgendwohin, wo mir die Leute nicht vorwerfen, ich wäre schuld, dass ihr Kind entführt wurde.« Mit einem dumpfen Geräusch stellte sie ihren Becher auf dem Tresen ab.

»Melanie, du machst aus einer Mücke einen Elefanten. Ich habe nicht …«

»Das musst du gerade sagen – du bist doch hier die *Königin* im Ausflippen.« Sie nahm ihre Handtasche vom Küchentresen, ging hinaus und knallte die Tür hinter sich zu.

Als Billy eine halbe Stunde später anrief, kochte ich immer noch. Ich hätte gedacht, nachdem John tot war, wäre es das gewesen, aber sie arbeiteten immer noch den Fall auf, um mehr über ihn zu erfahren. Billy sagte, das würde ihnen helfen, andere Serienmörder zu fassen. Sie hatten einiges herausgefunden, aber nicht das, was ich erwartet hatte – also keinen Keller voller Leichen und stapelweise Pornofilme. Sein Haus war ordentlich, auf Junggesellenart, und die einzigen Videos, die er hatte, handelten von der Jagd. Aber es sah nicht aus, als hätte er viel Zeit dort verbracht. Er bewahrte keine persönlichen Dinge dort auf, keine Fotos oder Andenken, und er schlief in einem Schlafsack auf seiner Matratze.

Er hatte ein Nomadenleben geführt, und sie versuchten, ein paar Fälle vermisster Frauen mit den Orten in Verbindung zu bringen, an denen John sich in den entsprechenden Jahren aufgehalten haben könnte, aber nichts passte. Leute, die ihn angeheuert hatten, sagten, er sei immer freundlich gewesen und habe stets einen Witz auf Lager gehabt. Im Laufe der Jahre war er allerdings mit ein paar Kunden in Streit geraten, von denen er sich bei der Bezahlung »ausgetrickst« gefühlt hatte. In einer Sache hatten wir recht gehabt: In den meisten Ortschaften, aus denen er angerufen hatte, kannte man ihn. Außerdem war er ein begeisterter Waffensammler und Mitglied in mehreren Schießvereinen.

»Haben Sie die Waffe gefunden, mit der er auf Evan geschossen hat?«

»Die ballistische Untersuchung hat ergeben, dass die Patronenhülse, die am Tatort gefunden wurde, von einer Remington .223 stammt. Sie passt zu Funden an einigen anderen Tatorten, aber das Gewehr befand sich nicht unter Johns Besitztümern. Wir überprüfen gerade ein paar Waffenhändler, aber ich bezweifle, dass wir sie jemals finden werden. Übrigens, haben Sie eigentlich jemals diesen Kirschholztisch fertiggemacht, an dem Sie gearbeitet haben? Ich habe gestern in einem Antiquitätengeschäft einen ganz ähnlichen gesehen, der aufgearbeitet werden müsste. Meinen Sie, Sie könnten ihn sich bei Gelegenheit einmal ansehen und mir sagen, was Sie davon halten?«

»Klar, wie viel soll er denn kosten?«

Für den Rest des Telefonats sprachen wir über Antiquitäten, dann piepte Evan mich an, um mich etwas zu fragen, so dass ich auflegen musste. Doch später, als ich versuchte, die Werkstatt aufzuräumen, fiel mir ein, dass John erzählt hatte, die Remington .223 sei seine Lieblingswaffe – und dass sie gerade repariert wurde. Wie konnte er mit einer Waffe auf Evan schießen, die er gar nicht hatte?

Die Haustür schlug krachend zu. Evan war zu Hause. Während er seine Hockeytasche mit Sachen vollpackte, die er mit zur Lodge nehmen wollte, saß ich auf dem Bett und erzählte ihm von meinem Morgen, angefangen mit dem Streit mit Melanie.

»Ich fasse es nicht, dass sie so reagiert hat, als ich sie nach John gefragt habe.«

»Ich hab dir doch gesagt, lass es bleiben.« Er wühlte in seinen Schubladen und schleuderte mit dem gesunden Arm Socken in die Tasche. Sein linker Arm lag immer noch in der Schlinge.

»Ich habe ihr doch nur eine einfache Frage gestellt.«

Mit hochgezogenen Brauen sah er mich über die Schulter an. »Sara, deine Fragen sind niemals einfach.«

»Ich wünschte, du würdest nicht zurück zur Lodge fahren.«

»Ich auch. Ich muss mit Jason hochfahren, und er fährt wie ein alter Mann.« Er lachte, aber ich blickte ihn finster an. »Schatz, komm schon, ich war seit Wochen nicht mehr da, und es herrscht ein heilloses Chaos. Du hast gesagt, du wolltest auch wieder anfangen zu arbeiten.«

»Ich habe es versucht, nachdem Melanie gegangen war, aber dann hat Billy angerufen, und ich habe schon wieder angefangen, mich in was reinzusteigern.«

»Und in was?«

»Billy sagt, die Patronenhülse, die sie bei deiner Lodge gefunden haben, stammt von Johns Remington .223, aber sie können die Waffe nicht finden. Als ich später darüber nachdachte, fiel mir ein, dass John erzählt hat, das Gewehr sei gerade in der Reparatur. Findest du das nicht merkwürdig?«

»Wahrscheinlich hatte er mehrere von den Dingern und hat eine davon weggeschmissen, nachdem er auf mich geschossen hat.«

»Schon möglich … aber ich hatte das Gefühl, dass er genau dieses Gewehr regelrecht *liebte*. Warum sollte er dann zwei davon haben?«

»Aber sonst hätte niemand auf mich geschossen.«

Ich schwieg einen Moment. »Weißt du, es ist komisch, dass John dich nur verletzt hat. Ich hatte den Eindruck, dass er ein guter Schütze war – er hat nie zuvor ein Opfer verfehlt.«

»Schatz, er war es.« Evan ging in den begehbaren Kleiderschrank, kam mit ein paar Jeans wieder heraus und stopfte sie in seine Tasche.

»Ich weiß. Ich meine ja nur, dass das mit der Waffe merkwürdig ist … Wir wissen auch immer noch nicht mit Sicherheit, ob er Nadine überfallen hat. Sie wurde nicht angeschossen, wie es sonst Johns Art war, sondern nur auf den Hinterkopf geschlagen. Und sie hat nicht erkannt, wer es war. Ich frage mich, ob die Polizei überhaupt ihre Patienten überprüft hat. Vielleicht sollte ich Billy mal darauf ansprechen und hören, was er davon hält.«

»Sara, lass den Kerl in Ruhe.«

»Was soll *das* denn schon wieder heißen?«

»Du musst die Polizei in den Wahnsinn treiben. Der Fall ist abgeschlossen, aber du liegst ihnen immer noch in den Ohren.« Er ging noch einmal in den Schrank und kam mit einer weiteren Jeans heraus. »Wo ist meine Nike-Baseballkappe? Du hattest sie gestern auf.«

»Ich weiß nicht, aber ich fasse es nicht, was du gerade gesagt hast. Ich liege ihnen nicht in den Ohren, ich *helfe* ihnen. Ich muss wegen der Waffe mit Billy reden. Sie könnte zu einem alten Fall passen oder so etwas. Was, wenn John eine Frau getötet hat, von der sie nichts wissen, und ihre Familie sucht schon seit Jahren nach ihr und …«

»Sara, du treibst *mich* in den Wahnsinn. Ich habe gerade sechs Jeans und kein einziges Hemd eingepackt.«

»Schon gut, ich werde dir nicht länger im Weg rumstehen.« Ich stand auf.

»Du musst nicht weggehen, nur einfach über etwas anderes reden.«

Aber ich hatte das Zimmer bereits verlassen.

Ich starrte den Tisch in meiner Werkstatt an, dachte über alles nach, was Evan gesagt hatte, und steigerte mich immer weiter in meine Wut hinein, bis er auf der Suche nach mir aufkreuzte.

»Ich fahre jetzt los.«

Ich betrachtete die Maserung des Holzes, zeichnete sie mit dem Finger nach.

»Komm schon«, sagte er.

Er kam zu mir und schlang seine Arme um mich.

Ich versteifte mich. »Ich bin sauer auf dich.«

»Ich weiß, aber du kannst mich trotzdem umarmen.«

»Ich hasse es, dass du nichts von dem, was ich sage, ernst nimmst.«

»Das ist nicht wahr, Sara. Ich wünschte nur, du würdest nicht immer so viel in alles reininterpretieren.«

»Du glaubst also, ich würde nur überreagieren?«

»Lass mal sehen, du beschuldigst deine Schwester, sich von einem Serienmörder anquatschen zu lassen, und jetzt glaubst du, jemand anders hätte mich ohne jeden Grund angeschossen? Hey, vielleicht hat *Melanie* auf mich geschossen!«

Tränen der Enttäuschung brannten in meinen Augen. »Ich sage doch nur, dass wir nicht wissen …«

»Schatz, Jason wartet draußen. Ich rufe dich heute Abend an, okay?«

»Na gut, dann geh doch.«

Er ist vor ein paar Stunden aufgebrochen, und ich war so aufgebracht, dass ich die ganze Zeit bis zu unserem Termin den Fall in Gedanken immer wieder durchgegangen bin. Ich habe sogar meine gesamten Notizen noch einmal durchgesehen, den zeitlichen Ablauf, alles. Diese Sache mit dem Gewehr macht mich ganz irre.

Vielleicht greife ich nach Strohhalmen, vor allem, weil Evan mich nicht ernst nimmt, und vielleicht ist das mit dem Gewehr wirklich nicht wichtig, aber ich habe Billy angerufen und ihm erzählt, dass mich eine Sache an dem Fall nicht loslässt. Er saß gerade in einer Besprechung, aber er sagte, er würde später noch einmal vorbeischauen. Warum kann Evan nicht so sein? Billy gibt mir nie das Gefühl, ich würde aus allem ein Drama machen.

24. Sitzung

Jetzt bringen Sie mich zum Weinen. Ich verstehe, dass Sie etwas Urlaub brauchen, ehe Sie entscheiden, ob Sie Ihre Praxis nach Victoria verlegen – Sie haben ja in der letzten Zeit selbst eine Menge durchgemacht. Herrje, ich weiß nicht, wie Sie es geschafft haben, die ganze Zeit immer noch Ihre Patienten zu betreuen. Und danke, dass Sie mir Ihren Bekannten empfohlen haben. Ich werde es wahrscheinlich mal mit ihm versuchen, zumindest, bis Sie sich entschieden haben, was Sie tun wollen. Aber ich kann es immer noch nicht glauben, dass dies womöglich das letzte Mal ist, dass ich auf Ihrer Couch sitze, das letzte Mal, dass ich in diesem Zimmer bin. Ich hoffe, es ist *nicht* das letzte Mal. Aber vermutlich wird die Zeit es zeigen. Die Zeit zeigt uns eine Menge. Mein ganzes Leben lang habe ich gegen die Zeit gebockt – normalerweise, weil mir etwas nicht schnell genug geht. Aber dann wiederum gibt es Momente, wo sie voll auf einen zurast und man alles dafür tun würde, um die Uhr anzuhalten.

Billy kam vorbei, als Ally schon im Bett lag. Ich ließ ihn herein und sagte, er solle sich an den Tisch setzen, während ich noch den Abwasch machte, aber er schnappte sich ein Geschirrtuch.

Ein oder zwei Minuten arbeiteten wir in kameradschaftlichem Schweigen, dann sagte er: »Wo ist Evan?«

»Er musste zurück zur Lodge.« Ich schnaubte. »Er konnte es kaum abwarten, hier wegzukommen.«

»Oh, oh. Gab's Zoff?«

»Das Übliche.« Ich seufzte. »Er will, dass ich wieder zur Tagesordnung übergehe und den Fall vergesse, aber das ist nicht leicht für mich. Diese losen Enden machen mich noch wahnsinnig.«

»Was beschäftigt Sie denn so?«

»Wissen Sie noch, dass Sie sagten, Evan sei mit Johns Remington .223 angeschossen worden? Na ja, später ist mir eingefallen, dass John mir erzählt hat, genau die Waffe sei in der Werkstatt – der Schlagbolzen war abgebrochen.«

»Hm. Interessant, aber wahrscheinlich hatte er noch eine Remington.«

»Das hat Evan auch gesagt, aber John hat immer wieder gesagt, dass das seine *Lieblingswaffe* sei, als sei es die Einzige für ihn. Sie haben doch die Mitschnitte gehört. Er hat über Waffen geredet, als wären sie seine Freundinnen. Also habe ich nachgedacht ... passen Sie auf, ich weiß, es klingt verrückt, aber woher wissen wir mit Sicherheit, dass *er* auf Evan geschossen hat?«

Seine Brauen schossen in die Höhe. »Wen haben Sie stattdessen in Verdacht?«

»Tja, das ist die große Lücke in meiner Theorie.« Ich verzog das Gesicht und grinste. »Die einzige andere Person, die Evan aus dem Weg haben wollte, ist Sandy.«

»Wow, Sara. Ich weiß, dass Sie sie nicht mögen, aber das ist echt heftig.«

»Es ist nicht so, dass ich sie nicht mag – sie mag *mich* nicht. Ich hasse das! Aber egal, ich weiß, dass sie es nicht war. Ich sage nur, dass das mit dem Gewehr merkwürdig ist. Wahrscheinlich hatte er zwei, genau wie Sie sagen, aber könnten Sie das überprüfen, damit ich aufhöre, mich da reinzusteigern? Wenn er zu einer dieser Waffensammlergruppen gehörte, dann musste er ja vielleicht für die alle Waffen auflisten, die er besaß.«

»Klar, ich werde mal nachsehen. Aber nur so als Einwand – wenn es nicht John war, wer hatte denn sonst ein Motiv, auf Evan zu schießen? Vergessen Sie nicht, dass eine Patronenhülse von Johns Waffe am Tatort gefunden wurde.«

»Ich weiß, dass John der einzige mögliche Verdächtige ist, aber das mit der Waffe passt einfach nicht dazu.« Ich lachte. »Es ist wie mit O. J. Simpsons Handschuhen.«

Nachdem Billy den letzten Teller abgetrocknet hatte, nahm ich ihm das Geschirrtuch ab.

»Ich räume es weg. Setzen Sie sich.«

Er drehte sich um und zog einen Stuhl unter dem Tisch hervor. »Nur aus Neugier, warum glauben Sie, dass Sandy Evan aus dem Weg haben wollte?«

Ich zuckte die Achseln. »Sie war ganz versessen darauf, John zu fassen, und sie wusste, dass Evan der Grund war, weshalb ich mich nicht mit ihm treffen wollte – außerdem glaubte sie, meine Therapeutin würde mir ebenfalls davon abraten. Es wäre ein Leichtes für sie gewesen, eine Patronenhülse an den Tatort zu schmuggeln und John dafür verantwortlich zu machen. Treffer versenkt.«

»Das ist alles?«

Ich streckte die Hand aus, um den letzten Teller wegzustellen. »Na ja, Nadine wurde nach meinem letzten Streit mit Sandy überfallen. John hat die Menschen immer erschossen – er ist nicht auf Parkplätzen über sie hergefallen. Als John mich im Krankenhaus anrief, war er völlig überdreht und sagte immer wieder, dass er mich treffen müsste. Nicht so, als wäre er wütend, sondern als hätte er Angst.«

Ich hängte das Geschirrtuch auf. Billy beobachtete mich aufmerksam, den Kopf zur Seite geneigt. Gott, es war so nett, mit einem Mann zu reden, der tatsächlich zuhörte und mir nicht nur sagte, ich sollte es *einfach vergessen.*

Ich sagte: »Und heute dachte ich, dass es doch merkwürdig ist, dass er an dem Tag direkt zu mir nach Hause gefahren ist, nachdem er mich im Krankenhaus angerufen hat. Woher wusste er, dass Ally dort war und nur eine Polizeibeamtin auf sie aufpasste? Außerdem wusste er, dass ich mit der Polizei geredet hatte – er sagte, er würde es mir später erklären, aber dazu hatte er keine Gelegenheit mehr. Vielleicht hat er tatsächlich Gegenspionage betrieben, wie Sie gesagt haben, und hat irgendetwas gesehen.« Elch kam aus Allys Zimmer herunter, und ich ließ ihn durch die Schiebetür raus. »Finden Sie das alles nicht ziemlich seltsam?«

Ich setzte mich Billy gegenüber an den Tisch. Er stieß einen schweren Seufzer aus.

»In Fällen, in denen der Verdächtige tot ist, ist es schwierig, alle Puzzleteile zusammenzufügen, Sara. Aber das bedeutet nicht, dass mehr dahintersteckt – es bedeutet nur, dass wir nicht alle Antworten haben. Ich werde das mit der Waffe noch einmal überprüfen, aber ich frage mich, ob Sie vielleicht aus einem anderen Grund so schwer davon ablassen können.«

»Wie meinen Sie das?«

Behutsam sagte er: »Möglicherweise versuchen Sie immer noch, mit Johns Tod fertig zu werden. Oder es fällt Ihnen schwer, sich anderen Dingen in Ihrem Leben zu stellen. Ihre Hochzeit rückt näher, und …«

»Das ist es nicht. Es sind diese ganzen kleinen Ungereimtheiten, die mir keine Ruhe lassen. Durch sie habe ich das

Gefühl, dass es noch nicht vorbei ist. Ich gehe nachher noch einmal online und sehe mich in ein paar Waffenforen um. John hat viel Zeit am Computer verbracht – ich wette, ich finde irgendetwas.«

»Es ist ziemlich unwahrscheinlich, dass John unregistrierte Waffen auflisten würde oder dass er in einem Forum seinen echten Namen benutzt hat. Selbst wenn wir irgendwo so eine Liste fänden, werden wir niemals wissen, ob sie vollständig ist. Es gibt keine Möglichkeit zu belegen, wie viele Waffen er tatsächlich besaß.«

»Guter Einwand.« Ich holte tief Luft und atmete langsam wieder aus, während ich in Gedanken alles noch einmal durchging. »Vielleicht packe ich es von der falschen Seite an. Wenn wir nicht beweisen können, dass er *nicht* auf Evan geschossen hat, könnten wir überlegen, ob es neben der Patronenhülse noch andere Beweise gibt, *dass* er es getan hat. Von hier bis Tofino sind es beinahe drei Stunden. John muss irgendwo unterwegs getankt haben. Haben Sie irgendwelche Rechnungen bei seinen Sachen gefunden?«

»Ich glaube nicht, aber das ...«

»Wahrscheinlich hat er ohnehin bar gezahlt. Oh! Wir sollten alle Tankstellen auf der Strecke mit einem Foto von ihm abklappern. Das ist nicht weiter schwer – es gibt nur eine Hauptstrecke. Haben die meisten Tankstellen heute nicht Kameras? Normalerweise tanken die Leute in Port Alberni, weil es die letzte Möglichkeit ist. Dort könnten wir anfangen. Wenn ich Ally morgen zur Schule gebracht habe, können wir ...«

Billy hielt eine Hand hoch. »Mal langsam. Ich habe keine Zeit, um Tankstellen abzuklappern.«

»Auch gut. Aber ich werde keine Ruhe finden, ehe ich nicht mehr herausgefunden habe. Ich klappere selbst jede

Tankstelle ab, wenn es sein muss.« Ich lächelte. »Ich bin unerbittlich.«

»Das sind Sie.« Er erwiderte mein Lächeln. »Lassen Sie mich darüber nachdenken. Haben Sie einen Kaffee für mich?«

»Klar.«

Ich schenkte ihm eine Tasse ein, dann drehte ich mich wieder um.

Billys Pistole zielte auf mich.

Ich lachte: »Was haben Sie denn …« Dann sah ich seinen Blick.

»Stellen Sie die Tasse auf die Arbeitsplatte.«

Ich rührte keinen Muskel. »Was soll das, Billy?«

»Wieso können Sie die Dinge nicht einfach auf sich beruhen lassen?«

»Ich verstehe nicht …«

»Es war *vorbei*, Sara. Niemand hätte es je herausgefunden.« Er schüttelte den Kopf.

Ich wich zurück, bis ich die Kante der Arbeitsplatte in meinem Rücken spürte. Was zum Teufel sollte das?

»Billy, Sie machen mir Angst.« Ich suchte sein Gesicht nach irgendeinem Zeichen ab, dass das nur ein fieser Witz war, aber er sah aus, als meine er es ernst. »Was habe ich …«

»Stellen Sie die Tasse weg.«

Als ich mich umwandte, um die Tasse abzustellen, überschlugen sich meine Gedanken. *Passiert das hier gerade wirklich? Brauche ich eine Waffe? Soll ich versuchen, mit der Tasse nach ihm zu werfen? Kann ich mir ein Messer schnappen?* Ich spähte zum Ende der Arbeitsplatte.

»Denken Sie nicht einmal dran. Ich bin dreimal so groß wie Sie und dreimal so schnell.« Er stand auf und kam auf mich zu.

»Warum tun Sie das? Hat Sandy …?«

»Sandy hat gar nichts gemacht.« Direkt vor mir blieb er stehen.

Ich betrachtete sein Gesicht. »Warum also …«

»Weil Sie recht haben – ich habe in Port Alberni getankt. Aber ich werde nicht warten, bis Sie herausgefunden haben, ob es dort Kameras gibt.«

»*Sie* waren es? Sie haben auf Evan geschossen?«

»›Der Krieger, der geschickt darin ist, den Feind in Bewegung zu halten, vermittelt ihm etwas, auf das er reagieren muss.‹« Billy starrte mich an, die Augen waren nur noch schmale Schlitze. »Evan war im Weg, und Sie brauchten etwas Ansporn. Ich wusste, dass es John hervorlocken würde – er würde Sie beschützen wollen.«

Ich traute meinen Ohren nicht.

»Sie haben versucht, Evan zu töten, damit John glaubt, jemand sei hinter *mir* her?«

»›Greife das an, das der Feind beschützen will.‹«

Langsam fügten sich alle Teile des Puzzles zusammen.

»Er wusste, dass irgendetwas nicht stimmte«, sagte ich. »Darum war er so panisch, als er mich im Krankenhaus angerufen und all diese Drohungen ausgestoßen hat – und *darum* hat er mich auch nicht auf dem Handy angerufen. Er hat Ally *gerettet*.« Ich schnappte nach Luft. »Haben Sie Nadine ebenfalls überfallen?«

»Ich habe sie nicht angerührt. Und wenn ich versucht hätte, Evan zu töten, dann wäre er jetzt tot. Damit mein Plan funktionierte, musste ich ihn nur verletzen. Und ich hatte recht. Sie haben reagiert, John hat reagiert, und jetzt wird er nie wieder einer Frau etwas antun.« Er trat näher. »Aber jetzt haben wir ein Problem.«

Meine Beine verwandelten sich in Wackelpudding. »Ich werde nichts sagen, Billy. Ich *schwöre* es.«

»Leider kann ich dieses Risiko nicht eingehen.«

Die Worte sprudelten nur so aus mir heraus. »Da gibt es kein Risiko. Ich werde es niemandem erzählen. Sie haben einen Fehler gemacht – aber Sie haben nur versucht, John zu schnappen. Selbst wenn es jemand herausfände, bekämen Sie keine großen Probleme ...«

»Ich habe keinen Fehler gemacht.« Er wirkte so ruhig wie eh und je. »Ich habe jemanden angeschossen, Sara – so etwas ist versuchter Mord. Ich würde für eine sehr lange Zeit ins Gefängnis wandern. Aber so weit wird es nicht kommen.«

Die Art, wie er das sagte, jagte mir Angst ein. Er fürchtete sich nicht und geriet nicht Panik, war noch nicht einmal verzweifelt. Er klang zuversichtlich.

Ich begann am ganzen Körper zu zittern. »Was ... was wollen Sie tun, Billy? Sie können mich nicht erschießen. Ally ist oben, und ...«

Er legte einen Finger an seine Lippen. »Ich muss nachdenken.«

Ich hielt den Mund. Er starrte mich an. Seine Augen waren dunkel. Die Küchenuhr tickte.

Ich begann zu weinen. »Billy, bitte, Sie sind mein Freund. Wie können ...«

»Ich mag Sie, Sara, aber ›der weise Führer schließt stets Vor- und Nachteile in seine Erwägungen mit ein‹. Ich habe keinen Vorteil davon, Sie am Leben zu lassen. Aber jede Menge Nachteile.«

»Nein, ich *schwöre* es. Es gibt überhaupt keinen ...«

Er hob eine Hand. »Ich hab's. Ich werde gar nichts tun.« Mein Herz hob sich einen Moment lang, doch dann trafen sich unsere Blicke, und er sagte: »Sie werden es tun.«

Vor meinen Augen verschwamm alles, und das Blut

rauschte in meinen Ohren. Einen Moment lang drehte sich der Raum um mich, und ich griff nach der Arbeitsplatte hinter mir. Mir dröhnte der Kopf, und ich konnte mich auf nichts konzentrieren, konnte nicht denken.

Er sagte: »Wir gehen jetzt hoch und holen diese Tabletten, die Ihre Psychotante Ihnen verschrieben hat, und dann werden Sie sie alle schlucken und einen Abschiedsbrief schreiben.«

»Billy, das ist verrückt! Wie können Sie so etwas tun? Was ist mit Ally?«

»Ihr wird nichts passieren, wenn Sie tun, was ich sage.«

»Sie können mich nicht zwingen, einen Brief ...«

»Lieben Sie Ihre Tochter, Sara?« Sein Blick war entschlossen. Ich wusste nicht, ob er Ally tatsächlich etwas antun würde, aber ich wollte es nicht herausfinden.

»Ja, aber ich ...«

Er winkte mit der Pistole. »Dann los.«

»Können wir nicht einfach noch mal darüber reden ...«

Er packte mich fest am Arm und zog mich vom Küchentresen weg. Dann zwang er mich die Treppe hinauf, die Waffe fest gegen meinen unteren Rücken gepresst. Bei jedem Schritt versuchte mein Verstand, einen Plan zu entwickeln, aber alles, was ich denken konnte, war: *Bitte, Ally, wach nicht auf.* Oben an der Treppe bogen wir ab und gingen den Flur entlang an ihrem Zimmer vorbei. Mein Herz pochte so heftig, dass es schmerzte. Als wir mein Schlafzimmer betraten, begannen mir Tränen übers Gesicht zu laufen.

»Wo sind Ihre Tabletten, Sara?«

»Im ... im Badezimmer.« Das hier passierte tatsächlich. Ich würde sterben.

»Öffnen Sie das Medizinschränkchen und nehmen Sie die Tabletten heraus, aber sonst nichts.«

Ich starrte mich im Spiegel an. Meine Augen waren riesig, das Gesicht bleich. Ich öffnete den Schrank und holte das Fläschchen heraus.

»Füllen Sie das Glas da mit Wasser.« Billy deutete auf das Glas, das ich zuvor auf dem Waschtisch stehen gelassen hatte. »Beeilen Sie sich.«

Ich drehte den Wasserhahn auf.

»Billy, *bitte*, Sie müssen das nicht tun.«

Er senkte die Stimme. »Schlucken Sie sie.«

Ich leerte das Fläschchen auf meine zitternde Hand und starrte die kleinen weißen Tabletten an. Das Glas in der anderen Hand war kalt.

»Wenn Sie sie nicht schlucken, muss ich Sie erschießen. Das wird Ally hören, und dann kommt sie her …«

Ich stopfte mir die Tabletten in den Mund, musste bei dem staubigen, bitteren Geschmack würgen. Ich hielt das kühle Glas an meine Lippen und nahm einen Schluck Wasser, dann noch einen, während die Tabletten meine Kehle erreichten und mir der bittere Geschmack hochkam.

»Diese hier auch.« Mit der Pistole zeigte er auf die kleine Flasche mit den Tabletten, die ich gegen die Migräne nahm.

Als ich fertig war, nickte er und sagte: »Jetzt müssen wir Ihr Bett durcheinanderbringen.«

»Aber ich habe nicht …«

»Sie haben versucht zu schlafen, aber Sie waren so depressiv, dass Sie beschlossen haben, dem ein für alle Mal ein Ende zu bereiten.«

Die Pistole zielte auf meinen Rücken, als ich die Bettdecke aufschlug.

»Jetzt ziehen Sie sich aus.«

»Billy, das können Sie doch nicht wirklich wollen.«

Er hob die Waffe und zielte auf mich. »Stimmt, ich will

es nicht. Aber ich werde auf gar keinen Fall in den Knast gehen.«

In Büchern hieß es immer, man solle kämpfen. Aber da stand nie, was man tun sollte, wenn die Bedrohung von einem Cop ausging. Oder was man tun soll, wenn die kleine Tochter nebenan schläft. Ich malte mir aus, wie Ally am nächsten Morgen hereinhüpfte und neben meinem kalten Leichnam ins Bett kletterte.

Ich zog den Sweater über den Kopf. Er deutete mit der Waffe auf meine Hose. Ich öffnete den Reißverschluss, schob sie nach unten und ließ sie auf dem Boden liegen.

In Unterhose und BH stand ich vor ihm. Er sah sich im Zimmer um, auf das Bett, die Tür. Als wollte er sich vergewissern, dass der Tatort stimmte.

Er trat näher, bis sein riesiger Körper direkt vor mir aufragte.

»Ziehen Sie den BH aus.« Nachdem der BH zu Boden gefallen war, verschränkte ich die Arme vor der Brust. Mein gesamter Oberkörper zitterte.

»Arme runter.«

»Billy, bitte, ich will nicht …«

»Wenn Sie es nicht tun, muss ich es selbst machen.«

Ich nahm die Arme runter.

»Jetzt ziehen Sie die Unterhose aus.«

Tränen liefen mir übers Gesicht, als ich sie auszog. Ich unterdrückte einen Schluchzer. »Wollen Sie mich vergewaltigen?« Ich dachte an Ally im Zimmer nebenan. Ich könnte nicht schreien, egal, was er mir antäte, ich dürfte nicht schreien. »Das muss nicht sein. Ich schlafe mit Ihnen, und …«

»Ich werde Sie nicht vergewaltigen.« Er sah gekränkt aus. »Ich bin nicht wie Ihr Vater. Ich muss mich Frauen nicht aufzwingen.«

Meine Wut regte sich, aber ich hielt sie in Schach. *Halt den Mund, um Allys willen. Tu es für Ally.*

Er deutete auf die Kommode. »Ziehen Sie Ihren Pyjama an.«

Ich nahm eins von Evans T-Shirts – eins, von denen er wusste, dass ich es nicht mochte – und eine Boxershorts von ihm, was ich sonst nie tat, in der Hoffnung, ihm würde dieses Detail auffallen, wenn ich tot war. Ich zog beides an.

»Jetzt brauchen wir noch Papier für Ihren Abschiedsbrief.«

Nachdem ich in meinem Büro einen Stift und einen Papierblock gefunden hatte, gingen wir wieder nach unten. Sobald wir in der Küche waren, deutete er auf die halbleere Flasche Shiraz auf der Arbeitsplatte.

»Nehmen Sie die und setzen Sie sich an den Tisch.«

Ich setzte mich und starrte ihn an.

»Trinken Sie etwas Wein direkt aus der Flasche.«

Ich nahm einen Schluck.

»Noch einmal.«

Ich tat es und musste würgen. Etwas Wein tropfte auf mein T-Shirt. Ich dachte an den tödlichen Mix, der bereits durch meinen Körper kreiste, und überlegte, wie lange es wohl dauern würde, bis mein Herz stehenblieb. Billy sah sich in der Küche um und wieder zu mir, schätzte erneut den Tatort ein.

»Gut. Jetzt fangen Sie an zu schreiben. Wenn die Wirkung der Tabletten einsetzt, legen Sie sich aufs Sofa.«

»Wenn Ally mich am Morgen findet und ...«

»Ich werde gleich morgen früh bei Ihnen vorbeischauen und Ihre Leiche finden, ehe sie aufwacht. Und ich werde dafür sorgen, dass sie aus dem Haus ist, wenn die Polizei auftaucht.«

» Versprechen Sie mir, dass Sie dafür sorgen, dass sie mich nicht sieht!«

» Na klar.«

Als ich den Stift nahm, zitterte meine Hand heftig. Ich musste mir etwas einfallen lassen, um ihn hinzuhalten, damit ich mir einen Plan ausdenken konnte. Aber selbst wenn ich den Alarm erreichte – was dann?

» Schreiben Sie den Brief, Sara.«

Es war nicht schwer, einen traurigen Abschiedsbrief zu schreiben. Ich erzählte ihnen, wie sehr ich sie liebte, wie leid es mir täte, wie sehr ich sie vermissen würde, aber dass dies das Einzige war, was ich tun könnte. Ich weinte die ganze Zeit, während ich schrieb. Ich wollte Billy den Stift ins Auge stechen, aber man konnte einen Mann mit gar nichts erstechen, solange er mit einer Pistole auf einen zielte. Ally würde es gutgehen. Evan würde sich um sie kümmern. Sie würde groß werden und mich hassen, weil sie denken würde, ich hätte sie verlassen. Aber zumindest würde sie groß werden.

Als ich fertig war, sagte Billy: » Und jetzt warten wir.«

Vor Angst war meine Kehle wie zugeschnürt, als ich sagte: » Sie werden damit niemals durchkommen.«

» Niemand wird mich jemals verdächtigen – und das wissen Sie.«

Das Telefon klingelte, und wir fuhren beide zusammen. Ich schaute nach oben und betete, dass Ally nicht aufwachte.

» Hoffen wir, dass sie einen guten Schlaf hat«, sagte Billy, als es zum zweiten Mal klingelte. Wenn sie erst einmal schlief, dann weckte sie so leicht nichts auf, aber sie war noch lange wach gewesen. Mit angehaltenem Atem wartete ich darauf, dass sie nach mir rief. Gott sei Dank blieb sie still, und das Telefon klingelte nicht noch einmal – der Anrufer musste zur Mailbox weitergeleitet worden sein. Mir fiel ein, dass Melanies Nummer auf dem Display angezeigt worden war, als ich nach Hause gekommen war. Ich dachte, sie hätte angerufen, um mich zu beschimpfen, also hatte ich sie ignoriert, aber jetzt wünschte ich, ich könnte sie anrufen und ihr sagen, dass es mir unendlich leidtat. Meine Brust wurde eng von der Anstrengung, panische Schluchzer zurückzuhalten.

Es war mindestens fünfzehn Minuten her, seit ich die Tabletten geschluckt hatte. Ich konnte nicht verhindern, dass mir die Tränen übers Gesicht strömten. Ich würde sterben, und ich würde mich nicht von meiner Tochter verabschieden können. Ich hatte Evan zum Abschied kaum umarmt. Wir würden niemals heiraten. *Hör auf, Sara. Beruhige dich und denk dir was aus, wie du hier rauskommst.* Wenn ich weiterredete, schaffte ich es vielleicht, wach genug zu bleiben, um zumindest die Chance zu haben, mir einen Plan auszudenken.

»Sie werden Sie vielleicht nicht sofort verdächtigen, aber sie werden nicht glauben, dass ich mich umgebracht habe. Meine Familie, Evan, meine Therapeutin, jeder weiß, dass ich Ally das niemals antun würde – außerdem werde ich demnächst *heiraten*. Ich habe gerade mit einer meiner Schwestern über die Junggesellinnenparty geredet. Warum sollte ich …«

»Es gibt einen Abschiedsbrief in Ihrer Handschrift. Sie werden es glauben.« Aber etwas flackerte in seinem Blick auf.

»Aus meiner Anruferliste geht hervor, dass wir heute Abend telefoniert haben – Sie sind die letzte Person, die mich lebend gesehen hat. Überall auf dem Geschirr sind Ihre Fingerabdrücke.«

»Ich bin vorbeigekommen, um mit Ihnen zu reden, weil Sie so aufgewühlt waren.« Er zuckte die Achseln. »Ich habe nicht gemerkt, dass Sie Suizidgedanken hatten.«

»Aber Sie sind ein ausgebildeter Profi, Sie hätten es merken müssen. Es wird eine Untersuchung geben, Billy.«

»Damit komme ich schon zurecht. Es wird funktionieren.«

Er war zu ruhig. Nichts an ihm schwankte. Erneut überkam mich Panik, lähmte jeden meiner Gedanken außer dem, dass mir die Zeit davonlief. Ich würde sterben.

Ich starrte Billy an. Allmählich fühlte sich alles kühl und verlangsamt an, als befände ich mich unter Wasser. In meinen Ohren dröhnte es, und ich fragte mich, ob ich jetzt ohnmächtig würde. Dann änderte Billy seine Haltung, und ich erkannte seine Tattoos.

Wer schwach ist, muss sich auf den Angriff vorbereiten. Wer stark ist, zwingt den Feind, sich auf einen Angriff vorzubereiten.

Das war's. Ich hatte meine Strategie gefunden. Ich musste zum Angriff übergehen. Die Angst wich aus meinem Körper, als mein Verstand sich aufklarte.

»So wie Ihr Plan, John zu fassen?«

Seine Augen wurden schmal. »Er hat funktioniert.«

»Sie hätten ihn nie gefasst – *ich* habe ihn getötet. Ich musste Ihren Job erledigen.«

Seine Hand umklammerte die Pistole fester. Ich dachte kurz an unsere Unterhaltung darüber, dass er früher so aufbrausend gewesen sei. Er hatte sich angewöhnt, seine Wut zu kanalisieren und zu kontrollieren, aber das bedeutete nicht, dass sie nicht mehr da war. Was hatte er noch über das Kickboxen gesagt? Der Gegner, der seinen kühlen Kopf verliert, verliert seine Koordination. Wenn ich ihn provozierte, würde er vielleicht unvorsichtig werden, und ich könnte es zum Telefon oder zur Alarmanlage schaffen.

»Dieses Buch von der Kriegskunst. Das ist doch nur ein Haufen Scheiße.«

»Dieser Fall *beweist*, dass es funktioniert.«

Er sagte das voller Überzeugung, aber sein Hals zeigte eine leichte Rötung. Ich hatte einen empfindlichen Nerv getroffen.

»Niemand wird dieses lächerliche Buch, an dem Sie arbeiten, ernst nehmen – die Polizei schon gar nicht. Nicht einmal Sandy hört Ihnen zu.«

Die Rötung am Hals kroch höher und wurde dunkler. »Sie wird. Wenn sie es liest und sieht, wie es bei diesem Fall geholfen hat.«

»Aber den Teil, in dem Sie auf Evan schießen, müssen Sie auslassen, stimmt's? Darum bringen Sie mich um. Denn wenn die Wahrheit herauskäme, dann wüsste jeder, dass Sie ein Lügner sind – und dass Ihre ganzen Strategien und Pläne totaler Unsinn sind. Sie haben das *Gesetz* gebrochen.«

»Es funktioniert. Ich brauchte nur einen großen Fall, um das zu beweisen. Und das habe ich getan.«

»Nein, Billy, Sie haben es verbockt. Mir haben Sie gesagt, ich müsste Geduld haben, aber Sie selbst haben die Sache in die eigene Hand genommen. Dann wurde ein Officer – Ihre *Partnerin* – verletzt. Sie haben die Dinge vorangetrieben, und daraufhin ist John ausgeflippt.«

»John musste gestoppt werden. Aufgrund meiner Einwirkung wird er nie wieder eine Frau töten.«

»Aber wenn Sie mich umbringen, sind Sie ebenfalls ein Mörder, und …«

»Ich habe Ihnen gesagt, ich gehe nicht in den Knast – nicht dafür, dass ich Leben gerettet habe.«

»Ihnen ging es doch gar nicht darum, einen Killer aufzuhalten oder Leben zu retten. Egal, was Sie getan haben,
Sie haben es einzig und allein für sich getan.« Sein Blick war
immer noch finster, aber er schaffte es, ruhig zu bleiben.
Mittlerweile fühlte ich mich leicht schläfrig und benommen.
Ich musste es noch einmal versuchen. »Die Leute, die er umgebracht hat, sind Ihnen doch egal.«

»Sie wissen überhaupt nichts über mich.«

»Ich weiß, dass die Polizei sich schlapplachen wird, wenn
sie herausfindet, was Sie getan haben. Das ist ja auch nicht
das erste Mal, dass Sie es verbockt haben. Sie wissen schon,
die alte Frau, die angeschossen wurde, weil Sie beim Vergewaltiger eingebrochen sind.«

Er stand auf. »Dummes Miststück, was ...«

»Sie hatten den Fall nicht unter Kontrolle, und Sie hatten
mich nicht unter Kontrolle. Sie haben das Gesetz gebrochen,
um den Fall der Strategie anzupassen, nicht umgekehrt.«

»Ich an Ihrer Stelle würde den Mund halten.« Auf Billys
Stirn trat eine pulsierende Ader hervor, und er machte einen
Schritt auf mich zu.

Wir beide hörten das Knirschen von Reifen auf dem Kies
draußen im selben Moment.

»Rühren Sie sich nicht von der Stelle«, sagte Billy. »Shit,
es ist Ihre Schwester. Wenn Sie einen Ton sagen, puste ich
ihr den Schädel weg.« O Gott, Lauren.

Ich wollte schreien, um sie zu warnen, aber Ally war im
Haus, und es war ohnehin zu spät. Billy öffnete bereits die
Tür.

»Hi, Melanie. Ihre Schwester ist in der Küche.«

Melanie? Was wollte sie denn hier?

Sie kam herein und sah mich am Tisch sitzen.

»Hey, ich habe mein Handy hier vergessen. Ich habe versucht, anzurufen …« Sie sah mein Gesicht und drehte sich zu Billy um. Er zielte mit der Pistole auf ihren Kopf. Als sie nach Luft schnappte und einen Schritt zurück machte, brach der Schluchzer, den ich zurückgehalten hatte, aus meiner Kehle hervor.

Billy ging vorwärts, wobei er immer noch mit der Waffe auf sie zielte.

»Setzen Sie sich neben Ihre Schwester an den Tisch.« Sie drehte sich um und sah mich an, dann auf die Schiebetür. »Denken Sie nicht mal dran. Sara hat bereits begriffen, was mit Ally passiert, wenn irgendjemand hier eine Dummheit macht.«

Melanie suchte meinen Blick. Ich nickte.

Billy sagte: »Setzen Sie sich *hin*, Melanie.«

Sie zog sich einen Stuhl neben mich.

»Legen Sie die Hände auf den Tisch, wo ich sie sehen kann.«

Sie tat es, langsam.

»Sara ist gerade dabei, sich umzubringen. Sie hat die Tabletten bereits geschluckt.«

Melanie sah mir ins Gesicht. Mein Blick sagte ihr, dass es stimmte.

Sie wandte sich an Billy. »Sie können uns nicht beide dazu bringen, uns …«

»Halten Sie den Mund. Ich muss meinen Plan anpassen.« Er begann, auf und ab zu gehen.

Melanie machte Anstalten aufzustehen. Billy schlug ihr mit dem Handrücken ins Gesicht. Mit einem Aufschrei fiel sie zurück auf den Stuhl.

»Wollen Sie Ally aufwecken?«, sagte er.

Ich sagte: »Sie hat recht, Billy. Wie wollen Sie zwei Leichen erklären?«

Er deutete mit der Waffe auf mich. »Ich habe gesagt, *halten Sie den Mund*.« Er ging weiter auf und ab. Dann blieb er stehen und wirbelte herum. »John hat einen riesigen Fanclub, alles Mördergroupies – und die sind sauer, weil Sie ihn umgebracht haben. Einer von ihnen hat beschlossen, Vergeltung zu üben.« Er nickte. »Das kriege ich hin.«

Billy ging zum Messerblock, nahm das größte heraus und wog es in der Hand, als teste er das Gewicht. Er schnitt damit durch die Luft, einmal, zweimal.

Melanie sagte: »Oder ich helfe Ihnen.« Ich schnappte nach Luft. Aber sie sah mich nicht an. »Selbstmord ist glaubwürdiger – Sara ist ohnehin ständig mit Medikamenten vollgepumpt. Wir müssten dem Kind nicht extra weh tun. Aber es wäre besser für Sie, wenn ich Saras Leiche finden würde. Ich könnte versuchen, sie wiederzubeleben, aber ...« Sie zuckte die Achseln.

»Sie glauben doch wohl nicht, dass ich darauf hereinfalle?« Doch er klang gepresst. Er wusste, dass sie recht hatte.

»Ich hasse Sara.« Melanie spie die Worte aus. »Ich habe sie *schon immer* gehasst. Sie ist nicht einmal meine richtige Schwester. Wenn sie stirbt, stehe ich für den Rest meines Lebens in Ihrer Schuld.« Sie ließ sich vom Stuhl auf die Knie sinken. »Ich würde den Cops sogar erzählen, ich hätte sie heute gesehen und dass sie da echt depressiv war.«

Von der Seite sah ich ein Funkeln in Melanies Augen. Ich wollte etwas sagen, irgendetwas, aber meine Zunge fühlte sich ganz dick an, und mein Blick war leicht verschwommen. Die Wirkung der Tabletten hatte voll eingesetzt.

Melanie kniete jetzt vor Billy. Er rührte sich nicht.

»Ich bin die beste Chance für dich, wie du hier rauskommst«, sagte sie.

Billys Gesicht war angespannt, seine Stirn mit einem feinen Schweißfilm überzogen.

Die Hände an der Seite, erhob sich Melanie, immer noch auf den Knien, bis ihr Mund auf gleicher Höhe mit Billys Schritt war. Wie hypnotisiert starrte er nach unten.

»Ich würde *alles* tun, was du willst, Billy.«

Endlich fand ich meine Stimme wieder. »Egal, was sie sagt – Sie werden nie damit durchkommen. Und wenn Ihr Vater es herausfindet, wird er …«

Billy blickte auf. »Du Schlampe …«

Melanie rammte ihm die Stirn in die Eier. Er stieß ein tiefes Gebrüll aus und taumelte zurück. Das Messer fiel ihm aus der Hand und schlitterte über den Boden, bis es links von mir lag. Ich bückte mich danach, aber mein Körper reagierte so träge, dass ich schwer auf dem Boden aufschlug.

Melanie und Billy kämpften um die Pistole. Er packte sie an den Haaren und knallte ihren Kopf gegen den Kühlschrank. Ich griff nach dem Messer, aber meine Finger umfassten nur Luft. Ich schaute nach links und sah Billy sich nach der Waffe auf dem Boden bücken – Melanie kickte sie gerade noch rechtzeitig weg.

Er boxte sie. Sie fiel zu Boden und blieb liegen. Jetzt stürzte er sich auf mich. Ich konnte nur noch verschwommen sehen, aber ich erkannte die Pistole in seiner Hand. Mit hektischen Wischbewegungen suchte ich den Boden ab. Gerade, als sich meine Finger um das Messer schlossen, packte er mich an den Füßen und zerrte mich unter dem Tisch hervor. Ich versuchte, das Tischbein mit einer Hand zu umklammern, er zog kräftiger. Dann hörte ich eine zarte Stimme.

»Mommy?«

Billy ließ mein Bein los und richtete sich auf. Ich stieß das Messer in seinen Oberschenkel. Er schrie auf und umklammerte die Wunde. Ich hielt immer noch den Messergriff umklammert, als er seinen Körper zurückriss, bis ich das Messer losließ.

»*Mommy!*«

Blut aus Billys Bein färbte die Vorderseite seiner Jeans rot. Er fiel auf die Knie. Ich konnte immer schlechter sehen.

Ally schrie immer noch. Billy kroch auf die Waffe zu, die neben der Schiebetür gelandet war. Auf der anderen Seite der Scheibe drehte Elch durch.

Mit dem Messer in der Hand kroch ich hinter Billy her, aber ich schwankte heftig. Ich konzentrierte meinen verschwommenen Blick auf seinen Rücken, als er sich nach der Waffe streckte. Als ich direkt hinter ihm war, hob ich die Hand mit dem Messer. Er sah mein Spiegelbild im Glas und trat zur Seite, erwischte mich unterm Kinn und stieß mich gegen den Küchenschrank. Ally schrie und rannte auf mich zu.

Ich brüllte: »*Bleib, wo du bist!*«

Billy wirbelte herum, sein Gesicht eine zornrote Maske, und zielte mit der Pistole auf mich. Ich kratzte meine letzten Kräfte zusammen, um mich auf die Ellenbogen zu stützen und mit der Ferse kräftig gegen die Wunde an seinem Bein zu treten. Er schrie auf, und ich trat erneut zu, schaffte es, ihn an der Hand zu treffen und die Pistole quer durch die Küche zu befördern.

Sie landete vor Allys Füßen. Sie hatte die Hände auf die Ohren gepresst und hörte nicht auf zu schreien. Billy und ich krochen auf die Waffe zu. Ich zog mich auf seinen Rücken und versuchte, die Arme um seinen Hals zu schlingen. Er stand auf, während ich mich an ihn klammerte, und taumelte brüllend zurück.

Wir prallten so heftig gegen die Glastür, dass mir die Luft

wegblieb. Als er einen Schritt nach vorn machte, rutschte ich von seinem Rücken und krachte nach Luft schnappend auf den Boden. Mein Mund füllte sich mit dem metallischen Geschmack von Blut. Er wirbelte herum und begann auf mich einzutreten. Auf meine Brust, meine Beine, meinen Kopf. Hinter mir bellte Elch wie wahnsinnig.

Melanies Stimme war deutlich zu hören. »Lass meine Schwester in Ruhe, du *Scheißkerl*.«

Das laute Krachen einer Pistole. Die Bilder waren verwischt, aber ich erkannte den erstaunten Ausdruck auf Billys Gesicht, ebenso wie einen kreisrunden Blutfleck auf der Vorderseite seines Hemdes. Ein weiterer Schuss ertönte, und er brach über mir zusammen.

Alles wurde dunkel. Ich spürte Hände auf meinem Arm, jemand zerrte kräftig an mir, und dann war da ein Finger in meiner Kehle.

»Sara, du musst dich übergeben!«

Ich kämpfte gegen den Finger, aber er wurde noch tiefer hineingestoßen.

Melanies Stimme sagte: »Ally, wähl die 911!«

Ich hoffe für Sie, dass Ihnen niemals der Magen ausgepumpt werden muss, Nadine. Das ist echt nicht witzig – genauso wenig wie das Rumhängen im Krankenhaus die zwei Tage danach. Man glaubt es kaum, wie laut es da manchmal sein kann, vor allem nachts. Aber ich habe sowieso kein Auge zugetan. Die Tatsache, dass John die Schuld für den Überfall auf Sie und Evan auf sich genommen hat, beschäftigt mich immer noch. Er muss geargwöhnt haben, dass es jemand von der Polizei war. Aber es ist schwer zu sagen, was in ihm vorgegangen sein mag. Manchmal frage ich mich, warum er mir nicht einfach gesagt hat, dass er es nicht war, aber ich hätte ihm vermutlich nicht geglaubt. Und das wusste er wahrscheinlich.

Genauso muss er die ganze Zeit gewusst haben, dass ich mit der Polizei zusammenarbeitete, und hat die Treffen vereinbart, um mich auf die Probe zu stellen. Er muss gewusst haben, dass er mit jedem Anruf ein Risiko einging. War er so zuversichtlich, dass sie ihn nicht erwischen würden, oder wollte er den Kontakt zu mir so dringend, dass er bereit war, das Risiko einzugehen? Ich habe ihn verraten, immer wieder, aber er hat trotzdem versucht, mich zu beschützen. Wenn ich zuvor schon die Schuld auf mich geladen hatte, ihn umgebracht zu haben, so habe ich jetzt einen Riesenberg davon aufgehäuft. Ich kann Ihre Theorie nachvollziehen, ich sei möglicherweise so darauf fixiert, dass mein Vater mich retten wollte, um irgendwie damit klarzukommen, dass er ein Serienmörder war. Aber es ist genau das Gegenteil. Zu wissen, dass er *nicht* vollkommen schlecht war, macht es wesentlich schwerer, als wenn er durch und durch bösartig gewesen wäre.

Ich muss immer wieder an diesen letzten Tag mit John – meinen einzigen Tag mit ihm – denken, wie große Mühe er sich gegeben hat, mir zu gefallen. Und als ich ihn im Fluss angegriffen habe ... Was wollte er mir sagen? Ich werde es niemals erfahren. Es gibt so vieles bei diesem Fall, das wir nie erfahren werden, und das bereitet mir die größten Probleme. Akzeptieren und Loslassen ist echt nicht mein Ding. Aber ich muss es, wenn ich jemals so etwas wie Frieden finden will.

Die Cops sind ziemlich hart mit uns umgesprungen, als sie unsere Aussagen aufnahmen, aber sobald sie die Remington .223 auf Billys Dachboden gefunden hatten und feststellten, dass eine Patronenhülse aus der Asservatenkammer fehlte, schlugen sie eine andere Tonart an. Sandy besuchte mich im Krankenhaus. Es stellte sich heraus, dass es Billy gewesen war, der Julia überredet hatte, wegen eines Treffens mit John mit mir zu reden. Er hatte sie die ganze Zeit über den Fall auf dem Laufenden gehalten, das gehörte zu seiner Strategie: ihr eine Höllenangst einzujagen, damit sie ihrerseits mich unter Druck setzte. Sandy hatte nur wenige Male mit ihr gesprochen. Julia hatte also überhaupt nicht gelogen.

Sandy entschuldigte sich bei mir, weil sie so besessen von dem Fall gewesen war, und gab zu, dass sie mich nicht gerade mit Samthandschuhen angefasst hatte. Aber das hatte zum Plan gehört. Als es offensichtlich wurde, dass Sandy und ich keinen Draht zueinander fanden, hatte Billy vorgeschlagen, dass sie die Rolle des bösen Bullen übernehmen sollte, während er den guten Bullen spielte. Sie hat immer noch ein schlechtes Gewissen, weil John sich Ally geschnappt hat, und sie schämt sich furchtbar, weil sie keine Ahnung hatte, welches Spiel ihr Partner trieb. Als ich ihr sagte, ich wüsste, dass sie ihr Bestes gegeben hätte, habe ich Tränen in ihren Augen gesehen, ich schwör's. Ich betrachte sie jetzt mit anderen Augen – oder vielleicht nehme ich sie endlich überhaupt wahr.

Als sie Billys Haus durchsuchten, fanden sie ein paar Bücher über *Die Kunst des Krieges* und weitere chinesische Klassiker. Auf seiner Festplatte entdeckten sie einen Entwurf für sein eigenes Buch mit dem Titel *Die Kunst der Polizeiarbeit*. Er hatte mehrere berühmte Fälle als Beispiele herangezogen, aber die meisten der Strategien bezogen sich auf den »einen großen Fall«, die Jagd nach dem Campsite-Killer. Er hatte ganze Notizbücher über John angelegt und besaß Kopien von jeder Akte.

Ein weiteres Rätsel wurde gelöst, als sie den Verlauf in Billys Browser überprüften und alle Websites fanden, auf denen er den ursprünglichen Artikel verlinkt hatte, in dem enthüllt wurde, der Campsite-Killer sei mein Vater. Er hatte dafür gesorgt, dass sich diese Nachricht über das Internet verbreitete – offensichtlich in der Hoffnung, John aufzuscheuchen. Als die Polizei sich die Seiten genauer anschaute, stellte sie fest, dass er den Artikel unter dem Nickname *The Dark Knight* sogar auf ein paar Foren gepostet hatte, in denen Tipps über gute Campingmöglichkeiten in British Columbia ausgetauscht wurden. Am schlimmsten war, dass er auch die Seite mit meiner Geschäftsadresse verlinkt hatte, von der John wahrscheinlich meine Nummer hatte.

Als ich aus dem Krankenhaus zurückkam, las ich *Die Kunst des Krieges* von vorne bis hinten durch. Ich versuchte immer noch, einen Sinn in dem zu erkennen, was Billy getan hatte. Aber am Ende blieb nur das Gefühl, dass er jedes Zitat für seine eigenen Zwecke interpretiert hat. Es gibt einen Spruch, der im Grunde seine gesamte Freundschaft mit mir auf den Punkt bringt: »Behandle sie menschlich, erziehe sie mit militärischer Disziplin, und du wirst ihr Vertrauen gewinnen.« Da wurde mir erst klar, wie sehr Billy mich die ganze Zeit manipuliert hat – er hat mich bei Laune gehalten, hat mir zu essen gebracht und mich auf die nächste »Schlacht« vorbereitet, hat sogar Elch entführt, damit er mir helfen konnte, ihn wiederzufinden.

Das Erste, was Dad sagte, war: »Ich wusste, dass irgendetwas mit ihm nicht stimmte. Er war nicht angezogen wie ein Cop.« Ich wollte schon widersprechen, dass die Tatsache, dass Billy stets gut gekleidet war, gar nichts zu bedeuten hatte, doch dann merkte ich, dass ich das Gefühl hatte, mich dafür verteidigen zu müssen, weil ich Billy gemocht hatte. Das macht es so schwierig für mich: dass er mir sympathisch gewesen war. Aber vielleicht haben Sie recht, und es war gar nicht Billy, den ich so gut leiden konnte, sondern das, was er mir beigebracht hat. Aber er *hat* mir geholfen. Selbst jetzt, wenn ich in Stress oder Panik gerate, denke ich oft: *Atme, sammle dich und konzentriere dich auf deine Strategie.*

Wenn ich aus dieser ganzen Geschichte eines gelernt habe, dann, dass ich, obwohl ich fünfundneunzig Prozent der Zeit über Angst hatte, mit allem fertig geworden bin, was auf mich einstürzte. Jetzt muss ich nur daran denken, nach vorn zu blicken, wenn alles aus den Fugen zu geraten droht. Ich bezweifle, dass ich in einer Krise jemals cool bleiben werde – so ticke ich einfach nicht. Aber vielleicht höre ich auf, ständig deswegen durchzudrehen, weil ich durchdrehe.

Die Polizei weiß immer noch nicht, wer Sie überfallen hat. Billy hätte sich in jener Nacht wegschleichen können – ich hatte ihm ja sogar den Code der Alarmanlage verraten, nachdem er mich dazu überredet hatte, eine Beruhigungstablette zu nehmen. Aber er hätte bestimmt damit herumgeprahlt. Sandy glaubt, dass es John war, doch das glaube ich auch nicht. Keine Sorge – dieses Mal werde ich mich heraushalten. Als ich Evan das gesagt habe, hat er nur gelacht und erwidert: »Aber klar doch.« Aber ich schwöre, dieses Mal werde ich es der Polizei überlassen.

Evan kommt sich vor wie ein Idiot, weil er meine Bedenken wegen des Gewehrs abgetan hat, aber er ist auch ziemlich stolz auf sich, weil er Billy nie vertraut hat. Das nutzt er jetzt ziemlich aus, aber im Großen und Ganzen ist er echt lieb. All die Kämpfe, die wir durchgestanden haben, haben mir Angst gemacht, aber am Ende habe ich begriffen, dass wir verschiedener Meinung und trotzdem richtig füreinander sein können. Nachdem wir mit zwei Killern fertig geworden sind, wird unsere Ehe ein Kinderspiel werden.

Er hat mich mit Ally zusammen im Krankenhaus besucht. Beim ersten Mal war sie völlig aufgelöst – ihre Mommy so daliegen zu sehen, mit den ganzen Schläuchen, die aus ihr rauskamen. Aber einer der Ärzte hat ihr alles genau erklärt, und da hat sie sich wieder beruhigt. Danach hat sie mich immer gerne besucht, weil ich ihr meinen Nachtisch gegeben habe.

In den beiden Nächten, die ich im Krankenhaus verbrachte, hat sie in unserem Bett geschlafen – Evan sagte, sie sei ständig schreiend aufgewacht. Wir haben sie zu dieser Therapeutin gebracht, und jetzt geht es ihr besser, aber sie ist immer noch ziemlich anhänglich. Sie hatte auch schon ein paar *richtig* heftige Wutanfälle, daran werden wir noch arbeiten müssen. Aber im letzten Monat ist sie entführt worden, musste zusehen, wie ihre Mom und ihre Tante zusammengeschlagen wurden, und hat mit angesehen, wie ein Mann erschossen wurde. Irgendwo muss sie das alles schließlich lassen.

Melanie kam mich gleich am ersten Tag im Krankenhaus besuchen. Ich schlief gerade, aber als ich die Augen aufschlug, saß sie auf dem Stuhl neben mir und blätterte in der Zeitschrift *People*. Evan hatte mir erzählt, dass sie eine leichte Gehirnerschütterung hatte, so dass ich nicht überrascht war, ihren bandagierten Kopf zu sehen, aber das blaue Auge war ein Schock.

Ich räusperte mich, doch meine Kehle war immer noch geschwollen von dem Schlauch, den mir die Ärzte in den Rachen gestopft hatten.

»Nettes Veilchen.«

Sie lächelte mich an. »Besser als deins.«

Ich lächelte zurück. »Ich mag violett, das lässt meine Augen grüner wirken.«

Wir lachten, doch dann stöhnte ich.

»Stopp, das tut weh.«

Unsere Blicke trafen sich, und unser letzter Augenblick mit Billy holte uns ein. Sie verlagerte ihr Gewicht auf dem Stuhl.

»Die Sachen, die ich gesagt habe ...« Sie räusperte sich. »Das habe ich nicht ernst gemeint.«

»Ich weiß. Aber unsere Beziehung ist echt grottenschlecht.«

Ärger blitzte in ihren Augen auf, doch ich hob eine Hand.

»Ich übertreibe andauernd, und ich raste leicht aus.« Ich holte tief Luft, woraufhin ich husten musste, was höllisch weh tat. Melanie gab mir mein Wasser. Nachdem ich einen Schluck genommen hatte, sagte ich: »Und du hast recht, manchmal habe ich auf dich herabgeblickt. Aber ich bin nur neidisch darauf, wie Dad dich behandelt.«

»Dabei brauchst du das gar nicht, es ist ihm nämlich peinlich, dass ich mich als so eine Enttäuschung entpuppe. Er erzählt ständig nur, wie gut du dich entwickelt hast. Und er *hasst* meinen Freund.«

Nie zuvor hatte ich es von ihrer Warte aus betrachtet, nie begriffen, wie sehr sie sich ebenfalls nach Dads Anerkennung sehnte.

»Du bist keine Enttäuschung. Aber Kyle hasst er tatsächlich.«

Sie lachte. »Dass Evan in seinen Augen perfekt ist, macht die Sache nicht gerade einfacher. Ich weiß, dass Kyle anders ist, aber er ist lustig, und ich fühle mich gut mit ihm. Du hast nie versucht, ihn richtig kennenzulernen.«

»Da hast du recht. Aber ich werde es, okay?«

»Okay.« Sie lächelte. »Auch wenn ich uns noch nicht zu viert ausgehen sehe.«

Ich lachte, dann hielt ich meine Seite und biss die Zähne zusammen. Als der Schmerz nachgelassen hatte, sagte ich: »Wahrscheinlich hast du recht, aber man kann nie wissen.« Ich berührte ihre Hand. »Hey, weißt du was? Als du noch ganz klein warst, habe ich mich eines Nachts in dein Zimmer geschlichen. Ich dachte, wenn ich dich weggebe, würde Dad mich liebhaben. Aber dann habe ich dir nur stundenlang in deinem Zimmer beim Schlafen zugesehen.«

»Du wolltest mich *weggeben*?«

Ich lächelte über ihren Gesichtsausdruck. »Was zählt, ist, dass ich beschloss, dich zu behalten. Gott sei Dank – sonst wäre ich jetzt tot.«

Sie lachte. Dann legte sie die Stirn auf das Krankenhausbett und begann zu weinen.

»Ach, Sara, ich dachte tatsächlich, du wärst tot. Du bist bewusstlos geworden, und ich habe dich nicht wieder wachbekommen. Alles, woran ich denken konnte, war, dass du in dem Glauben sterben würdest, ich würde dich *hassen*.«

Ich tätschelte das weiche Haar an ihrem Hinterkopf. »Ich weiß, dass du mich nicht hasst. Und ich hasse dich auch nicht – selbst wenn ich mich mal über dich ärgere. Lauren sagt, du und ich wären uns ziemlich ähnlich, deswegen würden wir uns so oft streiten.«

Melanies Kopf schoss in die Höhe. »Wir sind uns überhaupt nicht ähnlich.«

»Das habe ich ihr auch gesagt.«

Wir sahen einander an.

Sie sagte: »Au Scheiße.«

Als Lauren mir etwas Kleidung von zu Hause brachte, erzählte ich ihr von Melanies Besuch.

»Ich denke, dass wir in Zukunft besser miteinander auskommen werden. Wir werden uns sicherlich noch streiten, aber zumindest reden wir jetzt darüber. Ich frage mich zwar immer noch, woher John so viel über Ally wusste, aber ich habe eigentlich niemals wirklich geglaubt, dass Melanie etwas damit zu tun hatte. Jetzt bin ich mir ganz sicher.«

Lauren wandte sich ab und begann die Tasche auszupacken. »Evan sollte ein paar Kräutertees besorgen, wenn du wieder nach Hause kommst.«

»Lauren?«

Sie fuhr fort, auszupacken. »Pfefferminze ist gut für den Magen. Und besorg dir etwas Reinigungsmilch auf Pflanzenbasis aus dem Bioladen – das hilft beim Entgiften.«

»Lauren, würdest du mich bitte eine Minute ansehen?«

Sie drehte sich um, mit einer meiner Hosen in den Händen. Ich musterte ihr lächelndes Gesicht und die viel zu blanken Augen. Mein Magen zog sich zusammen.

»Weißt du irgendetwas darüber?« Meine Stimme war immer noch rau von dem Schlauch.

»Worüber?« Laurens aufrichtiges Gesicht war nicht zum Lügen geschaffen.

»Was hast du getan, Lauren?«

Sie stand einen Moment da, dann sank sie auf den Stuhl neben meinem Bett.

»Ich wusste nicht, dass er es war.«

»Was ist *geschehen*?«

Ihre Mundwinkel sackten nach unten. »Ein Mann rief an und sagte, er sei von der Zeitung und dass er für einen Artikel recherchiert, für was Kinder sich heutzutage interessieren. Er sagte, er habe meinen Namen von einer Mutter, die ich kenne – Sheila Watson, einer Nachbarin. Also erzählte ich ihm von den Jungs. Dann fragte er mich, ob es irgendwelche Kinder in der Verwandtschaft gebe, und als ich sagte, sie hätten eine Cousine, wollte er wissen, was sie so mochte. Ich erzählte es ihm, aber als er immer mehr Fragen über Ally stellte, fragte ich noch einmal nach seinem Namen, und er legte auf. Ich habe Greg davon erzählt, und er meinte, wir sollten nichts sagen – es würde dich nur ängstigen.«

Zum ersten Mal in meinem Leben hätte ich Lauren am liebsten geschlagen.

»Und du hast mir nichts davon erzählt – nicht einmal, nachdem Evan angeschossen wurde?«

»Ich wusste nicht mit Sicherheit, dass es der Campsite-Killer ...«

»Ja, klar.« Mein Gesicht war heiß. »Du wolltest nur nichts sagen, weil du wusstest, dass ich sauer sein würde. So wusste er also, wie er an Ally herankommen konnte!«

Lauren nagte an ihrer Lippe. »Greg sagt, er hätte es so oder so geschafft. Ich fühle mich entsetzlich, weil ich ihm von Ally erzählt habe – aber er hat sich so *nett* angehört.«

Wir schwiegen beide, während ich ihr gerötetes Gesicht betrachtete. Dann fiel noch ein Puzzleteil an die richtige Stelle.

»Hast du irgendjemandem erzählt, dass der Campsite-Killer mein Vater ist? Ist es so durchgesickert?«

Ihr Gesicht war jetzt knallrot. »Greg ... manchmal redet er zu viel, wenn er getrunken hat. Er wusste nicht, dass einer der Leute aus dem Camp mit einer Reporterin von dieser Website zusammen war, oder er ...«

»Du hast es ihm gesagt, obwohl ich dich gebeten hatte, niemandem davon zu erzählen, nicht einmal Greg? *Du* hast das alles losgetreten?« Ich umklammerte eine Zeitschrift so heftig, dass die Kante sich in meine Hand bohrte. Dann kapierte ich noch etwas. »Warte. Greg erzählt blöde

Witze, wenn er betrunken ist, aber er tratscht nicht herum. Er wusste, dass das mein Leben total auf den Kopf stellen könnte. Warum sollte er das ausplaudern?«

Laurens Wangen röteten sich erneut.

Ich starrte sie an. Sie blickte zur Seite.

»Hat er das *absichtlich* gemacht?«

Lauren sah mich immer noch nicht an, und ihre Miene war mutlos, als wolle sie etwas sagen, schaffe es jedoch nicht. Ich glaubte nicht, dass es das Geschwätz eines Besoffenen gewesen war. War Greg sauer auf mich, weil er glaubte, Lauren hätte mit mir über seine Trinkerei geredet? Nein, das war's nicht, dazu war sie zu loyal, und das wusste er. Es musste einen anderen Grund geben – oder eine andere Person.

Langsam tastete ich mich vor. »Hat er versucht, Dad eins auszuwischen?«

Lauren sah mir in die Augen, und ich hatte meine Antwort.

»*Das* steckte also dahinter?« Ich war mir nicht sicher, was mehr weh tat: dass Greg mich den Wölfen zum Fraß vorgeworfen hatte, um an Dad heranzukommen, oder dass er gewusst hatte, dass das eben über mich am besten klappen würde.

»Ich glaube schon.« Sie klang resigniert. »Er schwört, dass das mit der Reporterin nicht wusste. Aber er war so wütend, weil Dad den anderen Vorarbeiter befördert hat ...«

»Und du hast dabeigesessen und zugehört, wie Dad mich zusammengestaucht hat, während *dein* Mann die Geschichte weitergetratscht hat?«

Laurens Augen füllten sich mit Tränen. »Es tut mir so leid ...«

»Verdammt richtig, dass es dir leidtut.« Ich atmete schnell, worauf ich einen stechenden Schmerz in den Rippen spürte, aber ich war zu erbost, um mich darum zu scheren.

Sie sagte: »Ich habe ein paarmal versucht, es dir zu erzählen, aber ich hatte Angst, dass Greg seinen Job verliert und dass Dad wütend wird und …«

»Dich wie Dreck behandelt?«

»Er ist der einzige Vater, den ich habe.«

»Er ist auch der einzige Vater, den ich habe, Lauren.«

Sie starrte auf mein Bett, und ihr Gesicht wurde traurig. »Ich weiß, dass er zu dir anders war«, sagte sie. »Es ist nicht richtig, wie er dich behandelt.«

Ich schwieg, all meine wütenden Worte erstarben in meiner Kehle.

»Es tut mir leid. Ich bin nie für dich eingetreten, als wir noch kleiner waren. Niemand von uns.«

Jetzt war ich diejenige, die weinte. »Du warst doch noch ein Kind.«

»Aber jetzt bin ich es nicht mehr.« Sie holte tief Luft. »Ich werde es Dad erzählen.«

»Er wird Greg rausschmeißen.«

»Ich habe diese Heimlichtuerei satt. Ich muss ein paar Dinge in meinem Leben verändern. Du bist mir wichtiger – du bist meine Schwester.« Ihr Blick traf meinen. »Ich will nur, dass du glücklich bist.«

»Ich *bin* glücklich.« Und da begriff ich, dass ich es tatsächlich war. Ich hatte alles, was ich brauchte.

Meine letzte Besucherin im Krankenhaus war die letzte Person, die ich zu sehen erwartet hatte. Als ich mich durch die Fernsehkanäle zappte, klopfte es leise an der Tür. Ich blickte auf, dachte, es sei eine der Schwestern, und sah Julia dort stehen. Sie sah elegant aus in einem weißen Leinen-Hosen-anzug. Und sie schien sich *richtig* unbehaglich zu fühlen.

»Darf ich eintreten?«

Ich brauchte einen Moment, um meine Stimme wieder-zufinden.

»Klar, natürlich.« Ich schaltete den Fernseher aus. »Neh-men Sie Platz.« Mit einem Kopfnicken deutete ich auf den Stuhl neben dem Bett, aber sie stellte sich in die Nähe des Fensters. Sie nestelte an einer der Blumen in der Vase herum, pflückte ein Blütenblatt ab und drehte es zwischen den Fin-gern hin und her. Endlich drehte sie sich um. »Ich habe nicht mit Ihnen gesprochen, seit Sie ihn getötet haben …« Ihre Stimme erstarb, und ich unterdrückte den Drang, das Schweigen zu durchbrechen.

Warum sind Sie hier? Sind Sie zufrieden, dass er tot ist? Hassen Sie mich immer noch?

»Ich wollte Ihnen danken«, sagte sie. »Jetzt kann ich schlafen.« Ehe ich etwas antworten konnte, sah sie mir in die Augen. »Katharine ist ausgezogen.«

Unsicher, warum sie mir das erzählte, sagte ich: »Das tut mir leid.«

Ihre Miene wurde nachdenklich. »Es war so einfach, ihm die Schuld für alles zu geben, was in meinem Leben schief-ging.«

»Was er getan hat, war …«

»Jetzt ist er tot. Und jetzt erkenne ich, dass das, was ich ge-tan habe … was das mit den Menschen um mich herum ge-macht hat. Wie ich sie fortgestoßen habe …« Ihr Blick fiel auf das Foto auf meinem Nachttisch. »Ist das Ihre Tochter?«

»Das ist Ally, ja.«

»Sie ist sehr hübsch.«

»Danke.«

Sie starrte immer noch auf das Foto, als meine Mom ins Zimmer kam, mit dem Kaffee, um den ich sie wenige Minuten zuvor gebeten hatte. Als sie Julia sah, fuhr sie zusammen.

»Oh, tut mir leid. Ich komme später wieder.«

»Es ist schon in Ordnung, Mom. Bitte bleib.«

Julia wurde rot, und sie griff nach ihrer Handtasche. »Ich sollte besser gehen.«

Ich sagte: »Warten Sie eine Sekunde. Bitte.« Sie versteifte sich. »Julia, darf ich Ihnen meine Mutter vorstellen, Carolyn?«

Mom schaute von Julia zu mir, und ihr Gesicht hellte sich auf. Ich lächelte ihr zu, und mein Blick teilte ihr alles mit, was ich ihr sagen wollte. Sie lächelte zurück.

Sie wandte sich an Julia und streckte die Hand aus. Ich hielt den Atem an. Julia ergriff die ausgestreckte Hand. Mom hielt sie einen Augenblick mit beiden Händen fest und sagte: »Vielen Dank, dass Sie sie uns gegeben haben.«

Julia blinzelte ein paarmal. »Sie müssen stolz auf sie sein. Sie ist eine mutige junge Frau.«

»Wir sind *sehr* stolz auf Sara.« Mom lächelte, und meine Kehle wurde eng.

Julia sagte noch einmal: »Ich sollte besser gehen.« Sie drehte sich zu mir um. »Ich habe immer noch die Holzwerkzeuge meines Vaters. Wenn es Ihnen wieder bessergeht, können Sie ja einmal vorbeikommen und sie sich ansehen, wenn Sie möchten. Vielleicht ist etwas dabei, das Sie haben möchten.«

»Gerne. Das wäre klasse.« Das Angebot überraschte mich ebenso wie die Tatsache, dass ich meine kreative Ader vielleicht gar nicht von John hatte.

Sie nickte knapp und verließ das Zimmer.

Mom sah mich an und sagte: »Sie scheint ganz nett zu sein.«

Ich hob eine Braue. »Findest du?«

»Sie wirkt etwas ungehalten. Aber sie erinnert mich an deinen Vater.«

»Wie kommst du denn *darauf*?«

»Sie benehmen sich, als seien sie wütend, wenn sie Angst haben.« Sie ließ sich auf dem Stuhl neben meinem Bett nieder. »Wusstest du, dass dein Vater letzte Nacht die ganze Zeit bei dir geblieben ist, während du geschlafen hast?« Sie lächelte, dann blickte sie noch einmal zur Tür, durch die Julia gerade verschwunden war. »Du hast ihre Hände.«

Gestern habe ich für Ally Frühstück gemacht, Pfannkuchen mit extra Blaubeeren und Schlagsahne – ich verwöhne sie gerade nach Strich und Faden. Als ich ihr den Teller hinstellte, bewegte ich mich zu schnell, und Ally sah mich zusammenzucken.

»Arme Mommy. Was hilft dir, wenn du krank bist?«

»Du hilfst mir.«

Sie verdrehte die Augen. »Das ist ein *Witz*.«

Mein Herz begann zu flattern.

In singendem Tonfall sagte sie: »Was hilft dir, wenn du krank bist?«

Ich spielte mit.

»Saure Gurken?«

»Ein Alles-wird-Gutschein!« Sie brach in Gekicher aus.

»Woher hast du den Witz?«

»Weiß nicht.« Sie hob ihre kleinen Schultern. »Ich mag Witze.« Sie grinste ihr Zahnlückenlächeln, und ich wollte sagen, dass solche Witze albern sind. Ich wollte jeden Teil von John in ihr packen und herausreißen. Doch als ich zusah, wie sie einen riesigen Bissen von dem Pfannkuchen nahm, das Gesicht immer noch voller Lächeln, dachte ich an einen Vater, der seinem kleinen Jungen nicht erlaubt hatte, Witze zu erzählen.

»Ich mag sie auch, Ally.«

Danksagung

Dieses Buch hätte nicht entstehen können ohne die Hilfe einiger wunderbarer Menschen, die mir ihre Zeit geschenkt und ihr Wissen mit mir geteilt haben. Ohne sie und die unzähligen Tassen Tee und Schüsseln mit Popcorn, die ich vertilgt habe, als ich diesen Roman schrieb, hätte ich nicht durchgehalten. Als Erstes möchte ich meiner Tante Dorothy Hartshorne danken, für Brainstorming-Sessions und »Dies-oder-das«-E-Mails, sowie meinem Onkel Dan Hartshorne, der mir Nachhilfe in Sachen Schusswaffen gab. Ein dickes Dankeschön geht wieder an Renni Browne und Shannon Roberts, deren wertvolle Anmerkungen mich beim Schreiben stets weiterbrachten. Auch meiner Kritik-Partnerin Carla Buckley bin ich zutiefst dankbar, sie ist eine echte Freundin und brillante Schriftstellerin, die mir an den langen einsamen Tagen an der Tastatur online Gesellschaft leistet.

Dafür, dass sie ihr professionelles Wissen mit mir geteilt haben, danke ich Constable J. Moffat, Staff Sergeant J. D. MacNeill, Doug Townsend, Dr. E. Weisenberger, Nina Evans-Locke und Garry Rodgers, die mir alle großzügig ihre Zeit geschenkt haben. Sie können sicher sein, dass alle Fehler allein von mir stammen. Mein besonderer Dank gilt Tamara Poppitt, die mir viel über sechsjährige Mädchen beigebracht hat. Sandy Jack, die meinen ersten Entwurf gelesen hat und von deren französischer Bulldogge Eddie ich mich inspirieren lassen durfte. Und Stephanie Paddle, die nicht gelacht hat, wenn ich ihr seltsame medizinische Fragen gestellt habe – und glauben Sie mir, sie waren immer seltsam.

Eine Schriftstellerin braucht ein großes Netzwerk von Unterstützern, und ich habe das Glück, meine Agentin Mel Berger zu haben, die meine Fragen und epischen E-Mails stets mit Witz und Weisheit beantwortet. Graham Jaenicke gewährte mir ebenfalls dringend benötigte Unterstützung und E-Mail-Aufmunterungen. Ich bin sehr froh, mit St. Martin's Press und meiner Lektorin, Jen Enderlin, zusammenarbeiten zu dürfen, deren Einsichten stets ins Schwarze treffen, auch wenn ich das manchmal nur widerstrebend einsehe. Mein Dank gilt außerdem Sally Richardson, Mathew Shear, Lisa Senz, Sarah Goldstein, Ann Day und Loren Jaggers. Danke an meine kanadische Pressefrau Lisa Winstanley, die alle Hamburger auf der Welt für ihre farbkodierten Terminpläne verdient hat.

Ich möchte auch Lisa Gardner und Karin Slaughter dafür danken, dass sie bei weitem mehr als das Übliche getan haben, um einer unbekannten Autorin zu helfen. Don Taylor, Sie sind ein wahrer Gentleman. Mein Dank geht außerdem an die ausländischen Verlage, die meine Vision aufgenommen und sie mit dem Rest der Welt geteilt haben, insbesondere an Cargo, der mich nach Amsterdam gebracht hat. Ich kam inspiriert und bereit zum Schreiben nach Hause.

Zudem bin ich meinen Freunden und meiner Familie dankbar, für die sich all das gelohnt hat und die es verstehen, wenn ich monatelang wie vom Erdboden verschluckt bin. Last, but never least, danke ich meinem Mann Connel, meinem Felsen, wenn der Rest der Welt sich im Kreis dreht.

Chevy Stevens

DIE ANDERE SEITE – SANDYS GESCHICHTE

Eine Short Story nach ›Never knowing – Endlose Angst‹

Seit Jahren arbeitete ich an dem Fall des Camp-site-Killers – seit ich beim Dezernat für Kapitalverbrechen in Vancouver war. Mittlerweile hatte ich zu den Familien einiger der Opfer ein enges Verhältnis, was es nur umso schlimmer für mich machte, wenn er uns wieder einmal entwischte. Die Spur erkaltete für ein paar Jahre und wurde wieder frisch, sobald er eine weitere Frau umbrachte, immer im Sommer. In jenem Sommer war ich nervös, denn ich wusste, dass er wahrscheinlich in Kürze erneut zuschlagen würde. Womit wir nicht gerechnet hatten, war, dass der Campsite-Killer eine Tochter hatte – und dass er Kontakt zu ihr aufnehmen würde.

Mein Partner Billy Reynolds und ich reisten vom Festland nach Vancouver Island, um sie kennenzulernen und herauszufinden, wie viel an ihren Behauptungen dran war. Billy war ein netter Kerl. Es machte Spaß, mit ihm zusammenzuarbeiten, wenn er nicht gerade seine Sun-Tzu-Zitate aus der »Kunst des Krieges« zum Besten gab. Wenn ich zu ernst wurde, sang er immer »Oh Sandy« aus *Grease*. Seine John-Travolta-Imitation war furchtbar, aber er sah einfach gut aus. Mit seinen sechsunddreißig Jahren war er jünger als ich und gut in Form. Sein Schädel war rasiert, irgendwelche fernöstlichen Schriftzeichen zierten als Tattoos die Arme,

und er zog sich schick an. Trotzdem war er nicht mein Typ
– außerdem hatte ich einen Freund, ebenfalls ein Cop, auch
wenn es in letzter Zeit nicht besonders gut lief. Er war sauer,
weil wir immer noch kein Kind hatten, aber ich hatte meine
Zweifel, ob zwei Cops ein Kind großziehen können, zudem
war ich gerade zweiundvierzig geworden.

Billy blieb lieber Single; warum, war mir nicht ganz klar,
aber es erwies sich als äußerst praktisch, um an schwierige
Zeuginnen heranzukommen. Bei mir reagierten sie vielleicht
kratzbürstig, aber Billy mit seinen umwerfenden Grübchen
vertrauten sie immer sämtliche Probleme an.

Ich hatte gehofft, dass seine Magie auch bei Sara Gallagher wirken würde. Wenn ihre Geschichte stimmte, dann
war Karen Christianson ihre leibliche Mutter, die einzige
Frau, die einen Überfall des Campsite-Killers überlebt hatte.
Sie hatte ihren Namen in Julia Laroche geändert, war auf
die Insel gezogen und hatte das Kind zur Adoption freigegeben. Niemand hatte gewusst, dass sie schwanger gewesen
war – bis Sara sie vor ein paar Monaten aufgespürt hatte.
Als die Nachricht sich kurz darauf im Internet verbreitete,
rief der Campsite-Killer Sara an und wollte sie kennenlernen. Entsetzt meldete sie sich bei der örtlichen Polizei, und
die setzten sich mit uns in Verbindung.

Als wir Sara besuchten und ihr unsere Visitenkarten über-
reichten, merkte ich ihr die Überraschung an, dass ich Sergeant und Billy Corporal war, er also den niedrigeren Rang
hatte. Früher habe ich mich über diese Reaktion geärgert,
aber mittlerweile genieße ich es. Mir gefällt die Schockwir-
kung. Normalerweise sind die Leute auch erstaunt, dass wir
keine Uniform tragen, aber ich habe eine Waffe, und ihr Gewicht und das Reiben an der Seite hat etwas Tröstliches und
Vertrautes.

Sara war dreiunddreißig und sehr hübsch. Mir fiel sofort auf, dass sie mit den goldbraunen Haaren und grünen Augen dem Campsite-Killer ähnlich sehen musste, wenn die Beschreibung stimmte, die wir von ihm hatten. Allerdings war sie selbst darüber vermutlich nicht gerade erfreut. Sie wirkte auch nicht sonderlich begeistert von der Vorstellung, mit uns zusammenzuarbeiten, aber wir brauchten ihre Hilfe – sie war die beste Spur, die wir seit Jahren hatten. Wir mussten vorsichtig zu Werke gehen, um sie zu überreden, mit ihm zu sprechen, wenn er das nächste Mal anrief – und ich war sicher, dass er anrufen würde. Endlich hatten wir die Chance, diesen Scheißkerl zu fassen zu kriegen. Im Laufe der Jahre hatte er mindestens dreißig Menschen getötet, und ich wollte nicht noch einmal eine schlechte Nachricht an eine am Boden zerstörte Familie überbringen, wollte nicht noch einmal irgendwo in den Wäldern die Überreste einer Leiche finden.

Es war nicht zu übersehen, dass Sara Angst hatte, erneut mit ihrem Vater zu reden – was ich ihr nicht zum Vorwurf machen konnte. Mein Vater hatte nur eine Frau umgebracht: meine Mutter. Ich war sechs. Sie hatte gerade noch genug Zeit, mich in den Kleiderschrank zu schieben und die Tür zu blockieren, ehe er die Eingangstür aufbrach. Er vergewaltigte sie, anschließend erwürgte er sie, ohne dass sie ein einziges Mal geschrien hätte. Ich denke manchmal daran, wie es für sie gewesen sein muss – zu wissen, dass ich auf der anderen Seite der Tür zuhörte. Mein Dad verschwand in jener Nacht und wurde nie wieder gesehen. Wenn ich nicht in einem aktuellen Fall ermittelte, arbeitete ich an seinem.

Zwei Monate nach unserer ersten Begegnung arbeiteten wir immer noch mit Sara. Ihr Vater – John, wie er sich nannte –

rief sie fortwährend an und schickte ihr gruselige Geschenke. Er führte uns alle in die Irre, und am Ende brachte er, genau, wie wir befürchtet hatten, eine weitere Frau um. Es gelang uns, ein Treffen zwischen Sara und ihm zu arrangieren, und wir hofften, ihn zu schnappen, aber er ließ sich nicht blicken. Sara war ein Nervenbündel, ich war frustriert und wusste nicht, was in Billy vorging, aber es gefiel mir nicht.

»Du bist zu oft mit Sara zusammen«, sagte ich eines Morgens, als wir unterwegs waren, um uns einen Kaffee zu holen.

»Ich dachte, ich sollte eine Beziehung zu ihr aufbauen«, sagte er. Ziemlich schnell hatte sich herausgestellt, dass Sara und ich nicht miteinander zurechtkamen, aber Billy vertraute sie. Wir waren übereingekommen, dass ich als die Aggressivere auftreten und sie unter Druck setzen würde, damit Billy anschließend ein leichtes Spiel mit ihr hatte.

»Inzwischen wirkt es aber recht persönlich, Billy.«

»Das ist es nicht. Überhaupt nicht. Sie liebt ihren Verlobten.«

»Sei bloß vorsichtig.«

Sara liebte ihren Verlobten wirklich, das war nicht zu übersehen, trotzdem hatte ich das Gefühl, Billy näherte sich gefährlich der Grenze. So etwas kommt vor, und das ist einer der Gründe, warum wir in Teams arbeiten. Beziehungen unter Kollegen kommen ebenfalls vor, und meine eigene stand, gelinde gesagt, auf der Kippe. Gestern Abend war Jeff kurz davor gewesen, mir am Telefon ein Ultimatum zu stellen.

»Verdammt, du musst dich langsam entscheiden«, sagte er. »Wir leben jetzt seit zehn Jahren zusammen. Ich will dich heiraten, ich will ein Kind.«

»Ich habe dir doch gesagt, dass es dazu zu spät ist. Wahrscheinlich kann ich nicht einmal mehr schwanger werden – und eine Fruchtbarkeitsbehandlung werde ich nicht machen lassen.« Wenn wir ganz am Anfang unserer Beziehung über Kinder gesprochen hatten, sagten wir immer, dass wir »eines Tages« gern welche hätten, im Moment aber beruflich zu eingespannt seien. Außerdem machte ich mir Sorgen, unser Kind müsste allein aufwachsen, wenn beide Eltern von irgendwelchen Gangmitgliedern oder Drogendealern umgebracht würden. Die Jahre verstrichen, und ich akzeptierte, dass ich wahrscheinlich nie Kinder haben würde, es war einfach nicht drin. Doch dann wurde Jeff vom Babyfieber gepackt.

»Du sagst, du würdest wahrscheinlich nicht schwanger werden, aber das wissen wir nicht, solange wir es nicht probieren.«

»Das ändert nichts daran, dass wir zu alt sind – wir haben den Anschluss verpasst. Letztes Jahr hast du das selbst gesagt – und dass du glücklich mit unserem Leben bist.«

»Ja, das habe ich gesagt, aber ich habe meine Meinung geändert. Jetzt will ich wissen, was wir deswegen unternehmen.«

»Du kommst mir allen Ernstes ausgerechnet jetzt damit, wo ich gerade mitten in diesem Fall stecke?«

»Es gibt immer irgendeinen Fall.«

»Und was, wenn ich nein sage?«

»Ich will nur Bescheid wissen, so oder so.«

Doch ich hörte den Unterton heraus. Wenn ich nein sagte, konnte ich meine Beziehung vergessen. Wir vereinbarten, am Wochenende erneut darüber zu reden, wenn ich auf dem Festland war, und legten auf. Ich war wütend, aber ich versuchte, den Anruf aus meinen Gedanken zu verbannen und mich auf den nächsten Schritt bei der Suche nach dem

Campsite-Killer zu konzentrieren. Die Lage spitzte sich zu – wir mussten nur noch Sara in die richtige Richtung bugsieren.

Zwei Wochen später ging es in dem Fall drunter und drüber. Ich fuhr ins Krankenhaus, um Saras Therapeutin Nadine Lavoie zu befragen. Sie war angegriffen und verletzt worden. Wir hatten Sara überredet, einem weiteren Treffen mit John zuzustimmen, aber dann hatte er im letzten Moment angerufen und den Termin verschoben. Am Ende hatte Sara die Nerven verloren und sich geweigert, sich mit ihm zu treffen. Daraufhin griff er ihren Verlobten an, und als sie immer noch ablehnte, ihn zu treffen, hatte er offensichtlich beschlossen, ihre Therapeutin zu überfallen.

Sara war am Abend zuvor bei ihr gewesen, und wir vermuteten, dass John ihr zu Nadines Praxis gefolgt war. Ich war die Erste, die Nadine befragte, nachdem die Ermittlungsbeamten schon einmal vorgefühlt hatten.

»Hallo, ich bin Sergeant McBride«, sagte ich.

Sie streckte ihre Hand aus. »Danke, dass Sie gekommen sind.« Sie war Anfang fünfzig und erinnerte mich an Saras leibliche Mutter, Julia. Beide sahen gut aus und hatten diese kultivierte Aura einer Karrierefrau. Selbst mit dem Verband am Kopf wirkte sie sehr beherrscht, das Krankenhausnachthemd war faltenlos, das silbrige Haar ordentlich frisiert. Ich fragte mich, wie ich wohl auf sie wirkte mit meinem weißen T-Shirt, auf dem etwas von meinem Lunch gelandet war, den unordentlichen Haaren, die von zu viel Sonne ausgeblichen und wie immer vom Wind zerzaust waren, weil ich gerne mit offenem Fenster fahre.

»Sie bearbeiten den Fall des Campsite-Killers?«

»Das ist richtig.« Soweit ich gehört hatte, war sie eine

sehr gute Psychiaterin. Vor dreißig Jahren hätte ich sie vermutlich gut gebrauchen können. Obwohl ich immer noch unter Albträumen von der Ermordung meiner Mutter litt, hatte ich noch nie mit jemandem darüber gesprochen – auch nicht mit der Therapeutin, zu der meine Tante und mein Onkel mich gebracht hatten, bis sie herausfanden, dass ich dort die ganze Zeit nur weinte. Sie beschlossen, dass es zu traumatisch war, und brachten mir stattdessen Kajakfahren bei. Etwas, das ich immer noch mache, um abzuschalten.

»Wie geht es Sara?« Nadine Lavoies Blick verriet Besorgnis, während sie mein Gesicht aufmerksam musterte und nach Hinweisen suchte, irgendeinem Zeichen der Beruhigung.

»Sie schlägt sich ganz wacker.« Interessant, dass ihre erste Sorge ihrer Patientin galt, nicht ihr selbst, aber es gab allen Grund, sich zu sorgen. Wenn John so weitermachte, waren noch andere Menschen in Gefahr. Ich sagte: »Ich weiß, dass Sie das alles schon einmal erzählt haben, aber ich würde Ihnen gerne ein paar Fragen stellen, falls es Ihnen nichts ausmacht.«

»Fragen Sie.«

»Können Sie mir erzählen, was gestern Abend passiert ist?«

»Ich hatte gerade meine Praxis abgeschlossen und ging zu meinem Auto, als ich merkte, dass jemand mir nacheilte. Ehe ich mich umdrehen konnte, prallte er gegen meinen Rücken, und ich stürzte zu Boden. Mit dem Kopf schlug ich auf die Bordsteinkante auf.« Unwillkürlich tastete sie nach dem Verband. »Ich hörte jemanden davonrennen, dann wurde ich ohnmächtig.«

»Sie haben Ihren Angreifer nicht gesehen?«

»Nein, er kam zu schnell von hinten.«

»Gibt es noch etwas, an das Sie sich erinnern? Vielleicht ein Geruch oder Geräusch?«

Sie schwieg ein paar Sekunden, dann schüttelte sie den Kopf. »Ich weiß, dass Sie den Campsite-Killer verdächtigen, aber ich bin mir dessen nicht so sicher.«

»Wie kommen Sie darauf?«

»Ich habe einfach nicht das Gefühl, dass er es war. Ich weiß nicht, warum.« Sie wirkte ratlos, und ihr Blick schweifte zu einem wunderschönen Blumenstrauß auf dem Nachttisch. Daneben stand ein kleinerer, verwelkter Strauß, der aussah, als hätte jemand ihn an der Tankstelle gekauft.

»Gibt es sonst noch jemanden, von dem Sie glauben, er könnte Ihnen schaden wollen?«

Sie wandte sich wieder mir zu. »Dem Mann einer meiner Patientinnen passt es nicht, wie die Behandlung verläuft. Er hat angerufen und mich bedroht.«

»Wie heißt er?«

»Henry Flynn.«

Ich notierte mir den Namen. »Fällt Ihnen sonst noch jemand ein?«

Sie zögerte kurz, und ich überlegte, was sie wohl zurückhielt. Sie sagte nur: »Nein, niemand.«

»Keine Exmänner oder gescheiterte Beziehungen?«

Die Vorstellung schien sie beinahe zu amüsieren.

»Mein Mann starb vor zehn Jahren, seitdem hatte ich keine Beziehung mehr.«

Und von wem stammten dann die Blumen? Ich machte mir eine weitere Notiz.

»Haben Sie Kinder?«

»Eine Tochter und einen Stiefsohn. Sie leben beide in Victoria.«

»Irgendwelche Probleme mit einem von ihnen?«

Sie schüttelte den Kopf, sah aber traurig aus, und ich drängte sie nicht weiter. John musste der Angreifer gewesen sein. Ich brauchte nicht zu wissen, was für Probleme es in ihrer Familie gab.

»Danke, dass Sie Zeit für mich hatten.« Ich klappte meinen Notizblock zu.

»Tut mir leid, dass ich keine größere Hilfe war. Ich weiß, wie sehr Sie sich alle bemühen, ihn zu finden, hoffentlich können Sie ihn bald dingfest machen. Ich befürchte, die Situation könnte eskalieren.«

»Wir auch, aber wir tun, was wir können.«

»Er wird sich nicht kampflos ergeben. Er will eine Familie, und er sieht jeden, der sich ihm in den Weg stellt, als Bedrohung an. Ich mache mir große Sorgen um Sara und ihre Tochter.«

Ich nickte. »Das verstehe ich, aber sie werden gut bewacht.«

Billy wollte ebenfalls mit den zuständigen Polizisten und Nadine Lavoie reden, also bat er mich, auf Saras Tochter Ally aufzupassen, solange Sara noch in Pt. Alberni im Krankenhaus bei ihrem Verlobten war. Er führte ein Outdoor-Camp in der Nähe, und dort war er angeschossen worden. Wir mussten Ally bewachen, falls John sie entführen wollte, und hatten einen Polizisten in der Straße stationiert.

Ich hielt es für Zeitverschwendung, dass Billy auch noch mit Nadine sprechen wollte, aber er meinte, er müsste Sara beruhigen, dass mit ihrer Therapeutin alles in Ordnung war. Wieder fragte ich mich, ob die beiden einander nicht zu nahe standen, aber wir mussten dafür sorgen, dass Sara ruhig blieb, und wenn es half, dann war es eben so.

Während ich mit Ally spielte – zusammengekauert an

ihrem Barbiepuppentisch mit der tausendsten Tasse Als-ob-Tee und an Als-ob-Keksen knabbernd –, dachte ich wieder an das Wochenende mit Jeff. Wir hatten beschlossen, noch ein paar Monate abzuwarten, vielleicht mit einem Arzt zu sprechen, und zu sehen, wie es uns damit ging. Wir hatten miteinander geschlafen, aber mit einem Gefühl der Verzweiflung, als wüssten wir, dass wir auf eine Trennung zusteuerten. Ich betrachtete das kleine Mädchen vor mir, das mich gerade fragte, ob sie richtig Mittagessen machen könnte.

»Darfst du das denn?« Kaum hatte ich die Frage gestellt, wurde mir klar, dass sie mir kaum die Wahrheit sagen würde, aber ich war ratlos. Konnte eine Sechsjährige einen Herd bedienen?

Sie nickte, und die dunklen Ringellocken hüpften auf und ab.

Ich beschloss, dass nichts dagegen sprach, solange ich sie dabei im Auge behielt.

»Klar, was möchtest du denn machen?«

Ally quiekte auf und klatschte in die Hände.

»Spaghetti's!«

Ich fand eine Dose im Küchenschrank, half ihr, sie zu öffnen und den Inhalt in den Topf zu füllen. Sie stand auf ihrem kleinen Hocker und rührte mit ernstem Gesicht das Essen um. Mein Telefon piepte. Eine SMS von Doug, einem Officer aus Kelowna, dem Ort, an dem ich aufgewachsen war. Ruf mich so schnell wie möglich an. Doug war zwar mittlerweile im Ruhestand, aber er war lange bei der Polizei gewesen und bearbeitete immer noch alte, ungelöste Fälle. Er ermittelte im Mord an meiner Mutter – er sagte, er würde nie vergessen, wie er mich aus dem Schrank gezogen hatte. All die Jahre über waren wir in Kontakt geblieben, und ich glaube, es gefällt ihm, dass ich Polizistin geworden bin.

Ich sah zu, wie Ally ihr Mittagessen in ihre Schüssel schaufelte, wobei ich mir die ganze Zeit Sorgen machte, sie könnte sich verbrennen. Als ich versuchte, ihr zu helfen, rief sie. »Neiiiin! Das muss ich machen!«

Als sie am Tisch saß, stellte ich ihr ein Glas Milch hin, als Ausgleich zum Dosenfraß.

»Ich muss mal kurz telefonieren, aber du bleibst hier, okay?«

Sie nickte, einen Riesenlöffel voll Nudeln im Mund.

Im Wohnzimmer, von wo aus ich Ally immer noch im Blick hatte, wählte ich Dougs Nummer.

Er sagte: »Hey, Kleine. Wie geht's?«

»Gut. Hab viel zu tun.«

»Wie ich höre, bist du am Campsite-Killer dran. Er hat eine Tochter?«

»Ja.«

Wir schwiegen beide, und ich wusste, dass er an meinen Vater dachte. Ich dachte in letzter Zeit selbst oft an ihn und wusste, was Sara durchmachte. Als Kind hatte er mich überall mit hingenommen, zum Angeln, zur Jagd, und mich nie angerührt, aber wenn es um meine Mutter ging, war er ein eifersüchtiger Mistkerl. Männer sahen sie gerne an, sehr gerne, und ihr gefiel es, von ihnen angeschaut zu werden. Dann verpasste mein Dad ihr einmal zu oft ein blaues Auge, und ein paar Wochen vor ihrem Tod warf sie ihn endgültig raus.

»Ich rufe allerdings wegen deines Vaters an«, sagte Doug.

Ich versteifte mich am ganzen Körper. »Was soll das heißen?«

»Ich glaube, ich habe eine Spur.«

Ich ließ mich auf das Sofa fallen.

»Was für eine Spur?« Vom süßlichen Geruch der Tomatensoße wurde mir schlecht.

»Erinnerst du dich noch an den Kerl, mit dem deine Mutter in ihrer letzten Woche zusammen war? Mark Braithwaite?«

In der Woche, bevor mein Vater sie umbrachte, hatte meine Mom mit Mark in der Küche Karten gespielt. Das Radio lief, Rauch stieg kringelnd von ihren Zigaretten empor, während sie lachten und sich unterhielten. Hin und wieder berührten sich ihre Hände. Ich sah vom Wohnzimmer aus zu, ein angsterfülltes Rumoren in der Magengrube, da ich wusste, wie sauer mein Vater sein würde, wenn er wüsste, dass sein jüngerer Freund bei uns war.

»Ja und?«

»Einer meiner Kumpels bei der Polizei hat sich an deinen Fall erinnert und mich angerufen. Mark wurde festgenommen, weil er über seine Freundin hergefallen ist. Mittlerweile ist er Ende sechzig, aber er hat sie ziemlich übel zugerichtet. Die Freundin sagt, er habe immer wieder gesagt, dass er sie umbringen würde. Vergewaltigt hat er sie auch, obwohl er behauptet, der Sex sei einvernehmlich gewesen. Das Merkwürdige ist, dass er früher der beste Freund ihres Exmannes war.«

Ich war zu erschüttert, um etwas zu sagen.

»Vielleicht haben wir nach dem falschen Mann gesucht«, meinte Doug.

Unmöglich. Das musste ein Zufall sein. »Nein. Es war mein Vater.«

»Denk zurück an jene Nacht. Bist du sicher? Du hast ihn nie gesehen.«

»Warte einen Moment.« Ich schloss die Augen und erinnerte mich.

Das Gesicht meiner Mutter wird bleich vor Entsetzen, als ein Truck vor dem Haus anhält. Sie packt mich am Arm, zerrt mich in ihr Schlafzimmer und stößt mich so grob in den Schrank, dass ich aufschreie.

»Sorry, Schatz, aber du musst jetzt ganz leise sein, okay? Ganz, ganz leise, egal, was du hörst.«

»Ich will nicht ...« Jemand klopft laut an der Tür. Der Gesichtsausdruck meiner Mutter ist hektisch. Ich weine.

Sie sagte: »Versprich es mir.«

»Ich ... verspreche es.«

»Sag kein Wort. Egal, was passiert. Sag kein Wort.«

Sie schließt die Tür und zieht etwas davor, so dass ich eingesperrt bin.

Ich beiße mir kräftig auf die Lippen und weine leise in der Dunkelheit. In der Küche höre ich den tiefen Bariton eines Mannes. Dann die flehentliche Stimme meiner Mutter. Ich höre das Klatschen, als irgendetwas auf nackte Haut knallt. Ein Körper fällt zu Boden. Geräusche, als ob jemand über den Boden zu mir ins Schlafzimmer gezerrt würde. Dann ein dumpfer Stoß, und ein Körper landet auf dem Bett. Meine Mom stöhnt, Stoff zerreißt, etwas fällt zu Boden, nackte Haut trifft auf nackte Haut, meine Mom stöhnt lauter. Dann wackelt das Bett. Ich kenne dieses Geräusch und presse die Hände auf die Ohren, trotzdem höre ich, wie das Kopfteil immer wieder gegen die Wand kracht. Kampfgeräusche, Keuchen, unterdrückte Schreie. Ich will laut rufen, ihn anbetteln, aufzuhören, aber ich fürchte mich im Dunkeln. Zu meinen Füßen bildet sich eine Pfütze Urin, und ich höre das Versprechen, das ich meiner Mom gegeben habe, laut in meinem Kopf. Endlich hört der Lärm auf. Ich halte den Atem an und hoffe, dass es vorbei ist. Ich höre ein gedämpftes: »Verdammt, Ginny, sieh nur, zu was du mich getrieben hast.«

Meine Mom antwortet nicht.

Jemand geht davon, die Geräusche eines davonfahrenden Trucks werden leiser. Ich fange an zu schreien. Niemand kommt.

Zwei Tage lang war ich in dem Schrank eingesperrt. Ich roch, wie der Leichnam meiner Mutter in der sommerlichen Hitze verweste, und hörte die Fliegen summen. Schließlich kam jemand von dem Restaurant, in dem meine Mom arbeitete, um nach ihr zu sehen, entdeckte die Leiche und alarmierte die Polizei. Mittlerweile war ich nahezu katatonisch.

»Meine Mom hätte mich niemals in den Schrank gesperrt, wenn er es nicht gewesen wäre«, erklärte ich Doug.

»Bist du sicher? Hast du sie in den Tagen vorher am Telefon streiten hören oder irgend so etwas?«

Ich dachte zurück. Eine Erinnerung sprang mich geradezu an: Mom am Telefon, wie sie jemandem entschlossen und wütend erklärt, dass es vorbei ist.

»Ja, aber ich dachte, es sei mein Vater gewesen.«

»Zu dem Zeitpunkt war er vermutlich im Holzfällercamp.«

»Im Camp gab es Telefon. Er könnte gehört haben, was sie trieb.«

»Kannst du dich noch an diesen Mark erinnern?«

»Ich mochte ihn nicht, aber ich mochte niemanden, der mit meiner Mom zusammen war.« Ich hatte die Protokolle gelesen. Er war ebenfalls Holzfäller und verheiratet. Bei der Beerdigung weinte er und sagte, er habe gewusst, dass mein Vater jähzornig ist, aber er hätte nie gedacht, dass er so weit gehen würde. Angeblich hatte er die Affäre mit meiner Mutter in jener Woche beendet und war zu seiner Frau zurückgekehrt.

»Ich dachte, dass du vielleicht mit ihm reden willst«, sagte Doug.

»Verdammt, ich muss erst diesen Fall hier abschließen.«

»Sag Bescheid, wenn du Hilfe brauchst.«

»Danke.« Ich legte auf, die Gedanken überschlugen sich und rasten einer in den anderen. Ich griff einen von ihnen auf und betrachte ihn aus einem neuen Blickwinkel. Wo war mein Vater?

Ally stand vom Tisch auf und stellte ihren benutzten Teller in die Spüle.

»Können wir Verkleiden spielen?«

Wir spielten Verkleiden, dann Vater-Mutter-Kind, und anschließend sahen wir uns Zeichentrickfilme an. Ich hatte mich vergewissert, dass alle Türen abgesperrt waren, und überprüfte sie regelmäßig, aber alles schien ruhig. Elch, die französische Bulldogge der Familie, trottete in die Küche und blieb vor der hinteren Schiebetür stehen. Ich wusste, was das bedeutete. Der Hund musste raus.

Ally rannte die Treppe hoch, um eine ihre Puppen zu holen. Ich schaltete den Alarm aus, öffnete vorsichtig die Schiebetür und sah mich auf dem Grundstück um. Alles klar.

Ich sagte: »Okay, Elch. Dann erledige mal dein Geschäft.«

Er sauste zur Tür hinaus und rannte auf die andere Seite des Hauses. Ich ging hinaus, um ihn besser im Blick zu behalten. In diesem Moment bekam ich einen Schlag auf die linke Schulter, hart genug, um mich zu Boden zu werfen. Ich schaffte es, meine Waffe zu ziehen und herumzuwirbeln, so dass ich einen Blick auf den großen Mann erhaschte, kurz bevor seine Faust mich seitlich am Kopf traf und ich das Bewusstsein verlor.

Das Nächste, an das ich mich erinnere, ist, dass ich aufwachte und ein paar Polizisten um mich herumstanden.

»Halten Sie durch«, sagte einer von ihnen. »Hilfe ist unterwegs.«

Mein Schädel pochte, in den Ohren fiepte es. Ich fühlte mich, als hätte mich ein Mülllaster überrollt. Ich hob die Hand und ertastete etwas Blut unter meiner Nase.

»Wo ist Ally?«

»Er hat sie.«

»Scheiße!« Ich versuchte, mich aufzusetzen, aber prompt begann sich alles zu drehen. Ich klappte zusammen und versuchte, wieder zu Atem zu kommen. Nach einer Weile fragte ich: »Wo ist ihre Mutter? Was ist passiert?«

Der Officer sagte: »Sara ist anscheinend heimgekommen, hat Sie hier verletzt vorgefunden, und Ally war weg. Als der Constable, der Sara vom Krankenhaus gefolgt ist, hier ankam und sich um Sie kümmerte, war Sara schon losgefahren. Wir vermuten, dass John ihr irgendeine Nachricht hinterlassen hat.«

Ich versuchte noch einmal, mich aufzurichten. Die Welt schrumpfte zu einem schwarzen Punkt zusammen. Als ich erneut aufwachte, lag ich auf einer Trage und blickte auf die Decke eines Krankenwagens.

Vom Krankenhauszimmer aus versuchte ich unablässig, Billy zu erreichen, als Jeff auftauchte – die Polizei hatte ihn vom Festland eingeflogen. Er ist älter als ich, Ende vierzig, aber er sieht jünger aus. Sein Haar ist immer noch blond, von der Sonne gebleicht wie meines, und er hat einen dunklen Teint. Wir verbringen viel Zeit gemeinsam im Freien. Bevor wir ein Paar wurden, waren wir Freunde und unternahmen an den Wochenenden Kajaktouren. Ich respektierte ihn für seine Geradlinigkeit und liebte ihn, weil er bereit war, meine Macken zu ertragen.

»Was ist los?« Ich war außer mir. »Wo ist Billy?«

»Mit dem Einsatzkommando unterwegs. Sie versuchen, Ally und Sara zu finden.«

Meine Augen füllten sich mit Tränen, wütend wischte ich sie fort.

»Ich hab's vermasselt, Jeff. Aber so richtig.«

»Nein, das hast du nicht. Du hast deine Waffe gezogen. Er war einfach zu groß und zu schnell.«

»Ich hätte den Alarm nicht ausschalten sollen oder …«

»Dann wäre er irgendwie anders hereingekommen.«

»Ist mit Hoffman alles in Ordnung?« Er hatte am Ende der Auffahrt Wache gestanden.

»Ihm geht's gut, er ist nur auf sich selbst sauer. Jemand, vermutlich John, hat am Ende der Straße Feuer gelegt, und er ging hin, um es zu überprüfen. Billy sagt, es sähe so aus, als hätte John sich durch die Gärten geschlichen und geplant, ins Haus einzudringen, sobald du die Hintertür öffnest.«

Ich dachte an Ally, daran, wie sehr Sara sie liebte. Was würde sie tun, um ihre Tochter zu retten?

»Wann kann ich hier raus?«

»Sie wollen dich zur Beobachtung noch hier behalten.«

»Verdammt.« Ich fühlte mich so hilflos. Ich wollte dort draußen sein, irgendetwas tun.

»Doug hat angerufen. Er hat gehört, was passiert ist. Ich habe ihm gesagt, dass du okay bist.«

»Danke.«

Jeff schien darauf zu warten, dass ich etwas sagte, und die Art und Weise, wie er es tat, verriet mir, dass sie wahrscheinlich nicht nur über meine Gehirnerschütterung gesprochen hatten. Ich hatte recht.

»Er hat mir von diesem Kerl in Kelowna erzählt«, sagte er schließlich. »Möchtest du, dass ich mal mit ihm rede?«

»Ich will Ally und Sara finden.«

Er schwieg, und ich dachte schon, er würde mich noch weiter bedrängen, doch er sagte nur: »Ich könnte versuchen, ob ich jemanden vom Einsatzkommando da draußen erwische.«

»Ja, bitte.«

Er ging telefonieren. Ich starrte zur Zimmerdecke hinauf, fragte mich, wo Sara und Ally steckten und was John wohl tat. Ich weigerte mich, über die Möglichkeit nachzudenken, dass der wahre Mörder meiner Mutter in Kelowna im Knast saß. Oder dass ich keine Ahnung hatte, wo mein Vater war.

Am nächsten Morgen rief die Schwester den Arzt, weil ich mich übergeben musste. Er untersuchte mich und meinte, es läge wahrscheinlich an der Gehirnerschütterung. Ich rief weiterhin bei Billy an, hatte aber kein Glück. Endlich rief er mich an.

»Wir haben sie!«

»Gott sei Dank. Wie geht es ihnen?«

»Gut«, sagte er. »Ziemlich mitgenommen, aber unverletzt.«

»Und wo ist John?«

Billy erzählte mir den Rest. Der Campsite-Killer würde nie wieder jemandem etwas antun.

Ein paar Tage später wurde ich aus dem Krankenhaus entlassen. Jeff holte mich ab.

»Ich fahre nach Kelowna«, erklärte ich.

»Soll ich mitkommen?«

»Nein, danke. Ich fahre allein.«

Er nickte verständnisvoll. Er wusste immer, wann ich Zeit für mich brauchte, um mit irgendeinem Scheiß klarzukommen, und es gab ein paar Dinge, über die ich nachdenken musste. Im letzten Monat war eine Menge passiert.

Wir flogen zurück nach Vancouver. Ich machte einen kurzen Zwischenstopp zu Hause, um mich umzuziehen, dann sprang ich in meinen Tahoe und fuhr nach Kelowna.

Mark war nicht in der Lage gewesen, die Kaution aufzubringen. Er wurde in Handschellen hereingeführt. Als man sie ihm abnahm, musterte er mich und fragte sich ohne Zweifel, wer zum Teufel ich war und was ich wollte. Als junger Mann war er groß gewesen, mit gewaltigen Unterarmen von der Arbeit als Holzfäller. Ich erinnerte mich an den Bürstenhaarschnitt und das gemeine Gesicht mit den dünnen Lippen und kalten, blauen Augen. Und ich erinnerte mich, dass er mit meinem Vater zusammen Bier getrunken hatte, während sie sich ein Eishockeyspiel ansahen. Sein Blick wanderte zu meiner Mutter, sobald sie im Wohnzimmer herumging. Jetzt hatte er einen Bierbauch und das gerötete Gesicht eines Säufers, doch seine Arme waren immer noch kräftig und das Gesicht immer noch gemein.

Ich stellte mich vor, dann fragte ich: »Erinnern Sie sich an mich?«

Mit verschleiertem Blick starrte er mich an. »Nee.«

»Sie waren ein Freund meines Vaters. Tom McBride.«

Seine Miene blieb ausdruckslos, doch er zog den Kopf zurück, war auf der Hut.

»Sie sind Toms Tochter?«

»Ja. Ich habe gehört, dass Sie sich in Schwierigkeiten gebracht haben.«

Sein Mund wurde hart, und er ballte eine fleischige Hand zur Faust.

»Die Schlampe lügt.«

Ja klar, die Schlampen lügen immer.

»Ihre blauen Flecken erzählen eine andere Geschichte.«

Seine Augen wurden schmal. »Warum sind Sie hier?«

»Ich möchte mit Ihnen über den Mord an meiner Mutter reden.«

»Ach ja? Fragen Sie Ihren Dad.«

»Würde ich gerne. Wissen Sie, wo er ist?«

Wir starrten einander reglos an. Schließlich sagte er: »Keine Ahnung. Er hat aufgehört, mit mir zu reden, bevor er sie umgebracht hat.«

»Weil Sie mit meiner Mutter zusammen waren, und das gefiel ihm nicht. Ihrer Frau hat das auch nicht gefallen.«

Er zuckte die Achseln. »Ich bin halt ein Streuner. Ihr Vater war auch nicht gerade ein Heiliger. Er war echt jähzornig.«

»Scheint so, als wären Sie das ebenfalls, Mark.«

»Worauf wollen Sie hinaus, Lady?«

»Wo waren Sie in der Nacht, als meine Mutter getötet wurde?«

»Das habe ich doch damals schon den Bullen erzählt – zu Hause, bei meiner Frau. Sie hat das bestätigt.«

»Natürlich hat sie das, denn damals dachte sie ja, Sie würden zu ihr zurückkommen. Ich frage mich, ob ihre Erinnerung heute vielleicht ein wenig anders ist.«

Langsam lehnte er sich auf dem Stuhl zurück. »Sie erinnert sich an die Dinge, wie sie passiert sind.« Er klang rotzfrech. »Ich war zu Hause.« Der Mund verzog sich zu einem Lächeln. »Genau wie Ihr Daddy.«

»Wir werden sehen.«

Sobald ich aus dem Gebäude raus war, rief ich Doug an.

»Ich glaube, du bist da auf was gestoßen. Er rückt nicht recht mit der Sprache heraus. Lebt seine Frau noch in der Gegend?«

»Soweit ich weiß, ja. Ich glaube, sie wohnt sogar noch im selben Haus. Soll ich mit ihr reden?«

»Danke, aber das mache ich. Gib mir nur ihre Adresse.«

Eileen Braithwaites Haus fiel auseinander. Gras und Unkraut wucherten kniehoch, die Veranda löste sich in ihre Bestandteile auf, eine blaue Plane bedeckte den Großteil des Daches. Ich entdeckte kein Auto in der Auffahrt, aber im Haus hörte ich den Fernseher plärren. Ich klopfte laut.

Ein Hund begann zu jaulen, Krallen scharrten über den Boden. Eine verhärmt aussehende Frau öffnete die Tür: Anfang siebzig, lange weiße Haare, bekleidet mit einem verwaschenen Jogginganzug, der an ihr herunterhing, als hätte sie in der letzten Zeit stark abgenommen. Ein kleiner weißer Hund zu ihren Füßen machte einen Riesenaufstand. Der Rauch ihrer Zigarette stieg kringelnd in die Höhe.

»Ja?«

»Ich bin Sergeant McBride, und ich würde mich gerne mit Ihnen über Ihren Exmann unterhalten.«

»Was hat der Drecksack denn jetzt schon wieder angestellt?« Sie musterte mich mit zusammengekniffenen Augen. Der Hund bellte. Sie versetzte ihm einen kleinen Schubs mit dem Fuß. »Gib Ruhe, Louie.« Louie verstummte.

Ich sagte: »Ich würde gerne hereinkommen, um darüber zu reden.«

Nach kurzem Zögern öffnete sie die Tür.

Ich hockte auf der Kante des Sofas, dessen Bezug irgendwann einmal ein Blumenmuster gehabt haben musste, inzwischen aber nur noch verblichene Rosa- und Brauntöne erkennen ließ. Eileen setzte sich vorsichtig in einen Fernsehsessel, auf dem Couchtisch stand ein Aschenbecher voller Kippen. Der Hund, der vom Alter ebenfalls vergilbt wirkte, sprang auf ihren Schoß und bedachte mich mit einem warnenden Knurren.

»Das Arschloch war verdammt schnell mit den Fäusten.« Sie öffnete den Mund und zeigte auf eine Zahnlücke.

»Sie haben ihn nie angezeigt, weil er Sie misshandelt hat, als sie noch zusammen waren?«

»Damals hat eine Frau ihren Mann nicht angeschwärzt. Heute dagegen …« Sie wedelte mit der Hand in der Luft. »Jeder rennt zu den Bullen und zum Seelenklempner und jammert über seine Probleme.«

»Sie haben sich schon vor einer ganzen Weile getrennt, in den Siebzigern.«

»Ja.« Sie kniff erneut die Augen zusammen, als überlege sie, worauf ich hinauswollte.

»Er hatte etwas mit einer anderen Frau«, sagte ich. »Virginia McBride.«

Nervös lehnte sie sich im Sessel zurück. »Das stimmt, aber er ist zu mir zurückgekommen.«

»Und Sie haben ihn wieder aufgenommen, ohne Fragen zu stellen?«

»Wir hatten Kinder, ein paar hungrige Mäuler zu stopfen. Er war ein guter Ernährer.« Dass er sie und vermutlich auch die Kinder windelweich geprügelt hatte, zählte anscheinend nicht.

»Damals sagten Sie, er sei in der Nacht, in der Virginia starb, bei Ihnen gewesen.«

Sie drückte ihre Zigarette aus und zündete sich die nächste an. Sie ließ sich Zeit und musterte mich durch den Rauch.

»Stimmt, das habe ich gesagt.« Sie klang streitlustig.

»Gibt es jetzt, nachdem einige Zeit vergangen ist, vielleicht noch etwas, an das Sie sich aus jener Nacht erinnern können? Vielleicht ist er aufgestanden, während Sie schliefen, oder Sie dachten, er wäre zurück ins Bett gekommen ...«

Ich wollte ihr zeigen, dass ich bereit war, mit ihr zusammenzuarbeiten. Ich merkte, wie sie ihre Möglichkeiten abwog und überlegte, was für sie dabei herausspringen könnte und warum ich mich dafür interessierte. Jeden Moment würde sie danach fragen. Und tatsächlich.

»Warum wollen Sie das alles wissen? Ich dachte, Sie hätten ihn wegen was anderem drangekriegt.«

»Die Frau ändert vielleicht in ein, zwei Tagen ihre Meinung, und dann zieht er weiter zur nächsten. Und macht mit ihr dasselbe. Ich wette, es war richtig hart für Sie, als er anfing, mit Virginia rumzumachen. Sie saßen mit den Kindern zu Hause, und er war da drüben und machte sich eine schöne Zeit. Ich wette, er hat Ihnen wer weiß was versprochen, als er zurückkam. Dass es ihm leidtäte und dass ab jetzt alles anders werden würde. Sie müssten ihm nur bei dieser einen Geschichte helfen, schließlich war er ja absolut unschuldig. Die Cops würden es ihm trotzdem anhängen, und dann würde er nicht mehr für Sie und die Kinder sorgen können. Aber er hat sich trotzdem aus dem Staub gemacht. Wie lange hat es gedauert, bis er wieder eine alleinerziehende Mutter für nebenbei gefunden hat? Ein Jahr? Zwei?«

Sie zog gierig an ihrer Zigarette und stieß den Rauch heftig aus.

»Sechs Monate.«

»Sechs Monate. Und dafür blieb er unbehelligt. Keine

Probleme, keine Scherereien, keine keifende Ehefrau, weil Sie ihm einen Gefallen getan hatten. Aber was hat er für Sie getan?«

Sie nahm erneut einen tiefen Zug und nickte.

»Er ist ein gemeiner Mistkerl«, sagte sie. »Er kann ein echter Charmeur sein, und dann ist er plötzlich wie ausgewechselt und schlägt einen, weil man ihn komisch angeschaut hat. Wenn er rauskommt und herausfindet, dass ich mit Ihnen geredet habe ...«

»Wenn Sie mit mir reden, wird er nie wieder rauskommen.«

Sie kratzte sich an der Brust, hustete trocken und seufzte.

»Ich werde sterben.«

Ich schwieg überrascht. »Ich habe Krebs«, fuhr sie fort, »zu weit fortgeschritten. Zu viel geraucht.« Einen Moment lang starrte sie die Zigarette an. »Am liebsten rauchte er immer direkt nach dem Sex.«

Und das war es, die eine Sache, die ich all die Jahre über vergessen hatte. Das Klicken eines Feuerzeugs, der Geruch von Zigarettenrauch in der Luft. Mein Vater hat nicht geraucht.

»Was geschah wirklich in jener Nacht?«

»Er war hier, dann ging er fort, sagte, dass er mit ihr reden muss, dass sie ihn angerufen und geheult hat und dass er die Sache ein für alle Mal beenden muss. Sie sei total verrückt nach ihm. Gegen Mitternacht kam er nach Hause getorkelt und kroch ins Bett, er stank nach Bier und Schweiß. Ein paar Tage später hörten wir, dass sie umgebracht worden war. Er meinte, Ihr Dad muss später noch bei ihr gewesen sein, aber dass man ihn beschuldigen würde.«

»Und was glauben Sie?«

»Ich glaube, dass da noch mehr war.«

»Vermutlich haben Sie recht. Haben Sie Tom McBride danach noch einmal gesehen? Oder hat Mark ihn mal erwähnt?«

»Ich habe ihn nie gesehen und nie mit ihm geredet.« Ihr Blick flog kurz zu einem hölzernen Angelpokal, der hoch oben an der Wand befestigt war. Sie merkte, dass ich sie beobachtete, und sah mich wieder an. »Und ich habe nie herausgefunden, warum Ginny Tom zum Teufel gejagt und sich dann mit dem nächsten Arschloch eingelassen hat.«

Eine merkwürdige Bemerkung, wenn man bedachte, von wem sie kam.

»Menschen machen merkwürdige Dinge«, sagte ich.

»Ist das alles?« Sie sah müde aus.

»Erst einmal, ja. Aber wahrscheinlich wird sich noch ein weiterer Officer bei Ihnen melden.«

»Solange ich noch kann, kann ich genauso gut reden.« Sie fing erneut an, zu husten.

Lange Zeit saß ich in meinem Truck draußen vor meinem alten Haus. Wo war mein Dad hingegangen, nachdem er aus dem Camp gekommen war? Drei Tage lang hatte ihn niemand gesehen – sein Boss gab ihm seinen letzten Gehaltsscheck, und das war's. Ich dachte zurück an die Zeit, als ich ein Kind war, wie er und Mark sturzbesoffen nach Hause kamen, den Fisch in der Garage säuberten, die Hände mit Blut und Schuppen bedeckt ...

Ich rief Doug an. »Wir brauchen Leichenspürhunde, oben bei einer alten Angelhütte.«

Zwei Tage später fand man die Leiche meines Vaters. Er war mit einer zwölfkalibrigen Schrotflinte erschossen worden – in den Rücken. Es war nicht sicher, ob Mark ihn erschoss, bevor oder nachdem er meine Mutter umgebracht hat, aber das spielte keine Rolle. Er war tot, und ich konnte meinen Vater endlich beerdigen.

In der nächsten Woche erbrach ich mich jeden Morgen, so dass ich noch einmal zum Arzt ging. Anschließend fuhr ich direkt zu Jeff ins Büro.

»Es gibt Neuigkeiten.«

Er rollte auf seinem Schreibtischstuhl zurück. »Ja? Und?«

»Ich bin schwanger.«

Er fiel fast vom Stuhl. »Heilige Scheiße! Wie, ich meine, wann ist es passiert?«

»Vermutlich beim letzten Mal.« Ich hatte ein paarmal vergessen, die Pille zu nehmen, wenn ich früh aufs Revier musste, aber ich hatte sie immer am nächsten Tag geschluckt und angenommen, dass die Chance, schwanger zu werden, nur hauchdünn war. Offensichtlich nicht …

»Was wirst du tun?«

»Es behalten, nehme ich an.«

Er grinste, seine Miene verriet hoffnungsvolle Begeisterung. Jeden Moment würde er aufspringen und für alle eine Runde schmeißen.

Ich sagte: »Ich muss mich noch an den Gedanken gewöhnen, also hab Geduld mit mir. Keine pastellfarbenen Luftballonsträuße bitte, und lass es uns noch niemandem erzählen. Es ist noch früh, und ich bin schon älter – es könnte noch Komplikationen geben.«

»Abgemacht.« Er stand auf und breitete die Arme weit aus. »Komm schon, nimm mich in den Arm, Momma.«

»Du blöder Mistkerl.« Dann ging ich zu ihm und ließ mich umarmen.

Am nächsten Tag rief ich Nadine Lavoie an, um ihr zu sagen, dass ich noch ein paar Fragen hätte. Lächelnd hieß sie mich in ihrer Praxis willkommen, aber sie wirkte besorgt.

»Ist mit Sara alles in Ordnung?«

»Es geht ihr den Umständen entsprechend gut. Ich habe ein wenig gelogen, was den Grund meines Besuchs angeht. Ich muss mit Ihnen über etwas anderes reden.«

Jetzt sah sie bestürzt aus. »Ist alles in Ordnung?«

»Es geht um mich. Ich glaube, ich brauche Hilfe. Meine Eltern wurden ermordet – vor Jahren schon, aber ich habe immer noch Albträume. Und ich bin schwanger ...«

»Ich verstehe.« Sie entspannte sich sichtlich. Was hatte sie gedacht, was ich sagen würde?

Ich stellte fest, dass sie einen Teil ihrer Bücher eingepackt hatte.

»Gehen Sie fort?«

»Ich nehme mir nur über den Sommer eine Auszeit, während ich überlege, nach Victoria zu ziehen.« Sie berührte sich am Kopf, wo sie bei dem Überfall verletzt worden war. »Das hier hat mich zum Nachdenken gebracht.«

»Über Ihre Tochter?« Es war ein Schuss ins Blaue, aber sie versteifte sich sofort.

»Ja. Wir haben keinen Kontakt. Sie lebt auf der Straße.«

Wie konnte das Kind einer Therapeutin auf der Straße landen? Ich dachte an das Baby, das in mir heranwuchs. In was für einer Hölle würde mein Kind landen, mit beiden Eltern bei der Polizei? Wie schlimm würde ich ihn oder sie vermurksen?

Nadine schüttelte den Kopf, als versuchte sie ebenfalls, einen negativen Gedanken abzuschütteln, dann sagte sie: »Kommen Sie, wir unterhalten uns ein wenig, und dann überlege ich, mit welchem Kollegen Sie sich am besten in Verbindung setzen sollten.«

»Das wäre schon mal ein Anfang.«

Sie lächelte. »Wir alle müssen irgendwo anfangen.«

Diese Kurzgeschichte erschien 2013 als Original-E-Book
unter dem Titel ›The Other Side‹
im Verlag St. Martin's Press, New York.
© Chevy Stevens 2013
Für die deutsche Ausgabe:
© S. Fischer Verlag GmbH, Frankfurt am Main 2013

Chevy Stevens
Tief in den Wäldern
Thriller

Seit Jahren verschwinden junge Frauen vom einsamen Cold
Creek Highway im Nordwesten von Kanada. Das letzte
Opfer ist noch nicht lange tot, der Mörder wurde nie gefun-
den. Nun geraten zwei gegensätzliche Frauen in sein Visier:
Die toughe Hailey kennt die Wälder um Cold Creek wie ih-
re Westentasche. Als sie ein dunkles Geheimnis entdeckt,
trifft sie eine unheilvolle Entscheidung. Ein Jahr später
kommt Beth, ein Großstadtkind, nach Cold Creek – auf ei-
ner persönlichen Suche, die immer gefährlicher wird.
Der neue Thriller der kanadischen Bestseller-Autorin
»Chevy Stevens schlägt einen völlig in Bann.«
Karin Slaughter

Aus dem Amerikanischen
von Maria Poets
464 Seiten, Klappenbroschur

Weitere Informationen finden Sie auf
www.fischerverlage.de

AZ 651-02593/1

Chevy Stevens
Ich beobachte dich
Roman

Du hast ihn geliebt. Du hast ihm vertraut. Deshalb weißt
du, wie gefährlich er ist. Aber deine Tochter glaubt dir
nicht. Denn er ist ihr Vater.

Tief und kalt ist der Ozean an der kanadischen Westküste,
weit und rau das Land. Hier lebt Lindsey mit ihrer 17-jähri-
gen Tochter Sophie. Vor elf Jahren ist sie einem Albtraum
entkommen, dem Leben mit ihrem kontrollsüchtigen, ge-
walttätigen Ehemann Andrew. Er musste ins Gefängnis.
Lindsey hat alle Spuren verwischt und für sich und Sophie
ein neues Leben aufgebaut. Doch nun kommt Andrew frei.

Aus dem amerikanischen Englisch von
Maria Poets
480 Seiten, broschiert

Weitere Informationen finden Sie auf
www.fischerverlage.de

AZ 596-29925/1